LONDRES PAR HASARD

Née dans une famille de musiciens, Eva Rice est l'auteur de plusieurs livres, dont un roman qui a déjà été traduit en français, *L'Amour comme par hasard*, vendu à plus de 220 000 exemplaires en Angleterre. Elle a été finaliste des British Book Awards en 2006. Eva Rice vit à Londres avec son mari, le chanteur-compositeur Peter Hobbs du groupe The Boy Least Likely To, et leurs trois enfants.

Paru dans Le Livre de Poche :

L'AMOUR COMME PAR HASARD

EVA RICE

Londres par hasard

ROMAN TRADUIT DE L'ANGLAIS
PAR MARTINE LEROY-BATTISTELLI

ÉDITIONS BAKER STREET

Titre original :

THE MISINTERPRETATION OF TARA JUPP
Publié par Heron Books (Quercus), Londres, 2013

ISBN : 978-2-253-09980-2 – 1re publication LGF

En souvenir de ma tante Fiona Armstrong
et de son élégance éternelle

« Était-il convenable d'ailleurs de chanter de cette façon-là, avec tant d'expression, tant d'originalité ? Comme aucun professeur ne l'apprend à ses élèves ? Certainement pas. C'était étrange, inhabituel. »

Charlotte BRONTË, *Shirley*

« Il me faut devenir quelque chose. »

Nikolaus PEVSNER

PREMIÈRE PARTIE

Sur le bord du monde

1
Eux et moi

Comme je l'ai déjà dit, c'est avec Lucy que tout a commencé. Quoi d'étonnant, d'ailleurs ? Lucy avait alors dix-sept ans et tout ce qu'il fallait pour être une héroïne de roman. Elle exerçait un pouvoir de séduction que je vais avoir du mal à définir, je le sais, mais je pourrais déjà dire que rares sont les êtres dotés d'une seule parcelle de ce qu'elle possédait à profusion. Elle était sensationnelle et, de nous les filles, de loin la plus jolie et la seule à ressembler autant à maman ; en fait, elle tenait si peu de papa qu'on aurait pu croire qu'elle s'était reproduite par fission binaire. Voir côte à côte des photos de la mère et de la fille était une expérience curieuse. Elles avaient des traits presque identiques – des yeux gris-vert, des cheveux châtain foncé, coupés court et très légèrement ondulés, encadrant un nez aigu et des pommettes parfaites – sauf que le portrait de Lucy donnait l'impression d'avoir été saupoudré d'une poussière d'étoiles. Les contradictions que son image laissait entrevoir la rendaient irrésistible ; elle alliait sans beaucoup d'effort un humour enfantin et un vrai charme d'adulte à côté de quoi Eve aurait paru simplement insignifiante.

Chose étrange, les gens ne pouvaient faire autrement que de parler d'elle tout le temps. Toute mon enfance, j'ai entendu dire et répéter qu'elle était en passe de devenir une vraie beauté et qu'elle allait briser bien des cœurs, ce qui me paraissait tellement évident que ce n'était même pas la peine de le dire. Du jour où Lucy avait commencé à mettre un soutien-gorge, on avait vu en effet des cœurs se fendre. Aujourd'hui encore, si on me demandait de citer le souvenir le plus marquant de mes dix premières années, ce serait le défilé permanent de garçons à la maison. Papa leur inspirait à tous une sainte terreur, d'autant plus qu'il était le pasteur du village, mais même la crainte de déclencher son courroux ne pouvait modérer la passion que sa fille leur inspirait. Avec moi, ils étaient d'une extrême gentillesse et me chargeaient souvent de lui transmettre un message. « Dis à ta sœur que je l'aime. » « Demande à ta sœur de venir au cinéma samedi, d'accord ? », et je disais : « Laquelle ? » Mais je connaissais la réponse. De nous toutes, elle était la seule à pouvoir déclencher une émeute par sa seule apparition.

Mes parents s'étaient mariés et avaient eu leur premier enfant alors qu'ils avaient à peine dix-neuf ans. Maman disait que « de son temps, on ne réfléchissait pas à deux fois et on se mariait avec la première personne qui vous le proposait » – remarque qui ne manquait jamais de me mettre mal à l'aise. Elle avait rencontré papa à Hull, où il était en apprentissage chez un cordonnier, tandis qu'elle-même était venue y passer un semestre pour enseigner le français dans une institution charitable, fondée par sa marraine, la philanthrope lady Élisabeth Ray. Ayant été élevée par des parents aisés et indulgents, dans l'atmosphère élégante de Bath, maman avait été choquée jusqu'au tréfonds en découvrant le nord de l'Angleterre – la fumée, le brouillard et les usines, le froid cinglant, l'hiver lugubre suivi d'un été où, plutôt que d'étinceler, les rayons du soleil semblaient s'écraser sur l'eau de la Tame. Outre qu'elle donnait des cours de français et venait en aide aux « moins favorisés que nous », maman était une artiste amateur passionnée et chanter était la plus grande joie de sa vie – elle consacrait toutes ses soirées libres à écouter des disques ou alors elle allait au City Theatre de Hull assister à quelque minable spectacle. À en croire la légende, à la sortie d'une représentation endiablée de *Girl Crazy*, papa avait failli renverser maman avec sa bicyclette. Ses lunettes s'étant fait la malle (sans elles, elle ne voyait pratiquement rien), il les ramassa et les lui rendit en lui proposant sans attendre de l'emmener danser le vendredi suivant. Apparemment, maman avait dit oui avant même d'avoir récupéré ses lunettes, ce qui signifie soit que la voix tonnante de papa l'avait paralysée de terreur, soit qu'elle se sentait si seule qu'elle aurait accepté de sortir avec quiconque lui aurait témoigné un minimum d'intérêt.

Ils allèrent danser, burent de la Guiness et parlèrent de chiens, de gâteaux au citron, de leur admiration commune pour Arthur Conan Doyle, et l'affaire fut faite ; deux mois plus tard, il lui demandait de l'épouser. La haute taille de papa (près d'un mètre quatre-vingt-quinze) et sa carrure (impressionnante) alliées à une voix dotée d'un volume et d'une assurance tels que ses sermons donneraient plus tard envie aux fidèles de fuir l'église séance tenante pour aller se jeter dans la rivière la plus proche, en demandant pardon pour leurs péchés, rendaient un refus impensable. Maman m'avait dit un jour que c'était comme si le David de Michel-Ange lui avait proposé le mariage, tant il était fort, irrésistible et sûr de lui. Avec un tel homme, pas question de dire : « Pourrais-je avoir un jour ou deux pour réfléchir ? »

Maman se moquait comme d'une guigne qu'ils fussent issus de milieux tellement différents ; qui plus est, papa tirait une grande partie de son charme de ses origines prolétaires. La mère de maman – qui s'était désolée de cette union jusqu'à la veille du mariage, quand papa avait repêché son épagneul Warwick au fond d'un puits, à l'aide d'un morceau de corde bien solide et d'une bonne paire de bottes – disait souvent que c'était justement à cause de ces disparités que ce mariage avait été une telle réussite.

« Grâce à cet homme, Sarah Merrywell, tu es retombée sur tes pieds, disait ma grand-mère. Rends-toi compte, tu as failli finir au théâtre. Ou pire, avec un comte. Il t'a sauvée du péril suprême.

— C'est-à-dire ? demandait maman, en nous adressant un clin d'œil.

— De toi-même, bien sûr. »

Ce n'était pas un homme facile. Papa avait, entre autres choses, la passion du tennis. Si la plupart des garçons de son milieu et de son âge aspiraient à ressembler à Thomas « Tommy » Browell, le footballeur vedette de Manchester, papa aurait préféré être Tony Wilding, le vainqueur de Wimbledon. Sa passion pour ce sport lui venait de son père qui, avant la guerre, avait mené des chevaux de labour dans une grande propriété du nord du Yorkshire, où les valets de ferme pouvaient s'entraîner des heures durant sur le court de tennis proche des écuries. À la profonde déception de mon grand-père, papa n'était pas lui-même très doué pour ce sport, mais il avait un grand sens du jeu et une voix assez puissante pour hurler des directives depuis le filet.

Dès le début de leur mariage, papa s'était promis deux choses. Primo, d'améliorer sa première balle et, deuzio, de célébrer son premier service divin. Oui, l'autre passion de papa, c'était Dieu, dont il assurait qu'il savait depuis toujours qu'il finirait par l'avoir au tournant. Un an après avoir épousé maman, il décida que rien ne l'empêcherait d'entrer dans les ordres, et maman (qui, mis à part tout le reste, se rendait compte que papa était un homme de spectacle né) l'encouragea dans cette voie. D'une vieille raquette de tennis allait dépendre leur installation en Cornouailles. Papa se vit offrir une cure conséquente à York, avec une église prestigieuse et une chorale junior deux fois lauréate à Eisteddfod, que maman et lui refusèrent, au bénéfice du presbytère de Trellanack, un village proche de Truro, pour le motif qu'un court de tennis délabré se trouvait inclus dans la modeste propriété. Tant pis si nous ne devions jamais avoir assez d'argent pour rendre le court à son ancienne splendeur, tant pis si le presbytère – bien qu'étant l'œuvre de Pugin – avait des plafonds ponctués de taches d'humidité, des cabinets extérieurs et la réputation d'être hanté – papa avait été aveuglé par son charme et l'idée farfelue qu'il allait engendrer un champion de tennis grâce à qui il vivrait – et jouerait – par procuration. Son raisonnement était le suivant : si maman et lui engendraient une flopée d'enfants, la probabilité que l'un d'eux au moins eût un soupçon de talent et d'instinct sportifs serait relativement élevée. C'était un homme de conviction et de détermination, et chaque fois que l'un de nous faisait son entrée dans ce monde renaissaient ses espoirs de le voir remporter la coupe à Wimbledon.

Et ces entrées furent nombreuses ; mes parents fabriquaient des enfants avec une incroyable facilité. Le premier-né, J. V., naquit en 1941 – un an après leur rencontre. On ne l'appela pas tout de suite J. V., bien entendu, simplement Jack, mais le qualificatif de « vagabond » lui fut adjoint dès qu'il eut commencé à faire l'école buissonnière, tendance qui se confirma beaucoup plus tard, lorsqu'il se lança dans une carrière artistique et partit s'installer en France. L'avoir pour frère est parfois une rude épreuve. Il est de ces êtres horripilants qui oublient toujours votre anniversaire, mais qui ont le don de vous enchanter tellement par leur seule présence que vous leur pardonnez tout. Dix-huit mois après, ce fut le tour de George qui, malgré un physique de jeune premier, décida très vite de se faire pasteur comme papa – maman avait émis l'idée que c'était pour lui le seul moyen de tenir à distance les jeunes filles qui défaillaient à sa vue. L'année suivante, ce fut Lucy dont vous avez déjà entendu parler. Puis vinrent les jumelles, Imogen et Florence, et, trois ans après, moi, pauvre petite. En queue de peloton et dix ans plus tard débarquèrent Roy et Luke, espacés d'une année. Maman avait jugé qu'elle ne pouvait pas laisser Roy tout seul, si loin derrière nous tous, et c'est pourquoi elle voulut avoir encore un enfant pour lui tenir compagnie – mais je reviendrai là-dessus très bientôt. Nous les appelions les Petits, ce qui eut tôt fait de les irriter, mais ce qualificatif leur est resté.

« Vous êtes petits comparés à nous, leur disait Florence, ce qui était la pure vérité.

— Pas pour longtemps », rétorquaient-ils, avec une égale pertinence. C'était à peu près le seul point sur lequel les deux frères étaient d'accord.

Papa nous menait d'une main de fer et nous nous conformions (quand il regardait dans notre direction) à son double précepte : « Travailler dur paie » et « Plus on est nombreux, plus le travail est facile » – axiome très approprié pour une famille aussi nombreuse que la nôtre, mais invariablement remis en question par Lucy et son refrain de paresseuse : « Trop de cuisiniers gâtent la sauce. » Malgré tout, en dépit de son obstination et de son désir de voir régner l'ordre, il nous arrivait, lorsque nous étions tous là, de trouver papa, lui-même enfant unique, assis à son bureau l'air légèrement hagard, un peu comme si, disait Lucy, il s'était trompé de maison et réfléchissait au moyen le plus rapide de mettre la main sur sa femme et de ficher le camp avec elle.

Maman accouchait de la même façon qu'elle préparait le feu ou le rôti du dimanche – avec un minimum d'histoires et un maximum d'efficacité. Elle prétendait qu'elle savait avant la naissance si ce serait une fille ou un garçon. Elle se débrouilla même pour mettre Imogen au monde huit mois à peine après Florence, raison pour laquelle on les qualifiait de jumelles, ce qu'elles n'étaient nullement. Il s'était trouvé qu'après avoir expulsé Florence prématurément, elle était retombée enceinte au bout de six semaines à peine. Imogen avait eu de l'avance, elle aussi (trait de caractère qu'elle garderait par la suite) et ne pesait que deux kilos cinq ; mais maman l'emmitoufla et la déposa dans le berceau à côté de sa sœur pour la tenir au chaud. Les médecins l'avaient prévenue qu'elle risquait d'être un peu retardée, mais il n'en fut rien, si ce n'est qu'elle bégayait lorsqu'elle était intimidée ou émotionnée, c'est-à-dire presque tout le temps, malheureusement pour elle.

Imogen était le chouchou de maman. Elle ne le disait pas mais nous nous en rendions tous compte, il me semble. Imogen était une fille sage et douce, toujours prête à rendre service, promue institutrice à l'école du village à dix-huit ans, aimant faire des confitures et ne répugnant pas à attraper les araignées qu'elle balançait ensuite par la fenêtre, en disant : « Bon voyage, monsieur Bestiole », ce qui mettait Lucy hors d'elle.

« Comment sais-tu que c'est un monsieur ? s'emportait-elle.

— Parce qu'une dame araignée ne serait pas assez bête pour rester si longtemps dans une baignoire. »

Quand nous étions petits, la préférence de maman pour Imo contrariait Lucy.

« Elle avait pourtant le choix, je me demande bien ce qu'Imogen a de particulier.

— Peut-être le fait qu'elle soit née avec six semaines d'avance, disait George.

— J'ai entendu J. V. dire qu'il ne faut pas faire confiance à quelqu'un qui est toujours en avance en tout.

— Ça lui va bien de dire ça.

— Pourquoi ?

— Ceux qui sont beaux n'arrivent jamais en avance. Ils savent qu'on les attendra, de toute façon.

— Oh, arrête ! »

Florence ne prenait pas ombrage de la préférence de maman pour Imogen, elle se contentait de faire ce qu'elle avait à faire et d'écouter – dès son plus jeune âge – beaucoup de jazz et de blues. Moi aussi, j'étais folle de musique, comme tous ceux qui ont un peu de bon sens, et j'avais un faible pour une juive nommée Alma Cogan, une vraie bombe que j'avais entraperçue une ou deux fois à la télévision et qui avait l'air d'une princesse venue d'ailleurs, dans ses tenues provocantes. J. V. m'avait offert un disque d'elle pour mes neuf ans et je l'écoutais si souvent qu'il était rayé au point d'en être inaudible. De toutes les personnes de la terre, c'est elle que j'aurais aimé être ; j'avais même donné son nom à mes deux ours en peluche, au grand agacement des miens. Mais c'était maman qui nous faisait jouer et chanter. Chaque soir, elle se mettait au piano et chantait à tue-tête, comme si elle était seule au monde, les yeux mi-clos, avec ses enfants en adoration à ses pieds. Elle perdait totalement conscience de notre présence. Elle était sur scène, quelque part, le regard rivé aux projecteurs. Dans ces moments-là, elle redevenait la jeune fille qu'elle était avant de rencontrer papa. Je ne désirais qu'une chose, jouer du piano aussi bien qu'elle et, dès l'âge de six ans, j'appris toute seule à exécuter plusieurs airs de *Carousel*. Envoûtée par cet instrument, je restais assise au clavier à m'exercer pendant des heures d'affilée jusqu'à ce qu'une chose ou une autre vienne m'interrompre. C'était une tendance que maman encourageait, de même qu'elle disait que du jour où l'on pouvait ouvrir la bouche pour parler, on devait chanter.

Nous étions deux à avoir plus de dispositions pour le chant : Lucy et moi. Le reste de notre fratrie avait une voix plutôt agréable – à l'exception de George qui avait le timbre tonitruant de papa, sans aucune musicalité. Je chantais parce que c'était quelque chose que je ne pouvais pas ne pas faire, quelque chose qui me consumait, m'absorbait tout entière. Je m'appliquais, je déchiffrais les partitions, j'apprenais cet art de mes maîtres et, en résultat, je progressais rapidement. Lucy chantait par plaisir et presque toujours avec une expression d'indifférence amusée sur le visage, comme si elle avait pu prendre ou laisser, mais quand elle prenait, elle était capable d'égaler les meilleurs, ce qui m'agaçait, bien entendu. Pourquoi une telle voix avait-elle été donnée à Lucy et non à Imogen qui adorait l'opéra ? Cette question me faisait douter de l'équité du Tout-Puissant. Maman se rendit compte très vite qu'il ne servirait à rien de vouloir imposer ses rêves à Lucy – et elle se rabattit sur moi.

Dès qu'elle eut découvert que je pouvais imiter Alma, je devins l'objet unique de toute son attention, avec toute la force chaotique de ses rêves non réalisés.

« J'aimerais pouvoir chanter comme toi, Tara, me disait-elle quand tout le monde avait évacué la salle à manger pour aller au lit.

— Mais tu peux, maman, rétorquai-je du haut de mes huit ans, tout étonnée parce que j'étais convaincue que c'était vrai.

— Si j'avais eu ta voix, j'en aurais fait quelque chose.

— Quoi par exemple ? »

Alors elle hochait la tête à la seule pensée des innombrables possibilités qu'elle entrevoyait.

« Je m'en serais servie pour devenir célèbre. J'aurais parcouru le monde entier et épousé une vedette de cinéma…

— Mais tu as épousé papa !

— Justement… » Elle me regardait, puis baissait les yeux sur ses mains. « Sers-toi de ce que tu as, Tara.

— Que veux-tu dire ? »

Elle tirait sur un fil de l'ourlet de ma chemise de nuit et le cassait net. Elle ne répondit jamais à ma question.

Et c'était difficile d'être membre d'une famille aussi nombreuse, difficile de se faire entendre, fusse pour demander qu'on vous passe la confiture au petit déjeuner, ou qu'on vous aide pour les devoirs. Maman était une mère merveilleuse, mais étrangement lointaine parfois et bourrée de contradictions. Elle était irrésistible si quelque chose la faisait rire, mais impénétrable quand elle n'aimait pas quelqu'un ou une remarque que nous lui avions adressée. Lorsqu'elle était fâchée, elle parlait comme un enfant qui a envie de fuir tout et tout le monde, mais quand elle était heureuse elle semblait concentrer toute la sagesse du monde dans son mètre soixante-sept. Elle ne pouvait s'empêcher de rire bêtement quand elle voyait de beaux jeunes gens la dévisager, mais elle fusillait du regard les garçons qui sifflaient Lucy. Elle nous tenait tous dans le creux de sa main, surtout papa, et elle le savait. Son véritable bonheur, elle le tirait de ses nourrissons, et papa m'a raconté plus tard que chaque fois que l'un de nous commençait à marcher et à parler, elle prenait le deuil. Alors elle retombait enceinte et cessait de souffrir. Elle essayait quelquefois de nous expliquer ce qu'on éprouvait de porter pendant neuf mois un enfant à l'intérieur de soi. Je ne me sentais pas concernée, je n'imaginais pas que ça pourrait m'arriver un jour. Elle parlait souvent comme si son séjour parmi nous n'allait pas durer toujours, chose que je ne trouvais pas bizarre à l'époque.

« Tu prendras toujours soin des autres, n'est-ce pas ? disait-elle à J. V. quand il revenait à la maison.

— Hemm.

— Au cas où.

— Au cas où quoi ? »

Ces bribes de conversation ne réussirent pas à nous préparer à ce qui allait arriver. La naissance de Luke, son dernier enfant et notre plus jeune frère, fut très difficile, la pire et de loin. Elle était entrée en travail très soudainement un après-midi, avec deux semaines d'avance. Elle était seule à la maison avec Lucy qui n'avait que treize ans et qui, de nous tous, avait le moins d'esprit pratique, qui se trouvait mal à la vue d'une goutte de sang et qui devenait verte à l'idée de la souffrance.

Le temps que la sage-femme arrive, Lucy avait uniquement réussi à disposer des verres d'eau autour de maman. Le bébé était mal placé ; elle perdit une énorme quantité de sang et tout se passa si vite qu'elle accoucha dans sa chambre, sans la sage-femme. Luke vint au monde et, deux semaines après, maman n'était toujours pas vraiment rétablie. On lui annonça qu'elle souffrait d'une grave infection et seulement dix jours plus tard, elle s'endormit pour ne jamais plus se réveiller. Sa mort dévasta Lucy, persuadée que c'était sa faute. C'était faux, bien entendu, mais Lucy avait treize ans et elle était terrifiée. Elle me confia un jour qu'elle était persuadée que si Imogen avait été auprès de maman à ce moment-là, elle aurait su quoi faire pour arrêter l'hémorragie et maman s'en serait tirée.

« Imo n'est pas médecin, lui avais-je dit. Elle n'aurait pas pu faire mieux que toi.

— Trop bien pour nous, marmonna George, vêtu d'un costume neuf qui pendouillait sur son corps efflanqué, lors des obsèques. Elle était tout simplement trop bien pour nous. »

Le lendemain des obsèques, il se produisit un incident que ni Lucy ni moi ne devions jamais oublier. Nous tombâmes de la bicyclette que nous partagions – j'étais assise sur le guidon et Lucy pédalait. Nous nous retrouvâmes toutes les deux à l'hôpital. Elle avait eu la permission de partir au bout d'une heure mais moi, j'étais malade – tant était violente la souffrance, l'idée incroyablement cruelle que maman était partie pour toujours. On me banda la cheville et je rentrai à la maison au bout de trois jours. Tout alors semblait noir dans le village – de même que la totalité des après-midi de ce rude hiver qui suivirent. Sans maman, le monde avait un goût atroce. C'est le seul adjectif qui me vient à l'esprit quand je repense à cette première année sans elle. Atroce. Je n'arrivais pas à me débarrasser de la claudication causée par ma chute de vélo – elle était légère, mais elle se remarquait –, rappel permanent de ces moments, et cette douleur physique prenant naissance dans mon pied gauche symbolisant la détresse que nous ressentions tous.

Et après sa mort, nous, les enfants Jupp, nous devînmes davantage nous-mêmes que jamais.

Jack se fit plus vagabond – c'est l'année de la mort de maman qu'il disparut en France sans même nous laisser un mot. George s'ancra dans l'idée de suivre papa dans l'Église et il cessa de reluquer les filles dans le bus. Imogen devint plus angoissée, son bégaiement s'accentua. Florence était plus irritable, plus difficile à déchiffrer, davantage portée sur un style de jazz hermétique. Lucy était la plus affectée de nous tous, même si nous ne nous en rendîmes compte que bien plus tard. Bref, c'était comme si la nature complexe et contradictoire de maman avait essaimé en chacun de nous, chaque enfant étant le dépositaire d'un trait particulier de son caractère.

Et moi ? Je devins plus empotée, plus difficile, obsédée par les chevaux dont j'avais décrété qu'ils étaient mes seuls amis dans ce monde cruel, etc., etc. Après la mort de maman, je pris l'habitude de – comment dire ? –, d'en emprunter un chaque fois que l'envie de monter se faisait trop violente. Je connaissais les meilleurs chevaux à quinze kilomètres à la ronde ; je réglais mon réveil sur une heure très matinale, sortais de la maison en catimini et prenais la direction de la propriété la plus importante et la plus prestigieuse de la région : Trellanack House.

Construite en 1764 par la famille Wells-Devoran, ce manoir était entouré d'un parc peuplé de poneys. L'actuelle lady W.-D. était une ancienne championne olympique qui – à l'âge de soixante et un ans – collectionnait les poneys shetland de même que nous collectionnions les cartes de cigarettes. On la voyait uniquement à l'église où elle venait avec sa fille Matilda, qui était pensionnaire et ne parlait jamais à aucun de nous, bien que, par une coïncidence malheureuse, nous avions un point commun puisque son père avait succombé à une pneumonie quinze jours après maman. Papa avait dû célébrer la cérémonie funèbre et il avait craqué en citant un passage de saint Marc – chose qui m'avait remplie à la fois de honte et d'amour, quand Thomas, le sacristain trop bavard, me l'avait racontée. Les larmes de papa pour notre mère furent les seules qui furent versées le jour des funérailles de sir Lionel Wells-Devoran ; le propriétaire de Trellanack House n'était apparemment pas un homme à inspirer de l'amour à quiconque. En tout cas, sa femme semblait étrangement indifférente au départ de son époux – elle distribuait généreusement ses bonjours, à Noël et à Pâques, et avait désormais dans sa démarche une élasticité que personne n'avait remarquée auparavant. Elle doit être aussi dure qu'un vieux licou, pensai-je, et Matilda aussi. Je ne crois vraiment pas qu'elle aurait été spécialement ravie de savoir ce que je faisais dans sa propriété, mais oh ! comme c'était facile.

Je n'avais qu'à me poster au bout de l'allée longue de plus d'un kilomètre, une pomme à la main, pour attirer l'animal de mon choix. Mieux encore, il y avait sous la clôture de piquets et de fil de fer du parc un creux qui me permettait de me faufiler à l'intérieur, de grimper sur le cheval le plus proche et de cavalcader tout mon saoul sans être vue depuis la maison. Je m'étais fabriqué un collier avec une ceinture appartenant à un prêtre catholique ami de mon père, venu chez nous en visite, et je passais cet article anciennement sacré par-dessus la tête du cheval que je montais à cru, pendant une vingtaine de minutes de pure félicité, avant de remettre pied à terre et de rentrer à la maison pour le petit déjeuner, l'air le plus innocent du monde. Je n'irais pas jusqu'à dire que je n'étais pas inquiète – d'après Thomas le sacristain, sir Lionel avait la réputation de hanter la maison et ses abords, le torse ceint d'un gilet de sauvetage et appelant sa mère à grands cris (à cinq ans, il avait réchappé au naufrage du *Titanic*), mais Thomas aimait bien me flanquer la frousse et me voir paniquer. Mes sœurs se divertissaient de mes exploits équestres et George admirait ma débrouillardise, mais pour moi il ne s'agissait pas d'amuser la galerie ni de me montrer rebelle. C'était seulement un besoin de bouger permanent, de m'insérer dans quelque chose de plus grand que moi.

À cheval, je pouvais oublier que maman n'était plus là, oublier que je ne savais pas où j'allais. Chanter et galoper m'emportaient ailleurs, au sens propre comme au sens métaphysique. Faire du cheval à Trellanack revenait à être transportée dans un pays de rêve étrange et merveilleux où je pouvais tout oublier, grâce au pouvoir du mouvement. Ces virées matinales me sauvèrent de la cruelle souffrance que me causait la perte de maman et je n'avais aucune intention d'y mettre fin – pour qui que ce fût.

Et surtout, quand je me trouvais sur un cheval ou que je chantais dans la chorale, j'étais quelque chose de plus que la sœur de Lucy Jupp, ce que je trouvais déjà extraordinaire. À cette époque, je ne vivais que pour ça.

2

Le bois aux fées

En mars 1955, juste deux mois après la mort de maman, Lucy se fit rattraper par sa mauvaise conduite. Je n'avais que neuf ans et elle allait sur ses quatorze ans quand, une nuit, on la surprit à sortir en douce de la maison par la fenêtre de sa chambre pour retrouver Martin Adams qui travaillait dans un garage, ce que je trouvais débile pour deux raisons – d'abord parce que Martin Adams était d'une bêtise crasse et ne valait pas un tel acte de rébellion, et ensuite parce qu'il faisait bien trop froid pour seulement songer à sortir de son lit en plein février afin d'aller rejoindre un garçon, fût-ce un garçon qui avait – même de l'avis de Florence – une superbe et abondante chevelure. Quoi qu'il en soit, c'est ce qu'elle fit bel et bien, mais sans prendre assez de précautions pour ne pas se faire pincer, et après ça, papa, trouvant que ça suffisait comme ça, décida de l'envoyer passer une semaine chez notre grand-tante Mary, de manière à lui donner l'occasion de réfléchir à sa conduite et de consacrer un peu de temps à son travail scolaire négligé. Mary était la tante de papa – une femme courtaude à l'ample poitrine, une gouvernante reconvertie en cuisinière, qui avait soupçonné maman de s'être mariée par amour et non par intérêt, opinion qu'elle réitérait le jour des obsèques de maman.

« J'ai toujours pensé que votre mère était une femme bien », avait-elle dit, comme si elle me faisait un grand honneur en disant ça. « Frivole, et fantaisiste à beaucoup d'égards, mais avec un grand cœur.

— Merci. C'est vrai », avais-je répondu, sans trop savoir ce qu'elle avait voulu dire.

« Mais j'ai toujours dit qu'il y aurait des problèmes quand elle a épousé mon neveu. C'est ce qui arrive quand une demoiselle comme votre mère se marie en dessous d'elle », avait-elle ajouté. Les mains jointes sur la poitrine, en noir de la tête aux pieds et avec ses yeux gris acier, elle était un tiers Mrs Danvers, de *Rebecca*, et deux tiers Mrs Piquedru, de Beatrix Potter.

« Difficile de se marier en dessous de soi si on se marie avec papa, avais-je remarqué avec aigreur. Maman était obligée se mettre sur la pointe des pieds pour l'embrasser. »

À la dernière minute, mon frère George et moi fûmes inclus dans l'expédition chez tante Mary, tout d'abord parce qu'autrement nous aurions encombré le presbytère de notre présence, pendant les vacances scolaires, vu que sans maman à la barre, papa aurait été perdu dans cette mer d'enfants dont il avait tendance à oublier les prénoms, s'ils n'étaient pas épinglés sur nos chandails.

« Tante Mary me terrorise, bêlai-je, à l'instant où papa nous poussait littéralement dans le train tous les trois.

— Cette maison me terrorise », ajouta George à mi-voix.

Mais la portière du wagon se referma bruyamment et, avant de pouvoir dire ouf, nous roulions vers l'est. Tante Mary habitait le Wiltshire, dans un cottage grand comme un mouchoir de poche, à côté de la poste, mais Milton Magna Hall, la maison où elle travaillait, c'était une autre affaire. C'était le genre de demeure dont on parle dans les livres mais dont on n'imagine pas qu'elle puisse exister dans la réalité. On aurait pu caser le presbytère tout entier dans le grand salon ; elle était conçue pour des géants.

Notre séjour chez tante Mary ne fut marqué, dans l'ensemble, par aucun événement particulier. Nous n'étions pas autorisés à pénétrer dans la grande maison, sauf pour apporter quelque chose à la cuisine – la plupart du temps, nous étions assignés à résidence dans le cottage, avec des monceaux d'effets à raccommoder et à laver, comme dans un roman de Dickens. D'autres fois, on nous envoyait au village faire des achats d'un intérêt douteux, genre navets ou emplâtres pour cors au pied, mais la veille du départ tante Mary estima qu'elle avait besoin de l'un de nous dans la cuisine de la grande maison pour l'aider à éplucher des légumes. Lucy, qui avait le béguin pour un garçon qui travaillait dans un magasin du village, était tout heureuse que le choix se soit porté sur moi, ce qui la laissait libre de traînailler en toute tranquillité. Je devais aider à la préparation du déjeuner dominical réunissant de nombreux convives. J'étais à peine arrivée qu'on m'envoya chercher du persil dans le potager.

J'avais pour consigne de ne pas m'attarder, mais ainsi que Pierre Lapin, je ne pus résister à l'envie d'aller voir ce qu'il y avait derrière cette barrière (un jardin enclos de murs avec un verger, un pigeonnier et la statue d'un petit garçon aux pieds palmés...) et au-delà de ce petit portillon ? (un pré au sol durci par le froid occupé par un poney gris obèse qui avait perdu un fer...) et après ce coin ? (Oh, un autre portillon, un petit sentier et un ruisseau à demi gelé conduisant à une colline envahie de houx...) Inutile de dire que je ne fus pas longue à me perdre complètement et, grâce à mon imagination fertile et à un vent déchaîné, j'étais à la fois frigorifiée et épouvantée.

Car, voyez-vous, je n'étais pas encore entrée dans cette période de ma vie où j'allais prendre un certain plaisir à me retrouver seule dans des lieux inconnus. Aussi, je m'assis par terre et, à ma grande honte, je me mis à sangloter. Ce n'était pas tant parce que j'étais perdue, mais plutôt parce que je collais si parfaitement à l'image lamentable que tante Mary avait de moi. J'avais besoin d'être secourue et, pour la première fois de ma vie, à l'instant même où je fermais les yeux pour prier... il se passa réellement quelque chose – instantanément.

Quand je rouvris les yeux, je les vis qui venaient vers moi, bras dessus bras dessous – deux anges en fourrures et bottes de caoutchouc. Même de loin, je me rendis compte que c'étaient de belles filles bien plantées, comme aurait dit papa. L'une d'elles était miss Penelope, la jeune fille de la maison, je la reconnus aussitôt, Mary en parlait assez souvent et son portrait était accroché dans la salle à manger de la grande maison.

« Que fais-tu là, ma petite ? s'étonna-t-elle.

— Ne pleure pas ! » enchaîna son amie. Elle portait une robe noire sous son manteau et avait une épaisse chevelure raide. Elle semblait sortie tout droit d'un film de James Dean. Je ravalai mes larmes.

« Moi, c'est Penelope, et voici Charlotte. Nous ne mordons pas.

— Ma tante… ma tante m'attend. » Je reniflai, morte de honte. « Elle m'avait dit de ne pas m'éloigner, mais passé le portail, je ne me suis plus retrouvée… » Ma voix se perdit. Furieuse contre moi, j'essuyai une larme sur ma joue.

« Allons, allons, dit miss Penelope. Voyons un peu si je devine qui tu es. »

Je battis des paupières. « Comment ça ?

— C'est que Mary n'arrête pas de parler de ses neveux et nièces. Tu habites en Cornouailles, non ? »

Je fis oui de la tête.

« Ton frère aîné s'appelle Jack, c'est bien ça ? Celui qui est parti depuis si longtemps que Mary a complètement oublié à quoi il ressemble.

— Complètement oublié », répéta la grande, dans une imitation brillante de l'accent de Mary. J'éclatai de rire. Il y avait chez elles une malice dépourvue de méchanceté à l'égard de ma tante, quoique réflexion faite, si j'avais décelé une quelconque perfidie, je ne m'en serais sûrement pas formalisée. Cette semaine, j'en avais par-dessus la tête de ma tante.

« Et puis il y a Lucy, poursuivit miss Penelope, en prenant le même accent mais avec moins de réussite. Elle est très belle.

— Et comment ! s'exclama Charlotte.

— Mais quelle enfant difficile ! Trop imbue d'elle-même et remplie d'idées extravagantes et au-dessus de sa condition.

— Au-dessus de sa condition », fit écho Charlotte en secouant la tête.

Je pouffai. Elles avaient si bien capté les façons de parler de ma tante.

« Et ton frère George ? Un garçon si honnête, tellement digne de confiance ! Et les jumelles Imogen et Florence ? Comment vont-elles ?

— Très bien. Imogen est casse-pieds, mais très gentille. Florence ne pense pas beaucoup aux autres. George va entrer dans les ordres comme papa, aussi tout le monde trouve que c'est super.

— Et les deux derniers ? Zut, j'ai oublié leurs noms, dit miss Penelope en fronçant les sourcils.

— Les Petits, dis-je. Roy et Luke.

— Ah ! Les deux bébés. Quel âge ont-ils maintenant ?

— Presque deux ans, et trois mois, répondis-je en calculant de tête à toute vitesse.

— C'est eux que ton père voudrait voir sur le court central un jour, remarqua miss Charlotte.

— Oui. Il leur a déjà acheté une raquette. Pour le moment, ils s'en servent uniquement pour se flanquer des coups sur la tête.

— Fantastique. Un homme d'Église comme ton père qui se passionne pour un sport aussi égoïste. Ça ressemble à quoi, de vivre avec un pasteur ?

— Oh, papa n'est pas seulement pasteur, c'est aussi un tyran », dis-je, toute fière, en proférant ce mot avec une extrême assurance. Je l'avais souvent entendu utiliser en relation avec mon père. Je supposais qu'il faisait référence à sa fonction prééminente.

Les deux jeunes filles éclatèrent de rire.

« Et ta mère ? demanda Charlotte, à qui Penelope donna un coup de coude.

— Elle est morte. »

Charlotte hocha la tête et je sentis son embarras.

« Zut, je suis vraiment désolée. Quelle idiote je suis ! Je le savais pourtant, bien sûr. Mary était effondrée. Je suis vraiment désolée.

— Tante Mary trouvait maman un peu frivole. »

Miss Penelope sourit et se mordit la lèvre.

« C'est toujours bien d'être traitée de frivole par sa tante, dit-elle. Tu es bien placée pour le savoir, Charlotte. »

Elles se remirent à rire et je fis chorus, sans trop savoir ce qu'il y avait de si drôle. La seule chose dont j'étais sûre, c'est que j'aurais aimé rester avec elles le plus longtemps possible et que Lucy en serait malade de jalousie ; elle rêvait de connaître des filles comme Charlotte et Penelope qui dégageaient tant de charme, d'assurance et l'impression de pouvoir tout réussir.

« Allez, viens ! » Charlotte sourit et me tendit sa main dans laquelle je glissai ma menotte glacée.

« Bon. Maintenant on va pouvoir marcher et parler en même temps. Penelope et moi, nous passons notre temps à parler et à marcher, vois-tu. Sauf quand ça monte. Dans ce cas, c'est trop dur. Allons-y. J'imagine que tu aimerais bien grignoter quelque chose. Se perdre donne horriblement faim. » Elle fouilla dans ses poches et me tendit une moitié de Kit-Kat, encore enveloppée dans son papier rouge et argent. J'hésitai. Je n'étais pas encore habituée à un tel luxe – le chocolat était une denrée rare, elle aurait pu tout aussi bien me donner un billet d'avion pour Paris. Je m'en emparai prestement, avant qu'elle puisse se raviser. Imogen venait de finir de me lire C. S. Lewis ; j'étais Edmund acceptant le loukoum offert par la Reine des neiges. « Merci, dis-je, quand j'eus tout mangé.

— Ne me remercie pas. Ça tombe à pic, ça m'empêchera de trop engraisser. La semaine prochaine, pour la fête donnée par Patrick Reece, je vais devoir rentrer dans une robe affreusement serrée à la taille. »

Une fête ! Prononcé par une personne aussi glamour que Charlotte, ce mot prenait un sens nouveau. J'étais allée à des goûters d'anniversaire, où il y avait un gâteau – avec de la chance –, une chanson et des jeux. Tous les ans, en août, on organisait un bal de village dans une grange et on en repartait avec les mollets tout striés de marques rouges à force d'avoir couru dans la paille ; ma sœur et moi, nous nous cachions sous les tables à tréteaux et buvions du cidre à en être malades. Mais de la façon dont Charlotte prononçait le mot « fête »... on se serait cru au temps de Cendrillon. J'imaginais des laquais, des chevaux blancs et des princes venus de tous les pays du monde rivalisant pour se faire inscrire sur le carnet de bal des plus jolies danseuses. J'aurais aimé en savoir plus, mais je me tus.

Le retour vers la cuisine où travaillait Mary me fit l'effet d'une promenade enchantée. Les deux filles parlaient sans arrêt et je marchais entre elles d'un pas mal assuré, en les écoutant de la même façon qu'Imogen écoutait les feuilletons radiodiffusés, à la maison. Elles ne me semblaient pas appartenir au même monde que moi ; elles étaient des êtres venus d'ailleurs, avec leur haute taille, leur âge et leur rire. À un moment donné, il fut question de Johnnie Ray.

« Même s'il donne un concert sur la lune, je m'en fiche. Il faut qu'on y aille, déclara Charlotte.

— Mais comment ? demanda Penelope.

— Peu importe. Il le faut. Des occasions comme ça, on n'en aura pas tous les jours. Il faut battre le fer tant qu'il est chaud. »

Miss Penelope me regarda.

« Tu aimes la musique ?

— Euh. Oui. Mais pour Johnnie Ray, je ne sais pas trop. »

J'avais vu sa photo sur la couverture des magazines que lisait Lucy, mais étant un chanteur pop et un homme de surcroît, il fricotait avec le diable, d'après papa.

« Je fais seulement partie la chorale paroissiale, ajoutai-je.

— Oh ! » Miss Penelope s'arrêta net et me dévisagea. « Mais bien sûr ! C'est toi qui as une voix merveilleuse ! Mary dit que tu es la meilleure de toute la chorale ! »

Je devins aussi rouge que le papier du Kit-Kat.

« Je me débrouille, dis-je, remplie de confusion.

— Qu'est-ce que tu chantes ?

— Oh, des cantiques sur Dieu, sur Jésus. Des trucs d'église, quoi.

— Mary nous a dit que tu avais chanté sans aucun accompagnement le premier couplet du chant de Noël où il est question du roi David, remarqua miss Penelope.

— Il fallait bien que quelqu'un le fasse. En fait, j'avais un gros rhume. Ça ne devait pas être terrible.

— Pourtant tu as fait *sensation*. Il paraît que les fidèles sont tous tombés à genoux, dit Charlotte.

— Ils y étaient déjà, pour la plupart. Tellement papa les terrifie. N'importe qui aurait pu chanter ça. Mais les gens ont le trac et finalement c'est moi qui l'ai fait, parce que ça ne m'ennuie pas du tout. Chanter ne m'angoisse pas, contrairement à d'autres.

— Tu es bien trop modeste, dit miss Penelope. Mary ne distribue pas ses éloges facilement.

— Ça, je ne sais pas », fis-je.

Me voyant écarlate, elles changèrent de sujet et commencèrent à me parler d'un certain Harry, le cousin de Charlotte, un magicien amoureux d'une Américaine prénommée Maria. Toute l'histoire avait l'air de sortir d'un roman dont je tournais les pages à mesure que nous marchions.

À mon arrivée dans la cuisine, Mary me gronda.

« Ne soyez pas trop dure avec elle, dit miss Penelope.

— C'est une petite sotte, répliqua ma tante. Toujours à s'attirer des ennuis, celle-là, pour sûr.

— Parfait, dit l'autre. Je l'espère bien. »

Elles repartirent au bout d'une minute, en recommençant à parler de Johnny Ray.

Mary me tendit une passoire pleine de carottes à laver et à émincer.

« Quelle coquine tu es, Tara Jupp. Quand je pense que miss Penelope et miss Charlotte t'ont trouvée dans le bois aux fées. Ça ne va pas du tout, ça. »

Et pourquoi pas ? pensai-je. Je passai les carottes sous le robinet pendant que tante Mary me nouait un tablier autour de la taille.

« Faut pas que tes cheveux tombent dans le manger », maugréa-t-elle en farfouillant dans le placard d'où elle sortit une vieille serviette de table qu'elle enroula autour de mes cheveux, et je fis la grimace parce qu'elle me les tirait.

Voyez-vous, je me souviens de tout – de chaque mot, de chaque pas, de chaque impression de cette matinée passée avec ces deux filles – avec une netteté incroyable. Vous savez pourquoi ? Parce qu'après avoir travaillé pendant une demi-heure sous la férule de ma tante – à croire que ce n'était pas suffisant d'avoir eu le privilège de poser les yeux sur Penelope et Charlotte –, je fis *sa* connaissance.

3

Le jeune homme de la grande maison

« Bon sang, quel froid ! »

Je l'entendis avant de le voir et faillis me trancher le doigt du saisissement que me causa l'irruption de cette voix inconnue dans la cuisine. Je levai les yeux et m'aperçus qu'il était déjà planté devant la cheminée, tout frissonnant. Il serrait un disque sur sa poitrine et portait un de ces costumes zazou qu'affectionnaient les Teddy Boys, à l'époque, mais étant donné sa distinction, cela lui donnait moins l'air d'être un individu inquiétant qu'un authentique prince edwardien.

Mary s'essuya les mains sur son tablier et me désigna.

« Ma nièce Tara. C'est M. Inigo », me dit-elle en insistant sur le mot « monsieur », comme pour me faire comprendre que je ne devais même pas penser à lui sans lui accoler ce terme. « Aujourd'hui, elle m'aide un peu. Et heureusement. J'ai les mains dans un état, depuis quelque temps. L'arthur-rite, c'est quelque chose d'épouvantable. Passe-moi le produit pour l'argenterie, Tara. »

Pour la première fois, Inigo me regarda vraiment, puis il roula des yeux. Je laissai échapper un petit rire nerveux. Jamais, sans aucun doute, je n'avais vu un garçon aussi beau ; au reste, n'ayant que dix ans et ne m'intéressant qu'aux chevaux, c'était le premier garçon dont le physique ait jamais retenu mon attention sans que Lucy me le suggère. Ses cheveux noirs taillés en pointe sur la nuque, un teint pâle et sans défaut, grand et maigre, il était tout le contraire des gars de mon village, avec leurs bras massifs et leurs dents gâtées. Il baissa les yeux à nouveau. Je me rappelle avoir pensé qu'il était peut-être gêné par la longueur de ses cils – ils en étaient ridicules.

« Tu fais partie du clan de Cornouailles ? » demanda-t-il.

Je hochai la tête, incapable de prononcer un mot.

« Votre sœur et miss Charlotte l'ont trouvée dans le bois aux fées, ce matin.

— Bravo, dit-il. Malheureusement il n'y a plus de fées là-bas. Elles n'ont pas de quoi payer le loyer.

— Ah.

— Pourrais-je avoir un sandwich, Mary chérie ? » demanda-t-il, et j'en restai bouche bée d'entendre quelqu'un s'adresser ainsi à ma tante.

« Sûrement pas. J'ai besoin du beurre pour mes panais et du fromage qui reste pour mon chou-fleur. Jamais vu un garçon tout le temps aussi affamé, remarqua-t-elle sèchement, en posant sur la planche à découper un gros morceau de cheddar qu'elle se mit à râper avec férocité.

— C'est fini, le rationnement ? demanda Inigo d'un air innocent.

— Quel effronté ! » bredouilla Mary.

Faute de sandwich, il chipa une carotte, se remplit un verre d'eau au robinet et s'assit à la table. Il sortit un *New Musical Express* d'un sac en papier et s'absorba dans sa lecture, mâchant bruyamment et buvant son eau sans mot dire. Alma Cogan figurait en couverture du magazine. J'étais en transe. S'il vous plaît, pensai-je. S'il vous plaît, faites qu'il le laisse sur la table, quand il aura fini de le lire, pour que je puisse regarder sa photo autant que je le voudrais. Il s'écoula un quart d'heure d'un merveilleux silence pendant lequel je ne quittai pas du regard la pendule de la cuisine. Il aurait fallu que je demande à tante Mary où était le sel pour en mettre dans l'eau bouillante, mais je n'osais pas dire un mot. Finalement ce fut Inigo qui rompit le silence.

« Tiens, prends-en une, dit-il, en me tendant une carotte sans même lever les yeux de son magazine.

— Une seule, bougonna tante Mary. J'ai encore le déjeuner à préparer. »

Je saisis la carotte, nos doigts s'effleurèrent et je sursautai comme si je m'étais brûlée. Il posa sur moi un regard interrogateur.

« Ça va ? »

Je hochai la tête sans rien dire.

« Le printemps le plus froid depuis mon enfance, lança tout à trac tante Mary.

— C'est bien vrai, ça. Il paraît qu'au Moyen Âge, il faisait beaucoup plus froid qu'aujourd'hui.

— Taisez-vous, petit insolent ! » Tante Mary le menaça de son torchon. Il se replongea dans son magazine. Je n'en pouvais plus. J'étais prête à exploser. Impossible de me contenir plus longtemps.

« J'adore Alma, balbutiai-je. C'est ma chanteuse préférée. »

Je sentis de la réprobation chez tante Mary ; je n'étais pas censée parler à M. Inigo, surtout pas de musique et, par-dessus le marché, c'était moi qui entamais la conversation.

Il me regarda enfin.

« Ah bon ? dit-il.

— Oui. »

Tante Mary me considérait d'un air affligé.

« On m'a offert *Dreamboat*, dis-je. Papa n'aime pas que je l'écoute, mais quand il répète ses sermons, on monte le son et on danse dans toute la maison. Elle est tellement belle, cette Alma. »

Il m'examina avec attention et un déclic se produisit en lui.

« Attends ! N'es-tu pas celle qui chante si bien ? C'est elle, hein, Mary ? »

Tante Mary semblait hésiter entre la fierté et la désapprobation.

« Oui, c'est elle. La meilleure de toute la chorale, ajouta-t-elle d'un ton pincé.

— Ce n'est rien, dis-je, pour la seconde fois de la matinée.

— Ou alors tout, rétorqua Inigo. Tu veux bien chanter, là, tout de suite ? Si je t'accompagne à la guitare ?

— Non ! » De stupéfaction, je crois bien que j'avais ri.

« Ne dites pas de bêtises, monsieur Inigo, intervint sèchement tante Mary.

— Oh, allez ! fit-il, en colère, presque.

— Je ne comprends pas ce que vous voulez dire, fis-je. Je ne peux pas chanter ici. Quoi ? Dans cette cuisine ? Devant vous et tante Mary ?

— Et pourquoi pas ? C'est ça qui est merveilleux avec le chant, non ? On peut chanter n'importe quand, n'importe où.

— Je chanterai si vous me laissez lire l'article sur Alma. »

Inigo prit le magazine.

« Si tu t'en sors bien, je te le donnerai, dit-il en tournant la revue vers moi.

— D'accord, fis-je, avec un haussement d'épaules.

— Je ne pense pas que ce soit bien de… commença tante Mary.

— Mais si, mais si, coupa Inigo. Vas-y, chante. »

C'est ainsi que je chantai *Dreamboat*, au pied levé, là, dans la cuisine, accompagnée par le bouillonnement de l'eau des pommes de terre sur la cuisinière et la guitare d'Inigo. L'acoustique me favorisait ; la hauteur du plafond conférait une résonance, un soutien, à chaque note. Mais impossible d'imiter Alma sans bouger. Comme enracinée sur place au début, je m'étais redressée pour le deuxième couplet et le refrain, les mains tendues vers un public imaginaire, reproduisant de mon mieux le jeu de scène d'Alma d'après ce que j'avais pu en lire. Inigo grattait sa guitare en riant, avec ses cheveux qui lui retombaient devant les yeux. À un moment donné, il lâcha son médiator et continua à jouer en raclant furieusement les cordes de ses doigts, tout en martelant de sa botte les dalles froides de la cuisine. Quand ce fut fini, le fou rire nous saisit tous les deux. C'était plus fort que nous.

Tante Mary, qui essayait de ne pas sourire, regardait Inigo en hochant la tête.

« Je vous l'avais dit, qu'elle chantait bien, dit-elle d'un ton bourru.

— Tiens. » Il me tendit le magazine. « Tu as une belle voix, la môme. Il faudrait que tu en fasses quelque chose. »

J'éclatai de rire à cause de l'accent américain qu'il avait pris pour dire ça. Aucune personne de ma connaissance ne parlait ainsi !

« Et elle n'a que dix ans », se rengorgea tante Mary.

Tais-toi ! pensai-je. Dans ma tête, j'en avais dix-neuf, je portais une robe en tulle rose, un rouge à lèvres éclatant et une bague de fiançailles au doigt, offerte par Inigo Wallace de préférence.

« Chantez-moi quelque chose, vous aussi, dis-je d'une voix implorante. S'il vous plaît. »

Après une seconde d'hésitation, il répondit : « D'accord. Je vais te chanter une chanson d'Elvis Presley.

— Qui ça ?

— C'est un nouveau chanteur de rock'n'roll américain. Mon oncle le connaît. »

Curieux, tout de même, que j'aie découvert Elvis par l'intermédiaire d'un Anglais de quinze ans, qui chantait dans une maison pareille à un galion moyenâgeux, en plein cœur du Wiltshire. Jamais plus, depuis, je n'ai entendu Elvis sans repenser à Inigo. Pour moi, c'était comme si le King et lui ne faisaient qu'un, et même, je préférai à l'original l'imitation qu'en avait faite Inigo.

À l'instant où il cessait de chanter, une voix féminine appela son nom.

« Merde, il faut que j'y aille, dit-il. Ma mère m'emmène acheter des chaussures. »

Ma consternation de le voir partir fut adoucie par le ravissement de l'entendre dire un gros mot. Il saisit sa guitare et disparut.

Je me penchai pour ramasser le médiator.

Le reste de la journée passa comme dans un rêve. Par deux fois, tante Mary perdit son calme parce que je n'arrivais pas à me concentrer sur ce que je faisais. Mais qui aurait pu me le reprocher ! Maintenant, la perspective de quitter Wiltshire me désolait – Lucy, George et moi devions regagner la Cornouailles le lendemain, en train omnibus. Je ne le reverrais peut-être jamais. Ce soir-là – juste avant de retourner chez tante Mary –, comme si je ne m'étais pas fait déjà assez remarquer dans la journée en me perdant, en chantant et en laissant brûler la sauce à la mie de pain, je me rendis coupable d'un forfait qui devait me hanter des années durant.

Tante Mary m'avait demandé d'aller chercher les tasses à thé dans la bibliothèque pour les rapporter à la cuisine. La pensée me vint que nous devions partir le lendemain et que je n'aurais aucun souvenir de cette maison. Lucy aimait bien me mettre au défi de prendre une bricole partout où j'allais – à cet âge, j'ai honte de le dire, je prenais presque autant de plaisir à commettre de menus larcins qu'à faire croire à ma sœur que j'étais maligne et hardie. Si je chipais un objet insignifiant à Milton Magna Hall, je pourrais le mettre dans un tiroir avec le magazine – et rêver d'Inigo Wallace chaque fois que j'en aurais envie ; de cette manière, tout me reviendrait sous des couleurs plus éclatantes. Caché derrière une vieille carte d'anniversaire, il y avait un minuscule éléphant de cirque en porcelaine. Pas plus grand que ma main, il se dressait sur ses pattes arrière, vêtu en rose et vert, obéissant à un invisible dresseur. Dans une aussi grande maison, personne ne s'apercevrait de sa disparition. Vite, je le glissai dans ma manche.

En ce temps-là, j'étais imprévoyante et, comme tante Mary entendait mal, je n'avais plus pensé qu'elle avait une excellente vue. Le soir, alors que nous étions chez elle en train de préparer nos affaires pour rentrer à la maison, elle entra dans la chambre et vit l'éléphant que je m'apprêtais à glisser dans une chaussette pour le voyage. Mon exploit n'avait guère impressionné Lucy – elle imaginait que dans une maison de l'importance de Milton Magna, j'aurais pu réussir à dérober au moins un petit tableau, dans une chambre inoccupée depuis des lustres, mais en voyant le bibelot, tante Mary comprit instantanément ce qu'il s'était passé. Elle s'approcha, le prit dans sa main et son regard courut de l'éléphant à moi, avant de se poser de nouveau sur la statuette.

« Je l'ai cherché tout l'après-midi. On a mis toute la maison sens dessus dessous. Par saint Pierre, qu'est-ce qu'il fait ici ?

— Je ne sais pas… »

Lucy – tiens, tiens – s'empressa de sortir de la chambre.

Mais nier ne servait à rien. Ma culpabilité éclatait à l'évidence et tante Mary n'avait nullement l'intention d'étouffer l'affaire.

« Tu pourrais aller le remettre à sa place, tante Mary.

— Ah non, ma fille ! C'est toi qui vas le rapporter. Et tu expliqueras tout à Mrs Wallace.

— Mais pourquoi ? me lamentai-je, paniquée par cette perspective. S'il te plaît, tante Mary. C'est une terrible erreur. Je ne sais pas ce qui m'a pris.

— La seule chose que je ne peux pas accepter, c'est la malhonnêteté, dit-elle. Tu l'as pris, tu dois donc le rendre.

— S'il te plaît… s'il te plaît ! »

Mais elle ne m'écoutait déjà plus.

Le lendemain matin à neuf heures, j'étais dans la bibliothèque, attendant d'être reçue en audience par Mrs Wallace. Terrifiée, je serrais l'éléphant dans mes mains. Mais au lieu de Mrs Wallace, je vis entrer son fils, Inigo.

« Bonjour, dit-il, surpris. Qu'est-ce que tu fais ici ? »

Je me mordis la lèvre. C'était la personne au monde sur laquelle je souhaitais le plus faire bonne impression et j'allais devoir lui avouer que j'avais dérobé quelque chose à sa mère.

« Raconte à M. Inigo, ordonna tante Mary.

— J'ai… j'ai pris ça. » Je montrai l'éléphant couché dans ma paume. « Je n'aurais pas dû. Je voulais juste avoir un souvenir de cette… cette… belle maison. Je le rapporte. Je suis vraiment désolée. »

Je posai l'éléphant sur la table d'une main tremblante et, furieuse de ne pouvoir me dominer, je fondis en larmes. Cet éléphant ne me plaisait pas particulièrement et peu m'importait que Mrs Wallace ait remarqué sa disparition, mais comparaître ainsi devant lui m'était insupportable.

« Laissez-nous un instant, vous voulez bien ? fit-il en se tournant vers tante Mary.

— Elle était censée tout dire à votre mère.

— Maman a une migraine, dit-il. Je m'occupe de ça. »

En l'entendant parler avec une telle autorité, le piédestal sur lequel je l'avais installé s'éleva encore d'un cran vers le ciel – désormais il était aux côtés des dieux. Mary sortit d'un pas traînant, non sans m'avoir lancé un regard fulgurant – un chef-d'œuvre de plissement de paupières, nappé d'une bonne couche de déception, de colère et d'une copieuse dose de désespoir à l'ancienne, genre toi-qui-as-jeté-le-déshonneur-sur-notre-famille. Quand elle fut sortie, Inigo me tendit un mouchoir bleu et blanc, tout froissé.

« Ne pleure pas, dit-il. Ça ne sert à rien.

— C'est juste que j'ai tellement honte. Quand je pense que vous avez été si gentil de m'écouter chanter et tout ça.

— La gentillesse n'a rien à voir là-dedans. C'était très bien. »

Il prit l'éléphant.

« C'était un cadeau de mon père, dit-il simplement. Voilà pourquoi ma mère s'est mise dans un tel état. Il l'avait rapporté d'Inde, quand j'étais tout petit.

— Votre père ? murmurai-je. Mais il est mort, n'est-ce pas ? »

Il hocha la tête de façon si imperceptible qu'un peu plus tard, dans la soirée, je m'étais demandé s'il m'avait vraiment répondu. Un instant, ses yeux se voilèrent.

« Ce n'est pas grave. Je suis content de l'avoir retrouvé, voilà tout. »

Ma consternation était telle que je doutais de pouvoir encore rire un jour. Ce dont j'étais sûre, c'était que je ne me rendrais plus jamais coupable d'un vol inconsidéré.

« Je… je ne pensais pas…

— Tu ne pouvais pas savoir. Quand j'étais petit, je barbotais des choses moi aussi à l'épicerie du village. Surtout des réglisses, mais un jour j'ai volé un numéro du *Westbury Gazette*.

— Pour… pourquoi avoir pris ça ?

— Pour voir la photo des courges primées de Phyllis Burns. Ma sœur m'avait dit qu'elles étaient si énormes qu'on ne pouvait pas les soulever. »

Il y eut un silence. « Merci d'être aussi compréhensif, dis-je d'une petite voix.

— Mais non, sourit-il. Je ne dirai rien à ma mère et je vais demander à Mary de ne pas te retenir prisonnière trop longtemps, ou du moins de te laisser lire en prison. »

Je reniflai et souris.

« Quand rentres-tu chez toi ?

— Après le déjeuner. » Je pris une inspiration. « J'ai le magazine que vous m'avez donné », dis-je, terrifiée de penser que notre conversation approchait de sa fin. Maintenant que je l'avais dans mon camp, j'aurais voulu qu'il ne sorte plus jamais de la bibliothèque.

« Le magazine ? Ah oui. Bien. »

Il regarda par la fenêtre et fronça les sourcils.

« Il faut que j'y aille. Je dois retourner à l'internat ce soir. »

Heureux, heureux internat, pensai-je mélancoliquement. « Je suis tellement désolée de vous avoir causé…

— N'y pense plus, coupa-t-il.

— Ça m'étonnerait ! dis-je tristement, grisée par la longueur de cette conversation et la tournure étrange qu'avaient prise les événements.

— Un petit conseil, à ta place je ne volerais rien d'autre. Ma mère possède un radar infaillible pour détecter tout ce qui s'écarte tant soit peu du droit chemin. Surtout en ce qui concerne les gens », ajouta-t-il à mi-voix, en se dirigeant vers la porte.

Ce n'est qu'à mon retour au presbytère que j'ouvris le magazine. Alors même que je le cherchais dans ma poche, je crus que je ne l'y trouverais pas, que tout ça n'avait été qu'un rêve. Mais non, Alma figurait bien sur la couverture et les pages de l'article sur Ramsay Lewis qu'il avait lu étaient toutes froissées. J'en respirai l'odeur, un mélange d'encre et de carotte, et, à mesure que je lisais, j'eus le sentiment que quelque chose avait changé à jamais, s'était transformé irrémédiablement. Mais je ne savais pas quoi.

4

Une Mémoire photographique des maisons

Ce qui se produisit ensuite ne fit qu'enraciner encore un peu plus cette brève rencontre avec Inigo dans le domaine de l'imaginaire. Deux mois plus tard à peine, la grande maison brûla. Tante Mary, qui avait assisté à l'incendie, nous écrivit pour la première fois en vingt ans, afin de tout nous relater en détail.

Il n'y a pas eu de victimes, Dieu soit loué, disait-elle, avant de raconter comment un pompier s'y était pris pour sauver ses meilleurs couteaux, ainsi que le portrait du chien ornant sa cuisine, tandis que, deux minutes plus tard, le toit s'effondrait tout autour de lui. Papa, qui l'admirait pour son « coup de main avec les fruits », l'invita à s'installer chez nous pendant la saison de la rhubarbe, afin de l'aider à se remettre de ses émotions. Le matin de son arrivée, alors que nous préparions des toasts dans la cuisine, Lucy et moi, elle entreprit de nous mettre au courant des dernières nouvelles.

« Mrs Wallace est au mieux avec un monsieur qui s'appelle Rocky Dakota, conclut-elle, une demi-heure et cinq tasses de thé plus tard.

— Rocky Dakota ! » Même Lucy n'en revenait pas. « Mais il est… *célèbre* !

— Il venait souvent à la maison, en tout cas. Et il travaille dans le cinéma, pour sûr. »

J'imaginais alors ce légendaire producteur de cinéma en train de vendre du pop-corn au cinéma de Redruth.

« Le travail, pour moi, c'est terminé, je vous le dis, fit Mary, en reprenant une part du gâteau au gingembre d'Imogen.

— Et ce n'est pas trop tôt, renchérit celle-ci.

— Il a toujours eu envie d'aller en Amérique, lâchai-je étourdiment.

— Qui donc ? demanda papa.

— Personne », répliquai-je, regrettant d'avoir trop parlé.

Mary adressa à mon père un bref signe de tête.

« Elle parle de M. Inigo. Il lui a fait beaucoup d'impression.

— Leurs yeux se sont rencontrés par-dessus une passoire remplie de carottes », ironisa Lucy, et je lui donnai un coup de coude dans les côtes.

« Il pleuvait, s'empressa-t-elle d'ajouter, comme si ce détail expliquait tout.

— L'a trouvé qu'elle chantait bien, M. Inigo, reprit tante Mary. Sans parler qu'il lui a tiré une belle épine du pied, pour l'éléphant.

— L'éléphant ? demanda vivement mon père.

— Ce n'était rien du tout, dis-je aussitôt.

— Tu as chanté devant lui ? m'interrogea Lucy, comme si elle ne le savait pas déjà.

— Il avait une guitare, me défendis-je. Lui aussi, il a chanté. Des chansons d'Elvis Presley.

— Qui est Elvis Presley ? demanda Lucy d'un air soupçonneux.

— Sûr qu'ils ont été très bien avec moi. » Mary sentait que la conversation sortait de ses rails, c'est-à-dire qu'elle n'en était plus le sujet principal. « Mr Dakota, il s'est occupé de moi. Ce qu'il y a de bien, avec les Américains, c'est qu'ils savent de quel côté leur pain est beurré.

— Sur aucun côté ! persiflai-je, en pensant au sandwich au fromage que tante Mary avait refusé à Inigo.

— Tara ! s'exclama papa, choqué par mon francparler.

— Ils vont me manquer, annonça Mary. Surtout M. Inigo. Il a dit qu'il m'enverrait une carte postale. Qu'il allait regretter ma cuisine.

— Vraiment ? dit Lucy, dubitative.

— Je m'fais du souci pour lui, soupira Mary. C'est que là-bas, il aura du mal à trouver son pudding préféré, avec les fruits confits et la crème, et le rhum...

— On l'espère bien pour lui ! » conclut Lucy.

Lui, en tout cas, ne quittait jamais mes pensées. Il était toujours présent, toujours là, les brefs moments passés avec lui me procurant en parts égales une joie secrète et une épouvantable terreur. Je repassais dans ma tête tout ce que nous nous étions dit – même notre conversation dans la bibliothèque, où je m'étais ridiculisée. Tout ce dont il avait parlé – éléphant, réglisses, courges – prenait une importance démesurée. Et Lucy – en dépit de son cœur d'artichaut – s'ingéniait à entretenir la vision romantique que j'avais d'Inigo Wallace.

Je me souviens d'un après-midi où je regardais ma sœur assise à sa coiffeuse, en train de napper ses cils de couches épaisses de mascara, pour aller au cinéma avec Stephen Holmes, lequel avait une moto et ressemblait à Adam Faith.

«Est-ce que je peux te donner un petit conseil, Tara ? demanda-t-elle, en me regardant la regarder dans la glace.

— Quoi» ?

Elle se retourna et plongea ses yeux dans les miens. «Habille-toi toujours comme si tu devais tomber sur James Dean.

— Ça, ça m'étonnerait.

— Bon. D'accord, concéda-t-elle. Habille-toi toujours comme si tu devais tomber sur Inigo Wallace.

— Ça m'étonnerait encore plus.

— Tu te souviens de ce que tu m'as dit à propos de ce que tu as ressenti quand tu as chanté devant lui ?

— Oui.

— Eh bien, ne t'imagine pas que tu as été la seule à ressentir ça.

— Que veux-tu dire ?

— Il faut être deux pour danser le tango.

— Je ne comprends toujours pas.

— Il faut être deux pour ressentir cette Chose.

— Quelle chose ?

— Je ne sais pas. C'est difficile à définir. Mais quoi que tu aies ressenti, il l'a ressenti aussi.

— S'il te plaît, suppliai-je. Ne parle à personne d'Inigo Wallace. D'ailleurs, ne reparle plus jamais de lui. À personne.

— D'accord, dit-elle, un peu surprise. Il sera notre secret. Je ne dirai à personne que tu l'aimes.

— Je ne l'aime pas !

— M'est avis que la donzelle proteste un peu trop vigoureusement », lança-t-elle.

Le soir, je repensai à ce qu'elle avait dit, en m'examinant dans le miroir. Mes cheveux avaient la même teinte que ceux de Lucy, mais pourquoi ne faisaient-ils pas autant d'effet que les siens ? Ils n'étaient pas souples, mais raides comme des baguettes de tambour et moins fournis. Mes yeux bleus étaient-ils trop rapprochés pour être beaux, ma bouche trop grande par rapport à mon visage ? J'avais quelques taches de rousseur dont Imogen assurait qu'elles résultaient d'une consommation de fraises excessive, et j'étais incontestablement plus petite que Lucy l'était à mon âge.

« Tu grandiras », assurait George, mais je n'étais pas certaine de le croire. Tout en épluchant la rhubarbe, je pensais à tante Mary et frémissais à l'idée d'être un jour aussi boulotte et ordinaire qu'elle.

Cependant, sa corpulence et son absence de beauté n'empêchèrent nullement tante Mary de retrouver un emploi rémunéré ; après l'incendie de Milton Magna, elle se vit réclamer de tous côtés. Au cours des années qui suivirent, bien qu'elle prétendît être trop vieille pour râper du fromage, ses talents de cuisinière plus que douteux et « son coup de main avec les fruits » lui valurent d'être demandée par plusieurs grandes maisons. Imogen en était parvenu à la conclusion – qui nous laissait sceptiques – que les aristocrates n'aimaient pas le changement et que lorsque leur cuisinière passait l'arme à gauche, ils préféraient avoir recours aux services de Mary plutôt que d'embaucher une Française prétentieuse ne sachant même pas ce que voulait dire une pomme de terre en robe des champs. De plus, soulignait Florence, elle était devenue tellement sourde que les convives pouvaient cancaner tout à loisir sans craindre qu'elle répète ce qu'elle ne les avait pas entendus dire pendant le dîner. Moi, j'avais un point de vue différent et je soupçonnais la mère d'Inigo, malgré sa réputation de femme difficile, de vouloir s'assurer que Mary ne manquerait de rien et qu'elle avait convaincu ses amies de la prendre à leur service ; il me paraissait impossible que quiconque puisse se régaler avec les préparations culinaires de ma tante, mais je gardais mon opinion pour moi ; Mary était liée aux moments passés avec Inigo Wallace et devenait de ce fait, et à son insu, presque aussi sacrée que lui.

Au cours des deux années suivantes, Lucy, dont la conduite laissait de plus en plus à désirer, fut expédiée à plusieurs reprises auprès de Mary afin de lui donner un coup de main dans les maisons où elle travaillait. Hélas, papa – estimant à juste titre que du moment où deux ou plus d'entre nous, les enfants Jupp, étions ensemble, on ne pouvait plus parler de punition – tenait à ce qu'elle y aille seule. Au début, elle s'était rebellée, puis il se produisit une chose étrange. Lucy commença à préférer partir seule – et pas seulement parce que cela lui donnait l'occasion d'enflammer le cœur de jeunes ducs ou de marchands d'art mariés, pendant qu'elle leur servait les premières asperges de la saison ou des pommes de terre nouvelles. À son retour, presque malgré elle et à ma stupéfaction, elle nous parlait des *maisons* et non de leurs occupants – elle se surprenait à tomber amoureuse des bâtiments eux-mêmes. Dès le début, ce fut pour elle quelque chose de très douloureux – un grand nombre de ces demeures tombaient en ruine. Pour certaines, la progression vers l'anéantissement s'était accélérée du fait que l'armée, qui les avait réquisitionnées pendant la guerre, s'était comportée à leur égard avec la négligence caractéristique de ceux dont la préoccupation majeure consistait à rester en vie une semaine de plus plutôt que de prendre soin des aquarelles de Ruskin accrochées dans l'entrée. D'autres étaient trop vastes et coûtaient trop cher à entretenir. Beaucoup appartenaient à des familles désargentées et Lucy se désolait de ne pouvoir rien faire pour empêcher leur disparition. Plus d'une fois, je la vis pleurer à l'idée que ces merveilles étaient condamnées, que leur descente vers le néant était inévitable. Elle les considérait un peu comme des personnes.

« Les plafonds, murmurait-elle, en parlant de Winbourne Park, une demeure du Hampshire, en secouant la tête de désespoir. Si tu avais vu ça, Tara.

— J'aurais bien aimé », dis-je en toute sincérité. Lucy avait une façon de parler de ces endroits qui les faisait vivre et les parait de couleurs flamboyantes.

« Dans deux ans, cette maison ne sera plus debout, prédisait-elle. Et nous, on reste assis comme ça à la regarder disparaître. Tant de travail ! Tant de temps passé pour construire quelque chose qui aurait dû durer éternellement. »

Je crus qu'elle allait se mettre à pleurer.

Un peu plus tard, pendant l'après-midi, papa l'écouta me parler de la salle de bal délabrée qu'elle avait remise en état avec tante Mary pour une kermesse à Broad Lynch, dans le Dorset – un bâtiment gigantesque entouré de douves qui, de toute évidence, vivait ses derniers jours. « Lady Reesdale s'imagine qu'elle peut se faire de l'argent avec ce genre de manifestations, mais ça ne rapportera même pas assez de fric pour remplacer la poignée de la porte de la cuisine. » Elle haussa tristement les épaules. « Le salon est une splendeur, malgré cette chose scandaleuse qu'un soldat a dessinée sur le tableau de Stubbs qui est au-dessus de la cheminée. Ah, les hommes ! » ajouta-t-elle, écœurée, ce qui me fit rire discrètement.

Papa nous regarda et en particulier sa fille aînée avec son beau visage pâle et ses yeux verts soupçonneux. Comme elle doit lui rappeler maman, pensai-je, le cœur serré pour lui.

« Mary aimerait que tu ailles à Enys House avec elle, le week-end prochain », dit-il.

Les yeux de Lucy s'illuminèrent. « Enys ! s'exclama-t-elle. J'ai toujours eu envie d'aller jeter un œil dans le coin.

— Je croyais que tu devais aller au cinéma avec Stephen Holmes, dis-je.

— Il attendra, s'écrièrent en chœur Lucy et papa.

— Je suis contente que notre tante soit maintenant en Cornouailles. Le mois dernier, le voyage en train pour le Yorkshire n'a pas été une partie de plaisir.

— Emporte le Pevsner avec toi, déclara soudain papa. Autant que tu prennes tes informations chez un expert. »

Le monde s'arrêta un instant de tourner.

« L'emporter avec moi ? dit Lucy, interloquée. Oh, papa, je ne peux pas ! Ce livre est à toi. Et dédicacé, par-dessus le marché ! »

Les ouvrages de Nikolaus Pevsner faisaient chez nous l'objet de presque autant de vénération que la bible du roi Jean. Papa ne se lassait jamais de raconter la visite, par un après-midi de 1949, de cet universitaire allemand, grand spécialiste de l'art et de l'architecture de la Grande-Bretagne, qui souhaitait se documenter sur la construction du presbytère et sur ses principales caractéristiques. Ce jour-là, il faisait chaud et, à en croire la légende, sa femme Lola et lui avaient bu de la limonade et dégusté deux bâtonnets glacés au cassis de maman avant de se rendre à l'église avec papa. Deux ans plus tard, à l'occasion de la publication de ses travaux sur le comté, Pevsner – ayant détecté une erreur infime dans la description du vitrail de notre église – avait écrit à papa, en joignant un exemplaire de son *Guide de la Cornouailles*. « Merci en particulier pour les bâtonnets. Rien ne m'a jamais procuré une telle sensation de fraîcheur. »

Et voilà que papa était prêt à confier à Lucy – la moins soigneuse de nous tous – ce livre auquel maman et lui tenaient tant. Ce fut – je le dis avec conviction – un grand moment. Papa prit le livre sur son étagère et le remit à Lucy, en hochant la tête pour bien souligner la portée de ce geste. J'osais à peine respirer. Il me semblait entendre s'accélérer le rythme cardiaque de Lucy, comme si on avait réglé un disque trente-trois tours sur les quarante-cinq tours – longtemps après, elle devait dire qu'être l'objet de l'attention de papa produisait sur l'âme le même effet que la cocaïne.

« Si j'emporte le Pevsner avec moi, je vais être obligée de potasser, protesta-t-elle faiblement. Je n'aurais plus le droit d'inventer des histoires.

— Tu devrais être reconnaissante qu'on t'oblige à le faire, dit papa. Si Jésus n'avait pas obligé des pécheurs ignorants à ouvrir leur esprit, le christianisme aurait tourné court dans le jardin de Gethsémani, aux environs de minuit.

— Merci. Je te promets d'en prendre soin. »

C'est ainsi que débuta l'éducation de Lucy en matière de Grandes Demeures et, dès le début, il fut évident que c'était sa vocation. Elle visitait maison sur maison et à peine était-elle rentrée au presbytère qu'Imogen lui servait une tasse de café bien fort et que papa la soumettait à un interrogatoire.

Quand la façade sud a-t-elle été remaniée ?

Qu'est-ce qui a notoirement disparu de l'aile ouest en 1896 ?

Qui a dessiné le jardin d'agrément en 1760 ?

Quelle chambre était, dit-on, celle que préférait Tennyson ?

Et Lucy répondait à chaque question sans aucune hésitation – parfois, même, elle fermait les yeux et nous décrivait minutieusement chaque pièce de chaque étage. Je n'en revenais pas.

« Tu as sûrement une mémoire photographique », lui avais-je dit, après qu'elle nous eut conduits à travers le dédale des couloirs du dernier étage de Hodsock, un vaste prieuré du Nottinghamshire où tante Mary avait été chargée de la cuisine pour les fêtes de la

Pentecôte. «J'ai pas mal lu sur la question. Il te suffit de regarder quelque chose une seule fois pour que ça s'imprime définitivement dans ta tête.

— Pour les grandes demeures, peut-être, remarqua-t-elle, l'air songeur. Mais pas pour Pythagore ou les racines carrées, malheureusement.»

Lucy minimisait ses dons. Quand un sujet l'intéressait, elle s'en imprégnait totalement ainsi qu'un biscuit sec trempé dans du lait. Pour tout ce qui touchait à l'histoire, c'était stupéfiant – et plus elle accumulait de connaissances, plus son jugement concernant ce qui était bien ou mal en matière d'art et d'architecture devenait sûr. Contrairement à la plupart d'entre nous qui nous intéressions davantage à des temps très reculés, Lucy se passionnait pour la période victorienne.

«Mais c'est tellement près de nous, lui disais-je. Grand-père Jupp se souvenait de la mort de la reine Victoria !

— Pense à Imogen qui devient dingue si elle est en retard de quelques heures pour acheter son *Housewives's Choice*. Ce qui est juste hors de portée est encore plus tentant.

— Qui peut bien s'intéresser à ces vieux victoriens rassis, ironisait Florence, la grande prêtresse de la pensée moderne. Sous la reine Victoria, la plupart des femmes n'étaient bonnes qu'à faire la vaisselle. Elles se contentaient de donner des thés et de marcher derrière leur mari dans les allées du jardin.

— Moi, je trouve ça bien», soupira Imogen.

Florence la regarda d'un air écœuré.

«Tu es tellement rétrograde que c'en es presque d'avant-garde.

— Parle-moi encore de la salle à manger d'Ashton Court », suppliai-je.

Mais ces séjours prirent bientôt fin. Tante Mary mourut en 1958, suite à une mauvaise chute, alors qu'elle apportait un plat de jambon à la sauce persillée ; ses dernières paroles furent, semble-t-il, pour demander instamment qu'on remette le jambon dans le garde-manger, afin qu'il ne se gâte pas. J'étais bouleversée – en dépit de tout, j'admirais tante Mary, sans compter que maintenant qu'elle n'était plus là, elle qui était mon seul lien avec Inigo Wallace, je n'avais plus personne pour me donner de ses nouvelles. Mais de nous tous, c'est Lucy qui fut le plus affectée par cette disparition. Pas seulement parce qu'elle avait passé tellement de temps seule avec notre vieille tante acariâtre, mais aussi parce qu'elle n'allait plus pouvoir exercer sa Mémoire photographique des grandes demeures.

Elle me regarda, les joues ruisselantes de larmes. « Grâce à elle, je pouvais aller partout. Il n'y avait pas de corde de velours où que ce soit pour m'empêcher d'avoir accès à ce qu'il y avait de plus intéressant. Elle était le sésame ! Ah, pourquoi a-t-il fallu qu'elle passe l'arme à gauche avant que j'aie pu voir Castle Howard ! »

J'avais pensé qu'Inigo assisterait peut-être à ses obsèques (et j'étais par conséquent dans tous mes états), mais à notre arrivée dans l'église du Derbyshire où la sœur de tante Mary, une vieille fille prénommée Jessie, avait été ensevelie dix ans auparavant, je constatai que la famille Wallace n'était représentée que par la mère d'Inigo, Talitha. Papa célébra la cérémonie – et prononça une homélie étonnement remplie d'humour, parsemée d'anecdotes sur la longue vie de travail de tante Mary, recueillies auprès de ceux qu'elle avait servis. Ensuite, après avoir bu – à toute vitesse – une tasse de thé au lait, Talitha s'engouffra dans l'auto qui l'attendait. Je croisai son regard et elle me sourit. Elle faisait incroyablement jeune et ressemblait tant à son fils que ce fut comme si lui m'avait souri. Je sentis le rouge me monter aux joues. Je ne pensais qu'à l'éléphant et me rongeais les sangs à l'idée qu'Inigo lui avait peut-être tout raconté. Cette histoire allait-elle me poursuivre éternellement ?

Après les obsèques, nous regagnâmes la Cornouailles en train. Lucy lut des passages du *Guide du Derbyshire* de Pevsner devant un auditoire de plus en plus somnolent et je finis par m'endormir, la tête appuyée sur l'épaule de George. Jusqu'à l'arrivée, je fis d'étranges demi-rêves sur Milton Magna Hall, sur tante Mary et ses carottes et Inigo Wallace.

5

Trellanack

Deux semaines après les obsèques de tante Mary, je dressai des plans en vue d'une promenade équestre clandestine. J'avais terminé mon devoir d'histoire et aidé Imogen à faire le pain, par conséquent j'estimais que j'avais bien droit à un petit plaisir. Jusqu'à présent, il avait fait trop sombre, le matin, pour que j'aille à Trellanack House – mais on était maintenant début mars et le ciel avait pris soudain une luminosité printanière. En traversant le village, je vis les jonquilles s'agiter, en bordure du pré communal, et mon cœur se réjouit.

Je m'arrêtai en bas de l'allée pour humer la senteur salée du matin. J'aimais beaucoup être seule, mais, en cet instant, je regrettais que Lucy ne fût pas avec moi pour lancer quelques blagues et partager le sandwich au fromage que je m'étais préparé la veille au soir. Suite à sa passion toute neuve pour les grandes demeures, elle s'était prise d'une tendresse pour Trellanack (dont Pevsner disait qu'on y trouvait « les cheminées les plus fiables de tout le comté ») mais l'intérêt qu'elle portait à cette propriété ne s'étendait pas jusqu'aux poneys qui peuplaient le parc – elle avait envie de pénétrer à l'intérieur de la maison, et pas de monter sur un cheval, bonté divine. Papa n'y était entré qu'une seule fois, après les obsèques de sir Lionel, et il était alors bien trop affligé par la mort de notre mère pour remarquer quoi que ce fût, si ce n'est une étrange odeur d'ananas en boîte provenant de la cuisine. Lucy avait dû se contenter de témoignages de seconde ou de troisième main pour ce qui concernait les tapisseries Tudor authentiques ornant la salle à manger et le jardin dessiné par Capability Brown, témoignages qu'elle avait recueillis de la bouche des gens du village qui avaient accès à la maison. Elle aurait fait n'importe quoi pour y passer une heure ou deux, mais elle était beaucoup trop fière pour demander à lady W.-D. la permission d'aller y jeter un coup d'œil. C'était pour elle un supplice de Tantale de penser que Trellanack House était si près et qu'elle ne pouvait y pénétrer.

Mon sandwich terminé, je parcourus mes proies du regard. Il y avait là l'habituel troupeau de shetlands disséminés à travers le parc – ils étaient parfaits pour un galop à condition de les empêcher d'enfouir la tête dans l'herbe pour casser une petite croûte –, mais, posté sous un châtaignier et préférable de très loin aux petits canassons qui l'entouraient, je vis un poney gris haut d'environ quatorze paumes, que je ne connaissais pas. « Je m'en fous, ma mère est morte », tel était à l'époque mon mantra habituel. Deux minutes plus tard, j'enfourchai le poney et, bientôt, nous trottions dans le creux de terrain, au nez et la barbe de tous, croyais-je.

Les shetlands sont tellement courts sur pattes que lorsqu'ils refusent de s'arrêter, on peut toujours en descendre en exécutant un roulé-boulé – style commando –, mais celui-ci, particulièrement grand et tout requinqué par l'arrivée du printemps, décida de prendre la situation en main, ou plutôt en sabots. Il sortit du creux dans un bruit de tonnerre et, piquant droit à travers le pré, il me ramena, moi sa cavalière – accrochée à sa crinière comme une gamine à califourchon sur un âne de promenade –, à la grille d'entrée.

C'est alors que lady W.-D. nous vit. Elle se trouvait à mi-chemin entre la clôture et la porte de la maison, un sécateur dans une main et une corbeille de jonquilles dans l'autre. Je compris qu'il serait vain de faire demi-tour. Le poney – cet ignoble mouchard –, qui hennissait bruyamment, fit se retourner lady W.-D., laquelle m'inspecta en fronçant les sourcils. Au bout de ce qui me parut une éternité, elle parvint à l'endroit où le poney m'avait garée. Je chassai mes cheveux de mon visage en me demandant ce que j'allais bien pouvoir dire.

« Eh bien, descendez », déclara-t-elle, non sans une certaine bienveillance. Je me laissai glisser à terre, avec l'espoir de retourner chez moi au plus vite. Lady W.-D. ne m'avait encore jamais adressé la parole personnellement, mais comme faisant partie d'un tout, lorsque je la rencontrais en compagnie de ma famille. Elle portait un pantalon beige avec un pull-over en cashmere marron, et deux rangs de perles ornaient son cou. Tout chez elle était surdimensionné, depuis ses chevilles épaisses jusqu'à son vaste front, mais elle ne paraissait pas grosse parce qu'elle était très grande. Elle avait de larges yeux bleu délavé, un nez droit et élégant et une bouche généreuse. C'était une inconnue pour moi. Je n'en revenais pas d'avoir été assez sotte pour me risquer à choisir un poney sur lequel je n'étais jamais monté.

« Ne descendez plus jamais comme ça, dit-elle d'une voix claironnante. C'est n'importe quoi.

— Je ne savais pas que vous alliez me juger », bougonnai-je. Selon mon habitude quand j'étais embarrassée, je répondis comme jamais je ne l'aurais fait en temps normal.

Lady W.-D. fit courir sa main le long de la jambe du poney, pour s'assurer, sans nul doute, qu'il n'était pas blessé après la galopade que je lui avais fait faire.

« Il n'a rien, dis-je.

— Apparemment, reconnut-elle, avant d'ajouter, en me regardant bien : Alors ?

— Je suis désolée, balbutiai-je. Je… je… mon père ne veut pas que j'aie un poney. » Je ne savais pas trop si cet aveu ingénu la radoucirait, mais il produisit un certain effet.

« Ah, Seigneur, soupira-t-elle. Puisque vous êtes là, entrez donc prendre une tasse de thé. Je viens de demander à Mrs Wilson de servir le petit déjeuner. »

Je la suivis, toute tremblante. Je ne sais pourquoi j'avais le sentiment d'usurper la place de Lucy – comme si je jouais dans une pièce et que je m'étais trompée de rôle. En entrant dans la maison, je n'en crus pas mes yeux. Il y avait partout des photos de lady W.-D. à qui on remettait une coupe en argent ou qui sautait des obstacles sur de superbes chevaux, et sur toutes les surfaces disponibles il y avait des morceaux de brides et des numéros de *Horse and Hound*. En pensant à ma sœur je m'efforçai de bien regarder partout et j'eus l'impression de me trouver dans un palais, malgré de grands trous dans les rideaux et les poils de chien tapissant la plupart des fauteuils. Elle m'emmena dans ce qu'elle appelait la Morning Room, d'où l'on avait une vue parfaitement dégagée sur l'allée et aussi, ce dont je m'aperçus avec consternation, sur le creux de terrain dans lequel je prenais occasionnellement ma dose d'équitation sur ses poneys.

« Vous êtes assez bonne cavalière, reconnut-elle, en suivant mon regard. Vous vous tenez bien en selle. Mais quelle façon effroyable de vous habiller et vos cheveux gagneraient à être attachés. Et oui, je sais que vous venez à des heures indues caracoler sur mes poneys dans tout le parc, chaque fois qu'il vous en prend l'envie. Je vous ai vue pendant tout l'été dernier. Je ne pensais pas que vous auriez le toupet de revenir encore cette année. Apparemment je me suis trompée.

— J'adore faire du cheval, dis-je platement.

— Ne vous inquiétez pas. Je ne dirai rien à votre père. J'ai fait ce genre de choses dans ma jeunesse. Non que j'aie envie que vous continuiez à vous amuser gratis. Il n'en est pas question, c'est compris ? Absolument pas question.

— Bien. Excusez-moi. »

J'étais accablée. Je ne pouvais pas courir le risque de me faire prendre une deuxième fois, sinon elle avertirait certainement papa. J'avais l'esprit tellement occupé à chercher un autre endroit où me livrer à mon sport favori, dans un rayon de trois kilomètres du presbytère, que je n'entendis pas le début de sa phrase.

« … pour m'aider. J'aurais bien besoin ici de quelqu'un de jeune et alerte.

— Pardon ? Vous disiez ? »

Elle soupira. « J'ai dit que j'aimerais bien vous employer, en quelque sorte. Venez quand vous le pourrez pour entraîner les poneys, ensuite vous donnerez un coup de main pour le nettoyage, l'entretien de la sellerie, les litières, ce genre de choses. Victoria, ma palefrenière, se marie, dit-elle avec une moue de dégoût. Elle s'en va dans quinze jours et, à dire la vérité, j'en ai assez de ses sautes d'humeur. Je plains le pauvre type qui va l'avoir sur le dos. Mais vous, poursuivit-elle avec un hochement de tête approbateur, vous êtes sûrement trop jeune pour avoir le cafard. À votre âge, je ne pensais qu'à sauter sur le cheval de chasse de mon père et à parcourir à bride abattue le maximum de territoire indien qu'il était possible, en un après-midi.

— L'Inde ? » C'est le seul mot que je parvins à prononcer. C'était trop d'informations à la fois.

« Oui, dit-elle joyeusement. C'est là que j'ai grandi. J'y ai vécu jusqu'à mes quatorze ans, avant qu'on m'expédie dans un collège de jeunes filles à Cheltenham, avec pour toute compagnie une boîte de noix de cajou et un peigne à poux métallique. »

Voilà maintenant qu'elle parlait par énigmes. Je passai ce qu'elle avait dit au crible pour en extraire ce qui était compréhensible pour moi.

« Vous voudriez que je vienne ici ? À Trellanack ? Pour vous aider avec les chevaux ?

— Je vous paierai en leçons d'équitation, dit-elle d'un ton enjoué. On s'occupera de votre assiette et de cette manie épouvantable que vous avez de regarder derrière vous, au petit galop.

— Oh, mon Dieu, fis-je en lui adressant un sourire genre chat du Cheshire.

— Je prends ça pour un oui, alors ?

— Oui. Merci beaucoup.

— Bien, déclara lady W.-D., que les témoignages de gratitude paraissaient embarrasser. Voilà qui est réglé. »

Je me serais crue dans une scène tirée de *Jill's Gymkhana*. Et cela plus encore lorsque lady W.-D. agita une clochette et que la Mrs Wilson susnommée apparut avec une théière et l'air d'avoir cent trois ans. En me voyant, elle eut un mouvement de surprise.

« Deux œufs brouillés, tonna Mrs W.-D. Et une autre tasse. Ah, et aussi cette nouvelle confiture de groseilles avec nos toasts, si Gordon ne l'a pas déjà terminée, ce goinfre.

— Oui, madame. »

Mrs Wilson repartit en boitillant.

« Gordon s'occupe du jardin, expliqua lady W.-D.

— Ah, fis-je.

— Moi, je l'appelle Incapability Brown. Mon mari avait pour lui un étrange attachement que, pour ma part, je ne parviens pas à partager.

— Ah », dis-je encore. Tout allait bien trop vite – je n'avais pas encore vraiment réalisé que j'allais pouvoir monter autant que je le voudrais et que papa serait content de moi parce que j'avais trouvé un emploi honnête par la même occasion. Lady W.-D. but une gorgée de thé.

« Bon, en échange de vous procurer du travail et de vous laisser monter mes chevaux, j'aimerais que vous fassiez quelque chose pour moi, si vous voulez bien. »

Et voilà, pensai-je. Ça se gâte. Elle se trémoussa un peu sur sa chaise, avant de poser sur moi un regard pénétrant.

« Il s'agit de Matilda. Ma fille. »

Je fus touchée qu'elle ait eu besoin de préciser qui était Matilda, comme s'il était concevable que ne serait-ce qu'une personne dans le village l'ignorât. Matilda Wells-Devoran était la seule jeune fille aussi éblouissante que Lucy, mais contrairement à ma sœur qui avait une telle présence qu'elle semblait parfois être au moins trois personnes, Matilda était évanescente, on ne l'apercevait que très rarement, ainsi qu'un oiseau rare, et de toute manière, elle ne nous avait jamais adressé véritablement la parole. Elle était pensionnaire dans une institution et nous ne faisions donc pas le poids.

« Je crois qu'elle a besoin d'amis, dit Mrs W.-D., avec un regard sévère.

— Que voulez-vous dire ?

— Elle passe presque tout son temps en pension. Mais quand elle rentre ici, elle aurait besoin de la compagnie de gens de son âge. Elle s'ennuie, à force de traîner dans la maison toute seule.

— Comment pourrait-elle s'ennuyer ici ? dis-je, stupéfaite.

— Petite, elle était déjà comme ça, poursuivit Mrs W.-D. qui apparemment ne m'écoutait pas. J'aurais dû avoir un autre enfant, mais Lionel avait des problèmes de ce côté-là. »

Je n'y comprenais rien et n'avais pas envie de comprendre.

« S'il n'y avait pas eu son père, je l'aurais bien mise à l'école du village. »

Je restais parfaitement immobile, comme chaque fois que je recueille une information à laquelle je ne suis pas certaine d'avoir droit. Lady W.-D. ne me fournit pas plus d'explications.

« De toute manière il n'est plus là pour donner des ordres et je pense que votre sœur, l'aînée de vous autres, les filles Jupp – comment s'appelle-t-elle, déjà… Linda ?

— Lucy.

— Oui. C'est elle. Je crois qu'elle s'entendra merveilleusement bien avec Matilda. Elles sont à peu près du même âge, non ?

— Lucy a quinze ans. Mais par son comportement, elle est bien plus âgée, dis-je, sans même réfléchir.

— Et Matilda en a dix-sept, mais par son comportement, elle est bien plus jeune, dit-elle en haussant les épaules. Où votre sœur va-t-elle en classe ?

— Elle vient juste d'arrêter ses études. Elle travaille chez miss Fitts, à Truro.

— Miss Fitts ? s'étonna Mrs W.-D. Qui est miss Fitts ?

— Un salon de coiffure, dis-je avec un petit rire. Tenu par Yvonne Fitts, vous savez bien ? Son fils vient de se marier avec Ruth Lipson, celle qui louche. »

Elle parut déconcertée, ce qui n'avait rien d'étonnant. « Bon, en tout cas, c'est elle qui tient le salon. Vous devriez y aller. Elle vous fera une remise. » Je la regardai et pris alors conscience de ce qu'impliquaient mes propos. « Ce n'est pas que vous ayez besoin d'une mise en plis. Vous êtes bien coiffée. Et puis, vous n'avez pas besoin d'une remise, non plus, bien sûr », ajoutai-je, en désespoir de cause.

Lady W.-D. ne m'écoutait pas.

« Ma fille, il lui arrive toujours des accidents ; elle ne peut pas traverser une pièce sans se faire un croche-pied ou renverser quelque chose. Ça rendait son père complètement fou. Bon, pourriez-vous amener votre sœur ici un de ces jours, pour le déjeuner ? La semaine prochaine, ce sont les vacances trimestrielles.

— Ici ? » J'imaginais la tête de Lucy quand je lui annoncerais ça. « Oh, oui ! elle ne demandera pas mieux. Elle a toujours eu un faible pour cette maison. Elle trouve que c'est la plus belle de toute la Cornouailles.

— Facile à dire quand on n'est pas obligé d'assumer tout ça, dit-elle sévèrement. Elle me coûte une fortune et elle est bien trop grande pour nous deux. C'était la maison de Lionel. Sa famille l'a fait construire et l'adorait. Personnellement je préfère l'Est. »

Je crus comprendre qu'elle parlait de Bombay plutôt que de Bodmin. J'acquiesçai dans un murmure.

La pendule de la cheminée sonna neuf heures et lady W.-D. frappa dans ses mains – m'indiquant par là que le sujet était clos et que je n'en apprendrais pas davantage.

« Bon, alors c'est d'accord, dit-elle. Pour votre sœur, je veux dire.

— Oh oui ! Elle sera ravie.

— Bien, bien. » Lady W.-D. paraissait incroyablement contente pour quelqu'un qui venait de faire en sorte qu'une personne aussi désinvolte que Lucy s'occupe de sa fille unique. Au moment où les œufs et les toasts arrivaient, elle recommença à parler de Matilda. Pour ma part, je me contentais de m'empiffrer et de répondre par des grognements. Sans sa fille, elle devait se sentir bien seule.

« Matilda ne monte pas à cheval, dit-elle de sa voix retentissante. Les chevaux la font éternuer. Mais elle est très belle, ce qui, j'imagine, la mènera plus loin que d'être capable d'exécuter une figure en huit parfaite, dans un concours hippique.

— Je n'en suis pas sûre », dis-je étourdiment. Je passais presque tout mon temps à rêver que je remportais des coupes pour le dressage. Si j'avais été capable d'exécuter une figure de huit parfaite dans un concours hippique, je crois que j'aurais pu mourir heureuse.

« Aujourd'hui, dix-sept ans est un âge difficile. Avant la guerre, bien sûr, tout était beaucoup plus simple. »

Je grommelai intérieurement. Ce genre de remarque préludait généralement à de longues tirades sur la façon dont le monde avait changé et voyez un peu les jeunes d'aujourd'hui et pourquoi diable ce besoin de friandises/musique/fringues, alors qu'il y a de jolis cailloux et des bouts de bois pour jouer/mâchouiller. Mais Mrs W.-D. était déjà passée à un autre sujet.

« Extraordinaire ce que vous êtes différents, vous tous, les Jupp.

— Les gens trouvent en effet que nous ne nous ressemblons pas du tout, dis-je, en citant l'archevêque de Salisbury, qui avait fait cette remarque le week-end précédent, au cours d'un déjeuner au presbytère.

— Hem. » Contrairement à l'évêque, lady W.-D. ne semblait pas vouloir prendre parti et dire si c'était une bonne ou une mauvaise chose. « J'aurais donné n'importe quoi pour que Matilda aime autant les chevaux que vous. Malheureusement, ce n'est pas le cas. » Elle se mordit la lèvre et, l'espace d'un instant stupéfiant, comique presque, je crus qu'elle allait pleurer.

En rentrant à la maison, je courus tout raconter à ma sœur – la visite de Trellanack, le thé, la confiture de groseilles, Mrs Wilson et le reste. Lucy – qui enregistrait tout ce que je disais mais attendait que j'aie fini de parler pour réagir – était agenouillée dans l'office, en train de chercher le piège à souris, et quand elle se redressa, avec ses joues écarlates et ses genoux couronnés, je lui aurais donné douze ans. Je sentis qu'elle était agacée que ce soit moi et pas elle qui eus réussi à pénétrer dans la maison – le fait que j'allais être une habituée des lieux devait la rendre malade de jalousie. Je ne pouvais m'empêcher d'en éprouver une certaine satisfaction. Lucy était toujours là où il le fallait au moment où il le fallait. Pour une fois, c'est moi qui avais touché le jackpot.

« Lady W.-D. veut que tu viennes déjeuner avec Matilda, conclus-je.

— Déjeuner ? Pour qui elle me prend ? Nancy Mitford ?

— Oui. Sans doute. Elle trouve que sa fille manque d'amis et, je ne sais pourquoi, elle pense que tu serais la compagne idéale.

— Pourquoi irais-je perdre mon temps à écouter cette petite demoiselle coincée dégoiser sur son école, les matches de lacrosse de merde et le poil à gratter qu'elles mettent dans les bas du prof d'histoire ? »

(Lucy, de même que nous tous qui n'avions jamais mis le pied dans un pensionnat, prenait les romans d'Enid Blyton pour argent comptant.)

« Oh, s'il te plaît, Lucy. S'il te plaît, s'il te plaît.

— Va donc déjeuner avec elle, toi, dit-elle en s'apprêtant à sortir d'un air digne.

— Je ne peux pas. Lady W.-D. ne me laissera pas monter à cheval si tu refuses, criai-je dans son dos. Je me suis engagée.

— Eh bien, désengage-toi, alors. C'est effroyable de vouloir vous imposer des amis de force.

— Tu pourras voir l'intérieur de Trellanack ! » m'époumonai-je, en abattant mon dernier atout.

Elle s'immobilisa. Lentement, elle se retourna.

« Elle veut que j'aille à Trellanack pour faire sa connaissance ?

— Évidemment.

— Bien ! J'avais cru qu'on nous emmènerait prendre le thé une fois par semaine dans un hôtel sinistre. Mais le thé à Trellanack ! Voilà qui jette un éclairage différent sur la situation.

— Je n'ai jamais rien vu de pareil, dis-je, folle de joie qu'elle se soit ravisée. De la confiture de groseille et tout. »

Mais Lucy pensait à la corniche fin époque géorgienne courant autour des plafonds de la salle à manger, à la salle de bains supposée avoir servi à la reine Victoria et au labyrinthe qui ne serait pas envahi par les gens du village. Nous ne connaissions tout cela que par ouï-dire. Elle tenait l'occasion de voir ces merveilles de ses propres yeux.

« En fait, ça me fait plutôt plaisir que lady W.-D. m'ait choisie pour corrompre sa fille. Dis-lui qu'on viendra déjeuner vendredi. On y sera vers midi. »

Et elle ne plaisantait pas. Même quand elle avait affaire à lady W.-D. et une demeure comme Trellanack, c'était Lucy qui fixait les règles.

6

Lucy et Matilda

J'aimerais avoir gardé de cette première rencontre avec Matilda un souvenir bien net, mais il n'en est rien, étant donné que je n'avais même pas quatorze ans et ne pensais alors qu'aux chevaux et au temps qu'il me faudrait rester à table avant que lady W.-D. m'emmène aux écuries. Je me rappelle tout de même que Matilda portait une jupe grise superbement coupée avec un chemisier blanc repassé de frais et des chaussures de collégienne, et qu'une longue tresse retenait ses cheveux dans son dos. Son visage très pâle, joli comme un bouton de rose, faisait penser à celui des dames qui ornent les savonnettes. Elle avait l'air incroyablement innocente, pas encore éclose, tout le contraire de Lucy dont les yeux noircis au khôl étaient cernés d'ombres violettes à force de lire Agatha Christie jusqu'à l'aube. Mais les joues pâles de Matilda ne tardèrent pas à s'empourprer. Je me souviens en effet qu'en entrant dans la pièce, elle s'était pris les pieds dans ses lacets, ce qui me la rendit chère sur-le-champ et fit sourire Lucy. Je repensai à ce qu'avait dit sa mère concernant sa maladresse et je me sentis fondre.

« Quel beau temps », déclarai-je avec assurance.

Lady W.-D. était assez fine pour comprendre qu'elle n'aiderait pas sa fille à se faire des amies en nous tenant la chandelle et elle nous laissa donc déjeuner seules toutes les trois, non sans m'avoir dit d'aller la rejoindre aux écuries dès que j'aurais fini ma terrine de poisson.

« Je suis vraiment désolée, dit Matilda, une fois que la porte se fut refermée. Je n'aurais jamais pensé que maman voyait en moi quelqu'un d'aussi tragique. Vous deviez redouter ce déjeuner. »

Elle avait la voix douce, lointaine, d'une enfant unique ; une voix nullement cassée à force de crier à un frère ou à une sœur de se dépêcher de libérer la salle de bains ou de l'aider à retrouver des chaussettes, avant de partir pour l'école. Lucy – quelqu'un qui aurait fait une merveilleuse enfant unique – tomba sous son charme.

« Je ne redoute jamais rien », dit-elle. Elle est ridicule, pensai-je. Comme Peter Pan. « Comment pourrait-on redouter de venir déjeuner dans une maison pareille ? »

Matilda parut surprise, à croire que l'idée ne lui était jamais venue que ce qu'elle appelait sa maison était un lieu exceptionnel.

Le silence retomba pendant que nous dégustions notre potage. Je me creusais la cervelle pour trouver quelque chose à dire.

« Je t'ai entendue chanter, dit Matilda, en se tournant vers moi. Dans la chorale. Le solo, à Pâques, à l'église, c'était toi, non ?

— Hem. Oui.

— C'était bien. Tu as une belle voix.

— Merci. » Je cherchais quelque chose à répondre – n'importe quoi pour rendre cette épreuve moins pénible. Malgré ce qu'on aurait pu croire, Matilda avait le chic pour pousser autrui à vouloir l'impressionner.

« Tu es pensionnaire ? dis-je, finalement.

— Oui.

— C'est chouette ? demanda Lucy, en embrochant de sa fourchette un haricot récalcitrant.

— Ça peut aller. Toujours mieux que de rester ici toute la journée.

— Il y a des garçons ? demanda encore Lucy.

— Où ça ? En pension ? Oh non ! Sûrement pas. D'ailleurs, c'est quoi, un garçon ? Voilà des années que j'ai envie de poser cette question à quelqu'un. »

Elle lissa sa jupe et émit un rire semblable à une petite toux brève. C'est dans cette fraction de seconde que Lucy décida d'être gentille avec elle. Ne me demandez pas pourquoi. En tout cas, j'étais soulagée parce que cela voulait dire que je pourrais filer sans remords aux écuries.

« Tu n'auras qu'à venir avec moi samedi soir », dit Lucy.

Lucy épilogua longuement ensuite sur le fait que Matilda était une « incomprise » et qu'elle avait seulement besoin qu'on la « sorte de sa coquille ». Après sa première soirée avec Lucy, on retrouva partout des morceaux de coquille brisée et aucun signe que Matilda comptait les recoller. Lucy ne fit que l'emmener au pub, où elle n'avait encore jamais mis les pieds (Rendez-vous compte ! Le pub du village même où elle était née !). Loin d'être jalouse de l'intérêt que ses conquêtes anciennes, présentes et futures lui témoignaient, ma sœur tirait une grande joie d'être celle qui révélait au peuple cette beauté cachée et elle se délectait de voir leur admiration rejaillir sur elle. Elle alla au bar lui chercher une consommation – Matilda ne voulut pas d'alcool et demanda de la limonade à la place – et la poussa à parler aux garçons de sa vie en pension, un peu comme si elle venait d'une autre planète.

« Ils t'ont tous trouvée très belle, lui dit-elle le lendemain, d'un ton détaché, alors que nous étions assises à la table de la cuisine.

— Oh, ne dis pas de bêtises, fit Matilda avec un sourire rayonnant.

— Ils sont désespérants, pour la plupart. C'est-à-dire qu'ils s'enticheraient de n'importe qui, pourvu que ce soit une nouvelle tête, mais toi, tu es la fille inatteignable, par excellence. Ils sont fous de toi. J'ai entendu Ricky Wallop dire qu'il n'avait jamais vu d'aussi belles jambes que les tiennes, et il en a vu pas mal de paires, crois-moi, y compris les miennes. Mais je ne suis pas une fille à jambes, toi si, à l'évidence. Johnnie Alan…

— C'est qui, déjà ?

— Celui avec le menton… Un grand, il fait penser à une chèvre de montagne – il travaille dans un garage pendant le week-end.

— Ah oui ! Je vois.

— Il dit que tu as l'air d'un top model.

— Oh, ah ah ah ah ! Je l'ai vu qui n'arrêtait pas de te regarder, toi !

— Oh, il m'a déjà bien assez regardée. Depuis que nous... non, ça, c'est une autre histoire.

— Oh, allez, raconte.

— Bon. C'était à mon anniversaire, il y a deux ans. »

Et c'était parti. Matilda était en admiration devant Lucy parce qu'elle avait fait des choses qu'elle-même ne connaissait que par les livres, et encore, et qu'elle se contrefichait de ce qu'on pensait d'elle. Lucy s'habillait n'importe comment, parlait à n'importe qui, restait à boire tard dans la nuit, séchait les cours quand ça lui chantait et ne trébuchait jamais – Lucy pouvait jongler avec cinq pommes cueillies dans le verger, et elle savait conduire depuis l'âge de onze ans. C'était ce contraste entre elles deux qui fascinait Lucy. Matilda mesurait près d'un mètre quatre-vingts, ne disait jamais de gros mots et restait maigre en dépit de toutes les barres chocolatées qu'elle consommait. Elle refusait de fumer – malgré les innombrables cigarettes que lui roulait Lucy.

« Je suis sûre que ça me donnera le tournis, disait-elle.

— Comment peux-tu le savoir si tu n'essaies pas ?

— Le professeur Harris dit que c'est mauvais pour la santé.

— C'est qui, celui-là ?

— Notre prof de sciences. Il pense que fumer peut tuer.

— Ils disent tous ça, se moqua Lucy. Je parie qu'il fume, lui.

— Comme une cheminée, reconnut Matilda. En fait, il offre des clopes aux premières, quand elles ont remis une bonne copie. Il est terriblement séduisant – il paraît qu'il a embrassé Bridget Simpkins derrière le four à chaux, à la fête des fondateurs de l'an dernier.

— M'est avis qu'un homme comme ça, c'est du gâchis pour cette bande de snobinardes collet monté, dit Lucy. C'est moi qui devrais aller en pension. Des cigarettes à l'œil et de beaux mecs, intelligents par-dessus le marché. Vous en avez de la chance, vous savez, miss Wells-Devoran. »

De même que Lucy et moi, Matilda adorait les comédies musicales. On alla voir *Gigi* trois fois au cinéma de Redruth. Au retour, avec Lucy au volant, on avait chanté sans arrêt jusqu'à Trellanack.

« Tu devrais faire quelque chose avec ta voix », me dit Matilda, en me donnant un coup de coude dans les côtes.

Je pensai à Inigo Wallace, comme chaque fois que quelqu'un me parlait de ma voix.

« Plus facile à dire qu'à faire.

— Ce ne serait pas merveilleux d'enregistrer un disque ? dit Matilda d'un air rêveur.

— Oh ! Vous avez vu ! » s'exclama soudain Lucy, en montrant le ciel.

Je me dévissai le cou pour regarder par la fenêtre.

« Qu'est-ce que c'est ? demandai-je, ne voyant rien d'anormal à l'horizon de la Cornouailles.

— Un cochon volant, dit-elle en me souriant dans le rétroviseur. Faire un disque, pourquoi pas ?

— Notre mère aurait aimé être chanteuse », expliquai-je. J'éprouvais un besoin puissant de parler de maman à Matilda ; ça me prenait presque chaque fois que nous étions avec elle. Je ne sais pas pourquoi je désirais tant qu'elle sache que nous avions eu une mère, autrefois – était-ce parce que papa était une présence si prégnante aujourd'hui, ou parce que je voulais que quelque chose en Matilda prenne conscience de l'ampleur de la perte que ma sœur avait subie ? Mais le sujet était tout de suite clos, car Lucy passait à un autre, vite, de cette façon stupéfiante dont elle seule était capable. D'ordinaire, quand Lucy n'avait pas envie de parler de quelque chose, elle se mettait à blaguer. Un jour elle nous fit jouer à un jeu stupide – tu serais quoi si tu étais une race de chiens/un appareil ménager/une pâtisserie – et dans cette dernière catégorie, Lucy était un gâteau au chocolat noir (compliqué mais irrésistible, je suppose) et Matilda était un biscuit à la vanille saupoudré de perles en sucre multicolores. Et pas de ces gâteaux bourratifs qu'on vendait au stand des pâtisseries à la fête du village – elle était de cette sorte qu'on déguste lors d'un thé élégant avec une tante fortunée, cette sorte dont on rêve ensuite pendant des semaines. Inutile de le dire, j'étais un Battenburg, car, ainsi que disait Lucy : « Ta vie est partagée en quatre – faire du cheval, chanter, écouter aux portes et manger. Et puis tu es très ringarde, conclut-elle.

— Et pas au goût de tout le monde », ironisai-je.

L'année suivante, Lucy et Matilda devinrent pratiquement inséparables. Matilda terminait ses études secondaires dans son internat, pendant que Lucy faisait des coupes, des mises en plis et des permanentes chez miss Fitts, mais elles restaient tout de même en contact par la poste et quelquefois par le téléphone. Dans ses lettres, Matilda parlait de choses inédites pour nous, par exemple les bons points ou les sorties scolaires et Lucy lui renvoyait des pages et des pages irrésistibles de drôlerie – des histoires de vieilles dames et de rinçages au bleu, ou celle de la désastreuse coiffure de mariée de la sœur de Martin Adams. Elle parlait aussi quelquefois de ses derniers soupirants qui l'ennuyaient à mourir. Elle terminait toujours par la même formule. *Vive l'amour et autres sports en salle, Lucy*.

Pour moi, ces dix-huit mois furent un bonheur presque permanent – je montais sous la direction experte de Mrs W.-D., entraînais les chevaux et mendiais auprès de Mrs Wilson des tartines au miel ainsi que de ce gâteau à l'ananas humide et sucré, pendant que je nettoyais les selleries le dimanche après-midi. Lady W.-D. avait une autre palefrenière prénommée Pamela – une fille grassouillette avec des yeux bleus et des taches de rousseur, qui riait tout le temps. Peu lui importait que je n'eusse que treize ans – et en parusse encore moins. On parlait de chevaux, de musique et de ce qu'on ferait si on disposait d'un millier de livres. On pleura toutes les deux le jour où des pies envahirent le nid de rouge-gorge calé dans le lierre au-dessus de la porte de la sellerie.

Lorsque Matilda quitta l'école, à dix-huit ans, elle revint vivre à Trellanack où elle passait presque toutes ses journées avec un répétiteur d'italien – natif de Falmouth, je vous demande un peu. Lady W.-D. n'aimait pas qu'elle sorte pendant la semaine, aussi, le week-end, Lucy s'ingéniait à entretenir le mythe de leur inséparabilité mais Matilda conservait résolument son innocence. Ce n'était simplement pas dans sa nature d'abandonner toute prudence, contrairement à Lucy.

Assise au milieu des garçons du village, elle écoutait leurs blagues douteuses, en se tenant à distance tout en faisant partie du cercle. Pas question de la toucher, on avait seulement droit de la regarder, et tous le savaient. À parler franchement, je pense que rien de ce qui allait arriver à Matilda ne se serait produit sans Lucy, laquelle devait dire par la suite qu'elle avait inventé Matilda. Elle ne plaisantait qu'à moitié.

Et Lucy, qui avait toujours aimé Trellanack de loin, en était devenue complètement esclave, et faisait désormais partie des lieux au même titre que les vases du XVIIe siècle du hall. Elle qui avait visité tant de grandes demeures grâce à tante Mary en avait désormais une en permanence à sa disposition. On pouvait dire sans mentir qu'elle était amoureuse de cette maison davantage qu'elle ne l'avait jamais été d'aucun garçon.

Cela n'avait rien de surprenant. En dépit de ses grandes dimensions (la façade sud, ne se lassait-elle jamais de dire aux visiteurs, mesurait soixante mètres de long et était ponctuée d'immenses fenêtres « par lesquelles on aurait pu passer un omnibus ! »), il y avait à Trellanack une douceur, une bienveillance, qui en faisaient davantage qu'une maison. Les murs de granit – auxquels l'air marin et d'innombrables étés avaient donné une teinte vieux rose piquetée d'argent, paraissaient se dissoudre dans le toit d'ardoises gris pommelé, qui à son tour servait de support à ce que Pevsner appelait des « cheminées fiables et bien solides ». L'édifice alliait la majesté à la simplicité et la beauté à l'humilité. Il en avait tant vu au fil du temps – l'ajout des ailes est et ouest en 1799, en

1820 une chapelle gothique, qui disparut à la suite des remaniements de l'époque victorienne – mais je ne parvenais pas à me débarrasser de l'impression que la maison n'avait commencé à vivre qu'avec notre arrivée. Comme si Trellanack savait depuis toujours que nous allions venir et qu'en nous attendant, elle occupait son temps avec les résidents du moment.

« Chaque fois que tu t'imagines tout savoir à son sujet, quelque chose se présente qui te fait comprendre que tu n'en sais pratiquement rien », déclara Lucy un après-midi.

« Je t'ai déjà fait visiter la salle de bains rouge ? lui demanda soudain Matilda.

— Non. Où se trouve-t-elle ?

— Elle est fermée, mais il faut vraiment qu'on aille y jeter un coup d'œil. Je crois qu'elle a été utilisée pour la dernière fois par le valet de chambre de lord Byron.

— On se connaît depuis tout ce temps et tu ne m'as jamais soufflé mot du valet de chambre de lord Byron !

— Je n'y avais pas pensé, répliqua Matilda en souriant.

— Bon, qu'est-ce qu'on attend, alors ? »

Mais leur amitié n'était pas confinée dans les murs de Trellanack – Matilda ne ratait aucune occasion de se faire inviter au presbytère. Notre nombreuse famille lui donnait le sentiment neuf et euphorisant d'appartenir à une tribu – et après une légère méfiance, au début, mes frères et sœurs jugèrent qu'elle était parfaitement en droit de venir chez nous quand elle le voulait. Nous passions des heures entières autour de la table de la cuisine à manger des gâteaux et à jouer aux charades. Bien qu'elle eût l'air dans la lune, Matilda avait l'esprit affûté comme un rasoir pour les jeux en tout genre et elle nous battait invariablement au Scrabble. Quand le soir venait, elle regagnait Trellanack à contrecœur.

« Quelle chance vous avez d'être une grande famille.

— Eh bien, tu n'as qu'à te dire que tu es notre sœur, disait Imogen, qui admirait Matilda pour sa beauté et l'étrange plaisir qu'elle prenait à aider à faire la vaisselle.

— Reviens demain, lui dit George. Florence a reçu un Cluedo pour son anniversaire. »

Matilda plaisait à papa parce qu'elle avait de jolies manières et il lui pardonna même d'avoir laissé tomber une assiette faisant partie d'un ensemble de six pièces que le doyen de Salisbury lui avait offert en cadeau de mariage.

« Ce sont des choses qui arrivent », avait-il déclaré, tandis que Matilda, morte de honte, se baissait pour ramasser les morceaux.

Si ç'avait été l'un de nous, il aurait fait une scène épouvantable.

7

Raoul

À la mi-août 1959, Matilda alla passer un week-end dans le midi de la France, où son oncle Richard et son épouse – une jolie Parisienne prénommée Marie-Léon – donnaient une réception monstre. De tels noms, de tels lieux et de telles occasions de déguster des mets et des boissons extraordinaires nous étaient totalement étrangers, à Lucy et moi, pour qui le bal du village était le summum en matière de glamour. Nous mourions d'être invitées nous aussi, mais il fallut nous contenter d'attendre le retour de Matilda en parlant de ce qu'elle allait manger et de la façon dont les gens seraient habillés. Matilda n'était partie que pour trois jours, mais Lucy était nerveuse, comme si elle sentait qu'il y avait des bouleversements dans l'air.

En fin de compte, il se révéla qu'elle avait vu juste. Matilda revint avec des étoiles plein les yeux à cause d'un garçon qu'elle avait rencontré là-bas.

« Comment s'appelle-t-il ? lui demandai-je, tandis que nous nous gavions de pommes toutes les trois, dans le verger de Trellanack.

— Raoul.

— *Raoul* ? » Ce prénom sortit en même temps de ma bouche et de celle de Lucy.

« Il est espagnol, précisa-t-elle. Il a du talent comme écrivain mais il n'arrive pas à décider s'il sera architecte ou jardinier paysagiste.

— Jardinier paysagiste ? » repris-je en écho, pendant que Lucy disait au même instant : « Espagnol ?

— Enfin, à moitié espagnol. Son père est aussi anglais que possible – il a été doyen d'Oxford et a enseigné le grec à mon oncle, avant de partir en Espagne où il a rencontré la mère de Raoul. Elle vendait des glaces dans un café de Salamanque ; il lui a suffi d'un regard pour en tomber amoureux.

— Ce qui est toujours une erreur, dit Lucy.

— Quoi qu'il en soit, Raoul est l'homme le plus étonnant que je connaisse, dit Matilda avec calme. Il a grandi à Grenade, comme Lorca.

— Et nous, en Cornouailles, comme D. H. Lawrence, répliqua Lucy, sarcastique. Et alors ? »

Matilda ne réagit pas à l'ironie de Lucy.

« Il parle merveilleusement bien l'anglais. Et puis il est beau comme un dieu. » Elle rougit pudiquement. « Il doit venir ici la semaine prochaine.

— Pour te voir, toi ? demanda Lucy.

— Enfin, pas exactement, admit-elle. Il prépare une licence à Bristol. De toute évidence, il est terriblement intelligent.

— Hem, fit Lucy.

— Il fait une thèse sur Capability Brown, alors quand je l'ai su, j'ai dit : "Ça tombe bien, il a travaillé chez nous, pourquoi ne viendriez-vous vous rendre compte par vous-même ?" Je sens que vous allez rester debout jusqu'à trois heures du matin, tous les deux, à discuter de choses genre l'utilisation de la cuisine au temps jadis, et le reste, ajouta-t-elle en regardant Lucy.

— Tu l'as invité chez toi ? demandai-je, stupéfaite.

— Il ne connaît pas la Cornouailles. Il passera un mois à la maison.

— Un mois, s'étouffa Lucy. Comment as-tu pu faire avaler ça à ta mère ?

— Oh, elle le trouve *merveilleux*. Elle voudrait qu'il dresse une histoire bien étayée de Trellanack. Il a toujours eu envie d'écrire des romans, mais il estime que ce qui est vrai paie davantage. »

Lucy en resta coite. Elle regardait Matilda les yeux écarquillés.

« Tu plaisantes ?

— Pas du tout, glapit Matilda, qui, d'excitation, se mit à exécuter une petite gigue.

— Depuis quand ta mère s'intéresse-t-elle à l'histoire de Trellanack ? demanda Lucy. Elle n'arrête pas de dire qu'elle se fiche complètement de ceux qui ont vécu ici autrefois, de la façon dont l'aile ouest a été construite et par qui. » Elle était piquée, je le voyais. S'il revenait à quelqu'un de raconter l'histoire de Trellanack, c'était elle.

« C'est vrai, reconnut Matilda. Moi aussi, j'avais trouvé ça bizarre. Et puis je me suis dit qu'elle avait une idée derrière la tête.

— Quelle idée ?

— Je crois qu'elle aimerait bien que Raoul et moi puissions avoir l'occasion de mieux nous connaître… Vous comprenez. »

Elle nous regarda d'un air complice et répéta : « Vous comprenez.

— Es-tu en train de nous dire qu'elle te le met de côté comme mari éventuel ? demanda Lucy en hurlant de rire.

— Il plaît à maman, expliqua patiemment Matilda. Ce sont tous des cavaliers dans sa famille. Il est beau et intelligent, et il est assuré de réussir – on n'a jamais vu quelqu'un d'aussi décidé à travailler. De toute manière, maman ne me voit pas mariée avec un Anglais. Je pense qu'elle ne veut pas que je souffre comme elle a souffert.

— Les Anglais ne sont pas tous comme ton père. Et puis tu as à peine dix-huit ans, bonté divine !

— Ma cousine Tatiana s'est mariée à dix-sept.

— Et elle a divorcé à vingt-deux, rétorqua Lucy.

— Son mari avait une liaison avec la nurse, contre-attaqua Matilda. Ils s'étaient engagés dans le mariage avec de bonnes intentions.

— En tout cas, intervins-je, ébranlée par le ton inhabituellement agressif de Matilda. Il a vraiment l'air charmant.

— Venant de quelqu'un de ton âge et de ton expérience, c'est très encourageant, ironisa Lucy.

— Nous avons parlé pendant des heures, reprit Matilda. Il ne m'était jamais rien arrivé de pareil. C'était comme si nous étions seuls au monde.

— Oh, Seigneur ! soupira Lucy.

— Il était onze heures du soir, mais il faisait tellement bon, reprit Matilda, les yeux dans le vague. On était assis sur un escalier en pierre, à l'écart des autres, et on a mangé des reines-claudes cueillies sur l'arbre.

— Je ne suis pas une spécialiste, mais j'imagine que n'importe qui pourrait tomber amoureux par une soirée d'été, au milieu des pruniers, dis-je, sceptique.

— Évidemment, dit Lucy. Et ce ne sera peut-être pas tout à fait pareil ici, en Angleterre.

— Pourquoi refusez-vous qu'une chose pareille m'arrive ? s'insurgea soudain Matilda. Qu'y a-t-il de mal à ce que je tombe amoureuse ?

— Amoureuse ! dit Lucy en chargeant le mot d'une tonne de ridicule.

— Quand vous le connaîtrez, vous comprendrez ce que je veux dire. »

Le silence s'installa, juste le temps que les paroles de Matilda aient fait leur effet. Puis Lucy reprit :

« Je ne veux pas que tu souffres, c'est tout. » L'espace d'un instant étrange, je lus sur son visage quelque chose qui ressemblait à de l'inquiétude, une de ces lueurs prémonitoires fulgurantes dont ce cher Lorca était coutumier. *On aurait dit qu'elle savait déjà.*

Il débarqua à Trellanack une semaine plus tard, en toute fin du mois. Cette année-là, l'été ne s'était guère distingué – il avait fait froid et il avait plu sans discontinuer trois jours durant. Matilda n'avait cessé de se plaindre du temps.

« J'ai prié pour que soleil se montre, mais sans résultat, dit-elle, très énervée.

— Je vais demander à papa de te pistonner », dit Lucy dans un bâillement.

Un après-midi, Matilda et sa mère allèrent chercher Raoul à la gare. Dès qu'il eut posé ses bagages, Matilda l'emmena dans la sellerie pour nous le présenter. Lucy m'aidait à nettoyer une montagne de selles dégoûtantes – ce qu'elle ne faisait jamais en temps normal, mais je pense qu'elle avait envie d'être là à son arrivée. J'étais en train de démonter une bride quand ils entrèrent : j'avais les mains noires de crasse et mes cheveux emprisonnés dans ces petits élastiques qu'on utilise pour les nattes étaient hérissés de touffes. Je n'étais vraiment pas à mon avantage. Lucy, ses seins pâles et généreux débordant d'un vieux tricot blanc taché par le jus des cassis des cages à fruits, avec son short minuscule et une traînée de graisse sur la joue gauche, semblait prête à poser pour *Playboy*.

« Tara, Lucy, dit Matilda. Je vous présente Raoul. »

Elle rayonnait de joie.

« Bonjour, dit-il.

— Bonjour », parvins-je à répondre.

Il était vraiment à couper le souffle. Je n'avais jamais cru véritablement qu'il était espagnol jusqu'au moment où je le vis en chair et en os, et alors plus de doute ; même dans la clarté crépusculaire de la sellerie de Trellanack, ses origines méditerranéennes ne pouvaient être mises en doute. Il portait une chemise blanche et une mince cravate bleue ; il avait une veste bleu pâle sur le bras. Son épaisse chevelure noire était coiffée en queue de canard, dans le style Teddy Boy, exactement comme Inigo Wallace autrefois – mais il ne faisait pas assez anglais pour qu'on le prenne pour un Ted, sa peau mate était bien trop parfaite pour ça. Il sourit et je sentis que Lucy retenait sa respiration.

« Enchanté », dit-il.

Il tendit la main et je m'avançai pour la prendre, renversant par la même occasion un bidon d'huile pour sabots.

« Merde, fit-il, en reculant d'un pas. Mon père me tuera si je lui abîme ses chaussures. Je les lui ai empruntées pour faire bonne impression en arrivant ici. »

Comme je l'ai déjà dit, entendre un garçon jurer me ravit. Entendre un garçon jurer avec un accent espagnol prononcé, c'était le paradis sur un plateau d'argent.

Raoul me sourit et redressa le bidon.

« Ça me manque de ne pas monter, dit-il.

— Je vais chercher un chiffon », dis-je.

J'essuyai le sol avec l'envers d'une vieille sous-selle. Raoul prit le bidon, en renifla le contenu, les yeux fermés, et le posa sur le bord de la table. Puis, tout à coup, il fouilla dans les poches de sa veste bleue et en sortit quatre choses oblongues qui ressemblaient à des fruits exotiques. Il resta un moment sans bouger, en en tenant deux dans chaque main, comme s'il s'apprêtait à jongler avec.

« Qu'est-ce que c'est ? demandai-je.

— Des avocats. Je les ai rapportés de chez moi pour que vous y goûtiez. »

Il m'en donna un et j'en tâtai le moelleux sous l'écorce verte et lisse.

« Il faut les manger aujourd'hui, sinon ils seront finis. »

Je ne sais pourquoi cette phrase me resta si longtemps dans la tête. « Les manger aujourd'hui, sinon ils seront finis. »

Nous repartîmes tous ensemble vers la maison, Lucy et moi à quelques pas en arrière, afin de laisser notre amie montrer le chemin, mais Raoul n'arrêtait pas de poser des questions sur le jardin, au grand dépit de Matilda qui était incapable d'y répondre avec certitude. Après avoir traversé le verger, nous arrivâmes devant le portillon ménagé dans le mur de pierres sèches. Raoul était fasciné.

« Quel mur remarquable », dit-il, et il avança la main pour le toucher, comme s'il caressait un animal appartenant à une espèce en danger. « Dis-moi, Matilda, de quand date ce verger ? Du XVIIe siècle, non ?

— Seigneur ! J'aurais dû me douter que tu allais me poser un tas de questions impossibles. Tout ce que je sais, c'est que j'allais me cacher derrière ce mur pour manger des pommes, chaque fois que papa piquait une crise. Des pommes et des ananas en boîte », ajouta-t-elle.

Mine de rien, elle lui fournissait beaucoup plus d'informations qu'elle n'en avait jamais donné à Lucy et à moi – j'aurais tant aimé qu'elle s'étende sur ce sujet –, mais ce qui intéressait Raoul, c'étaient des dates, des faits concrets, pas des considérations de nature affective.

Incapable de se contenir plus longtemps, Lucy balbutia : « D'après le Doomsday Book, c'est "un des plus beaux vergers du pays". »

Raoul se retourna et la regarda fixement, comme s'il la voyait pour la première fois. Elle baissa les yeux sur ses pieds, presque gênée.

« Au bout d'un moment, on en a assez des pommes », lança Matilda, telle la Dame de Shallot et ses ténèbres. Elle essaya de rire mais il y avait une grande tristesse dans son ton. « Personnellement, je préfère les reines-claudes », ajouta-t-elle malicieusement.

Elle avait sûrement dit ça pour marquer le coup, pour rappeler à Raoul la soirée qu'ils avaient passée ensemble dans un verger paradisiaque, mais il n'eut pas l'air de saisir l'allusion. Au reste, l'obligation de réagir à sa remarque nous fut épargnée parce qu'elle éternua, soudain, trois fois d'affilée. Ses yeux pleuraient. Cela me faisait énormément de peine de la voir chuter ainsi au premier obstacle.

« À tes souhaits », dis-je, et je m'en voulus aussitôt. Elle avait eu tout juste le temps de se remettre quand elle eut une nouvelle crise. Lucy et moi, qui étions habituées, nous écartâmes en attendant que ça passe

« Ça va ? demanda Raoul, d'un ton plein de sollicitude.

— Oh oui ! Ne t'inquiète pas, dit-elle en sortant son mouchoir. Ce n'est rien.

— *El fiebre del heno*, dit-il. Mon frère l'attrape chaque année. Lui, ce sont les tilleuls. Mettez-le à côté d'un tilleul et rien ne va plus. C'est vraiment couillon. »

Ce mot inattendu me fit hurler de rire. Il sourit.

Lucy leva les yeux au ciel de façon presque imperceptible. Ainsi que presque tous ceux qui ont une santé robuste, elle n'avait guère de compassion pour Matilda quand elle était victime du rhume des foins, avec tous les ennuis que cela lui occasionnait.

Nous fîmes le tour de la maison pour aller admirer l'arrière du bâtiment.

« Quelle merveille ! s'écria Raoul, en embrassant du regard cette façade, dans toute sa bigarrure de voyageur à travers le temps.

— C'est moins beau de ce côté, remarqua Matilda. Tous ces ajouts légués par des époques différentes. Maman dit que si des extraterrestres se posaient un jour ici, ils ne sauraient même pas dans quel siècle ils ont atterri.

— Si j'étais une extraterrestre, je prendrais le risque et je m'installerais ici pour toute la durée du prochain millénaire, déclara Lucy.

— Ça m'arrangerait bien, plaisanta Matilda. Je sauterais dans ton vaisseau spatial, direction Mars. Ou Londres, au moins. N'importe où pourvu de changer de décor», ajouta-t-elle en regardant Raoul par-dessous ses cils. Sans doute pensait-elle qu'en revêtant l'aspect d'un elfe dansant, d'un feu follet refusant de se laisser enfermer à jamais dans un village de Cornouailles, elle lui plairait. À vrai dire, il me paraissait évident que Raoul n'avait jamais été autant séduit de sa vie par quelque lieu que ce soit que par Trellanack. Mars, Londres, Grenade – aucun de ces endroits ne l'enthousiasmait à l'égal de ce petit trou perdu du sud-ouest de l'Angleterre.

À notre arrivée dans le salon, je m'installai au piano, comme toujours après mes séances d'équitation. Raoul faisait le tour de la pièce à pas lents, examinant chaque détail des boiseries de la bibliothèque géorgienne, la cheminée, les tableaux. Lucy s'assit, ouvrit *The Field*, et feignit de se plonger dans la lecture d'un article traitant des troubles intestinaux des poneys gallois, sans pour autant le quitter des yeux.

Au bout d'un moment, Raoul vint s'asseoir à côté de moi pour jouer *The Entertainer* à quatre mains, et, bien qu'il me laissât le premier rôle, je me rendis compte qu'il était très bon pianiste.

«Jouez-nous encore quelque chose», implorai-je.

Il secoua la tête.

«Non, merci. Devant un auditoire, je perds mes moyens.

— Pas comme Tara, intervint Lucy. Une fois qu'elle est lancée, plus moyen de l'arrêter.

— Vous jouez en public ? demanda-t-il, en me faisant la grâce de ne pas avoir l'air stupéfait.

— Oh, non. Je ne joue pas, je chante. Très modestement. Une petite chorale paroissiale…, bredouillai-je, en fusillant Lucy du regard.

— Tout de même, dit-il. Une chorale paroissiale. Il faut bien commencer quelque part, non ?

— Sans doute.

— Un soir, la chorale paroissiale, puis avant même que vous vous en rendiez compte, Glynbourne. » Il éclata de rire, comme si c'était une idée désopilante.

Je ris moi aussi. C'était désopilant. « En réalité, je préfère la musique pop, dis-je.

— Bien sûr. Moi aussi.

— Vraiment ? » Je le regardai d'un air soupçonneux. « Vous aimez qui ?

— Roy Orbison », répondit-il sans hésitation.

Je ris de nouveau.

« *Only the Lonely…* », entonna-t-il, en se livrant sans le moindre embarras à une imitation étonnamment convaincante.

Nous le regardâmes toutes les trois bouche bée, puis nous nous mîmes à rire.

Ses yeux sombres se posèrent sur le backgammon posé sur un guéridon, dans un coin.

« Matilda est la championne en titre, dis-je en suivant son regard.

— L'été, quand il fait trop froid pour pique-niquer, nous jouons au backgammon comme si c'était une question de vie ou de mort, ajouta Matilda.

— Vous pouvez donc imaginer que nous sommes des as, dis-je, en regardant le ciel plombé par la fenêtre.

— En Espagne, j'y joue avec mon frère, quand il fait trop chaud pour mettre le nez dehors. »

Il s'assit et empila les pions rouges sur le tablier.

« Alors, qu'est-ce qu'on attend ? » demanda-t-il.

Matilda rit et s'installa en face de lui.

« C'est moi l'arbitre, décidai-je.

— Lucy, venez m'aider, dit-il. Vous connaissez sa tactique.

— Ah, c'est là que vous vous trompez », répliqua-t-elle, en rapprochant le fauteuil bleu pour suivre la partie.

En face des mains blanches de Matilda, celles de Raoul faisaient un contraste étrange. Je n'avais jamais vu quelqu'un aussi foncé de peau. Je fus choquée de me surprendre à l'imaginer sans ses vêtements. Je chassai vite cette idée et entendis Lucy lui demander :

« Comment trouvez-vous Bristol ? » Je pense qu'elle ne savait pas trop comment se comporter avec lui ; nous étions sidérées de nous apercevoir qu'il était encore beaucoup mieux que l'image que nous nous étions faite de lui.

« Voilà quinze jours que je suis dans ce pays. On est en août et il n'a pas cessé de pleuvoir. Je suis ravi.

— Je ne suis pas sûre que tu seras aussi bien disposé envers le temps à la fin de l'année, dit Matilda.

— Moi, je crois que si », dit Lucy.

Une heure plus tard, Matilda et Raoul avaient gagné deux parties chacun. Mrs Wilson entra avec des toasts et de la confiture, et j'eus une impression étrange – Raoul, tout en mystère avec ses yeux noirs, assis dans le vieux fauteuil écossais tapissé de poils de chien qu'affectionnait lady W.-D. pour sa pause-café du matin, qui contemplait la grisaille de cet après-midi lugubre.

« Seulement en Angleterre », dit-il d'une voix rêveuse, et nos regards se portèrent eux aussi sur le jardin. Le ciel était couleur de phoque mouillé, les shetlands se pelotonnaient les uns contre les autres, dans le creux de terrain où je les montais autrefois en cachette.

« Quoi, seulement en Angleterre ? dis-je.

— Je ne sais pas. À force de regarder par la fenêtre, l'envie m'a pris de dire une chose de ce genre, voilà tout. »

Je n'avais jamais vu quelqu'un aussi content d'être quelque part.

C'est ainsi que commença son séjour à Trellanack.

Tout de suite, j'ai aimé Raoul. Lady W.-D. – qui l'avait accueilli d'une façon qui ne permettait pas de douter que Matilda avait correctement jugé de ses intentions – lui attribua la totalité du dernier étage de la maison, et sa chambre, sa salle de bains et son dressing donnant sur le parc lui permettaient d'apprécier à sa juste valeur le travail acharné que Capability Brown lui avait consacré. Elle plaçait des shortbreads à côté de son lit et Matilda ornait sa table de toilette d'un vase de roses cueillies dans le jardin.

« Il est retombé sur ses pieds, murmura Lucy, en faisant courir le doigt sur les montants du lit où il n'y avait plus un grain de poussière. Pour moi, elle n'a jamais pris la peine de passer le moindre chiffon.

— C'est parce que tu es une fille, dis-je. À mon avis, elle s'imagine qu'il sera son sauveur. De toute manière, je n'aimerais pas loger là-haut. Je ne m'y sens pas à l'aise. »

C'était une partie de la maison où Matilda ne nous avait jamais emmenées ; c'est là qu'habitait sa nurse autrefois et les souvenirs de cette époque peuplaient le dernier étage qui, sans la présence d'enfants, baignait dans une atmosphère fantomatique. La salle de bains était décorée de scènes tirées de comptines qui faisaient naître des cauchemars d'enfant – un Humpty-Dumpty à l'air menaçant, des Jack et Jill grognons à la tête bandée, une miss Muffet balafrée, immobilisée à jamais sur le même carreau que son M. Bestiole, la bouche pleine de crocs, trois souris sans queue et atteintes de strabisme fuyant devant la femme du paysan brandissant un couteau. La chambre au plancher de bois dans laquelle dormait Raoul était sommairement meublée. Derrière les rideaux, des volets occultaient totalement la lumière, et par conséquent on ne pouvait pas savoir si c'était le jour ou la nuit. Souvent, Raoul dormait tard et Matilda m'envoyait en haut pour le réveiller.

« Matilda habitait ici quand elle était petite », dis-je à Raoul, un matin. Je pensais que le fait de parler d'elle l'inciterait à me confier quels étaient ses sentiments à son égard ; pour le moment, rien ou presque ne laissait supposer qu'il était prêt à se déclarer.

« Pourquoi avait-elle choisi d'habiter toute seule au dernier étage ? me demanda-t-il tout en nouant sa cravate.

— Pour être loin de son père, je suppose.

— Elle avait peur de lui ?

— Il n'était pas très gentil avec elle », répondis-je. Je ne savais pas si je devais lui dire ça, mais je pensais qu'il serait peut-être bon qu'il sache qu'elle n'avait pas eu une enfance heureuse. Cela susciterait de la compassion et de l'amour de la part d'un homme qui aurait envie de la protéger.

« Il a eu une vie difficile. Enfant, il était sur le *Titanic*.

— Je sais. Le veinard.

— Veinard ?

— Quand on a réchappé à un drame pareil, on a quelque chose à raconter jusqu'à la fin de ses jours.

— Je n'avais jamais considéré la question sous cet angle.

— Ce qui ne te tue pas te rend plus fort.

— Ou alors ça te transforme en un vieux bonhomme grincheux et méchant qui maltraite sa fille unique.

— Pauvre Matilda. »

Un peu plus tard dans la journée, il la questionna directement sur son père et elle lui raconta qu'il l'avait punie parce qu'elle n'aimait pas le chou et était incapable de réciter sa table de treize au petit déjeuner, mais surtout à cause de sa maladresse perpétuelle, son manque de coordination dans l'exécution des tâches les plus élémentaires. Matilda avoua que pendant toute une semaine, il lui avait fait porter sa chaussure gauche au pied droit et vice versa, tellement il était furieux de voir qu'elle ne parvenait pas à aller d'un bout à l'autre d'une pièce sans tomber.

« J'ai eu des ampoules pendant trois semaines. Maman était en Inde et ma nurse avait trop peur de papa pour s'opposer à lui. C'était épouvantable. Mais il faut dire qu'il avait beaucoup souffert. » Elle était incapable de parler de son père sans ajouter automatiquement : « Après ce qui s'était passé sur le bateau, il a toujours eu une mauvaise santé» (ni elle ni sa mère ne mentionnaient jamais le nom du paquebot). Il était sourd de l'oreille droite et il a eu de l'arthrite dès l'âge de vingt et un ans. Certains jours, il pouvait à peine bouger. À la maison, il y avait tout le temps des médecins qui entraient et sortaient, de jour comme de nuit.

«Il ne me faisait pas de peine, chuchota-t-elle. J'aurais dû en avoir, je sais, mais je ne l'aimais pas.» Elle commença à éplucher une orange. «C'est affreux, non? Mon propre père, et je ne l'aimais pas.»

Je trouvais curieux que nous ayons eu connaissance de tous ces détails par le biais d'une conversation avec un garçon qu'elle ne connaissait pas quelques mois plus tôt. À cause de ça, j'étais fière d'elle. Lucy, bien qu'elle eût posé la main sur le bras de son amie en signe de sympathie, avait l'air un peu contrariée qu'elle se soit ouverte ainsi à Raoul et jamais à elle.

«Je pense que ton père aurait préféré que tu sois un garçon, dit Raoul. Le mien a toujours voulu avoir une fille et il n'en a pas eu.»

C'est alors que Matilda fit une remarque qui, aujourd'hui encore, reste gravée dans ma mémoire.

«Oh non! dit-elle d'un ton léger. Il aurait préféré que je ne sois rien du tout.

— Je suis sûr que tu te trompes, dit Raoul, galant.

— Mais non, répliqua-t-elle. Mais ce n'est pas grave. Maman dit toujours que je ne suis pas née dans le bon nid. Elle aurait aimé que je fasse du cheval, mais j'étais terrorisée et, en plus, les chevaux me donnent le rhume des foins.»

Elle avait dit ça sans du tout s'apitoyer sur elle-même, mais je fus prise d'une envie de lui envoyer un coup de pied sous la table pour la faire taire. Je doutais que ces propos puissent l'aider à conquérir le cœur de Raoul. Moi, en tout cas, si j'avais été un garçon, ce langage m'aurait tout de suite refroidi. À cet instant, sa mère m'appela depuis le hall.

« Tara !

— Oui ? » Je me levai d'un bond.

« J'ai besoin de vous tout de suite. J'ai l'impression que Hester a perdu un fer.

— Vous voyez, dit Matilda en me regardant enfiler mes bottes. Elle aurait été bien mieux à son affaire avec Tara. Moi, j'ignore tout des fers à cheval.

— Il y en a qui diraient qu'avoir le physique que tu as te permettra d'aller plus loin dans la vie que n'importe quoi d'autre », remarqua Raoul.

C'était la première fois qu'il faisait allusion à sa beauté. Elle tenta – en vain – de cacher sa joie.

« Je ne sais pas », minauda-t-elle.

Moi, je savais. Je savais que ce n'était rien d'autre que la réaction d'un homme bien élevé face à une femme qui avait besoin d'un compliment. Parce qu'il était évident pour moi, de même que pour quiconque aurait été présent à ce moment, que la campagne entreprise par Matilda pour gagner le cœur de Raoul allait tourner court.

Il était tombé amoureux fou de Lucy.

8

Le chaos dans le détail

Dès que j'eus compris de quoi il retournait, je pris la décision de taire ce que je savais des sentiments que Raoul éprouvait pour Lucy – je me demande d'ailleurs si nous n'étions pas tous dans le même cas. De toute manière, je désirais que rien ne change. La présence de Raoul dans le village mettait du soleil dans les journées les plus sombres – il était l'une de ces rares personnes qu'on est toujours content de voir. Mes sœurs l'adoraient – y compris Florence qui, en règle générale, se méfiait de tout le monde, même de ses proches. Lorsqu'il venait au presbytère, Raoul s'affairait à la cuisine; il préparait des plats délicieux avec la plus grande facilité et comme par magie, même avec nos ingrédients limités, il parvenait à importer un peu d'Espagne en Cornouailles. Imogen était très impressionnée de le voir confectionner des churros, ces beignets moelleux nappés de sucre, dont il nous disait qu'il fallait les manger trempés dans du chocolat fondu. De son côté, il admirait Imogen pour ses pâtisseries exquises et l'idée qu'elle avait eue de parfumer ses tartes et ses gâteaux avec du romarin.

Je parlais avec lui de Roy Orbison et de Frankie Howerd, de ses recherches sur l'histoire de Trellanack, de son enfance en Espagne avec un père anglais et de notre amour commun pour la rhubarbe. J'allais en classe pendant la semaine, mais, presque tous les après-midi, je me rendais directement à Trellanack pour soigner les chevaux, à la suite de quoi je prenais le thé avec quiconque se trouvait là. Lucy quittait très souvent son travail après cinq heures et n'arrivait que bien plus tard dans la soirée, quand venait pour moi le moment de regagner le presbytère. Mais Matilda était toujours là. L'après-midi, elle écrivait des rédactions en italien et, à cinq heures, elle arrivait dans le salon pour le thé (du thé Darjeeling et un gâteau), avec des roses dans les cheveux et des yeux qui ne voyaient que Raoul. Je ne pouvais pas la critiquer. Y avait-il chez Raoul quelque chose qu'on ne pouvait pas aimer ? Le seul fait qu'il était espagnol allié à sa faculté de jurer si délicieusement en anglais me suffisait pour le considérer comme quelqu'un de bien – mais vers la fin de la troisième semaine, il se produisit un événement qui grava dans la pierre l'admiration que j'avais pour lui.

Ce samedi après-midi de septembre faisait penser à un dessin d'enfant – un ciel d'azur ponctué de petits nuages guillerets – et pour la première fois depuis longtemps soufflait une forte brise – de celles qui se glissent sous la queue des chevaux et les font caracoler alors qu'ils devraient aller au pas. Lady W.-D. m'avait demandé de sortir Cathedral Boy – un cheval de chasse alezan haut de presque dix-sept paumes, qu'un ami irlandais lui avait confié en location. Cathedral Boy était pratiquement le seul cheval de ma connaissance dont j'avais jamais eu un peu peur – il avait une grosse tête sournoise et m'avait mordu par deux fois alors que je retirais des cailloux de ses sabots, le jour même de son arrivée.

« Montez-le une vingtaine de minutes, me dit lady W.-D., en lui jetant une selle sur le dos. Il a besoin d'exercice.

— Il n'a pas l'air d'en avoir envie, répliquai-je, tout en m'écartant, parce qu'il recommençait à me mordiller.

— Quand j'avais votre âge, j'allais à la chasse tous les week-ends sur un cheval que mon père ne parvenait pas à maîtriser. Combien de fois vous l'ai-je dit ? Pour bien monter – comme pour tout dans la vie –, il suffit d'être convaincu qu'on en est capable, c'est tout. » Elle rit, ce qui était rare de sa part.

Je pourrais épiloguer en disant qu'à peine m'étais-je engagée dans l'allée, j'avais senti que des ennuis se préparaient. Je pourrais m'étendre sur le refus effronté de Cathedral Boy de faire ce que je voulais qu'il fasse, ou encore sur sa façon de harceler les lapins sur les bas-côtés ou de stopper net en entendant un pivert perché sur le toit des écuries, avant même que nous ayons bifurqué dans l'allée cavalière. Tout cela n'était que le prélude à ce qui se produisit une fois que nous étions engagés dans le sentier de Mrs Otley. Remonté à bloc, de l'avoine plein la panse et de mèche avec un vent de plus en plus violent, Boy, estimant que la plaisanterie avait assez duré, exécuta une de ces ruades qui font le succès des westerns, m'envoyant voltiger dans les airs et atterrir en vol plané sur ma cheville qui s'écrasa douloureusement sous mon poids. Sonnée par la chute, je commis l'impardonnable erreur de lâcher les rênes, si bien qu'en un instant, je vis ce maudit cheval prendre un trot accéléré et disparaître dans les bois.

Je m'assis, complètement groggy, puis me mis debout en chancelant, consciente qu'il fallait que je récupère Boy avant qu'il déclenche une autre catastrophe. Je crois n'avoir jamais lu une histoire de cheval dans laquelle un canasson échappé ne finisse par déboucher sur une route, pour être heurté de plein fouet par la seule voiture circulant à des kilomètres à la ronde, mais à peine avais-je fait un pas que ma cheville céda et je m'écroulai avec un cri de douleur. J'ôtai ma botte et ma cheville se mit à enfler à vue d'œil si bien que je ne pus même pas me rechausser. Pour couronner le tout – le soleil venait d'être pris en otage par une multitude de nuages violets –, il commençait à pleuvoir.

« S'il vous plaît, mon Dieu, murmurai-je. Faites que quelqu'un vienne me tirer de là. »

J'avais encore la tête qui tournait quand, dix minutes plus tard, je le vis arriver, au sortir du bois, vêtu d'une mince chemise rouge, d'un jean neuf et de bottes éculées, avec ses cheveux noirs coiffés en arrière et un sourire aussi large que celui de Ritchie Valens. Il menait Cathedral Boy, qui avançait à ses côtés, roulant des yeux et s'ébrouant, mais ayant bien compris que la récréation était terminée. Raoul le tenait d'une main ferme.

« Il m'a désarçonnée ! » criai-je, mais le vent avala mes paroles.

« Ça va ? cria-t-il en réponse.

— Sais pas ? Ma cheville ne répond plus.

— Ta mauvaise cheville ? » Raoul n'avait encore jamais dit qu'il avait remarqué que je boitais. Je me sentis rougir.

« N... non, l'autre. »

Il s'assit et me prit le pied, laissant Cathedral Boy s'envoyer des ventrées de pissenlits et de marguerites, à côté de nous.

« Tu peux marcher en t'appuyant dessus ?

— Pas vraiment. »

Il sortit une flasque de sa poche arrière, la déboucha et me la tendit.

« Qu'est-ce que c'est ? demandai-je d'une petite voix.

— Ne pose pas de questions, bois ça, c'est tout. »

J'en pris une gorgée et faillis vomir.

« Pouah ! C'est dégoûtant !

— Du sherry pour la cuisine, avoua-t-il en souriant. J'avais trop peur de chiper quelque chose de plus coûteux à la mère de Matilda. Mon père estime qu'on ne doit aller nulle part sans emporter un petit remontant avec soi. Allez, bois encore un peu. Une fois passée la première gorgée, c'est tout à fait acceptable.

— Qu'est-ce que tu faisais dans le bois ? demandai-je, en posant sur lui un regard plein de gratitude.

— Je n'étais pas dans le bois. J'étais allé poster une lettre et je rentrais par le village quand El Chico de la Catedral est apparu à l'autre bout de la piste cavalière, en direction du pré communal.

— Comment as-tu réussi à l'attraper ?

— Dès qu'il m'a vu, il a compris qu'il avait trouvé à qui parler. Et puis j'avais une demi-barre de Crunchie dans la poche. »

Cathedral Boy approuva bruyamment. Je ris. Raoul avait un penchant prononcé pour les friandises anglaises, de même que nous tous qui en avions été privés pendant la guerre.

« Un magnifique cheval, dit-il, mais trop puissant pour toi, Tara. Est-ce qu'elle cherchait à te tuer ? ajouta-t-il, en me regardant avec attention.

— Elle dit que dans sa jeunesse, elle parcourait l'Inde au galop, sur des chevaux bien plus grands que lui.

— En Inde, ils se prennent tous pour des cow-boys, dit-il avec une moue. En Angleterre, c'est une autre chanson. »

Le vent s'était encore renforcé et je me sentis frissonner. Sans rien dire, Raoul déboutonna sa chemise et me la donna. Je n'en croyais pas mes yeux. Il n'avait rien dessous et son torse était velu, comme celui des héros des romans-photos que lisait Lucy. Je crois bien que je le savais déjà pour l'avoir vu travailler avec une chemise déboutonnée dans le haut – mais découvrir dans toute sa splendeur cette toison qui descendait jusqu'à la ceinture de son jean, c'était une révélation.

« Qu'est-ce que tu fais ? dis-je, embarrassée et enthousiasmée à la fois. Tu vas prendre froid.

— Tu sais très bien que j'adore le froid. Maintenant, je vais nous ramener tous les deux à la maison. Tu te mettras derrière moi.

— Oh non, je ne crois pas que ce soit une bonne…

— On n'a pas le choix. Tu ne peux pas marcher, mais je sais monter à cheval et celui-là est bâti comme… comment dit-on, déjà ? comme un *chalet d'aisance*. Il peut nous porter tous les deux. »

Je partis d'un rire ravi. « Un chalet d'aisance ! Où as-tu entendu ça, Raoul ?

— Ta sœur, dit-il, en me hissant sur la croupe de Boy. Elle emploie de ces termes... Avant de la connaître, je pensais que jamais une Anglaise ne disait un mot de guingois.

— De travers, rectifiai-je.

— Ça aussi. »

Je le regardai sauter en selle devant moi. Apparemment, ma sœur n'était jamais loin de ses pensées.

Nous reprîmes ensemble le chemin de Trellanack et Cathedral Boy ne s'écarta pas de la ligne droite d'un sabot. Raoul montait avec l'assurance d'un matador – et dans un style bien différent de celui qu'on m'avait enseigné. Il tenait les mains très haut et semblait guider uniquement sa monture avec les jambes.

« J'ai appris à monter à la *Doma Vaquera*, dit-il. Avec le frère de ma mère, Ricardo. Le cavalier et le cheval ne doivent faire qu'un afin de parvenir à une maîtrise parfaite et par conséquent à une liberté et une union totales.

— Tu m'apprendras.

— Mon hôtesse ne serait pas contente. La mère de Matilda n'est pas quelqu'un qui apprécie le style espagnol. »

J'avais mal à la tête, mal à la cheville et j'étais épuisée par l'exercice compliqué consistant à nouer les bras autour de la taille de Raoul, sans trop me presser contre la peau douce de son dos. J'avais quatorze ans et n'avais encore jamais touché le corps d'un homme. En faire pour la première fois l'expérience sur le dos d'un cheval, c'était trop d'émotion pour moi. Je ne savais plus dans quelle position me mettre. Il se retourna et me sourit.

« Tu veux que je te ramène chez toi ?

— Oui, merci », dis-je.

C'est à cet instant que je compris à qui Raoul me faisait tellement penser. Il était comme Jack le vagabond, sauf que lui, il était ici, au lieu de se balader à travers tout le continent ainsi que mon frère aîné adoré. Tandis que nous prenions le chemin de la maison, je me pris à souhaiter que Raoul ne rentre jamais en Espagne. M'aurait-il entraînée dans les fleuves de Babylone que cela m'aurait été complètement égal. Je ne m'étais jamais sentie aussi en sécurité que sur ce cheval, avec cet Espagnol. Je n'arrivais pas à croire que je le connaissais depuis si peu de temps. Il faisait déjà partie de la famille.

À notre arrivée au presbytère, Lucy, Florence et Imogen étaient en train d'étendre la lessive sur la corde à linge. En nous voyant, elles s'interrompirent dans leur tâche et Lucy redressa les épaules, ce qui fit saillir sa poitrine. Imogen rougit et écarquilla les yeux en s'apercevant que Raoul était torse nu, tandis que Florence faisait celle qui avait déjà vu tout ça – même si j'étais certaine qu'il n'en était rien.

« Qu'est-ce qui s'est passé ? demanda Lucy, alors que Raoul tirait sur les rênes pour immobiliser Cathedral Boy. Un numéro de voltige ? Vous avez raté le cirque. Il était ici à Pâques. »

Raoul mit pied à terre et me prit dans ses bras pour me faire descendre. « Tara a fait une chute, elle s'est tordu la cheville, dit-il.

— Ta mauvaise ? demanda aussitôt Imogen.

— Non, répondis-je, agacée malgré moi.

— Je vous la ramène ; il lui faut de la glace et du repos. De la lavande, de l'arnica, de l'hamamélis, dit-il en comptant sur ses doigts. C'est souverain pour les entorses.

— Comment le sais-tu ? demanda Florence, méfiante.

— Ma grand-tante est une sorcière, répondit-il simplement. Une gentille sorcière, s'empressa-t-il d'ajouter, en voyant notre expression. Pas du genre manche à balai. Elle a des pouvoirs. » Il haussa les épaules et je ris doucement. « Mais en l'absence de tante Sophia, je pense que vous devriez faire examiner la cheville de Tara. Vous avez un frère médecin, je crois ?

— Pas du tout, répondîmes-nous en chœur.

— Aucun parmi les garçons n'a jamais pris la peine de faire des études pouvant avoir une utilité quelconque dans la vraie vie, dit Lucy.

— Mais si c'est le tennis, Dieu ou les lieux mal famés de Paris qui t'intéressent, ne cherche pas plus loin », ajouta Florence d'un ton acide.

Calée contre Cathedral Boy, je retirai la chemise et la rendis à Raoul.

« Tu devrais faire attention, tu sais, dit Lucy. Te montrer à moitié nu comme ça, sur le dos d'un cheval, nous ne sommes pas habituées à tant de beauté. »

Raoul rit, mais ce qu'avait dit Lucy n'était pas anodin. C'était la première fois qu'elle lui faisait un compliment et elle en était consciente.

« Ma grand-mère disait souvent qu'en Espagne, les hommes ont coutume de surgir au mauvais endroit au bon moment.

— En effet, dit-elle. Attends, tu t'y prends mal. »

Elle s'approcha et lui prit ses mains qui tenaient la chemise. Avec des gestes précis, elle défit ce qu'il avait fait et la lui reboutonna correctement. Raoul baissa son regard sur elle, sur sa poitrine, ouvrit la bouche pour dire quelque chose, puis détourna le regard. Plantée à côté d'eux, Imogen fronça légèrement les sourcils.

« Merci, dis-je à Raoul. Je ne sais pas ce que j'aurais fait si tu ne nous avais pas retrouvés tous les deux.

— Tu te serais très bien débrouillée sans moi.

— Ce n'est pas pour moi que je m'inquiétais. Ce cheval a presque autant de valeur que Trellanack. Il aurait pu lui arriver n'importe quoi.

— Mais il ne lui est rien arrivé, dit-il, tout en regardant Lucy. La catastrophe a été évitée.

— Oui, dit Lucy. La catastrophe a été évitée. »

Sainte Mère de Dieu – une fois le feu allumé, je sentis sa chaleur partout. Au cours de la dernière semaine qu'il passa à Trellanack, tout s'accéléra. Ils savaient que le temps leur était compté. Curieusement, Matilda ne semblait s'apercevoir de rien, bien que ce qu'il y eût de surprenant dans l'adoration de Raoul pour ma sœur, c'est qu'elle se fondait presque uniquement sur la conversation et leur passion commune plutôt que sur un désir sensuel. Je ne dis pas que sa beauté le laissait indifférent, mais ce n'était pas ce qui comptait le plus pour lui. Il n'avait jamais l'air de s'intéresser à ce qu'elle portait, au fait qu'elle venait de se faire un shampoing ou qu'elle s'était maquillée – il consacrait toute son attention à ce qu'elle avait à dire, en particulier quand elle faisait appel à sa Mémoire photographique des maisons (marque déposée). Sa description de Mosse Hall, un manoir du Hampshire démoli depuis peu, où elle avait travaillé avec tante Mary pendant une semaine de pêche, l'avait enchanté et il ne se lassait pas de l'entendre raconter ses histoires à propos de la chapelle de Awns Court, dans le Northumberland. Ils s'entretenaient à n'en plus finir des dizaines de grandes demeures récemment détruites, en pleurant sur elles comme sur de vieux amis. Lucy n'avait jamais parlé ainsi avec un garçon, sans avoir besoin de flirter et de se remettre du rouge aux lèvres.

Lorsqu'ils ne parlaient pas de maisons, ils riaient, sans cesse, à propos de tout et de rien. Raoul semblait ressentir ce que ressentait Lucy – sa joie devant tout ce qui lui arrivait d'heureux était palpable. Je rôdais à l'arrière-plan, inquiète. Je pense avoir pris conscience de la gravité de la situation le jour où je l'entendis lui raconter, d'une voix tremblante, la mort de maman. Lucy n'en parlait jamais, et encore moins de son rôle dans ce drame, des reproches qu'elle s'adressait. Ils étaient assis seuls tous les deux, dans la salle à manger. Il faisait chaud, cet après-midi-là, mais cette pièce était toujours froide. Ils ne m'avaient pas entendue entrer sur la pointe des pieds dans la cuisine voisine.

« Je n'ai pas pu la sauver », disait Lucy. Elle parlait fort comme si elle avait oublié momentanément où elle était et à qui elle s'adressait.

J'entendis Raoul répondre : « Mais comment une petite fille de treize ans aurait-elle pu savoir quoi faire dans une pareille situation ? C'est impossible.

— Elle ne s'est jamais rétablie, poursuivit Lucy. Je ne savais pas comment l'aider. Je ne savais pas, tout simplement. J'étais terrorisée. »

C'était la première fois que j'entendais Lucy avouer avoir jamais eu peur. Je me sentais mal. Glacée. J'attendis ce qu'allait dire Raoul.

« Tu ne peux pas passer le reste de ta vie à te culpabiliser à cause de ça. Ce n'est pas juste.

— Que puis-je faire d'autre ?

— Faire ce que tu fais, c'est la solution de facilité.

— Quoi ? »

J'avais articulé ce mot silencieusement, en même temps que Lucy le prononçait à voix haute.

« C'est la solution de facilité, répéta-t-il. Tu peux te tordre les mains et hurler à la lune tant que tu voudras, ça ne sert à rien.

— Qu'est-ce que tu ferais, toi, alors ? Qu'est-ce que tu ferais si cette chose n'arrêtait pas de te hanter tous les jours que Dieu fait ? » Lucy avait dû frapper sur la table ; j'entendis un bruit mat et des cliquetis de chandeliers.

« Je retournerais le problème dans l'autre sens.

— Dans l'autre sens ?

— Oui. Je ne sais pas comment on dit ça en anglais. *¿ Comó se dice ?* Tu crois avoir mal agi ? La seule chose que tu peux faire, c'est d'en tirer une leçon. Ne perds pas ton temps à te miner pour des choses que tu ne peux changer. »

Lucy s'était sans doute levée, puisqu'il s'écria :

« Non. Ne t'en va pas.

— Et pourquoi ? Pour toi, c'est facile à dire. »

Peut-être, pensai-je, peut-être a-t-il exagéré.

Au cours de la matinée précédant le jour où Raoul devait regagner Bristol, Lucy me parla de lui pour la première fois.

« Que dois-je faire ? dit-elle, en regardant par la fenêtre de sa chambre, tout en se rongeant les ongles.

— Que dois-tu faire à propos de quoi ? » demandai-je. J'étais remplie d'angoisse – je la sentais presque déborder.

« À propos de Raoul. Matilda voudrait que je l'interroge sur ce qu'il éprouve pour elle. Elle croit que c'est seulement par timidité qu'il ne l'a pas encore embrassée. Ah, mon Dieu ! »

Elle posa sur moi un regard plein de souffrance.

« Elle l'aime. Elle l'aime pour de bon. Et lui, tu crois qu'il l'aime, Tara ? Tu le crois ?

— Comment est-ce que je le saurais ? Non », repris-je, après réflexion.

J'avais vaguement mal au cœur, comme si je m'étais trouvée dans un train roulant à tombeau ouvert dans la mauvaise direction. Lucy secoua la tête, serra les dents et abattit violemment la main sur le rebord de la fenêtre. « Il n'aurait pas dû venir ici. Il va tout gâcher.

— Lucy ? Tu pleures ?

— Non, je ne pleure pas, dit-elle, en essuyant ses larmes d'un geste rageur. C'est un désastre, voilà tout, d'accord ? Mais tu ne peux pas comprendre. »

Au contraire, je comprenais parfaitement. Quand Lucy reparla, ce fut d'une voix si basse que je dus tendre l'oreille pour entendre ce qu'elle disait.

« Des étincelles entre nous, dit-elle tristement. Des saloperies d'étincelles. Dès l'instant où il est arrivé, j'ai prié pour qu'elles s'éteignent. Mais non. Il y en a partout. Pourtant, je ne peux pas faire ça à Matilda. Elle ne me le pardonnerait jamais. Oh, je crois qu'il faut que je parte. »

Elle sortit de sa chambre et, au bout de quelques minutes, je l'entendis dire à papa et à George qu'elle avait envie d'aller avec eux à Southwold.

« Qui cherches-tu à éviter ? demanda papa.

— Matilda, avoua-t-elle.

— Cet Espagnol est amoureux de toi, pas d'elle, dit George, en faisant preuve d'une surprenante intuition pour quelqu'un qui était censé renoncer à ces choses.

— Quelque chose de ce genre. »

George secoua la tête.

« Ça ne sert à rien de prendre la fuite. Il ira te chercher partout. »

Un peu plus tard dans l'après-midi, Raoul arriva au presbytère et nous eûmes confirmation que George avait vu juste, comme presque toujours, d'ailleurs. Fuir ne servait à rien.

Je l'aperçus par la fenêtre de la cuisine.

« Raoul ! criai-je. Tu ne devrais pas être en train de faire des bagages ? »

En me voyant, il parut hésiter, puis me fit signe de sortir. Je laissai tomber mon torchon dans l'évier et courus le rejoindre sous le hêtre pourpre. Je sentis le soleil me picoter la peau et je m'abritai les yeux de la main. Mais si le soleil incommodait les petites Anglaises à la peau blanche dans mon genre, il conférait à Raoul un supplément de pouvoir, de charme. Il buvait sa lumière, comme par un processus de photosynthèse.

« Écoute-moi, dit-il. Je suis tombé amoureux de ta sœur.

— Laquelle ? » demandai-je, automatiquement.

Il me regarda d'un air perplexe, à croire qu'il ne s'était pas rendu compte que j'en avais deux autres entre lesquelles choisir. « Lucy, évidemment. »

J'avais entendu cette réponse bien souvent, mais ce fut la première fois que je compris que ces mots allaient tout bouleverser.

« Ah !

— Je ne sais pas ce que je dois faire. C'est que, vois-tu, il n'y a pas la moindre chance que ça me passe, alors pourquoi ne pas lui dire ce que j'éprouve pour elle ?

— Je me doutais que tu te poserais la question.

— Tu crois que je devrais ?

— Oh, Raoul ! Et Matilda ?

— Matilda ? dit-il, en fronçant les sourcils.

— Elle… elle t'aime beaucoup. »

Pourquoi avais-je dit ça ?

« Oh ! fit-il, l'air complètement déconcerté. Ah, c'est très embêtant. Tu en es sûre ? L'idée ne m'était pas venue qu'elle…

— Oh, voyons Raoul ! Elle s'illumine chaque fois que tu entres quelque part, elle est suspendue à tes lèvres. Ne me dis pas que tu ne t'en es pas aperçu.

— C'est peut-être un petit… comment dit-on, déjà… un petit béguin ? À mon avis, ce n'est rien d'autre. Elle ne peut pas être amoureuse de moi, dit-il, péremptoire. Nous ne sommes pas pareils. Elle ne me supporterait pas. »

Il se rembrunit et secoua la tête. J'ouvris la bouche pour dire : « Écoute, Lucy tombe amoureuse aussi souvent Roy et Luke tombent de leur vélo », mais je la refermai aussitôt car je savais qu'elle était vraiment folle de lui et que s'il s'en allait sans qu'elle le sache, je me le reprocherais toute ma vie.

« Si tu penses vraiment que tu ne peux pas partir sans le lui dire, tu dois lui parler, déclarai-je enfin. Lui dire ce que tu éprouves. Je pense… je pense qu'elle doit savoir. »

Il me considéra avec attention. « Tu crois ? Tu crois vraiment ? Tu crois que je devrais dire quelque chose ?

Dis-moi, as-tu jamais ressenti ça ? Tu sais, cette chose, quand tu ne peux pas dormir, quand tout est… sens dessus dessous… que tu n'arrives pas à te concentrer. Je ne comprends pas, dit-il, l'air tout désorienté. Je croyais avoir déjà été amoureux, mais ce n'était rien du tout. Rien du tout, soupira-t-il. Tu es trop jeune pour comprendre.

— Autrefois, j'ai cru aimer un garçon qui jouait de la guitare et chantait comme Elvis », bredouillai-je.

Il n'eut pas l'air surpris.

« Évidemment, dit-il. Il suffit qu'un garçon joue de la guitare comme Elvis, pour que tu te croies amoureuse.

— Peut-être. » Je lui adressai un sourire fugitif.

« Où est-elle ? demanda-t-il. Il faut que je la voie.

— À son travail. Elle sera de retour dans une demi-heure.

— Pourrais-tu lui dire de venir me rejoindre au pré communal ? Je l'attendrai à côté de l'arrêt de l'autobus. »

Il n'aurait servi à rien de refuser. Il la trouverait d'une façon ou d'une autre, que je transmette ses messages ou non.

Le soir au dîner, Lucy avait des herbes folles dans les cheveux et elle ne se rebiffa pas quand papa la gronda pour avoir oublié de prévenir Mr Bell que la répétition de la chorale était annulée. Je savais que Raoul lui avait tout dit et je savais qu'elle avait fait de même.

L'univers si intime, si clos, si protégé qui s'était constitué pendant les deux ans et demi où Lucy et Matilda avaient été amies s'était désintégré. Moi, j'étais là, le visage dans les mains, à attendre de voir ce qui allait se passer.

9

Un peu d'encre noire

Raoul retourna à Bristol, comme prévu, mais la grande passion grandissait et grandissait à chaque passage du facteur au presbytère, à chaque sonnerie du téléphone. Ils ne se virent pourtant qu'une seule fois entre la fin de l'été et le début d'octobre, quand Raoul revint passer un week-end à Trellanack. Matilda ne se rendait compte de rien.

« J'ai dû tout de même lui manquer un peu, dit-elle à Lucy après le dîner. Il m'a dit que j'avais l'air en pleine forme. »

Lucy s'était détournée, épouvantée, mais l'amour la protégeait. Elle savait qu'il était venu pour elle. C'était elle qui avait changé sa vie pour toujours.

À la fin de son séjour, Lucy lâcha sa bombe. Elle entra dans ma chambre pour m'annoncer que Raoul lui avait demandé de l'épouser et qu'elle avait dit oui.

« L'épouser ! » Je faillis me trouver mal. Je me dirigeai d'un pas chancelant vers la chaise la plus proche et regardai ma sœur avec incrédulité. Rien jusqu'ici – malgré mon observation assidue des progrès de leur amour – n'avait permis à mon imagination d'envisager à un mariage, du moins pas encore. Ça paraissait impossible. D'un côté j'avais très peur et, de l'autre, j'étais envahie d'une joie soudaine, prodigieuse à la pensée que cette union ferait de Raoul le frère que j'avais toujours vu en lui.

« L'épouser ! répétai-je. Oh, Lucy, ce n'est pas vrai !

— Pourquoi attendre ? » Elle me montra sa main gauche et je vis un anneau en or à son annulaire.

« Mince alors ! » murmurai-je. Puis j'éclatai d'un rire stupéfait et, en la regardant, une idée me traversa soudain l'esprit. « Oh, mon Dieu, tu n'es pas… ? Oh, Lucy, tu n'attends pas un enfant, dis ? C'est pour ça que vous faites si vite ?

— Ne dis pas de bêtises », fit-elle, en retirant sa main avec brusquerie.

J'avais beau la regarder, je n'y comprenais toujours rien.

« Et tes projets ? dis-je, hésitante.

— Mes projets ? Pourquoi parles-tu comme Mrs Bennet ? » plaisanta-t-elle – mais elle savait exactement ce que je voulais dire. Depuis le moment où ma sœur avait ouvert le Pevsner, elle répétait que le travail de terrain était la chose qui l'attirait le plus. Elle avait une âme d'historienne de l'architecture dans le corps d'une actrice française, aimait dire George, et le mariage, pensais-je, mettrait fin à ses espoirs de faire carrière, comme c'est le cas pour toutes les jeunes filles ambitieuses. Avoir un mari, même aussi différent et merveilleux que Raoul, voudrait dire faire la cuisine, le ménage, tenir une maison et… un jour… des enfants.

« Raoul est sûr que je pourrais continuer à faire tout ce que je voudrais. C'est juste que ce sera plus facile, puisqu'il sera près de moi. »

Je la regardai longuement. Bien que je n'eusse que quatorze ans, je me rendis compte instantanément que, non, ce ne serait pas plus facile. Je ne voyais pas comment ça pourrait l'être.

« C'est que c'est tellement soudain. Je crois que c'est ce que papa dira. C'est trop soudain. Trop tôt.

— Raoul est allé voir papa. Il lui a demandé ma main dans les règles. Et papa a dit oui. Il nous a donné sa bénédiction. » Elle me considéra, sans pouvoir s'empêcher de sourire, puis elle prit mes mains dans les siennes, et répéta : « Il nous a donné sa bénédiction », l'air aussi stupéfaite que moi.

« Quand ça ? demandai-je, incrédule.

— Hier soir.

— Il vous a donné sa bénédiction ? C'est tout ce qu'il a dit ? »

Lucy regarda par la fenêtre et se mit à rire.

« Bon, tu connais papa. Il aime bien être le meneur de jeu. Quand Raoul lui a annoncé qu'il était venu demander ma main, il lui demandé aussitôt de quelle couleur étaient mes yeux ?

— Quoi ?

— Il a demandé à Raoul de quelle couleur étaient mes yeux.

— Et alors ?

— Raoul a répondu qu'il n'en était pas sûr, mais qu'il pensait qu'ils étaient marron.

— Mais ils sont verts ! hoquetai-je.

— Bien sûr. Papa a dit que puisqu'il ne connaissait pas la réponse à cette question, l'affaire était entendue. Il a dit que s'il avait bien répondu tout de suite, cela aurait voulu dire qu'on avait passé plus de temps à se regarder dans le blanc des yeux qu'à se parler. "Se parler, a-t-il dit, c'est ce qui permet de bien débuter dans le mariage, de ne pas faire naufrage." »

J'arrivais à peine à y croire – et pourtant si, je le croyais. C'était papa tout craché de faire le coup du résolvez-moi-cette-énigme-jeune-homme-et-vous-sortirez-du-marécage.

« Donc, en donnant une mauvaise réponse, Raoul a apporté la preuve qu'il t'aimait pour autre chose que ta beauté ? Tout est bien à cause de ça.

— Non. Tout est bien parce que ça devait être bien. Parce que nous sommes faits l'un pour l'autre.

— Et Matilda ? fis-je étourdiment. Comment allez-vous le lui annoncer ?

— C'est l'autre condition posée par papa. Il tient à ce qu'on ne lui cache rien. Il veut à tout prix que j'aille le lui dire demain.

— Demain ?

— Accompagne-moi, s'il te plaît, m'implora-t-elle, la gorge serrée. Sans toi, je ne suis pas sûre d'y arriver.

— Je ne peux pas ! m'insurgeai-je.

— Si tu ne le fais pas pour moi, fais-le pour elle. Je ne sais pas pourquoi mais il me semble que ce sera plus facile pour elle si tu es là. Quelquefois, quand nous ne sommes que toutes les deux, c'est trop... » Elle s'interrompit. « C'est trop », conclut-elle, embarrassée.

Je ne voyais pas comment refuser. Elle restait ma sœur aînée et, pour elle, j'aurais déplacé des montagnes si j'avais pu – et je pense aussi que, quelque part, j'avais envie d'être un témoin direct de la réaction de Matilda. Je me sentais un peu comme quelqu'un qui aurait assisté jadis à une pendaison – obligé d'être là, en dépit de toute l'horreur. Le lendemain, nous nous rendîmes donc ensemble à Trellanack, afin de modifier la vision du monde qu'avait Matilda. Raoul était reparti à Bristol. Sans lui pour apporter une confirmation à la situation, j'avais encore l'impression que ce qui se passait était une sorte de rêve. Mais il me suffisait de regarder ma sœur pour être sûre que c'était vrai.

« Vous allez vous marier ! » dit Matilda. Sa voix douce et mélodieuse tremblait. Elle se fendillait dans le milieu ainsi qu'une crème brûlée. « Raoul et toi ! Vous allez vous marier ! »

Elle regardait droit devant elle, comme si elle attendait que la nouvelle se diffuse dans tout son cerveau. Il faisait chaud. Lady W.-D. était à la chasse.

Matilda traversa le salon pour étreindre Lucy, mais elle se prit le pied dans le tapis et se trouva projetée dans ses bras avec vigueur. Je baissai les yeux sur mes pieds car il était évident que, malgré son sourire ravi de convenance et ses démonstrations d'affection, elle était effondrée. Sous ce sourire et ces paroles chaleureuses, la peur était présente, chose à laquelle je ne m'attendais pas. De la colère, oui, et peut-être des larmes et du désespoir. Pas de la peur. Lucy la vit, elle aussi, et comprit aussitôt que tout allait être bouleversé davantage qu'elle l'avait cru. Matilda n'avait pas renoncé à Raoul. Elle était aussi folle de lui que Lucy – sauf qu'elle ne pouvait pas l'avoir. J'essayais de me faire le plus petite possible derrière mon verre de citronnade, en regrettant de ne pas avoir demandé une boisson plus corsée.

« On ne voulait pas que ça se passe comme ça. C'est arrivé sans qu'on le veuille. Ce n'était pas prévu. Je savais ce que tu éprouvais pour lui, aussi ça m'a été difficile... » Elle se mordit la lèvre et reprit : « ... difficile de te le dire – j'avais peur que tu disparaisses et ne m'adresse plus jamais la parole.

— Mais non, voyons, bredouilla Matilda. Comment aurais-je pu ? Mon Dieu, n'est-ce pas que maman va être surprise ! Il va lui falloir me trouver quelqu'un d'autre – elle désirait tant que Raoul la débarrasse de moi. Même si je me demande si, tout au fond d'elle-même, elle ne s'est pas toujours un peu méfiée des Espagnols. Depuis la guerre de Crimée. »

Il y eut un silence.

« Mais ils n'ont pas participé à la guerre de Crimée, dit Lucy, incapable de ne pas corriger une erreur historique.

— Ah bon ? Maman croit que si. »

Elle rit et se passa les mains sur la tête, délogeant plusieurs barrettes. Du coup ses cheveux blonds se redressèrent dans tous les sens.

« J'aurais dû me douter qu'il allait tomber amoureux de toi, de toute manière. C'est toujours pareil, n'est-ce pas, Tara ? Tu me l'avais dit.

— Ils aiment les mêmes choses », dis-je platement.

Lucy regardait ses mains qui enserraient le verre d'eau.

« Bien sûr, dit Matilda. Moi, de quoi aurais-je pu lui parler ? Nous aurions été très vite à court de conversation. »

Et soudain, elle craqua. Elle se laissa tomber lourdement sur un tabouret jaune et vert placé au milieu de la pièce et se mit à pleurer, toute recroquevillée sur elle-même. Faute de savoir comment réagir, Lucy et moi restions totalement immobiles.

« Pardon, dit Matilda en relevant la tête. C'est juste que je ne m'y attendais pas du tout. Je ne suis pas du tout méfiante. C'est un terrible handicap. »

Lucy se leva ; elle ne savait plus où se mettre.

« Je ne voulais pas te faire de la peine, dit-elle, en se penchant sur Matilda et en s'adressant au sommet de son crâne. S'il te plaît, ne pleure pas. J'ai horreur de ça. »

Matilda tira un mouchoir de sa manche et se moucha.

« Heureusement que je pars en Inde avec maman, le mois prochain. Un changement de cadre me fera du bien. » Elle se moucha de nouveau. « Vous y aviez sûrement pensé. »

Lucy ne répondit rien : elle n'avait pensé à rien d'autre.

« Et ton nouveau travail ? dit Matilda. Tout s'organise très bien, n'est-ce pas ?

— Ce n'est pas à moi de le dire. Oh, s'il te plaît, ne pleure pas.

— C'est le choc… voilà tout. »

Seulement le choc. Je ne sais si cela explique ou justifie ce que fit ensuite Matilda. Quelquefois, voyez-vous, il m'arrive de penser que oui.

Nous repartîmes peu après. Matilda assura qu'elle avait des lettres à écrire et Lucy devait se lever tôt pour aller travailler le lendemain, mais nous savions toutes les trois qu'elles auraient laissé tomber n'importe quoi pour être ensemble – ne serait-ce que pour traînailler dans la maison en comparant leurs ongles. À notre retour au presbytère, Lucy me parut plus enjouée, moins soucieuse maintenant qu'elle avait vidé son sac – quelle qu'ait été la réaction de Matilda. Je montai dans ma chambre en me demandant si notre amie se remettrait jamais de ce coup dur.

J'eus la réponse le lendemain matin quand elle me glissa un mot sous la porte d'entrée du presbytère. J'étais à la chorale et je n'en pris connaissance que juste avant le déjeuner.

Très chère Tara,

Quand tu liras ces lignes, je serai en route pour Londres où des amis de maman m'accueilleront chez eux, à Kensington. Je n'ai pas pu me résoudre à partir en Inde. Londres sera forcément mieux que de m'étioler ici comme une idiote au cœur brisé. Il ne m'est plus possible de revoir Lucy, tu comprends ça, n'est-ce pas ? Ce serait trop douloureux. Les choses étant ce qu'elles sont, plus rien n'a d'intérêt pour moi ici. La maison vivait quand Lucy était mon amie, mais désormais elle est redevenue ce qu'elle a toujours été. Vide.

Continue de rêver.

Je t'embrasse, Matilda

Matilda était friande d'expressions telles que « continue de rêver », qui avaient tendance à être ridicules quand on les disait à voix haute, mais qui vous mettaient une boule dans la gorge quand on les voyait écrites à l'encre noire sur du papier vélin.

D'une main tremblante, j'enfouis la lettre au fond de ma poche et je partis pour Trellanack. Je savais que je n'arriverais pas à temps pour dire adieu à Matilda, mais je verrais au moins lady W.-D. et les chevaux. Je voulais m'assurer que je pourrais continuer à monter dans la propriété – sinon je serais punie pour Lucy et Raoul autant que Matilda croyait l'être. Se trouver prise entre deux feux, tel est le tragique destin des petites sœurs, pensai-je. Peu m'importait, du moment que ça ne changerait rien pour moi, mais j'avais l'affreux pressentiment que les choses n'allaient pas se passer exactement comme je l'aurais voulu.

10

Rien ne va plus

En arrivant à Trellanack, je trouvai lady W.-D. en train de trier des documents dans la bibliothèque et je me rendis compte que je n'avais pas choisi le meilleur moment pour me manifester.

« Bonjour, dit-elle. Passez-moi la corbeille à papiers, voulez-vous ? »

Plusieurs vieux numéros de *The Field* prirent le chemin de la poubelle.

« Gordon va pouvoir faire un grand feu, dit-elle.

— Puis-je vous être utile à quelque chose ? Voulez-vous que j'emmène Hester dans le paddock du haut ? Maintenant elle s'entend très bien avec Cathedral Boy…

— Non, répliqua-t-elle sèchement. Je suis désolée, mais non, merci, Tara. »

Elle remonta ses lunettes sur son nez et me regarda.

« Ça tombe bien que vous soyez venue. Il faut que je vous parle.

— À propos de Matilda ?

— Oui, d'une certaine façon.

— Et de Lucy et Raoul ?

— Oui. » Lady W.-D. fronça les sourcils en regardant une vieille lettre et soupira. « Voyez-vous, Tara, j'avais de grands espoirs pour Matilda et ce garçon.

— Je sais.

— Je pensais qu'il ferait un bon mari. Il n'y en a pas deux comme lui, vous savez.

— Oui, je sais.

— Je ne peux pas vraiment lui en vouloir d'être tombé sous le charme de votre sœur. Elle est de ces filles que les hommes ont l'air… d'apprécier.

— Oui, reconnus-je.

— Mais elle n'aurait pas dû l'encourager. Ce n'est pas bien. Matilda lui faisait confiance, elle qui n'avait jamais fait confiance à personne. Lionel n'avait aucune affection pour sa fille. Lucy a été la première personne qu'elle ait jamais aimée. »

J'étais déchirée entre une envie de pleurer et une envie de me cogner la tête contre le mur, en maudissant ma sœur d'être ce qu'elle était, mais à l'inverse, j'aurais voulu crier que c'étaient des choses qui arrivent, et puis, bon sang, n'était-il pas temps que tout le monde le reconnaisse ? Mais lady W.-D. avait encore quelque chose à dire.

« J'aimais bien votre sœur, oui, vraiment. » Elle ouvrit un tiroir de son bureau, laissant apparaître un trognon de pomme racorni, un thermomètre fendillé et une seringue pour piquer les chevaux, puis elle le referma. « Oui, elle est différente de Matilda, oui, elle est un peu rebelle et elle parle trop, mais je l'aimais bien. Je croyais qu'elle aurait une bonne influence sur ma fille.

— C'est le cas, dis-je d'un ton assuré.

— Mais je n'ai jamais vu Matilda comme ça. Ce n'est plus possible.

— Quand elle reviendra de Londres, peut-être…

— Voyez-vous, ça peut paraître étrange, mais je n'aurais jamais imaginé que son chagrin me toucherait autant et, de plus, j'ai l'impression que nous avons l'air de deux sacrées idiotes, elle et moi.

— Oh, non… »

Lady W.-D. leva la main pour arrêter mes protestations.

« Je suis désolée, mais c'est ainsi. » Elle me regarda droit dans les yeux. « Je crains que vous ne puissiez plus venir ici. À l'avenir, Pamela s'occupera des chevaux toute seule. » C'était exactement ce que je redoutais.

« Et Hester ? Je ne suis pour rien dans cette histoire ! bêlai-je.

— C'est malheureux. Mais ma décision est prise. Matilda seule m'importe. » Elle cligna des yeux comme si elle s'étonnait elle-même de cette déclaration de loyauté indéfectible envers une fille qu'elle avait toujours considérée comme un animal étrange.

« Mais Matilda ne sera même pas là !

— C'est une question de principe. Je fais ce que je crois qu'il est bon de faire. »

J'allais me mettre à pleurer, j'en étais sûre. Je baissai la tête, ma vue se brouilla.

« Vous êtes bonne cavalière, vous vous êtes donné beaucoup de mal. C'est juste que vous vous êtes trouvée dans le champ de tir et j'en suis désolée. Mais il faut que la rupture soit bien nette pour que Matilda puisse aller de l'avant. »

À son ton, on aurait pu croire que Matilda avait perdu l'usage de ses jambes.

« Personne ne pourra aimer votre fille, et cette maison, davantage que Lucy et moi », dis-je d'une voix tremblante.

Lady W.-D. se leva et se dirigea vers la porte, m'indiquant par là que je devais la suivre.

C'est ainsi que je perdis les chevaux, de même que la maison, et que des semaines durant il me sembla être dépossédée de tout. À force de traînailler dans le presbytère, en remâchant ma mauvaise humeur, je me disputai avec papa plus d'une fois. « Des mains actives procurent le pouvoir, mais la nonchalance mène à l'esclavage ! » clamait-il, en citant les Proverbes, quand je lui disais que je ne voulais pas aller travailler à la jardinerie, le samedi.

« Que peuvent encore dire les sages ? ou les gens instruits ? ou les discoureurs du temps présent ? » répliquai-je, au bord des larmes, en lui retournant, de désespoir, un passage de la première lettre aux Corinthiens.

À la fin, papa se radoucit et me trouva un emploi dans une écurie distante d'environ huit kilomètres, tenue par une vieille bique nommée Marcia Thorne que personne n'aimait. Certes, elle avait des chevaux. Mais pas de ces chevaux de chasse, superbes et dangereux, comme Cathedral Boy, ni des juments douces et délicates comme Hester. Même ses shetlands étaient dépourvus de l'humour et du caractère de ceux de Trellanack. J'aurais bien rendu Lucy responsable de mes déboires, mais je ne pouvais pas. Raoul l'aimait et en conséquence nous l'avions à nous, et pour moi, c'était une compensation suffisante.

Le mariage de Lucy et Raoul fut célébré dans notre église, au cours d'une cérémonie toute simple, et papa prononça l'homélie. Le père et la mère de Raoul étaient présents – son père au teint rose et aux yeux rieurs se réjouissait de cette union, mais sa mère, à qui il ressemblait de façon frappante, garda résolument ses distances du début à la fin, montrant ainsi très clairement que Lucy ne lui plaisait pas.

« Quelle sale vache, dit Imogen, ce qui me choqua beaucoup. Pour qui se prend-elle ? N'importe quelle autre femme serait foutrement heureuse d'avoir Lucy pour belle-fille. »

Personnellement, j'en étais moins sûre. Le père de Raoul – ébloui par la beauté féerique de Lucy – ne voyait pas plus loin que la lune de miel qu'allait vivre son fils. Mais il y avait dans les yeux de sa mère une lueur indiquant un doute. Lucy avait à peine dix-huit ans. Elle avait encore fort à faire pour fournir la preuve qu'elle était digne de son fils chéri.

La famille Jupp au grand complet chanta avec ferveur et bombarda les jeunes mariés de confettis comme si c'était de la poussière d'étoiles. Personne n'en dit mot, mais la désapprobation de la mère de Raoul ne fut pas la seule note discordante. Nous ressentions tous l'absence de Matilda. Je ne pense même pas qu'elle savait que Lucy et Raoul allaient mettre leur projet à exécution. Elle n'avait écrit ni à moi ni à personne. Nous savions seulement qu'elle était à Londres, un lieu où Trellanack, semblait-il, avait cessé d'exister.

Après leur voyage de noces dans le Dorset, Raoul et Lucy emménagèrent à Rose Cottage – nom qui en disait long. Il se trouvait à l'autre bout de Truro, tout en étant assez proche du presbytère pour que Lucy puisse accourir quand elle sentait l'odeur des sablés d'Imogen. Raoul commença son livre sur Capability Brown et, trois jours par semaine, il enseignait l'histoire au collège du bourg, tandis que Lucy coupait des cheveux chez miss Fitts – les romans policiers victoriens et l'art du vitrail pour lequel elle s'était prise d'un vif intérêt, grâce aux travaux du professeur Pevsner, lui servaient de dérivatif. Quant à moi – privée par la mort de maman d'un modèle vivant de mariage parfait –, je devais me contenter de ce que j'avais sous la main. J'avais tout investi sur eux. À l'étroit dans sa maisonnette où il disposait de si peu de place pour loger ses livres, Raoul, pensais-je parfois, devait peut-être regretter d'être venu en Angleterre et d'avoir succombé au charme d'une personne aussi désordonnée et si peu douée pour les tâches ménagères que Lucy. Mais si c'était le cas, il ne le disait pas.

Ils venaient juste de fêter leur premier anniversaire de mariage quand Raoul me demanda un jour de lui apporter quelques livres qu'il avait laissés dans la chambre de Lucy, au presbytère. George – de retour à la maison après une mission en Syrie et toujours prêt à rendre service – m'avait proposé de m'y conduire, et Lucy m'avait promis de m'inviter à déjeuner, le dimanche – je pensais que Raoul ferait la cuisine. Je me dirigeais vers la voiture, croulant sous de vieux volumes brochés dont les marges étaient toutes noircies par les notes indéchiffrables de Raoul, quand, en ouvrant le coffre, je laissai tomber plusieurs livres sur le sol encore mouillé par une averse de février.

«Zut de zut», marmonnai-je. Le volume le plus lourd du lot – un guide illustré des grandes demeures irlandaises – avait chu dans une flaque d'eau, ouvert sur la photo d'un affreux manoir gothique de Belfast. En guise de marque-page, il y avait une carte blanche avec, dans le haut, le nom de Raoul souligné, suivi de quelques lignes. Cette écriture à l'encre indigo me parut familière, mais inattendue. En la ramassant, je m'aperçus que le message était écrit au dos d'une vieille carte postale de Trellanack – ce qui confirmait mes soupçons qu'il était de la main de Matilda. Il était daté d'octobre 1959, juste avant son départ pour Londres.

Raoul, écrivait-elle, *Ça m'ennuie de te dire ça, mais vu les circonstances, je pense qu'il vaut mieux que tu saches que Lucy ne pourra jamais te donner des enfants. C'est triste, mais elle est stérile. Je pense que c'est très important pour toi, et je préfère te le dire afin que ta déception ne soit pas trop forte, le moment venu. Elle ne te le dira pas, mais c'est la vérité. Fais ce que tu veux de cette information et, je t'en prie, ne pense pas du mal de moi, moi la porteuse de mauvaises nouvelles. Matilda*

Je lus et relus la carte

George sortit de la maison avec un parapluie et un strudel aux pommes.

«Imo a dit que tu pouvais leur apporter ça. À mon avis, elle espère avoir en échange une mousse au chocolat de Raoul», dit George, en se mettant au volant.

Voyant que je ne bougeais pas et regardais fixement la carte, il klaxonna et descendit sa vitre.

« Alors, tu te dépêches ? dit-il calmement. Il faut que je sois à la vente de charité de la mairie dans quarante minutes, ce qui ne m'amuse guère, tu peux le croire. Je me suis proposé pour aider Peggy Payne à installer les tables. Son haleine pourrait attaquer les peintures. »

Je fourrai la carte dans mon jean, le cœur battant, et m'assis sur le siège du passager.

« Cramponne-toi, dit-il. Je n'ai pas conduit depuis mon retour de Syrie. Tu as intérêt à t'accrocher. »

Au moment où je frappai à la porte de Lucy, je sentis monter une nausée due à la conduite approximative de George et à cette horrible carte brûlante qui faisait un trou dans ma poche. J'entrai sans attendre la réponse et entendis des craquements de pas au-dessus de ma tête. Les poutres inégales et les fenêtres basses me donnaient le mal de mer et une impression de claustrophobie. Je ne dirai rien, décidai-je. Ce serait trop pénible… trop embarrassant. Lucy et Raoul sortirent de la cuisine. Raoul avait dans les mains une assiette d'allumettes au fromage de sa confection. J'en pris une.

« Elles sont un peu trop cuites, dit-il. J'ai fait un essai avec des graines de cumin. Qu'en penses-tu ? »

Malheureusement, j'étais une pitoyable comédienne et ça n'aurait servi à rien d'essayer de leur faire croire que tout allait bien.

« C'est tombé d'un des livres de Raoul qui sont dans ta chambre, ne pus-je m'empêcher de dire à Lucy. Qu'est-ce que ça veut dire ? »

Je tendis la carte à Raoul. En la voyant, Lucy porta la main à sa poitrine, dans un geste d'effroi instinctif.

« Qu'est-ce qu'elle fait avec ça ? chuchota-t-elle, en regardant Raoul. Comment l'a-t-elle trouvée ?

— Raoul m'a demandé de lui rapporter des livres. La carte était à l'intérieur de l'un d'entre eux. Je n'avais pas l'intention de la lire, mais c'était plus fort que moi. » Leur expression me troubla plus encore que je ne l'étais déjà. « Je vous en prie, dites-moi que c'est une blague. »

Lucy regarda Raoul ; elle était blême.

« Une blague », dit-elle à voix basse, avant de se tourner vers Raoul. Elle avait le visage dur – crispé d'une façon que je ne lui connaissais pas. « Pourquoi tu ne l'as pas jetée ? »

Il s'approcha d'elle et lui prit les mains.

« S'il te plaît, Dieu Tout-Puissant, je croyais l'avoir jetée. Je le croyais ! répéta-t-il. Jamais je n'aurais demandé à Tara d'aller fouiller dans mes affaires si j'avais pensé qu'elle trouverait…

— Quel imbécile ! » murmura-t-elle, sans cesser de le fixer. Il me prit la carte des mains et la déchira en mille morceaux.

« Tu n'as qu'un an de retard, dit-elle. Pourquoi ne l'as-tu pas fait tout de suite ? »

Il jeta les morceaux dans le feu. Ils s'enroulèrent en spirale et moururent.

« Je n'y comprends rien, dis-je.

— J'aurais cru que Matilda avait donné suffisamment d'explications, dit Lucy. Qu'as-tu besoin de savoir d'autre ? Tu veux bien nous laisser, Raoul, s'il te plaît. »

Il posa la main sur son bras ; elle le retira.

« Il vaut peut-être mieux que Tara sache, dit-il à voix basse.

— Il vaut peut-être mieux que tu nous laisses seules », dit Lucy encore plus doucement.

Il sortit. Mon regard passa de ma sœur au feu qui brûlait dans la cheminée.

« Ce n'est pas vrai, dis ? demandai-je, et je ne reconnus pas ma voix. Dis ? »

Lucy jeta une autre bûche sur les tisons.

« Si, dit-elle. Il se trouve que c'est vrai. »

J'avançai d'un pas, comme dans le jeu des statues.

« Je ne peux pas avoir d'enfants, dit-elle.

— Mais non, m'insurgeai-je. Non, c'est faux. »

Comme dans un brouillard, je m'approchai du canapé et m'appuyai sur l'accoudoir. « Ce n'est pas vrai », répétai-je. Alors, je dis ce que j'avais réellement envie de dire, parce que je ne pouvais pas garder ça en moi plus longtemps. « Et même si c'était vrai, pourquoi Matilda le savait-elle et pas moi ? »

Lucy abattit le poing sur le bord du canapé en jurant à mi-voix, puis elle rabattit ses cheveux derrière ses épaules. Elle portait un pyjama de Raoul et une grosse veste en tricot qui avait appartenu à notre mère. Elle aurait dû avoir l'air affreuse, mais comme toujours, à cause de sa beauté naturelle, il n'en était rien. Sur la table, devant nous, il y avait un monceau d'affaires à raccommoder. Si je n'avais pas été dans un tel état de choc, je me serais certainement étonnée de constater que Lucy ravaudait une paire de collants.

« Puisque tu es au courant maintenant, autant que tu saches tout.

— Explique-moi, Lucy ! Explique-moi. »

Elle baissa les yeux comme pour se ressaisir, puis les plongea dans les miens. Quand elle parla, j'eus l'impression qu'elle lisait un texte qu'elle avait répété un million de fois sans l'avoir jamais dit à haute voix.

« J'ai toujours su qu'il y avait quelque chose de pas tout à fait normal, dit-elle.

— Comment ça ?

— Laisse-moi parler, Tara, d'accord ? Bon sang, tu ne laisses jamais à personne la possibilité de finir une phrase ! »

Je hochai la tête et ma gorge se serra.

« Je le savais depuis notre accident. Depuis qu'on est tombées de vélo le jour des obsèques.

— De mon accident, rectifiai-je. Toi, tu n'as rien eu. C'est moi qui me suis foulé la cheville. Je boitais ! Je boite encore…

— Je sais. Mais à partir de ce jour, je n'ai pas arrêté de saigner pendant trois semaines. De là, tu vois, fit-elle en pressant la main sur son bas-ventre. De là, répéta-t-elle, comme si j'avais l'air d'en douter.

— Oui… oui, je sais », dis-je, en faisant défiler à toute allure le film des événements qui s'étaient produits juste après la mort de maman, afin de situer précisément ce moment. « Tu me l'avais dit. Tu avais dit que tu avais eu tes règles et que, quand ce serait mon tour, je n'aurais qu'à venir te trouver si j'avais besoin d'aide, vu que maman avait été si souvent enceinte que papa pensait que cette histoire de flux menstruel était un mythe. »

Lucy partit d'un petit rire triste et remarqua : « Seigneur, tu te souviens de ça ?

— Bien sûr.

— Eh bien, en fin de compte, ç'a été la seule fois que je les ai eues.

— Qu'est-ce que tu veux dire ?

— Il faut que je te l'écrive noir sur blanc, Tara ? Ça ne m'est plus jamais arrivé. Plus jamais après cette première fois. Une paire de draps fichus et des heures et des heures à frotter mes culottes à l'eau froide et au savon, après l'extinction des feux, et ensuite… (elle haussa les épaules et écarquilla les yeux)… plus rien.

« Rien le mois d'après ?

— Rien le mois d'après. Rien de toute l'année.

— Mais tu avais dix-sept ans quand ça a été mon tour. J'étais assise sur ton lit et tu m'as parlé de ça pendant des heures.

— Oui. Ça n'a pas été facile.

— Pas facile ? Je ne comprends pas ! Tu m'avais rassurée et j'avais pensé que tout se passerait bien pour moi comme pour toi ! »

Elle haussa les épaules. « C'est le rôle d'une grande sœur, non ? Même s'il fallait bien que je me base sur ce que se disaient Marie Hudson et Sandra East, que j'écoutais discrètement le samedi matin, au salon de coiffure, quand elles comparaient la durée de leur cycle et si, oui ou non, les tampons vous donnaient "une drôle de démarche", dit-elle avec un sourire mélancolique. Quelles bécasses, ces deux-là…

— Tu faisais semblant ? murmurai-je. Rien que pour moi ?

— Je me disais que si tu croyais que tout se passait bien pour moi, ça irait bien pour toi aussi. Il me semblait que c'était ce qu'il fallait faire. Maman n'était plus là. Il fallait que quelqu'un te parle. »

Je repensai alors à toutes les fois où j'étais venue m'asseoir sur le lit de Lucy pour lui demander si c'était normal que ce soit aussi douloureux, pourquoi ça durait si longtemps et si tout le monde allait s'en apercevoir. Si je pouvais tout de même monter à cheval ? Si la lune avait quelque chose à voir dans cette affaire ou si c'étaient juste des histoires de gitans. Et Lucy m'avait tranquillisée avec son assurance coutumière.

« Il faut que tu t'en accommodes, comme toutes les femmes de ce monde », avait-elle dit. Toutes les femmes sauf elle, pensai-je.

« Pourquoi n'es-tu pas allée voir le Dr Hawley ? » demandai-je, mais que je connaissais déjà la réponse.

« Berk ! Ce vieux satyre ? Tu serais allée le voir, toi ?

— Non, reconnus-je.

— Je n'en ai parlé à personne avant mes dix-huit ans ! » Elle me considéra avec stupéfaction, comme si elle prenait conscience de ce fait pour la première fois.

« Dix-huit ans ! Et c'est à elle que tu l'as dit, pas à nous. Pourquoi ?

— Voyons, Tara. Qu'est-ce que vous auriez bien pu faire ? Le père de Matilda avait passé la moitié de sa vie à consulter des médecins pour une chose ou une autre, parce que cette saloperie de *Titanic* n'avait pas réussi à avoir sa peau. Toute son enfance, Matilda a vu des messieurs munis d'une sacoche noire entrer et sortir de la chambre de son père.

— Oui, mais…

— Le parrain de Matilda était médecin. Elle lui a simplement téléphoné un après-midi en lui demandant de lui indiquer un spécialiste pour une amie qui avait besoin d'un conseil.

— Un spécialiste ? Quel genre de spécialiste ?

— Oh ! un spécialiste en antiquités et tapis du XVIIIe siècle, bien sûr. »

Je la regardai d'un air ahuri.

« Un gynécologue, expliqua-t-elle patiemment. Tout de suite après, nous sommes allées ensemble voir un certain Dr Hooper à l'hôpital de Treliske. Quel homme exquis… exquis. » Sa voix se cassa, mais quand je m'approchai d'elle, elle leva la main. Elle n'avait pas fini. « Matilda m'avait accompagnée, tu comprends. Elle a payé la consultation avec un gros chèque que son oncle lui avait envoyé pour son anniversaire. Elle avait préparé des crêpes pour qu'on les mange pendant le trajet et acheté des bonbons à la menthe au retour. Personne d'autre n'était au courant. »

Je les imaginais arrivant ensemble à l'hôpital, Matilda, une expression d'inquiétude sur le visage, qui attendait que Lucy ressorte du cabinet de consultation, et je croyais voir les gens se retourner sur ces deux belles filles.

« Qu'est-ce que… » Je m'interrompis puis repris : « Qu'est-ce que… » Mais je ne pus continuer.

« Il a bien farfouillé là-dedans et ensuite il a fait des tests, m'a posé un tas de questions et m'a conseillé de revenir la semaine suivante. Ce que j'ai fait et c'est là qu'il m'a dit qu'il était "affreusement désolé de m'annoncer que je ne pourrais jamais avoir d'enfants".

— Et comment le savait-il ? murmurai-je. Il n'avait pas le droit de te dire une chose pareille ! Tu étais bien trop jeune pour entendre ça !

— C'est vrai, dit Lucy. Mais il m'a dit qu'il connaissait des cas semblables. Il a dit que, l'accident mis à part, l'absence de cycle menstruel était préoccupante. Que mon utérus était sous… sous-développé, dit-elle, en faisant la grimace, comme si le mot avait l'acidité d'un citron. Il a dit que c'était l'utérus d'une gamine de treize ans, ce qui n'était pas normal pour une jeune fille de dix-huit. »

Elle me regarda et poussa un soupir de résignation.

« Maman. Tu avais treize ans quand maman…, murmurai-je, en me levant.

— Il a dit qu'un traumatisme survenu juste avant le début de la puberté pouvait stopper complètement le développement de l'utérus. Alors je lui ai dit : "Justement, ma mère est morte en couches quand j'avais treize ans et je n'ai pas réussi à la sauver, cela vous suffit comme traumatisme ?" Le pauvre. Il était tout retourné. Dans la salle d'attente, il y avait une femme qui était près d'accoucher. Il a dû l'accueillir dans son cabinet à bras ouverts. Mettre un bébé au monde doit être facile comparé au fait d'avoir à dire à une femme qu'elle ne pourra jamais prendre son enfant dans ses bras. » Elle parlait si doucement maintenant que j'avais du mal à la comprendre. « Je suis… je suis désolée, Tara. J'aurais voulu te cacher ça, à toi plus qu'à n'importe qui d'autre. Je sais combien tu espérais ça pour nous… pour toi.

— Pour vous. Pour toi et Raoul.

— Je ne l'aurais jamais dit. J'aurais préféré faire semblant de ne pas vouloir d'enfants plutôt que de voir les gens me prendre en pitié parce que j'en désirais tellement et que je ne pouvais pas en avoir. »

Je me rassis et regardai par la fenêtre un rouge-gorge en train de picorer des miettes dans la mangeoire.

« Je ne peux pas le croire, dis-je. Je n'y crois pas. »

Épouvantée de sentir monter en moi une colère irraisonnée envers ma sœur, je la refoulai aussi vite que je pouvais.

« Il faut que tu le croies, dit Lucy.

— Et la carte ? demandai-je enfin.

— Ce n'est pas assez clair ? Matilda a mis Raoul au courant. Juste avant son départ pour Londres. Une dernière tentative pour l'inciter à ne plus penser à moi, je suppose. “Stérile”, dit-elle, avec un rire qui sonnait faux. Stérile, comme cette vieille bonne femme dans l'évangile de Luc. Il n'y a que Matilda pour employer un mot pareil.

— Qu'a dit Raoul après avoir lu la carte ? » La réponse à cette question était pour moi de la plus haute importance.

« Il m'a demandé si c'était vrai et je lui ai dit que oui. Alors il m'a demandé si j'avais envisagé de le lui dire et j'ai répondu que je ne savais pas et qu'il pouvait partir s'il le voulait.

— Tu lui as dit de partir ?

— Je lui ai ouvert la porte en disant que rien ne l'obligeait à rester avec moi. Nous n'étions pas encore mariés, il n'avait aucune raison de s'accrocher à une fille qui ne pourrait pas lui donner d'enfants. Alors il est parti.

— Il est parti ?

— Oui. Mais le lendemain soir il est revenu. Il a dit que ça lui était égal de ne pas avoir d'enfants, et j'ai décidé de le croire. Le reste, c'est de l'histoire… Une bonne histoire, non ? dit-elle en s'asseyant sur ses mains. J'ai toujours dit qu'il faudrait que quelqu'un l'écrive un jour. C'est une chose qui ne devrait pas arriver dans la réalité, tu ne crois pas ?

— Matilda n'a pas réussi, alors. Elle a essayé de tout gâcher, mais elle n'a pas réussi.

— Ensuite, elle est partie à Londres en nous abandonnant à notre triste sort, dit Lucy d'un ton ironique. En abandonnant pour toujours la pauvre petite fille stérile que je suis. »

Elle se tut, mais maintenant je savais, je comprenais. Son refus de parler de Matilda, une petite remarque ici ou là impliquant que c'était Matilda qui avait besoin d'être pardonnée et pas l'inverse me paraissaient soudain lumineux.

Au bout de deux minutes, Raoul réapparut avec une boîte de biscuits au gingembre et une tasse de thé. Il posa le tout, s'assit et prit les mains de Lucy dans les siennes. Elle les lui retira aussitôt.

« J'aurais préféré qu'elle n'ait pas trouvé cette carte », lui dit-elle. Elle le regardait comme si elle s'était transformée partiellement en bloc de glace.

« Moi, je suis très contente, au contraire », rétorquai-je. Je fus saisie d'effroi une première fois de penser que j'aurais pu vivre toute ma vie sans jamais savoir ça, puis une deuxième, et bien plus violemment, de me dire que c'était vrai. *Lucy ne pourrait jamais avoir d'enfants.* Elle se moucha et se leva en disant :

«Je n'ai plus envie de parler de ça. Je ne me sens pas très bien.

— Assieds-toi, dit Raoul. Je vais te chercher un verre d'eau.

— Non, non. J'ai besoin de prendre l'air. Allons faire un tour.»

Elle se dirigea vers la porte et mit ses chaussures.

«La vérité, c'est que je trouve ça ennuyeux, dit-elle, et elle eut l'air d'avoir treize ans, encore une fois. Ça a toujours été ennuyeux. Ne pas pouvoir faire des choses, c'est ennuyeux. Elles peuvent toutes avoir des enfants et c'est bien. Moi, je ne peux pas en avoir et c'est ennuyeux. Mais en parler, c'est encore pire.

— On n'a pas besoin d'en dire plus, m'entendis-je déclarer.

— Merci. Parce que pour être honnête, il n'y a rien à en dire.» Elle sortit son tube de rouge à lèvres et le huma. «C'est seulement qu'elle avait promis de n'en parler à personne, lança-t-elle soudain. Elle l'avait promis parce que c'était ma meilleure amie. C'était mon secret. Notre secret. Elle l'a trahi. Elle devait me haïr à cause de ce que j'ai fait. Elle devait me haïr à un point…, ajouta-t-elle, en s'apprêtant à sortir.

— Ou peut-être qu'elle t'aimait trop et qu'elle se reposait trop sur toi», dit Raoul.

Et voilà, pensai-je. Il avait dit ce que j'avais été incapable de dire. La vérité était là. Lucy était tout pour Matilda et la perdre la terrifiait nettement plus que perdre Raoul – mais elle n'en avait pas conscience. C'est pourquoi elle s'en était prise à elle de cette façon.

«Arrête», dit Lucy, la main sur la porte, en posant sur Raoul un regard noir et, pour la première fois, je me demandais s'il la connaissait aussi bien que je le pensais. « C'est triste, toute cette histoire. Tellement triste. C'est pourquoi je ne voulais pas qu'on le sache… ni papa, ni les filles, ni George, ni J. V., ni les Petits. Tout le monde a eu sa part de chagrin, non ? » Elle rit, d'un rire léger. Pourtant, c'est elle qui en avait reçu la plus grande part. Si elle avait reçu des points de beauté supplémentaires, elle en avait perdu ailleurs.

Finalement, on alla déjeuner dehors et il ne fut question que de Florence qui s'était entichée de Halo Jackson et de savoir si le revers des Petits s'était amélioré, et tout redevint comme avant, si ce n'est que je sentais entre ma sœur et Raoul une distance, une froideur que je m'efforçais d'ignorer en faisant semblant qu'elle n'existait pas.

11

Un cake aux fruits confits

J'aimerais bien pouvoir dire que, dès le début de l'année 1962, j'avais laissé mon enfance derrière moi et que j'étais en passe de conquérir le monde par mon talent, mon esprit et ma beauté, mais ce serait de la fiction pure et simple. En réalité, le seul fait notable, c'est qu'il n'y avait eu pratiquement aucun changement depuis le mariage de Lucy. Nous vivions tous encore au presbytère – excepté Jack le vagabond et Lucy – et, quel que fût le temps, nos journées étaient rythmées par le bruit mat des balles de tennis sur le court et l'écho des disques de jazz de Florence qui se répandait dans toute la maison depuis le gramophone de papa. Quant à Imogen, elle s'était découvert un vif penchant pour Matthew Bell, un Gallois au visage poupin qu'on avait chargé de ranimer la chorale paroissiale somnolente à laquelle papa m'avait obligée à me joindre.

« Les répétitions tombent à de mauvaises heures ! avais-je protesté. Je vais être obligée d'arrêter mon entraînement.

— Ne discute pas. Tu chantes bien et ton devoir est de chanter, ton devoir envers le Seigneur et toutes les personnes de ton entourage.

— Mais je monte bien à cheval aussi !

— Quiconque a un peu de cervelle et aucun souci de son bien-être physique est capable de s'asseoir sur un cheval pour parcourir la campagne à la poursuite des renards », dit papa qui, je ne sais pourquoi, n'accordait de crédit à l'équitation que si elle était pratiquée dans le cadre de la chasse – activité à laquelle je n'avais jamais, hélas, eu l'occasion de m'adonner. « Ta mère aurait absolument voulu que tu te serves de ta voix pour autre chose que d'hurler des ordres à un cheval. Et puis, dégage un peu ton visage, poursuivit-il, très agacé. Contrairement à ce que tu crois, tu as un minois plutôt agréable, mais il disparaît complètement sous ta crinière. »

Je courus me réfugier dans ma chambre où j'éclatai en sanglots. Étais-je enfin en train de devenir jolie ? Si oui, je ne m'en rendais pas compte. J'avais maintenant seize ans et même si on m'assurait que je serais un jour aussi grande que Lucy, je ne faisais pour le moment qu'un mètre soixante-trois et j'étais maigrichonne et plate comme une limande. Je serais trop petite pour les nouvelles tenues de la chorale. J'aurais l'air ridicule. Qui plus est, je savais qu'il y avait parmi les choristes une personne autoritaire nommée Antonia Jones qui se prenait pour la huitième merveille du monde parce qu'elle pouvait pousser un contre-*mi* les yeux fermés, ainsi que plusieurs autres gourdes qui avaient un an de moins que moi et chantaient comme des casseroles. Pour rien au monde, je n'aurais choisi de fréquenter des filles pareilles – mais j'avais bien trop peur de papa pour dire non. Il y a cependant une leçon à tirer de ça, pas d'erreur. En effet, si je n'étais pas entrée dans la chorale, rien de ce qui allait arriver ne se serait produit. C'est juste que je ne le savais pas. Pas encore.

Un mois plus tard, le lendemain de ma première répétition avec Mr Bell, Florence me réveilla en faisant irruption dans ma chambre, toute rose d'excitation. Ses bottes en caoutchouc laissaient des traînées boueuses sur ma descente de lit.

« Descends de toute urgence dans le verger. Tu ne vas pas croire ce que j'ai là.

— Qu'est-ce que c'est ? » demandai-je, en enfilant mes chaussettes. Mais elle était déjà repartie en courant. Je me dis que l'excitation lui allait bien. Les rares fois où elle s'animait ainsi, ses yeux bleu jean soupçonneux se changeaient en saphirs – elle s'illuminait et en devenait presque jolie.

Dès que j'arrivai dans le verger où tout le monde était rassemblé, je vis Florence agiter un *Good Housekeeping*, ce qui me parut bizarre, vu qu'elle ne s'était jamais intéressée aux questions ménagères, et moins encore aux questions ménagères de la bonne espèce, et elle ne gaspillait jamais son argent pour acheter ce type de magazine, qui faisait le régal de ses sœurs.

« Regarde ! C'est Matilda ! » s'exclama-t-elle, en me le remettant d'un geste théâtral. En effet, c'était bien elle. Elle nous fixait depuis la couverture, les yeux étincelants, ses mains très blanches plongées dans un saladier transparent rempli de ces ingrédients douteux qui, selon moi, gâchent invariablement entremets et pâtisseries – entre autres des raisins secs et des cerises confites. Je ne sais pourquoi, la seule pensée qui me vint alors à l'esprit fut pour me dire que si ç'avait été réellement Matilda qui officiait, le récipient aurait dû logiquement dégringoler de la table, à un moment ou un autre.

« Non ! s'écria Imogen. Ma parole ! C'est elle, hein, Tara ? »

J'examinai la photo. « Oui, c'est bien elle », répondis-je, tout en posant sur Florence un regard dubitatif. « C'est un poisson d'avril ?

— Absolument pas. Il n'y a rien de plus vrai. Elle est devenue mannequin. Mannequin de mode, précisa-t-elle d'un ton grave.

— Fais-moi voir, demanda Luke, qui avait maintenant six ans, en me l'arrachant des mains.

— C'est elle qui était si malheureuse quand Lucy s'est mariée avec Raoul ? » s'étonna Roy. À l'époque, les Petits étaient trop jeunes pour apprécier ce roman-feuilleton, mais ils avaient entendu parler si souvent des aventures de Matilda que sa photo suscitait chez eux un intérêt considérable.

« C'est elle, dis-je, d'un ton grave.

— Elle est jolie, déclara Roy, avec l'assurance d'un Warren Beatty de huit ans.

— Elle a changé de nom, ça, c'est intéressant. C'est écrit : “notre top model, Matilda Bright”, lut Imogen.

— C'est le nom de jeune fille de lady W.-D. ! m'écriai-je. Elle doit avoir vingt et un ans aujourd'hui. Elle a deux ans de plus que Lucy.

— Et la photo a été prise par Digby O'Rourke ! nota Imogen, suffoquée.

— Qui est-ce ?

— Oh, il photographie tout le monde ! Il paraît qu'il a couché avec plus de femmes que Marlon Brando, déclara-t-elle, toute rougissante.

— Très beau garçon, en plus, remarqua Florence. Je parie que Matilda et lui…

— Il y en a des quantités chez le marchand de journaux, reprit Imogen. Ils veulent encadrer la photo et la mettre en vitrine pour que tout le monde puisse la voir. Une fille du pays qui fait un malheur à Londres, ce genre de truc.

— Les gens d'ici ne la connaissaient pas, dis-je, en réexaminant la photo. En tout cas, pas comme nous. »

Voilà donc qu'elle réapparaissait, cette fille qui était sortie de notre vie depuis si longtemps. J'avais la curieuse impression que le sourire triomphant qu'elle nous adressait depuis la couverture d'un magazine froissé était destiné à ma sœur – celle qui lui avait volé son unique et véritable amour. La vengeance était douce, elle avait un goût de fruits confits.

Bien entendu, Lucy mena son enquête. Elle ne pouvait pas faire autrement. En un rien de temps, on vit partout Matilda Bright – à la première d'un spectacle, sur la couverture de tel ou tel magazine. Le village se partagea en deux camps. Les plus de quarante ans disaient par exemple : « Quelle touche elle a ! Qu'est-ce que son père en penserait s'il était encore de ce monde ? » À quoi on répondait : « Pas grand-chose de bien, probablement. » Ne pas parler d'elle nous était impossible – mais nous ne le faisions qu'en l'absence de Lucy. Depuis trois ans, j'évitais de faire référence à la Matilda d'autrefois. De temps à autre, je glissais une allusion à Trellanack – en marchant sur des œufs, car je ne savais pas jusqu'où cela risquait de nous entraîner. Il arrivait à Raoul de laisser échapper une remarque à ce sujet. Je n'exagère rien en disant que cette maison l'obsédait.

« Comment est-il possible qu'elle reste là, vide ? demanda-t-il un jour, au presbytère, après le déjeuner. C'est tellement dommage.

— Oh, mais miss Bright va bientôt revenir ! dit Florence. À Noël, peut-être. Elle entrera dans l'église sur un pas de valse comme si elle n'était jamais partie, tout le monde aura les yeux fixés sur elle et, à la sortie, elle signera des autographes, comme Bette Davis.

— J'imagine que, dès que Matilda aura repris possession de Trellanack, elle voudra vendre, dit Imogen.

— Tu ne le ferais pas, toi ? Quels plaisirs peut offrir la Cornouailles quand Grace Kelly vous invite à Monaco ? » demanda Florence, en coupant un scone en deux.

Raoul ne disait rien, mais je savais que, en dépit de tout, ce serait pour lui un coup très rude. Qui pouvait dire ce que deviendrait Trellanack une fois vendu. Pour Lucy et lui, c'était toujours la maison des rêves – l'endroit où tout avait commencé. Aujourd'hui, après trois ans de mariage, ils semblaient se raccrocher de plus en plus au souvenir de ce passé récent – quand rien d'autre que l'émerveillement inextinguible de la nouveauté suffisait pour les aider à franchir tous les obstacles. Lorsqu'ils nous avaient annoncé leurs fiançailles, je n'aurais jamais pensé qu'il pourrait y avoir du tirage entre ma sœur et son Espagnol. Mais depuis ce dimanche de malheur, je me rendais compte, chaque fois que j'allais les voir, qu'ils s'éloignaient un peu plus l'un de l'autre et je savais, mieux que n'importe qui, que l'apparition de Matilda dans la presse à grand tirage n'allait rien arranger.

La gloire et la fortune comblaient quelqu'un de qui Lucy avait été si proche – et qui avait failli les anéantir, elle et Raoul – et la pilule serait amère à avaler, même accompagnée de beaucoup de gin pour la faire descendre. Mais j'avais un autre sujet d'inquiétude – quelque chose qui pouvait causer plus de dégâts que tout le reste réuni. Lucy n'avait jamais reparlé de sa visite chez le Dr Hooper. Elle l'avait enfouie dans un recoin inaccessible où elle était à jamais enfermée. À parler franchement, je crois que j'en aurais fait autant – si ce n'est que ce refoulement n'empêcherait pas l'abcès de crever ailleurs un jour. Chez Lucy, cela se manifestait par une certaine agitation, un manque presque imperceptible de sérénité dans son union avec Raoul. Elle commença à avoir des comportements inquiétants, par exemple elle laissait son regard errer au-delà de l'horizon, avec l'air de se demander si elle avait fait le bon choix – et son insatisfaction face à sa vie se précisa encore davantage quand Matilda réapparut dans le paysage. Raoul, pensant que le seul moyen de lui rendre sa joie de vivre consistait à publier son livre et à être enfin l'homme qu'il sentait qu'elle voulait qu'il soit, se jeta à corps perdu dans son travail. Pour moi – qui étais à l'affût du moindre mot qu'ils échangeaient –, ils faisaient penser à deux personnes qui tirent très délicatement, mais obstinément, dans deux directions opposées. Puisqu'ils n'avaient pas d'enfants, comment l'attelage pouvait-il tenir ?

« J'ai reçu une lettre, déclara papa, une semaine après notre discussion à propos de Trellanack. Une lettre de Matilda Wells-Devoran. »

J'étais en train d'essayer de réparer l'anse du pot à lait et je m'interrompis brusquement dans ma tâche en regardant papa bouche bée.

« Matilda Bright, rectifia Imogen. Oh, allez, papa, qu'est-ce qu'elle dit ?

— Elle va se marier avec un certain Billy Laurier.
— Se marier !
— Oh, mon Dieu !
— Qui est-ce ?
— J'parie qu'il est riche.
— Et comment ! » C'est moi qui avais fait ce commentaire. « C'est l'une des personnalités les plus en vue dans le monde de la musique. C'est une sorte d'impresario. Un Américain. Il est le fondateur des Bilco Records. »

Même Papa avait dû entendre parler de cette maison de disques. Avec Mercury, Capitol et RCA, les Bilco Records fabriquait des artistes à la chaîne. La lettre « B », symbole de la marque, estampillée en rouge au centre de chaque quarante-cinq tours, m'était aussi familière que la signature de Mr Kellogg au dos des paquets de corn-flakes.

« Les Bilco Records, c'est lui ? » dit Roy, qui avait été contaminé malgré lui par ma passion pour l'industrie du disque. « C'est sûr que c'est vrai ?
— Je lis *Melody Maker*, répliquai-je du tac au tac.
— Matilda ne va pas se marier avec lui, hein, papa ?
— Il ressemble à quoi, Tara ? demanda Imogen.
— Aucune idée, avouai-je.
— En tout cas, il n'est pas espagnol, ça, c'est sûr, dit Florence.
— Elle voudrait que je les marie, annonça papa, en repliant la lettre, nous clouant le bec à tous.
— Ooooh ! gémit Imogen. Laisse-moi lire la lettre, papa », implora-t-elle.

À notre stupéfaction, il accéda à sa demande.

« *Cher Jonathan*, commença à lire Imogen. Mince, c'est plutôt familier, non ? Dans le temps, c'était révérend Jupp.

J'espère que ça ne vous ennuie pas que je vous écrive pour vous annoncer une nouvelle extraordinaire. Je suis fiancée à un homme merveilleux qui s'appelle Billy Laurier et je ne vois personne de mieux placé que vous pour célébrer notre mariage. La date idéale serait le samedi 9 juin, à condition que cela vous convienne pour l'église. Ça ne vous laisse pas beaucoup de temps, mais nous avons hâte de commencer notre vie conjugale, et nous aimerions nous marier en été, quand les pois de senteur sont en fleur.

Ensuite nous comptons donner une grande fête à Trellanack et inviter tout le village. J'espère que votre famille sera là au grand complet. Vos filles me manquent beaucoup depuis que j'ai quitté la Cornouailles, en particulier Lucy que je me fais une joie de revoir bientôt.

Bien à vous,

Matilda W.-D.

Un flot d'émotion, intense et inhabituel, me submergea. Je me sentis trembler au sens propre.

« Mais papa, dis-je. Matilda a créé tellement d'ennuis à Lucy. » Je ne pouvais pas lui parler de la carte adressée à Raoul. « Tu ne peux pas accepter de les marier…

— D'après sa lettre, il est évident que Matilda Wells-Devoran veut réparer ses torts. Cette fille est née dans notre village et la famille de son père a résidé à Trellanack pendant des lustres. Si elle veut se marier ici, je suis le seul qui puisse célébrer la cérémonie. » Il prit l'enveloppe pour y remettre la lettre et fronça les sourcils. « Il y a aussi un mot pour toi, ajouta-t-il, en me tendant une feuille de papier.

— Pour moi ? Pour *moi* ?

— Oui, toi. Tu t'appelles bien Tara Jupp, non ? »

Très chère Tara (disait la lettre)

J'espère que tu ne seras pas fâchée que je t'écrive, surtout après tant de temps. J'ai une faveur à te demander et je préfère le faire par écrit pour que tu aies le temps de réfléchir plutôt que de m'exposer à un refus direct au téléphone.

Je serais tout simplement ravie que tu chantes pour nous, pendant que nous signerons le registre des mariages. Te souviens-tu combien nous aimions Gigi*? Eh bien, ce serait pour moi une grande joie si tu chantais «Say a Prayer for Me Tonight», comme autrefois. J'ai dit à Billy que tu chantais merveilleusement bien et il a hâte de t'entendre.*

S'il te plaît, dis oui! Ça ne figurera pas dans l'ordre de la cérémonie, par conséquent tu pourras même attendre la dernière minute pour te décider. Mais ça me ferait tellement plaisir.

Tu penses sûrement que ce qui m'est arrivé n'est pas ordinaire; moi non plus! Londres est quelque chose de fabuleux, mais je voulais revenir chez moi pour me marier. J'ignore pourquoi, mais je ne pouvais pas faire autrement.

J'espère vraiment te voir à mon mariage. Pense à chanter pour nous, s'il te plaît.

Je t'embrasse affectueusement,

Matilda.

Je passai la lettre à Lucy plus tard dans la même journée. Elle était venue à la maison pour laver son linge, avec l'espoir qu'Imogen le repasserait. Après l'avoir lue, elle me la rendit et prit un pain de savon.

«Je ne crois pas que je devrais accepter, dis-je.

— Pourquoi ?

— À cause de toi. Ça ne serait pas bien.

— Voyons, Tara. Jamais tu n'auras un public aussi nombreux même si c'était la Fête des moissons. Tu serais vraiment trop bête de refuser. » Elle s'essuya les mains sur la chemise de pasteur de papa qui attendait d'être lavée et me regarda.

« J'aurais cru que ça te contrarierait. »

Elle soupira et, repoussant ses cheveux en arrière, elle me prit la main. Un tel geste était si rare de sa part que je faillis faire un bond en arrière de surprise.

« Ce n'est pas parce que Matilda et moi avons fait un beau gâchis que tu ne dois pas saisir cette chance. » Elle retira sa main et sortit un paquet de cigarettes de la poche de son tablier. « Le Tout-Londres sera là. Tous les gens à la mode. » Elle me tourna le dos, feignant de chercher ses allumettes, mais j'entendis sa voix trembler. « Maman aurait… » Elle s'éclaircit la gorge et reprit : « Maman aurait aimé que tu acceptes. Elle aurait été folle de joie de te voir faire une chose pareille. Fais-le pour elle, d'accord ? »

Il y eut un silence.

« Mais toi, tu ne seras pas là ?

— Ça ne fait rien.

— N'y a-t-il pas une partie de toi qui aura envie d'y être ?

— Oui. Pour toi. »

Et je dus me contenter de ça. Le lendemain, Mr Bell commença à me faire répéter, au grand dépit d'Antonia Jones. Elle allait revenir – la fille qui avait fait tant de mal à Lucy. Et moi, je chanterais à son mariage. Je me sentais mal à l'aise et pourtant un espoir germait en moi. Le sentiment que si je m'y prenais bien, je réussirais peut-être à les rapprocher toutes les deux.

Je me demandais si papa n'avait pas eu la même idée. Il se démenait énormément pour la préparation du mariage. Il essayait de faire comme si c'était de la routine mais à deux reprises – oui, deux ! –, je l'avais surpris devant la glace en pied du dressing d'Imogen, en train de déclamer des versets du livre de Daniel, son regard flamboyant dardé sur la collection de peluches de ma sœur.

« Mince alors, papa, tu ne vas pas leur infliger trop d'Ancien Testament, dis ? s'inquiéta Imogen.

— Tu es particulièrement bien placée pour savoir qu'il n'existe rien de tel que "trop d'Ancien Testament" », rétorqua-t-il.

Dans le village, on entendait partout des réflexions de ce genre : « Hé oui, on était sûr qu'elle reviendrait dans le pays pour se marier ! » À croire qu'ils la connaissaient bien, alors que personne ne savait réellement qui elle était. Pauline, une vieille bique avec des oreilles de chauve-souris, anciennement femme de ménage à Trellanack, n'arrêtait pas de discuter de son cas avec tous ceux qu'elle rencontrait dans la rue.

« J'pensais pas voir ce jour ! me dit-elle un matin, à l'épicerie. Quelle jolie fille. Si attentionnée avec tout le monde ! Et si mal traitée par ce garçon qui a épousé votre sœur. Il l'a abandonnée au pied de l'autel, ça on peut le dire.

— Certainement pas ! répliquai-je.

— Ce qu'elle était malheureuse ! Mais c'est merveilleux, hein, qu'elle ait trouvé un mari aussi riche ? Et qu'elle ait si bien réussi ? Elle doit gagner gros à se pavaner partout dans ces belles toilettes. »

Et ainsi de suite. Plus le jour du mariage approchait, plus les potins fleurissaient.

« Il paraît qu'ils se sont rencontrés à Paris, un après-midi, dans une poste où elle était allée acheter des timbres.

— C'était en Californique, rectifia Pauline.

— Ça me semble plus probable », marmonna Lucy.

En définitive, Lucy n'eut pas besoin d'inventer une excuse pour ne pas aller au mariage. Cinq jours avant, un accident se produisit qui lui fournit une raison plus que valable de ne pas s'y rendre. Raoul tomba d'une échelle dans la bibliothèque de Truro, ce qui lui valut une mauvaise fracture de la jambe. Il allait devoir passer au moins six semaines à l'hôpital. Pour Lucy, c'était le prétexte idéal.

« Il faut que je m'occupe de mon mari, soupira-t-elle. Les voies du Seigneur sont vraiment impénétrables. »

J'allai voir Raoul à l'hôpital, avec Imogen, munie d'anciens numéros de *Country Life* et des biscuits shortbreads dont il raffolait. J'eus un choc de voir mon beau-frère couché sur le dos, sa jambe plâtrée en extension. Imogen fondit en larmes, bien entendu.

« Je ne suis pas mourant, lui dit-il. Arrête, Imogen, et passe-moi ma flasque. »

Il prit le roman en langue espagnole que j'avais choisi pour lui au rayon de littérature étrangère de la bibliothèque.

« *El Coronel No Tiene Quien Le Escriba*, dit-il, avec une moue de dégoût. Non, pas ça, Tara.

— Pourquoi ? Il m'avait semblé que c'était bien.

— Déprimant, déclara-t-il, en contemplant le plafond. García Márquez me laisse froid.

— Alors, jette un coup d'œil à ça », lui dit Imogen, en installant sur le lit trois de ses romans de Georgette Heyer, du geste solennel de qui dépose des lingots d'or aux pieds d'un roi. Raoul les considéra avec indifférence.

« Des romans pour femmes oisives, dit-il. Mais merci quand même.

— On ne peut pas les lâcher, dit Imogen.

— C'est moi qu'ils ne veulent pas lâcher, grommela-t-il. Je vais rester couché ici pendant plusieurs semaines. Comment vais-je faire pour tenir le coup ? Quand je sortirai d'ici, Matilda et ses invités seront rentrés à Londres, et j'aurai perdu l'occasion de revoir Trellanack.

— Maintenant que Matilda a renoué avec nous, tu pourras demander à lady W.-D. de t'autoriser à aller y faire un tour, le mois prochain. » Alors même que je prononçais ces mots, je me rendis compte que c'était impossible. Raoul prit un air buté.

« Même si elle acceptait – ce qui est fort peu probable –, elle serait là tout le temps, à attendre que je franchisse la ligne jaune. Je ne serais pas à mon aise. C'est pourquoi ce mariage aurait été pour moi l'occasion idéale de fouiner partout, sans avoir besoin d'un prétexte. Elle aurait été trop occupée avec d'autres curieux pour me surveiller. C'était ma chance, ma seule chance de retourner là-bas. Cette chance, je l'ai perdue, et tout ça parce que je suis tombé d'une échelle comme un imbécile d'Harold Lloyd espagnol. »

Imogen rit discrètement.

Une jeune infirmière entra, brandissant un de ces appareils inquiétants conçus pour mesurer la pression sanguine. Si j'avais été Lucy, j'aurais froncé les sourcils de constater qu'elle était plutôt mignonne, chose dont Raoul ne parut même pas s'apercevoir.

« C'est pas le bon moment pour la prendre, grogna-t-il. Comme si elle pouvait baisser alors que je suis enfermé dans cette *casa de locos*.

— Les visites sont terminées », me dit l'infirmière, en enroulant le tensiomètre autour du bras de Raoul et en actionnant énergiquement la poire en caoutchouc.

Je me levai pour prendre un biscuit sur le plateau posé près du lit de Raoul.

« Ne t'inquiète pas, lui dis-je, en enfilant mon cardigan. Je reviendrai te faire mon rapport.

— Mon Dieu, marmonna l'infirmière. Ce n'est pas possible, ce truc ne doit pas bien marcher. Impossible d'avoir une tension aussi élevée. »

Elle sortit un crayon et griffonna quelques chiffres sur la fiche de Raoul, lequel roula des yeux.

« Hé, fit-il, alors que j'allais sortir, en posant la main sur mon bras. Amuse-toi bien, dis ? Regarde bien Trellanack pour moi.

— Compte sur moi. » J'avais envie de pleurer.

« Et qui sait ? dit-il. Tu vas peut-être même tomber amoureuse d'un invité.

— Ça m'étonnerait. »

Mais dans la soirée, tandis que je repassais ma tenue de choriste à la cuisine, je repensai à ce qu'il avait dit. Je n'avais aucune envie de tomber amoureuse. Je remettais ça à plus tard, un peu comme pour une visite chez le dentiste. J'avais trop peur de souffrir.

12

Une noce à Trellanack

Le jour de leur mariage, une paix insolite régnait. Le monde entier baignait dans un calme absolu. Jusqu'à midi, une couche de nuages blancs immobiles avait plané sur le village, puis le soleil était apparu, laiteux et embrumé d'abord, mais le temps que l'église commence à se remplir, il prit un puissant éclat jaune, tel un soleil sur un dessin d'enfant. Il inonda le haut de la nef de rayons transversaux, bibliques. Le vitrail du XVIe siècle du chœur, représentant Jean baptisant le Christ dans le Jourdain, conférait un supplément de solennité à la circonstance. Si Dieu existait, en cet après-midi, Il nous regardait tous, avec nos souliers bien cirés et nos cœurs qui s'étaient accélérés. Il regardait ceux qui attendaient, tout au bout de la terre, le retour de Matilda Wells-Devoran.

Même à l'intérieur de l'église, la chaleur était pesante, poisseuse, portée à température corporelle. Je me servais du programme de la célébration comme éventail et Antonia Jones, la soprano en chef, me regarda de travers. Derrière la chaire, papa marmonnait dans sa barbe, avec ses cheveux hirsutes qui lui donnaient un air hagard mais déterminé. Il jeta un bref coup d'œil à Mr Bell et haussa un sourcil fugitif à mon intention. Je me sentais mal à l'aise, angoissée à l'idée que, pour la première fois de ma vie, j'allais chanter devant plus de dix personnes. Car sachez-le, la prédiction de Lucy s'était réalisée. Il y avait là du beau monde à profusion. Je trouvais cela comique, grisant, osé, comme si les clients d'un restaurant londonien avaient été transportés dans cette église par un magicien cherchant à se désennuyer. Deux filles aux yeux pareils à des dragées arrêtèrent papa sur le chemin de la sacristie pour lui poser une question, et je le vis faire de grands gestes en direction de l'autel ; je dus m'asseoir sur mes mains pour m'empêcher de rire, soudain affreusement gênée et prise en même temps d'un sentiment farouchement protecteur. J'avais les ongles en charpie, aussi je fermai les yeux et pensai à des choses profondes et apaisantes, ainsi que le recommandait Imogen, et je commençais à peine à me détendre lorsque Sarah Cartwright me donna un violent coup de coude dans les côtes.

« Aïe !

— Voilà le fiancé, chuchota-t-elle. Il est beau, non ? »

Je suivis son regard. C'était la première fois que Sarah Cartwright disait quelque chose de juste. Il était d'une beauté sensationnelle. Seul face à l'autel, il se balançait imperceptiblement au rythme de *Nimrod*, interprété à l'orgue par Mr Long, avec assurance mais aussi une désespérante inexactitude. Il regarda le plafond de l'église, puis le sol, et reporta enfin toute son attention sur sa feuille de cantiques. Ses mains, je le remarquai, étaient d'une totale immobilité, ses cheveux roux foncé étaient coiffés en arrière – comme s'il allait poser pour une pub –, ses yeux étaient aussi bleus que l'encre dont papa se servait pour écrire ses sermons.

J'avais lu dans les journaux qu'il mesurait un mètre quatre-vingt-quinze, mais de près il paraissait encore plus grand. Contrairement à papa, qui donnait souvent l'impression de ne pas se rendre compte de l'effet que produisait sa stature sur les autres, Billy Laurier semblait parfaitement conscient du pouvoir que cela lui conférait. Il redressa les épaules et sourit à la première rangée de l'assistance de toutes ses belles dents bien rangées. Comme il était *blanc* comparé à Raoul. Et droit. Je promenai mon regard sur les choristes ; toutes les mâchoires béaient d'une stupéfaction mal dissimulée. Il avait autant de séduction qu'une star de cinéma et je crois bien qu'il le savait.

Puis les premières mesures de *L'Arrivée de la reine de Saba* retentirent et le silence emplit la nef.

« On dirait qu'elle est encore plus belle qu'avant », chuchota Sarah, tandis que le cortège nuptial commençait à remonter l'allée centrale.

« Chut », murmurai-je.

Elle était encore plus maigre que dans mon souvenir et, bien qu'elle portât une robe tellement décente qu'elle n'aurait pas détonné dans un couvent, il y avait chez elle quelque chose d'*inattendu* que je ne parvenais pas à définir. Ses cheveux étaient relevés en chignon et un voile en dentelle ancienne, légèrement jaunie, flottait le long de son dos menu, pour aboutir entre les mains potelées de ses cinq demoiselles d'honneur et de deux petits garçons (je ne reconnus aucun de ces enfants, c'étaient sans doute des parents du marié), mais le plus étrange était l'expression de son visage. Elle posait sur son futur époux un regard traduisant moins l'adoration que la gratitude, comme si sa présence en ces lieux l'étonnait un peu. Peut-être que les fiancées sont toutes comme ça, pensai-je. Moi aussi, je serais reconnaissante d'épouser un homme pareil. Inutile de le dire, j'avais la larme à l'œil. D'ailleurs, comment faire autrement à un mariage ?

C'est alors que lady W.-D. apparut et je faillis pousser un cri. La voir en robe était presque aussi inconcevable que si j'avais vu arriver mon père en tutu. Son visage racé et bronzé était ridé par le soleil indien, son corps replet était entièrement enveloppé dans une vaste tente de lin à fleurs bleu pâle et blanches, ce qui allié à un chapeau assorti peu seyant et en forme de boîte, ainsi qu'à un air sombre et déterminé, genre j'y-vais-ou-je-meurs, lui conférait une ressemblance malheureuse avec une théière géante qu'on s'apprête à verser. Parvenue devant l'autel, elle sembla presque se débarrasser de Matilda au profit de Billy et de papa ; si elle avait pu s'épousseter les mains en disant : « Voilà. C'est une bonne chose de faite ! », elle ne s'en serait pas privée. Elle paraissait affreusement mal à l'aise. Après toutes ces années passées à essayer de se décharger de sa fille, je la soupçonnais d'être davantage peinée qu'elle ne l'avait prévu de la remettre entre les mains de quelqu'un d'autre.

Je l'avais placée sur un piédestal. Se réjouissait-elle que Matilda épouse un homme riche ? J'en doutais. L'argent n'avait jamais eu beaucoup d'importance pour lady W.-D., comme pour presque tous ceux qui n'ont pas besoin de s'en soucier. Non, ce qu'elle aurait aimé, c'était avoir une fille capable de monter à cheval, de chasser, de tuer des renards et de préparer au pied levé un repas roboratif pour six personnes à partir d'une carcasse de blaireau et d'eau puisée dans une mare et bouillie ensuite sur un feu allumé en frottant deux bouts de bois. Pourtant, en cet instant, tandis qu'elle regardait Matilda, on aurait dit qu'elle la voyait pour la première fois. Elle sortit un mouchoir de sa poche et se moucha.

Papa entama son speech de bienvenue, et je dus concentrer mon regard sur mes mains de peur de croiser celui de Matilda, ce qui m'aurait complètement déstabilisée. On chanta le premier cantique, on récita quelques prières, après quoi papa présenta la chorale et le fiancé nous sourit, et comme dans le jardin d'Eden à l'envers, ma seule pensée fut pour me dire que c'était dommage qu'un homme aussi élégamment vêtu me voie fagotée dans cette tenue de choriste, genre sac à patates. Non que j'eusse dans ma garde-robe quoi que ce fut qui pût convenir à la circonstance. J'avais aussi peu de chances de pouvoir m'acheter une robe neuve que de recevoir un coup de fil des Everly Brothers.

« Nous sommes réunis ici en ce jour pour être témoins du mariage de William et de Matilda », commença papa – et je suis sûre que Matilda retenait sa respiration. J'ouvris mon ordre de cérémonie. Papa embraya sur la liturgie du mariage, non sans lancer quelques blagues aux dépens de plusieurs apôtres. (Papa avait compris depuis longtemps que pour tenir un auditoire il fallait savoir jouer habilement de la provocation, sans toutefois aller trop loin.) Billy, l'air dûment recueilli, promit d'honorer et d'aimer son épouse, vœu qu'il prononça avec une ferveur que je trouvai nonchalante, si ce n'est pas là une contradiction dans les termes. Il avait une voix grave et douce. Et américaine.

Matilda débita ses répliques à toute allure, ce qui était sans doute ce qu'il y avait de mieux à faire et, juste après les avoir déclarés « mari et femme », papa fit une annonce qui me paralysa.

« Et maintenant ma fille, Tara, va chanter "Say a Prayer for Me Tonight", tiré du célèbre film *Gigi* (l'accent du Nord de papa accentuait comiquement les *g*), pendant que les deux époux signeront le registre. »

J'entendis tous ceux qui connaissaient mon père pousser un « oh » de stupéfaction – ça lui ressemblait si peu de me présenter, surtout que j'allais interpréter une chanson tirée d'une comédie musicale – que je faillis oublier de me lever pour chanter. Je savais pourtant pourquoi il s'y était pris ainsi. Il craignait sinon que je me dégonfle. Quoi qu'il en soit, un murmure de curiosité parcourut l'assistance et tout le monde se dévissa le cou pour voir qui j'étais. Puis Mr Bell me donna le signal du départ.

« Bonne chance ! chuchota Sarah.

— C'est parti », marmonnai-je.

L'orgue attaqua les premières mesures de mon solo et je sentis monter un flot d'excitation mêlé à cette nausée qui ne s'empare de moi que dans la fraction de seconde qui précède l'instant où j'ouvre la bouche pour chanter en public. Mr Bell abaissa le bras pour me donner le départ. Ne vous inquiétez pas, avais-je envie de leur dire à tous. Je ne vais pas me planter.

Quand je me tus, il y eut un bref silence, tandis que les choristes avaient les yeux fixés sur Mr Bell, attendant qu'il leur fasse signe de se lever pour attaquer le morceau que nous devions chanter ensemble. C'est alors qu'il se produisit une chose stupéfiante : tout au fond de l'église, quelqu'un applaudit. Il y eut quelques froncements de sourcils, des bouches pincées, chez ceux qui savent qu'applaudir dans une église ne se fait simplement pas, ne s'est jamais fait, mais je suppose que les autres étaient suffisamment nombreux pour imposer silence à ces grincheux. En l'espace de quelques secondes, tout le monde s'y mettait.

Ce n'étaient pas ces applaudissements polis qu'un soliste recueille parfois au cours d'un concert, mais une ovation franche et massive qui résonna puissamment dans toute l'église. Éberluée, j'entendis, dans la nef, une voix masculine crier : « Bravo ! » Je regardais droit devant moi, le visage en feu, n'osant imaginer que j'étais l'objet de ce tintamarre ; je crus presque voir le saint Pierre sculpté sur une stalle en face de moi hausser un sourcil. Mais j'étais ravie. Totalement ravie. L'air à la fois embarrassé et ravi, Mr Bell se balançait d'un pied sur l'autre devant les stalles du chœur, se demandant s'il devait saluer, puis décidant de s'abstenir. Les choristes me regardaient avec une stupéfaction non dissimulée. Pas une seule, sans doute, ne m'avait jamais jugée digne d'être applaudie à titre personnel, surtout après avoir chanté une rengaine débile tirée d'une comédie musicale. Le brouhaha ne s'apaisa qu'au moment où Matilda, qui avait applaudi aussi fort que les autres, fut victime d'une de ses crises d'éternuements – six d'affilée –, à tel point que papa se pencha pour lui demander si elle était en état de continuer. Je la vis hocher la tête frénétiquement et s'essuyer les yeux avec un mouchoir en papier.

Une fois que nous fûmes sortis de l'église, toute la chorale fit cercle autour de moi.

« Jamais je n'avais entendu applaudir pendant une cérémonie, dit Sarah. Pas même le jour où Antonia a lancé ce contre-ut inattendu à la fin de *Cherchez d'abord le Royaume de Dieu*, le jour de la Fête des moissons.

— On ne devrait pas applaudir à l'église, ahana ladite Antonia Jones, qui avait du mal à nous suivre. Ce n'est pas bien. C'est un manque de respect.

— Envers qui, au juste ? demanda Clara.

— Dieu, répondit Antonia du tac au tac. Et aussi Jésus, l'Esprit saint et tous les autres.

— Je t'en donnerais de l'Esprit saint, marmonna Sarah. Puisque tout le monde a pris plaisir à entendre chanter Tara, je suis sûre que Dieu en aurait pris lui aussi. »

Chacun retourna chez soi dare-dare pour se changer. J'ôtai ma tenue de choriste pour enfiler une robe jaune et beige à fermeture Éclair, raccommodée un nombre de fois incalculable. Elle s'ornait d'un col Claudine dont Lucy disait qu'il faisait très chic, mais moi je trouvais qu'il me donnait l'air d'avoir douze ans.

« Tu n'as qu'à passer par le chemin de Mrs Otley pour aller à Trellanack, m'avait conseillé Lucy, au moment où elle sortait pour aller à l'hôpital voir

Raoul. « Comme ça, tu pourras marcher pieds nus à travers champs et mettre tes chaussures juste avant d'arriver. »

Pour ce genre de choses, elle avait beaucoup de sens pratique, ma sœur. Des années à rentrer à la maison à pas d'heure et en douce, en cachant ses pieds couverts d'ampoules d'avoir dansé jusqu'à l'aube. Ce n'est qu'un peu plus tard dans la journée que je me souvins que c'était principalement avec Matilda que Lucy allait danser. Tout en me rechaussant, je me dis que de ne pas assister au mariage de la personne avec qui on a le plus dansé au monde avait quelque chose de tragique.

13
Billy

Florence, Imogen, Roy, Luke et moi ressortîmes de la maison pour nous trouver plongés dans le calme de l'après-midi. Chacune des maisons devant lesquelles nous passions était déserte. Tout le monde était à la noce ; la terre entière, me semblait-il, y était. Normal, non ? L'épicerie était fermée, la poste était fermée. Je sentis l'attraction qu'exerçait la fête avant même d'arriver à Trellanack. Mes chaussures me serraient, ma robe aussi, mais tant pis. On aurait dit que le village était trop exigu pour contenir l'été ; il se répandait partout, les fleurs des champs émaillaient les bas-côtés, l'air était lourd de papillons, de graines d'herbes folles et de petits moucherons duveteux. Quelle idée de se marier en juin quand on est sujette au rhume des foins ! Matilda n'était-elle pas gênée que son mari la voie dans cet état ?

Nous arrivâmes en bas de l'allée à temps pour voir les vieux shetlands de lady W.-D. s'en donner à cœur joie et se conduire aussi mal que ces animaux ont coutume de le faire – frottant leur croupe espiègle contre la clôture et enfouissant leurs naseaux humides et piquetés d'herbe dans la poche de quiconque avait l'imprudence de leur dire bonjour. Une femme, devant nous, poussa un cri à l'instant où l'un d'eux arrachait un gros bégonia du chapeau qu'elle agitait étourdiment par-dessus la barrière.

« J'ai peur qu'on rate le déjeuner, dit Imogen, tout essoufflée. L'invitation disait "treize heures précises".

— Mais non, voyons, dit Florence, d'un air méprisant. Les mariages de ce genre ont toujours au moins une heure de retard. Personne n'aura calculé le temps qu'il faut pour aller de l'église à Trellanack, avec des talons hauts. »

Je n'avais plus mis les pieds dans cette allée depuis trois ans et, en cet instant, j'éprouvais uniquement de la joie à la vue de tant de beauté. « Ce n'est qu'une maison », disait Matilda. Elle pouvait dire ça parce qu'elle y était née ; elle ne lui trouvait rien d'extraordinaire. Pour Lucy et moi, c'était toujours un émerveillement. Nous étions restées sur l'impression saisissante qu'elle nous avait faite la première fois.

J'étais malade d'énervement, d'excitation et d'angoisse de ne pas savoir comment ma tête et mon cœur allaient réagir en retrouvant cet endroit ; pourtant tout se passa exactement comme lorsqu'on retourne dans les lieux de son enfance – ils sont à la fois exactement pareils et complètement différents. Si les jardins avaient été laissés à l'abandon, ainsi que le pensait Raoul, plus rien ne le laissait soupçonner. Florence avait appris qu'une équipe de dix jardiniers avait arraché, élagué et remis le parc en état avant qu'il soit de nouveau offert à la vue de tous, mais cet énorme travail ne pouvait pas camoufler entièrement l'état d'abandon qu'il avait connu depuis le départ de Matilda. Cependant, là où on l'avait laissé se débrouiller tout seul, le jardin présentait un aspect spectaculaire. L'obélisque égyptien offert par lady Joanna Robinson – une invitée favorite de l'arrière-grand-père de sir Lionel dont on disait qu'elle arrivait chaque fois à Trellanack avec une nouvelle amante – était presque à moitié enfoui dans les digitales. Le jardin avait maintenant un côté sauvage, qui, combiné à la précision des plans de Capability Brown, produisait une impression déroutante, mais étourdissante.

Mon cœur bondissait de voir ces lieux grouillants de monde ; c'était comme d'assister au réveil de quelqu'un qui sort d'un profond sommeil. La moitié de la pelouse ouest était occupée par une immense tente couleur de sucre glace. Nous étions là à admirer et à nous tortiller dans nos beaux souliers lorsqu'un serveur en tablier blanc nous tendit une coupe de ce qui était probablement un champagne de grande marque.

« Ça a un drôle de goût », grimaça Imogen, qui buvait du champagne pour la première fois.

Après m'être resservie, je plongeai dans la foule tête baissée et toute seule, afin d'avoir plus de liberté de mouvement. Je connaissais Trellanack comme ma poche et je savais exactement comment retrouver mon chemin à travers la pelouse et me glisser derrière les cages à fruits, d'où on avait une vue idéale sur les invités qui arrivaient. Tout autour de moi, les gens se répandaient en commentaires. « Quelle maison sublime ! Avez-vous déjà vu un jardin pareil ? », etc. – et j'en éprouvais autant de fierté que d'agacement. J'avais le sentiment qu'elle m'appartenait davantage qu'à n'importe qui d'autre.

Mon attention fut attirée par un quartet à cordes, qui avait commencé à jouer sous le cerisier, devant un auditoire restreint. Le premier violon était excellent, mais la violoncelliste, une jolie blonde, n'arrêtait pas de se tromper en riant bêtement.

« Qu'en pensez-vous ? » demanda une voix masculine derrière moi, et je sus aussitôt que c'était lui. Je me retournai à demi, ne souhaitant pas lui faire face. Je le sentais trop près de moi ; à croire que j'avais peur de tomber rien qu'en le regardant dans les yeux, si intense était son pouvoir.

« La violoncelliste joue mal, dis-je, carrément. Elle gâche tout. »

Comme toujours, lorsque j'étais en présence d'une personne distinguée, je sentis que je perdais pied et cela me déstabilisait. Je le considérai d'un air méfiant. J'avais envie, très envie, qu'il me déçoive. Je luttai, luttai tout le temps.

« Oui, mais elle a un chic fou, non ? dit Billy. Ce qu'elle joue n'a donc pas tellement d'importance. »

Déconcertée par sa réaction, je fonçai les sourcils.

« Vous savez jouer du violoncelle ? me demanda-t-il en souriant.

— Probablement. Je n'ai jamais essayé mais ça ne doit pas être si difficile », dis-je en refermant les doigts sur un archet imaginaire.

Il avait un nez droit, élégant, parsemé de taches de rousseur, comme de la noix de muscade sur une crème glacée.

« C'est un après-midi idéal pour un mariage », dis-je.

Il me sourit ; mon embarras l'amusait, sans aucun doute. Il était conscient de son pouvoir, et comment ne l'aurait-il pas été ?

Imogen s'approcha de nous d'un pas décidé, sa timidité neutralisée par le mécontentement de me voir fumer. Florence la suivait ; je notai que son verre était vide.

« Pour l'amour de Dieu, Tara, éteins ça, chuchota Imogen. Et puis je t'ai surveillée. Tu as trop bu.

— Vous, vous n'avez pas bu assez, dit Billy, en lui tendant sa coupe de champagne.

— Ce sont mes sœurs, lui dis-je.

— Lesquelles ? » demanda-t-il un peu trop vite.

Il est donc au courant pour Lucy, pensai-je. Matilda lui a parlé de toute la famille.

« Florence, dis-je. Et Imogen.

— De beaux noms.

— Vous trouvez ? Je pense plutôt que papa et maman devaient se trouver à court d'inspiration, quand ils m'ont eue, dit Imogen.

— Dites-moi, vous deux. Y a-t-il une chance que votre père m'autorise à emmener votre sœur à Londres pour faire un disque ? »

Imogen et Florence se regardèrent et éclatèrent de rire, comme si c'était une blague. Je me joignis à elles mollement. J'avais la tête qui tournait à cause du champagne.

« Oh, il devrait sauter sur l'occasion de se débarrasser d'elle ! déclara Florence.

— Papa dit que Londres est un repaire d'imbéciles, persifla Imogen.

— C'est vrai, reconnut Billy. Mais vous chantez bien, me dit-il. Ce serait dommage de ne pas faire quelque chose d'une voix comme la vôtre. Elle serait parfaite pour les disques Bilco. Ce label a été créé pour des gens comme vous. »

L'espace d'un instant, il projeta dans les miens tout l'éclat de ses yeux incandescents. J'étais hypnotisée, mi-effrayée, mi-ravie. Il venait de prononcer exactement les mêmes mots qu'Inigo Wallace, autrefois. « Tu as une belle voix, ma petite. Tu devrais en faire quelque chose.

— Papa croit dans le travail acharné. Je me demande quelquefois si moi je ne crois pas uniquement au plaisir », plaisantai-je.

Quelle désinvolture, de parler ainsi ! Même si au-dedans de moi j'étais paniquée, je n'avais pas l'intention de lui faire savoir que, de toute ma vie, personne ne m'avait jamais dit quelque chose d'aussi excitant. Je pensai à ce que m'avait conseillé Lucy. « Garde un peu de mystère. »

« Là d'où je viens, le travail est plus un plaisir que le plaisir même », dit-il.

Et avant que j'aie pu trouver une réponse appropriée, Billy Laurier me fut volé par un couple qui lui recommandait un hôtel en Autriche, d'une voix criarde.

« Nous y allons tous les ans en fin de saison, chéri, au moment où presque tout le monde s'en va, mais il semble toujours neiger quand on est là, dit la femme.

On arrive dans le hall et ils démarrent les téléphériques. Et Karl est un fantastique moniteur, bien entendu. »

Je m'éloignai discrètement, avec mon sourire idiot que j'étais incapable d'effacer. Florence m'emboîta le pas.

« Aller à Londres, persifla-t-elle. Avec quel argent, bon Dieu ? On n'irait pas plus loin que la gare. Bon, viens, ajouta-t-elle. Tu connais cet endroit mieux que moi. Où pourrait-on se cacher pour observer les gens ? »

J'aimerais bien pouvoir dire que Florence et moi avions bu juste assez pour scintiller et swinguer avec tous les garçons séduisants qui se trouvaient là, avant d'aller nous coucher à l'aube, mais bien entendu, cela ne se passa pas comme ça. Je n'en étais pas à ma première expérience de l'alcool – souvent, nous apportions en cachette des demi-bouteilles de gin à la prunelle pour les répétitions de la chorale –, mais c'était le mélange de l'alcool et de l'adrénaline qui était montée en moi d'avoir chanté à l'église et parlé avec Billy Laurier qui m'avait enivrée à ce point et si rapidement. Imogen était très fâchée.

« Pourquoi est-ce que vous vous conduisez si sottement ? demanda-t-elle. Je dirais même que vous cherchez à faire les intéressantes. Vous êtes surexcitées, toutes les deux. »

Comble de honte, il se trouva, à l'instant même, que la toute nouvelle Mrs Laurier sortait de la piste de danse.

« Surexcitées, dit-elle avec un sourire. Je l'espère bien. Salut, Tara, ta voix a laissé mon mari complètement coi. »

La première chose qui me frappa, ce fut sa façon de parler. Sa voix avait quelque chose de rauque qu'elle n'avait pas dans le passé. Je fus encore plus stupéfaite de la voir avec une cigarette dans la main gauche.

« Tu fumes ? » J'étais tellement suffoquée que je ne pouvais cacher ma stupéfaction.

Ma remarque parut l'étonner.

« Voyons, Tara chérie, impossible de boire du champagne sans une Lucky Strike.

— Tu bois aussi ? »

Elle rit, la tête rejetée en arrière.

« J'ai vraiment bu pour la première fois le soir de mon arrivée à Londres. Vous vous imaginez certainement que j'en avais besoin.

— En tout cas, tu es superbe », dis-je, très sincèrement.

Elle posa les mains sur mes épaules, me regarda dans les yeux et murmura :

« Merci. Toi aussi, tu es très belle, Tara Jupp. »

Si Lucy avait toujours fait plus âgée que Matilda, maintenant ce n'était plus le cas. Ce n'était pas à cause de son apparence, mais de sa façon de parler, de sa célébrité, je suppose. Elle était drapée dedans comme dans un châle. Elle recula d'un pas et me sourit.

« La première chose que mon mari m'a dite en sortant de l'église, c'est : "Tu avais raison pour la chanteuse."

— Je ne sais pas, dis-je, sans trop de modestie.

— Mais où est Lucy ? demanda-t-elle en regardant alentour.

— Oh, elle est vraiment désolée, mais en définitive, elle n'a pas pu venir. Tu n'as pas eu son message ?

— Elle n'est pas ici ? gémit-elle.

— Raoul s'est cassé la jambe. Il était monté à une échelle pour prendre un livre sur le pont du Golden Gate… commença Imogen.

— Pas trop de détails, lui chuchotai-je.

— Lucy aurait pu venir sans lui, répliqua Matilda. Où est-elle ? Je voulais absolument la voir. Je voulais lui présenter Billy.

— Elle a pensé qu'elle ne pouvait pas laisser Raoul tout seul. Il doit rester plâtré pendant six semaines.

— Six semaines ? Mais c'est un adulte, non ? S'il est à l'hôpital, elle ne peut rien faire de plus, n'est-ce pas ? »

Pour Raoul, elle a tourné la page, pensai-je, mais pas pour Lucy. Elle vacilla un instant sur ses hauts talons et avança la main pour se retenir à mon bras.

« C'était la personne que j'avais le plus envie de voir », dit-elle. La franchise de Matilda déstabilisait toujours les gens. Un instant, elle eut l'air fâché, comme une petite fille à qui on refuse un paquet de bonbons – mais c'était la mariée, et le plus beau cadeau qu'on puisse faire à une mariée le jour de ses noces, c'est d'être interrompue chaque fois qu'elle le désire. En l'espace de quelques secondes, ses poignets se trouvèrent agrippés par une femme vêtue d'un ensemble de soie verte avec, autour du cou, un double rang des perles les plus grosses que j'eusse jamais vues. Au bout d'un moment, Florence et moi nous fondîmes dans la foule, laissant Imogen se débrouiller avec Roy et Luke qui étaient de plus en plus insupportables.

De toute manière, aucune de nous trois n'aurait été capable de mettre notre grain de sel dans leur conversation en italien.

Nous montâmes quatre à quatre l'escalier de pierre menant à la serre, pour y cueillir des poignées de tomates mûres, encore chaudes du soleil du soir. On les mangea sur la pelouse contiguë au jardin d'herbes aromatiques, tandis qu'en bas, le brouhaha de la fête semblait scintiller. Au-dessus de nous planait une lune rose, presque pleine ; l'air de la nuit embaumait la menthe, la terre chaude et les roses. De temps à autre, un couple, presque toujours complètement saoul, passait devant nous. Certaines femmes avaient ôté leurs chaussures. Je ne sais pas combien de temps nous sommes restées là ; je crois même avoir dormi un moment. J'avais la tête pleine de rien d'autre que de Billy Laurier et de sa jeune épouse, qui me paraissait à la fois différente et toujours la même. Il me semble qu'à un moment donné, ils étaient passés près de nous, bras dessus bras dessous.

« Merci, entendis-je Matilda lui dire.

— De quoi, chérie ?

— Merci de m'avoir sauvée. »

C'est du moins ce que je crus avoir entendu. Mais peut-être avais-je seulement rêvé.

Il était un peu plus de deux heures du matin quand nous rentrâmes à la maison – mes sœurs, les Petits et moi.

« Je serais bien resté encore un peu, se plaignit Luke, qui avait passé deux heures à dormir sous le bar.

— Moi aussi, entonna Roy.

— Matilda était rayonnante, vous ne trouvez pas ? soupira Imogen.

— Et étrangement séduisante, déclara Luke.

— Luke ! s'écria Imogen. D'où sors-tu cette expression ?

— De toi ? Quand tu as parlé de Mr Bell à Gwen Parsons au téléphone. »

À notre arrivée à la maison, je fumai une cigarette et m'écroulai sur mon lit. Je fermai les yeux et je m'endormis, toute ramollie et barbouillée à cause du mélange de gin, de propos surpris par hasard et de tomates trop mûres.

14
Après minuit

Le lendemain, lorsque je descendis l'escalier d'un pied mal assuré, le déjeuner était presque terminé. L'espace d'un instant, je vis la salle à manger, dans laquelle nous mangions toujours le dimanche, avec l'œil d'une étrangère : les vieilles assiettes en porcelaine bleue à décor de saules, qui débordaient de la sauce préparée par Imogen, les bouches qui remuaient toutes en même temps, s'ouvrant, se refermant, réclamant, riant, grimaçant. Au moment où je franchissais le seuil, Roy lança un petit pain sur Luke, par-dessus la table.

« Être en retard pour le déjeuner n'est pas une chose que je suis disposé à tolérer, dit papa à mon intention. La prochaine fois, je donnerai ta part aux cochons.

— On n'a pas de cochons, marmonna Florence.

— Tiens ? Je l'aurais cru. À en juger par l'état de vos chambres, il me semblait que nous avons été envahis par des gens qui se comportent comme des porcs.

— Excuse-moi, papa, dis-je.

— Après la fiesta d'hier, je compte que vous serez tous au lit dès neuf heures, poursuivit-il en s'adressant à nous tous. Demain matin, Florence, j'aimerais que tu t'occupes des fleurs qui sont restées dans l'église après la cérémonie.

— Qu'est-ce que je vais faire de toutes ces fleurs ?

— Les vendre aux riches, les donner aux pauvres, les mettre à sécher dans des livres ou les piquer dans tes cheveux. Fais marcher ton imagination, pour une fois, dit-il sèchement ; Roy, Luke, j'aimerais que vous veniez dans mon bureau pour que je vérifie vos devoirs. »

Les Petits quittèrent la salle à manger derrière papa, en grommelant, et, une demi-minute plus tard, Lucy sortit de table pour téléphoner à Raoul. Elle avait sans doute deviné que nous avions envie de parler du mariage et elle ne se sentait pas assez sûre d'elle pour entendre ce que nous allions dire. George tourna une page du *Truro Today* et fronça les sourcils en voyant la photo d'un chien sur une planche de surf. « Je suis sûre que c'est le collie de Janet Dicer. J'ai pris le thé avec elle la semaine dernière.

— Seigneur, dit Florence. Tu devrais sortir davantage. Janet Dicer doit bien avoir dans les cent trois ans, non ?

— Elle a quatre-vingt-onze ans, rectifia George, très digne.

— Dis-moi…, déclara Florence d'un ton nonchalant. Qu'est-ce que tu attends d'une épouse, de toute manière ? »

Il haussa les épaules et tourna une autre page.

« Simplement qu'elle soit gentille, qu'elle ait un beau sourire et qu'elle ne voie pas d'inconvénient à être la femme d'un pasteur. Voilà tout ce que j'attends.

— Une gentille fille, un bon sourire, bonne cuisinière, gros nichons, dit Florence, en prenant un stylo, comme pour dresser une liste.

— Oh, arrête, dit George en souriant. Vous ne voulez pas me raconter comment s'est passée la réception ? » Il laissa tomber une part de tarte aux pommes dans une coupelle. « Je n'ai pas osé vous questionner tant que papa était là. Maudits soient ces enquiquineurs qui m'ont retenu toute la journée dans le Yorkshire. Jamais ma capacité de tolérance n'a été poussée jusqu'à de telles limites. Je me demande comment Jésus a pu supporter toute la racaille qui se pressait autour de lui, en réclamant qu'il fasse quelque chose.

— Voilà un langage bien mal venu dans la bouche d'un ecclésiastique, remarquai-je, en empilant des pommes de terre dans mon assiette.

— Difficile d'être élégant, quand on a raté la fête du siècle, dit-il, l'air malheureux. Alors, dis-moi, ils n'ont vraiment reculé devant rien ? Et papa, il était comment ?

— Oh, flamboyant, dis-je. Impitoyable. Tout un tas d'âneries tirées de Daniel et de Samuel.

— *Quelle surprise*[1] », dit George.

Imogen ne me quittait pas des yeux. Au bout d'une ou deux minutes, elle n'y tint plus.

« Raconte à George ce que Billy Laurier t'a dit. Pour ta voix.

— Laissez-moi deviner, dit George. Il veut t'emmener à Londres pour enregistrer un disque ? »

J'écarquillai les yeux.

1. En français dans le texte.

« Comment as-tu deviné ?

— C'est logique. Il gagne de l'argent avec des gens qui chantent. Tu chantes bien, il gagne de l'argent, dit-il avec un haussement d'épaules, tout en enfournant un gros morceau de pudding dans sa bouche.

— Vraiment, quel gâchis que tu veuilles être pasteur ! dit Lucy.

— Il va vouloir t'enlever à la Cornouailles, Tara, dit Imogen. Il va t'emmener à Londres et faire de toi une nouvelle Helen Shapiro.

— Sûrement pas, répliquai-je.

— Ooh ! C'est comme la petite Sirène. Une fois que tu auras donné ta voix, tu ne la récupéreras jamais ! poursuivit-elle, en beurrant un morceau de pain.

— Ne dis pas de bêtises. Je n'irai pas à Londres. Jamais.

— Je ne te comprends pas, dit Florence. Est-ce que ce n'est pas justement la sorte de chance que maman aurait saisie ?

— Je suis sûre qu'il blaguait, dis-je. Il n'a pas réellement l'intention de faire un disque avec moi. Dites, on ne pourrait pas parler d'autre chose ? C'était juste une plaisanterie.

— J'ai entendu dire que les Américains ne plaisantaient jamais sur rien, dit Florence.

— Je monte me recoucher, dis-je. J'ai l'impression que je pourrais dormir mille ans.

— Dans cette maison, tu aurais beaucoup de chance. »

Il était deux heures trente du matin lorsque j'entendis le bruit. Ayant le sommeil lourd et une tendance à faire des rêves alambiqués dans lesquels les Petits jouaient à Wimbledon, je ne réagis pas tout de suite. Puis cela recommença ; un bruit qui me rappela l'époque où Lucy sortait en cachette pour retrouver Adam Young, qui avait trois tétons et prétendait avoir des ancêtres vampires. Quelqu'un lançait des cailloux sur ma vitre.

Je me redressai, le cœur battant à tout rompre. Je me levai et m'approchai de la fenêtre à pas de loup. Il y avait quelqu'un en bas. Au même moment, Lucy, qui, depuis l'accident de Raoul, s'était installée à la maison parce qu'elle ne voulait pas rester seule à Rose Cottage, mit la tête à sa fenêtre. Nous échangeâmes des regards interloqués.

« Tu as entendu ? chuchota-t-elle, inquiète.

— Oui.

— Qui est là ? » fis-je, d'une voix mal assurée, qui parut assourdissante dans le silence du jardin.

Pas de réponse, rien qu'un sanglot étouffé.

« Qui est là ? » dit Lucy à son tour.

J'écarquillai les yeux pour essayer de voir la forme tapie devant les rosiers. L'année précédente, il y avait eu un vol dans la ferme de George Welsh. Mais pour quelle raison lancerait-on des cailloux sur la fenêtre d'une maison qu'on a l'intention de cambrioler ? D'autre part, que pouvait-il y avoir dans le presbytère qui valût la peine d'être volé ? Les gâteaux secs d'Imogen, peut-être ?

Une silhouette sortit de l'ombre et, un instant, l'épouvante m'étreignit à la gorge. Puis je la reconnus. Debout devant les rosiers, en chemise de nuit et chaussée de bottes en caoutchouc, apparut Matilda. Elle était blanche comme une morte.

« Mince alors ! s'écria Lucy, consternée, en rentrant précipitamment la tête à l'intérieur de sa chambre, me laissant seule à regarder dehors.

— C'est moi, chuchota Matilda. Il fallait que je vienne vous voir.

— En pleine nuit ! »

Elle parut déconcertée, à croire qu'elle n'avait même pas pensé à ça.

« Tu ne pouvais pas frapper à la porte ?

— Je ne voulais pas réveiller ton père. »

C'était un bon argument.

« Je descends t'ouvrir, dis-je.

— Il faut que je te parle. »

Elle avança d'un pas et se prit le pied dans les rosiers. Elle s'étala de tout son long et poussa un cri de douleur.

« Oh, ma chemise de nuit ! Mes mains ! Oh, mon Dieu ! Les épines !

— Juste ciel, murmura Lucy, qui était revenue à la fenêtre pour assister à la scène. Descends lui ouvrir avant que papa se réveille, Tara. Elle est devenue folle. »

Sa tête disparut à l'intérieur de sa chambre et quelques secondes plus tard, elle était dans la mienne.

« Quel genre de femmes se conduit de la sorte ? lui demandai-je.

— Les femmes saoules, répondit-elle. À mon avis, Je crois les bruits qui courent à son sujet sont fondés.

— Tu ne veux pas venir lui parler ?

— Non. C'est à toi de t'occuper de cette affaire, sœurette. »

Il était inutile de discuter. J'allais devoir affronter Matilda seule.

Une minute plus tard, je remontai l'escalier devant Matilda et la fis entrer dans ma chambre.

« Je m'assois où ? » demanda-t-elle.

Je désignai le lit et tirai les couvertures. Je me perchai sur le fauteuil à bascule placé dans un coin, qui gémit violemment sous moi.

J'allumai une bougie, laquelle allait nous servir pour allumer d'inévitables cigarettes. Matilda, qui était maintenant convenablement éclairée, portait une chemise de nuit ayant sans doute appartenu à sa mère, boutonnée jusqu'au cou, dont l'ourlet déchiré traînait à terre. Ses cheveux, si bien coiffés lors de son mariage, lui retombaient dans la figure en un brouillamini de blondeur. Avant de quitter Trellanack, elle s'était mis un rouge aux lèvres écarlate mais il avait bavé et, allié à son eye-liner qui coulait, cela lui donnait un air cadavérique. Sa célébrité – son visage si connu de tous – lui conférait une certaine force, une étrange autorité. Dehors, un hibou ulula dans le grand chêne à l'extrémité de la pelouse. Je lui tendis ma flasque.

Le soulagement de se retrouver à l'abri, avec une cigarette et du whisky, se lisait sur son visage. Néanmoins, la voir boire et fumer me surprit à nouveau.

« Je suis désolée, dit-elle. Je ne voulais faire peur à personne. »

Pour la première fois, elle me regarda vraiment. Puis, sans crier gare, elle éclata en sanglots. Le visage enfoui dans les mains, elle restait assise sur mon lit, qui se balançait avec elle.

Je la regardai avec inquiétude. Quoi qu'il arrivât, il ne fallait pas réveiller papa. Voir une femme hystérique en pleine nuit ne figurait pas sur la liste de ses distractions préférées.

« Ne pleure pas, lui dis-je, en entendant des craquements dans le couloir. Ne pleure pas, répétai-je, avec encore plus d'insistance.

— Je ne peux pas m'en empêcher ! » Elle se redressa, suffoqua et se recroquevilla de nouveau, la tête dans les mains.

Je lui tapotai le dos, délicatement. Elle était si maigre que je sentis ses vertèbres sous le coton fin de sa chemise de nuit.

« Allons. Tout va s'arranger. Je suis là. Je suis là. »

Je répétai ces mots encore et encore, et plus je les disais, plus je la tapotais fort, si bien que je finis par la prendre dans mes bras.

Je suis là. Je suis là.

En réalité, je ne savais même pas si j'étais vraiment là. J'avais l'impression de me trouver sur une autre planète.

Après un ultime sanglot, Matilda se calma. Elle releva la tête et, ignorant ma main qui lui tendait mon plus beau mouchoir brodé à mes initiales, qu'Imogen m'avait offert pour Noël, elle empoigna mon peignoir posé sur le lit, à côté d'elle, et se moucha dedans.

« Je ne voulais pas que ça se passe comme ça, dit-elle.

— Je sais. »

Ce peignoir était le cadeau de papa pour mes douze ans ! avais-je envie de hurler.

La lèvre de Matilda se remit à trembloter.

« Je suis incapable de faire quoi que ce soit par moi-même. Billy me croit plus forte que je ne le suis. Il croit que je peux me débrouiller seule, puisque je suis chez moi. Il croit que c'est plus facile pour moi d'être ici, plutôt qu'à Londres. Mais c'est faux.

— Combien de temps vas-tu rester à Trellanack ?

— Une semaine, renifla-t-elle. Mais toute seule, ça me paraît un siècle. »

Elle avait toujours été douée pour les exagérations.

« Pourquoi ?

— Trop d'espace. Ma seule pensée quand j'ai su que j'allais revenir ici, c'était qu'il fallait que tout redevienne comme avant. Quelle idiote j'étais. Je voulais lui dire combien je regrettais. Je n'aurais pas dû me mettre dans un tel état à cause de Raoul et Lucy. Je suis tellement désolée pour tout. Pardon. »

Il y eut un long silence.

Pardon. Et voilà. Avec ces deux syllabes, tout rentrait dans l'ordre. Le village qui prenait Lucy pour une traînée, l'horrible petite carte à Raoul, qui livrait leur secret partagé.

« C'est à Lucy qu'il faut demander pardon, pas à moi.

— Je sais, dit-elle en reniflant. Mais il est clair qu'elle ne veut pas me voir.

— Je vais essayer de la convaincre », dis-je. En réalité je voulais surtout qu'elle sorte de ma chambre avant que papa n'arrive, mais elle ne put cacher sa joie. Elle se jeta à mon cou, me faisant perdre l'équilibre, et je me rattrapai à ma vieille armoire en envoyant valser la photo de mariage de papa et maman, qui se fracassa sur le plancher. Maintenant, j'entendais son pas et il ne présageait rien de bon.

« Papa ! haletai-je. Vite. Cache-toi ! »

Elle fit preuve d'une admirable présence d'esprit pour quelqu'un qui venait de vider ma flasque quelques secondes plus tôt, et elle fila droit sous mon lit. L'instant d'après, papa entrait dans ma chambre.

Je restai enracinée sur place, serrant sur mon cœur la photo dans son cadre brisé.

« Que se passe-t-il, bon sang ? » Papa s'efforçait en vain de parler bas – ses murmures auraient réveillé les morts. « Je dois être à Bristol demain matin à dix heures, pour une réunion de trois jours avec l'évêque. J'aimerais pouvoir dormir un peu, ma fille.

— Je me suis levée pour boire un peu d'eau et j'ai renversé ça.

— Elle est bien bonne, celle-là. Depuis quand y a-t-il de l'eau courante dans ton armoire ?

— Je me suis réveillée complètement désorientée », dis-je, ne sachant plus quoi inventer. Je voyais la chemise de nuit de Matilda qui dépassait de dessous le lit.

« Désorientée ? Diable. Et pourquoi donc ?

— Je rêvais de Wimbledon. Roy et Luke jouaient en double contre Pat Hugues et Fred Parry. Quand je me suis réveillée, je ne savais plus où j'étais. J'ai voulu aller chercher de l'eau mais je suis rentrée dans l'armoire. Voilà. »

Je me frictionnai le bras.

« Personne de moins de soixante ans n'a besoin de se lever la nuit pour boire. Cela témoigne d'une faiblesse de caractère. Jésus a jeûné trente jours et trente nuits ! Et dans les tranchées, qu'est-ce qu'ils faisaient, à ton avis ?

— Je ne vois pas ce que tu veux dire, papa.

— Tout le problème est là, justement. Recouche-toi et rendors-toi. »

Je rabattis les couvertures sur moi, osant à peine respirer.

Papa ressortit d'un pas bruyant. Il éprouvait une aversion pathologique pour les chaussons ; aucun de nous n'était autorisé à en porter en sa présence, et il fit craquer les lattes du parquet sous ses grands pieds nus.

« Tara, dit-il, à l'instant où il sortait.

— Oui, papa ?

— Qui a gagné ?

— Qui a gagné quoi ?

— Le double, voyons ! Roy et Luke contre Hughes et Perry ? Qui a gagné le match ?

— Ah, je n'en sais rien ! La partie a été interrompue parce qu'un ramasseur de balles s'était transformé en dragon et a commencé à souffler des flammes sur le court. C'était une terrible pagaille.

— Ils l'ont échappé belle, dit papa d'un ton aigre. Autrement, ils auraient reçu une sacrée raclée. »

Sur ce, il sortit et referma la porte derrière lui.

Matilda réapparut au bout de quelques secondes.

« Il est toujours aussi terrifiant, dit-elle. Dieu merci, il ne m'a pas vue. Qu'est-ce que j'aurais bien pu lui dire ! »

Voilà une question à laquelle on ne peut répondre, pensai-je.

« Tu devrais t'en aller, maintenant, dis-je à voix basse.

— Non ! » Ce cri lui échappa dans un chuchotement assourdissant.

« Je ne peux pas partir maintenant. Pas avant d'avoir dit ce que je suis venue dire. »

Elle me considéra et prit une grande respiration.

« Il y a une autre raison qui m'a poussée à venir ici, en pleine nuit. Il fallait que je vous le dise. J'attends… j'attends un enfant. »

Elle s'assit sur le lit et contempla son ventre avec incrédulité, comme si elle s'attendait à voir un enfant complètement formé sortir de dessous sa chemise de nuit.

« Félicitations, dis-je en retrouvant la voix. Tu as fait vite.

— Ça fait presque six mois, dit-elle, en levant vers moi des yeux noyés de larmes.

— Pardon ? » dis-je stupéfaite. J'ouvris la bouche et la refermai, la regardai les yeux écarquillés, m'efforçant de comprendre comment une telle chose était humainement possible. « Mais comment ? Et de toute manière, tu es mariée depuis à peine une semaine. »

Elle se leva et plaqua sa chemise de nuit sur elle. Son ventre était légèrement renflé, ce qui lui donnait simplement l'air d'être une femme normale.

« Vu comme ça, il est énorme, dit-elle, en faisant courir la main sur la bosse, tout en posant sur moi un regard anxieux.

— Tu as le ventre plus plat que Lucy après trois semaines de régime, dis-je, ce qui était la pure vérité. Ça ne peut pas faire six mois, ajoutai-je.

— Si. Et voilà pourquoi il a fallu se marier si vite. Déjà, comme ça, j'avais très peur que tout le monde s'en aperçoive. Ces atroces nausées matinales, j'en ai toute la journée. Il n'y a que la nuit qu'elles me laissent tranquille, dit-elle en baissant la tête. À longueur de journée, le seul bruit que j'entends est celui d'une porte qui se referme en claquant.

— Qu'est-ce que ça signifie ?

— Je n'en sais rien. Je n'en sais rien. Je l'entends, c'est tout, et je le vois, et je sais que ça va arriver. »

J'étais presque trop bouleversée pour parler. « Tu es heureuse ? demandai-je, prudemment. Tu es heureuse d'attendre un enfant ?

— Il va bien falloir que je m'y fasse. »

Sa lèvre tremblotait, son rouge à lèvres bava encore un peu plus. Elle pleurait, le visage caché dans les mains, et tout son corps en était secoué.

« Tu seras une bonne mère, dis-je, à court d'arguments. À Trellanack, c'était toujours toi qui t'occupais des chatons. Tu as l'instinct maternel.

— Ah bon ? Moi, je ne crois pas, dit-elle, en se mouchant de nouveau. Il fallait que je vienne te le dire. Je ne sais pas pourquoi. C'est juste que j'avais l'impression que si je ne te le disais pas, je risquais d'exploser.

— Tu devrais peut-être rentrer chez toi, dis-je, voyant qu'elle semblait se ressaisir un peu. Il fait presque jour. Tu n'auras qu'à descendre discrètement dans la cuisine avec moi et sortir par la porte de derrière.

— Oui. D'accord, dit-elle en se levant. Ou alors je pourrais sortir par la fenêtre, comme tu le faisais autrefois avec Lucy.

— Je ne te le conseille pas. Pas avec le bébé, et tout ça. »

Elle me saisit la main.

« En revenant ici, je voulais seulement faire que tout soit comme avant entre nous. Cette histoire à cause de Raoul… je regrette tellement. S'il vous plaît, venez à Trellanack. Demain soir, pour dîner. Rien que Lucy et toi. Je ne sais pas combien de temps encore nous garderons la maison. Je ne supporterais pas de la voir partir avant que vous l'ayez revue.

— Partir ? demandai-je vivement. Que veux-tu dire par “partir” ?

— Maman a eu une proposition intéressante. Un groupe hôtelier.

— Un hôtel ! Ils transformeront le parc en parcours de golf, ils démoliront la moitié de la maison pour tout reconstruire en neuf. Il ne faut pas que tu laisses faire ça, m'insurgeai-je. Il faut que tu parles à ta mère. »

Mais, tout en prononçant ces mots, je me rappelai ma première conversation avec lady W.-D., qui m'avait paru si peu attachée à cette maison. Lui parler ne servirait à rien.

« Je ne peux rien y faire, dit Matilda, avec un mouvement de tête provocateur. Cette maison n'a jamais été pour moi ce qu'elle a été pour Lucy et Raoul. »

Elle renifla encore.

« Je ne devrais pas boire. Du moins, je crois qu'il ne faudrait pas. Mais ça m'aide, malheureusement, à me sentir bien mieux. »

Elle s'approcha du petit miroir craquelé qui se trouvait dans l'angle de ma chambre et déclara : « Quelle tête j'ai ! » Puis elle sembla reprendre le dessus et se rendre compte qu'il fallait qu'elle s'arrache à son marasme.

« Billy n'arrête pas de me parler de ta voix.

— Ah ! fis-je, ne sachant trop quoi dire.

— Je lui ai parlé de Lucy et de toi. De sa Mémoire photographique des maisons, et tout ça.

— Je suis sûre qu'il est admiratif.

— Oui, il l'est tout à fait. » À son agitation, je devinai qu'elle allait sortir une carte maîtresse. « Il a une proposition à vous faire.

— Quoi ?

— Il a sa petite idée pour vous deux – une chose dont il aimerait vous parler. Il faut que vous veniez demain soir. S'il te plaît. »

En cet instant, je ne savais pas s'il y avait quoi que ce soit de vrai dans les propos de Matilda, mais je savais que si je n'y allais pas, je le regretterais.

« D'accord, dis-je. Nous viendrons.

— Toutes les deux, insista Matilda. Il faut que vous veniez toutes les deux.

— Je vais demander à Lucy.

— Et dis-lui… dis-lui ce que je t'ai dit pour moi. C'est difficile, sachant qu'elle… » Elle s'interrompit, se demandant de toute évidence si j'étais au courant concernant l'impossibilité pour ma sœur d'avoir enfants.

« Je suis au courant, dis-je. Je cherchais des livres pour Raoul et, dans l'un d'eux, j'ai trouvé ta carte. »

Je m'en voulus aussitôt d'avoir dit ça. Son visage se décomposa et elle me regarda, horrifiée.

« Cette carte ! Elle m'obsède ! Comment ai-je pu faire ça ? Je… je n'avais pas pensé… je ne pensais jamais… Quelle tristesse ! Je les ai perdus tous les deux.

— C'est du passé, maintenant», fis-je. Je ne savais même pas ce que je voulais dire par là. Matilda prit une profonde respiration et posa sur moi un regard empreint d'une grande détermination.

«Je vais m'en occuper. C'est pour ça que je suis revenue. S'il te plaît, dit-elle en prenant mes mains dans les siennes. S'il te plaît, amène-la-moi.

— Je vais lui demander.»

Apparemment, cela lui suffisait.

«Et je t'avertis que Billy ne renoncera pas à l'idée de te faire venir à Londres pour enregistrer un disque. Et quand il t'en parlera, il faudra que tu dises oui. *Il le faut vraiment.*»

C'est ainsi qu'elle s'était exprimée. Comme s'il s'agissait seulement d'aller chez le dentiste. Il le faut vraiment.

L'instant d'après, elle était partie. Je la vis descendre l'allée à pas menus, en trébuchant çà et là, dans la clarté de la lune ronde comme un ballon. Faire la couverture de *Vogue* ne l'empêchait toujours pas d'être du genre à se faire des croche-pieds toute seule.

Tout de suite, la porte de ma chambre s'ouvrit.

«Elle voudrait qu'on redevienne amies, dis-je. C'est une idée fixe. Elle veut qu'on aille à Trellanack demain soir. Billy Laurier veut nous emmener à Londres. Accepte, s'il te plaît. Ne serait-ce que pour revoir Trellanack une dernière fois. Il est question de vendre la propriété.»

Il y eut un silence. J'entendis George ronfler de l'autre côté du couloir, dans la chambre qu'il partageait avec les Petits.

«Bien, dit enfin Lucy. Je viendrai.

— Et puis elle attend un enfant. Elle est enceinte de six mois déjà. »

Lucy devint toute blanche. « Tu dis n'importe quoi, murmura-t-elle.

— Elle n'a pas l'air du tout prête. Je crois que ça a dû être un choc pour elle.

— Elle n'est pas enceinte. Ce n'est pas vrai. »

Mais si, c'était bien vrai et, même si cela ne se voyait pas encore, j'étais certaine que Matilda n'avait pas menti.

« Comment peut-elle avoir tout ce qu'elle a déjà et avoir un bébé par-dessus le marché ? »

Je ne pense pas qu'elle avait voulu dire cela tout haut, cela lui avait échappé.

« D'après moi, elle n'est pas ravie. »

Lucy détourna le regard. Il n'y avait pas de larmes dans ses yeux. Elle était simplement furieuse.

Je sombrai ensuite dans un étrange demi-sommeil. Aucun rêve de Wimbledon ni de Matilda entrant dans ma chambre. Je rêvai que Trellanack s'enfonçait dans les flots et disparaissait à jamais, avant que Raoul ait pu jeter un ultime coup d'œil à la chambre jaune et sa pourriture sèche.

15

De Londres et des ananas

Quatre heures plus tard, je dévalai l'escalier à fond de train pour aller prendre le petit déjeuner. Debout devant la fenêtre de la cuisine, Imogen était en train de lire une carte postale.

« Je viens de recevoir ça. De Matthew. Il a passé une semaine à l'île de Wight, avant le mariage. »

Elle me tendit la carte, toute rouge.

Chère Imogen, il fait beau et c'est merveilleux pour faire de la voile. Déjeuné dans un adorable petit café à St Ives. Pêché des crabes tout l'après-midi. Dommage que tu ne sois pas là ! Matthew.

« Qu'est-ce que tu en penses ? » me demanda-t-elle, l'air dubitatif, en élevant la carte dans la lumière, comme si elle espérait y découvrir un message subliminal.

« L'écriture est intéressante, m'étonnai-je. Et ce "dommage que tu ne sois pas là" est encourageant.

— Mais c'est toujours ce qu'on dit, gémit-elle. C'est la formule carte postale type. Je ne pense pas que ça signifie grand-chose.

— On voit qu'il n'a pas l'habitude d'écrire des cartes. Ses “s” ressemblent à des clés de *sol.* »

Je ne parvins à retrouver Lucy que dans la soirée – une heure avant de partir à Trellanack.

« Qu'est-ce que tu vas mettre ? lui demandai-je.

— Ma robe du soir Christian Dior émeraude et cerise, bien sûr », dit-elle sans sourire.

En définitive, Lucy choisit une robe dans laquelle papa ne l'aurait jamais laissée sortir de la maison, s'il avait été là. Une robe rouge, sans manches, avec un décolleté vertigineux, sur laquelle elle avait passé un vieux cardigan gris. D'ailleurs, elle avait coutume de mettre un bout de tissu cradingue par-dessus quelque chose de sensationnel ; comme si, à la dernière minute, elle s'était sentie gênée à la pensée de l'émoi qu'elle était capable de déclencher. J'avais les yeux rouges à force de m'être frotté les paupières pour effacer l'eye-liner noir, racheté à Clara pour un shilling. Il ne me plaisait pas et j'avais eu tellement de mal pour m'en débarrasser qu'on aurait dit que je m'étais battue. Je maudissais Lucy qui avait confisqué tous les gènes de maman à son seul profit. Ce n'était pas juste. Si j'avais été aussi belle qu'elle, je me serais moquée de tout le reste.

Des torches illuminaient le parc, comme pour le mariage. C'était, depuis, la première soirée vraiment douce ; les fenêtres du rez-de-chaussée étaient grandes ouvertes et on aurait pu pénétrer dans la maison par les pièces du bas. Voir Trellanack offert ainsi au regard fut le premier choc porté au psychisme de Lucy.

« Ça revit », murmura-t-elle.

L'apparition de Matilda à la porte d'entrée me dispensa de répondre. Elle était tout en noir, dans une longue robe en satin diaphane, superbe, si ce n'est qu'étant Matilda, elle avait marché sur l'ourlet qui s'était déchiré. J'examinai son ventre non sans une certaine incrédulité. Comment pouvait-elle attendre un enfant ? Aussi maigre et pâle que jamais, elle paraissait aussi peu enceinte que possible. Le seul signe rappelant ce qui s'était passé la nuit précédente était l'égratignure qu'elle avait au bras gauche, à cause de sa chute dans les rosiers. Elle tenait à la main un verre rempli d'un liquide de mauvais aloi ; elle nous fit un petit signe et les glaçons s'entrechoquèrent ainsi que des dés dans un gobelet. Ce geste lui donna l'air d'avoir six ans. Elle n'avait pas perdu sa faculté de présenter une façade de sérénité et de perfection. Mais dessous, elle restait toujours aussi maladroite ; c'était une infirmité dont ni le temps ni l'argent n'avaient réussi à la guérir.

« Lucy », dit-elle, en la voyant. Elle avait presque murmuré son nom – une lueur incrédule brillait dans ses yeux, comme si elle n'avait pas vraiment cru que je tiendrais ma promesse de la lui amener.

« Bonsoir », dit Lucy.

Matilda avança d'un pas, comme pour la prendre dans ses bras, mais, sentant la réticence de Lucy, elle s'arrêta.

« Comment… comment êtes-vous venues ? demanda-t-elle.

— Incroyable, non ? dit Lucy d'une voix suave. On a mis un pied devant l'autre et on a fini par se retrouver juste devant ta porte.

— Arrête, chuchotai-je.

— Je ne peux pas te dire tout ce que ça signifie pour moi de te revoir, déclara Matilda.

— C'est bon, c'est bon, répliqua Lucy en haussant les épaules. Tu n'as pas besoin de me dire quoi que ce soit. »

Un nuage vint se placer devant le soleil, la porte de derrière se referma en claquant et Matilda sursauta. Lucy, aussi figée qu'un poney récalcitrant, sur ses talons de douze centimètres, ne bougea pas.

« J'aurais dû mettre des tennis, dis-je, en vacillant sur les chaussures à talons qu'Imogen avait portées pour sa confirmation.

— Retire-les, dit Matilda, en les montrant d'un signe du menton. Quand je pense à toi, je te vois toujours les pieds nus. Venez, poursuivit-elle en souriant, Billy a tenu à préparer le dîner lui-même et il nous a concocté tout seul un festin éblouissant. Allons voir le jardin, Lucy. Je n'arrive pas à croire que ça fait tant de temps. »

Je ne pense pas que Lucy avait envie de se trouver seule avec Matilda, mais son impatience de revoir Trellanack fut la plus forte.

« Je vais vite poser mes chaussures dans la maison, prétextai-je, afin de laisser Matilda et Lucy en tête à tête, ne serait-ce qu'une demi-minute. Je souhaitais ardemment qu'elles se réconcilient – je me disais soudain que ce serait peut-être la solution de tous les problèmes. Je savais que cela prendrait du temps. D'accord, Lucy était venue, mais entre elle et Matilda, il n'y avait rien qui ressemblât à leur amitié d'autrefois. Son absence était douloureusement évidente.

Alors que nous nous dirigions vers le portail donnant sur le jardin, je me faufilai dans la maison par la porte de derrière et pénétrai dans la fraîcheur du vestiaire.

Je respirai plusieurs fois à fond, si envahissant était le sentiment d'étrangeté que j'éprouvais de me retrouver là. Ce fut l'odeur qui me retransporta pleinement au temps où Lucy et Matilda étaient devenues amies – un mélange de pois de senteur et de chien humide, de produit pour l'argenterie, de wisteria et de chevaux en sueur. Elle était toujours là. Mes pieds froids se posèrent sur le carrelage rouge et j'entrai sans bruit dans le vestibule.

Je ne m'attendais pas à trouver Billy en haut de l'escalier et, à l'évidence, il ne s'attendait pas à me voir, lui non plus. La surprise nous fit sursauter tous les deux, puis nous nous mîmes à rire. Il était vêtu d'un complet gris pâle et ses cheveux roux foncé rabattus en arrière dégageaient son visage. Il tournait le dos au miroir irlandais dans lequel Matilda s'était examinée un bon millier de fois pendant le premier séjour de Raoul. Il était maintenant recouvert de poussière et quelqu'un avait dessiné un cœur dessus avec le doigt.

« Jolies chaussures, me dit Billy, avec un clin d'œil.

— Merci, fis-je, en regardant mes pieds nus. C'est la dernière mode. Et puis ça coûte trois fois rien.

— Viens avec moi dans la cuisine, me dit-il. Je vais nous préparer quelque chose à boire. »

Il descendit l'escalier et ouvrit la porte qui était en face de lui avec une telle assurance que je le suivis, en me disant qu'on avait dû procéder à une sorte de réaménagement intérieur. Nous restâmes un moment dans la fraîcheur silencieuse du garde-manger, à contempler les dizaines de boîtes d'ananas et de haricots qui y étaient rangées. Je laissai échapper un petit rire nerveux.

« Il y a toujours eu des boîtes d'ananas à Trellanack, expliquai-je. Lady W.-D. disait que ça lui rappelait l'Inde. »

À la pensée du fameux gâteau de Mrs Wilson, je me sentis envahie d'une grande mélancolie.

Billy referma la porte et me sourit.

« Je suppose que tu connais cette maison comme ta poche. Voilà presque cinq jours que je suis ici et je continue à me perdre.

— La cuisine est par là », dis-je, en ouvrant la porte voisine.

Dans la cuisine, rien n'avait changé ; on aurait dit qu'on l'avait enveloppée dans une étamine, mise en boîte et stérilisée – comme les ananas – en prévision du retour de Matilda. Il y avait les mêmes paquets de thé sur les étagères, les mêmes cartes postales punaisées au mur au-dessus du buffet.

J'étais convaincue que Billy n'était pas au courant de l'escapade de Matilda, la nuit précédente. Je me sentais bizarre, mal à l'aise de savoir quelque chose qu'il ignorait concernant sa jeune épouse. Il entreprit d'émincer un concombre.

« Merci d'avoir convaincu ta sœur de venir ce soir. »

Il m'accordait là un mérite qui risquait de ne pas avoir de suite.

« Ce n'est rien, dis-je, gênée. Si on allait les rejoindre ? »

La tente avait été démontée et, sans les décorations et la musique, le jardin semblait comme nu. La pelouse était dégagée et, contrairement à la croyance populaire voulant que les lieux de l'enfance paraissent plus petits lorsqu'on les revoit adulte, le jardin semblait s'étendre beaucoup plus loin qu'autrefois. Je m'approchai de Lucy et de Matilda qui se tenaient à une certaine distance l'une de l'autre et s'entretenaient du sujet le plus anodin qui fût : le temps. Lucy avait une expression méfiante, bien qu'elle affichât un air d'assurance et de nonchalance, mais à la lueur inquiétante qui brillait dans ses yeux je me rendis compte qu'elle était déstabilisée. Rien n'était plus comme avant et c'était irritant d'entendre Matilda parler comme si rien n'avait changé.

«Je suppose que Raoul me trouverait lamentable d'avoir laissé le jardin à l'abandon», dit-elle. De l'entendre prononcer son nom devant Lucy, je tressaillis. Lucy eut la même réaction. Son regard courut sur les parterres, le mûrier sous lequel elles avaient l'habitude de parler de ce qui s'était passé la veille au pub. Je n'avais jamais vu ma sœur aussi perturbée depuis la première fois où Jack le vagabond était rentré de France, barbu et moustachu. Elle n'avait aucune intention de se laisser amadouer.

Billy vint s'asseoir à côté de moi et me tendit une coupe de champagne. Je la pris comme si j'avais l'habitude de me voir offrir ce genre de choses – merci chéri ! Ce n'est pas de refus ! Une gorgée de ce breuvage et je me sentis violemment, brillamment vivante. Le jardin même en fut soudain grandi, les branches du vieux cerisier sous lequel nous étions assis semblaient nous étreindre. Nous mangions sur la vieille table en fer rouillé, dont les quatre pieds se terminaient en pattes de lion, et je sentis l'herbe encore tiède s'infiltrer entre mes doigts de pied, tandis que le papillotement des bougies posées au milieu de la table par Matilda projetait une clarté douce, mutine, qui mettait sur nos visages des ombres surprenantes.

« Je ne plaisantais pas quand je t'ai proposé de faire un disque, dit-il.

— Vraiment ? » Ma voix me parut aiguë, anxieuse et excitée à la fois. Je vis du coin de l'œil un hibou fantomatique s'envoler d'un hêtre pourpre, tout au bout de la pelouse.

« Absolument.

— Vas-y, le pressa Matilda. Fais-leur part de ton idée.

— Quelle idée ? demanda Lucy d'un ton sec.

— Bon, voilà. Si vous veniez toutes les deux passer un petit moment à Londres ? »

Je regardai Lucy et elle fronça les sourcils. Elle s'éclaircit la voix.

« Toutes les deux ? Comment ça ?

— J'aimerais que tu chantes pour moi, me dit-il. Et toi, Lucy, j'aimerais que tu travailles avec une amie très chère.

— Elle s'appelle Clover Napier, précisa Matilda, incapable de se taire plus longtemps. Elle habite à Chelsea, dans une magnifique demeure, mais on doit la démolir pour élargir la rue. Elle essaye de la sauver. Billy en a déjà parlé avec elle et elle a désespérément besoin d'aide. Toi, Lucy, tu pourrais faire des recherches sur l'histoire de cette maison et dresser l'inventaire de tout ce qu'elle renferme. Si tu voyais ce qu'il y a là-dedans ! Un témoignage extraordinaire de l'époque victorienne. Ah, et puis elle a dit qu'elle te paierait pour faire ça. Dernier point, c'est la meilleure cuisinière de Londres. »

Voilà donc ce qu'elle mourait d'envie de dire la nuit dernière, avant de repartir. Elle regarda Lucy, les yeux arrondis par la joie de lui avoir annoncé une telle nouvelle.

« Pourquoi voudrait-elle que je vienne m'installer chez elle alors qu'elle ne me connaît même pas ? dit Lucy.

— Clover a fait de Napier House une sorte d'hôtel très sélect, expliqua Billy. Chaque fois que j'ai quelqu'un qui vient des États-Unis, il descend chez elle. Je la paie pour qu'elle prenne soin de mes invités et c'est une hôtesse comme il n'y en a pas deux à Londres.

— D'après qui ? dit Lucy, fort grossièrement.

— D'après Johnnie Ray, Natalie Wood, Marina Hamilton, répliqua Billy, en comptant sur ses doigts. Et je crois qu'elle a eu Spike Milligan la semaine dernière. Elle m'a dit qu'il avait écrit plein de poèmes sur les murs de la salle de bains.

— Bien, bien. J'ai compris, dit Lucy, en dissimulant un sourire.

— Je voudrais que tu viennes à Londres parce que je te trouve excellente, dit-il en me désignant du doigt, et je me sentis rougir malgré moi. Et toi, tu es sa sœur. D'après ce que je sais des filles, elles sont toujours au mieux de leur forme en compagnie de leurs sœurs. Aussi, quand Matilda m'a dit que tu étais une spécialiste dans le domaine qui intéresse Clover, je me suis dit que c'était trop beau pour être vrai. Même si je ne comprends pas ce qu'une fille aussi intelligente trouve à ces maudits victoriens. Moi, je suis partisan de se débarrasser de toute cette bande sans le moindre regret. Presque tout ce qu'ils ont inventé est épouvantable, claustrophobique et bon à mettre à la poubelle. » Il adressa un clin d'œil à Matilda. Lucy s'empourpra.

« Je pourrais te prouver facilement que ce que tu viens de dire n'est pas justifié.

— Je ne sais pas grand-chose concernant le Londres de cette époque, mais ce que j'en sais n'est pas très joli. Dickens, les usines, les taudis, la suie, les hospices, la Tamise qui empestait tout l'été, le brouillard qui terrorisait la population tout l'hiver, déclara Billy en frissonnant.

— Brunel, Bazalgette, Stevenson, W. C. Grace, Ford Madox Brown et Florence Nightingale, rétorqua Lucy, en comptant sur ses doigts effilés. Renseigne-toi sur eux. »

Il dissimula un sourire.

« Napier House, c'est le pompon, reprit-il, nullement convaincu. Des pièces bourrées de tout un bric-à-brac, de lugubres tableaux préraphaélites suspendus à toutes les cimaises, de vieilles porcelaines chinoises qui encombrent les paliers et partout ce papier peint défraîchi à décor de fruits… pouah ! »

Je voyais bien que Billy l'asticotait. Impossible de savoir s'il croyait ou non à ce qu'il disait, mais Lucy mordit à l'hameçon.

« Ce papier peint à décor de fruits est probablement une création de William Morris. C'était un visionnaire.

— Si tu le dis…, fit Billy, en se passant les mains dans les cheveux. Bon, maintenant, ajouta-t-il, en nous regardant toutes les deux, vous pouvez refuser ma proposition, chacun de nous ira son chemin et il ne sera plus jamais question de ça. Ou alors vous pouvez partir d'ici et essayer quelque chose de neuf, parce que, bon Dieu, les filles, on n'est jeune qu'une fois. »

L'excitation d'entendre un tel langage me rendait presque aveugle. J'étais incapable de résister à son accent américain et à tout ce qu'il promettait.

« C'est la seule chance que vous aurez jamais. Pas parce que vous n'avez pas de talent, car vous en avez, mais parce que vous serez coincées dans ce trou, au milieu de nulle part. Ne te pose pas de questions, mon petit. Jette-toi à l'eau.

— Je ne me pose pas de questions », dis-je, et j'entendis ma voix trembler.

« Vous avez raison, dit Lucy en regardant Billy d'un air détaché. Mais je ne peux pas abandonner complètement mon mari.

— Combien de temps serions-nous absentes ? demandai-je.

— Difficile à dire. Mettons quelques semaines, d'accord ? Mais bien sûr, vous pourrez revenir ici de temps en temps en week-end.

— Quelques semaines ? » dis-je, l'air ébahi. Qu'est-ce que ça voulait dire ? Le reste de juillet ? La moitié d'août ? Et aussi tout septembre ?

« J'ai pris la liberté de téléphoner à l'hôpital pour parler à votre mari et tout lui expliquer, dit-il, en se tournant vers Lucy.

— Quoi ? » La question était sortie en même temps de ma bouche et de celle de Lucy.

« Je voulais faire en sorte qu'il soit au courant de mes projets avant que je vous en parle.

— Au courant, s'exclama Lucy. Qu'est-ce que ça veut dire ? Vous lui avez téléphoné sans même me prévenir ? Je trouve ça très bizarre. »

Si je ne me trompais pas dans mon jugement, je dirais qu'elle était à la fois furieuse et ravie. Je l'admirais d'avoir osé dire ce qu'elle pensait.

« Et qu'est-ce qu'il a dit ? demandai-je, en essayant d'imaginer Raoul et Billy en conversation.

— Eh bien, il a reconnu que ce serait une bonne occasion pour Lucy de mettre en pratique ses connaissances des grandes demeures de cette époque. Il y a un peu d'argent à gagner avec ça, ce qui, de son point de vue, ne sera pas de trop. Dès qu'il le pourra, il compte se remettre à son livre, même depuis son lit d'hôpital. Je lui ai donné l'assurance que tu lui rendras visite régulièrement, Lucy. Sans doute, la séparation sera pénible pour vous deux, mais d'un autre côté, il se peut que toute votre vie en soit changée pour le mieux.

— Sans vouloir vous vexer, qu'est-ce que vous en savez ?

— Je le sais. C'est tout. »

J'imaginais le soulagement de Raoul quand Billy lui avait fait part de ses projets. Il avait à cœur que Lucy ait l'occasion de mettre à profit les connaissances qu'elle avait acquises grâce au professeur Pevsner et d'autres spécialistes. Il aurait accepté n'importe quoi pour qu'elle quitte la Cornouailles, sachant que c'était dans son intérêt à elle. Plus que n'importe qui, il estimait qu'il fallait donner à chacun la liberté de faire ce qu'il devait faire.

« En tout cas, papa n'autorisera sûrement pas Tara à partir à Londres, dit Lucy, en essayant une autre tactique.

— Oh, ça aussi, c'est une affaire réglée, dit-il en balayant l'objection de la main. Cet après-midi, je l'ai rencontré devant l'église, en compagnie de votre charmante sœur Florence. Il est très content à l'idée que tu fasses quelque chose de ta vie, Tara. Il ne pose aucun problème. »

Les yeux de Lucy s'agrandirent de saisissement, de même que les miens. À ce jour, personne n'avait jamais qualifié Florence de charmante.

« Il ne pose aucun problème ? » m'exclamai-je. C'était la première fois que j'entendais dire ça à propos de papa.

« C'est vraiment quelqu'un, votre père, fit-il en riant. Il m'a dit que votre mère aimait chanter. »

Lucy posa sur lui un regard implorant, paniquée qu'elle était comme chaque fois qu'on prononçait le nom de maman.

« Oui, fis-je, d'une voix étranglée. Elle me disait tout le temps qu'il faudrait que je tire parti de ma voix si c'était possible.

— Eh bien, voilà une occasion pour toi. Est-ce que tu crois qu'elle aurait aimé que tu la saisisses ?

— Je crois que oui, répondis-je, en regardant Lucy sans pouvoir empêcher un sourire d'envahir tout mon visage.

— Merci, dit Lucy, en croisant fugitivement le regard de Billy. Il semble que vous avez pensé à tout et je ne vois pas de raison de refuser. Si j'ai la moindre chance de contribuer à sauver Napier House, je ne dois sûrement pas la laisser passer, d'autant que Raoul est d'accord. Et puis, je n'aimerais pas que Tara parte loin de la maison sans moi, ajouta-t-elle, en me regardant. Elle est vraiment trop jeune pour être livrée à elle-même.

— J'ai dix-sept ans, protestai-je. Quand partons-nous ?

— Jeudi, répondit Billy. Ça vous laisse largement le temps de vous préparer et de faire vos valises. Matilda, ma chérie, fais passer le champagne, veux-tu ? »

Maintenant qu'il nous tenait, l'atmosphère se détendit. Il était paisible, repu – une panthère qui digère.

« Tout va bien ? me demanda Lucy.

— Oui. Je crois. »

À cet instant, comme si ce qui venait d'arriver ne suffisait pas, *il* apparut.

16

LUI

J'entendis son rire sonore avant même de le voir, et je faillis pousser un cri. Tout le monde se retourna comme un seul homme vers le portillon qu'il venait de franchir.

Matilda se leva, en renversant son verre de vin, qui roula sur la table.

« Le voilà, Billy ! Il est arrivé !

— Qui ça ? » demanda Lucy, en redressant le verre.

Billy se leva à son tour. Son visage s'illumina et je pensai soudain que c'était la première fois que je le voyais vraiment sourire.

Tous les regards se portèrent sur Matilda qui traversait la pelouse en sautillant pour accueillir le nouveau venu.

« Il arrive d'Amérique, dit Billy, comme si cela expliquait tout. C'est un de mes meilleurs auteurs-compositeurs. Il a pondu trois succès d'affilée pour Jules Harrison. C'est un génie », conclut-il, d'un ton léger, comme si le monde en était plein.

Matilda et l'inconnu nous rejoignirent, sans cesser de rire, en projetant sur le gazon d'inquiétantes ombres noires. Il portait un étui à guitare de la main droite.

« Tu nous avais pourtant dit que tu devais rentrer directement à Londres, cria Billy.

— C'est vrai. Mais je n'ai pas pu résister à profiter de l'occasion pour venir jeter un coup d'œil à cette maison. Il faut que je parte pour la capitale demain matin à six heures trente, aussi je me demande s'il ne vaut mieux pas que je ne dorme pas du tout. Bonsoir », dit-il, avec un petit salut de la tête en direction de Lucy et moi.

J'étouffai un petit cri et faillis m'évanouir. Incroyable. C'était Inigo Wallace.

« Inigo ! » Billy lui donna une chaleureuse poignée de main.

Lucy me regarda, stupéfaite, puis elle se tourna vers lui. Je lui décochai un coup de pied sous la table. Lucy et moi avions, Dieu merci, une si grande habitude de communiquer par signes – haussements de sourcils, discrets mouvements des doigts – en présence de papa qu'elle comprit qu'elle ne devait pas dire un seul mot qui pût trahir mon secret. Elle se contenta de boire une longue gorgée de champagne, qui la fit tousser et larmoyer.

Inigo me regarda avec attention, les sourcils froncés.

« Je vous ai déjà vue quelque part », dit-il.

Tout s'immobilisa autour de moi. Il se souvenait de moi. Il se souvenait de nous dans la cuisine de Milton Magna, quand j'avais dix ans. Il n'avait pas oublié. Par conséquent, il n'avait pas dû oublier non plus l'éléphant. J'étais morte de honte ; j'aurais voulu disparaître sous la table. Mais quelque chose lui revint et il eut un soupir de soulagement.

« Ah oui, je sais. Vous êtes la fille qu'on a applaudie, à l'église. Quand j'ai raconté ça à ma sœur, elle a été très choquée.

— Vous… vous étiez au mariage ?

— Je suis parti tout de suite après le premier acte.

— Inigo devait rentrer à Londres, pour terminer un enregistrement, expliqua Matilda. Il n'était pas à la réception. »

Un instant, je faillis lui dire que nous nous connaissions, lui révélant ainsi que je savais très précisément qui il était, puisque nous nous étions rencontrés sept ans auparavant, mais je me ravisai. Je ne pensais plus qu'à cet épouvantable flot de honte qui m'avait submergée, dans la bibliothèque de Milton Magna, quand je lui avais avoué le vol de l'éléphant. Rien, dans ma vie, n'avait jamais été plus embarrassant, plus affreux ; j'avais cru mourir en cet instant où tout s'était arrêté. Aujourd'hui encore, il m'était impossible de rire de cet incident ; il m'avait poursuivi trop longtemps. Mais plus affreux encore, pensai-je, en refoulant un cri d'effroi : Et si lui avait tout oublié ? Comment un événement d'une telle importance pour une personne pouvait n'en avoir aucune pour une autre ? Je lui rappellerais qui j'étais et lui ne se souviendrait de rien. C'était une idée insupportable.

« Voici Lucy, la sœur de Tara », dit Matilda. Oh, mon Dieu, pensai-je, il va tomber amoureux d'elle. C'était un homme, après tout. Un homme comme les autres.

Il lui serra la main, avec un hochement de tête. Si, comme tout le monde, il la trouvait belle, il avait choisi de n'en rien montrer, ce dont je lui savais gré.

J'avais connu des garçons qui étaient tombés à la renverse à la seule vue de ma sœur. Matilda aussi guettait sa réaction. La force de l'habitude, pensai-je. C'était comme si elles n'avaient jamais été en froid.

Lucy se drapa dans son cardigan, comme pour édulcorer sa beauté, pour s'enlaidir en quelque sorte. Elle était assise à côté de moi, immobile, craignant peut-être que tout explose autour de nous, si elle faisait un seul geste. Ce soir-là, elle qui avait tendance à s'ennuyer et à se laisser distraire facilement, elle donnait l'impression de ne pas savoir comment se comporter en la circonstance. Inigo remplit son assiette, tout en échangeant de menus propos avec Matilda – avait-elle vu Jean et Chrissie récemment ? Avait-elle entendu le nouveau groupe de rhythm and blues de Brian Jones ? En l'écoutant, je constatai que cette intonation, cet accent *public school* qui m'avait tellement subjuguée, s'était perdue en partie quelque part au milieu de l'Atlantique. Je n'aurais su dire s'il en jouait ou non. Ma seule certitude, c'était qu'il ne se souvenait pas de moi – du moins pas de celle que j'étais la première fois où nous nous étions rencontrés. D'ailleurs, pourquoi s'en serait-il souvenu ? J'étais alors une gamine de dix ans, la petite nièce de la femme qui était employée chez lui pour faire la cuisine et la vaisselle après les repas, une espèce d'esclave, en quelque sorte.

Je pris la bougie posée devant moi et examinai son visage.

Pour quelqu'un dont j'imaginais qu'il avait très peu souffert des restrictions d'après-guerre, ayant Rocky Dakota pour beau-père, il gardait cet aspect élégamment sous-alimenté de collégien perpétuellement affamé – en fait, il ne semblait guère avoir vieilli depuis. En ce temps-là, je ne faisais pas la différence entre Savile Row et Woolworth, pourtant, je le trouvais bien habillé, comme si quelqu'un avait veillé à ce que ses vêtements tombent impeccablement. Ses cheveux châtain foncé étaient plus courts – la queue de canard avait été remplacée par une coiffure que tous les garçons du village essayaient d'obtenir, sans vraiment y arriver, et ses yeux bleus étaient cernés d'ombres indigo. On voyait qu'il avait réussi. Pas à cause de sa tenue, ni de sa coupe de cheveux, ni de son teint, mais à cause de sa façon de se comporter. Il parlait comme si nous savions tous qui il était.

« Vous voulez une cigarette ? me demanda-t-il.

— J'ai promis à Imogen de ne pas fumer. Elle trouve ça très moche pour une fille.

— Qui est Imogen ?

— Une autre sœur, dis-je.

— La raisonnable », ajouta Lucy.

À chaque indice que je lui fournissais, je pensais que la mémoire allait lui revenir tout à coup et qu'il dirait : « Ah, c'était vous ! La gamine qui avait volé le seul cadeau que mon père m'eût jamais fait ! », mais non. Il prit une cigarette dans un étui en argent et l'alluma d'une main légèrement tremblante à la bougie posée au centre de la table. Il en tira une bouffée, puis me la tendit. La dernière fois, c'était une carotte, pensai-je amusée. Je me mordis la lèvre. J'aurais préféré me contenter d'écouter et de regarder ; quel dommage de ne pouvoir me rendre invisible.

Je me demandais comment il me voyait – un rapide coup d'œil dans ma petite glace avant de m'asseoir à table m'avait donné confirmation que j'étais affreusement mal coiffée, que ma jupe et mon corsage étaient tellement démodés qu'ils n'auraient pas détonné à la fête d'anniversaire d'Imogen ayant pour thème « Habillez-vous comme vous l'étiez pendant la guerre ». Je m'en voulais de donner raison à Lucy. J'aurais dû toujours m'habiller comme si je devais tomber sur lui.

« Où habitez-vous ? » lui demanda Lucy. Je voyais qu'elle se faisait un devoir de parler à ma place, de glaner des informations, même si elle répugnait à donner ainsi des gages à Matilda.

« J'habite New York depuis mes quinze ans, dit-il.

— C'est comment ?

— Exactement comme vous l'imaginez.

— *Blanches colombes et vilains messieurs*, lança Lucy. Et ne me dites pas que ce n'est pas vrai. Je ne m'en remettrais pas. »

Inigo lui sourit. « Il y a un Nathan Detroit à chaque coin de rue.

— L'Angleterre te manque ? demanda Matilda. Tu habitais où, dans ton enfance ? »

Je dus m'asseoir sur mes mains pour les empêcher de trembler.

« À Westbury. À l'est de Salisbury. » Je sentis une réticence de sa part. Il n'avait pas envie de parler de ça, mais Matilda n'avait jamais eu un radar pour détecter ce genre de choses.

« Que s'est-il passé ? Ta mère a vendu la maison ? insista-t-elle.

— La maison a complètement brûlé. »

Entendre Inigo dire que la maison avait été détruite dans un incendie me bouleversa autant que les autres, même si je le savais déjà. J'avais passé tant de nuits à penser à Milton Magna, tant de soirées à demander à Lucy et à sa Mémoire photographique (marque déposée) de m'emmener dans chacune de ses pièces, que sa destruction me semblait faire davantage partie des mythes et des légendes que de la réalité. Et voilà qu'il disait que c'était arrivé. Que c'était vrai.

« Il y a eu des victimes ? demanda Billy, l'autorité suprême.

— Incroyable, mais il n'y en a pas eu une seule. En revanche, la maison a été complètement détruite.

— Quelle horreur ! dit Matilda en frissonnant, la main pressée sur le ventre.

— Oui… et non. On ne pouvait plus se permettre de continuer à vivre là. Maman avait fait la connaissance de Rocky, elle voulait quitter cette maison, quitter l'Angleterre. En définitive, ça a résolu le problème.

— Tout de même, ça a dû être un coup terrible, dit Matilda.

— La seule chose à laquelle j'ai pensé à l'époque, dit Inigo en frappant du pied sur l'étui de sa guitare, c'est que j'allais être la réponse de l'Angleterre à Elvis.

— Et qu'est-il arrivé ? » Je n'avais pu m'empêcher de poser cette question. Il fallait que je sache.

« Cliff Richards.

— Nina Sharp, les Georgettes, Helmut Stevenson, Paul Warren », dit Matilda, en comptant sur ses doigts.

— C'est vrai ? C'est vous l'auteur de *Hold me* et *Georgina* ?

— Il me semble. Je ne me rappelle pas avoir écrit la moitié de ces chansons, mais puisque mon nom figure sur la pochette du disque, ça doit être vrai. »

Billy posa sur lui un regard que je ne parvins pas à interpréter – de la sympathie, de la gratitude ? je n'en savais rien. En tout cas, il fut très fugitif, car aussitôt Billy annonça :

« Je voudrais faire un disque avec Tara. La semaine prochaine, elle viendra à Londres avec Lucy. »

En entendant cela, mes jambes se mirent à trembler. Inigo se servit une platée de pommes de terre nouvelles, mais ne fit aucun commentaire.

« Un disque dans le style de qui ? finit-il par demander.

— Dans son style à elle », dit Lucy, incapable de se taire. Je lui envoyai encore un coup de pied.

« Elle est capable d'imiter n'importe qui, s'enthousiasma Matilda. Alma, Ella, Helen… Tara, chante-nous quelque chose.

— Oui, allez, Tara », dit Lucy en hochant la tête frénétiquement.

J'aurais voulu refuser, mais quelque chose en moi avait d'envie de chanter.

Inigo sourit.

« Vous voulez chanter quoi ?

— Je ne sais pas trop. » Quelque chose qui soit le plus différent possible d'Alma Cogan, pensai-je. Maintenant, l'idée qu'il se souvienne de moi m'était insupportable. « Pourquoi pas Etta James… "Stormy weather".

— Par la nuit la plus tranquille de l'année ? N'est-ce pas un mauvais présage ?

— Non. C'est juste une sacrément bonne chanson. »

Sainte Mère de Dieu, le vin me donnait une assurance que je n'aurais jamais eue autrement. Je pouvais incarner Etta et Alma. Je ne risquais rien. Inigo accorda sa guitare pendant que j'attendais, immobile comme un chat.

« Prête ? » me demanda-t-il.

Je m'entendais chanter, j'avais l'impression de nous voir, de nous écouter, tout en battant la mesure du pied. Je n'arrêtais pas de me tromper dans le texte, mais qu'importe, Inigo mis à part, ils avaient tous trop bu pour s'en apercevoir. Matilda entraîna les autres et les fit chanter, en lançant les paroles tout droit vers le ciel étoilé, comme si le sort du monde en dépendait. Il va me reconnaître, maintenant, pensai-je. Il ne peut pas faire autrement…

« Formidable, dit Billy, l'air aussi ravi que si j'avais été sa fille. Tu as rendu sa voix à la perfection.

— Merci. » Avec un petit sourire satisfait, je tirai une bouffée de ma cigarette.

« Mais pas son âme, reprit-il. Ça, tu ne peux pas. Tu ne peux pas feindre la souffrance et la détresse. Tu ne peux pas faire semblant d'être une fille de couleur dans un monde de Blancs.

— Com… comment ? »

Il se mit à rire.

« C'était charmant pour ce que c'était. Ça m'a plu. Mais ce n'est pas toi.

— Qu'est-ce qu'il veut dire ? » Je regardai Inigo sans comprendre.

« Billy aime que les filles dans votre genre chantent des chansons douces où il est question d'épouser son voisin, traduisit-il. C'est ce qui fait vendre des disques. »

Billy rit, pourtant il n'y avait rien de drôle.

« Par conséquent, je ne pourrai jamais chanter Etta James parce que je suis une Blanche ? » dis-je, les lèvres tremblantes.

Il y eut un silence. Inigo alluma une cigarette et regarda Billy.

« Personne ne te croira, ma cocotte, tu n'y arriveras pas. Et il faut que les gens croient à ce que tu chantes.

— Que je sois blanche ne veut pas dire que je n'aie pas souffert, rétorquai-je. Je puise mon blues à une autre source.

— Quoi, au juste ? demanda Inigo, l'air amusé.

— Ma mère est morte.

— Ça, ce n'est pas blue, intervint Matilda. C'est noir.

— C'est vrai, marmonnai-je.

— Je suis en train de penser qu'elle pourrait enregistrer cette merveilleuse chanson que tu avais écrite pour Susan Vaughan », dit Billy qui, me semblait-il, ne m'avait même pas entendu.

« "May to September", dit Inigo. Oui, elle pourrait la chanter. Ça n'est jamais sorti.

— Pour quelle raison ? demanda Matilda.

— Susan s'est aperçue qu'elle était enceinte de cinq mois et elle a décidé de se marier. »

Je lançai un rapide coup d'œil à Matilda.

« L'avantage… c'est que c'est une chanson extraordinaire qui n'a jamais vu la lumière du jour. » Billy beurra un craquelin et mordit dedans. « Susan avait fait un boulot formidable. Tara n'aura qu'à copier sa façon de la chanter. Elle est capable de le faire, la tête en bas. On tiendra là un succès à tout casser.

— Elle a en effet toutes les qualités qu'il faut pour ce genre de disque. On pourrait boucler ça en quelques heures, dit Inigo en réprimant un bâillement. Ce sera fait en moins de deux. Trois chansons. Face A et face B, plus une autre. Le reste, c'est ton affaire, dit-il en regardant Billy.

— Vois-tu, cette chanson me trotte dans la tête depuis que tu l'as écrite. J'attendais juste de trouver la bonne interprète.

— Oh, Tara ! dit Matilda. Quand il parle comme ça, ça marche ! Toujours ! » À l'entendre, on aurait cru que Billy était un magicien en train d'opérer un charme irréversible, impossible à rompre. Un frisson me parcourut.

« Si quelqu'un peut faire ça, c'est Tara. Elle chante depuis qu'elle sait parler.

— Et vous ? demanda Inigo en se tournant vers Lucy. Vous chantez aussi ?

— Non, répondit-elle, très vite.

— Mais elle va venir à Londres avec sa sœur, s'empressa de préciser Billy. Elle aidera Clover à sauver Napier House. Elle sait tout ce qu'il faut savoir sur l'époque victorienne.

— Vous êtes mariée ? demanda Inigo, en regardant sa main gauche.

— Oui. Mon mari s'est cassé la jambe.

— Quelquefois, une petite séparation ne peut que faire du bien. Pour voir les choses plus clairement, vous voyez ? »

Lucy parut vouloir dire quelque chose, mais Inigo ne lui en laissa pas le temps.

« Ainsi, c'est pour la maison que tu l'as épousée », dit-il à Billy.

On aurait dit qu'il avait décidé de changer de disque, ou du moins de mettre l'autre face.

Matilda le regarda d'un air intrigué.

« Certainement pas. Ma mère veut la vendre. » En disant ça, elle s'était tournée vers Lucy.

« Pourquoi ? demanda Inigo.

— C'était la maison de mon père. Sa seule vraie contribution aura été de semer quelques chevaux dans les prés. Elle a toujours aimé voyager. Depuis qu'il est mort, elle vit presque tout le temps à l'étranger.

— Pour les autres, ces demeures ne sont que magnificence et arbustes taillés en forme de cœur, mais pour ceux qui y vivent, ce sont des plafonds qui s'effondrent et des rêves anéantis, dit Inigo. Ma sœur trouve qu'elle n'a commencé à vivre qu'après l'incendie de Magna.

— La sœur d'Inigo est mariée avec Harry Delancey, dit Matilda.

— Le grand magicien, ironisa Inigo.

— Je sais... » Je m'interrompis aussitôt. « Je sais qu'il doit passer dans le Royal Variety Show, la semaine prochaine, n'est-ce pas ?

— Probablement. On le voit si souvent au Palladium que je m'étonne qu'on ne le laisse pas tout simplement s'y installer et réaménager les lieux. Il est beaucoup trop content de lui-même.

— La dernière fois, il y a eu Cliff et les Shadows. » Je n'avais pu m'empêcher de lancer cette pique. J'avais l'impression qu'avec chaque mot qu'Inigo prononçait, je le comprenais de moins en moins.

« Je suppose que vous adorez Cliff.

— Imogen le trouve très séduisant, dis-je. Notre sœur Florence ne s'intéresse pas à lui, elle n'aime que le jazz, mais nos petits frères Roy et Luke sont fans des Shadows, précisai-je.

— Merde alors. Vous êtes combien ? s'étonna Inigo.

— Beaucoup trop, répondit Lucy, avec un accent de sincérité indéniable.

— Bon, préparez-vous au grand chambardement, car si le nouveau groupe de Brian Jones arrive à s'imposer, vous prierez pour que Cliff revienne. Ils sont déchaînés, dit Inigo. Cliff ne peut plaire qu'à des gamins. Une fois qu'ils auront grandi, il passera de mode.

— Et si vous vous trompiez ? dis-je. Peut-être qu'ils grandiront avec lui ? Peut-être que Roy et Luke chanteront "The Young Ones" avec lui, quand ils auront soixante ans. »

Je ne croyais pas réellement à ce que je disais, mais Inigo m'agaçait suffisamment pour que je le contredise systématiquement.

Il se mit à rire. « Ça m'étonnerait, dit-il sur un ton que je trouvais profondément condescendant.

— Soixante ans, dit Matilda. C'est comme dans une autre vie. »

Elle se leva, ou plutôt elle se mit debout en vacillant. « Vous pouvez rester là, dit-elle, mais moi je vais me coucher.

— Tu as trop bu. »

Je ne pense pas que Billy avait voulu parler aussi fort.

Inigo vida son verre, puis un grand frisson le parcourut.

« Tu as froid ? demanda Billy.

— Non. C'est juste de me retrouver en Angleterre. Ça fait remonter des souvenirs », remarqua-t-il, davantage pour lui-même que pour aucun d'entre nous.

Mais pas le souvenir de la Tara de dix ans, pauvre petite que j'étais, pensai-je. C'était bien l'ennui, justement. Moi, je l'aurais reconnu au son de sa voix. Je l'aurais reconnu à sa façon de jouer. Je l'aurais reconnu rien qu'à la forme de son ombre. Mais lui ne m'avait pas reconnue. Du tout.

17
La chambre jaune

Une heure s'écoula et, à l'évidence, il était temps de partir. Je m'engageai dans l'allée avec Lucy – elle me tenait la main pour m'empêcher de tomber. J'avais beaucoup trop bu ; plus rien ne me paraissait ancré dans la réalité.

« Attends ! dis-je, en m'immobilisant brusquement.

— Qu'est-ce que tu as ?

— Raoul m'a demandé d'aller voir si la pourriture sèche de la chambre jaune s'était encore détériorée. »

Lucy roula les yeux ; du moins je le suppose, car il faisait trop sombre pour que j'en eusse la certitude.

« J'y vais.

— Quel prétexte donneras-tu pour retourner dans la maison dix minutes après en être partie ? »

Je regardai mes pieds. « J'ai oublié mes chaussures. »

Je me glissai par la porte d'entrée restée entrouverte. Matilda avait toujours été réprimandée pour laisser les portes ouvertes. Je me dirigeai vers le petit salon, exactement comme je l'avais fait la première fois avec lady W.-D., en espérant que personne ne me verrait et ne s'étonnerait de ma présence. Je voulais seulement jeter un rapide coup d'œil dans le coin de la pièce que l'humidité avait attaqué. Rien de plus.

Mais en arrivant devant la porte, j'entendis des voix et je m'immobilisai. Billy et Inigo étaient là. J'étais sur le point d'entrer et de leur servir mon histoire de chaussures, quand la voix de Billy me parvint.

« Dis-moi, que penses-tu de ma petite chanteuse ? »

L'épouvante me cloua sur place, m'empêchant d'avancer ou de reculer.

« L'Anglaise typique, dit Inigo. Une drôle de petite chose, non ?

— Je la trouve assez belle. »

C'était la première fois que j'entendais ce qualificatif appliqué à ma personne. J'aurais dû prendre ça comme un petit cadeau de bienvenue et repartir discrètement. Mais est-il possible d'entendre une chose pareille et de ne pas rester pour écouter la suite ?

« Ah bon ? s'étonna Inigo. Écoute, je ne fais pas grand cas de la beauté conventionnelle, mais je ne sais pas si tu as raison. Elle a des yeux bleus grands comme des soucoupes, et pas grand-chose d'intéressant sur le devant. Elle est trop maigre, et toute petite. On lui donnerait treize ans, sans problème.

— Clover arrangera ça. »

J'entendis un bruit de glaçons provenant du verre de Billy.

« Elle s'appelle comment, déjà ?

— Tara. Tara Jupp.

— Tara Jupp, répéta Inigo. Un nom catastrophique sur une pochette de disque. Il faudra que tu t'occupes de ça. Que tu lui trouves un autre nom. Essaye la méthode du nom de son premier animal préféré, suivi du nom de jeune fille de sa mère. Ça a bien marché pour Bluebelle Gillepsie.

— Figure-toi que si j'avais essayé cette formule, mon pseudonyme serait Harper Stevens.

— Parfait. Quand tu sortiras ton premier disque country, nous saurons comment t'appeler. »

Billy rit, puis il y eut un silence.

« Harper était-il un chien ? demanda poliment Inigo.

— Un canari, avoua Billy. Ma mère était allergique aux poils d'animaux. »

Le cœur cognant à tout rompre, je me penchai un peu pour mieux entendre.

« Donc, miss Jupp ne t'a pas totalement convaincu, dit Billy, en en revenant à ses moutons.

— Ah ! Ça se voit tant que ça ?

— Oui. Qu'est-ce qui ne te plaît pas ? Tu ne peux pas avoir de doutes sur sa voix, tout de même ?

— Oh, pour la voix, pas de problème. Je suis absolument certain qu'elle peut nous faire une Susan Vaughan parfaite. Non, ce n'est pas la voix qui m'inquiète.

— C'est quoi, alors ?

— Tout le reste. Elle ne donne pas l'impression de pouvoir chanter, bien qu'elle puisse ; il est clair qu'elle sait ce qu'elle veut, ce qui est toujours embêtant, mais comme elle vient à peine de sortir de sa boîte, je ne suis pas sûr qu'elle sache même vendre quoi que ce soit avec un minimum de subtilité. Il faut qu'elle chante avec émotion, mais je ne suis pas sûr qu'elle saurait quoi faire si un homme voulait juste l'inviter quelque part pour prendre le thé. » Il poussa un soupir si bruyant que je l'entendis de l'autre côté de la porte.

« Eh bien, chanter avec conviction, c'est ton domaine, dit Billy. Le reste, on s'en occupe, Clover et moi. Nous avons un mois devant nous. J'aurais aimé avoir tout l'été, mais ça ne plaisait pas au pasteur.

— Il est comment ? »

Figée sur place, je retenais mon souffle.

« Comme un prophète de l'Ancien Testament, en un tout petit peu plus terrifiant encore. »

Ce n'était pas une mauvaise comparaison. Décidément, Billy Laurier m'impressionnait plus que jamais. Qu'importe s'il avait éreinté les victoriens. Il avait dit que j'étais belle !

« C'est quoi ce boitillement ? demanda Inigo. La polio ?

— Je ne l'avais jamais remarqué, dit Bill, cet affreux menteur. Je vais la confier à Madame, chez qui elle ira chaque matin. Elle a fait des merveilles avec un mannequin qui avait les pieds plats.

— Ha ! Vois-tu, la sœur aurait été un meilleur choix, dit Inigo en bâillant. Elle est très jolie.

— Elle est mariée.

— Tu ne m'as pas compris, elle n'est pas mon genre. Mais je pense que ce quelque chose de voluptueux, de faussement innocent, déclenche un certain type de réactions chez les trois quarts des Anglais.

— Elle est compliquée, en plus, d'après ce qu'on dit. Et puis, elle ne chante pas comme Tara.

— Qui est son mari ?

— Un architecte et écrivain espagnol qui s'appelle Raoul Fernandez. Matilda était folle de lui il y a quelques années, mais Lucy Jupp l'a coiffée au poteau.

— Heureusement pour toi, dit Inigo.

— Oui, heureusement.

— Quoi qu'il en soit, je m'en tiens à ce que j'ai dit. La petite sœur sera difficile à vendre.

— Une fois que Clover l'aura prise en main, tu ne la reconnaîtras plus. Elle est capable de transformer une citrouille en carrosse du jour au lendemain.

— Je ne suis pas sûr qu'elle ait envie d'être un carrosse, celle-là, dit Inigo. Londres la mangera toute crue. »

Une heure plus tard, j'étais dans mon lit à me repasser cette terrible conversation dans la tête. Il ne croyait pas en moi, et pourtant c'étaient les mots qu'il avait prononcés à Milton Magna qui m'avaient portée tout au long de ces sept dernières années. J'irai à Londres, pensai-je non sans colère, ne serait-ce que pour lui prouver qu'il se trompe du tout au tout.

Le lendemain, j'allai trouver papa, toute tremblante.

« C'est vrai, papa, que Billy Laurier t'a parlé de m'emmener à Londres ? »

Papa leva les yeux de son journal.

« Absolument vrai. Il a dit que tu serais convenablement nourrie et abreuvée. Je ne vois pas quel intérêt il y aurait à vouloir te garder ici.

— Tu es sûr que c'est la bonne chose à faire ?

— C'est ce que je viens de dire, non ? Il faut que tu descendes de ton grand cheval et comprennes qu'il y a ici des gens qui donneraient n'importe quoi pour avoir ce que tu as, Tara Anne Georgina Jupp.

— Je suis Tara Anne *Cynthia* Jupp.

— Ah bon ? » Papa était ébahi. « Laquelle d'entre vous a Georgina parmi ses prénoms ?

— Florence. Florence Catherine Georgina Jupp.

— Florence Catherine Georgina, répéta papa, comme s'il entendait ces noms pour la première fois. Bien, je m'en tiens à ce que j'ai dit, quels que soient vos maudits prénoms. On ne doit pas gâcher ce que Dieu nous a donné.

— Qu'est-ce qu'il m'a donné, papa ?

— Une voix, petite sotte. Prends-la, mets-la à profit et fais ce que tu voudras.

— Tu le penses vraiment ? »

Papa se redressa de toute sa hauteur, les cheveux dressés sur la tête, ses yeux bleus lançant des éclairs. Ses lunettes pointées sur moi, il faisait penser davantage à Gandalf qu'à Moïse.

« La seule chose qui compte, Tara Janet Margaret Jupp, c'est de croire en ce que tu fais. Personne ne pourra y croire à ta place, vois-tu. »

Extraordinaire qu'il pût prononcer une aussi belle réplique avec autant de force.

« Oui, papa. » Je crus que j'allais me mettre à pleurer.

Il remit ses lunettes et je m'apprêtais à ressortir.

« Je me demande de qui tu tiens ça, dit-il.

— Quoi ?

— Ta voix.

— Maman chantait tout le temps.

— Oui, elle chantait tout le temps, reconnut-il. Sauf qu'elle chantait faux.

— Je me souviens très bien de sa voix. Elle était très musicienne.

— Au début de notre mariage, elle était obligée de se mettre tout au fond de l'église parce que son incapacité à chanter juste perturbait la chorale. »

Je ris, tellement je trouvais ça absurde.

« Ce n'est pas possible, voyons ! Elle nous a appris plein de cantiques !

— Bien sûr. Vous étiez tous des enfants, vous ne vous en rendiez pas compte. Mais ce qu'elle avait de merveilleux, c'était qu'elle s'en moquait. Elle savait qu'elle chantait comme une casserole, mais elle chantait quand même, parce qu'elle aimait ça.

— Lucy dit qu'elle avait une plus belle voix que moi.

— Et elle le croit. Je n'irai pas lui dire le contraire.

— Alors c'est peut-être de toi que je tiens ma voix, papa », proposai-je timidement.

Il partit d'un rire tonitruant, un rire contagieux, aussi rare, à l'époque, que des dents de poule et qui me plongea donc dans la stupéfaction.

« Le volume, ce n'est pas ce qui fait une belle voix.

— Je sais qu'au Moyen Âge, tante Mary chantait dans la chorale paroissiale… »

Papa m'interrompit d'un geste de la main.

« À côté de Mary, ta mère était une autre Vera Lynn. Non, Tara. Cette voix te vient de toi. Tout simplement. De toi. »

Je détournai la tête. Je battis des paupières et ça y était… des larmes s'écrasèrent sur mes pieds nus.

« Tu penses que je devrais y aller ? dis-je de cette voix insolite, aiguë qu'on a lorsqu'on veut faire croire qu'on ne pleure pas.

— Du moment que c'est pour faire quelque chose qui a du sens pour toi. »

Je hochai la tête, sans me retourner vers lui.

«J'aimerais bien te voir lire la lettre de Paul aux Romains. Il a beaucoup à dire pour ce qui est de se prémunir contre la vanité. De concentrer ses efforts sur les choses importantes.

— Le tennis, par exemple ? dis-je, avec un rire qui sonnait faux.

— Le tennis est une discipline, soupira papa. Plus on est disciplinés, meilleurs on est. Jésus aurait joué au tennis si ce sport avait existé dans le monde gréco-romain.

— Avec qui aurait-il joué ? Jean le Baptiste ? Lui, il aurait été un champion, n'est-ce pas, papa ?

— Jean aurait été trop fantaisiste. Trop peu orthodoxe. À mon avis, son revers aurait été sa perte. Mais il aurait été capable de surprendre, à l'occasion. De faire des coups brillants et inattendus. Il aurait stupéfié le public.

— Pierre ?

— Pas assez sûr de lui. Sous la pression, il aurait perdu son sang-froid.

— Paul ?

— Il aurait harcelé le juge de ligne en permanence. Il aurait voulu analyser tous les coups. Il aurait refusé d'accepter la défaite.

— Jésus aurait gagné alors, contre eux tous ? »

Papa secoua la tête.

« Pas du tout. Il les aurait laissés gagner. À chaque fois.

— Son point faible, c'était donc de laisser croire aux gens qu'ils étaient formidables alors qu'ils étaient parfaitement ordinaires ?

— Non, non, non. C'était sa grande force. »

L'arrivée des Petits mit un terme à notre conversation.

« Roy a mis son pied dans sa chaussure et il y avait une guêpe dedans ! Et elle l'a piqué ! s'époumona Luke.

— Pauvre guêpe, dit papa. Comment va-t-elle ? »

Je trouvai Imogen en train de pleurer dans ma chambre.

« Ce n'est pas parce que je ne veux pas que vous partiez, c'est seulement que… que je ne veux pas que vous partiez.

— Ce n'est pas pour longtemps », dis-je, désirant avant tout qu'elle cesse de pleurer. J'avais le sentiment de sauter par-dessus les limites de la terre, sans avoir la moindre idée de l'endroit où j'allais atterrir.

« C'est que je ne veux pas que vous partiez pour toujours… comme Matilda.

— Tu me rends les choses plus difficiles qu'il ne le faut. S'il te plaît, ne fais pas ça. »

Sur ce, je montai dans ma chambre en courant et commençai à jeter des affaires dans la vieille valise que j'avais héritée de tante Mary. Puis, me disant qu'Inigo risquait de voir la valise et de la reconnaître comme ayant appartenu à la femme qui travaillait chez lui, je la vidai complètement. Lucy entra.

« Comment va Raoul ? dis-je.

— Ne me le demande pas, Tara, fit-elle, en secouant la tête.

— Qu'est-ce que ça veut dire ? »

Elle commença à remettre mes vêtements dans la valise de tante Mary. « Ça veut dire : ne me pose pas la question. Quelquefois il vaut mieux ne rien savoir.

— Ça va… Ça va aller, n'est-ce pas ?
— Je ne sais pas.
— Comment ça, tu ne sais pas ?
— Qu'est-ce que ça veut dire quand on dit qu'on ne sait pas ? »

Elle poussa un soupir et roula une de mes paires de bas.

« On ne pourra jamais avoir d'enfants, Tara. C'est parfois dur à accepter. »

Je la regardai. C'était la première fois qu'elle faisait allusion à ce sujet depuis le matin où j'avais trouvé le mot de Matilda à Raoul.

« Je sais. Mais ça ne dérange pas Raoul. Tu as dit que ça ne le dérangeait pas. »

Elle eut un léger haussement d'épaules. Ses yeux étaient troubles – impossibles à déchiffrer.

« Hier soir, j'ai lu une lettre qu'il avait écrite à son frère, avant de se casser la jambe. Il s'avère au contraire que ça le dérange beaucoup.
— Tu as lu une lettre ?
— Il l'avait laissée sur son bureau.
— Mais tu ne comprends pas l'espagnol !
— Non, mais j'ai deviné presque tout ce qu'il disait avec l'aide du dictionnaire. "S'il te plaît, dis à maman qu'elle se trompe en croyant que ça m'est égal de ne jamais pouvoir être père. C'est pour moi un chagrin permanent. Mais il faut qu'elle apprenne à l'accepter, comme je le fais."
— Tu ne devrais pas lire des lettres qui ne te sont pas adressées ! En plus, tu l'as peut-être mal traduite.
— Non, dit-elle doucement. Je ne crois pas. »

Elle ouvrit le robinet du lavabo qui se trouvait dans un coin de ma chambre et s'aspergea le visage à l'eau froide.

« Aujourd'hui, quand je suis allée le voir, je lui ai demandé carrément s'il réfléchissait parfois à ça.

— Et qu'est-ce qu'il a dit ?

— Il a dit que non.

— Alors, pourquoi tu t'inquiètes ?

— Je sais qu'il ment. »

Elle s'essuya le visage et garda un instant la serviette sur la tête, comme si elle avait eu envie de rester cachée dessous pour toujours. Et quand elle me regarda à nouveau, elle était toute changée.

« Ça suffit, dit-elle. Nous partons à Londres. Le reste n'a plus d'importance maintenant. »

J'ignorais si elle parlait de la tristesse de Raoul, de mon inquiétude débilitante concernant son couple, mais quoi qu'elle ait voulu dire, je savais désormais que lorsque nous arriverions dans la capitale, elle serait encore une autre personne. Plus que n'importe qui, elle était capable de se débarrasser du passé pour courir aussi vite qu'elle le pouvait vers quelque chose de neuf et de scintillant. Sauf que, cette fois-ci, je partais avec elle.

DEUXIÈME PARTIE

Un voile doré

18

Cherry Merrywell fait son entrée

Nous prîmes le train, Lucy et moi, pour arriver comme deux réfugiées à la gare de Paddington, où nous montâmes dans un taxi, selon les instructions données par Billy. Lucy – dont la connaissance de Londres se limitait à ce que Raoul lui avait raconté des manifestations contre la démolition de l'Euston Arch, l'année précédente – prit la situation en main.

« Beaufort Street, s'il vous plaît », dit-elle, tandis que le porteur jetait nos bagages à l'arrière du taxi. Elle sortit son porte-monnaie pour lui donner un pourboire, et je constatai que son charme opérait avec autant d'efficacité en ville que partout ailleurs.

« Ça va, ta cheville ? me demanda-t-elle, sachant que la fatigue accentuait ma claudication.

— Évidemment que ça va. » J'avais mal à la jambe, à coup sûr, et alors ? J'étais à Londres maintenant.

Ce premier voyage – de la gare jusqu'à Chelsea – représenta les vingt minutes les plus excitantes de ma vie. Il y avait là tous les lieux dont on m'avait dit qu'ils existaient, mais auxquels je n'avais encore jamais vraiment cru avant de les voir depuis l'intérieur d'un taxi noir. Hyde Park, puis le Royal Albert Hall, et ensuite

Knightsbridge où Harrods dégorgeait ses clients dans le soleil du soir. Il y avait des immeubles encore noirs de la fumée et la pollution qui les nappait de l'authenticité du temps – jamais je n'avais vu une telle crasse ni tant de glamour, de hauteur, de beauté, de désordre et d'ordre, le tout mêlé ensemble. Certaines rues portaient encore les cicatrices des bombardements et ailleurs des bâtiments neufs naissaient des anciens. Les marteaux-piqueurs produisaient un tintamarre inquiétant, puis les cloches d'une gigantesque église néogothique sonnèrent à la volée.

Les yeux écarquillés, Lucy et moi regardions chacune par la fenêtre de notre portière, en échangeant de petits cris, toutes les fois qu'une merveille s'offrait à nos yeux. J'aurais voulu ne jamais arriver chez Billy. Il ne pouvait rien y avoir de mieux que de rouler ainsi dans Londres, en ressentant la joie sans prix de voir une ville pour la première fois. J'avais craint d'être déçue, alors que, en réalité, je ne savais même pas quoi imaginer. Je suis déjà une autre, pensai-je. Pas de doute.

Le taxi tourna dans Beaufort Street et ce fut comme si on avait coupé le son. Lorsque le chauffeur s'arrêta devant la maison de Billy, Lucy sortit des billets de son sac pour régler la course. Personnellement, j'aurais pu rentrer à la maison sur-le-champ. Soudain, je pris conscience de mon innocence et du fait qu'il y avait une grande chance que Londres me la dérobe définitivement, si je le désirais. Puis Matilda apparut sur le seuil, agitant la main.

« Entrez ! s'écria-t-elle. J'avais tellement hâte de vous voir arriver ! »

Lucy se raidit et nous pénétrâmes dans la maison. Et quelle maison ! je n'avais jamais rien vu de pareil.

À l'époque, je n'avais aucun sens artistique, j'ignorais tout du besoin compulsif qui pousse certaines personnes à collectionner de beaux objets, mais je me rendis compte que tout ce qui était réuni là était du premier choix. Une statuette de cow-boy monté sur un cheval cabré reposait sur une table en bois ; elle était enduite de poussière et flanquée de quatre léopards en verre noir arborant diverses attitudes, dont j'apprendrais par la suite que c'étaient des Lalique. Placées aux quatre coins de la pièce, des lampes munies de grands abat-jour dorés dispensaient sans remords un éclairage de quarante watts sur des tables disparaissant sous des photographies – Billy en compagnie des Shadows, Billy et Alma Cogan, mais si, mais si – et quelle ne fut pas ma surprise de voir Inigo jouant de la guitare, les paupières plissées, à côté de Billy Fury. Les murs étaient d'une blancheur si éclatante que je pensai que Billy ferait bien de remettre une paire de lunettes de soleil à ses visiteurs, et ornés de deux tableaux très hermétiques – si contemporains que la peinture même donnait l'impression de ne pas être encore sèche – qui se faisaient face. Nos pieds foulaient un immense tapis crème décoré d'un motif d'arbres sombres se détachant sur une grosse boule solaire orange. Dessus, nos sandales poussiéreuses paraissaient déplacées.

« C'est danois, dit Matilda, mais je n'en fus pas plus avancée pour autant.

— Oh, un Steinway ! » m'exclamai-je, soulagée d'apercevoir un piano. Je jouai quelques mesures.

Comme chaque fois, mon cœur se serra en le voyant, à cause du vide que je ressentais sans maman. Je compressais mon chagrin en une petite bille que j'expulsai de ma tête – pas le moment de céder au sentimentalisme – et je me changeai les idées en inspectant la pièce – les rideaux crème, le juke-box Wurlitzer garni de disques américains que je n'avais jamais entendus mais avais eu tellement envie d'entendre, des livres brochés rangés par ordre de taille sur des rayonnages encastrés rouges et blancs et, dans un angle, le bureau de Billy, en bois ciré noir, sur lequel il y avait uniquement une bouteille d'encre bleue, une plume et un téléphone.

Contre un mur étaient empilés des sacs et des paquets presque tous enveloppés dans des papiers luxueux et ficelés avec des rubans. Matilda envoya promener ses chaussures.

« Des cadeaux de mariage ! annonça-t-elle, toute joyeuse, en prenant un sac de chez Tiffany.

— Oh, dit-elle, en glissant un œil à l'intérieur. Il y a deux boîtes. »

Elle le présenta à Lucy en disant : « Vas-y. C'est comme pour l'anniversaire de Roy. Fais le bon choix. »

Lucy haussa les sourcils. Je pense qu'elle aurait aimé refuser, mais ce fut plus fort qu'elle. Elle prit un coffret bleu pâle et dénoua le ruban qui l'entourait. À l'intérieur il y avait deux plaques d'identité, comme en portent les soldats, sur lesquelles un cœur était gravé.

« Très joli, dit Matilda, en regardant Lucy. Prends-les, ajouta-t-elle soudain. Allez, prends-les. De ma part.

— Ce n'est pas un paquet de réglisses ni une barre de cire à selle. Ça ne m'intéresse pas, mentit Lucy, en rendant le coffret à Matilda.

— Ma pauvre, dis-je. Toutes ces lettres de remerciements à écrire.

— Billy s'en chargera. En guise de remerciements, il envoie des fleurs. C'est complètement idiot, les gens sont obligés de remercier à leur tour. Il dit que le plus sûr moyen pour que les gens vous laissent tranquilles, c'est qu'ils vous doivent quelque chose.

— Charmante façon de voir les choses, remarqua Lucy.

— Nous, on ne t'a rien offert, dis-je.

— Mais si, répliqua-t-elle aussitôt. Tu m'as donné ta voix et vous m'avez rendu votre amitié. C'est bien plus important pour moi que toutes ces babioles. »

Lucy, je dois le reconnaître, paraissait mal à l'aise. Des kilomètres les séparaient.

Matilda ouvrit un autre cadeau et réprima un petit cri – une statuette de clown tenant un jeune coq.

« Ça vient de qui ? demandai-je.

— D'Andy Warhol. » Elle eut le bon goût de rougir. « Il a un goût incroyable pour les belles… (elle s'interrompit et examina l'objet)… choses inutiles. Ah, Billy… va chercher du champagne ou ce que tu voudras, d'accord ? »

Billy revint au bout d'une minute avec une bouteille sous un bras et des verres sous l'autre.

« On ouvre le courrier ? demanda Matilda.

— Maintenant ? s'étonna Billy. Tu détestes ça. »

Mais Matilda avait déjà pris, sur la table de l'entrée, une énorme pile de lettres qu'elle posa à côté d'elle, sur le canapé. Du grand spectacle, pensai-je, et tout ça pour éblouir Lucy. Après avoir servi le champagne, Billy s'assit à côté de sa femme et commença à décacheter les enveloppes, en jetant dans la corbeille à papiers les invitations dont la date était dépassée.

« Inauguration d'une nouvelle galerie dans Dorset Street, jeudi prochain, annonça-t-il.

— Je ne crois pas, jugea Matilda.

— Cocktails et Salvador Dalí prévu au programme.

— Ah, d'accord, alors.

— Pour vendredi, il y en a deux. Un apéritif au Bazaar, puis une avant-première de *L'Homme qui tua Liberty Valence*.

— Oui pour Mary. Non pour le film.

— Il paraît qu'il est très bon.

— Le foie de veau aussi, mais je n'aime tout de même pas ça. Je n'ai pas envie d'y aller. »

Je ris et elle me regarda, l'air ravi.

« Et ça ? Une invitation à un mariage, le mois prochain. Vous prions de bien vouloir assister… bla-bla-bla… au mariage d'Anton Bower et Mara Southgate.

— C'est qui, bon sang ?

— Un couple que j'ai rencontré à Nashville, l'an dernier. Ils sont venus à notre mariage.

— Tu les as donc vus récemment. On n'est pas obligés d'y aller. »

Elle faisait son petit numéro et pensait impressionner Lucy. Si seulement elle avait pu savoir que jamais celle-ci ne se laisserait séduire par la nouvelle Matilda qu'elle faisait parader sous nos yeux. C'était l'ancienne Matilda qui nous avait quittées. C'était l'ancienne Matilda qui allait devoir regagner son amitié.

À ce moment le téléphone sonna et Billy alla répondre. Par l'entrebâillement de la porte, je le voyais de dos qui parlait, tout en allant et venant aussi loin que le lui permettait le fil de l'appareil, fourrageant de sa main droite dans ses cheveux roux, prenant des objets, les examinant, les reposant, sans cesser de parler, d'écouter et de rire. Lucy s'assit par terre, ses longues jambes étendues devant elle, sur le tapis, et elle alluma une cigarette.

Billy revint en disant : « C'était Clover. Tu as rendez-vous avec elle demain à midi, Tara. Elle t'emmènera faire les boutiques pour que tu aies quelque chose à te mettre à la soirée de Digby, demain. Vous logerez ensuite chez elle, toutes les deux. Vous y serez en bonne compagnie. Inigo descend toujours là quand il vient à Londres. Il a sa chambre réservée à Napier House.

— On ne peut pas rester chez vous ? » demandai-je, saisie d'effroi. Et qui c'était, ce Digby O'Rourke, dont ils parlaient tout le temps ?

« Moi, j'adorerais vous garder, mais Billy ne veut pas, dit Matilda avec une moue.

— Vous ne pourrez pas dire que vous êtes allée à Londres tant que vous n'aurez pas habité chez Clover, remarqua Billy. Elle est la glu qui tient ensemble tous les habitants de Chelsea. Elle avait douze ans quand je l'ai connue. Sa mère et la mienne étaient des amies intimes. »

C'était la première fois qu'il faisait allusion à ses parents ; l'idée que Billy avait été un jour un petit garçon avec des chaussures boueuses et une frimousse barbouillée de crème glacée était grotesque ; n'était-il pas né tel qu'il était aujourd'hui ?

« Clover a quarante-trois ans, dit Matilda, comme si le fait d'être parvenue à un âge aussi avancé équivalait à une sorte de médaille du mérite. Vous n'allez pas le croire. On lui en donnerait vingt-cinq, n'est-ce pas, Billy ?

— Je n'irais pas jusque-là.

— Pourquoi faut-il qu'elle m'accompagne pour faire du shopping ? me plaignis-je. Je préférerais être seule. »

Le trac me faisait dire des choses que je ne pensais certainement pas.

« Faire du shopping avec Clover est un enchantement comme seuls les enfants en connaissent », dit Matilda.

En repensant à l'enfance de Matilda, je ne parvins pas à imaginer un seul instant qu'on ait pu la qualifier d'enchanteresse, même très vaguement, avant que ma sœur entre dans sa vie. Mais voyant que je n'étais pas de taille à me défendre, je dis seulement :

« Bon, vu comme ça.

— Elle va vous adorer toutes les deux, soupira Matilda. De même que tout le monde à Londres, si vous leur en donnez l'occasion.

— Il y a autre chose dont il faut qu'on parle, dit Billy d'une voix un peu pâteuse. Ton nom.

— Pourquoi ? demandai-je, l'air innocent.

— Tara Jupp, c'est charmant, mais ce n'est pas tout à fait… suffisant pour quelqu'un qui fait des disques.

— Pas suffisant ? demanda Lucy, en fronçant les sourcils. Que proposez-vous qu'elle fasse pour ça ?

— On va bien trouver quelque chose. »

Lucy me regarda d'un air stupéfait.

Je hochai la tête. J'avais prévu le coup ; j'avais eu le temps de me préparer. « Entendu, dis-je. Je serai qui vous voudrez que je sois. »

C'était la première fois que je parlais à Billy de cette façon et il parut soulagé et surpris.

« Pour fabriquer un nom, il existe un truc qu'on a déjà utilisé pour d'autres chanteurs. Ça fonctionne très bien. Quel était le nom de jeune fille de votre mère ? demanda-t-il en nous regardant tour à tour, Lucy et moi.

— Merrywell, répondîmes-nous en chœur.

— Merrywell, répéta-t-il, l'air songeur. C'est pas mal.

— Je ne sais pas trop, commençai-je. Ça me fait un peu drôle… de prendre le nom de maman…

— Mais n'est-ce pas elle qui voulait que tu deviennes chanteuse ?

— Si, mais…

— Fais seulement un essai, pour moi, d'accord ? » Maintenant il avait le vent en poupe et il s'amusait beaucoup.

« Faites-moi plaisir, les filles. Comment s'appelait votre premier animal de compagnie ?

— Comment ça ?

— Oui, vous savez bien ? Un chien, un chat, un lapin…

— Splish, dit Lucy, toujours de marbre.

— Splish, répéta Billy, perplexe.

— Un poisson rouge. Ils étaient deux. Jack en avait un et moi l'autre. Splish et Splosh.

— Seigneur ! Rien d'autre ? s'inquiéta-t-il.

— Et le cochon d'Inde ? Je crois qu'il appartenait à George. On l'avait appelé Cherry, dit Lucy, qui s'amusait beaucoup, elle aussi.

— Cherry Merrywell ! Encore plus ridicule ! » m'exclamai-je, mais je crus voir une lueur s'allumer dans les yeux de Billy.

« Cherry Merrywell, répéta-t-il… Miss Cherry Merrywell. Cherry Merrywell. »

Il me considéra en hochant la tête. « Qu'est-ce que tu en penses ? »

Et soudain, l'épouvantable magnétisme reparut dans ces yeux vert ambré. Il vous regardait d'une façon qui laissait penser que ce que vous vous apprêtiez à dire allait décider de toute sa vie.

« Vous croyez que c'est ça qu'il faut faire ? dis-je.

— Je crois que c'est un nom que les gens n'oublieront pas.

— Attendez ! dit Matilda. C'est quoi déjà ? »

Cette nuit-là, je dormis avec Lucy dans la chambre d'amis de Billy et Matilda – un vaste espace, vide à part un lit et, à côté, une table sur laquelle étaient empilés des romans de Ian Fleming. Je restai éveillée, à parcourir *Vivre et laisser mourir*, refusant de céder au sommeil. Couchée à côté de moi, Lucy sombra à l'instant même où sa tête touchait l'oreiller.

Moi, j'écoutais la rumeur de Londres. Dans la rue, un lampadaire dispensait une lumière orange qui filtrait par la fente des rideaux, cet orange funèbre que projette une bougie enfermée dans une citrouille évidée. Je fus stupéfaite de sentir le mal du pays – malgré la présence de Lucy près de moi – me prendre dans ses griffes de façon si inopinée que je me trouvai incapable de lui opposer une résistance. L'instant d'avant, je riais avec ma sœur dans la salle de bains et maintenant j'étais presque paralysée de terreur à l'idée que cette nostalgie risquait de m'envelopper si totalement que je ne serais plus bonne à rien. Ce n'étaient pas seulement

Imogen, papa et les Petits qui me manquaient, c'était tout le saint-frusquin – l'odeur de ma chambre, les braillements des garçons, le bruit mat des balles sur le court de tennis, le tendre roucoulement des pigeons qui avaient niché dans le toit et, le matin, la perspective des céréales et de l'œuf dur avec plein de sel.

Une angoisse m'étreignit à la pensée que tout ça était si loin. Je passai une bonne heure à dresser des plans d'évasion. Demain cette affaire démente commencerait pour de bon, avec Clover Napier qui était plus âgée que maman au moment de sa mort, mais faisait, semblait-il, plus jeune que nous tous, et Digby O'Rourke qui donnait une fête demain soir et ne pouvait croiser une femme sans faire des commentaires sur ses jambes et la photographier dans une tenue aussi succincte que possible. Lucy n'a pas de problème avec les choses du sexe, me dis-je, en contemplant son petit visage innocent, tout près de moi, sa jambe repliée sur le drap, laissant voir une culotte en dentelle noire, parfaitement indécente. Avec les garçons, elle était à son affaire, son propre corps n'avait plus de mystère pour elle, elle n'avait pas peur de ce dont il était capable et s'était accommodée de lui très jeune. Moi, j'étais terrorisée. Si cela devait être mon grand réveil, je prendrais la fuite.

Je fermai les yeux et priai.

Notre Père qui es aux cieux…

Je repris :

Notre père qui es au presbytère…

Cette première nuit à Londres, ainsi que les quatorze nuits et jours qui m'attendaient auraient pu être aussi bien quatorze années. Je finis par m'endormir à force de pleurer.

19

Clover

Je m'éveillai en même temps que Lucy, m'assis dans le lit et nos regards se rencontrèrent. Le monstre ayant pour nom mal du pays avait disparu avec la nuit ; l'aube venue, je ne sentais plus du tout sa présence. Matilda frappa à la porte.

« Clover vous attend dans une heure, dit-elle. Vous avez intérêt à vous grouiller. »

Nous l'entendîmes ensuite qui se ruait dans la salle de bains. Quelques minutes après, elle reparaissait sur le seuil de notre chambre.

« Excusez-moi, haleta-t-elle. Les nausées matinales.

— Plutôt la gueule de bois, marmonna Lucy.

— Je n'arrive pas à m'habituer à voir Matilda boire autant, murmurai-je.

— Elle non plus, à l'évidence. »

Lucy avait bien l'intention de modérer son euphorie en présence de Matilda, de lui opposer la barrière infranchissable qu'elle avait érigée, mais assurée d'avoir aujourd'hui la totalité du Londres historique à sa disposition, elle se comportait avec moi en enfant surexcitée.

En ce moment, elle feuilletait son guide, dont elle cassait le dos, chose que papa nous déconseillait vivement. «*L'intérieur de Leighton House fait naître une vision magique de l'Orient*», lut-elle, avant de conclure : «Nous verrons ça.»

Lucy était notoirement très sévère envers les rédacteurs des guides touristiques.

«Il faudra que tu prennes des notes pour Raoul», dis-je.

Un instant, elle sembla perplexe, à croire qu'elle avait complètement oublié qu'elle avait un mari.

Napier House se distinguait des autres maisons de la rue, en raison de son importance, mais aussi parce qu'elle était construite en retrait et qu'on y accédait en poussant un portillon donnant sur une courte allée. Milieu de l'époque victorienne, pensai-je – avec quelques fioritures Regency. Je n'étais pas pour rien la sœur de Lucy. Sonnez SVP, lisait-on sur un carton fixé à la balustrade.

Un petit escalier en fer forgé conduisait au sous-sol où devaient se trouver les domestiques. C'est forcément un malentendu me dis-je. Ils ne peuvent pas démolir cette maison. Une engeance sournoise et malfaisante, dépourvue de vision, avait dit Raoul en parlant des gens qui voulaient la mort de ces bâtiments.

Alors, au premier étage, une fenêtre s'ouvrit toute grande. Je levai les yeux, la main en visière à cause du soleil. Clover pointa la tête à une fenêtre et me chercha du regard.

«Vous ! Vous êtes Tara ? appela-t-elle.

— Oui, c'est moi.

— Tenez. Attrapez !» Et de la fenêtre surgit une veste en velours bleu pâle. Je la regardai tomber.

« J'ai dit "attrapez", non ? »

Je la ramassai et une collection de pièces de monnaie, des cartes à jouer et des tickets de cinéma déchirés dégringolèrent des poches.

« Je descends dans cinq minutes. Tenez. Lisez ça, ça vous donnera de quoi réfléchir. » Sur ce, atterrit un exemplaire de *La Femme mystifiée*.

La porte d'entrée s'ouvrit enfin et Clover apparut dans la lumière. Malgré ses talons hauts et un grand chapeau à large bord, couleur de ces aubergines avec lesquelles Imogen confectionnait ses moussakas, elle était toute petite – plus encore que moi. Son teint d'une pâleur de vampire était rehaussé par une balafre de rouge aux lèvres grenat foncé. Elle avait d'énormes lunettes de soleil cerclées de rouge et des cheveux très raides, du même noir que le cirage de George. Elle ressemblait à un de ces lutins tirés des histoires d'Enid Blyton. Je n'aurais pas été surprise de la voir brandir une baguette magique dans ses mains minuscules, et c'était vrai, si Matilda ne m'avait pas dit qu'elle avait quarante-trois ans, je lui en aurais donné quinze de moins.

« Alors ? me demanda-t-elle, en montrant du menton le livre que j'avais dans les mains. Qu'en pensez-vous ?

— Ma sœur Florence l'a lu.

— Qu'est-ce qu'elle en a pensé ?

— Ça a mis le feu à la maison, reconnus-je.

— *Il est plus facile de vivre à travers quelqu'un d'autre que de devenir totalement soi-même*, cita Clover. Je n'ai lu que ça et j'ai bien peur que ce soit vrai. Mettez ça dans l'entrée, ajouta-t-elle, en voyant ma valise. On sort. »

Tandis qu'elle poussait mon bagage à l'intérieur, j'eus un bref aperçu de Napier House, en étirant le cou, et j'ouvrais la bouche pour poser la première de toute une série de questions quand, anticipant ma curiosité, Clover leva la main pour me faire taire.

« On aura tout le temps pour ça plus tard. Si je commence à parler de la maison, nous n'en arriverons jamais aux questions plus immédiates, vos vêtements, par exemple.

— J'aime bien votre chapeau », dis-je. Si tu ne sais pas quoi dire, fais un compliment, tel était l'un des adages de George. Clover rit, ôta son chapeau, m'en coiffa et remarqua en soupirant :

« C'est déjà mieux. »

Elle m'examina avec attention, des pieds à la tête, au sens propre, évaluant mon chemisier de coton, mes sandales, le short d'Imogen.

Elle se baissa et me prit le pied comme si j'avais été un cheval qu'on inspecte avant une course. Je restai muette de stupéfaction.

« Combien de fois ont-elles été ressemelées ?

— Oh, je ne sais plus. Pas tellement souvent. Cinq fois, au maximum.

— Elles sont affreuses, vraiment, épouvantables. D'accord, les chaussures élégantes font parfois mal aux pieds, mais peu importe ; on continue à avancer en se disant qu'il vaut la peine de souffrir un peu, car ainsi la moitié de la planète ne pourra jamais croire que tu te prépares toi-même ton petit déjeuner. Mais ça ! » Elle secoua la tête. « Il n'y a pas de mot pour dire à quel point elles sont moches. Venez. Nous allons parler en marchant.

— Elles ne sont pas moches ! protestai-je mollement, en démarrant à ses côtés au petit trot. Elles appartenaient à ma mère.

— Ah ! Maintenant, je comprends. Appartenaient. Elle est morte ?

— Oui.

— Pauvre petite. Moi, j'ai perdu ma mère dans le midi de la France, il y a deux ans, expliqua-t-elle, en se mordant la lèvre.

— Ah.

— Ce sont des choses qui arrivent.

— Vous vous ressemblez beaucoup ? demandai-je, ne sachant trop quoi dire.

— Elle est difficile, capricieuse, hypocondriaque, donc oui, nous nous ressemblons. Elle vit avec son deuxième mari que je refuse d'appeler mon beau-père. Je suppose que vous adoriez votre mère, n'est-ce pas ?

— Oui, répondis-je, tout en m'efforçant de ne pas me laisser distancer. Tout le monde l'adorait. C'était quelqu'un de merveilleux.

— *Cela va sans dire*[1]. Et votre père ?

— Il est pasteur.

— Seigneur. Il vous terrifie, j'imagine.

— Oui.

— Il ne voulait pas vous laisser partir à Londres ?

— Au contraire, il m'y a poussée. Il estime que, si c'est possible, autant se laisser guider par ses rêves.

— Tout à fait mon genre d'homme. Il est remarié ?

1. En français dans le texte.

— Non ! » Je me mis à rire en imaginant papa et Clover ensemble. « Aucune femme ne voudrait de lui. En fait, c'est un tyran à temps plein.

— Parfait. Je suppose que dessous tout ça, il est tendre comme du beurre ? »

Je réfléchis un instant.

« Non.

— Très bien. Je ne supporte pas ces bonshommes horripilants qui jouent les durs et s'effondrent en entendant *Play for Today*. »

Elle m'entraîna pour traverser la rue. Un chauffeur de taxi nous klaxonna, ou plutôt *la* klaxonna. Malgré la canicule, ses jambes de fée étaient moulées dans un collant marron. Ses talons aiguilles qui claquaient sur les pavés lui conféraient une aura d'extrême efficacité. Elle n'arrêtait pas de parler.

« Billy m'a dit que vous aviez une voix magnifique.

— Il a l'air de le penser. Oh, pardon », dis-je, en butant sur elle parce qu'elle avait stoppé net devant la vitrine d'une boutique qui vendait des vestes en tweed. « Hideux », marmonna-t-elle à mi-voix. Puis se tournant vers moi, elle poursuivit : « Apparemment, vous pouvez imiter n'importe qui. Billie Holiday, Etta James, ou cette chère vieille Alma Cogan ?

— Je crois.

— Il vous trouve forcément exceptionnelle s'il a mis Inigo Wallace dans le coup. »

Je ne répondis rien.

« Vous le connaissez ?

— Oui. » Je faillis ouvrir la bouche pour tout lui raconter – elle était du genre qui invite à se confier – mais je me ravisai. Elle me regarda.

« Difficile, dit-elle. Il ne faudra pas vous inquiéter s'il vous semble un peu bizarre, c'est ce qui fait son génie. Savez-vous qu'à New York, on l'a surnommé Mister Tubes ?

— C'est un nom idiot, dis-je, sur un ton plus acrimonieux que je n'aurais voulu.

— Pourtant, ça le définit assez bien. Il est toujours si absolument indisponible. J'ai fait une fixation sur lui pendant quelque temps, poursuivit-elle, et sa franchise me laissa bouche bée. Et puis j'ai compris que j'avais confondu l'amour avec une admiration profonde pour sa coupe de cheveux. Il ne m'a fallu qu'une quinzaine de jours pour m'en rendre compte. »

Je me mis à rire.

« Néanmoins, poursuivit-elle, il loge chez moi chaque fois qu'il vient à Londres et il écrit ses meilleures chansons dans le bureau de mon arrière-arrière-grand-père. Il y a là un piano à queue et une quantité d'ouvrages pornographiques de l'époque victorienne, ce qui pourrait expliquer pourquoi il aime tant venir séjourner de temps en temps à Napier House. Personne d'autre n'est autorisé à entrer dans cette pièce, remarqua-t-elle d'un ton grave. Seulement lui et son génie. » En prononçant ce mot, elle leva la main, doigts écartés, lui injectant ainsi plus qu'une touche d'ironie. « C'est sa terre sacrée, ajouta-t-elle.

— Vous pensez que c'est un génie ? »

Ma question parut la surprendre.

« Difficile à dire. Ça ne doit pas être simple de faire des chansons qui parlent à des millions de gens. Moi, j'en serais bien incapable. Je n'ai pas la moindre idée de la façon dont fonctionne la société dans son ensemble. Il semble avoir un don pour se glisser dans la mentalité des masses, ce qui est curieux étant donné qu'il a fréquenté un pensionnat très chic et passé son enfance dans une maison à côté de laquelle – je vous le jure – Kensington Palace paraîtrait des plus modestes. J'ai connu sa mère – très vaguement, en fait – pendant son veuvage, quand elle habitait le Wiltshire, avant qu'elle épouse Rocky Dakota et fiche le camp à New York. »

Comme d'habitude, l'allusion à Milton Magna me noua l'estomac. Clover aurait-elle entendu parler du vol de l'éléphant ?

« En tout cas, reprit-elle, sans égard pour mon cœur qui battait la chamade. Il y a quelqu'un qui l'aime. Depuis son arrivée il a reçu deux appels d'une demi-heure en provenance de New York, ce qui coûte les yeux de la tête.

— Une fille ? demandai-je, stupéfaite.

— Une fille, oui. Quand je l'ai interrogé à ce sujet, il s'est complètement fermé et est devenu tout rouge, ce qui ne lui ressemble pas du tout. Je l'ai entendu dire : "J'espère que tout va bien, baby" », fit-elle en prenant un accent snob étonnement bien imité. Je partis d'un rire embarrassé et elle eut un sourire entendu.

« Sans aucun doute, il s'agit de la muse qui est derrière ces irrésistibles chansons si rythmées qu'il pond toutes les dix minutes.

— Eh bien, je lui souhaite bonne chance », dis-je sèchement. Quelle que fût cette personne, elle n'avait qu'à le garder. Il n'était plus le garçon que j'avais auréolé de la magie de mes fantasmes.

«Bon, dit Clover, en mettant un terme à notre conversation sur Inigo. Il faut qu'on vous trouve quelque chose pour la soirée de Digby O'Rourke.

— C'est ce que veut Billy. Je n'ai encore jamais été invitée à une soirée par quelqu'un que je ne connais pas, ajoutai-je, quêtant un peu d'encouragement.

— Je m'en doute, dit-elle d'un ton compatissant, en examinant de nouveau mes chaussures. Restez près de moi pour traverser la rue, mon petit. On n'est plus dans le Yorkshire.

— La Cornouailles.

— C'est ce que j'ai dit. Il paraît que vous avez une sœur qui ressemble à Julie Christie. Quel ennui pour vous.

— Ça ne m'ennuie pas du tout, mentis-je.

— Mais si. Vous croyez ça uniquement parce que vous y êtes habituée. Et j'imagine qu'elle est jalouse de l'attention que vous recueillez quand vous chantez ?

— Je ne pense pas. Elle chante bien, elle aussi. C'est juste qu'elle n'a jamais pris la peine de travailler sa voix.

— Ceux qui ont la beauté n'ont pas besoin de se soucier de ce genre de choses. Ils peuvent se le permettre. Nous autres, nous devons nous donner beaucoup de mal pour nous faire aimer, aussi injuste que cela soit. Bien, on va commencer par jeter un coup d'œil ici. Combien vous a-t-il donné ? »

Je sortis de ma poche une liasse de billets froissés et les lui remis. Elle les compta rapidement, tout en marmonnant à mi-voix

« Hem. Il ne prend pas beaucoup de risques, hein ? »

Elle s'immobilisa, le temps d'allumer une cigarette, et me rendit l'argent.

«J'ai toujours vécu à crédit. C'est la seule façon d'exister. Les seuls qui méritent d'être payés cash, ce sont les teinturiers. Dans ce quartier, ils se font plus de fric que n'importe qui.

— Pourquoi ?

— Les gens ont peur qu'ils parlent, bien entendu. La teinturière de Digby O'Rourke, elle en a vu des choses, au cours de sa vie. Il paraît que c'est la meilleure de Londres, mais elle le menace sans cesse d'aller vendre sa petite histoire à la presse.

— Je peux imaginer ça.

— Vraiment ?» Clover me regarda et se mit à rire. «Je ne suis pas sûre que vous le puissiez. Pas encore, en tout cas.»

Elle me fit encore traverser une rue au pas de course.

«Voyez-vous, je déteste fumer, dit-elle. Au début, c'était juste pour m'occuper quand je m'ennuyais dans une soirée et maintenant je ne peux plus m'en passer. Comme pour le sexe, en somme», ajouta-t-elle après coup.

Je faillis m'étrangler. «Ma sœur Imogen pense que je devrais arrêter si je veux vivre jusqu'à un âge avancé, dis-je

— Quoi ? La cigarette ou le sexe ?

— La cigarette !» m'écriai-je, furieuse contre moi d'avoir eu l'air aussi choqué.

Clover rit à gorge déployée. «Bien sûr. Et de toute manière, qui de nous sera encore là pour connaître la vieillesse ? La fin du monde est prévue pour 1984, tout le monde sait ça.»

Elle était maintenant en arrêt devant une vitrine qui me rappela la couverture du vieil exemplaire délabré des *Contes d'Andersen* de papa. Des fées avec des ailes en tulle, des poupées en dentelle blanche et des grenouilles coiffées de couronnes en papier doré nous regardaient depuis un guéridon drapé d'une nappe en velours rouge, sur laquelle étaient posées des assiettes à pois.

« Cha-cha, expliqua Clover, en prof qui parle à l'imbécile. Elizabeth Taylor, excusez du peu, est venue ici la semaine dernière, alors voilà soudain que tout le monde veut y être vu aussi. Je connais la fille qui a lancé cette boutique. Je lui ai demandé de fermer pour la matinée, afin que nous puissions nous consacrer entièrement à vous. Tenez-vous bien droite, respirez, ne faites rien tomber, ne déchirez rien et ne pensez même pas à acheter quoi que ce soit tant que je ne l'aurai pas dit. »

Elle posa ses mains sur mes épaules et me regarda droit dans les yeux. « Un jour, dans les brumes lointaines du temps, tu diras à tes petits-enfants que tu as fait des achats ici. »

Elle était difficile à déchiffrer ; à cette époque, j'aurais été incapable de dire si elle plaisantait ou non.

« Si la fin du monde est pour 1984, je n'aurai peut-être pas à le faire », plaisantai-je.

Elle rit puis, glissant un œil par la fente de la boîte aux lettres, elle hurla :

« Police ! Vous êtes en état d'arrestation ! »

20

Cha-Cha pour débutantes

Au bout d'une minute, la porte s'ouvrit sur une jeune fille à peu près de l'âge de Lucy, dont l'épaisse chevelure blonde était retenue sur la nuque par un foulard rouge. Elle nous fit un signe de la main puis redévala l'escalier, comme si le soleil risquait de lui dérober ses pouvoirs cosmiques ou je ne sais quoi d'autre. Clover me poussa devant elle.

Nous descendîmes au sous-sol en faisant claquer nos talons et ce n'est que lorsque mes yeux se furent accoutumés à la pénombre qui y régnait que je vis convenablement l'amie de Clover. Elle ne me reconnaissait pas, bien entendu. Comment l'aurait-elle pu, au reste ? Je n'avais que dix ans quand nous nous étions vues pour la première fois, en 1956 – je doutais même qu'elle se rappelât cette circonstance. Ses traits et ses vêtements étaient restés dans ma mémoire avec la même netteté que si je l'avais vue la veille – comme il en va pour tous les petits détails qui participent à un événement très important. Elle était une des deux jeunes filles qui avaient secouru une pauvre enfant perdue, à Milton Magna, le jour où j'avais fait la connaissance d'Inigo Wallace. Celle qui m'avait donné le Kit Kat. Charlotte Ferris, l'amie de miss Penelope. Je réfléchis à toute allure et pris le parti de me taire.

« Voici Cherry Merrywell, une création de Billy, dit Clover.

— Vous habitez à Napier House ?

— Elle sera peut-être ma dernière locataire.

— Ravie de vous connaître », dit Charlotte, en posant son sandwich au jambon pour me serrer la main. « Tu as failli me faire mourir de stupéfaction, quand tu m'as dit que tu viendrais ce matin, reprit-elle à l'adresse de Clover. Qu'est-ce qui s'est passé avec Henry ? » demanda-t-elle malicieusement.

Clover me regarda.

« À ton avis ? Filé avec quelqu'un d'autre.

— Il a fait ça ! Je t'avais bien dit qu'il ne fallait pas lui faire confiance.

— Oh, pas lui, moi. J'ai rencontré un Français dans un bar. Tu imagines la suite.

— Qui est-ce ?

— Tu ne le connais pas.

— On parie ? »

Clover se cacha le visage dans les mains.

« Michel Grangier ? L'ami de Bailey ?

— Micky G. ? dit Charlotte, en émettant un sifflement. J'ai toujours pensé qu'il en était, ma chérie.

— Je le crois aussi. Et il n'est pas le seul. En tout cas, Henry a pété les plombs. Il a passé toute la nuit à essayer de me convaincre de partir en Inde avec lui, la semaine prochaine. Je lui ai répondu qu'il aurait plus de chances de m'embarquer sur une navette à destination de la Lune. Henry est psychanalyste, précisa-t-elle à mon intention. Il prend un immense plaisir à expliquer aux gens à quel moment précis de leur enfance les choses se sont gâtées. Ça lui rapporte un argent fou. Pauvre Hope Allen… vous connaissez Hopey ? Non, suis-je bête, vous ne la connaissez pas, bien entendu – quoi qu'il en soit, elle va le voir trois fois par semaine. Ce qui ne l'avance pas à grand-chose.

— Oh, mais si, rétorqua Charlotte. Pouvoir dire à tout le monde qu'on va chez le Dr Henry Wright pour parler de ses états d'âme est le meilleur médicament qui soit.

— Mon père pense qu'il n'y a rien qu'on puisse vous apprendre sur vous-même qui ne se trouve déjà dans l'histoire de Joseph et de ses frères. La Genèse, m'empressai-je de préciser.

— Joseph ? Celui de la tunique ? demanda Charlotte.

— Oui. Lui.

— Il m'a toujours plu.

— Comment ça ? s'étonna Clover. Encore un type qui n'arrêtait pas de dire aux gens comment ils devaient vivre leur vie – en interprétant les rêves et en prédisant l'avenir…

— Tu veux donc dire que s'il était parmi nous, aujourd'hui, il remettrait de l'ordre dans le monde ? dit Charlotte.

— Il a remis de l'ordre, assurai-je. Il a été maître de l'Égypte, parce qu'il avait su prévoir la météo sur une période de quatorze ans.

— Moi, je dirais que c'était juste pour faire de l'épate », ironisa Clover.

Je me mis à rire, amusée par son exégèse.

« Bon. Vous feriez mieux d'entrer, maintenant.

— Henry est votre… votre… ? » Je ne savais pas quel terme employer.

Charlotte répondit à sa place.

« Plus maintenant. Comment pourrait-il l'être ? Quand le cœur n'y est pas, dit-elle en regardant Clover. Quand il n'y a *jamais* été ? »

Clover enleva enfin ses lunettes de soleil et nous considéra.

« Comment pourrait-il l'être ? » répéta-t-elle à mi-voix.

Je fus stupéfaite de voir son regard s'emplir de souffrance.

« Ça va ? » lui demandai-je. J'avais posé cette question instinctivement – si soudainement son flegme avait laissé la place à une fragilité surprenante.

« Très bien, merci », répondit-elle, avec une égale promptitude.

Charlotte jeta une cape vert bouteille sur ses épaules, ce qui signifiait sans doute que le sujet était officiellement clos.

« Christopher a déniché ça au Maroc, le mois dernier. C'est magnifique, non ?

— Où est-il passé, celui-là ? On ne le voit plus.

— Il ne fait que passer, dit Charlotte. Aussi je l'appelle le "courant d'air". Il ne trouve pas ça très drôle. »

Clover écrasa sa cigarette dans un cendrier en verre bleu, en forme de femme nue vautrée sur un canapé, les mains tendues. À vrai dire, je ne savais pas trop si c'était vraiment un cendrier, mais apparemment cela n'avait guère d'importance.

« Vous êtes chanteuse, dites, c'est bien ça ? demanda Charlotte.

— Enfin… je chante.

— Billy dit qu'elle est sensationnelle, déclara Clover, en imitant l'accent américain de celui-ci.

— S'il le dit, ça doit être vrai. » C'est alors que le regard de Charlotte se posa sur mes pieds et son expression changea. « Tu as vu ses chaussures, dit-elle en dissimulant à peine son effroi. Il va vraiment falloir que tu commences par là. »

Clover haussa un sourcil.

« Pauvre enfant ! On se met au travail ? Buvons d'abord une tasse de thé. Cherry, mon trésor, va jeter un coup d'œil et ensuite tu nous diras s'il y a quelque chose qui te plaît. »

Je désignai une tenue d'équitation accrochée au mur, sans doute en guise de décoration.

« Elle appartenait à ma tante Clare quand elle était jeune fille, expliqua Charlotte. Elle la portait uniquement pour la chasse, parce que le grand veneur lui administrait une petite dose de cocaïne avant de partir.

— De la cocaïne ? » Jamais je n'étais tombée sur une chose pareille dans les romans de Pullein-Thompson.

« C'était légal, à l'époque, dit Charlotte d'un ton badin.

— J'aimerais beaucoup l'essayer », dis-je, en tâtant l'étoffe noire et raide de la main droite. Charlotte et Clover échangèrent un regard.

« Assieds-toi et lis ça », me dit Clover en me lançant un *Harper's Bazaar*.

Charlotte préleva un caillou ambré dans un vase transparent qui en contenait toute une collection.

«Ce n'est pas de la drogue, ma chérie, dit-elle en voyant ma mine effarée.

— Et pourtant…, ajouta Clover à mi-voix.

— Partout où je vais, j'emporte avec moi de l'encens et de la myrrhe, expliqua Charlotte.

— Comme les Rois mages, dis-je.

— Sauf que je n'ai pas d'or», dit Charlotte.

Ce qui ne manquait pas de sel, étant donné que tout ce qui environnait ces deux filles-là scintillait.

Elles commencèrent à parler du mariage de Billy et Matilda. À ce moment-là, Charlotte se trouvait en Afrique et elle n'avait pas pu rentrer à temps. J'imagine que le fait de décliner une pareille invitation représentait le comble du snobisme.

«Elle était comment? nous demanda-t-elle.

— Superbe, répondis-je, en toute sincérité.

— Un rêve préraphaélite, dit Clover. Typique de sa part, bien sûr. Je m'étonne que Billy l'ait laissée faire.»

Il s'ensuivit une longue discussion à propos des gens qui étaient présents à la réception, de la dernière fois où elles les avaient vus et de la façon dont chacun d'entre eux était habillé. Ensemble, Clover et Charlotte n'étaient semblables à aucune personne de ma connaissance, elles argumentaient, se passaient des tissus, fumaient, versaient sur leurs poignets des essences parfumées contenues dans de minuscules flacons et les humaient – elles étaient moitié enfants, moitié sorcières.

«J'ai chanté le solo pendant qu'ils signaient le registre», intervins-je, quand elles en furent arrivées à ce point de leurs réminiscences. Clover s'arrêta net de farfouiller dans les portants et me regarda fixement.

« C'était toi ? dit-elle d'un ton accusateur. Tu as chanté un air de *Gigi* et ils t'ont applaudie comme s'ils étaient au Royal Festival Hall ? Je ne voyais absolument rien. On était tout au fond. J'avais trop dormi. L'opium, dit-elle à Charlotte, en guise d'explication.

— Oui. C'était moi, dis-je.

— Ça alors ! Henry et moi, on s'est disputés comme des chiffonniers à cause de toi.

— Pour quelle raison ?

— À cause du tonnerre d'applaudissements que tu avais déclenché. Applaudir dans une église, il trouvait ça merveilleux, car pourquoi, bon sang, fallait-il être toujours sur son quant-à-soi, et une église devait être un endroit où applaudir devrait être… comment dire ? applaudi, et moi je disais que je n'étais pas du tout d'accord et qu'applaudir à l'église ne se faisait simplement pas, même si la personne qui chante a une voix magnifique. »

Ne sachant trop si c'était un compliment ou non, je dis : « Ahhh. »

« Ensuite il a dit que ça m'allait bien de parler comme ça, moi qui ne mettais jamais les pieds dans une église et, par conséquent, je n'avais aucun droit de donner des leçons dans ce domaine – quel idiot, tout ça parce que je ne veux pas l'épouser et qu'il ne conçoit pas qu'une femme puisse lui dire non –, quoi qu'il en soit, il a discouru sur ce thème à n'en plus finir, si bien que j'en ai eu tellement assez que j'ai sauté dans une Bentley avec Kate Wentworth et nous sommes rentrées tout droit à son hôtel, dans une ville qui s'appelle Falmouth, à un millier de kilomètres d'ici.

— Elle était vraiment bien, alors ? demanda Charlotte.

— Stupéfiante. Si incroyablement peu anglaise, on n'aurait jamais deviné que ça sortait d'elle. De toi ! rectifia-t-elle, en se rappelant que j'étais là. Quelle voix ! Je m'étais imaginé une belle et grande femme au teint sombre, venue spécialement de la Jamaïque pour la cérémonie. Et c'était toi ! Incroyable ! Je n'en reviens pas. »

Elles me regardèrent toutes deux avec un respect tout neuf. Je me tortillai d'embarras.

« J'ai chanté pour la seule raison que c'était le mariage de Matilda. Je ne l'aurais fait pour personne d'autre.

— Où était Matilda avant d'être partout ? demanda Charlotte.

— En Cornouailles, avec nous. C'était la meilleure amie de ma sœur.

— Elle en a fait du chemin, remarqua Charlotte. Il paraît que, l'an dernier, elle a été la femme la plus photographiée du pays. *Vogue* l'a qualifiée de "beauté féminine ultime".

— Ma sœur est beaucoup plus jolie, m'entendis-je déclarer. C'est juste qu'elle n'est jamais allée à Londres pour se faire voir partout, comme Matilda. »

Je ne sais pourquoi, Charlotte et Clover trouvèrent ma remarque à mourir de rire.

« Charlotte ! appela Clover. Le thé, s'il te plaît. Et toi, déshabille-toi pour qu'on voie un peu de quoi il retourne. »

Elle remonta l'escalier pour retourner la pancarte accrochée à la porte d'entrée, qui disait désormais « Fermé » à tout le monde.

« Comment ça, me déshabiller ? balbutiai-je.

— Nous sommes toutes allées en pension, ma chérie. On connaît ça par cœur. Pourquoi ne portes-tu pas de soutien-gorge ?

— Je ne pensais pas en avoir besoin.

— On en a toutes besoin. Attends. »

Elle glissa les mains sous son corsage et, en deux temps trois mouvements, elle retira le sien.

« Comment avez-vous fait ?

— Des années de pratique », dit-elle avec le plus grand sérieux, en me lançant son soutien-gorge. Il était noir, minuscule, rembourré et conservait la chaleur de sa peau.

« Je ne crois pas qu'il m'ira. Et puis je n'aime pas les soutiens-gorge.

— Tu es folle ou quoi ? dit-elle stupéfaite. Elles sont toutes comme toi, dans le Derbyshire ?

— La Cornouailles », rectifiai-je, pour la énième fois.

Elle me tendit une cigarette roulée à la main. « Tiens, fume ça. On en a pour un bon moment, alors profites-en pour te détendre un peu. »

Je tirai plusieurs bouffées de la cigarette et lui trouvai un goût bizarre. Sans doute de la drogue, pensai-je, et puis tant pis, à Londres, faisons comme… Mais une bouffée plus tard, je sentis tout tourner. J'ôtai mon chemisier et me glissai dans le soutien-gorge de Clover. Elle avait raison, bien sûr. Ça me changeait du tout au tout. Voilà que j'avais soudain un peu plus de ce que j'avais toujours envié à Lucy.

« Tu vois, dit Clover.

— Ouais », murmurai-je, en adressant à mon reflet un sourire niais.

Charlotte alla vers le pick-up et mit, comme par hasard, *South Pacific*. Clover farfouillait dans les portants, les yeux étrécis à cause de la fumée et marmottant dans sa barbe. « Trop long, trop compliqué, ne lui ira pas au teint… oui, j'essayerais bien ça… oh, Jean a emprunté ce truc la semaine dernière pour la sortie du livre, n'est-ce pas, oui mais sans la ceinture, non, mais possible si on trouvait les bonnes chaussures… », et ainsi de suite. Je restais debout à contempler le grand miroir craquelé, mes pieds nus pataugeant dans un océan de panne de velours, tout en écoutant Mitzi Gaynor chanter les louanges de son bien-aimé, dans ma vieille culotte d'école gris et blanc qui faisait un pendant grotesque au balconnet noir. Je m'en fichais totalement parce que j'étais complètement défoncée. Le terrier de Charlotte – qu'on m'avait présenté sous le nom de Dobbin – était vautré sur mes vêtements, derrière le paravent. Clover et Charlotte jacassaient comme des pies, en me posant une question de temps à autre : « Ça va, chérie ? Pourrais-tu lever les bras une minute ? », et j'obéissais au doigt et à l'œil, comme dans un état second.

« Hem, dit Clover ? Que penses-tu de ça ?

— Pas à vendre, dit Charlotte d'un ton sans réponse. C'est de la dentelle ancienne de l'époque victorienne, héritée de tante Clare.

— Laisse-la au moins l'essayer », dit Clover, et avant que Charlotte ait pu faire une objection, elle la lui prit des mains.

Elle enroula alors autour de mes jambes la dentelle noire qui tombait jusqu'à terre. Puis elle se plaça derrière moi pour l'épingler et la transformer en une longue jupe flottante.

« Je suis trop petite pour porter ce genre de choses, dis-je, non sans regret.

— C'est de la belle camelote, marmonna Clover. Ce serait un péché de ne pas l'utiliser.

— Ce serait un péché bien plus grave de l'envoyer habillée comme ça chez Digby, où les plus grands alcooliques de Londres risquent de l'inonder avec leurs épouvantables cocktails, dit Charlotte.

— Va jusqu'à l'escalier et reviens », m'ordonna Clover.

Je ne saurais dire sur quoi ma chaussure buta, sous ma jupe de fortune, ç'aurait pu être n'importe quoi – le coin d'un tapis persan, un exemplaire de poche écorné de *Peter Pan et Wendy*, le boa de Charlotte –, mais ce qui est sûr, c'est que je basculai en arrière, accompagnée d'un effroyable bruit de tissu déchiré. La surprise me cloua le bec ; je me retrouvai assise sur le derrière, les jambes allongées devant moi, avec le chapeau de Clover qui me retombait sur les yeux. Cette culbute m'avait sonnée davantage que toutes les chutes de cheval que j'avais faites dans ma vie, mais c'était peut-être à cause de l'atmosphère confinée des lieux. Je tentai de me relever pour ne réussir qu'à tomber une deuxième fois, et ma jupe se déchira encore un peu plus.

« Merde. »

Clover éclata de rire.

« Mince alors, ma chérie, ça va ? Tu respires encore ?

— Peu importe qu'elle soit morte ou vivante ! Et ma dentelle ? gémit Charlotte.

— Je suis affreusement désolée », dis-je dans un souffle.

Charlotte empoigna un coin de dentelle et tira dessus, mais comme elle se trouvait réduite en lambeaux, on aurait dit qu'elle déroulait les bandelettes d'une momie égyptienne, si bien qu'il ne me restait plus qu'une sorte de pagne qui m'arrivait à mi-cuisse, attirant l'attention sur mes solides genoux blancs. À part ça, n'ayant sur moi que le balconnet et le chapeau, j'avais l'air d'avoir fait l'objet d'une abominable agression.

« La dentelle est fichue », dis-je, prise de panique et saisie d'une envie de prendre la fuite, impérieuse et soudaine ; j'avais l'impression d'être l'assistante d'un prestidigitateur, à l'instant fatidique où elle va être coupée en deux pour disparaître dans la fumée et les draperies.

C'est alors que la sonnerie de la porte retentit. De là où je me trouvais, assise à même le sol, j'apercevais la rue, un peu plus haut, par une fente des rideaux.

« Jésus, Marie, dis-je en me tortillant pour m'écarter du champ de vision. C'est Inigo.

— Mister Tubes en personne, ironisa Charlotte. Bill a dû le mandater pour nous surveiller, ajouta-t-elle en écrasant sa cigarette.

— On fait semblant de ne rien avoir entendu ? »

Nouveau coup de sonnette.

« Il va falloir que tu lui ouvres, dit Clover. Sinon, il descendra par la cheminée. »

Charlotte laissa Clover achever de me délivrer et fit entrer Inigo. S'ensuivit une petite conversation dont nous ne perdîmes pas un mot.

« Salut, chéri. On était justement en train d'habiller votre petite chanteuse.

— Je peux jeter un coup d'œil à ce que vous avez déjà fait ? Billy veut que je…

— Non, non. Va jouer, sois gentil. Ce n'est pas encore au point.

— Vous avez fumé ?

— Possible. Moi peut-être. Mais pas elle.

— Bonté divine, Charlotte, cette petite a dix-sept ans !

— Inigo. Je ne voudrais pas te rappeler ce que moi je faisais à dix-sept ans. Ce n'est plus un bébé !

— Comparée à toi, c'est une enfant retardée !

— Oh, et toi, tu es un modèle de vertu…

— Il n'est pas question de moi. »

J'ouvris la bouche. Clover plaqua la main sur ma grimace indignée.

« Quel emmerdeur tu es, sache-le, Inigo. Rien ne change avec toi. Depuis l'âge de quinze ans, tu ne cesses pas de nous casser les pieds. »

De désespoir, Clover porta la main à son front.

Quelques secondes plus tard, et avant que j'aie pu remettre de l'ordre dans ma tenue, il était là.

Le sous-sol de la boutique était si exigu qu'il s'immobilisa sur la dernière marche.

« Elle ne peut pas sortir comme ça, déclara-t-il aussitôt.

— Je sais, dis-je, entre mes dents.

— Pourtant ça ferait vendre des disques en pagaille. Je t'en supplie, poursuivit-il d'un ton irrité, en s'adressant à Clover, va chercher de quoi vêtir cette malheureuse. Elle n'est pas à Londres depuis vingt-quatre heures que tu l'as déjà droguée et déshabillée dans le sous-sol le plus… (il lança les mains en l'air, cherchant le mot), le plus *louche*[1] de tout Londres.

— J'ignore ce que signifie *louche*, mais je suppose que ça veut dire "sublime".

— Elle fait des essayages pour la soirée », dit Clover en me regardant. J'étais debout, enveloppée dans de la dentelle noire, pouvant à peine bouger. « Va te rhabiller, mon petit », me dit-elle.

Dissimulée derrière le paravent, je pressai mon corsage en coton sur mon visage en feu et le reniflai. Imogen. Je refoulai une violente envie de pleurer.

« Chaque fois que Billy me demande d'habiller une fille, c'est la même chose, pestait Clover.

— Comment ça ? Des étoffes inestimables provenant d'une époque lointaine finissent en lambeaux ?

— Non. Il faut toujours que quelqu'un s'en mêle.

— Je ne fais que ce qu'on m'a demandé de faire, dit-il. Billy m'a simplement dit que, si sa tenue n'allait pas, ce serait pareil pour tout le reste. Il vient de voir des photos de Susan Vaughan et il veut Cherry en rose et blanc.

— Eh bien, il ne l'aura pas en rose et blanc, décréta Clover. Ça ne lui irait pas au teint. »

1. En français dans le texte.

Inigo sortit un magazine de sa poche arrière. Apparemment, il n'aimait guère servir de messager à Billy.

« Regarde, dit-il en désignant une photo. Voilà à partir de quoi il veut que tu travailles. »

Clover approcha le magazine de ses yeux et fronça les sourcils.

« Elle est trop jeune pour qu'on l'attife comme si elle partait pour une soirée de gala à Manhattan. Pour l'amour de Dieu, Inigo, tu comprends certainement ça.

— Tu ne t'en es peut-être pas aperçue, mais je ne suis que l'auteur-compositeur.

— Dans ce cas, qu'est-ce que tu fiches ici ?

— Je me pose exactement la même question. »

À cet instant, la sonnette retentit de nouveau.

« C'est qui, cette fois ? » demanda Clover.

Charlotte alla à la fenêtre et leva la tête.

« Juste un mannequin. J'organise un casting cet après-midi. Elle a dû se tromper d'heure. »

Je suivis son regard.

« Ce n'est pas un mannequin ! m'écriai-je. C'est ma sœur ! Elle s'est fait couper les cheveux. Papa va l'étriper ! » J'avais prononcé ces derniers mots à haute voix, malgré moi, mais ce qu'avait fait Lucy était trop ahurissant pour que je le garde pour moi.

J'agitai une main frénétique. Jamais, de toute ma vie, je n'avais été aussi excitée de la voir.

« Ta sœur ? s'étonna Clover. Ça alors ! Je ne m'attendais pas à voir une aussi belle fille, je veux dire, belle à ce point !

— C'est chaque fois pareil, dis-je.

— Je vais monter lui ouvrir », dit Charlotte, qui sauta sur l'occasion pour prendre la fuite.

Clover, qui avait déjà retrouvé son calme, était en train d'extraire d'un portant une robe bain de soleil rose.

« Voilà qui t'ira à merveille. »

Lucy descendit l'escalier en faisant claquer ses talons. Elle s'arrêta sur la dernière marche et nous sourit. Inigo secoua la tête, en signe d'admiration ou de désespoir – difficile de trancher.

« Leighton House est quelque chose d'incroyable. J'y serais bien restée encore au moins une heure de plus.

— Tu as pensé à… ce que dira papa, quand il verra ce que tu as fait à tes cheveux ? »

Lucy agita la tête d'un air crâne.

« Et après ? Je suis venue jusqu'ici à pied depuis Kensington et je suis passée devant un salon de coiffure où il y avait en vitrine la photo d'une fille avec des cheveux presque ras. Je suis entrée et j'ai demandé la même chose. Qu'en pensez-vous ?

— Miss Fitts va piquer une crise », dis-je.

C'était Jean Seberg dans *À bout de souffle*. Sa coupe ultracourte agrandissait encore ses yeux et conférait à ses pommettes une géométrie étonnante.

« Je regrette de ne pas avoir eu le courage de couper les miens, dit Charlotte. Sans parler du reste, ça vous fera des économies de shampoing.

— Que va dire Raoul ? dis-je, en pensant tout haut.

— Probablement qu'il ne s'apercevra de rien, dit Lucy.

— Qui ça, il ? demanda Clover.

— Le mari. » Lucy et moi avions répondu en même temps.

« Où est-il ? » demanda Charlotte, en se retournant comme si elle s'attendait à le voir apparaître derrière elle, la main tendue.

« En Cornouailles, répondit Lucy.

— Pourrait aussi bien être sur la Lune, persifla Charlotte, en rassemblant les restes de la jupe. Est-ce que vous allez chez Digby ce soir ? demanda-t-elle à Lucy.

— Oui. Inigo, moi, nous tous.

— Très bien, soupira Clover. Ce que Billy veut, Billy l'obtient. On va t'essayer cette tunique rose. Non, garde le soutien-gorge. »

Je pris la tunique en question et l'examinai d'un air accablé.

« Vous, dit Clover à Lucy. Venez par ici. J'ai une idée. Une façon de réparer les dégâts qu'a faits votre sœur », fit-elle en m'adressant un clin d'œil qui me fit comprendre qu'elle était de mon côté. Je sentis toutefois des larmes brûlantes me picoter les yeux. Ça ne me plaisait pas que Clover ait des idées pour Lucy – c'est de moi qu'elle devait s'occuper, après tout !

Lucy, qui d'ordinaire détestait qu'on lui donne des ordres, s'avança docilement vers Clover, laquelle lui drapa un lambeau de la jupe sur le haut des cuisses.

« Enlevez votre pantalon, dit-elle. Il faut que je voie quel effet ça fait.

— Je m'en vais, dit Inigo, en levant les yeux au ciel.

— Tu peux informer Billy que ces deux filles seront chez Digby ce soir, à neuf heures trente.

— Ça commence à huit heures, dit Lucy.

— Habillée comme tu vas l'être, ma chérie, il est hors de question que tu arrives à l'heure. »

Inigo remonta les marches deux par deux. Je le vis sortir de la boutique et s'engager dans la rue, une main dans une poche et une cigarette dans l'autre.

Charlotte, la tête inclinée de côté, regardait ce que faisait Clover.

« Un peu court, non ? »

Clover la considéra, la bouche parsemée d'épingles, et fronça les sourcils. Lucy et moi suivions des yeux son image qui s'activait dans la glace. Vêtue de ma tunique rose, je me tenais légèrement en retrait derrière ma sœur et mon petit corps maigrichon paraissait comique à côté du sien – comme un reflet dans la galerie des glaces d'une fête foraine. Devinant mon embarras, Lucy me regarda. Elle tenta, sans y parvenir, de hausser les sourcils pour indiquer qu'elle trouvait que tout ça était grotesque. Elle dut se mordre la lèvre inférieure pour s'empêcher de sourire.

Le téléphone sonna et Charlotte disparut pour aller répondre. On l'entendit glapir de joie, puis parler en français à toute vitesse.

« Ne bouge pas ! » ordonna Clover.

Quand Charlotte revint, Clover était en train d'épingler Lucy dans la petite jupe.

« Charlotte, apporte un verre d'eau à cette malheureuse, et pour moi du fil et des ciseaux, et puis décroche ce foutu téléphone.

— Bien, chef », dit Charlotte.

Une demi-heure durant, elle travailla sur la jupe, dans un silence presque complet. Lucy et moi n'échangions pas un seul mot, de peur de rompre le charme.

Quand elle eut fini, elle se redressa, s'étira et noua les mains dans son dos.

« Alors, dit-elle. Qu'en pensez-vous ? »

La jupe, minuscule désormais, n'était plus qu'un fragment de ce qu'elle était auparavant. Elle adhérait aux cuisses de Lucy, s'arrêtant à au moins vingt-cinq centimètres au-dessus du genou. Sa brièveté attirait inévitablement l'œil sur les longues jambes nues dessous.

Je pris la parole avant tout le monde. Il me semblait sentir la présence de papa par-dessus mon épaule.

« Elle ne peut pas aller dans une soirée comme ça ! Elle a l'air à moitié nue !

— Le tissu est superbe, et elle aussi, rétorqua Clover, qui venait de résumer la situation sans aucun état d'âme.

— Mais tout le monde va me regarder, non ? dit Lucy.

— Je l'espère bien, répliqua Clover.

— Billy va trouver que c'est exagéré », dit encore Lucy sur un ton de regret.

Charlotte rit.

« Tu connais mal Billy, on dirait ?

— Qu'est-ce que je te dois ? demanda Clover.

— Vingt livres, dit Charlotte.

— Pour ce petit bout de tissu ? protesta Clover.

— Ça a une valeur sentimentale, dit Charlotte, désinvolte. Ça appartenait à ma tante Clare bien-aimée. C'est une chose sur quoi on ne peut pas mettre un prix.

— Tu viens pourtant de le faire.

— Vingt livres, insista Charlotte. Clover, ma chérie, il faut bien que je gagne ma vie.

— Quinze ! dit Clover. On ne peut pas dire que tu tires le diable par la queue. C'est la boutique la plus en vue de l'ouest de Londres et si tout se passe bien ce soir, tu vas voir rappliquer les petites esclaves de Digby qui ne voudront pas être en reste. Il ne s'agit pas de n'importe quelle vieille jupe, poursuivit-elle, en se prenant au jeu. C'est une Jupe avec un J majuscule. »

La sonnette retentit une fois de plus. « Tu vois, ça commence déjà. La Jupe est née. »

Charlotte jeta un coup d'œil par la fenêtre.

« C'est André. Il faut qu'il descende voir ça. »

Des années après, j'ai lu quelque part qu'André, l'ami de Charlotte, avait inventé la mini-jupe. Enfin, c'était soit lui, soit Mary Quant. Mais je pense plutôt que ce fut nous toutes, ce jour-là, dans la boutique de Charlotte, dans King's Road. Nous l'avons toutes inventée, Clare, la tante de Charlotte, avec son amour des dentelles de l'époque victorienne, moi, avec mes grands pieds maladroits qui avaient déchiré le tissu, Charlotte et Clover, avec leur brouet de sorcières composé d'encens et de thé au jasmin, et enfin Lucy, avec son talent inné pour mettre n'importe quoi et en faire une sorte d'œuvre d'art. Dans la soirée, elle devrait la porter, bien entendu. Moi, je n'aurais pas pu – et d'ailleurs personne ne me le proposa. Je dus me contenter de ma petite robe choisie selon les consignes dictées par Billy ; c'est pour ça que j'étais venue à Londres. S'il désirait me déguiser en sucre d'orge, il en avait le droit. Mais cela ne m'empêchait pas d'avoir envie de pleurer.

Clover nous emmena ensuite déjeuner dans Fulham Road. Lucy et moi engloutîmes des milk-shakes et des hamburgers, avec un plaisir non dissimulé. Clover but un café noir et mangea un croissant.

« Maintenant, j'aimerais bien aller à Buckingham Palace, annonça Lucy. Pour moi, c'est un péché de venir à Londres et de ne pas aller voir la demeure la plus célèbre de la capitale. » Elle ouvrit son sac et en sortit son guide. À la table voisine, deux jeunes filles jetaient des regards intéressés sur Lucy et ses cheveux courts, ce dont elle ne semblait pas s'apercevoir. « Tu pourrais m'y conduire ? »

Prise de court, Clover dit oui.

21

Napier House

« Diantre ! »

Après l'éclat aveuglant de cet après-midi de juillet où nous avions assisté, une heure auparavant, à la cérémonie rouge et or de la Relève de la garde, il fallut un moment à nos pupilles pour s'accoutumer à la pénombre du vestibule de Napier House. L'impression immédiate était d'ordre et de précision, en dépit de l'énorme quantité d'objets qui s'y accumulaient. Il faisait une chaleur étouffante.

« Je peux ouvrir les fenêtres, dit Clover. Mais cette maison n'est jamais fraîche. Il m'est arrivé de faire la cuisine en culotte. Suprêmement recommandé. Bien que je ne sois pas certaine que cela se pratiquait du temps de ma grand-mère. »

Je levai la tête, instinctivement, comme à l'église, et découvris un plafond semé de tulipes.

« William Morris, annonça Clover, laquelle n'avait pas besoin de le signaler, car Lucy, si elle l'avait pu, aurait tapissé sa vie entière de ce papier peint.

— Il y en a partout dans la maison, poursuivit Clover. À un moment donné, ils en ont eu assez, mais finalement ils y sont revenus. C'est toujours comme ça avec les grandes histoires d'amour. »

Lucy scruta le miroir doré accroché à côté d'une cheminée drapée de velours orange fané, mais, au lieu de s'y voir, elle vit tous ceux qu'il avait reflétés un siècle plus tôt.

« C'est exactement comme ça que j'imaginais la maison des Darling, dans *Peter Pan* », ne pus-je m'empêcher de dire tout haut – grâce à Lucy, je m'y connaissais suffisamment en mobilier victorien pour faire une remarque un peu plus savante, mais je n'avais trouvé rien d'autre à dire.

« J. M. Barrie était un ami de mon arrière-grand-mère, expliqua Clover, en suspendant son sac à la rampe. "Lorsque Margaret aura grandi, elle aura une fille qui deviendra aussi à son tour la mère de Peter et ainsi se suivront les générations tant que les enfants resteront gais, innocents et sans cœur." » Elle haussa les épaules et dit avec autorité « Venez. »

Pour la seconde fois en deux jours, mes sandales poussiéreuses eurent l'air grotesques – cette fois, ce n'était pas à cause du contraste entre leur côté avachi et enfantin et le modernisme sévère, impeccable, adulte du tapis danois de Billy ; la raison était exactement inverse. Nous étions au temps jadis – l'escalier demandait de la cire et des bottines lacées. Je compris aussitôt pourquoi Clover avait mis des chaussures pareilles par un aussi chaud après-midi. Il aurait été impossible de vivre dans cette maison sans adhérer au passé. Tandis que Clover gravissait les marches avec grâce et arrivait sur le palier où était disposée une impressionnante collection de fougères et de coquillages, face à un assortiment de plumes d'autruche piquées dans des vases aguichants, Lucy et moi restions un peu à la traîne afin de ne rien rater. En arrivant à l'étage, je trébuchai, manquant de renverser une paire de statuettes identiques – des Africains souriants et couverts de bijoux posés sur un socle en bois décoré de fruits et de feuilles d'or, qui présentaient des plateaux.

« Au secours, murmurai-je, en les redressant.

— Au secours, en effet », chuchota Lucy, en s'arrêtant pour examiner les visages de ces personnages aux dents d'ivoire et aux superbes yeux de verre. « Ce sont des Maures. Vénitiens. Début XIXe. Ça vaut une fortune.

— Crois-tu que Billy achèterait ce genre d'objets ?

— Impossible. C'est trop exotique pour lui. »

Apparemment, Billy était allergique aux motifs compliqués – allergique à tout ce qui était petit. Il lui fallait de vastes espaces blancs ornés d'œuvres d'art grandes et singulières qui réclamaient un commentaire de la part de quiconque pénétrait chez lui. Ici, à Napier House, la vie était tout entière dans les détails, dans les pompons, dans la richesse des étoffes. Pourtant, ceux qui avaient conçu cette demeure recherchaient exactement ce que recherchait Billy aujourd'hui : être reconnus de leur entourage – et un peu enviés également –, ils étaient aussi modernes que lui, à leur époque. La densité des tableaux et des photographies – accrochés si près les uns des autres que quelquefois les cadres se touchaient – était presque dérangeante.

« Mes arrière-grands-parents auraient trouvé quelque chose à acheter en plein désert », dit Clover qui avait deviné mes pensées.

Et, comme de juste, une antique horloge de parquet sonna dans le salon.

« Depuis quand… ? » La voix de Lucy se perdit, trop occupée qu'elle était à regarder partout, pour finir sa phrase.

« Mon père a filé avec une comtesse italienne deux ans après ma naissance, alors ma mère est revenue vivre dans cette maison avec mon frère James et moi. C'est ici qu'elle avait grandi.

— La pauvre, dis-je.

— Pas vraiment. Elle aimait mon père, mais il n'y avait pas réellement de place pour lui dans sa vie. Elle n'avait pas vingt ans quand je suis née. Ses parents étaient les êtres qui comptaient le plus dans sa vie, et dans la mienne aussi, par conséquent. »

Lucy caressa le haut du buste de marbre d'une femme coiffée d'un voile de mariée en dentelle, comme si elle espérait la voir prendre vie. Clover sourit.

« J'aimais ma grand-mère plus que n'importe qui au monde, dit-elle simplement. La mère de ma mère, Colette Napier. D'après tous ceux qui la connaissaient, personne ne pouvait se mesurer à elle. Elle chipait tout bonnement la première place et les autres n'avaient plus qu'à s'incliner. C'est tout simple. »

Elle eut un mouvement du menton en direction d'un petit dessin au crayon encadré de noir, accroché au-dessus de la table du vestibule.

« C'est elle, son nez a du caractère, vous ne trouvez pas ?

— C'est le vôtre, dit Lucy, en s'approchant pour examiner le dessin. Et vos yeux. Quelle belle femme. »

Ce n'était guère dans les habitudes de Lucy d'épiloguer sur la beauté d'une femme – pas tellement parce qu'elle n'en faisait pas cas, mais parce que toute allusion à la beauté d'une autre semblait toujours mettre l'accent sur la sienne.

« Je ne provoque pas d'émeutes, contrairement à elle, dit Clover. Mais merci pour la comparaison. Elle était restée belle malgré les années. J'ai des photos en preuve.

— Colette Napier, dis-je. C'était la première personne de votre famille à habiter ici ?

— Elle était de la seconde génération. Mais c'est à elle que cette maison doit d'être ce qu'elle est. L'idée de la transformer ne serait venue à personne. Pour la plupart des gens, ça s'appelle faire du sentiment, moi je dis que c'est garder l'histoire vivante pour des imbéciles futurs. Vous savez toutes les deux que le temps est compté pour cette maison. C'est pour ça que vous êtes ici. Ils élargissent la rue et cette rangée de maisons a le malheur de se trouver en travers de leur projet. Hélas, contrairement à nous, personne aujourd'hui ne s'intéresse plus aux demeures victoriennes. Ils comptent envoyer les bulldozers et nous indemniser.

— Mais ils ne peuvent pas, dis-je, consternée.

— On parie ? C'est plus fort qu'eux. C'est comme une drogue, pour ces gens. Une fois qu'ils ont commencé à démolir, plus rien ne les arrête. Tout le monde déteste les victoriens. Ils sont si peu à la mode, ajouta-t-elle d'un ton moqueur. Quel goût hideux !

Des pièces affreusement encombrées pleines d'horribles couleurs oppressantes !

— Quelle bande d'imbéciles ! s'écria Lucy, en jetant un regard noir à Clover, comme si elle avait parlé en son nom propre.

— Vous, dit Clover, en pointant un doigt accusateur sur Lucy. Vous êtes une exception ; vous voyez plus loin que le bout de votre nez. Vous voyez après-demain et avant-hier, et vous savez qu'un jour, quelqu'un entrera dans cette maison et remerciera le ciel qu'elle soit restée en l'état, dit-elle, en montrant l'escalier. J'espère seulement qu'on tiendra jusqu'à la fin de l'été. Il paraît que ce ne sera pas le cas du Coal Exchange.

— Ah non, fit Lucy. Ne dites pas ça.

— Allons, allons, dit Clover, en souriant tout à coup. Profitons du moment présent. Je vais vous faire visiter. »

Elle envoya valser ses chaussures à talons, et si cela la diminuait côté taille, son pouvoir en était grandi. Le grondement d'un marteau-piqueur nous parvint de la rue, mais, à l'intérieur de la maison, nous étions en sécurité, du moins pour le moment.

« Ici, c'était le bureau de mon arrière-grand-mère, dit-elle, en ouvrant une porte. Après sa mort, il a été celui de Colette et, aujourd'hui, c'est le mien. J'avais d'abord pensé que je ne devrais peut-être pas m'y installer – par crainte de l'abîmer, je suppose. Mais ici je peux travailler. Cette pièce a été conçue pour qu'on y fasse des choses. C'est ce que je fais. »

Lucy riait littéralement de joie. Pour elle, c'était comme un rêve réalisé. Du tissu rouge à feuilles d'or qui tapissait les murs – auquel le temps, de même qu'en beaucoup d'autres endroits de Napier House jadis, avait donné une teinte rouille et bronze foncé comme s'il y régnait un automne perpétuel – aux portes vert foncé décorées de digitales, tout était parfait. Une petite bonbonnière victorienne, comme nous n'en avions jamais vu. Certes, ce n'était pas la première fois que nous nous trouvions dans un intérieur où rien n'avait changé en quarante ans – loin de là –, mais jamais encore nous n'avions pénétré dans une pièce traitée avec autant de respect. Autant d'amour. Le mois précédent, j'avais entendu à la radio qu'un homme s'envolerait pour la Lune avant la fin de la décennie – des athlètes couraient le mille mètres en trois minutes et téléphonaient ensuite à des amis en Amérique pour le leur annoncer –, mais pendant ce temps, cette pièce était restée obstinément la même et cet acte de rébellion lui avait donné de la force. J'écarquillais les yeux tout en me disant que Napier House n'était pas tant un régal pour la vue qu'une bouchée exquise d'un mets resté longtemps hors d'atteinte. Au fond, derrière le bureau, un petit vitrail représentait une femme, un violon calé sous le menton, les yeux clos dans l'extase. Lucy courut le regarder.

« Laissez-moi deviner, dit-elle. Francis Owen Salisbury ? C'est sainte Cécile, évidemment. La patronne des musiciens.

— Bravo, dit Clover, admirative. Inigo lui adresse une prière chaque fois qu'il vient loger ici. »

Lucy me regarda. Quand quelqu'un prononçait son nom, elle me regardait automatiquement. Ni elle ni moi ne parvenions à croire qu'il allait habiter ici, avec nous.

Partout dans la maison, il y avait des photos extraordinaires – un homme en complet veston, avec un iguane dans les bras, une noce où un éléphant posait à côté des mariés, un petit garçon endimanché, environné d'une nuée de poules, qui croquait ce qui semblait être un radis – et le plus saisissant, Clover, qui souriait, les yeux mi-clos, accroupie devant un feu de cheminée, avec un chapeau mou pour toute vêture.

« Mince alors, réussis-je à articuler. C'est vous ?

— Il y a une dizaine d'années, environ. Le mal incarné, n'est-ce pas ?

— Oui, c'est un peu ça, dis-je en riant.

— Je m'apprêtais à chiper un mari. Vous avez vu mes yeux ! Pas la moindre trace de culpabilité. En ce temps-là, j'étais coutumière de la chose. Le Maroc », ajouta-t-elle en guise d'explication. En même temps, elle regardait par la fenêtre, l'air préoccupé.

« Les revoilà, murmura-t-elle.

— Qui donc ?

— Je ne sais pas. Je les ai surnommés L'Heureux couple. Ils habitent en face. »

Je suivis son regard et vis, sur le trottoir, un jeune homme et une jeune femme qui sortaient de chez eux.

« J'ai essayé de leur parler de ces projets de démolition, mais ils me répondent qu'ils s'en fichent, du moment qu'ils sont ensemble ou avec un bon bouquin. Je ne plaisante pas ! »

Je jetai un coup d'œil sur la table de travail placée devant la fenêtre. Dessus, bien en vue, il y avait une lettre adressée à la Victorian Society. « Cher professeur

Pevsner », ainsi commençait-elle. En voyant ce nom, j'eus un mouvement de surprise. Lucy suivit mon regard.

« Excusez ma curiosité, bredouilla-t-elle, mais est-ce que vous étiez en train d'écrire à Nikolaus Pevsner ? »

Clover parut étonnée, puis elle sourit.

« Primo, ne vous excusez jamais de lire la lettre d'une personne assez sotte pour la laisser bien en vue, sur un bureau. Deuzio, oui, je lui écris. La Victorian Society a été fondée il y a quatre ans, dans une maison pareille à celle-ci.

— Chez Linley Sambourne », lança aussitôt Lucy. On aurait dit qu'elle pensait que Clover lui faisait passer un test et qu'elle serait recalée si ses connaissances n'étaient pas au moins du niveau de la licence en Études victoriennes.

« C'est exact, dit Clover. Les Sambourne étaient des amis de ma grand-mère. Ils dînaient tout le temps avec des gens en vue, artistes, politiciens, oisifs cherchant à s'occuper, auteurs dramatiques en quête d'une idée de pièce – Oscar Wilde et mon grand-père étaient de grands amis, ajouta-t-elle d'un ton détaché, et balayant les questions innombrables que cette remarque risquait de susciter, elle se hâta d'ajouter : « Je ne vois pas pourquoi je n'enrôlerais pas Pevsner, Betjeman et *tutti quanti* pour qu'ils prennent aussi notre défense. Pourquoi ma maison aurait-elle moins d'intérêt que les autres ?

— Oui, il faut qu'ils fassent quelque chose », dit Lucy, qui considérait ses ongles d'un air réprobateur – vis-à-vis d'elle-même sans aucun doute. Je savais, sans qu'elle eût besoin de le dire, qu'elle pensait tout à coup à papa. Le nom de Pevsner lui rappelait invariablement l'expression qu'il avait eue, le jour où il lui avait confié le livre du grand homme, il y avait bien des années.

Clover nous emmena ensuite au premier étage, et au trot.

« Le salon, annonça-t-elle, en ouvrant une porte. Mes ancêtres devaient être de très gros mangeurs. J'ai des menus comportant treize plats, sans compter des sucreries et des fruits confits en fin de repas. Après ça, il leur fallait de quoi caser confortablement leurs énormes derrières. »

En face de moi, il y avait un mur entièrement recouvert de porcelaines émaillées bleu et blanc.

« La collection de mon arrière-grand-père, expliqua Clover. Ça, poursuivit-elle, en prenant sur un guéridon un vase rose et blanc, pour l'élever dans la lumière, ça vient d'un voyage à Paris, en 1888. Ma grand-mère a noté qu'il avait été acheté le 8 août.

— Le huit, huit, 1888, dit Lucy. Ce que j'aimerais aller à Paris.

— Oh, vous y irez. C'est une ville des plus déconcertantes et à la hauteur de tout ce qu'on a écrit à son sujet. Je vais vous montrer votre chambre. Vous logerez tout en haut, à l'ancien étage des domestiques, je le crains. Je ne plaisante pas, mon petit », dit-elle, parce que je riais.

En effet, elle ne plaisantait pas. Il nous fallut grimper quatre étages entre des murs tapissés de papiers peints de William Morris, et au passage nous eûmes une vision fugace des autres chambres – celle de Clover, au milieu de laquelle trônait une gigantesque baignoire sur pied, une petite chambre qui avait dû être celle d'un enfant – avant d'arriver enfin tout en haut. Clover poussa une porte. Malgré la nudité de la pièce comparée au reste de la maison, elle avait su la rendre assez accueillante. Il y avait deux lits jumeaux («Remerciez votre bonne étoile de ne pas avoir à dormir dans le même lit, comme c'était le cas pour les bonnes») avec deux modestes carpettes fort élimées. Dans un coin, une petite cuvette et, en face, un miroir et une commode.

«Je trouve que c'est une grave erreur de loger des hôtes dans une chambre trop confortable. Parce qu'ils s'incrustent. Je l'ai appris à mes dépens. Même si vous êtes payé pour ça, c'est lassant de voir toujours les mêmes bobines au petit déjeuner.»

Je m'assis sur le lit et en testai la souplesse.

«Vous allez dormir sur cent vingt années d'histoire, dit Clover. Par conséquent, prenez-en soin, d'accord?

— Bien entendu», dit Lucy, vexée que Clover ait pensé que nous aurions pu ne pas le faire. Puis elle ne put s'empêcher de marmonner : «Raoul n'en reviendrait pas.

— À cause de moi ou à cause de la maison? demanda Clover, amusée.

— Des deux. Il est tombé amoureux de moi uniquement parce que je lui avais décrit l'intérieur de Bowood dans les moindres détails.

— Lucy a une Mémoire photographique des grandes demeures, expliquai-je. Sa marque de fabrique.

— Ah oui! J'en ai entendu parler par Matilda.» Je me demandai alors ce que celle-ci lui avait dit d'autre – lui avait-elle raconté que Lucy et elle s'étaient brouillées et ne s'étaient pas encore vraiment réconciliées ? J'en doutais. « J'imagine qu'elle n'aura aucun mal à caser cette maison dans son cerveau, mais je l'interrogerai sur celle de Digby O'Rourke, après trois verres de cette dégoûtante mixture qu'il va nous servir demain soir.

— Comment est-elle ? demanda Lucy, qui voulait toujours tout savoir à l'avance.

— Délabrée et mal tenue. Un peu comme lui. Il la traite de façon lamentable et vit comme une souillon de la pire espèce. Il ne mérite pas une maison pareille.

— J'imagine qu'il peut se le permettre. On voit ses photos partout.

— Vous travaillerez ici, dit-elle à Lucy, en enlevant un monceau de dentelles noires anciennes de dessus une table en acajou poussiéreuse, placée dans un coin de la pièce.

— Votre bureau. Je crains qu'il y ait davantage à faire que ce que nous ne pourrons jamais finir en temps voulu. J'aurais dû m'en occuper depuis longtemps. Il y a dix-sept cartons de lettres et de papiers à trier, et il faudra dresser le catalogue de tout le mobilier. »

Un instant, Lucy eut l'air découragé.

« Pour moi, ça change tout d'avoir quelqu'un qui va m'aider. Je suppose que Billy vous a dit que vous seriez rétribuée pour ce travail, mais j'ai peur que vous n'ayez pas beaucoup de temps pour dépenser l'argent que vous aurez gagné.

— Je le ferais pour rien, dit Lucy, qui s'empressa d'ajouter : Si je pouvais me le permettre.

— Ne faites jamais rien pour rien, sauf prendre du bon temps avec des hommes qui ne sont pas faits pour vous. »

Un peu plus tard, nous allâmes prendre le thé dans la salle à manger.

« Maintenant, écoutez-moi bien, dit Clover, en ouvrant son compact pour se poudrer le nez. Tout le temps que vous habiterez ici, vous serez membres d'un club très fermé.

— Que voulez-vous dire ? » demandai-je, méfiante comme toujours. Quant à Lucy, elle était tellement sous le charme de Clover et de Napier House que je crois qu'elle n'aurait même pas protesté si elle nous avait dit que nous allions faire partie de l'Association des imbéciles.

« Ça s'appelle le Six O'Clock Club, dit-elle. Quoi qu'il arrive pendant la journée, vous devrez être ici tous les jours à six heures, pour le thé.

— Quel genre de thé ? demandai-je.

— High[1].

— Avec de la drogue[2] ? s'enquit Lucy, non sans un léger frisson d'excitation.

— Non. Voyons, ma fille. Certainement pas. Je parle d'un vrai thé, comme dans les classes laborieuses, quand les gens rentraient chez eux, après l'usine ou les champs. Vous n'aurez pas treize plats, mais il y aura de quoi vous remplir la panse.

---

1. Certains Anglais prennent ce qu'on appelle le « High tea » , qui est en fait une sorte de souper, en tout début de soirée.

2. Jeu de mots : « to be high », ayant le sens de « planer ».

— Bigre, dis-je, admirative. De vraies quiches, du pudding et tout le reste ?

— Exactement. Le vendredi, il y a généralement une tourte au poisson suivie d'une tarte à la mélasse. »

Lucy avait l'air inquiète. « Moi qui croyais que j'allais perdre du poids si Imogen ne me gavait pas comme une oie tous les soirs.

— Vous fonctionnerez à l'adrénaline presque en permanence, dit Clover. Et selon les instructions de Mme Vernier.

— Qui ça ?

— Votre professeur de maintien, dit-elle, amusée. Billy aime bien que ses filles soient capables de marcher convenablement. Il pense que c'est bon pour la voix. Toutes ses chanteuses vont chez Madame.

— Ça fait très siècle dernier.

— Et alors ? Ah, autre chose ! Chaque fois que vous donnez ou recevez un appel téléphonique, il faut tout noter en détail dans le carnet qui est à côté de l'appareil.

— Pourquoi ? demandai-je.

— Je dresse l'histoire de cette maison afin que nous puissions nous en souvenir, pleurer et grincer des dents quand on la démolira. Les communications téléphoniques de quelque importance en font partie. C'est une tradition qui a commencé avec l'installation du téléphone ici, et je n'ai pas l'intention d'y mettre fin.

— Pas sûr que notre contribution apporte quoi que ce soit d'intéressant, dis-je. À moins que Roy et Luke remportent un jour le tournoi de Wimbledon.

— Dans ce cas, il faudra que je me contente d'Inigo et de sa mystérieuse Américaine. »

Lucy me regarda.

« Maintenant, si vous voulez me faire plaisir, allons voir ma collection de coquetiers, dit Clover avec le plus grand sérieux.

— Une collection de coquetiers ?

— Oui. Du début de l'époque géorgienne, pour la plupart, mais j'ai aussi quelques magnifiques pièces plus tardives. Elle date de ma grand-mère. Enfant, elle faisait des cauchemars à cause de Humpty Dumpty et de ses malheurs. Elle prétendait qu'elle était sûre de pouvoir lui sauver la vie grâce à sa collection de coquetiers et de petites cuillères. »

Elle empêchait Lucy de penser à autre chose en lui montrant de quoi s'émerveiller. C'était le génie de Clover. Elle tirait de ses possessions, de ses choses, un plaisir impénitent. Je devais apprendre par la suite qu'elle estimait que les objets guérissaient les blessures affectives. Chose qui allait complètement à l'encontre des sermons de papa quant à la vanité des biens de ce monde.

À six heures, nous étions dans la salle à manger, en train de déguster la tourte au poisson de Clover. C'était un régal – si Imogen avait été là, elle aurait sorti un crayon pour noter la recette. Lucy avait d'abord refusé la tarte à la mélasse, mais, en me voyant m'en empiffrer, elle se ravisa. Clover mangea exactement la moitié de ce qu'elle avait dans son assiette, tout en nous parlant de Charlotte Ferris et des achats à faire, de Richmond Park en automne et du fait que Billy avait été un objet de moquerie, dans son enfance, parce que sa mère voulait qu'il garde les cheveux longs.

« Quand Inigo Wallace doit-il arriver ? demanda soudain Lucy.

— Il sera à la soirée de Digby. Il y sera physiquement, mais pas en esprit, dit Clover avec un petit rire. Quand il a une chanson sur le feu, il ne pense qu'au moment où il pourra se remettre à son piano. Vous l'entendrez peut-être jouer très tard dans la nuit. J'ai constaté qu'un bref coup sur sa porte avec la cravache de Valentine Napier lui fait généralement comprendre qu'il doit s'arrêter et se mettre au lit. Il n'a aucune notion de l'heure. »

Je repense quelquefois à cette première soirée à Napier House – le silence du salon après le thé, la paix émanant des murs rouges, la tiédeur de la nuit – et je constate que de toutes les soirées d'été qui allaient suivre, c'est celle-ci que je revis avec le plus de bonheur. En effet, à peine quelques heures plus tard, nous allions être emportées dans le tourbillon du Londres contemporain, comme si les victoriens n'avaient jamais existé. C'était pourtant à cause d'eux que nous étions ici ! De me trouver à Chelsea, assise dans le fauteuil favori de l'arrière-grand-tante de Clover – une œuvre d'art en soi –, me fit prendre conscience que j'étais vraiment très loin de chez moi et ignorante de tout. Comme si ouvrir les yeux et venir à Londres avait servi uniquement à me faire comprendre que j'étais très peu de chose. Je regardai Lucy en me demandant si elle avait la même impression que moi.

22
Digby

Le lendemain après-midi, nous défilions devant Clover, revêtues de nos nouveaux atours.

« Charmant, déclara-t-elle, en m'inspectant dans ma robe rose. Exactement ce que Billy aime voir ses filles porter.

— Moi, je n'aime pas, grognai-je, ingrate.

— Et pourquoi ? demanda-t-elle patiemment.

— Ça démange », dis-je, et c'était vrai. J'étais agacée par toutes ces discussions à propos de chiffons et je regrettais de ne pas avoir insisté davantage pour la tenue de cheval.

« Alma serait fière, dit Lucy, qui paradait dans la Jupe.

— Je suis trop petite pour porter cette tenue, marmonnai-je. J'ai l'air ridicule. À quoi bon essayer de te faire concurrence, de toute manière. » Je ne voulais pas montrer une mauvaise humeur que je ressentais bel et bien. Lucy était venue à Londres pour travailler, pas pour se pavaner dans des tenues à la dernière mode et m'éclipser complètement. Elle le faisait bien assez à la maison.

« Billy aime que ses filles ressemblent à des filles, remarqua Clover. Moi, je fais juste mon boulot. »

Elle me regarda puis, voyant mon expression, elle reprit en soupirant :

« Bon, d'accord. Si tu veux, mets ton jean dans un sac. À minuit, si vous êtes encore là-bas, je t'autorise à te changer. À cette heure-là, tout le monde aura beaucoup trop bu pour remarquer quoi que ce soit et y trouver à redire. »

Je me précipitai dans ma chambre pour m'apercevoir que j'avais emporté par erreur ma culotte de cheval. Mais c'était toujours mieux que l'accoutrement dont j'étais affublée. Je la fourrai donc – ainsi qu'un haut en dentelle blanche d'une propreté douteuse – au fond du sac de toile que Clover trimbalait partout avec elle.

La porte de Napier House se referma derrière nous en claquant.

« Ne vous affolez pas quand vous verrez quelques-uns des amis de Digby, dit Clover. Il héberge chez lui des individus épouvantables. En ce moment, un clochard nommé Casper habite dans son sous-sol. En tout cas, il a l'air d'un clochard, mais, de même que les plus grands alcooliques de Londres, je crois plutôt que c'est un O.E.

— Un quoi ?

— Un Old Etonian, un ancien d'Eton. Suite à une enfance sinistre, Digby a besoin qu'on s'occupe de lui, sans toutefois lui accorder trop d'attention, sinon il devient ridicule, dit Clover en allumant une nouvelle cigarette. Malheureusement, il a tellement de succès qu'on ne peut s'empêcher de lui dire tout le temps qu'il est extraordinaire, ce qui fait qu'il est ridicule à temps plein.

— Vous parlez de lui comme d'un enfant, remarqua Lucy.

— C'est un enfant. C'est quoi, déjà, ces âneries tirées des Corinthiens qu'on lit toujours pour les mariages ?

— Chapitre 13 », répondis-je aussitôt.

Je pris Lucy par le bras et, tout en marchant, nous nous mîmes à déclamer d'une même voix :

« *Lorsque j'étais enfant, je parlais, pensais et raisonnais comme un enfant.* »

À l'instant où nous arrivions devant chez Digby, un frisson d'angoisse me parcourut.

« *Une fois devenu adulte, j'ai abandonné tout ce qui est propre à l'enfant.* »

« Tout est là, justement, coupa Clover en appuyant sur sonnette. Il n'a jamais abandonné ce qui était propre à son enfance. Pour lui, un appareil photo est un jouet comme un autre.

— *Nous ne voyons qu'une image confuse, pareille à celle d'un vieux miroir*, récitai-je.

— *Mais alors, nous verrons face à face* », enchaîna Lucy, presque dans un murmure.

Elle me regarda et m'étreignit la main, tandis que nous retenions notre respiration, en voyant la porte s'ouvrir.

« Vous avez oublié de vous habiller, dit-il. C'est très astucieux de votre part. »

Son regard courut sur les jambes de Lucy, laquelle, feignant l'épouvante, plaqua la main sur sa bouche et déclara :

« Je savais bien qu'il me manquait quelque chose.

— Elle est mariée, annonça Clover d'un ton sec, en embrassant Digby sur les deux joues, avant de nous pousser dans le hall.

Moi aussi, fit Digby O'Rourke. À mon art. »

Il s'inclina très bas.

« Cherry Merrywell et Lucy Jupp, dit Clover, en nous désignant d'un geste de la main.

— Cherry Merrywell ? Voyons, mon petit cœur, c'est une blague, non ? dit-il d'une voix traînante.

— C'est tout ce qu'il y a de sérieux », répliqua Clover.

Elle l'écarta et pénétra dans le hall. Alors qu'elle se débarrassait de sa veste, un individu pieds nus et en combinaison de motard lui sauta dessus. De l'autre côté du vestibule, deux hommes déguisés en Indiens étaient engagés dans une lutte furieuse ; ils riaient comme des fous. Digby rit aussi et me regarda pour la première fois.

« Vous êtes la dernière trouvaille de Billy ? demanda-t-il en allumant une cigarette.

— Je… euh… »

Il m'examina du haut en bas, comme si j'avais été un cheval dont il envisageait de faire l'acquisition.

« Clover a la manie de fourrer les filles qui ont l'air les plus intéressantes dans les vêtements les plus ordinaires. » Je restais sans bouger à me demander si c'était un compliment ou une insulte, tout en le regardant comme une véritable idiote.

« Évidemment, je suppose que c'est le petit Billy qui est aux commandes. Elle n'a pas le choix, et vous non plus par conséquent. Bon, entrez maintenant. »

Avec ses cheveux châtains, ses chaussettes dépareillées et ses yeux gris-vert, rappelant ces tessons que nous ramassions sur la plage de St. Ives, à la fin de l'été, Digby me semblait être l'Enfant perdu pour deux tiers et le capitaine Crochet pour le tiers restant. Le désordre auquel Clover avait fait allusion était si évident qu'au bout de trente secondes à peine, j'eus l'impression qu'on avait incliné le plancher sur un angle de 40 degrés, monté le son de l'électrophone et versé une substance toxique dans nos verres, avant de nous pousser sur une scène branlante pour débiter un monologue, sans même nous avoir laissé le temps d'apprendre notre texte. Rétrospectivement, je pense que c'est là un bon résumé de ce qui était réellement en train de se passer. Petit et râblé, avec un visage aux traits réguliers parsemé de quelques taches de rousseur, Digby n'avait vraiment rien de l'élégance si charmante d'Inigo, mais on notait chez lui cette violence que j'avais perçue chez mon frère George avant qu'il eût décidé de suivre papa dans l'Église – repens-toi ou brûle entièrement. Digby, lui, continuait à brûler.

Ordinairement, Lucy n'aurait jamais songé à entrer en conversation avec un homme beaucoup plus petit qu'elle, mais, pour Digby, il semblait qu'elle allait faire une exception. Alors que nous traversions le vestibule, elle ne put résister à la tentation.

« Quatre pièces ? » dit-elle en jetant un coup d'œil à l'escalier.

Les yeux de Digby s'allumèrent. « Cinq si on compte la salle de bains des invités. Elle a vu s'évanouir suffisamment de monde pour qu'elle mérite d'être prise en compte, je pense.

— Cuisine au sous-sol ?

— Je n'ai jamais vu un agent immobilier aussi séduisant que vous », plaisanta-t-il.

Et voilà, c'est parti, pensai-je.

Lucy rit à son tour et passa la main dans ses cheveux courts. « Pardon. C'est plus fort que moi.

— Elle a une Mémoire photographique des grandes demeures, dis-je. Marque déposée.

— Une mémoire photographique ? fit Digby, l'air vaguement inquiet. Mince alors, ce n'est pas mon cas. J'ai un don incroyable pour refouler tout ce qui m'arrive au quotidien.

— Comment se fait-il que tout le monde dans cette ville ait autant d'argent ?

— Pas du tout, répliqua-t-il aussitôt.

— Clover et vous habitez dans des maisons fantastiques, dit ma sœur, sans l'ombre du moindre embarras.

— C'est vrai. Mais nous n'y sommes pour rien. Nous en avons hérité. Clover fait tout pour conserver sa maison dans son jus et moi je m'efforce de défigurer la mienne avec éclat. Vous voulez du Chelsea authentique, ma chérie ? Allez donc au bout de la rue, chez mon ami Elmo.

— Elmo ?

— Appelez-le simplement Brian, dit-il d'un ton bref. Il paraît que vous avez chanté au mariage de l'année, ajouta-t-il.

— À l'église ? C'était vraiment peu de chose. Je voulais juste faire plaisir à Matilda. »

Il s'esclaffa bruyamment.

« Billy va faire un disque avec vous ?

— Oui. Inigo Wallace est en train d'écrire les chansons.

— Merde alors. À bientôt dans le Top 50, mon bébé. »

Je me mis à rire en réalisant avec stupéfaction qu'il ne plaisantait pas. Et jamais encore ce mot « bébé », associé jusque-là à mes deux petits frères quand ils se taquinaient, ne m'avait paru aussi agréable à entendre. D'un seul coup, j'étais tout à la fois Claudette, Peggy Sue et Little Susie et j'avais l'impression qu'on m'avait injecté directement dans les veines un liquide de félicité.

Je redescendis sur terre et ouvris la bouche dans l'intention de dire que le Top 50 était déjà trop encombré pour faire une place à la pauvre petite que j'étais, mais une fille vêtue d'une jupe de tweed et d'un twin-set, qui avait d'immenses yeux bruns et des cheveux châtains tire-bouchonnés, venait de fondre sur Digby. Elle se jeta dans ses bras, en sanglotant presque.

« Ils m'ont donné seulement trois pages. Et les photos qu'ils ont choisies ! Figure-toi qu'ils ont pris celle où je porte cet ignoble chemisier rose et jaune que… tu vois… » Elle gesticulait frénétiquement en désignant son buste.

« Le chemisier qui t'aplatissait les nichons ? demanda Digby avec le plus grand sérieux.

— Oui !

— Et ce pantalon mauve qui t'élargissait les hanches ! »

Elle but une gorgée de la boisson qu'elle avait en main, fit une grimace et reprit :

« Quand on pense à toutes les photos qu'on a faites en extérieur, dans le parc… avec… les canards, l'étang rond et ce vagabond avec son chien et tout… et tu avais dit qu'ils les prendraient ! Tu avais dit que ça ferait la couverture ! » Sa voix frisait l'hystérie. « Ils se sont conduits de façon abominable ! C'est ce que tout le monde dit chez *Vogue* ! Ils disent que tu devais être ivre pour me photographier de cette façon ! »

Digby restait totalement imperturbable.

« C'étaient de super-photos, dit-il sans manifester la moindre contrition. Écoute, ma cocotte. Ces gens-là seraient incapables de reconnaître la vraie classe, même si elle faisait irruption dans leurs bureaux de merde pour leur mordre le cul. Sache seulement que j'avais raison. C'étaient les meilleurs clichés. S'ils ont décidé de ne pas les utiliser, c'est leur problème.

— Mais c'est aussi le mien ! Tout ce que je voulais, c'était cette putain de couverture ! Je l'avais dit à papa et maman et tout ! Dommage que tu n'aies pas voulu me photographier dans cette robe d'après-midi fauve et vert tilleul.

— Dans dix ans, tu me diras merci, crois-moi.

— Mais… mais… mais… » Elle parlait si fort maintenant qu'il était impossible de feindre de ne pas l'entendre. « Elle en fait un peu trop », aurait dit papa.

Digby leva les yeux au ciel et l'entoura de son bras.

« Je t'entends, ma chérie. Et le monde entier aussi, ajouta-t-il gentiment.

— J'espérais au moins ça.

— Je sais. Et ces enfoirés t'avaient promis la couverture. Je vais en toucher deux mots à Nicky », fit-il, lui disant enfin ce qu'elle avait envie d'entendre, davantage, pensai-je, pour se débarrasser d'elle que pour tout autre chose. Elle tomba à nouveau dans ses bras. Digby m'adressa un clin d'œil par-dessus son épaule, en roulant des yeux. De surprise, je reculai d'un pas et atterris sur le pied de Clover.

« Oh, zut, pardon, murmurai-je.

— Tiens », chuchota-t-elle, en sortant une tablette de chocolat Cadbury de son papier. « Digby s'imagine que lorsqu'on a une maison aussi superbe, on n'a pas besoin de nourrir ses invités. Il se trompe. Prends ça, me dit-elle, en me tendant un carré de chocolat. Prends garde à toi et suce-le au moment où nous ferons notre entrée. Ça mettra tes pommettes en valeur. »

Le parquet élastique de la salle de bal de Cheyne Walk disparaissait presque totalement sous des tapis d'une valeur sans doute inestimable, troués de brûlures de cigarette qui ajoutaient encore à leur attrait. Nous restâmes un moment sur le seuil, à regarder sans être vus. Les rideaux étaient fermés, comme pour mettre l'été au défi, peut-être, ce qui posait une demi-lueur orangée sur tous les visages. On ne retrouvait rien du modernisme affiché et efficace de la demeure de Billy. Ici, tout évoquait la nuit et le romantisme du temps passé. Cela me rappelait Trellanack ; l'atmosphère était comme saturée de cette même beauté naturelle, de cette même magie si typiquement anglaise. Je ne me serais pas étonnée de voir des chouettes voler à travers la pièce ou des chaudrons bouillotter dans la cuisine. De même que Trellanack, cette maison vivait. Là est le centre de l'univers, pensai-je. On aurait dit que des étincelles rejaillissaient des murs.

« Viens », me dit Clover.

Soudain, mes oreilles s'emplirent du bruit assourdissant de la fête. C'était tonitruant, inquiétant, comme lorsqu'on est roulé par une vague et qu'on avale une grande gorgée d'eau de mer. Je cherchai ma respiration.

« Regardez-les reluquer la Jupe, dit Clover, toute joyeuse. J'espère que Charlotte va se décider à se montrer ; elle pourra tirer fierté de sa création. Venez. Allons retrouver Billy.

— Où est-il ? » demandai-je. Tout à coup j'avais besoin de lui, besoin d'une justification à ma présence en ces lieux.

« Il est là-bas, dans le coin.

— Je ne le vois pas, dit Lucy.

— Moi non plus, mais je sais que c'est là qu'il sera. »

Ce fut alors comme dans *Gigi*, quand tout le monde fait silence l'espace d'une minute, en se demandant qui vient d'entrer chez Maxim's avec Maurice Chevalier. Comme si je découvrais soudain une espèce de filles totalement différentes – ces créatures londoniennes étaient minuscules et squelettiques, avec des cils raidis par le mascara, de longs doigts auxquels cigarettes et verres de cocktail donnaient une raison d'être. Beaucoup d'entre elles étaient vêtues comme moi, mais aucune, aussi dissemblables fussent-elles, ne l'était comme ma sœur. Billy était exactement là où Clover avait dit qu'il serait et il riait en compagnie de deux garçons échevelés, pareillement vêtus, qui fumaient de minces cigares.

« Theo, Daniel, je vous présente Cherry Merrywell et sa sœur Lucy, dit Billy. Elles arrivent de Cornouailles.

— Tonnerre de Dieu ! Cherry Merrywell, c'est quoi, ce nom ? » s'écria Daniel.

Mais de voir la tenue de Lucy, il en oublia sa question.

« Où avez-vous trouvé cette jupe ? lui demanda-t-il. Ou plutôt cette absence de jupe ?

— Chez Cha-Cha.

— Elle a été faite sur mesure, intervint Billy.

— Je le vois bien. »

Billy alluma une cigarette et la tendit à Lucy, puis une autre qu'il me donna. Cela fait, il s'éloigna. Mais c'était suffisant. Theo avait compris de quoi il retournait. Ce petit geste qui n'avait pris que quelques secondes… il était très explicite.

Peu importait que nous fussions chanteuses, danseuses, ou pourquoi pas ? des marchandes d'allumettes postées à un coin de rue – le principal était que nous étions soudain *quelqu'un*. Le nom de Billy n'ouvrait pas seulement les portes, il les maintenait ouvertes alors qu'on était encore très loin dans le couloir. Mais c'était toujours Lucy qui attirait les gens. C'est avec elle qu'ils avaient envie de parler.

« Qu'êtes-vous venue faire à Londres ? lui demanda Theo.

— Tara… je veux dire Cherry va faire un disque avec Billy. » Elle orientait gentiment l'attention sur moi, ce qui m'embarrassa plutôt que de m'aider.

« C'est bien, soupira Theo. Vous êtes sûrement excellente. Vous aussi, vous chantez ? demanda-t-il à Lucy, plein d'espoir.

— Ciel, non. Je travaille avec Clover Napier. Nous essayons de sauver sa maison, ou d'en dresser un inventaire à peu près logique. »

Theo eut l'air épouvanté.

« Vous aimez ce genre de choses ?

— Pas vous ?

— L'an dernier, j'ai été invité à Napier House, à l'occasion de l'un de ces extraordinaires dîners. Je vous jure que cette maison est hantée. Quand je suis allé aux toilettes, j'ai eu l'impression d'être surveillé.

— C'est parce qu'on te surveillait, chéri, dit Daniel. Tu sais très bien que Margot et Clive se méfient de toi, après ce qui s'est passé à Puerto Banus. »

Le visage de Theo se décomposa soudain.

« Merde alors ! chuchota-t-il, en confiant son cigare à Daniel, pendant qu'il retroussait ses manches. Cet affreux terrier de Jennifer est en train de pisser sur ma veste. Je savais bien que c'était imprudent de le laisser sans surveillance. Yves Saint Laurent ! » hurla-t-il, en levant le poing comme pour rassembler ses troupes, et il fonça dans la salle, en écartant la foule. Daniel étouffa un cri, se plaqua la main sur la bouche et courut à sa suite.

Lucy et moi échangeâmes un regard d'incrédulité.

« Tu regrettes que Raoul ne soit pas là ?

— Avec sa jambe dans le plâtre ? Certainement pas.

— Ce n'est pas ce que j'ai voulu dire. Est-ce qu'il te manque ?

— Tu ne peux pas arrêter un peu ? s'emporta-t-elle. Il y a peut-être une raison à tout ce qui arrive. Napier House, cette soirée et le reste… » Elle me fusilla du regard comme si elle en avait trop dit.

« Comment ça, une raison ? »

Un individu avec un python enroulé autour de la poitrine vint remplir nos verres, ce qui dispensa Lucy de me répondre. De frayeur, je faillis pousser un cri.

« Oh, n'ayez pas peur, dit-il avec un accent français prononcé. C'est Berlie. Malgré son aspect effrayant, elle n'a jamais mordu personne. »

Je m'éloignai de Lucy et du serpent, en refoulant une envie terrible de pleurer. Je vais m'en aller, décidai-je. Dans la nuit londonienne. De toute manière, personne ne s'en apercevra. Je sortis dans le hall et j'étais sur le point d'ouvrir la porte d'entrée quand Digby apparut et m'adressa la parole pour la seconde fois.

« Tu es bien jeune pour aller te balader toute seule dans la nuit, me dit-il, en me tendant un cocktail. À ce propos, quel âge as-tu ? Dix-neuf ? Vingt ans ?

— Dix-sept. »

Il siffla. « Billy ne manque pas de culot, il faut le reconnaître.

— Je ne comprends pas ce que vous voulez dire. »

Il me regarda, sérieux tout à coup.

« Où vas-tu ? Tu ne peux pas partir si tôt.

— Oh, je ne m'en vais pas ! Je vais acheter des cigarettes.

— Bonne idée. Je t'accompagne. »

Je ris, stupéfaite.

« Je vais juste enfiler une veste.

— Je ne vous demandais pas de venir… »

Mais pas moyen de l'en empêcher – c'était évident. Il enfila une longue veste en soie sauvage d'un rose éclatant.

« C'est à vous ? demandai-je, sottement.

— Bien sûr que non, répondit-il, en se regardant dans la glace et en passant la main dans ses cheveux. Allez, viens. »

Il tira un plaid écossais de dessous une pile de chaussures entassées à côté de l'escalier. J'avalai une longue gorgée du cocktail qui semblait être du jus d'orange mêlé à un étrange arrière-goût de cuir et nous sortîmes dans Cheyne Walk plongé dans l'obscurité. Digby marchait vite.

« Diorissimo », dit-il en tirant un petit flacon de parfum de la poche de la mystérieuse veste. « Et une liste de courses, ajouta-t-il. Je croyais que ça n'existait que dans *Coronation Street*.

— Ma sœur Imogen ne peut pas passer un seul jour sans en faire une.

— Dentifrice, crème démaquillante, dissolvant. » Il rit et huma le flacon de parfum.

« Kate Wentworth, dit-il sans hésiter. Je l'ai photographiée pour *Tatler* la semaine dernière – des conneries à propos de ces gens qui sont à l'aise aussi bien à la ville qu'à la campagne, ce qui est une foutue blague, vu que Kate Wentworth est autant à sa place à la campagne que cette putain de grue ridicule au sommet de ce machin qu'on appelle la tour des Télécoms. Sais-tu qu'elle est presque aussi haute que la cathédrale Saint-Paul ? me demanda-t-il. Londres finira par se dévorer elle-même, tu peux me croire. Mais je m'en contrefiche du moment que c'est moi qui prends les photos.

— Mon beau-frère est venu à Londres l'an dernier pour manifester contre la démolition de Euston Arch, dis-je, toute fière.

— Si ça l'amuse. Ça sert absolument à rien. Viens, allons jusqu'au pont. »

La veste rose avait l'air ridicule, d'autant que celui qu'elle abritait parlait avec un accent tel qu'à côté de lui Oliver Twist et sa bande de petits voleurs auraient eu l'air de princes du sang, et pourtant cet accoutrement conférait à Digby un charme étrange, inquiétant. Tout à coup, j'étais contente de sentir sa présence à mes côtés. Il avait l'air solide, comme Londres personnifié. Il détourna les yeux et se remit en marche.

« J'ai horreur de donner des soirées, dit-il. Mais comme j'oublie tout le temps que je déteste ça, je n'arrête pas de le faire encore et encore.

— Si j'habitais une maison comme la vôtre, je me sentirais coupable de ne pas la partager avec tous les gens que je connais.

— Là, d'accord. C'est quand elle est pleine de gens que je ne connais pas que ça devient une sacrée corvée.

— C'est à cause de Billy que je suis venue.

— Amoureuse de lui, je suppose, remarqua-t-il dans un bâillement.

— Ne dites pas n'importe quoi, fis-je, agacée. Il vient à peine de se marier.

— Tu sais qu'il se teint les cils ? ricana-t-il.

— Ça vous va bien de dire ça ! Vous qui portez une veste de femme. »

Digby s'arrêta, la hanche pointée dans ma direction. « Et ça en jette, n'est-ce pas, miss Merrywell ?

— Pas de là où je me trouve. »

Le trac me rendait nerveuse et insolente, exactement comme en ce jour lointain où j'avais été prise sur le fait pour vol de poneys. Digby se contenta de rire.

On continua à avancer en silence pendant un moment et je pensais que c'était bizarre de marcher à côté d'un garçon qui ne me donnait pas l'impression d'être toute petite, nanisée, et cela me plaisait plus que je ne l'aurais cru.

« Ces chaussures, dis-je entre mes dents. Elles sont à Clover et elles sont trop petites. Elles me font des ampoules.

— Alors, enlève-les. »

Ce que je fis et il les enveloppa dans le plaid qu'il jeta sur son épaule. Il avançait d'un pas léger et mes pieds nus foulaient un trottoir qui semblait proscrit, ce qui était probablement le meilleur moyen d'attraper une maladie rare transmise par l'eau, mais je m'en fichais – ce soir, rien ne pouvait être plus contagieux que Londres. Ce à quoi je ne m'attendais pas, c'était la beauté de la ville. Albert Bridge s'offrait à nos regards, semblable à l'arrière-plan d'une illustration de Mabel Lucie Atwell – il y avait sûrement des fées et des lutins qui dansaient dans la lueur des réverbères.

« Ah, Londres, murmurai-je. Dire que tu existes depuis si longtemps et que je ne savais pas à quel point tu étais belle.

— Ce n'est pas vraiment Londres, ma poulette, dit-il gentiment. C'est Chelsea. Mais si tu veux, remporte cette image chez toi. C'est plus joli que les bas-fonds de l'East End.

— C'est de là que vous venez ?

— Oui. Mon père y vit toujours, il se casse le cul au travail, à Hoxton.

— Que fait votre père ? demandai-je, avec l'impression de parler comme une débutante.

— Il vend des tapis. Il me prend pour un connard de snob maintenant que j'habite ici. »

Je ris. Personne n'avait l'air moins snob que Digby.

« Mon père aussi se casse le cul au travail, dis-je, en rougissant, parcourue d'un frisson de sentir les mots de Digby descendre du bout de mes doigts jusqu'à mes orteils. Et puis il est têtu comme un âne.

— Et où as-tu passé ton enfance ? »

Je me représentai le presbytère, installé résolument au bout du village, bienheureusement indifférent à l'attraction impitoyable du modernisme et du progrès, indifférent au passage des années.

« En Cornouailles, dis-je. Mon père est pasteur et nous habitons le presbytère.

— Pasteur, murmura Digby, comme s'il entendait ce mot pour la première fois. Le presbytère. J'aimerais être croyant et craindre Dieu.

— À mon avis, c'est plutôt Dieu qui craint papa.

— Pourtant, ça doit être bien. De savoir jusqu'où on peut aller. De vivre selon la Bible et tout ça. Et toi, tu crois ?

— Je crois en mon père, dis-je. Donc, oui, je crois.

— Je ne suis pas sûr que ce soit une raison suffisante.

— Mais si, assurai-je. Ça a toujours été comme ça. Et votre mère ? »

Il s'immobilisa.

« Compliqué », dit-il. Puis après une hésitation, il ajouta : « On l'a assassinée. Elle est tombée par la fenêtre. Elle avait vingt-quatre ans et moi cinq. Elle est tombée du quatrième étage.

— Tombée ?

— On l'a poussée.

— Poussée ?

— C'était le meilleur copain de mon père, un gars qui s'appelait Alan James. Ils travaillaient ensemble, dans les tapis. Ma mère fricotait avec lui. Je n'avais que cinq ans mais je m'en rendais parfaitement compte... comme on sait toujours ce qu'on a besoin de savoir quand on est petit, mais qu'on ignore la plupart du temps. Ils s'étaient disputés et il l'a poussée, elle est tombée par la fenêtre ouverte. J'étais là et j'ai tout vu. Mais c'était ma parole contre celle d'un adulte. Il a prétendu qu'elle avait sauté. Et il s'en est tiré comme ça. Mais moi je savais que c'était lui. Le salaud. » Il frissonna. « Après sa mort, mon père a été si mal qu'il n'a pas pu travailler pendant deux ans. Il restait assis au pub à boire pour oublier et à parler de maman comme si elle veillait tout le temps sur lui. Au bout de six mois, ma tante Jackie est venue me chercher. Elle disait qu'un pub n'était pas un endroit pour un petit garçon et je pense qu'elle a bien fait. Dès mes six ans, j'étais capable de me servir une pinte et je me nourrissais des miettes des paquets de chips.

— Où vous a-t-elle emmené ? »

Il sourit.

« Tante Jacky travaillait chez une vieille dame de Cheyne Walk. La vieille dame meurt. Tante Jackie hérite de la maison avec tout ce qu'il y a dedans. Elle veut que je reste avec elle, mais je m'enfuis chez mon père qui est si heureux de me revoir qu'il me donne un vieil appareil photo pour mes neuf ans. Dix ans plus tard, alors que j'ai dix-neuf ans et que j'essaye de convaincre le monde entier que je sais quoi faire avec un trépied et un objectif de merde… tante Jackie claque. J'hérite de la maison de Chelsea. Une drôle de justice, tu ne trouves pas ?

— Je suis désolée », dis-je. Cette histoire m'avait perturbée et la tête me tournait un peu. « Ma mère aussi est morte. »

Il me considéra comme s'il cherchait sur mon visage un signe qui l'aiderait à comprendre pourquoi nous étions là où nous étions : deux étrangers sans mère, légèrement éméchés, en train de se raconter leur vie, sur les quais de Chelsea.

« Je me demande pourquoi je te raconte tout ça, dit-il.

— Oh, ne vous inquiétez pas, répliquai-je aussitôt. J'ai une tête qui fait que les gens ne peuvent s'empêcher de me confier leurs secrets. Mon frère George dit que c'est un don précieux.

— Je ne supporte pas ces personnes qui déballent tout. Il faut garder ça en nous, bien à l'abri. Je déteste les tragédies des autres, s'emporta-t-il. Les miennes me suffisent. » Il rit et remonta la manche de la veste rose, découvrant une cicatrice au-dessus de son poignet gauche.

« Tante Jackie avait un sale caractère. Un après-midi, elle m'avait attaché à la porte de la salle de bains, pendant qu'elle était allée acheter des chapeaux.

— C'est épouvantable », me récriai-je, horrifiée.

Un instant, il parut furieux, puis à nouveau, il se passa la main dans les cheveux.

« Pas vraiment. Bon, sur le moment, oui, mais maintenant ? Ce qui ne nous tue pas nous rend plus fort, à en croire les personnes de ma connaissance qui sont allées en pension. Vois-tu, je ne parle jamais de ces conneries, dit-il, l'air courroucé. À personne. Si tu as envie d'en savoir plus, il faudra que tu interroges ma maison. Les maisons savent toujours la vérité. »

Son visage s'est complètement transformé et il paraissait épuisé par sa confession. Il tira sur sa cigarette et ses yeux verts se voilèrent ; un nuage passant sur des flaques d'eau, et je sentis qu'il essayait de retrouver son calme.

« Avec nous, le presbytère ne doit pas savoir où donner de la tête, dis-je, dans l'espoir de chasser l'étrange sensation qui m'assaillait. J'imagine qu'il se languit d'abriter une gentille petite famille bien sage. Si j'étais une maison comme la nôtre, j'embaucherais une équipe de fantômes bien sous tous rapports, pour nous chasser de ces lieux au plus vite, mais ça ne marcherait pas. Roy et Luke adoreraient vivre dans une maison hantée et Imogen, qui aurait très certainement pitié d'eux, les questionnerait pour savoir comment ils sont morts. Florence n'a jamais peur de rien et Lucy séduirait probablement les plus beaux. Quant à Jack le vagabond, il s'en ficherait, et George passerait son temps à essayer de les exorciser avec des versets du Livre de Job.

— Merde alors ! Vous êtes combien ?

— Huit enfants, si on peut nous donner ce nom.

— Juste ciel ! Et votre père est pasteur !

— Je sais.

— J'avais une camarade de classe qui était la nièce d'un pasteur. Elle a été la première fille à me montrer ses nichons. Susie Farriner. Je passe toujours la voir quand je reviens chez moi.

— J'imagine que "voir" est un euphémisme, dis-je d'un ton pincé.

— Toi, tu n'as pas l'air du genre à exposer ta poitrine sans une raison valable, dit-il en souriant.

— Je sais, fis-je, mélancolique. J'ai entendu Inigo Wallace dire à Billy que j'avais l'air d'être le genre de fille qui ne saurait pas quoi faire si un homme l'invitait seulement à prendre le thé. »

Les lèvres de Digby tressaillirent – je me rendis compte qu'il avait envie de rire.

« Il me connaît mal, m'emportai-je. Très mal.

— Moi, je prendrais ça pour un compliment. Il a dit sur moi des choses bien pires. »

Je le regardai, surprise. « Pourquoi ? »

Il ne me donna pas de réponse, mais il sortit un paquet de bonbons à la menthe de la poche arrière de son jean et m'en offrit un. On resta un moment à les croquer sans rien dire. Qui ne risque rien n'a rien, pensai-je. Cette étrange histoire de meurtre dans l'East End qu'il venait de me raconter, plus l'agacement que m'inspirait Inigo Wallace se mêlaient à un désir enivrant de *Carpe Diem*, qui me poursuivait depuis la mort de maman. Une envie de tirer parti de cette situation des plus banales s'empara de moi. C'était un garçon, j'étais une fille.

« Vous voulez bien m'embrasser ? lui dis-je.

— Quoi ? » Il se tourna vers moi et se mit à rire, comme s'il avait mal entendu.

« Vous voulez bien m'embrasser ? » répétai-je.

J'avais le cœur au bord des lèvres ; il fallait que je le crache. Sans même prendre le temps de réfléchir, je me penchai vers lui et effleurai ses lèvres des miennes. Il me regarda. Nos fronts se touchèrent.

« Charmante enfant, chuchota-t-il. Mais vois-tu, je ne suis pas particulièrement recommandé pour un coup d'essai.

— Ça m'est égal. »

Il me prit dans ses bras pour me faire comprendre qu'il pensait comme moi. Moitié terrifiée, moitié ravie, je nouai timidement les mains autour de son cou. Il paraissait si fort – je me rendis compte que s'il le voulait il pourrait avoir raison de moi en l'espace de quelques secondes, et dire que je venais à peine de faire sa connaissance. Imogen serait horrifiée, pensai-je, avant de la chasser au plus vite de mes pensées.

Digby savait ce qu'il faisait, c'était évident. Il n'avait rien de la maladresse à laquelle je me serais attendue de la part d'un des garçons du village, d'après ce que me racontait Lucy. Je m'étais adressée directement au meilleur, ce qui tombait bien puisque je n'avais pas la moindre idée de ce qui allait suivre. Digby aurait pu profiter de la situation, là, tout de suite, mais il était trop malin pour ça.

« On ferait mieux de rentrer, dit-il enfin, en écartant mes cheveux de mon visage. Je ne voudrais pas que tu regrettes en te réveillant demain matin.

— Oh, non ! Je ne regretterai pas. »

Je plongeai mon regard dans ses yeux verts et, soudain, la honte et le remords m'envahirent. « Je vous demande pardon, murmurai-je. Je n'aurais pas dû vous demander de m'embrasser. » Je baissai la tête et crus voir tout à coup le visage catastrophé de papa.

« Cherry Merrywell, dit-il. Tu n'es pas d'ici, hein ? »

Je relevai la tête, soudain intimidée. Digby O'Rourke avait l'habitude des mannequins, des actrices et des jolies femmes de la bonne société. Que représentait la petite Tara Jupp pour quelqu'un comme lui ?

« Ce que tu as fait n'a besoin d'aucune excuse, dit-il en me prenant par la main pour m'entraîner en direction de Cheyne Walk. Et l'avantage, c'est qu'Inigo Wallace en sera fou de rage. Il déteste qu'on lui apporte la preuve qu'il s'est trompé. »

Et c'est en riant que nous revînmes chez lui, en longeant la Tamise.

23

« Sit Down, You're Rockin' the Boat[1] »

Je franchis le seuil de la maison, avec sa main qui frôlait toujours la mienne. Nous étions partis depuis à peine un peu plus d'une heure, mais j'avais l'impression que cela faisait trois semaines. Tout de suite, il prit une coupe à moitié pleine et me la tendit. Le champagne était légèrement tiède.

« Tu ferais mieux d'aller rejoindre ta sœur », dit-il à mi-voix.

Il alluma une cigarette et, à l'instant même, Inigo arriva dans le vestibule. En nous voyant, il s'arrêta net.

« Nous sommes sortis deux minutes pour fumer une petite cigarette, déclarai-je, sur la défensive.

— Deux minutes ? Tu parles. Vous êtes restés partis près d'une heure. »

Digby enleva la veste de Kate Wentworth et la lança sur le monceau de vêtements.

« On n'a pas vu le temps passer, dit-il.

— C'est évident. »

---

1. Chanson tirée de la comédie musicale *Blanches colombes et vilains messieurs*. Traduction littérale : « Assieds-toi, tu fais tanguer la barque. »

Digby me sourit, m'alluma une cigarette et s'éclipsa en m'envoyant un baiser.

« Nous ne sommes pas venus ici pour que tu files avec lui en douce.

— J'aurais cru que tu serais d'accord. Après tout, Billy veut que je me lie avec la crème de la société.

— Pas de cette façon. Et puis savoir si Digby O'Rourke fait partie de la crème de la société est matière à une sérieuse discussion.

— Billy dit que c'est un génie.

— Si on estime que braquer un appareil photo sur la bobine de quelqu'un est de l'art.

— Ce n'en est ni plus ni moins qu'écrire cinquante chansons identiques sur des amours adolescentes, à partir de trois accords. »

Un instant, je crus qu'il allait me lancer quelque chose à la figure. Au lieu de cela, il rit.

« Touché », dit-il.

Il me prit la coupe de champagne des mains et la vida.

« Hé ! Pourquoi tu as fait ça ?

— Demain il va falloir que tu chantes. À partir de maintenant, tu ne dois plus rien boire.

— Toi non plus.

— Je tiens bien l'alcool. Je n'engueule personne, je n'essaie pas d'embrasser les filles et je ne me casse pas la figure.

— Dans ce cas, à quoi ça sert ?

— À arrondir les angles.

— Quels angles ?

— De la vie londonienne. »

La sonnerie de l'entrée qui retentit derrière nous nous fit sursauter. Nous échangeâmes un bref regard, comme en ce jour de 1956, dans la cuisine de Milton Magna, lorsqu'il était un garçon de quinze ans qui devait aller acheter des chaussures avec sa mère. Il avait eu alors la même expression fugitive – de l'espoir, de l'appréhension ? – que pas plus qu'aujourd'hui je n'avais su interpréter. Il avait sous les yeux des cernes sombres que j'avais déjà remarqués. Son pull noir avait glissé, laissant apparaître une clavicule saillante. Il alla ouvrir la porte.

C'était Matilda.

« Inigo ! s'exclama-t-elle, en lui sautant au cou. Billy voulait que je reste couchée mais je tenais absolument à être avec vous, ce soir. »

Il avait l'air stupéfait, à croire que c'était la dernière personne au monde qu'il s'attendait à voir.

« Tu ne devrais pas te reposer ? Je croyais que la plupart des femmes profitaient de la situation pour dire pouce, passé six mois.

— Passé où ? » demanda-t-elle, perplexe.

En s'apercevant que j'étais là, elle eut un mouvement de surprise.

« Je n'arrive pas à m'habituer à te voir à Londres, Tara. Il n'y a pas de mots pour dire à quel point ça me paraît à la fois bizarre et merveilleux. » Elle m'adressa un sourire ravi, comme si je venais d'apparaître par magie, puis me posa la question que j'attendais : « Où est Lucy ?

— J'allais justement partir à sa recherche.

— Je t'accompagne. As-tu fait la connaissance de Digby ?

— Oui.

— Bien. Billy sera content, dit-elle, avec une expression rayonnante.

— Je me le demande», marmonna Inigo.

Elle glissa son bras sous le mien et m'entraîna vers la salle de bal. J'avais très envie d'aller retrouver Digby mais, depuis qu'il m'avait embrassée, je me sentais flotter au-dessus du sol. Je suivis Matilda comme dans un brouillard. Les invités gravitaient autour d'elle, de cette façon particulière qu'ont les gens quand ils ont affaire à des célébrités – avec une feinte sincérité et un embarras mal déguisé. Non, peut-être est-ce injuste; ils étaient nombreux à éprouver une admiration authentique pour la robe de Matilda, ses chaussures, sa dernière interview – mais ce n'était pas *elle* du tout. Ils voyaient des morceaux de sa personne qui n'existaient pas avant. Comme s'ils s'extasiaient devant une aile moderne qu'on vient d'adjoindre à un édifice classique – moi qui n'avais connu que l'ancienne structure, je trouvais ça bizarre. J'aurais aimé retourner à la cuisine, pour voir si Digby y était, mais elle ne me lâchait pas le bras.

«Arrête de t'en aller, Tara, dit-elle à mi-voix. On va chercher quelque chose à boire. Et pour Lucy aussi, elle en a besoin.

— Je ne sais même pas où elle est.

— Où qu'elle soit, elle a besoin d'un petit verre.»

Après l'avoir cherchée pendant un bon moment, nous finîmes par retrouver ma sœur agenouillée par terre, entourée d'une montagne de disques.

«Je me demandais si vous n'aviez pas été aspirées dans un tourbillon, plaisanta-t-elle, tout en tendant un disque de Humphrey Lyttleton au préposé à l'électrophone. Je suis montée au dernier étage, chuchota-t-elle. On peut à peine bouger tellement il y a de bazar. Vous saviez que Whistler et Emmeline Pankhurst avaient habité dans cette rue ? Pas ensemble, s'empressa-t-elle d'ajouter. Et pourtant ç'aurait été quelque chose. Il faut vraiment qu'on aille visiter le Jardin botanique de Chelsea, à ce propos…

— Permettez-moi de vous présenter quelqu'un, les filles », l'interrompit Matilda, dont le regard venait de se poser sur un garçon se trouvant à l'autre bout de la salle, vêtu – malgré la chaleur – d'un pull noir à col roulé et d'un jean noir et qui avait les cheveux aussi blonds que mes petits frères. Il parlait à la vitesse d'une mitrailleuse avec une fille qui se penchait pour l'écouter, comme si ce qu'il disait était de la plus haute importance.

« Qui est-ce ? dis-je.

— Un ami de Digby. Il se fait appeler Elmo, mais en réalité il s'appelle tout bêtement Brian. Il habite au bout de la rue et mène une existence complètement déjantée », précisa-t-elle, comme si elle menait pour sa part une vie paisible, rangée et discrète.

À cet instant, le regard de Brian ou Elmo, quel que fût son nom, se posa sur nous, attiré comme par un aimant. Il parut s'interroger.

« Il va venir. Il va sûrement essayer de t'entraîner chez lui, Lucy, dit Matilda. Il ne faut pas y aller, bien sûr. Mais il a un charme fou. Il suffit de l'entendre…

— Je suis mariée, coupa Lucy.

— Mais Raoul ne te mérite pas, répliqua-t-elle en la tirant par la manche. Il ne s'occupe pas toi comme il devrait.

— Qu'est-ce que tu en sais ? » dit Lucy, avec un rire étonné.

Matilda se pencha en avant et fit déborder son verre.

« Tu as trop bu », dit Lucy.

Matilda avait l'air désorienté. Son rouge à lèvres commençait à baver ; elle se frotta les yeux et son mascara déposa une grosse tache noire sous l'œil.

« Ce petit monde de Cornouailles, dit-elle. Tu étais faite pour mieux que ça. Tu aurais pu avoir n'importe quoi – n'importe qui. » Elle désigna de son verre la foule des invités. « Tu le peux toujours. »

Lucy s'éloigna et nous la suivîmes du regard.

« Raoul disait qu'il aimait les grandes demeures anglaises parce qu'elles parlent à l'imagination », déclara Matilda, sans quitter Lucy des yeux, et il me sembla que ce n'était pas à moi qu'elle s'adressait. « Tu vois… faire soi-même les plans du château de son destin, voilà ce qu'il aimait chez Capability Brown.

— Tu te souviens de tout ça, dis-je. Tu te souviens de tout ce qu'il a dit.

— Non. Je me souviens de tout ce qu'*elle* a dit. »

La seconde d'après, le mannequin en jupe de tweed qui s'était plainte à Digby en début de soirée fondit sur nous, toute rouge d'excitation, en prétendant avoir participé avec Matilda au défilé de mode de Dior, au printemps dernier. Elles se mirent à parler de Paris, de Milan, et n'est-ce pas qu'une telle était affreuse sur les photos du *Vogue* français, etc. Tout le monde la regardait. Je ne dis pas « la dévisageait », car tout ce beau monde était bien trop snob pour se laisser aller à une telle spontanéité, mais on lui jetait des regards dérobés, ce qui était, pensai-je, le lot des célébrités. Célèbre, oui, Matilda Bright l'était. Et dire qu'autrefois elle pleurnichait quand on la déposait sur le dos d'un poney ! Je n'arrivais tout simplement pas à m'y faire. C'était une chose de la voir dans des magazines, une autre encore d'avoir assisté à son mariage, mais constater le phénomène de visu était proprement stupéfiant. Les amis d'enfance ne sont pas censés se transformer ainsi.

Les invités bavardaient, disséminés par petits groupes dans toute la maison, debout sur les paliers, ou bien assis en cercle autour de la table de la cuisine. J'avais une envie folle de me déchausser et, me rappelant soudain la promesse de Clover, je jetai un coup d'œil au réveil Mickey posé sur la cheminée en marbre blanc et rouge. Minuit moins cinq ! Je me ruai dans l'entrée et finis par dénicher le sac de Clover enfoui sous un monceau de vêtements. J'en sortis ma culotte de cheval et mon corsage, puis grimpai quatre à quatre à l'étage, en quête d'un endroit où me changer.

Il y avait une personne – ou peut-être davantage – dans la salle de bains. Je poussai une porte qui s'ouvrit sur une chambre à coucher tapissée d'un papier bleu et blanc, où régnait un désordre hallucinant. Le lit disparaissait complètement sous une montagne de vêtements, de disques, de magazines, de paquets de cigarettes, de livres et de lettres non décachetées. La fenêtre était grande ouverte, mais l'air était si immobile qu'aucune fraîcheur n'y pénétrait. Appuyée contre une armoire imposante, je pris trois grandes respirations pour me calmer. À cause du champagne et d'une impression diffuse d'irréalité, j'avais du mal à ôter mes vêtements et je me regardais me bagarrer avec ma fermeture Éclair dans la glace poussiéreuse, ce qui acheva de me brouiller les idées. Étant parvenue enfin à me libérer, je me retrouvai avec rien d'autre sur moi que le balconnet de Clover, ma culotte et mes bas. Il faisait tellement chaud et le soulagement d'être délivrée de cette robe qui me grattait était si intense que je restai un moment plantée devant la fenêtre, les yeux clos.

Je n'avais sûrement pas fermé la chambre à clé pour me changer, puisque je ne le faisais jamais à la maison, et il me semble d'ailleurs qu'il n'y avait pas de serrure à la porte ; de plus, y aurait-il eu une clé que je n'aurais pas pensé à la tourner, tellement j'avais bu. En entendant la poignée pivoter, je courus me réfugier derrière le rideau, exactement comme Roy et Luke lorsque des personnages aussi fascinants que Jack le vagabond et ses imprévisibles petites amies françaises arrivaient au presbytère. Bien cachée, je retenais mon souffle. Digby alluma une cigarette, s'allongea sur le côté du matelas laissé libre et – à ma stupéfaction – ouvrit le *Times*. Il glissa le bras sous le lit pour prendre un crayon, alla à la dernière page et se mit en devoir de faire les mots croisés !

Je restai sans bouger pendant cinq minutes, ou vingt peut-être. Le temps n'avait plus de signification – j'étais entièrement accaparée par le problème épineux consistant à sortir de cette situation sans trop perdre de ma dignité. D'un côté, je me disais qu'il ne pouvait tout de même pas s'éterniser ici – il était le maître de maison, après tout – mais d'autre part le peu de temps que j'avais passé avec lui m'avait alertée sur le fait qu'il ne fonctionnait pas selon les usages habituels. Il allongea les jambes, ouvrit une bouteille d'un breuvage non identifiable, posée à côté du lit, et s'en versa une bonne dose dans un verre à dents.

À l'évidence, il s'installait là pour un bon moment. J'allais devoir me montrer.

Sans même m'autoriser à réfléchir au-delà des quelques secondes suivantes, je pointai la tête à l'extérieur du rideau et j'attendis. Pas de réaction. Pudiquement drapée dans un pan de tissu, j'émis une petite toux.

Digby leva les yeux et me sourit, la cigarette collée à sa lèvre inférieure.

«Je me demandai quand tu allais en avoir assez de rester là derrière.

— Que veux-tu dire ? demandai-je, stupidement.

— Je t'ai vue monter l'escalier. Je t'ai suivie.

— Pourquoi ?

— C'est ma chambre. Tu ne crois pas que c'est moi qui devrais poser les questions ?

— Ce n'est pas juste ! protestai-je faiblement. Tu peux me passer mes vêtements, s'il te plaît ? »

Il considéra la robe, abandonnée sur le parquet.

«C'est du rapide, dit-il. Qui d'autre y a-t-il ici ? Ah non, mon Dieu, par pitié, pas Caspar…

— Mais non ! m'écriai-je d'une voix aiguë. Clover m'a donné la permission de me changer à partir de minuit. Je déteste cette robe, dis-je en envoyant promener celle-ci de mon pied nu.

«Alors on est deux. Billy aime les filles habillées comme leur mère. Ou, plus précisément, comme *sa* mère. S'il existe un bon sujet pour l'étude du Dr Henry Wright, c'est bien lui.»

Je le regardai avec perplexité.

«T'inquiète pas, dit-il. Change-toi. Je ne regarde pas.»

Une demi-minute plus tard, j'étais rhabillée. Je me plantai à côté du lit en tâchant de prendre un air de défi.

« Tu es beaucoup mieux comme ça, dit-il en plissant les paupières. Qu'as-tu fait de ton cheval ?

— Je n'en ai pas. »

Il tendit la main et palpa mon corsage déchiré.

« On dirait Cendrillon, mais à l'envers.

— J'ai horreur de ressembler à tout le monde. » Une réflexion complètement idiote, mais ce qui était dit était dit.

« Tiens, fit-il, en me tendant le verre à dents. Bois ça.

— Je ne sais pas ce que c'est, mais ce que je sais, c'est que j'en ai assez bu, dis-je en faisant la grimace.

— Mais non. Je vais te demander de faire une chose qui exigera que tu boives encore au moins trois petits coups.

— C'est quoi ? »

Il se leva et me prit par la main.

« Viens. On va voir si tu es aussi bonne que le prétend Billy Laurier.

— De quoi parles-tu ?

— La voix, chérie. C'est bien ça dont il est question avec toi, non ? »

Je me mis à rire. « Tu veux que je chante. Là, tout de suite ?

— Mais bien sûr ! »

Il me fit descendre l'escalier, sans jamais me lâcher la main.

Clover était dans le vestibule, tenant sa cour au milieu de trois filles au sourire mince comme du papier à cigarette, dont le cou blanc s'ornait de plusieurs rangs de perles.

«Pourquoi as-tu viré Henry?» demandait l'une d'elles. Clover but une longue gorgée de vin.

«Henry m'avait dit que ce besoin de m'accrocher à Napier House et de sauvegarder ce qu'elle renferme se fondait sur un sentiment d'insécurité prenant racine dans une enfance privée d'amour maternel. Il faut dire que cet homme extorque aux gens des sommes phénoménales pour écouter ce genre d'inepties. Alors je lui ai dit : Mon cher ami, ce besoin de conserver cette maison ne pourrait-il pas provenir tout simplement d'un désir de ne pas me retrouver à la rue. C'est une personne *ridicule*.»

En nous voyant, Digby et moi, elle se tut brusquement, examina mon accoutrement et secoua la tête.

«Il est possible de sortir la fille du club d'équitation, mais impossible de sortir le club d'équitation de la tête de la fille, soupira-t-elle.

— Il est minuit, répliquai-je. Tu avais dit qu'à partir de minuit je pourrais me changer.

— Je ne pensais pas une seconde que tu serais encore ici à minuit.

— Tu te prends pour qui? Sa marraine la fée? demanda Digby, vaguement agacé.

— Si je suis la fée, toi, tu es le rat», dit Clover d'une voix suave.

Elle fit tomber la cendre de sa cigarette dans un haut-de-forme retourné posé sur la table du vestibule.

«Excuse-moi de t'avoir demandé de m'embrasser, dis-je à Digby, tandis qu'il me conduisait dans la salle de bal. Je ne le ferai plus. Et surtout, excuse-moi d'avoir utilisé ta chambre pour me changer. J'aurais dû te demander…

— Chante, coupa-t-il, en me prenant par les épaules.

— Oh non, s'il te plaît », murmurai-je.

Je trébuchai mais il me retint.

« Allez. Je veux t'entendre. Chante quelque chose. »

Je promenai un regard affolé autour de moi ; tout se mit à tourner.

« Passe-moi le piano », dis-je.

Il était là, tout au bout de la salle – un Acrosonic Baldwin élégamment délabré –, un instrument magnifique qui avait été bien mal traité.

« Il est beau, dis-je. Du moins, il l'a été. Dommage qu'il soit dans un état aussi pitoyable.

— De quoi parles-tu ? De moi ou du piano ? » demanda-t-il, en soulevant le couvercle.

Il devait y avoir encore une quarantaine de personnes en train de picoler et de s'égosiller.

Tout au fond de moi, quelqu'un secouait la tête en signe de désapprobation et se cachait les yeux d'effroi. Mais une pulsion impérieuse, alimentée par les cocktails et les effets enivrants de ma promenade dans Londres avec Digby, me poussait à me comporter de la sorte. On pouvait dire sans mentir que, pour la première fois de ma vie, j'étais allée trop loin pour avoir conscience que j'en avais eu mon compte.

Avec un bruit mat, je me laissai tomber sur le tabouret du piano, que j'aurais raté si Digby n'avait arrêté ma chute. Il me prit ma cigarette et la mit dans le cendrier posé sur le piano. Je vis Billy et Inigo qui parlaient dans le vestibule, sans se douter un seul instant de ce que je m'apprêtais à faire.

«Hé, Mick, s'écria Digby ! Arrête ce disque, s'il te plaît. Nous allons avoir droit à un intermède musical offert par miss Merrywell ! »

J'avais conscience de la présence de Lucy à côté du joueur d'harmonica – à côté mais pas trop. Je n'avais plus le temps de m'attarder sur la question.

La musique cessa aussitôt. Puis Digby émit un sifflement aigu, perçant, et à ma stupéfaction tout le monde fit silence et se retourna vers lui.

«Un discours ! » lança une voix avinée au fond de la salle.

J'examinai mes jambes enveloppées dans le jodhpur.

«Vas-y, mon petit», dit Digby.

Il était tellement sûr, tellement persuadé que tout allait bien se passer. Que savait-il de moi, hormis que c'était Billy Laurier qui m'avait amenée ici ? Mais c'était suffisant, bien entendu. Ça semblait lui donner la certitude que je ne le décevrais pas.

J'avais l'esprit vide. Il fallait que je chante quelque chose. Mais quoi ? Je crus un instant que j'allais devoir me lever et quitter les lieux, ayant échoué lamentablement à affronter cette petite épreuve. Mais je ne pouvais pas ! Je ne pouvais pas faire un fiasco dans une maison pareille. Je toussai. Qu'avait dit Inigo à propos de New York ? Qu'il y avait un Nathan Detroit à chaque coin de rue. Je tenais la solution ! Je donnerai la sérénade à Digby et ses amis terrifiants, ainsi qu'à Billy et ce maudit Mister Tubes lui-même, en interprétant «Sit Down, You're Rockin' the Boat». Ce fut pour moi une véritable révélation ! Je connaissais cette chanson par cœur – maman en était quasiment obsédée. J'aperçus Lucy qui s'approchait, puis dans la surface luisante du piano je vis Inigo et Billy sortir du vestibule et entrer dans la salle de bal pour voir ce qui se passait. Je m'éclaircis la voix.

« Vous la connaissez sûrement, dis-je, alors autant chanter avec moi. Elle fait bien plus d'effet quand tout le monde s'y met. Surtout quand tout le monde a bu. »

Un silence sépulcral s'établit. Digby me tendit une coupe de champagne que je vidai d'un trait avant de la lui rendre. Une acclamation monta, venant du fond de la salle. Je me raclai la gorge et plaquai mes mains sur le clavier pour attaquer un air qui me ramena tout droit à la maison, à maman qui fermait les yeux, pendant que ses enfants, les yeux brillants, gloussaient de bonheur, cramponnés les uns aux autres, dans l'attente de ce moment de fusion exaltant – ces instants sacrés pendant lesquels nous dansions ensemble en hurlant les paroles à l'unisson. Et ce soir, c'était moi qui lançais les dés, dans cette barque en route pour le ciel, et j'avais beau savoir que c'était moi qui chantais, c'était maman, pas moi, que j'entendais. Quelques personnes se mirent alors à applaudir et à siffler ; comme toujours, j'avais vaguement conscience de les avoir pris au dépourvu – cette gamine de rien du tout, avec cette voix incroyable, a encore frappé. Pourtant, pour une grande partie, je n'étais pas là du tout.

Ainsi que maman en avait coutume, je marquai un temps d'arrêt avant de me jeter du haut de la falaise et de reprendre le refrain. Je pivotai sur mon tabouret et, dans cette fraction de seconde, je croisai le regard d'Inigo. Il se mordit la lèvre inférieure pour retenir un sourire. Je me retournai vers le piano, et bang ! Le titre de la chanson fusa, dans une frénésie d'alcool et d'ivoire.

Maman ne pouvait pas avoir été la seule à aimer Nicely-Nicely. Les invités de Digby n'eurent pas besoin d'un autre signal. La salle entière me renvoya le refrain et, tandis que je riais aux éclats, Inigo se rua vers le piano, grimpa sur une chaise qui était là et fit chorus. Puis Matilda s'approcha à son tour; elle agitait les bras en tous sens et ses yeux bleus étaient illuminés de bonheur. Tous les trois, plus un garçon aux jambes décharnées qui portait des lunettes d'écaille, et sa compagne, une blonde complètement saoule, on chanta ensemble le couplet suivant, pendant qu'Inigo se resservait une goutte de whisky et allumait une cigarette. Il en tira une bouffée, s'assit à côté de moi sur le tabouret, en me poussant pour se faire de la place. Ses mains prirent possession du registre haut, tandis que les miennes couraient sur les basses.

On continua à jouer, en chantant les refrains de plus en plus vite, tandis que l'assistance était de plus en plus bruyante. Debout sur le canapé qui prenait tout un côté de la salle, Digby formait des couples pour les faire danser.

«Dans quel ton joues-tu, bon Dieu? s'esclaffa Inigo, en observant mes doigts qui virevoltaient de tous côtés.

— Je n'en sais rien, hurlai-je. Mais de toute manière, c'est pas le même que toi!

— Tu as vu comment tu es fringuée?

— Oui. Avec un truc dans lequel la petite Cherry Merrywell ne se montrerait à aucun prix!» criai-je, et je plaquai un *ré* en même temps que lui. Cela nous fit rire – à en être malades, tellement c'était idiot – mais peut-être riait-il de moi, plutôt qu'avec moi. Au point où nous en étions, difficile de le savoir.

L'odeur de la fumée et du whisky emplissait mes poumons – un lampadaire en verre émeraude placé à côté du piano se renversa sous des acclamations. Je ne m'interrompis pas pour autant. À la fin de la chanson, on la reprit au premier couplet. Je n'ose imaginer ce qu'aurait pu penser quelqu'un qui passait dans la rue. Pour ma part, il me semblait que jamais cette chanson n'avait été interprétée aussi superbement, mais, en même temps, j'avais conscience que cette impression était due uniquement à un abus d'alcool, au fait que Digby m'avait embrassée sur la joue et qu'Inigo m'avait traitée enfin comme un être humain. On aurait pu entendre jusqu'en Cornouailles les applaudissements, les cris et les acclamations qui saluèrent la fin de la chanson.

« Encore ! Encore ! s'époumonait ce brave Theo, que je n'avais pas revu depuis le début de la soirée.

— Encore ! fit chorus Matilda.

— Merci beaucoup, dis-je, comme Elvis, bon Dieu ! Merci du fond du cœur. Maintenant, je vais… »

Et ce fut tout. Il n'y eut pas d'autre chanson. Le dernier souvenir à peu près net que je garde de cette soirée fut la vision d'un personnage de BD avec des lunettes que quelqu'un avait dessiné dans un coin de la salle et celle de la braguette du pantalon de Digby qui était ouverte. Ces deux choses n'avaient sans doute aucun rapport – elles m'avaient simplement frappée au même moment. L'instant d'après, je dégringolai du tabouret pour m'étaler sur le parquet élastique avec un bruit mat.

24

L'ingénue

Le lendemain matin, je me réveillai chez Clover, avec la gueule de bois et le tournis. Je ramassai ma montre à tâtons au pied du lit. On est dimanche, pensai-je vaguement. Dix heures et demie. En ce moment, papa devait se préparer pour le deuxième office. Lucy, qui ne s'était pas aperçue que j'avais ouvert les yeux, était assise dans le lit, à côté de moi, en train d'enduire ses cils de mascara.

«Je crois que je vais mourir, annonçai-je.

— Alors dépêche-toi, répliqua-t-elle sèchement. Tu as une tête épouvantable.

— Merci. J'ai cru un instant que tu allais me faire un compliment.

— Sûrement pas. Tu as vraiment dépassé les bornes, hier soir.»

Lucy adorait que les gens se donnent en spectacle – je sentais qu'elle jubilait.

Clover entra dans la chambre.

«Bien, dit-elle. Tu es en vie.

— Je n'en suis pas sûre, dis-je en me redressant. Tout tourne. *Encore*.

— Oh, ma pauvre ! dit Lucy, en se radoucissant.

— Je crois que je vais vomir.

— Oh non ! Pas dans le pot de chambre de mon arrière-grand-mère, s'exclama Clover en poussant vite l'objet sous le lit. Va dans la salle de bains. Il est presque onze heures. Il y a du jambon et des œufs brouillés.

— Oh non, par pitié !

— Digby a téléphoné deux fois pour prendre de tes nouvelles, dit-elle, insensible à ma détresse. C'était un spectacle très impressionnant, je dois le dire… chanter comme tu l'as fait et dégringoler ensuite du tabouret. Je t'avais mise en garde contre ces abominables cocktails. »

Un sourire radieux se répandit sur mon visage ; c'était plus fort que moi.

« Il a téléphoné pour moi ?

— Tu as dû faire une sacrée impression, remarqua Lucy.

— En m'étalant sur le sol de sa salle de bal, peut-être, dis-je. Sinon, je ne pense pas qu'il se serait intéressé à moi.

— Tu l'as embrassé ? demanda Lucy.

— Pas impossible.

— Tu mens ? » fit-elle, soupçonneuse.

Je ne répondis pas. Qu'ils pensent ce qu'ils veulent, me dis-je, tout heureuse. L'important, c'était qu'il m'avait téléphoné ! C'était ça, cette gorgée de pure félicité, sans mélange, enivrante, bue directement au goulot et avalée d'un trait. Il avait téléphoné. Il s'était souvenu. C'était réellement *arrivé*.

« Je t'ai vue disparaître dans la nuit, avec lui qui avait mis la veste rose de la Wentworth, comme Noel Coward, déclara Clover d'un ton désapprobateur.

— On était allés acheter des cigarettes, dis-je d'une petite voix.

— Garde ça pour *Woman's Own*, ricana-t-elle. Il n'a pas perdu de temps, je dois le dire, même par rapport à ses habitudes effarantes.

— Il ne s'est rien passé, je t'assure», insistai-je, mais elle ne m'écoutait même pas.

«Comment suis-je rentrée ici? repris-je, en dressant mentalement la liste des possibilités.

— Inigo nous a appelé un taxi et on s'est tous entassés dedans.»

Je me laissai aller contre les oreillers. «*Inigo?*

— Oui, dit Lucy.

— Mince alors.»

Je pris le verre d'eau posé sur la table de nuit et le portai à mes lèvres d'une main tremblotante. «Je suis tombée du tabouret du piano, me rappelai-je, horrifiée. Il y avait sûrement quelque chose dans ces cocktails.

— Lorsque Digby s'en mêle, c'est généralement le cas. On appelle ça de la vodka. V-O-D-K-A. Un alcool russe, qui n'a pas beaucoup de goût, mais un effet détonnant. Mélangé au champagne, c'est encore pire.»

Je m'effondrai sur mon oreiller.

«Billy m'avait dit de ne pas trop boire, et c'est exactement ce que j'ai fait. Il doit être furax. Pourquoi tu ne m'en as pas empêchée, Lucy?

— Impossible. Tu sais comment tu es quand tu as bu et que quelqu'un te montre un piano. Tu ne serais partie pour rien au monde, même pour des chevaux sauvages. Quoique non, en définitive. C'est le seul truc qui aurait pu marcher. S'il y a un piano ou un cheval à proximité, ajouta Lucy, en s'adressant à Clover, tu peux être sûre qu'elle ne s'en ira pas tant qu'elle ne les aura pas essayés l'un et l'autre.

— Billy s'est mis en colère ? demandai-je.

— Il ne se met jamais en colère, dit Clover. Ce n'est pas son genre. Et puis Matilda ne cessait pas de lui dire d'être indulgent avec toi et qu'il pourrait sûrement te pardonner d'avoir bu autant, vu que tu as mis tout le monde dans un état de frénésie incroyable, pire encore que Little Richard. Il n'arrêtait pas de répéter : "Mais pourquoi a-t-il fallu qu'elle s'attife comme *ça* ?" Il disait que, s'il avait voulu une fille habillée comme pour entrer sur une piste de cirque, il serait allé faire un tour à l'Olympia, au moment de Noël, et aurait kidnappé les vainqueurs de la coupe du Prince Philip.

— Il ne me pardonnera jamais, me lamentai-je. Et s'il me renvoyait tout droit chez moi, par le premier train en partance pour l'ouest ?

— Aucun risque. Si Digby estime que tu es ce qui existe de plus charmant depuis l'invention des petits-fours glacés, ton affaire est faite.

— Comment ça ? »

Clover examina ses ongles et fronça les sourcils.

« Billy t'a sans doute dit de ne pas boire, de peur que tu te ridiculises. C'est vrai, tu as trop bu mais ça a fonctionné. Si le photographe le plus célèbre de Londres juge que tu mérites de traîner avec lui dans le quartier de SW 3 pendant une heure entière, à l'occasion de l'une de ses soirées débiles, c'est bon signe.

— Tu crois ?

— Oui, soupira-t-elle. Et pour Billy, ça signifie qu'on n'aura pas besoin d'inventer n'importe quoi.

— N'importe quoi ?

— Tu vas faire un disque, non ? Si on te voit avec Digby, ça accélérera un peu le processus. Ça fera de toi quelqu'un qui vaut la peine qu'on s'informe à son sujet et aussi qu'on l'écoute.

— Inigo n'a pas l'air d'aimer beaucoup Digby, dis-je, en repensant à notre conversation dans le vestibule.

— Comme la plupart des hommes, dit Clover. Et ces deux-là, en particulier, n'ont pas de très bons rapports.

— Pourquoi ? Qu'est-ce qu'il s'est passé ? »

Je crus un instant que Clover allait tout me dire mais elle se ravisa.

« Rien, rien de grave. C'est plutôt qu'ils font une association contrastée. Le feu et la glace.

— Qui est quoi ?

— Devine, dit-elle sèchement. Et maintenant, bien que j'aie horreur d'annoncer les mauvaises nouvelles, il faut que je te rappelle qu'on t'attend au studio d'enregistrement dans une heure et quatorze minutes. »

Je blêmis encore davantage, si c'était possible.

« Comment vais-je pouvoir chanter alors que j'arrive à peine à parler ?

— Tout se passera bien, assura-t-elle. Si Dean Martin peut boire ce qu'il boit et chanter comme il chante, tu le pourras aussi.

— Et si je ne le pouvais pas ?

— Je suppose qu'ils donneront la chanson à Helen Shapiro, dit-elle, impitoyable. Tara Jupp est peut-être en train d'agoniser dans son lit, mais Cherry Merrywell est parfaitement capable de faire la fête toute la nuit et de chanter à tue-tête le lendemain matin. Secoue-toi. »

Sur ce, elle pivota sur elle-même et sortit de la chambre en claquant des talons.

« Par le feu de l'enfer, dit Lucy, admirative. Elle sait être terrifiante quand elle le veut.

— Qu'est-ce que tu es censée faire aujourd'hui ? lui demandai-je, en chassant l'image de Raoul cloué dans son lit d'hôpital.

— Me mettre au travail. Il y a dans le grenier vingt-cinq cartons à trier, dit-elle, en s'agenouillant soudain.

— Qu'est-ce que tu fais ? croassai-je. Tu pries pour nos âmes de pécheresses ?

— Non, dit-elle, en se couchant à plat ventre par terre. Pour ça, il est trop tard, maintenant. Mais on peut encore sauver ça. »

Elle tira un pot de chambre de sous le lit et le considéra respectueusement. « Je le savais, dit-elle d'un ton triomphant, en examinant l'inscription gravée en dessous. À mon avis, c'est un Portmeirion authentique.

— Ça ne me dit rien du tout, et tu le sais.

— Eh bien, ça pourrait dire quelque chose aux commissaires-priseurs de Sotheby's. Ça a beaucoup de valeur. Il faut que je l'inscrive dans le catalogue.

— Tu es vraiment bizarre », dis-je, car les connaissances encyclopédiques de Lucy en matière d'antiquités m'agaçaient parfois prodigieusement – surtout par une matinée comme celle-ci où ma vue était tellement brouillée que j'aurais été incapable de me reconnaître moi-même dans une glace, alors que dire d'un récipient dans lequel on faisait pipi au milieu du siècle dernier ?

Lucy était à la recherche d'un crayon.

« Tu as téléphoné à Raoul ? demandai-je d'une voix éraillée.

— Non. En revanche, reprit-elle après un silence, le joueur d'harmonica m'a donné son numéro de téléphone. »

J'ouvris la bouche pour lui demander ce qu'elle avait l'intention de faire à ce sujet, mais, coupant court à mes questions, elle sortit de la chambre. M'avait-elle dit ça pour me chagriner, ou parce qu'elle ne savait pas elle-même où elle en était ?

Pénétrer dans un studio d'enregistrement suffit à soi seul à justifier un voyage à Londres, me dis-je, à l'instant où Billy me faisait entrer dans un local de la taille du bureau de papa. Il était clos par des parois en verre et donnait sur une autre pièce renfermant un piano, entre autres choses. Je pris un casque et le mis sur ma tête, comme j'avais vu Alma le faire à la télévision. L'odeur qui y régnait – une odeur industrielle de fils électriques et de bandes enregistreuses chaudes mêlée à celle de la moquette neuve et du café corsé – était aussi grisante qu'il est possible. J'allai examiner l'immense console qui me faisait face – une multiplicité de boutons, de branchements, tout un assemblage technologique gris et noir pour créer cette chose si aérienne, légère et charmante qu'est une chanson pop. Je trouvais ça miraculeux, c'était comme d'entrevoir le paradis par l'entrée des artistes.

« Fais comme chez toi, me dit Billy, en ouvrant une boîte de sucres en morceaux et en inspectant l'intérieur d'une tasse à thé rouge et blanc.

— Je suis désolée… balbutiai-je. Pour hier soir, quand j'ai dégringolé du tabouret et après je ne me suis plus souvenue de rien… » Je ne parvins pas à finir ma phrase et Billy me sourit.

« N'en parlons plus. En tout cas, on peut dire que tu as fait ton "entrée" à Londres, même si ce n'est ni dans la tenue ni de la façon que j'avais prévues.

— Je suis désolée, dis-je encore une fois.

— N'en parlons plus, Cherry. Tu as beaucoup impressionné Digby. C'est tout ce qu'on a besoin de savoir. »

Clover a raison, pensai-je. Il est content parce que Digby m'a remarquée – pas seulement parce qu'on lui a dit de le faire, mais parce que je l'intéresse vraiment.

Je faillis sauter au plafond en voyant un individu en complet gris et noir tout chiffonné surgir de derrière le grand pupitre.

« Ah, tu étais là ! dit Billy, en lui serrant la main. Tu as pu venir, Dieu merci. La semaine dernière, on avait Ian. Ce type serait incapable de faire cuire un œuf. »

L'homme au complet sourit et remonta ses lunettes sur son nez. J'aurais aimé dire quelque chose mais pas un seul mot, pas même bonjour, ne parvint à me sortir de la bouche. J'étais comme paralysée, incapable d'articuler une seule parole. J'avais la bouche sèche.

« William Moore-Jones, annonça Billy, tandis que nous nous serrions la main. Aujourd'hui, c'est lui qui est aux manettes.

— Aux manettes ?

— Il va orienter toute notre affaire dans la bonne direction jusqu'à ce que ça ait l'air fait pour la radio.

— Ça fait déjà deux heures que les gars travaillent, dit William. Ils méritent une petite pause. Ça vous laissera le temps de revoir les chansons, dès qu'Inigo sera là.

— Les gars ? … qui… quels gars… où ça ?

— Là-dessous », me dit Billy.

Je me penchai et vis en effet trois batteurs, une guitare basse et une guitare acoustique, plus six filles avec des instruments à cordes.

« Inigo aime bien avoir un orchestre pour la partie instrumentale de ses chansons, expliqua William. Oh, ne vous inquiétez pas ! ajouta-t-il, en se méprenant sur mon expression. Ce sont vraiment les meilleurs.

— Je ne connais même pas ces chansons, marmonnai-je.

— Pour la face B, on aimerait que tu chantes "Over the Rainbow", dit Billy.

— "Over the Rainbow" ? Comme Judy Garland ?

— Exactement.

— Mais pourquoi dois-je faire ça ?

— Que veux-tu dire ? demanda Billy, perplexe.

— Qui pourrait avoir envie de m'entendre chanter ça, alors que son interprétation est déjà parfaite ?

— Ce sera autre chose, dit Billy, sans s'impatienter. Ton interprétation donnera un effet différent. C'est une chanson classique, magnifique. Avec elle, tu ne peux pas te tromper.

— Et la troisième chanson ?

— Inigo a quelque chose, dit Billy en me regardant. Dis donc, tu es une petite pro, Cherry Merrywell. Pour toi, ça ne présentera aucune difficulté. Seigneur ! Je n'ai jamais vu une fille poser autant de questions ! »

Il m'avança une chaise et s'assit sur le canapé. Je m'efforçais de fixer mon regard sur la petite fenêtre placée dans un angle, en me demandant si le monde réel existait encore.

« Je peux fumer ? demandai-je, bien inutilement puisque tout le monde avait une cigarette au bec.

— Je n'aime pas que tu fumes », dit Billy, avec une moue.

J'allumai quand même une cigarette, avec un petit haussement d'épaules contrit. Quelque chose me disait que je devais résister à Billy – ce qui n'irait pas bien loin. Il fallait que je me rebelle tant que je le pouvais. Mais il ne prêta pas attention à ce que je faisais de toute façon et il se leva pour sortir.

« Inigo devrait être là dans cinq minutes.

— Où vas-tu ? m'affolai-je.

— J'ai un nouveau groupe qui enregistre dans le studio d'à côté. Je leur ai dit que je passerais leur dire bonjour. Je vais revenir. William, apporte un verre d'eau à cette fille, tu veux bien ? ajouta-t-il, en me tapotant le bras. William est allé à Eton… il sait être aux petits soins pour les filles. »

Je bus presque tout le verre d'un seul trait, avec l'impression persistante d'avoir besoin de purger mon organisme de toute cette vodka.

« Vous avez déjà travaillé avec Billy ? me demanda William, en écrasant une Lucky Strike.

— Non.

— Tout va bien se passer. Si Inigo Wallace a écrit la face A et que Billy s'occupe de tout, vous pourriez chanter "Une souris verte" que ce serait un succès.

— Je pense qu'Inigo trouverait ça un peu primaire.

— Vous avez peut-être raison. Je me demande d'où lui vient ce lyrisme exubérant. La plupart du temps, il est plutôt déprimant comme type. »

William me sourit et je compris qu'il était dans mon camp. Une grande vague de nausée me submergea en même temps que la mémoire me revenait. J'étais tombée du tabouret de piano non seulement sous les yeux de Digby O'Rourke mais aussi sous ceux d'Inigo.

« Je crois qu'il faut que j'aille au... » Je ne pus terminer ma phrase mais William avait compris.

« Au bout du couloir, à gauche. Ça va ? ajouta-t-il, en regardant mes mains tremblantes et mes yeux cernés de noir. Je ne sais pas si c'est l'éclairage, mais vous êtes... comment dire... un peu verdâtre. »

Je me ruai aux toilettes pour vomir, après quoi je me rinçai la bouche, bus deux autres verres d'eau, repêchai un chewing-gum au fond de mon sac et regagnai le studio considérablement requinquée. Il était temps. Inigo arriva trente secondes plus tard, vêtu de son éternel pull noir, avec dans la main le reste d'un sandwich au bacon.

« Tiens, tu es en vie, me dit-il.

— Apparemment.

— Bien. » Il sourit tout à coup, ce qui me troubla. « C'était vraiment épatant.

— Quoi donc ?

— Hier soir.

— Je me suis ridiculisée, dis-je. Je le sais.

— Au contraire, j'ai trouvé ça plutôt intéressant.

— Qu'est-ce que ça veut dire ?

— Je ne t'imaginais pas comme quelqu'un capable de faire ce genre de choses.

— Quel genre de choses ?

— Tu sais bien. Accaparer l'attention, ingurgiter des litres de vodka et de champagne, apparaître dans une tenue incroyable au beau milieu d'une fête...

— Oh, d'accord ! l'interrompis-je. Et c'est d'autant plus curieux qu'après tout, n'est-ce pas, je n'ai pas une beauté conventionnelle, je suis beaucoup trop petite et je donne l'impression que je ne saurais pas quoi faire si un homme m'invitait seulement à prendre le thé ! »

Il éclata de rire, ce qui me mit hors de moi.

« Je n'aurais pas pu m'exprimer mieux.

— Pour la bonne raison que c'est exactement ce que tu as dit. »

Il resta imperturbable.

« Ah, tu m'as entendu parler avec Billy, l'autre soir, en Cornouailles ?

— Oui, dis-je d'un ton agressif.

— Je comprends. Ça explique la froideur de l'accueil.

— Ou pas d'accueil du tout. »

Il s'assit et allongea ses jambes interminables avec une décontraction proprement exaspérante.

« Je suis désolé que tu m'aies entendu dire ça. Mais il faut que je dise à Billy ce que je pense de ses artistes. Sinon, je ne servirais pas à grand-chose.

— Mais est-ce que tu as pensé à moi et à ce que ça m'a fait ?

— Je ne savais pas que tu étais cachée dans le couloir. Je croyais que tu étais rentrée chez toi.

— Non. J'étais revenue pour… pour voir s'il y avait de la pourriture sèche dans le salon jaune.

— De la pourriture sèche ? Tu es quoi, plombier ?

— Mon beau-frère voulait absolument le savoir, fis-je, très digne. Il a une passion pour Trellanack.

— Exact. Mais je ne vous suis plus, miss Merrywell.

— J'aimerais bien qu'on cesse de m'appeler comme ça.

— Quand tu auras lu ça, tu changeras d'avis.

— Qu'est-ce que c'est ? » demandai-je, méfiante.

Il sortit un journal de la poche de son jean et le déplia.

« C'est la dernière édition du *Sunday Express*, dit-il. Écoute ça :

"La nuit dernière, le photographe Digby O'Rourke – bien connu pour avoir lancé des mannequins comme Matilda Bright et Caroline Sinclair – a donné une réception dans sa maison de Chelsea pour miss Cherry Merrywell, son ingénue du moment."

— Donné une réception pour moi ! m'écriai-je. Ce n'est pas vrai ! Et puis c'est quoi, une ingénue ?

— Peu importe, chérie, déclara Inigo de ce ton qu'il lui arrivait de prendre et qui oscillait entre l'affreusement sarcastique et l'épouvantablement condescendant.

— Continue, alors, le pressai-je.

— "Miss Merrywell, 17 ans, originaire de Dawlish, dans le Dorset, arborant une culotte de cheval, a déclenché l'enthousiasme de la haute société londonienne en interprétant plusieurs chansons tirées de la comédie musicale *Brigadoon*, assenées au piano aux environs de minuit. Des voisins de O'Rourke, 26 ans, se sont vus contraints de porter plainte, le tapage s'étant poursuivi jusque dans la matinée du dimanche."

— Arrête de plaisanter, fis-je, agacée.

— Sachez, miss Merrywell, que ma mère m'a toujours recommandé de ne jamais plaisanter avant quatre heures trente de l'après-midi. Il semblerait que faire de l'esprit avant cette heure soit un signe de mauvaise éducation. »

Ne trouvant rien à lui répondre, je me tus.

Il me passa le journal. J'y vis, imprimés noir sur blanc, les mots mêmes qu'il m'avait lus. Il y avait aussi une photo de Digby et Matilda, devant un cinéma.

« Ce n'est pas fini, murmurai-je, stupéfaite. "Était également présente, Lucy, 23 ans, la sœur de miss Merrywell, amie d'enfance de Matilda Bright, qui travaille actuellement chez Clover Napier. Vêtue d'une jupe provocante créée par la styliste dans le vent Charlotte Ferris, elle a mis tout le monde en émoi. 'Lucy et moi avons grandi ensemble, a déclaré miss Bright. Elle est sans aucun doute l'une des jeunes femmes les plus fascinantes de notre génération.'"

— Quand leur a-t-elle donné cette interview ? demandai-je. Elle avait dû préparer sa déclaration à l'avance ! Matilda ne parle pas comme ça !

— Que veux-tu dire… avec des phrases complètes, cohérentes, c'est ça ?

— *Brigadoon*, dis-je d'une voix songeuse. Je n'ai pas joué une seule chanson de *Brigadoon*, n'est-ce pas ? En plus, j'ignorais que des voisins s'étaient plaints, fis-je, après avoir relu l'article. Et puis je suis pas originaire du Dorset, m'indignai-je pour finir.

— Tout le monde s'en contrefiche, ma petite Cherry. L'important, c'est qu'on parle de toi dans le journal. D'accord, c'est le *Sunday Express* – un torchon dont le duc d'Édimbourg lui-même a dit qu'il était rempli de mensonges, de ragots et d'inventions – mais tout de même. Un journal est un journal. Billy va jubiler. »

Il y eut un silence. Je ne savais pas comment réagir à cette situation. J'aurais aimé me fâcher, mais, d'un autre côté, je trouvais tout ça terriblement excitant.

« Tu n'as pas l'air tellement content, dis-je enfin.

— Oh que si ! Plus on te fera de publicité, plus on vendra de disques, plus je gagnerai de l'argent. Tout le monde sera content

— Je ne savais pas qu'on ferait un article sur moi.

— Eh bien, c'est fait. N'est-ce pas merveilleux ? »

Inigo prit le journal entre ses longs doigts, découpa l'article et me le passa.

Je le relus et le retournai dans mes mains comme s'il risquait de s'autodétruire d'une seconde à l'autre.

« Je trouve ça plutôt idiot », dis-je pour conclure.

Billy revint et on recommença à se féliciter à cause de l'article, et n'est-ce pas que ça tombait bien que Lucy et moi soyons allées à cette soirée, il savait que c'était l'endroit où il fallait se montrer, etc. Puis Billy commença à parler de moi comme si je n'étais pas là.

« Il faut qu'on la voie encore avec Digby, disait-il. Demain soir, peut-être ? Un film et puis un restaurant ? Ce serait bien qu'on les photographie en train de faire quelque chose... comment dire... (il chercha un mot approprié...) d'ordinaire. »

Aller au cinéma et au restaurant avec Digby O'Rourke n'était pas l'idée que je me faisais des choses ordinaires. Je toussotai.

« Il n'aura peut-être pas envie de sortir avec moi, dis-je. Il est sûrement très pris...

— Est-ce qu'il te plaît ? » demanda Billy, balayant l'objection.

Je ris, embarrassée.

« Je le trouve... sympa.

— Sympa, répéta Inigo. Un mot très commode, sympa.

— Comment ça ?

— Ça peut vouloir dire soit absolument détestable, soit totalement merveilleux. »

N'en déplaise à Cherry Merrywell, je sentis Tara Jupp virer à l'écarlate.

« Arrête de la mettre dans l'embarras, dit Billy.

— Je ne le connais même pas.

— C'est exactement la personne que tu dois fréquenter, déclara Billy. Mais, en voyant mon expression, il se méprit sur ce que je pensais et ajouta. « Bon, Tara, je ne te dis pas d'aller choisir des rideaux pour la maison ou je ne sais quoi d'autre, avec ce type.

— Et pourquoi pas, dans le fond ? intervint Inigo. D'après ce que j'ai entendu dire, il ferait un mari formidable. Digne de confiance, des mœurs irréprochable, fidèle…

— Oh, ça suffit, vous deux, marmonnai-je. Je ferais mieux d'apprendre cette chanson, non ? »

Inigo alla ouvrir la porte du studio et j'aurais juré avoir entendu Adam Faith parler dans le couloir. Billy remit son chapeau, me sourit, claqua dans ses doigts et dit :

« Cet après-midi, j'emmène Matilda à Paris pour un petit voyage de noces. » À l'entendre, on aurait cru qu'il s'agissait de Blackpool.

« Et moi ? » dis-je.

Il sourit comme si j'avais fait de l'humour. « À mon retour, je veux un tube à tout casser, les enfants. »

La porte se referma derrière lui.

Je me mis à rire ; c'était plus fort que moi.

« Je ne pensais pas que, dans la vraie vie, il y avait des gens qui disaient des choses pareilles, fis-je.

— Tu as raison, ça n'arrive pas, dit Inigo. Mais ce n'est pas la vraie vie. Surtout ne l'oublie pas. »

Il s'assit, sortit sa guitare de son étui et soupira.

« Je vois que tu as encore une dent contre moi à cause de ce que j'ai dit dans la pièce au plafond qui s'effondrait.

— En fait, le plafond n'était pas pire qu'avant, avouai-je. C'est la seule bonne découverte que j'ai faite ce soir-là.

— Dieu soit loué, dit-il. Écoute, je suis inexcusable d'avoir parlé de toi de cette façon. Mais maintenant que je t'ai vue à l'œuvre, je crois bien m'être trompé sur un ou deux points. Tu joues bien, c'est certain. Et tu sais chanter en public. Tu as été excellente.

— Merci, monsieur, dis-je.

— Ça suffit comme ça, coupa-t-il. Ne pourrions-nous pas conclure une sorte de trêve ?

— Bien sûr. Pourquoi pas ?

— Et pour que tout soit bien clair, dit-il en pinçant le *do* de sa guitare et en fronçant les sourcils parce qu'il la trouvait mal accordée, pour toi ce sera Votre Altesse Royale… si tu n'y vois pas d'inconvénient. »

Je ris, malgré moi, même s'il ne me traitait toujours pas comme je l'aurais voulu.

Un silence s'établit, qui dura cinq bonnes minutes. C'était curieux, cette façon de passer d'une conversation animée à rien du tout. Je n'aimais pas ce silence : avec Inigo, il pesait plus lourd qu'avec n'importe qui d'autre.

« Alors, et cette chanson ? » dis-je enfin.

Il sortit un disque de son sac.

« "May to September", annonça-t-il. La version de Susan. »

Il s'approcha de l'électrophone et sortit l'objet de sa pochette.

Ce fut instantané – je dois mettre cela à son crédit. La mélodie était aussi aérienne que du sucre glace et Susan Vaughan chantait avec une innocence authentique et suave – je compris aussitôt pourquoi Billy aimait tant sa voix ; elle correspondait tout à fait à ses goûts.

« C'est une bonne chanson, dis-je à la fin du premier couplet, jugeant qu'il était impensable de ne pas le dire.

— Merci.

— Je suppose que c'est toi qui l'accompagnais. »

Il hocha la tête. C'était une rengaine que des petites filles pouvaient psalmodier ensemble dans une cour de récréation ou à l'arrêt de l'autobus – elle n'exigeait rien d'autre de la part de celui qui l'écoutait que de croire à ce qu'elle racontait. *Une fille rencontre un garçon, le garçon la quitte, le garçon revient, le garçon et la fille se marient à Malibu et tout est bien qui finit bien.*

« On ne peut pas dire qu'elle chante le blues, n'est-ce pas ? » fis-je quand le disque s'arrêta. J'avais envie de lui dire combien elle m'avait plu, mais je n'y parvenais pas. Les paroles que je l'avais entendu prononcer m'obsédaient, malgré mon désir de les oublier. *Il ne m'en croyait pas capable.*

« C'est vrai, reconnut-il. C'est aussi différent du blues que possible.

— Et puis, où se trouve Malibu ? ajoutai-je, d'un ton soupçonneux, comme s'il avait inventé cet endroit rien que pour la chanson.

—À plus de sept mille kilomètres d'ici. Sur la côte Ouest des États-Unis.

— Les gens d'ici risquent d'avoir du mal à comprendre, non ?

— Si tu veux mettre Brighton à la place, ne te gêne pas.

— Rejoue-la-moi. »

Il souleva l'aiguille posée sur le disque, mais je l'arrêtai. « Non, joue-la-moi, toi. Je voudrais l'entendre telle qu'elle était quand tu l'as écrite. »

Le défi que je venais de lui lancer parut l'étonner. « D'accord », dit-il calmement. Il montra d'un mouvement du menton le local maintenant désert. On était dimanche. Ils sont en train de déjeuner, pensai-je, en me représentant soudain Imogen en train d'écarter les petites mains avides de Roy et de Luke, pendant qu'elle se dépêchait de découper le poulet rôti pour l'arrivée de papa, après la messe.

Inigo se dirigea vers le demi-queue blanc se trouvant à l'autre bout du studio et souleva le couvercle. Les instruments des musiciens rétribués pour m'accompagner ce jour-là étaient alignés devant leurs sièges. Inigo s'assit et ses mains restèrent un moment en suspension au-dessus du clavier. Ses cheveux lui retombaient sur le front et il ferma les yeux ; il était si concentré qu'il n'avait plus cet air sceptique qui lui collait à la peau le reste du temps.

« C'est bon. Je suis prêt. »

En le voyant frapper les basses de la main gauche, effleurer de sa main droite les notes de la mélodie et avaler des gorgées de café entre les couplets, les refrains et les changements de ton, je compris très exactement pourquoi il avait autant de succès. De même qu'au cours de cet après-midi à Milton Magna, il avait une façon naturelle de jouer et d'injecter à des paroles innocentes, presque enfantines, cette *chose unique* dont je *savais* qu'elle était là, sans l'avoir jamais goûtée en vrai. À la fin, il me regarda et repoussa ses cheveux en arrière.

« Ça va ? dit-il. Une chanteuse comme toi peut faire ça en marchant sur les mains.

— Est-ce qu'il faut que je prenne l'accent américain ?

— Oui. » Une réponse brève.

« Qu'est-ce qu'elle dit ?

— Ce qu'elle dit ? Elle le veut, elle le perd, elle est triste, ensuite il revient, elle est heureuse.

— Faut-il vraiment qu'elle le reprenne ?

— Comment ça ? » Il alluma une cigarette, releva la tête et posa sur moi un regard pénétrant.

« Eh bien… pourquoi doit-elle le reprendre ? Au deuxième couplet, on dit qu'il a trouvé quelqu'un d'autre. Quand il revient à la fin du troisième couplet, il y a des chances pour qu'elle n'ait plus jamais confiance en lui. C'est logique, non ? À sa place, je n'aurais pas envie qu'il revienne.

— Tu es elle, par conséquent tu ferais mieux de t'y faire. »

Il m'écarta et l'espace d'un instant, je me dis : Aïe ! Ça y est, j'ai été trop loin !

« Joue-moi donc quelque chose pendant que je t'installe le micro, dit-il.

— Quoi ?

— Vas-y. Ce que tu voudras. »

Il désigna le piano d'un geste large.

« Je n'ai pas envie.

— Ne fais pas l'enfant.

— Ça ne t'intéresse pas.

— C'est à moi de dire si ça m'intéresse ou non, une fois que je t'aurai entendue, fit-il, avec un haussement d'épaules.

— OK, OK, d'accord. »

Ces mots étaient à peine sortis de ma bouche que j'étais déjà assise au piano, consciente que si je ne m'y mettais pas tout de suite, j'aurais trop le trac.

« Promets-moi de ne rien dire après. »

Il laissa tomber trois morceaux de sucre dans une tasse de thé et me considéra comme si j'étais une idiote achevée. « Bien, je te le promets. »

Je jouai donc la chanson que j'avais composée à la maison – une chanson sur la perte d'un être aimé et le désir de le revoir. Une chanson sur ma mère, dont j'espérais qu'elle rappellerait son père à Inigo. Je voudrais pouvoir dire que, pendant que je chantais, le monde entier avait soupiré et que tout s'était arrêté – immobilisé – un moment, ébloui par la lumière que j'avais fait naître, dire qu'Inigo avait déclaré sur-le-champ qu'il ferait aussi bien de jeter l'éponge, parce qu'il était incapable de rivaliser avec moi. J'aurais aimé pouvoir dire ça. Mais il n'en fut rien. Chez moi, cette chanson avait du sens et Imogen était sur place pour accourir et me dire que j'étais sensationnelle. Ici, dans ce studio d'enregistrement londonien, devant Inigo, elle me paraissait étriquée. Je me rendais compte que la mélodie manquait fondamentalement d'originalité – en fait, je m'étais simplement inspirée d'un disque de Nina Simone qui appartenait à George. Mes doigts butaient sur les touches et j'hésitai sur les paroles du deuxième couplet. Ça me semblait trop mince, amateur, enfantin. Je n'étais qu'une petite fille qui chantait – mais sans émotion, parce que j'étais trop occupée à essayer de donner à ma chanson plus de portée qu'elle n'en avait. Je poussais ma voix jusqu'à ses limites, sachant que cette voix devrait être ma carte de visite si le disque ne marchait pas. Oh, mon Dieu ! pensai-je. Épargnez-moi ça. Il était trop doué pour moi. J'avais refusé de l'admettre, mais en m'entendant, moi et ma chanson, ce n'était que trop évident. Ce qu'il faisait demandait beaucoup plus de talent que je l'avais imaginé.

Quand j'eus fini de chanter, je me retournai vers lui. Il s'appuyait sur la porte, impassible, indéchiffrable. Comme promis, il ne prononça pas un mot. Je me rendis compte qu'il ne savait rien de moi. Il n'en avait pas été pour lui comme pour moi. Lucy s'était trompée à propos de cette Chose.

« Bon, on continue ? » demandai-je, agacée. Je regrettais déjà de lui avoir chanté ma chanson. Je n'avais jamais interprété mes œuvres devant personne ; j'aurais eu moins l'impression d'avoir subi un viol si j'avais dansé nue autour du micro.

Il acquiesça d'un signe de tête.

« Alors ? fis-je.

— Alors quoi ? » Il était en train de régler le micro de manière à ce qu'il soit à la hauteur de mon visage.

« Ça t'a plu ?

— Je croyais que tu ne voulais pas que je te donne mon avis.

— C'est vrai. »

Durant une longue minute, un silence compact s'installa entre nous, là, dans la matrice ouatée du studio, et je restai immobile à contempler le monde irréel qui m'entourait, fermée à l'extérieur, indifférente à tout. Il était à genoux, branchant quelque chose, tirant des fils. Il se redressa enfin, l'air toujours aussi impassible, et dit : « C'était bien. »

Je ne répondis pas.

« Et maintenant, si on faisait ce pour quoi nous sommes ici ? Avant que l'un de nous deux ne perde l'envie de vivre ?

— Bien sûr. Et tu veux que je chante ça exactement comme Susan ?

— Exactement comme Susan.

— Parce que c'est ce que veut Billy ?

— Parce que c'est ce que veut Billy.

— Et nous faisons toujours exactement ce que veut Billy ? » dis-je, après un instant d'hésitation.

Il soupira.

« Billy t'a entendue et il sait que tu en es capable. Mais il y a plein de filles capables d'en faire autant. Si tu ne chantes pas cette chanson, une autre le fera.

— C'est juste que ça ne me ressemble pas.

— Tu t'imagines qu'Alma croit à tout ce qu'elle chante ? demanda-t-il.

— Je n'en sais rien. J'aime me dire que oui.

— Tout est là. Tu vends un rêve et un rêve auquel tous ceux qui t'écoutent ont envie de croire.

— Mais si moi, je n'y crois pas ?

— Tu seras payée pour ça, ma cocotte, et si tu joues bien tes cartes, tu passeras à la radio et à la télévision. Tu n'as qu'à te tenir bien droite sur tes deux pieds et, plus tard, tu te diras que quand tu avais dix-sept ans, tu étais *là*. C'est tout ce que tu as besoin de croire. »

Il alluma une cigarette.

La séance dura deux heures. Je chantai avec l'orchestre comme j'aurais chanté sur un disque à la maison. J'aurais aimé ressentir la même ferveur, mais de me dire que je ne faisais que copier quelqu'un d'autre me refroidissait. Je me jurais de ne plus jamais imiter qui que ce fût. Ensuite, on enregistra « Over the Rainbow », ainsi qu'une autre chanson écrite par Inigo, intitulée « Paint the Clouds ». Il me remit une feuille sur laquelle les paroles étaient dactylographiées et tout fut terminé en l'espace de quelques minutes, me sembla-t-il. Je me voyais telle que j'avais conscience d'être : une marionnette pour lui et son talent – rien d'autre. Et puis j'avais eu tort de lui chanter ma chanson : je me sentais ridicule de m'être trop découverte, d'avoir trop donné, d'avoir abattu toutes mes cartes pour finir par m'apercevoir qu'il ne me restait pas un seul as.

Inigo me déposa à Napier House, après quoi il partit retrouver sa sœur à Mayfair, avant la réunion du Six O'Clock Club.

« Digby ne va pas tarder à t'appeler, dit-il, tandis que je sortais de sa voiture.

— Comment le sais-tu ? » Je voulais avoir l'assurance que ce qu'il m'annonçait allait vraiment se produire.

« Je le sais, c'est tout. Mais pour l'amour de Dieu, fais attention. Même si Billy pense que le fait qu'on te voie en sa compagnie est l'événement le plus heureux depuis la fin du rationnement, ne te laisse pas entraîner trop loin.

— C'est jusqu'où, trop loin ?

— Tu sauras. »

Il embraya et repartit aussitôt. C'était, me dis-je, une bonne chose qu'il n'ait pas attendu que je réponde. Je me demandais en effet si Cherry ou Tara auraient su quoi répondre.

Le soir, Clover nous servit des toasts au fromage suivis d'un diplomate. Inigo arriva cinq minutes avant qu'on passe à table. Il me sourit, ainsi qu'à Lucy, et jeta un coup d'œil fébrile sur la table en chêne octogonale.

« Personne n'a téléphoné ? demanda-t-il à Clover d'un ton détaché, tout en allumant les bougies sur la table de la salle à manger.

— Non, répondit-elle, en le considérant avec curiosité. Tu attends un appel ?

— Peut-être que oui. Peut-être que non. »

Tout le monde s'assit à l'instant où la pendule sonnait six coups. Un grand silence régnait dans la pièce ; je me tortillais sur ma chaise tendue de cuir vert, en me demandant ce que faisait Digby. Clover avait posé sur le buffet un vase d'hortensias bleus et blancs qui éclairaient la pièce au propre comme au figuré. Cette initiative, alliée à l'invasion des mets chauds, des salières et des poivriers, des serviettes propres et repassées de frais, sans compter celle des convives, rendait l'ensemble aussi vrai et efficace qu'il devait l'être à l'origine. Nous mangions comme ils mangeaient ; en somme ils n'étaient pas si loin de nous.

Lucy, qui avait mis une jupe longue, craignant peut-être de faire trop moderne autrement, avait installé devant elle le journal de Colette Napier dont elle étudiait attentivement les notes se rapportant à la cuisine.

« Je lis qu'elle a renvoyé une servante prénommée Emma parce qu'elle n'aimait pas la façon dont elle servait les tranches de jambon fumé au déjeuner.

— Oh ! Emma passait par des périodes de faveur et de disgrâce, déclara Clover, en prenant une cuillerée de moutarde dans une coupelle en argent. Une fois, Colette était restée deux heures dans la cuisine à argumenter avec Emma qui refusait de saler des pommes de terre à mi-cuisson, pour le déjeuner dominical. Elle raconte que son mari et ses amis avaient fumé des cigares, bu son meilleur vin et plaisanté gaiement pendant qu'avait lieu ce regrettable différend. Quand Colette apporta enfin les pommes de terre, la moitié des convives étaient tombés par terre.

— Flûte, dit Inigo. Je me suis trompé de siècle.

— Il semble qu'elle était "très contrariée" la plupart du temps, dit Lucy en tournant la page avec un froncement de sourcils.

— Encore quelque chose que nous avons en commun, elle et moi », dit Clover.

Lucy empila une montagne d'épinards dans son assiette et tendit la main vers un beurrier d'aspect fragile datant très certainement de 1870. Au presbytère, un objet pareil n'aurait pas tenu dix secondes, me dis-je, en pensant aux petits pains avec lesquels se bombardaient Luke et Roy et à l'énergie avec laquelle Florence maniait la brosse à vaisselle.

« Vous avez passé une bonne journée ? » demanda Clover à Inigo et à moi. Je n'aurais su dire si elle avait vraiment envie de connaître la réponse – son pouvoir de concentration était quelque peu fluctuant. Elle donnait toujours un peu l'impression que sa pensée s'était attardée dans le milieu du XVIIIe siècle.

« Ah ! Cherry a eu un article dans le *Sunday Express* et elle a réussi à tenir une demi-heure de suite sans discuter avec moi de la qualité de mes chansons. On en a enregistré trois et personne n'a été malade. Quoique je n'en sois pas tout à fait sûr. »

Il me regarda froncer les sourcils.

« Je refuse de répondre à tout… », commençai-je, mais le téléphone qui sonnait dans le vestibule m'empêcha de poursuivre.

« Continue, m'enjoignit Clover. Je ne réponds jamais au téléphone pendant une réunion du Six O'Clock Club. Peu importe qui c'est, il n'aura qu'à rappeler. »

Inigo se leva pourtant.

« Excusez-moi, marmonna-t-il, en sortant de la pièce.

— Il faut que j'aille chercher la crème fraîche », déclara Clover en courant derrière lui.

Lucy me regarda.

« Il a été comment ? chuchota-t-elle.

— Compliqué. Je me suis ridiculisée.

— Après la nuit dernière, ça ne pouvait pas être pire, dit-elle avec un sourire.

— Et toi ? » Je n'avais pas envie de parler plus que nécessaire de ce qui s'était passé dans le studio d'enregistrement.

Lucy prit un œuf poché sur un plateau posé au centre de la table.

« C'est bon de se sentir utile. Ça change des permanentes et de ces sempiternels ragots. Et pourtant, j'ai passé l'après-midi à pleurer.

— Pourquoi ?

— La tante Jessica avec qui Colette Napier était fâchée revient après trois ans d'exil. Deux semaines plus tard, elle se noie dans la Tamise.

— Fais attention, tu vas devenir cinglée avant d'avoir fini ce travail », lui dis-je.

Clover réapparut, la bouche pincée.

« C'était America, annonça-t-elle, en me regardant avec un sourire goguenard. Il parlait si bas que je n'ai pas compris un traître mot de ce qu'il disait, mais c'était bien elle. Une femme d'au-delà de la mare. Mister Tubes est amoureux, soupira-t-elle, la main sur le cœur.

— Et la crème ? » demanda Lucy.

Un peu plus tard dans la soirée, j'allai jeter un coup d'œil discret sur le carnet du téléphone.

« *America a téléphoné à Inigo Wallace* », avait-il noté de sa grande écriture arachnéenne. « *Objet de l'appel : Ce n'est pas tes oignons. P-S : Écouter les conversations téléphoniques d'autrui est un signe que la folie nous guette.* »

Je faillis faire un bond en entendant le téléphone sonner.

Je décrochai, saisie d'épouvante.

« Allô ?

— Qui est à l'appareil ?

— Tara… ou plutôt, Cherry. »

Digby éclata de rire. « Il faut que vous vous couchiez de bonne heure, miss Merrywell, dit-il.

— Comment allez-vous ? lui demandai-je timidement. Merci pour la belle soirée…

— Il ne faut pas me remercier, mon cœur. Tu me prends pour qui ? La princesse Margaret ? Écoute-moi, j'appelais juste pour dire à Clover d'apporter des tenues adaptées. Toutes ces horreurs avec lesquelles elle t'a attifée l'autre soir ne te vont pas du tout.

— Je ne pense pas pouvoir lui dire ce qu'elle doit apporter, répliquai-je, ravie.

— Dans ce cas, roule ta culotte de cheval et cache-la sous ta robe.

— Je ne sais pas si Clover voudra qu'on me photographie en culotte de cheval.

— Bien sûr que non, ma chérie. Voilà exactement pourquoi nous devons le faire.

— Billy va dire que ça ne va pas. » À l'autre bout du fil j'entendis un bruit de verre cassé.

« Merde, jura Digby. Bon, je te laisse, mon ange. Caspar vient d'arriver. À demain. Dors bien et, pour l'amour de Dieu, ne la laisse pas te mener par le bout du nez. »

« *Digby O'Rourke a demandé Clover, écrivis-je après avoir raccroché. Il a parlé à Cherry Merrywell. Objet de l'appel : questions vestimentaires.* »

Je montai dans ma chambre quatre à quatre et glissai ma culotte de cheval dans un sac en papier.

25

Comment je la perdis et pourquoi

« Tu n'avais rien d'autre à te mettre, mon petit ? me demanda Clover deux jours plus tard, tandis que nous nous rendions à pied chez Digby.

— Rien de propre », avouai-je.

Elle soupira. Dans la matinée, elle avait reçu la livraison de tout un lot de robes envoyé par un couturier français avec qui elle avait couché jadis et qui lui était reconnaissant parce qu'elle lui avait promis de ne rien dire à sa femme. Elle les avait mises dans une valise à roulettes qu'elle traînait derrière elle dans la rue, ainsi qu'une hôtesse de l'air – mais dire ça n'est pas lui rendre assez justice. Avec ses lunettes de soleil, ses talons hauts, sa frange noir corbeau et son effrayante efficacité, elle semblait prête à poser l'avion à elle toute seule.

Nous avions laissé Lucy à Napier House en train de trier des malles de papiers mais, ce matin, nous étions un peu en froid. Le joueur d'harmonica lui avait téléphoné à huit heures ; j'avais vu le rapport de Clover dans le carnet. Je ne savais pas ce qu'allait faire Lucy, mais dans le passé, presque chaque fois qu'un garçon lui avait couru après, elle avait toujours fini par céder à un moment ou à un autre, ne serait-ce que pour se soustraire aux griffes de papa, l'espace d'une soirée. Mais ce n'est pas à elle que je pensais maintenant, car je devais mettre tout en œuvre pour essayer de garder la tête froide en présence de Digby.

À notre arrivée à Cheyne Walk, il vint nous ouvrir, vêtu seulement d'un blue-jeans, avec dans la main une coupelle d'œufs de pluvier, tel Sebastian Flyte. Ses yeux de lutin s'étrécirent à la vue de la valise de Clover.

« Tu t'installes chez moi, soupira-t-il. Il faudra que tu partages une chambre avec Caspar. Il n'a rien de grave, mais il a tout de même quelque chose.

— La syphilis, j'imagine, dit Clover en tirant sa valise dans l'entrée.

— Ne t'inquiète pas. Je sais ce que veut Billy mieux que lui-même. Quand j'ai la migraine, je me surpasse.

— Épatant, répliqua Clover. Parce que je m'apprête justement à faire en sorte qu'elle empire considérablement. »

Digby me sourit.

« Salut, toi, me dit-il. Entre donc. Je ne pense pas avoir eu l'occasion de te dire que tu chantes très bien. Tu étais fantastique.

— Je n'en suis pas aussi sûre. » Je me sentis devenir écarlate mais Digby ne détourna pas les yeux et se mit à rire.

Il nous emmena au dernier étage, en titubant sous le poids de la valise de Clover. Il me regarda, moi et mon sac en papier, puis haussa un sourcil interrogateur. Je hochai la tête.

« C'est bien, dit-il à mi-voix.

— C'est quoi, ces messes basses ? » demanda Clover, agacée.

Une heure s'écoula à passer en revue la totalité des vêtements, des robes arrivées tout droit des défilés de mode parisiens, des écharpes somptueuses, des chemisiers exquis, des chapeaux, des gants. À mesure que je les essayais, j'avais de plus en plus chaud et mon anxiété grandissait. Digby se gaussa de la plupart des tenues qu'avait apportées Clover, sélectionnant des pièces inestimables pour les mettre sur lui ou les recycler en des choses encore plus étranges qu'elles ne l'étaient déjà.

« Il faut que des milliers d'adolescentes cherchent à copier son look », s'impatienta Clover, en voyant Digby nouer sur ma tête un foulard à rayures bleues, à la façon des pirates.

« L'ennui avec ce brave Billy, dit-il à voix basse, mais assez fort pour que Clover et moi l'entendions, c'est qu'il n'aime pas que les gens soient eux-mêmes. Ça lui fait peur. Il est comme ça.

— Il sait ce qui marche, rétorqua Clover.

— Jusqu'à un certain point », rectifia Digby.

Alors que Clover s'asseyait par terre en soupirant, pour reprendre l'ourlet d'une robe du soir en taffetas rose, Digby m'effleura la nuque, ce qui fit courir un flot d'adrénaline le long de ma colonne vertébrale. C'était son assurance nonchalante, malicieuse, le charme patent de ses yeux verdâtres qui me liquéfiaient. Sans nul doute, des milliers de filles ont déjà dû succomber, me disais-je, mais ces statistiques n'étaient-elles pas la preuve d'un talent suprême ? Si quelque chose vaut la peine d'être fait, il vaut la peine de le faire bien, avait coutume de dire Imogen.

« Viens te promener avec moi, après, murmura-t-il.

— J'ai entendu, dit Clover. Si tu veux mon avis, Tara, tu n'en feras rien. »

Je me mordis la lèvre, en m'efforçant de ne pas sourire.

Même à l'époque où je ne pensais qu'aux chevaux, je me réservais par-ci par-là des moments pour rêver, style Cendrillon – des rêves sirupeux et sans espoir dans lesquels quelqu'un comme Clover, armée d'un bâton d'eye-liner et d'un compact d'Elizabeth Arden, me métamorphosait – genre Eliza Doolittle dans *My Fair Lady* – en une de ces icônes de la jet-set capables de provoquer des embouteillages dans la rue. Mais la vraie vie n'est pas ainsi. Clover m'avait maquillée à la perfection, mais j'avais une drôle de tête, une tête complètement factice. Des lèvres roses, de l'ombre à paupières bleu pâle, du fard à joues prononcé et des cheveux remontés très haut dans une barrette endiamantée ; j'étais l'image même d'Alma, mais sans l'authenticité qui me rendait Alma réelle. J'étais clownesque, ridicule. Je m'examinai dans le miroir, épouvantée.

« Je ne me ressemble pas, dis-je.

— C'est le but, justement, dit Clover, non sans une certaine gentillesse.

— Sans doute. » Un peu du rouge à lèvres rose avait déteint sur mes dents de devant. Je l'essuyai.

« Ne bouge plus et fais exactement ce que dit Digby », m'ordonna-t-elle.

Je n'avais pas vraiment besoin qu'on me le dise, sachez-le.

Il me photographia sans cesser de me parler un seul instant. Il balançait les superlatifs comme il aurait distribué des bonbons à la réglisse à la sortie d'une école – ce dont je lui étais vivement reconnaissante –, mais il y avait chez lui un détachement donnant l'impression qu'il avait déjà dit tout ça avant, que je n'étais qu'une fille parmi toutes celles que Clover lui amenait pour qu'il les prenne en photo, ce que j'étais, bien entendu. Je dus me changer de nombreuses fois, sans jamais revêtir une seule des tenues que moi, j'avais choisies.

À un moment donné, Digby posa son appareil, fronça les sourcils et regarda Clover en disant :

« Je n'aime pas cette jupe.

— Elle vient de Milan », répliqua-t-elle, comme si c'était un argument définitif.

Il haussa les épaules et se remit au travail. J'étais assez d'accord avec lui. Je n'aurais sûrement pas choisi de porter cette jupe si Clover n'avait eu la certitude qu'elle correspondait exactement à ce que voulait Billy.

« Je ne vois pas pourquoi il devrait nous dicter absolument tout, fis-je. C'est un homme, après tout. La plupart des hommes n'ont aucune idée de ce qui va aux femmes.

— Il n'est pas la plupart des hommes, rétorqua Clover, en regardant Digby.

— Tu penses que ça ira ? » lui demanda-t-elle une demi-heure plus tard. Je m'étais esquivée pour manger un sandwich que la très patiente femme de ménage de Digby avait eu la bonté de me préparer – et je les entendais parler dans la pièce voisine. Clover s'efforçait de dissimuler son inquiétude et je compris que pour elle plus que pour n'importe qui d'autre, il fallait que tout se passe bien. Sinon, ce serait elle et pas moi que Billy rendrait responsable.

« C'est ce que veut Billy, déclara Digby. Moi, je suis seulement le type qui appuie sur le bouton.

— Billy veut qu'elle ait l'air "ingénue et avertie à la fois", dit-elle, sans tenir compte de sa remarque. Tu crois qu'on a réussi à rendre ça ?

— Non.

— Pourquoi ?

— Comment s'appelle la sœur, déjà ? La fille tout en jambes ?

— Lucy.

— Elle, elle pourrait avoir l'air avertie. Mais pas celle-ci. C'est une gentille petite vierge du Devon, bonté divine.

— De Cornouailles, rectifia Clover.

— C'est kif-kif, non ?

— Pas pour ceux qui y vivent. Il ne faut pas trop l'encourager…

— Tu m'emmerdes. Elle me plaît, dit Digby. Et puis qu'est-ce que ça peut te faire, après tout ? »

Je dus me fourrer le poing dans la bouche pour ne pas rire tout haut d'allégresse.

Clover ouvrit la porte et me sourit.

« Il faut que j'y aille. J'ai une réunion, expliqua-t-elle brièvement. Digby te raccompagnera quand vous aurez terminé, ajouta-t-elle, en me glissant un billet d'une livre dans la main.

« En cas d'urgence, dit-elle. Et si tu te posais la question – oui, quand un photographe ayant plus d'argent que de bon sens te saute dessus, c'est bien une urgence. Billy aimerait peut-être vous voir photographiés ensemble, mais ce n'est pas sans danger.

— Quoi donc ?

— De faire ce qu'ils attendent de toi, tous les deux. Ils arrivent toujours à leurs fins. Ce n'est pas forcément une bonne idée de leur donner ce qu'ils veulent. »

Elle s'en alla et, soudain, je me retrouvai seule avec Digby. Je me disais qu'il avait peut-être envie que je parte moi aussi, mais je ne parvenais pas à me décider.

« Je n'ai rien à manger », dit-il, en ouvrant un placard qu'il referma puis rouvrit, comme si de refaire ce geste pouvait faire apparaître, comme par magie, un poulet rôti ou des pommes de terre vapeur. « Des pêches, dit-il en prenant une boîte et en me regardant d'un air piteux. Tu aimes les pêches ? »

Il dénicha par miracle une bouteille de vin blanc et on s'installa sur le balcon donnant sur le fleuve. Je ne trouvais rien à dire. Il me regardait d'un air songeur, comme si j'avais été un tableau qu'il était en train de peindre.

« Si on allait dans la salle de bal ? »

Je m'engageai dans l'escalier avec mes chaussures rouges à talons hauts, très lentement, pour ne pas tomber, et je pénétrai avec Digby dans la grande pièce au piano. Les fenêtres étaient encore toutes fermées – ça sentait le parfum et le tabac froid et, dans un coin, un chat siamois aux yeux gris acier, étendu sur un coussin recouvert d'un tissu orné de perruches rose fané, leva la tête.

« La plupart des gens qui entrent ici ont besoin d'obscurité pour se sentir en sécurité, dit Digby. Pas vous, miss Merrywell. Vous, il vous faut de la lumière pour rester en vie. »

Cela dit, il ouvrit les rideaux et le soleil de juillet inonda la pièce ; je sursautai et mis la main en visière devant mes yeux. Il m'adressa un sourire à demi triomphant, comme s'il avait un plan qu'il s'apprêtait à mettre à exécution. Alors, tandis que je m'attendais à ce qu'il me serre dans ses bras pour reprendre là où nous nous étions arrêtés, l'autre nuit, sur le quai, il me regarda d'un air pensif.

« Ta tenue de cheval, dit-il. Où est-elle ? »

Je désignai le sac à mes pieds.

« Tu veux bien la mettre ? S'il te plaît ?

— Je ne peux pas me changer ici…

— Pourquoi ? Tu l'as déjà fait. Souviens-toi. »

Je respirai à fond.

« Si je me change, est-ce que tu m'embrasseras encore ?

— Je le ferai même si tu gardes ces fringues atroces, dit-il en riant. Mais tu es bien plus jolie sans toutes ces fanfreluches. Viens par ici. »

Je m'approchai d'un pas qui n'était pas du tout en rythme avec les battements de mon cœur.

Il me prit par la main et m'entraîna dans l'escalier. Les tapis étouffaient le bruit de nos pas ; sur le palier il y avait un cendrier débordant de mégots. *Pierre et le loup* tournait sur l'électrophone, dans la pièce où il m'avait photographiée.

On y est…, me dis-je, épouvantée. Digby haussa les sourcils en souriant, puis il ouvrit la porte de la salle de bains et fit couler de l'eau chaude. J'étais tout près de lui, devant le lavabo, et nos regards se croisèrent dans la glace. Mes cheveux s'étaient libérés de la barrette de diamant que m'avait prêtée Clover ; mon mascara avait un peu coulé. Il me regarda comme si nous étions sur le point de remplir des ballons avec de l'eau pour en bombarder le prof de maths.

Il me donna un gant de toilette propre et une savonnette – ce qui, dois-je ajouter, me rappela fort malencontreusement Imogen – et il sortit pendant que je nettoyais mon visage de tout ce maquillage. J'avais presque terminé quand il frappa discrètement à la porte.

« Tu crois que je vais arriver à enlever tout ce rose ? » demandai-je, en me frottant la bouche de la main.

Il m'embrassa, là, dans la salle de bains, et bien que j'eusse les yeux fermés, je savais que nos reflets s'embrassaient aussi, ce qui accroissait cette sensation d'infinie légèreté, cette impression de basculer dans quelque chose que je n'aurais pas pu même commencer à imaginer avant cet après-midi.

« Je crois qu'il vaudrait mieux qu'on aille dans la chambre, dit-il. Je veux dire… si tu veux. »

C'était une bonne idée, mais en définitive, on n'eut même pas le temps de la mettre à exécution. Je sentis le froid du carrelage contre mon dos, entendis le bourdonnement d'une mouche autour des ampoules électriques surmontant le miroir et je fermai les yeux sur tout, excepté la chaleur de cet étranger sous ma peau. C'était sa force qui m'avait si totalement conquise, l'impression qu'il pourrait me soulever et me poser exactement là où il le voulait, sans que je puisse l'en empêcher. Je me remis entre ses mains et m'abandonnai à lui.

« Ça va ? me demanda-t-il, en me palpant la colonne vertébrale, quand ce fut fini. Ton dos…, commença-t-il.

— C'est drôle, mais je n'ai rien senti. »

Le temps que je revête ma tenue de cheval, ainsi qu'il me l'avait demandé, le soleil se couchait. Nous étions retournés dans la salle de bal. Digby n'avait sur lui que son jean. Je sentais entre mes jambes un picotement agréable, intense et, dans un petit recoin de mon esprit – là où il restait une place minuscule pour penser à autre chose que lui –, j'avais conscience que cet après-midi m'avait transformée à jamais – sauf que je n'étais pas prête à recommencer tout de suite. J'avais envie de retenir ce moment le plus longtemps possible. J'avais déboutonné le haut de mon corsage pour laisser voir la naissance de mes seins, mais il s'approcha du piano et, me regardant bien en face, il me le referma. Je baissai les yeux, embarrassée.

« Mieux vaut laisser travailler l'imagination », dit-il.

Je m'assis au piano ; il ne prit qu'un seul film, très vite, sans dire un mot. Ensuite, il posa son appareil et me regarda.

« Joue-moi quelque chose. S'il te plaît.

— D'accord. Tu veux quoi ?

— Quelque chose pour ma tête. »

Je baissai les yeux sur mes mains, en songeant à maman, à ce qu'elle aurait pensé si elle avait pu me voir en ce moment, et aussi à Imogen et à Florence et à ce qu'elles se diraient si elles apprenaient que je venais de faire l'amour sur le carrelage bleu et blanc d'une maison de Cheyne Walk, à Chelsea, et, soudain, je me rendis compte que je pleurais.

Digby vint s'asseoir à côté de moi. « Qu'est-ce que tu as ? demanda-t-il.

— Je ne sais pas. C'est juste que je ne m'attendais pas à tout ce qui vient de m'arriver. Je ne pensais pas que certaines choses pouvaient se passer si vite. En particulier… ce qui vient d'arriver.

— C'était trop rapide ? me demanda-t-il, en posant la main sur ma jambe.

— Je ne te connais que depuis deux jours. Et je t'ai laissé faire ce que tu m'as fait et que je ne pourrai jamais ravoir !

— Allons, allons », dit-il, en me prenant dans ses bras. Son odeur m'était déjà si familière !

« N'aie pas de regret. Moi, en tout cas, je n'en ai pas.

— Excuse-moi. C'est seulement que je devrais être la fille sûre d'elle, indifférente, décontractée et heureuse de m'en aller en te disant : "Merci pour ce bon moment et à un de ces jours, quand je passerai par Londres."

— Si ça peut te consoler, dit-il en riant, je ne connais personne qui dise ce genre de choses. »

J'eus un pauvre sourire.

« Tu es tellement différent de tous les garçons de ma connaissance et j'ai peur de ne pas pouvoir te garder très longtemps. »

Me trouver avec Digby produisait sur moi un effet aussi effrayant qu'un sérum de vérité – une fois que j'eus commencé, il me fut impossible de m'arrêter. Les sentiments qu'il m'inspirait jaillissaient de ma bouche, sans que je puisse rien y faire.

« Cherry, dit-il. Ça suffit. N'en dis pas plus. Tout va bien. Tu n'as pas à t'inquiéter pour quoi que ce soit. On verra bien ce qui arrivera.

— Comment ça ? dis-je, perplexe.

— N'anticipe pas. N'y pense pas. Contente-toi de vivre, d'agir, rien d'autre. Tu n'es pas obligée de trouver une explication à tout ce que tu ressens. D'ailleurs, c'est impossible. La plupart du temps, les raisons pour lesquelles on agit sont mystérieuses. C'est ce qui nous rend réels. »

Très content de son préambule, il se prit au jeu. « Vois-tu, les gens paient cher pour ce genre de bavardage. L'ami de Clover, le Dr Henry Wright, se fait un pognon fou rien qu'en conseillant à des types pleins aux as de penser plus. Moi, je dis : "Mon cul. Pensez moins. Existez plus."

— C'était ma première fois ! me révoltai-je dans un murmure, en prenant d'une main tremblante la cigarette qu'il me tendait.

— Je l'espère bien. Tu as dix-sept ans et ton papa est un pasteur de campagne.

— Mais l'ennui avec la première fois, c'est qu'on en attend trop.

— Merde alors. Est-ce que tu essaies de me dire que je n'ai pas été à la hauteur de tes espérances ? »

Il avait l'air amusé et à juste raison.

« Non, répliquai-je aussitôt, la tête baissée. C'est seulement que pour toi ce n'est pas la première fois, non ? Pour toi, ça ne peut avoir la même importance. On n'entend jamais quelqu'un dire qu'il aimerait que la neuvième fois soit la plus belle de toutes, n'est-ce pas ? »

Il s'esclaffa.

« Si, ça peut arriver.

— Dans quel cas ?

— Quand la huitième fois a été un désastre. »

J'eus un petit rire. Il ouvrit une boîte de Coca-Cola.

« Puis-je vous faire une suggestion, miss ?

— Bien sûr.

— Arrête de te tracasser et chante-moi quelque chose. »

Je choisis un vieux blues qui aurait dû me ramener chez moi, mais je ne pensais qu'à ces moments où il était étendu tout contre moi et où j'aurais voulu ne jamais le quitter. On pourrait dire sans exagérer que, cet après-midi-là, je lui avais tout donné. Quand j'eus fini de chanter, je me tournai vers lui avec un demi-sourire, mais il fronça les sourcils ; il avait l'air – mon Dieu, aidez-moi – préoccupé.

« Dis-moi, fit-il, ce n'est pas ce que tu as enregistré avec Billy et Inigo, hein ?

— Non. Pas du tout.

— Heureusement, dit-il, soulagé. Parce que ce morceau que tu viens de me chanter… c'est spécial.

— Spécial mais intéressant ?

— Oui, spécial mais intéressant… Comme toi. »

Il était six heures moins cinq quand il me déposa devant Napier House. Je descendis de sa voiture, mes chaussures à la main et les cheveux dans les yeux. Je me dirigeai vers la porte d'entrée, prise d'une légère inquiétude – comme si tous ceux qui passaient par là devaient voir en moi la petite gourgandine que j'avais l'impression d'être. Tout s'était bien passé tant qu'il n'y avait eu que lui et moi, mais maintenant que je ne sentais plus la chaleur de ses bras protecteurs, j'étais persuadée que le monde entier allait remarquer mes lèvres enflées, là où il m'avait embrassée, le rouge de mes joues, la petite Tara Jupp nouvellement diplômée, déflorée dans le ravissement, qui ne savait pas trop ce qu'elle faisait mais sentait que c'était bien. Cette pensée me tourmentait un peu – le bonheur d'être avec Digby, mêlé à la pensée insinuante que je risquais bien d'être damnée à jamais.

Au Six O'Clock Club, il y avait du poulet rôti et un crumble aux pommes auxquels je ne touchai pratiquement pas. Je me demande même si j'avais prêté la moindre attention à la conversation.

« Tu ne te sens pas bien ? chuchota Lucy, en délaissant pour une fois les carnets de Colette pour m'examiner avec curiosité.

— Je suis fatiguée, c'est tout. »

Mais elle avait compris.

« Je suppose que je devrais te dire de faire attention », reprit-elle, en embrochant de sa fourchette le reste de mes haricots verts.

« Je ne vois pas de quoi tu parles, marmonnai-je.

— Deux petits conseils, dit-elle calmement. Ne lui rends pas les choses trop faciles et ne lui raconte pas tous tes secrets. »

Le soir, à neuf heures passées, lavée et prête à aller au lit, je m'examinai dans la glace de la salle de bains et me trouvai l'air résolument naïve. Il me connaît, maintenant, pensai-je, en enfilant ma chemise de nuit par la tête. J'avais déjà enfreint la première règle édictée par ma sœur. Je lui avais rendu les choses trop faciles.

«J'en avais envie», me défendis-je, face aux reproches que m'adressait mon reflet.

Je restai sans dormir pendant deux heures, en écoutant Inigo jouer de la guitare de l'autre côté du mur, et je repassai dans ma tête les événements de la journée, des événements qui auraient laissé Imogen sans voix.

Lucy vint se coucher au moment où la pendule sonnait mélancoliquement les douze coups de minuit. Elle avait dressé l'inventaire du contenu du bureau de Colette Napier. Je la regardai se déshabiller – en laissant ses vêtements en tas par terre, comme d'habitude – et se passer un gant de toilette sur le visage – sans même prendre la peine d'utiliser la crème qu'Imogen et même Florence jugeaient indispensable.

«Tu dors ? murmura-t-elle, en grimpant dans le lit.

— Je ne sais pas.

— J'ai un troisième conseil pour toi, dit-elle en contemplant le plafond.

— Quoi ?

— Si tu veux être heureuse, ne te marie pas.»

Je m'assis dans le lit et me tournai vers elle.

«Et ne me pose plus de questions», ajouta-t-elle. Elle éteignit la lumière et l'obscurité silencieuse nous enveloppa.

J'avais le visage brûlant. Épouser Digby n'était pas mon but, mais je désirais sa présence plus que n'importe quoi au monde. Il fallait que je m'assure que ce que j'avais fait ne l'avait pas été en vain.

26

Mr O'Rourke et moi

Le lendemain matin, Clover nous annonça que nous disposions de quelques heures de liberté. Lucy décida d'aller faire un tour au Coal Exchange, afin de prendre la défense de son avenir fort compromis – puisqu'elle était à Londres, elle voulait se joindre à ceux qui s'étaient donné pour mission d'empêcher sa démolition –, mais Clover avait deviné que j'avais d'autres projets pour occuper mes loisirs. Je courus chez lui. Sans même lui avoir téléphoné – j'imaginais tout simplement qu'il serait aussi ravi que moi de nous retrouver. Je frappai à sa porte, tout essoufflée.

« Ah, c'est toi ! s'exclama-t-il, surpris. Comme c'est gentil.

— On m'a donné un peu de temps libre. J'ai pensé passer chez toi voir si tu avais envie… d'aller au cinéma, par exemple. »

Et voilà, pensai-je. Quelle idiote je suis.

« Je commence à peine à me repérer dans Londres. Clover dit que si je continue à sillonner les rues de nuit, je serai bientôt prête pour passer mon brevet de chauffeur de taxi, au cas où ça ne marcherait pas avec Billy et que la vente des disques… »

Il rit. Il était comme ça, Digby. Il riait toujours au bon moment.

« Montons là-haut, dit-il, sans doute pour que je me taise. J'étais en train de faire des mots croisés. »

Mais, arrivée sur le seuil de sa chambre, je me trouvai confrontée au problème inverse. Je me sentais un peu gênée, comme si j'avais fait intrusion dans quelque chose de très intime – et de toute manière je connaissais à peine Digby O'Rourke. Quelle bêtise de m'être précipitée chez lui, entraînée par ma nature romanesque. Qu'est-ce que je fichais ici ? Soudain, j'avais peur de parler. Où les mots allaient-ils me conduire ? Me trouvait-il plus à son goût telle que j'avais été à la fin de sa soirée ? Ne devrais-je pas me montrer plus mystérieuse – plus inattendue peut-être ? Qu'est-ce qui pourrait le retenir, bon Dieu ? Le voyant s'allonger sur le lit, j'hésitai à entrer.

« Tu ne pourrais pas t'asseoir ? Tu me rends nerveux à rester devant la porte comme si tu t'apprêtais à prendre la fuite. »

J'envoyai promenai mes chaussures et m'assis près de lui. Le lit couina. À mon étonnement, il chaussa une paire de lunettes.

« Ça te va bien, dis-je.

— Elles me donnent l'air d'un intellectuel, ce que je ne suis pas, hélas. Allonge-toi. Allez, bébé. Tu es venue, non ?

— Que veux-tu dire ? » demandai-je, mais j'avais très bien compris.

Il m'enlaça d'un bras et prit le journal de sa main libre. Il était aussi détendu que j'étais terrifiée – à l'évidence il ne voyait rien d'extraordinaire à ce qu'une fille comme moi, qui avait pris du bon temps avec lui, après avoir bu un peu, se présente devant sa porte. Une fois de plus, mon inexpérience, mon absence de sophistication m'épouvantèrent. Comment pourrais-je retenir un homme comme lui ? Comment serait-ce possible ? Je sentis mon estomac gargouiller et je lui en voulus de m'avoir trahie. Il parut n'avoir rien remarqué et se plongea dans le *Times*, les sourcils froncés.

« Ça tombe bien que tu sois là, dit-il au bout d'un moment, en mâchouillant le bout de son crayon. Tu vas pouvoir m'aider. Le six vertical. En six lettres. Prophète dont les amis furent jetés dans une fournaise ardente.

— Daniel, répondis-je aussitôt.

— Mais bien sûr, Daniel. » Il inscrivit les six lettres avec une joie enfantine. « La fournaise ardente. Rafraîchis-moi la mémoire. Qu'est-ce qui s'était passé ?

— Trois amis de Daniel avaient refusé d'adorer le veau d'or. Dans les flammes ils furent précipités. »

Je n'avais pas vraiment envie de commenter l'Ancien Testament avec Digby ; cela me rappelait la maison et me mettait mal à l'aise.

« Ça alors. Et moi qui croyais en avoir beaucoup bavé.

— Mais, en définitive, Dieu les a sauvés, remarquai-je. En général, il vient en aide aux bons.

— Et les méchants ?

— Tout droit en enfer. »

Il laissa tomber son journal par terre et m'attira contre lui. Plus question de cinéma. Il prétexta que, de toute manière, la réputation de ce brave Liberty Valance était certainement surfaite et que John Wayne avait de quoi donner un complexe d'infériorité à tous les mâles de la terre.

Il était déjà deux heures et demie de l'après-midi quand nous sortîmes faire un tour et je pus constater très rapidement que, partout où allait Digby, son appareil photo en bandoulière, le regard embrumé par la fumée de sa cigarette et le manque de sommeil, on le reconnaissait. Il ne se souciait pas d'avoir l'air branché et, du coup, il l'était plus que tout le monde ; ses relations avec des marginaux – clochards, drogués –, de vieux instituteurs, des garçons de restaurant obèses se remettant d'une opération cardiaque, les maçons qui travaillaient dans sa rue le rendaient à mes yeux proche de Jésus. Je n'avais jamais vu personne se comporter de cette façon – apparemment, il ne se donnait pas de mal pour plaire.

À quatre heures il héla un taxi.

« Où allons-nous ? demandai-je.

— Monte, m'ordonna-t-il. Hoxton, chef, dit-il au chauffeur. Mais non, pas de panique, ajouta-t-il à mon intention. Tout va bien. Impossible de venir à Londres sans aller dans l'East End. Ça, c'est *pas permis*, bon Dieu, ma chérie.

— Bravo ! Bravo ! s'esclaffa le chauffeur.

— Et Clover ? On doit être rentrées pour six heures. » N'étant pas du genre à me conformer aux règles, cette soudaine volonté de rester dans les petits papiers de Clover était surprenante, surtout à mes yeux.

« Oh, ce n'est pas grave ! dit-il en voyant mon expression. Je vais lui téléphoner. Je lui dirai que je t'ai enlevée et que tu auras un peu de retard. Elle n'y verra rien à redire.

— Qu'est-ce que tu en sais ?

— Elle n'a pas le choix. »

Au cours de l'heure et demie qui suivit, je me rendis compte très vite que tout ce que Billy avait dit était vrai. Digby savait vous donner l'impression qu'un après-midi avait duré toute une semaine, comme me laisser croire que j'étais la seule fille qui avait jamais compté pour lui et, ce jour-là, je ne demandais pas mieux que de lui faire confiance. Il aurait pu m'emmener n'importe où et ma vie entière en aurait été illuminée, mais, en définitive, ce fut dans un petit café qui s'appelait Harry's Place, au fin fond du cœur dévasté de l'East End, qu'il me conduisit pour manger des frites et des petits pois, tout en regardant les gens du quartier s'entasser dans le pub d'en face.

En apercevant Digby derrière la vitre, les passants entraient pour lui dire bonjour – des hommes aux bras musclés qui sentaient la mer pour avoir vendu de la morue au marché toute la journée, des femmes avenantes au front ridé, portant des bébés potelés calés sur la hanche, Tom et David, des neveux de Digby, venus acheter des bouteilles de bière pour leur père qui était en train de fermer sa boutique, au coin de la rue. *Il m'a emmenée ici pour que je voie le moule d'où il est sorti !* me dis-je, au comble du bonheur, quelques verres plus tard. *Parce qu'il sait que nous allons rester ensemble !*

« Pardon de t'avoir traînée jusqu'ici sous un faux prétexte. J'avais emprunté un peu de galette à Jimmy, dit-il, anéantissant d'un seul coup toutes mes illusions.

— Ne t'inquiète pas, je suis contente de savoir d'où tu viens. Fichtre, ça fait beaucoup d'argent pour un peu de galette, dis-je en le voyant donner un billet de dix livres au serveur en tablier sale qui était derrière le comptoir.

— De la galette et de l'oseille, ma poulette, dit-il en éclatant de rire. Du fric. »

L'heure suivante se passa à fumer, à manger des frites, à bavarder, et de même que lorsqu'on joue au tennis avec un adversaire plus fort que soi qui vous oblige à vous surpasser, grâce à Digby, mon esprit pétillait comme il ne l'avait jamais fait. Il n'y avait rien, rien de plus stimulant que l'assurance que me procurait le fait d'être vue en sa compagnie – et aussi de me dire qu'il m'avait tenue, toute nue, dans ses bras. Toute nue dans un lit, avec un homme... Je gémissais intérieurement de terreur et de bonheur.

« Je vous présente Cherry, disait-il, chaque fois que quelqu'un entrait. Vous avez intérêt à retenir son nom parce qu'elle sera bientôt célèbre, croyez-moi. »

Je ne sais comment il s'y prenait, mais il avait une façon de prononcer ces mots qui leur ôtait leur côté racoleur, et il me hissait à un niveau où personne ne pouvait m'atteindre. Je mourais d'envie de faire à nouveau ce que nous avions fait ensemble. Il m'avait à la fois libérée et faite prisonnière.

« Mignonne, déclara une fille au teint pâle, en me désignant d'un hochement de tête. Où l'as-tu dénichée, celle-là ?

— Susie, dit Digby. Susie, je te présente Cherry.

— Enchantée, dit Susie, en farfouillant dans son sac.

— La fille aux nichons ! » articula Digby, en mettant les mains en coupe sur sa poitrine pour illustrer son propos. Sa camarade d'école, la nièce du pasteur, pensai-je, en m'efforçant de ne pas glousser bêtement. Susie releva la tête.

« D'où tu es ? me demanda-t-elle, en m'examinant de haut en bas.

— Du milieu de nulle part, bordel, dit Digby.

— De Cornouailles, en réalité, rectifiai-je.

— De C-O-R-N-O-U-A-I-L-L-E-S, épela Digby.

— Va te faire foutre, répliqua Susie. Ton père est en face. Je lui dis que tu passeras le voir ?

— Ah, non ! s'écria-t-il.

— On ne devrait pas aller lui dire bonjour ? demandai-je.

— Surtout pas. On ne s'en sortirait jamais. Dis-lui que je passerai le voir dimanche.

— D'après ma mère, il s'est remis à boire, soupira Susie. Tu sais, si elle ne s'occupait pas un peu de lui, je me demande ce qu'il deviendrait.

— Et moi je me demande pourquoi elle fait ça.

— Parce qu'elle l'aime, putain, voilà pourquoi, dit Susie, tristement. Si seulement il pouvait arrêter de parler de ta salope de mère pendant dix minutes, ça collerait peut-être tous les deux. Tu comprends ça, le photographe ?

— Ouais. Je comprends ça. »

Susie était lancée.

« Cette semaine, cette fouine du conseil municipal est venue nous parler de tu sais quoi. »

Elle posa un regard plein de sous-entendus sur Digby puis sur moi et croisa les bras sur ses seins volumineux moulés dans un pull marron. Digby but une gorgée de sa Guinness.

« C'est quoi, *tu sais quoi* ? demandai-je prudemment.

— Ils vont démolir sa maison, répondit aussitôt Susie. Tu ne l'as pas dit à ta copine, Digby ? Je suppose que ce genre de choses n'a aucune importance pour toi, dans ton Sloane Square de merde. »

Je ris discrètement, tout heureuse d'avoir accédé au rang de copine. Je commençais à éprouver une grande tendresse pour Susie.

« Tu t'avances beaucoup », dit-il – à laquelle de nous deux ? Mystère.

« Ouais, eh bien, n'oublie pas de mettre les bouchons sur tes objectifs photo, dit-elle d'un air effronté, en lui tirant la langue.

— De quoi parlait-elle ? demandai-je à Digby, en la suivant des yeux tandis qu'elle sortait du café. Pourquoi va-t-on démolir la maison de ton père ?

— J'en sais foutre rien. La municipalité est en train de démolir toutes les maisons de la rue sous prétexte qu'elles présentent un danger pour leurs occupants. En tout cas, c'est ce qu'ils disent – mais en réalité ces gens adorent tout simplement le bruit des briques qui dégringolent. Ça leur donne l'impression de faire quelque chose, tu comprends… quelque chose d'utile. Ils veulent rénover tout le quartier. Mon père dit que rénover a le même sens qu'assassiner – et pour une fois je suis d'accord avec ce vieux soûlot. »

Je réfléchis un moment.

« Ton père ne pourrait-il pas venir habiter chez toi ?

— Non.

— Pourquoi ?

— Qu'est-ce qu'il ferait dans King's Road ? C'est un enfant de l'East End. Il dit que ce n'est pas seulement une question d'argent. J'essaie de le convaincre qu'il a tort, mais il refuse de m'écouter. Il restera dans sa cuisine jusqu'à ce que le bulldozer passe à l'attaque. Dieu le bénisse.

— Il est comme Clover, remarquai-je.

— Oui, sauf qu'elle, personne ne l'obligera à aller finir ses jours dans une tour avec des cloisons en papier, ricana-t-il. Viens. On s'en va. Je sens que je vais manquer d'air. »

Une demi-heure plus tard, nous étions de retour à Chelsea, où le taxi nous déposa, Digby et moi. Pressée de rentrer au bercail, je me dirigeai un peu trop vite vers l'entrée de Napier House. Je glissai sur les pavés inégaux et je serais tombée s'il ne m'avait retenue par le bras. Devant la porte, il me fit face et posa sur la maison un regard que je ne parvins pas à interpréter.

« Merci d'être venue dans l'East End.

— Merci de m'avoir emmenée avec toi, dis-je, en rougissant de ce que je disais. On se reverra ? »

Je me maudissais d'avoir été aussi directe – la franchise est un terrible fardeau, aimait dire Jack le vagabond et, soudain, je compris ce qu'il avait voulu dire.

« Je ne vais pas partir à la guerre. Bien sûr qu'on se reverra, dit-il en écartant la frange qui me cachait les yeux. Tu ferais bien d'y aller. Clover n'aime pas les retardataires qui rentrent en douce. Fais-toi la plus discrète possible. »

J'acquiesçai d'un signe de tête et ouvris la porte. Ce n'est qu'en me retrouvant au dernier étage, où j'étais montée sur la pointe des pieds, que je me demandai comment il savait que Clover n'aimait pas les retardataires. Combien, parmi les personnes qu'elle avait hébergées avant moi, avaient eu les faveurs de Digby ? Je n'avais aucune envie de le savoir.

Lucy dormait, blottie sous les draps, et seul son pied droit dépassait – elle ne se serait pas réveillée même si la guerre nucléaire avait éclaté dans la pièce à côté. Je me déshabillai et allumai une cigarette devant la fenêtre ouverte. Je me demandais comment une maison pouvait sembler aussi étrangère et familière à la fois. Il y avait peu de temps que j'habitais à Napier House, mais en serais-je partie ce soir même – pour ne jamais revenir – qu'elle aurait laissé en moi une marque indélébile.

La semaine suivante, je pris chaque matin le petit déjeuner avec Clover, presque toujours avant le réveil de Lucy. Clover imposait le silence le plus total tant que nous n'avions pas bu deux tasses de thé, ce qui me convenait à merveille, dois-je dire, puisque, à la maison, je consacrais toujours la première heure de la journée à m'étonner qu'Imogen pût papoter avec autant d'entrain et de bonne humeur, avant même d'avoir sucré ses flocons d'avoine d'une cuillérée de sirop de sucre roux. À Napier House, après avoir échangé un bonjour, Clover et moi ne disions plus un mot ; pendant qu'elle lisait le journal, j'écoutais la radio, les yeux fixés sur le dos du paquet de corn-flakes. Après le petit déjeuner, je remontais dans ma chambre pour tenter de faire de ma tignasse quelque chose de présentable, avant de partir pour Cheyne Walk. Pensant que Digby ne serait pas encore réveillé et qu'il me faudrait donc entrer par la fenêtre, j'étais chaque fois stupéfaite de le trouver debout et habillé. Le voir en train de préparer ses sacoches pour aller travailler me rendait humble. C'était le photographe le plus en vogue du moment et il me consacrait un peu de son temps. La salle de bal était envahie par des rouleaux de film et par l'odeur du soleil sur la poussière.

Nous buvions une tasse de thé, puis il m'embrassait, téléphonait, laissait brûler les toasts et s'extasiait sur le registre vocal de Gene Pitney. Ensuite nous allions à pied à Sloane Square, ou il me déposait à mon cours de maintien, avant de partir photographier quelque top model d'un mètre quatre-vingts devant les Maisons du Parlement ou au marché de Portobello Road. Dès qu'il n'était plus avec moi, j'étais en manque. Mme Vernier – une Française petite et boulotte qui me terrifiait – était exactement telle que l'avait décrite Clover. Ayant vu qui m'accompagnait – et remarqué mes joues en feu et mon incapacité à me concentrer –, elle me parlait de Digby comme d'une personne atteinte d'une maladie ennuyeuse mais guérissable qu'il fallait traiter sans tarder afin qu'elle ne s'aggrave pas.

« Depuis quand le connaissez-vous ? me demanda-t-elle, le vendredi matin, en posant sur ma tête un *Ruff's Guide to the Turf*.

— Depuis quelques jours, dis-je, voyant qu'il serait inutile de ne pas passer aux aveux.

— Ah ! C'est ce que je pensais.

— Il me plaît, répliquai-je.

— Évidemment. Il est brillant et sûr de lui. Pourquoi diable ne vous plairait-il pas ? Et vous avez dix-sept ans. C'est fou ce qu'on oublie, dit-elle, en s'approchant pour orienter mon visage vers la lumière. La jeunesse, déclara-t-elle, comme si c'était le titre d'un essai. Dire qu'il y a sept ans, vous aviez à peine dix ans ! »

Elle éclata de rire et, soudain, me pinça la taille.

« Petite chose, dit-elle. Vous êtes trop maigre. Surtout, n'oubliez pas de manger. Ces emballements catastrophiques qui s'emparent des filles de votre âge coupent l'appétit, mais ne pas consommer des aliments appropriés au moment approprié peut être aussi néfaste que l'opium pour la matière grise. On ne mange pas, on raisonne mal et on fait de mauvais choix. Et quand on s'en aperçoit, c'est trop tard. Ne vous arrêtez pas de manger.

— J'ai une sœur qui dit la même chose, fis-je, en pensant à Imogen avec un petit serrement de cœur. Elle dit toujours qu'on ne doit jamais prendre aucune décision avant d'avoir mangé un sandwich au fromage et à la tomate. Ou au moins un bol de céréales.

— Je conseillerais plutôt une salade parisienne et un tournedos béarnaise, mais oui, elle a raison. »

Elle me regarda en fronçant les sourcils et dit tout à coup : « Vous boitez ? Que vous est-il arrivé, ma chère enfant ? Vous avez eu la polio ? »

Même si je venais uniquement chez Madame pour apprendre à me tenir et à marcher, cette question si directe m'irrita. C'était la première fois qu'elle faisait allusion à ma claudication. La polio, me dis-je, furieuse, j'aimerais bien. À lui seul, ce mot m'aurait dispensée de donner une explication, d'avoir obligatoirement à penser à la mort de maman.

« Ma… ma sœur et moi, nous avons fait une chute de vélo. On était montées dessus ensemble. C'est idiot, je sais. »

Madame gardait le silence. « C'était juste après la mort de ma mère, ne pus-je m'empêcher d'ajouter, comme chaque fois que quelqu'un faisait allusion au fait que je boitais. C'était d'ailleurs une cause de cette chute. » Madame plaqua les mains sur mon abdomen et dit : « Respirez. Comme nous l'avons fait hier. »

Je fermai les yeux et pris une grande inspiration.

« Bon, dit-elle en levant la main, dans un tintinnabulement de bracelets. Ne changez rien.

— Comment ça ?

— Votre claudication. Ça vous donne un genre. Mais vous savez sans doute qu'elle ne vous est plus d'aucune utilité. Vous l'avez conservée volontairement.

— Je… quoi ?

— Au début, c'était important pour vous. C'est pourquoi vous l'avez conservée. Elle vous ramène à votre mère.

— Oui », murmurai-je.

Je n'avais pas envie de parler de ça davantage. Évoquer maman me paraissait absurde, hors de propos. Il y avait trop de lumière maintenant, trop de soleil pour qu'on me rappelle la souffrance de cette première semaine sans elle.

Après la séance chez Madame, je regagnais King's Road à pied – par des rues dont les noms me semblaient tous plus romantiques les uns que les autres. Radnor Walk, Shawfield Street, Flood Street, Oakley Street. J'arrivais en même temps que Digby ; il mourait de faim, aussi nous allions déjeuner, prendre un thé ou même simplement fumer une cigarette en nous gavant de sandwichs à la Chelsea Kitchen. Hors de chez lui, il était léger et aussi insaisissable que possible. Mais quand nous étions en position horizontale, il me semblait que le monde se refermait autour de nous. Rien d'autre ne comptait que ce que nous faisions dans sa chambre. Jamais je n'aurais cru que cela se passerait ainsi, et pourtant... Je n'aurais jamais cru que je me donnerais si facilement, et pourtant si... Jusqu'ici il m'avait toujours fallu un petit quelque chose de plus pour être heureuse – un cheval, un piano, un ticket de cinéma, un nouveau disque. Brusquement, cela disparaissait avec la découverte aveuglante que les mains d'un autre sur ma peau me procuraient bien plus de bonheur – et gratuitement ! Je m'attendais presque à ce que quelqu'un vienne siffler la fin de la partie – c'était bien trop fort, trop follement puissant, pour être permis.

Car c'était vraiment quelque chose – ce frisson qui naissait des situations les plus banales ; être allongée nue, boire du thé à la menthe tiède dans son lit, prendre un bain frais le dimanche, à cinq heures de l'après-midi, la fenêtre légèrement entrouverte pour pouvoir entendre le monde s'agiter à l'extérieur, comme si j'écoutais une pièce à la radio. Est-ce que je l'aimais ? Je le croyais, sans aucun doute. Je ne supportais pas d'être loin de lui. Quoi qu'il ait pu dire, Digby était bien l'homme idéal pour être un initiateur. C'était comme une injection, un flot de quelque chose de neuf et de vivifiant. J'aurais voulu que ça ne s'arrête jamais, tout en sachant que ça ne pourrait pas durer toujours. Personne n'avait droit à tant de félicité, à tant de tout. Ou peut-être que oui, dans le fond. J'avais l'impression que c'était à la fois l'antithèse de tout ce que prônait papa et ce dont tout le monde rêvait.

La semaine terminée, j'attendis que Billy et Matilda rentrent de Paris. Je savais qu'une fois qu'ils seraient là, l'enchantement, la liberté, la belle vie, tout cela se lézarderait.

27
Le ronron de la semaine

Et je ne m'étais pas trompée. Billy débarqua à Napier House quelques heures à peine après l'atterrissage de son avion. J'étais dans le salon où j'aidais Lucy et Clover à classer de vieux albums de photos illustrant l'histoire de la maison. J'étais rentrée de ma leçon avec Madame depuis une heure et Digby était allé en province faire des photos d'un homme politique pour *The Times*. Clover tenait à ce que la conversation reste strictement XIXe siècle, tout le temps que nous accomplissions notre tâche.

« Regardez ça, dit Lucy, en poussant vers nous la photo d'une femme d'aspect glaçant, coiffée d'un immense chapeau en fourrure.

— Mon arrière-grand-tante Joanna, dit Clover. On la reconnaît toujours à son expression de dédain perpétuel.

— Ne pourrait-on pas la convoquer pour qu'elle vienne hanter ceux qui veulent démolir la maison ? » proposa Lucy.

Nous étions tellement absorbées dans notre tâche que nous n'entendîmes pas tout de suite le coup de sonnette.

« Ça doit être Billy, finit par dire Clover.

— Comment le sais-tu ?

— Il a téléphoné de Paris hier soir pour dire qu'il viendrait ici directement. »

Billy ne paraissait pas à son aise à Napier House. Cette maison le déprimait. Il nous dominait de toute sa taille, le beau Billy Laurier, avec ses mains manucurées, son complet gris perle et sa cravate jaune. Il était si net, si résolument moderne que, comparée à lui, j'avais le sentiment de n'être qu'une petite souillon. Je ne m'étais pas brossé les cheveux depuis plusieurs jours et j'avais le teint blême à cause du manque de sommeil. J'avais des chaussettes trouées, n'ayant pas pris la peine de les repriser – je m'asseyais sur mes pieds pour les cacher, même si je savais que de toute manière il ne s'apercevrait de rien. Il était bien trop accaparé par l'importance de ce qu'il avait à me dire.

« Cherry Merrywell, j'ai du nouveau pour toi », annonça-t-il, en balayant nos questions sur son séjour parisien et nos commentaires au sujet de la canicule. Il accepta la cigarette que lui offrait Clover, ce qui était rarissime, et desserra sa cravate, ce qui l'était encore davantage.

« Quoi ? » La question lui fut posée simultanément par Clover, Lucy et moi.

L'interrogation qu'il lisait sur nos visages le fit rire. « Pour commencer, regardez ça. »

Il sortit de son sac un disque dans une pochette rouge, qu'il me tendit, avec un sourire. Il était tiède.

« C'est le mien, dis-je. Mince alors, c'est moi. C'est mon disque. »

Rien n'aurait pu être plus extraordinaire, pourtant ma seule pensée fut pour me dire que Cherry Merrywell était quelqu'un d'autre que moi. Je me faisais plus que jamais l'impression d'être une usurpatrice. Ébahie, je lus mon nom, puis le titre des chansons, suivi de celui d'Inigo entre parenthèses, après « May to September ». Je retournai le disque et en voyant figurer « Over the Rainbow » sur la face B, je me souvins des brèves minutes pendant lesquelles j'avais interprété cette célèbre chanson, avec l'orchestre qui m'accompagnait. J'approchai le disque de mon visage. Il avait l'odeur d'un disque, l'aspect d'un disque – c'était un disque, nom d'une pipe –, sauf qu'on aurait dit un jouet, sans plus de réalité que les pochettes que je fabriquais à la maison. Au centre de cette chose, il y avait un grand B, pour Bilco, qui me faisait entrer dans le même club que toutes les filles et tous les groupes qui m'avaient précédée dans cette maison.

« J'ai du mal à y croire ! s'exclama Lucy, en me le prenant délicatement des mains pour l'examiner, comme s'il s'agissait d'un œuf sur le point d'éclore.

— Qu'en pensez-vous ? demanda Billy.

— Et il marche ? demandai-je.

— Mais bien sûr ! Et maintenant les bonnes nouvelles, mes chéries. Notre petit disque passera la semaine prochaine sur Radio Luxembourg. Dans *Rockin' to Dreamland*. Ils ont adoré.

— Oh mon Dieu ! hurla Lucy.

— Non ! » m'exclamai-je, incrédule.

Pour nous qui avions passé tant de nuits fiévreuses à écouter cette émission sous nos couvertures, le fait que ma voix allait sortir de postes de radio posés au pied des lits, partout dans le pays, relevait du miracle. Soudain, un flot de terreur pure me submergea.

« C'est merveilleux », dit Clover, en prenant un air ravi, sans doute par gentillesse, puisque ce n'était évidemment pas la première fois qu'elle entendait Billy dire ce genre de choses. « Si on arrosait ça ?

— Mais bien sûr », dit Billy.

J'étais complètement déstabilisée. « Quoi ? dis-je. Déjà ? Je ne l'ai même pas encore écouté ! Comment peuvent-ils l'avoir entendu et pas moi ?

— Oh, ne t'inquiète pas ! dit Billy, en balayant l'objection. Je connais plusieurs groupes dont les batteurs n'ont jamais écouté leur disque alors qu'ils l'avaient à leur disposition.

— Mais comment avez-vous pu faire si vite ?

— J'envoie le plus vite possible aux radios les disques dont je suis vraiment content. On a réussi notre coup.

— Ça veut dire qu'ils l'ont déjà écouté ? Et ça leur a plu ? Ils aiment vraiment ma voix ?

— Tout les emballe. Ta voix, la chanson, l'histoire…

— L'histoire ? »

Mais déjà Billy m'étreignait la main.

« Félicitations. Le jour où je t'ai entendue chanter, n'ai-je pas dit : “Il faut que cette fille fasse un disque à succès” ?

— Ce n'est pas encore un succès, non ? » Je le regardais avec perplexité, comme si quelque chose dans mon ascension vers la célébrité m'avait échappé. « Alors, juste parce qu'ils vont le passer…

— Si Billy le dit, ce sera un succès, déclara Clover. Inutile de tout compliquer avec de petites considérations telles que le fait qu'il n'a pas encore été mis sous presse et qu'on ne le voit pas dans la vitrine des disquaires. »

Je n'aurais su dire si elle faisait ou non de l'ironie ; c'était un de ses côtés les plus agaçants.

« Tara, dit Lucy. Ta voix à la radio. Que va dire Mr Bell ? » Elle sortit de la pièce en m'envoyant un baiser, tout en exécutant une pirouette parfaite.

Clover me tendit une pleine coupe de champagne, ce dont je n'avais vraiment pas besoin.

« Je ne pensais pas que ce serait si... » Je m'interrompis, ne sachant trop quoi ajouter. « Je n'aurais jamais pensé que ce serait si facile. C'était un rêve irréalisable... et aujourd'hui, il se réalise. Je ne sais presque plus quoi faire de moi.

— D'ailleurs, comment va Digby ? » demanda Billy.

Je rougis. « Je crois qu'il va bien.

— Quand l'as-tu vu pour la dernière fois ?

— Hier.

— Bien. Mais elle n'a pas manqué le Six O'Clock Club ? dit-il en se tournant vers Clover.

— Pas une seule fois », répondit-elle, et je n'osai pas croiser son regard.

Inigo entra, une bouteille de bière dans la main.

« Ça va ? lui demanda Billy, en lui serrant la main.

— On se croirait au Maroc, ici, dit-il. Le seul moment où j'arrive à écrire, c'est après minuit, quand la maison se calme l'espace de quelques heures.

— Peu importe quand, du moment que tu écris. »

Je me rendais compte qu'Inigo regardait mes cheveux en bataille et mon visage aussi blême que celui d'un vampire. Je ne l'avais pas vu de toute la semaine et je me demandais s'il savait que je passais tant de temps avec Digby.

À cet instant, la sonnerie de l'entrée retentit.

« C'est sûrement ma femme, dit Billy. J'y vais.

— Et moi, je vais faire du café », dit Clover.

Ils sortirent tous les deux, nous laissant à nous regarder, Inigo et moi.

« Ce qu'il peut être ridicule quelquefois, dit-il à mi-voix, bien qu'il n'y eût aucune possibilité que Billy nous entende.

— Qui ça ? demandai-je. Billy ou Digby ?

— Mais voyons, Tara. Les deux. »

J'entendis Billy ouvrir la porte d'entrée. D'abord hésitant, puis jugeant qu'il pouvait aussi bien bavarder un peu avec moi, même si ça lui cassait les pieds, Inigo vint me rejoindre à l'autre bout de la pièce, où j'étais adossée contre le mur. Il but un peu de bière puis me tendit la bouteille.

Je la pris sans un mot et la terminai, avant de la lui rendre.

« Comment va-t-il ? demanda-t-il.

— Qui ?

— L'homme à l'objectif. »

Je le regardai et le trouvai incroyablement différent de ce qu'il était la dernière fois que je l'avais vu, mais j'avais conscience que c'était moi qui avais changé. Comparé à Digby, avec son allure solide et virile, qui m'était devenue familière, il faisait étonnamment féminin.

« J'imagine que tu te demandes pourquoi Digby s'intéresse à une gamine de Cornouailles comme moi, alors qu'il pourrait prendre du bon temps avec tout le sommaire du dernier numéro de *Vogue* ?

— Oh, non, pas du tout. Je sais très exactement pourquoi il passe du temps avec toi.

— Pourquoi, alors ? demandai-je, agressive.

— La nouveauté. Tu ne ressembles à aucune de ces filles dont tu parles. Ce type ne me plaît guère, mais je reconnais qu'il a l'art de toujours repérer la personne la plus intéressante partout où il va, de manière à lui accorder une attention sans partage. Autrement, il ne serait pas là où il est. »

Cette remarque aurait pu être un compliment ; venant d'Inigo, il était clair que c'était tout sauf ça.

Il me regarda et j'eus envie de lui décocher un regard haineux et réfrigérant, digne de la Estella des *Grandes Espérances*, mais son rire ironique me déconcerta. Furieuse, je contre-attaquai.

« Qu'est-ce que ça peut te faire, de toute façon ? Tu as dit que je ne saurais pas quoi faire si un homme m'invitait seulement à prendre le thé !

— Tu ne pourrais pas oublier ça, Tara, pour l'amour de Dieu ? » Il se passa la main dans les cheveux. « Vois-tu, pour ce qui le concerne, tu ne devrais écouter personne. Fais ce que dit la chanson : Écoute ton cœur.

— Écouter mon cœur ? » Prise au dépourvu, je partis d'un rire embarrassé.

« S'il fait tanguer ta barque, tâche de le retenir aussi longtemps qu'il te plaira. »

Je lui repris la bouteille vide et en inspectai l'intérieur en plissant un œil, histoire de me donner une contenance. J'étais affreusement gênée d'entendre Inigo parler ainsi – m'encourager dans une voie dont j'avais cru qu'elle lui semblerait totalement inepte.

« Je pensais que tu ne l'aimais pas.

— C'est vrai. Mais dire à une fille de qui elle doit ou ne doit pas tomber amoureuse est une entreprise vouée à l'échec.

— Tu parles comme si tu t'y connaissais dans ce domaine.

— Oh, non, pas du tout. Je fais seulement semblant.

— Il est impossible d'écrire comme tu écris et ne rien connaître des filles, répliquai-je en riant.

— J'invente et j'espère que ça conviendra. Ce que je sais concernant la gent féminine, je le dois uniquement à ma mère et à ma grande sœur. Plus tu leur dis qu'elles se trompent, plus elles sont convaincues d'avoir raison. Par conséquent, ce n'est pas la peine de se fatiguer. Si tu veux un conseil, ne va pas chez lui ce soir.

— Pourquoi ? Il m'attend.

— Raison de plus pour ne pas y aller. Garde tes distances et tu continueras à l'intéresser. Voyons, Tara, c'est un principe de base. On devrait enseigner ça à l'école, soupira-t-il.

— Il m'attend et, si je ne viens pas, il trouvera ça vraiment bizarre.

— Il pourra également se dire que tu avais quelque chose de mieux à faire que de traîner toute la nuit avec lui.

— Je ne traîne pas et je ne reste pas chez lui toute la nuit », dis-je sans trop de conviction. En effet, les trois nuits précédentes, j'avais regagné discrètement Napier House au moment où les oiseaux commençaient à chanter.

« Écoute, personnellement ça m'est égal. Je te donne juste quelques petits conseils, mais s'il y a une chose que je connais, c'est la façon dont fonctionne un esprit comme celui de Digby.

— Et comment, dis-moi ? C'est une des personnes les plus complexes que j'aie rencontrées, fis-je, toutes griffes dehors.

— Pas du tout. Il est aussi simple qu'il est possible.

— Comment peux-tu dire ça ! Il a eu une enfance tellement particulière.

— Bon Dieu ! Cite-moi quelqu'un qui ne soit pas dans ce cas ! Tu as grandi sans mère et avec un père en dialogue constant avec le Tout-Puissant. Moi j'ai grandi sans père, auprès d'une mère qui a filé avec un Américain – c'était, au reste, l'idée qu'elle se faisait du Tout-Puissant, ajouta-t-il, après réflexion. Une enfance normale, ça n'existe pas. Point final. »

Il alluma une cigarette et me la passa.

« Pourquoi faut-il que tu parles toujours comme ça ?

— Comment, comme ça ?

— Comme si les autres n'étaient tous que des imbéciles achevés.

— Tout ce que je dis, c'est que, si tu veux rester bien avec lui, je te conseille de ne pas aller le voir ce soir. »

On entendit des pas remonter l'escalier. Du dehors nous parvinrent des cris de mouettes inattendus.

Au moment où la porte se rouvrait, il s'éloigna ; ce fut comme si ces quelques minutes n'avaient jamais existé. Inigo avait l'art d'arborer un air de bienheureuse sérénité avec chaque changement de tableau.

Ce soir-là, malgré mon désir de ne pas lui laisser croire que j'avais suivi son conseil, je me mis au lit de bonne heure. Non sans avoir téléphoné à Digby pour l'avertir que je ne viendrais pas.

« Ce n'est pas grave », l'entendis-je répondre dans un bâillement.

J'aurais aimé qu'il essaie de me faire changer d'avis, mais il ne se donna pas cette peine.

« Bonne nuit, alors.

— Demain soir, Lucy et moi allons au Claridge avec Matilda.

— Tu vas adorer. Prends le potage à l'avocat. »

Les avocats, pensai-je. Raoul en avait apporté à Trellanack, le jour où nous avions fait sa connaissance. Est-ce qu'il allait bien ? J'eus un choc en me rendant compte combien il me manquait.

Après avoir raccroché, je notai la communication dans le cahier de Clover. *Tara Jupp à Digby O'Rourke. Durée : trois minutes.* Puis je barrai *Tara Jupp.* Pour Digby, j'étais miss Cherry Merrywell.

En gravissant l'escalier, j'entendis Lucy, Clover et Inigo qui jouaient au Scrabble et buvaient du scotch. Lucy affirmait d'une voix tonitruante que le mot « populatoire » existait et que le dictionnaire victorien de Clover devrait être proscrit.

Je dormis douze heures et, dès mon réveil, Clover m'expédia chez Billy pour donner une interview au magazine *Woman and Home*.

« Tu n'auras qu'à parler de choses qui plaisent aux filles », me dit Billy. Assis derrière son bureau, il fumait un cigare dont j'inspirais la lourde fumée, les yeux fermés.

« C'est-à-dire ? demandai-je. Qu'est-ce qui plaît aux filles ? Je n'en connais pas deux qui aient les mêmes goûts.

— Voyons, Cherry, je veux parler de tes vêtements, de ton maquillage, de ce que tu aimes cuisiner… »

En voyant mon expression, il perdit de son assurance.

« Qui sera dupe ? soupira-t-il. Nous savons tous les deux que tu ne t'intéresses à rien de tout ça, ma chérie, mais personne n'a besoin de le savoir. »

Soudain, il me fit pitié – quelle erreur d'avoir porté son choix sur un cas aussi désespéré que le mien.

« Je ne pourrais pas parler d'autre chose ? demandai-je. Par exemple, le fait que nous sommes au bord de la guerre et de l'anéantissement, des trucs comme ça ?

— Seigneur Dieu, non, s'affola-t-il. C'est un magazine féminin, Cherry. Les lectrices n'ont pas envie qu'on leur parle de ça. Et de toute manière, ça n'arrivera pas.

— Qu'est-ce qui n'arrivera pas ?

— La guerre atomique.

— Qu'est-ce qui te permet d'en être aussi sûr ?

— Eh bien, on n'a aucun créneau de libre pour ça, par exemple. »

Il prit son agenda et le feuilleta. « Je pourrais peut-être caser l'affaire entre mon rendez-vous à Decca mercredi prochain et mon déjeuner avec Hank Marvin, vendredi, mais ce sera serré. Je dois absolument être rentré mardi matin. Je prends le petit déjeuner avec mon comptable. »

Je souris sans conviction.

« Et puis, il y a une autre raison, reprit-il. Lucy et toi dînez ce soir avec ma femme.

— Oui, dis-je, en tâchant de prendre un air ravi. Je n'ai pas oublié.

— Elle a besoin de ses vieilles amies.

— Comme tout le monde», dis-je platement. Très sincèrement, ce dîner avec Lucy et Matilda me terrifiait à peine moins que la guerre nucléaire. Je n'avais aucune idée de ce qui allait en sortir.

Billy retira un disque de l'électrophone et chercha la pochette des yeux. Il n'aimait pas parler de Matilda, sauf si quelque chose d'autre le préoccupait.

«Il faudra du temps pour que ta sœur et Matilda redeviennent ce qu'elles étaient, mais je suis sûr que ça finira par arriver. Je le sais, tout simplement. Tu comprends combien c'est important pour elle, dis-moi ?

— Je ne sais pas.

— Je crois que si on parvenait seulement à les remettre sur les rails…

— Tu ne peux pas t'attendre à ce que Matilda et Lucy redeviennent amies, à ce que tout soit normal, comme avant. Et d'abord, elle n'a jamais été normale.

— Elle a quelque chose à vous dire, à toutes les deux. Une chose qui lui tient énormément à cœur. S'il te plaît, Cherry.» Il se tut brusquement.

« D'accord, dis-je, mal à l'aise. Je n'ai pas dit que je n'irais pas.»

Il soupira. «Écoutez-la jusqu'au bout, d'accord? Quand on est aussi célèbre qu'elle, personne ne t'écoute plus véritablement… Les gens te regardent seulement.»

Il claqua de la langue, semblant tout à coup irrité contre lui-même d'avoir dit ça, et il s'empressa de changer de sujet.

« Je pense que tu devrais aller passer le week-end chez toi avec ta sœur. »

Je crus avoir mal entendu.

« Retourner chez moi ? En Cornouailles ? »

Il me sourit. « Oui, chez toi, en Cornouailles.

— Je ne comprends pas. C'est déjà fini ? demandai-je, toute désorientée.

— Non, Cherry. Ça ne fait que commencer. C'est le calme avant la tempête. Profites-en pendant que tu le peux. Maintenant que ta première chanson passe à la radio, il va falloir s'y remettre. Retourner au studio. Mais avant, j'aimerais bien que tu fasses une pause. J'en ai parlé à Inigo. Il vous emmènera en voiture.

— Inigo ?

— Une chose qu'il faut que tu saches à mon sujet, c'est que je n'aime pas retenir les gens loin des lieux où ils se sentent le plus en sécurité. Si je me rends compte un jour que tu as besoin de rentrer chez toi, je t'y renverrai sur-le-champ. Je ne tiens pas un internat.

— Mais je ne m'attendais pas à retourner chez moi si vite ! fis-je en comprenant soudain ce qu'il avait voulu dire. Et avec Inigo ! Il ne voudra pas aller…

— Et pourquoi pas, bon Dieu ? Je pense au contraire qu'il sera heureux de retrouver ses racines.

— Elles ne sont pas en Cornouailles. La maison de ses parents se trouvait dans le Wiltshire. À quatre heures de voiture, au moins.

— Quatre heures ? Qu'est-ce que c'est ? Parcours les États-Unis de long en large et tu verras les choses autrement, Cherry.

— Où logera-t-il ? Nous ne pouvons pas l'héberger chez nous. »

Rien que d'y penser, un frisson d'épouvante me parcourut.

« Mais non. Il logera à Trellanack. Il pourra travailler un peu – faire bon usage du piano – puis rentrer avec vous après le week-end.

— Ça alors. On dirait que tu as tout prévu. Mais je ne suis toujours pas convaincue qu'il sera content. »

Il ne m'écoutait pas.

« Ta sœur et toi, vous devrez être rentrées à Londres pour mardi après-midi. Ça laissera tout le temps à Lucy d'aller rendre visite à son mari à l'hôpital. »

Merci, mon Dieu ! pensai-je. Il faut qu'elle aille le voir.

« Tu veux que Lucy revienne à Londres ensuite ?

— Clover dit que ta sœur n'a pas sa pareille pour dire de quoi les victoriens étaient capables et elle ne voit pas qui pourrait mieux qu'elle prendre la défense de Napier. Pour terminer ce travail, il se pourrait qu'elle doive passer encore trois mois à Londres. Il faut donc qu'elle aille voir Raoul pour qu'ils discutent ensemble de la question. »

Seigneur Jésus ! Je me sentis glacée à l'intérieur. En effet, il avait beau dire, c'était comme s'il nous envoyait faire nos adieux, Lucy et moi. Maintenant que le disque était prêt, qu'il allait passer à la radio et être mis en vente, je me devais d'être à sa disposition sur un claquement de doigts. Qu'aurait fait maman ? me demandai-je. Mais à peine m'étais-je posé la question que la réponse m'apparut à l'évidence. Maman n'aurait pas voulu rentrer à la maison. Pour elle, ç'aurait été le début d'un rêve.

Cette certitude ne fit que croître tandis que nous écoutions le disque pour la première fois, agglutinées autour de la radio de Clover. Quand les premières mesures s'élevèrent, je regardai Lucy avec stupeur, les sourcils froncés. Je savais évidemment que c'était moi qui chantais mais, quelque part, j'étais terrifiée de m'entendre livrer au monde entier la chanson d'Inigo et, plus encore, de penser que je pouvais cesser de chanter subitement, oublier les paroles ou demander de recommencer. Clover souriait – pour elle, ce n'était pas nouveau d'entendre à la radio des gens qu'elle connaissait – mais elle n'avait pas conscience de l'effet que cela produisait sur des filles de Cornouailles qui, quelques semaines plus tôt à peine, avaient devant elle la simple perspective d'un été occupé à couper des cheveux et à monter de médiocres chevaux sur des allées cavalières poussiéreuses, en échange d'un maigre salaire.

« C'est toi ? dit Lucy, incrédule. Ça ne peut pas être toi !

— Je n'en sais rien. Je n'arrive pas à y croire, moi non plus ! » Je plaquai la main sur ma bouche pour cacher un sourire. Non que cette chanson me plût davantage que lorsque je l'avais enregistrée, mais parce qu'il y avait là une victoire que j'aurais été bien bête de ne pas savourer.

« On dirait… une vraie chanteuse ! » s'exclama Lucy, en tendant le cou vers l'électrophone, comme si elle s'attendait à ce qu'un double de moi-même sorte des haut-parleurs et se mette à danser sous ses yeux.

« Mister Tubes a encore frappé, soupira Clover. Je vais avoir cette chanson dans la tête toute la nuit. »

Histoire d'être certaine que c'était bien moi, qu'il n'y avait pas d'erreur, je repris le dernier couplet avec le disque – et ce faisant, je revis soudain la petite fille de dix ans qui écoutait Alma Cogan, en se promettant d'être un jour comme elle.

« Maman ne le croirait pas, dit Lucy d'une voix tremblante. Elle n'en reviendrait pas.

— Et votre père, qu'est-ce qu'il va en penser ? demanda Clover, en ouvrant le journal à la page de la chronique mondaine.

— Je n'en sais rien, fis-je. Difficile de le dire.

— Il sera fier, assura Lucy, sans me regarder. Comme moi. »

Alors, toutes les trois – même si ni Lucy ni Clover ne connaissaient la chanson –, nous nous mîmes à chanter jusqu'à ce que le disque s'arrête et que le présentateur annonce mon nom. Je ne m'attendais pas à ce que cela soit si rapide ; Cherry Merrywell allait réussir son coup, mais je n'y étais pour rien. C'était grâce à Clover et à ses robes, à Billy et à ses relations, à Digby et à ses photos, et enfin, à Inigo et sa chanson. Grâce à tout le monde sauf moi – la seule chose que je devais faire, c'était ne pas m'en faire. Bientôt, je serais de retour en Cornouailles, une contrée qui me paraissait plus lointaine que Neptune.

28

Le Claridge comme état d'esprit

Après avoir entendu la chanson et pris conscience que ce que j'étais venue faire à Londres s'était vraiment concrétisé, une envie effroyable de ne *pas* aller retrouver Matilda au Claridge s'empara de moi, ce dont je me sentais très coupable. J'avais besoin de revoir Digby – besoin qu'il me dise que rien n'avait changé. Entendre ce disque m'avait déstabilisée, rendue presque jalouse de moi-même, si c'est possible. Je ne savais plus où j'étais. Si j'avais écouté ce disque à la maison, j'aurais pensé que Cherry Merrywell menait une existence de rêve. Elle allait de fête en fête et rencontrait des gens qu'elle émerveillait, elle enregistrait de nouvelles chansons et séduisait les hommes les uns après les autres. J'allais au Claridge, c'est vrai, mais pas en carrosse, ni pour un rendez-vous avec le prince d'un pays lointain. J'y allais pour retrouver une ancienne amie de ma sœur, devenue alcoolique, comme la plupart de ceux qui sont riches et célèbres, alors, quel intérêt ! Mais Lucy et moi l'avions connue bien avant. Je l'avais connue dans ce pays éloigné qu'on appelle le bonheur et voilà pourquoi elle désirait tant nous revoir. De toute manière, il était impensable de se défiler. Billy nous avait réservé une table dans l'établissement le plus chic de la capitale. J'avais compris pourquoi, d'ailleurs ; ce que faisait Billy était presque toujours transparent. Il avait dû se dire qu'en nous installant dans le plus beau restaurant de Londres, en précisant bien qu'il payerait l'addition, il se produirait une sorte d'alchimie et que tout se résoudrait comme par magie.

Lucy et moi nous attendions à voir Matilda arriver en retard, mais je savais qu'il me revenait d'être un peu en avance. Clover nous avait commandé un taxi et il me fallut résister à l'odeur du poulet rôti et de la tarte aux pommes préparés pour les invités du Six O'Clock Club – dont Charlotte Ferris – et je pensais que Clover n'était peut-être pas mécontente d'être débarrassée de nous pour la soirée.

« Tu ferais bien de te pomponner un peu », me conseilla-t-elle, en ouvrant une boîte de sucre brun avec un couteau à pain. Je dus pâlir légèrement car elle ajouta, prise de pitié : « Monte dans ma chambre et ouvre l'armoire de lady Louisa. Tout au fond, tu verras une robe en dentelle noire. Billy dirait qu'elle fait terriblement funèbre, mais puisque cette maison est vouée à la démolition, j'en arrive à me dire qu'on ne pourra jamais avoir trop l'air d'un fantôme. Essaye-la. »

Je serais bien restée toute la soirée dans la chambre de Clover, mais l'ordre impeccable qui y régnait produisait un effet réfrigérant sur quelqu'un d'aussi bordélique que moi. La coiffeuse, placée entre les deux fenêtres, était couverte d'une multiplicité de tubes de crème, de pots et de flacons, de brosses et de parfums.

J'aurais aimé les humer tous, les uns après les autres, m'imprégner de la magie si caractéristique de Clover, avec l'espoir d'acquérir par contagion un peu de son pouvoir, de sa décontraction. Mais, craignant vaguement qu'elle ne me chronomètre depuis sa cuisine, je courus vers l'armoire pour y prendre la robe. J'enlevai ma jupe et mon corsage verts, l'enfilai et m'examinai dans le miroir.

Pour la première fois depuis mon arrivée à Londres, je ressemblais à ce j'avais toujours voulu être. Pour la première fois de ma vie, même, je portais une robe noire. Elle était longue, trop longue pour de petites femmes comme Clover et moi ; elle avait une encolure montante et une bande de dentelle noire bordait les manches et l'ourlet. Il me fallut un bon moment pour fermer cette maudite chose car elle était tout en agrafes et pressions durcies et déformées par le temps. Terrorisée à l'idée de la déchirer, je descendis l'escalier avec une lenteur qui ne me ressemblait guère, accompagnée d'un froufrou d'étoffe qui donnait un supplément de théâtralité à ma démarche. Inigo était agenouillé au pied de l'escalier, à côté de son étui à guitare. Il releva aussitôt la tête.

« Tu as pioché dans la malle à déguisements de Clover ? Tu fais très Mrs Danvers.

— Je vais au Claridge », répliquai-je, piquée par son ironie.

Il émit un sifflement. « Digby t'emmène au Claridge ?

— Non. Nous dînons avec Matilda, Lucy et moi.

— Ah ! Surtout, ne prends pas le canard, dit-il après un silence.

— Le canard ? Et pourquoi ? »

Il considéra ses mains.

« Ma mère nous obligeait à manger du canard quand elle avait l'intention de nous annoncer quelque chose de terrible. Du canard au dîner, c'était toujours mauvais signe.

— Ta mère était mauvaise cuisinière ? »

Il me regarda comme si cette idée ne lui était jamais venue à l'esprit, ce qui était d'ailleurs sûrement le cas.

« Je n'en sais rien, dit-il. Je ne pense pas qu'elle ait jamais approché un four de sa vie, si ce n'est pour y regarder son reflet.

— Qui préparait vos repas ? » demandai-je, en sentant mon cœur s'accélérer.

Il eut l'air perplexe.

« Une femme adorable qui s'appelait Mary, dit-il, en retirant des paquets de cordes de l'étui de sa guitare. Malheureusement, elle n'avait qu'un seul mode de cuisson à son répertoire.

— C'était quoi ?

— Bouillir. Elle faisait tout bouillir.

— Vous aviez au moins quelqu'un pour faire la cuisine. » Et ce quelqu'un était ma tante ! J'avais envie de hurler. Même si j'étais entièrement d'accord avec lui, concernant les talents culinaires de ma tante, je rageais intérieurement.

« Mary était une grande cuisinière de la même façon que Digby est un grand photographe.

— Je ne comprends pas ce que tu veux dire.

— Elle n'était *pas* une grande cuisinière, mais elle faisait ce que n'importe quel imbécile pouvait faire, en se trouvant tout bonnement au bon endroit au bon moment et en dégageant un charme étrange, invisible pour la plupart, mais puissant pour quelques heureux élus. »

Il fit ensuite une remarque qui me perturba à l'extrême.

« J'adorais traîner dans la cuisine de Milton Magna. Mary ne voyait aucun inconvénient à ce que je joue de la guitare dans l'office. Paix à son âme. »

Pour la seconde fois en deux jours, je refoulai une envie terrible de pleurer.

Inigo referma son étui à guitare et se leva.

« Matilda ne sait pas t'apprécier », dit-il en s'éloignant. Puis il s'arrêta sur le seuil de la bibliothèque, se retourna et ajouta : « Et Digby non plus. »

Même avec toute l'imagination du monde, impossible de se faire à l'avance une idée de l'endroit fabuleux qu'était le Claridge – c'était à mes yeux ce qui se rapprochait le plus d'un palais. Je faillis tomber à genoux en signe de gratitude envers Clover qui m'avait autorisée à porter la robe de lady Louisa. Le seul fait de penser que j'aurais pu paraître en de tels lieux vêtue autrement m'épouvantait – je frémissais en me représentant la pauvre petite fille que j'étais dans cet univers parallèle, l'air gourde dans ma modeste robe de cotonnade, en train d'attendre Matilda, avec mes cheveux pleins de nœuds et mes genoux écorchés de gamine. Lucy s'efforçait de paraître calme sans toujours y parvenir.

« Il faudra qu'on essaie de pénétrer dans une chambre, dit-elle.

— C'est plus dans tes compétences que dans les miennes », dis-je, ce qui était l'exacte vérité. J'aurais aimé lui demander si Raoul lui manquait ; si elle lui avait parlé et si le joueur d'harmonica avait repris contact avec elle, mais je m'aperçus que j'en étais incapable, les mots restaient coincés dans ma gorge. Je ne comprenais plus très bien Lucy ; je savais seulement qu'elle ne souhaitait pas en parler, aussi je gardais mes questions pour moi.

J'aurais pu rester une bonne heure dans le hall, à regarder les gens entrer et sortir, pareils aux figurants d'un film, foulant d'un pas assuré et élégant le carrelage de marbre noir et blanc. Comment pouvaient-ils se déplacer avec indifférence dans un cadre pareil, sans savoir où ils allaient, sans tomber amoureux de l'endroit ? C'était impossible. Pour moi, ils étaient comme des personnages miniatures. J'agitai la tête pour en chasser le récit que fait Luc de la tentation de Jésus par le démon, dans le désert. *Tout cela je te le donnerai.* Papa aurait été scandalisé devant tant d'extravagance. Moi, inutile de le dire, j'étais totalement sous le charme.

Un employé nous emmena au bar pour y attendre Matilda et là, on nous demanda ce que nous voulions boire.

« Et vous, qu'est-ce que vous prendriez ? » dit Lucy au barman qui agitait un shaker.

Il la regarda non sans une certaine admiration.

« Un Cosmopolitan, évidemment.

— Merci. C'est ce que je voulais vous entendre dire, *évidemment.* »

Ah, si Imogen avait pu me voir en ce moment ! J'aurais dû demander qu'on nous prenne en photo, afin d'immortaliser l'image des sœurs Jupp dans cet endroit prestigieux.

« On n'a rien à perdre », déclara Lucy, en prenant une longue gorgée de son cocktail.

Elle ne faisait jamais dans la modération quand elle se trouvait dans un aussi bel endroit. Sa magie l'avait déjà grisée. Quant à moi, le seul fait de tremper mes lèvres dans la mixture qu'on me servit deux minutes plus tard suffit à me faire tourner la tête.

« Je veux visiter les toilettes, annonça Lucy. Clover dit qu'il faut les voir pour y croire.

— N'y reste pas trop longtemps », la suppliai-je, car elle n'arrêtait pas de disparaître à tout instant – un rien l'entraînait dans une autre direction.

Au bout d'un moment, je regardai ma montre, ou du moins je l'aurais fait si j'en avais eu une. À vrai dire, il me semble avoir demandé l'heure et qu'en entendant qu'il était huit heures dix, je compris que je risquais d'attendre encore longtemps. C'est à ce moment qu'une femme entra du côté opposé du bar et, me voyant seule, me demanda si je voulais me joindre à elle. Elle était jeune – plus âgée que moi mais moins que Lucy – et incroyablement apprêtée, comme si sa vie avait dépendu de la perfection de son maquillage.

« Venez prendre un verre avec moi, dit-elle. En attendant que votre amant arrive. »

— Je n'ai pas d'amant », répliquai-je, suffoquée, mais en pensant à Digby, j'ajoutai : « Du moins, je n'ai pas rendez-vous avec lui ce soir. »

Si je n'avais pas déjà un peu bu, jamais je n'aurais eu l'aplomb de dire une chose pareille. À la fois choquée et ravie. Je lui souris de sous ma frange.

« Pour tout dire, ma sœur est dans les parages. Nous allons dîner avec une amie de longue date. »

Juliet, puisque c'était son nom, avait l'air d'un gentil panda, avec son abondante chevelure blonde et les nombreuses couches de mascara noir qui alourdissaient ses cils. Elle ponctuait chacune de ses phrases par des exclamations étouffées.

« C'est la première fois que je viens ici, dit-elle. On a l'impression de pénétrer dans une boîte de chocolats. C'est *sensass*, non ?

— Sensass, oui, sans aucun doute, dis-je. On devrait en profiter au maximum. Vu la situation...

— Vous parlez de la guerre atomique, c'est ça ? »

Je fis oui de la tête.

« Ah, je vois ! Sauf que ça n'arrivera pas.

— Comment le savez-vous ?

— Il y a trop d'amour dans le monde, vous ne trouvez pas ? »

Elle partit d'un grand rire en cascade. Le barman nous regarda et sourit.

Lucy revint et le cérémonial des présentations se répéta. Je me rendais compte que ma sœur n'était nullement impressionnée de me trouver en grande conversation avec une inconnue. Je voyais bien qu'elle brûlait de nous parler des robinets en or et des serviettes parfumées des toilettes, mais elle ne pouvait pas placer un mot. Juliet continua à parler avec moi pendant dix minutes – deux personnes sans rien du tout en commun, à part le fait que c'était la première fois qu'elles mettaient les pieds au bar du Claridge, et vraiment, que demander de plus ?

« Vous avez des enfants ? » fis-je, histoire de dire quelque chose. Matilda n'allait sûrement pas tarder. Lucy avait les yeux rivés au plafond, évaluant le coût des peintures et le nombre d'heures de travail qu'il avait fallu pour exécuter ce chef d'œuvre.

« Oui, quatre », répondit Juliet.

Même Lucy parut saisie. « Vous faites si jeune, dit-elle.

— Sans doute parce que j'ai quitté mon mari la semaine dernière.

— Je croyais que vous attendiez votre mari.

— Jamais une femme n'aurait rendez-vous avec son mari au Claridge, non ? Pour tout vous dire, c'est le meilleur ami de mon mari. Nous vivons une idylle exceptionnelle. »

Elle nous considéra un moment.

« Ça alors, dis-je. Quelle histoire !

— N'est-ce pas ? » Elle respira profondément, comme si elle manquait d'air, puis vida son verre d'une main tremblante. « C'est formidable de pouvoir raconter ça à quelqu'un. Il fallait que je le raconte. Je vous ai vue et j'ai pensé, je vais le lui dire, à elle. Cette charmante petite mignonne en noir. Je ne la reverrai jamais plus, alors je peux aussi bien tout lui raconter. »

À côté de moi, Lucy était immobile. J'imagine qu'elle attendait que Juliet lui lègue quelques belles perles de sagesse, quelques fabuleux conseils qui l'accompagneraient tout au long de l'année.

« Idylle », dis-je, sur un ton ridiculement enthousiaste, comme s'il s'agissait d'une destination de vacances. « Oh, oui, j'ai entendu parler d'Idylle – il paraît que c'est un endroit merveilleux à cette période de l'année ! »

« On se connaissait déjà depuis pas mal de temps, bien entendu », reprit Juliet. Maintenant qu'elle était lancée, plus moyen de l'arrêter. « Il me faisait un peu la cour, vous voyez, il me disait que j'étais jolie, ce genre de trucs. Et puis un jour il a débarqué à la maison. Il pleuvait et j'étais seule. Les enfants étaient à l'école, mon mari à une réunion. Il m'a tout simplement prise dans ses bras et voilà.

— Mince alors ! dis-je. Je ne pensais pas que ce genre de choses arrivait dans la vraie vie.

— On a continué comme ça pendant un moment. En cachette de tout le monde, vous comprenez ? Mais c'était trop dur. Je ne pouvais pas garder tout ça – elle ouvrit grand les bras en faisant tinter ses bracelets – tout cet amour brûlant pour moi. J'ai dit à mon mari que j'étais vraiment désolée mais que j'allais le quitter. D'abord, il ne m'a pas crue, mais il a bien fallu qu'il se fasse à l'idée quand j'ai commencé à faire mes valises.

— Il a pris ça comment ? ne put s'empêcher de demander Lucy.

— Je n'en sais rien. Il en trouvera une autre. » Une lueur d'amertume passa dans ses yeux. « Ils sont tous pareils.

— Votre mari ne vous manque pas ? dis-je, d'un ton de reproche.

— Non. » Elle me regarda et sourit. « Je me suis rendu compte, après toutes ces années, que je n'étais pas amoureuse de lui. »

Je n'avais pas envie de regarder Lucy. Ce dont j'avais envie, ardemment, c'était de fuir Juliet et tout ce qu'elle disait. Comment cela se faisait-il que, partout où nous allions, il n'y avait que des gens qui incitaient ma sœur à quitter Raoul ? Lucy s'apprêtait à dire quelque chose, je le voyais bien, mais par chance, au même instant, Matilda arriva.

Elle portait une robe noire, comme moi, mais elle était transparente et, dessous, on devinait de la soie rose. Ses cheveux flottaient autour de son visage, légèrement bouclés, elle devait sortir juste d'une séance de photos de presse. Pas de talons hauts, mais de petites ballerines noires et aucun bijou autour du cou. Elle avait un aspect simple, dépouillé, pourtant un flot d'énergie puissant était entré avec elle dans le bar, qu'elle l'ait voulu ou non : l'effet de la célébrité qui triomphait de tous, procurant à tous de quoi parler pendant des semaines. En me voyant, elle m'adressa un petit signe de la main et se précipita vers nous.

« Ne regardez pas, chuchota Juliet. C'est Matilda Bright qui arrive. Une de mes amies l'a vue au théâtre il y a quelque temps, il paraît qu'elle était ivre morte. À mon avis, d'être tout le temps photographiée, ça doit vous tourner la tête, vous ne croyez pas ? Elle est peut-être devenue un peu dingo. »

L'instant d'après, Matilda se plantait devant nous.

« Ça fait longtemps que vous m'attendez ? me demanda-t-elle, en me caressant le bras.

— Pas du tout, la rassura Lucy.

— Ravie de vous avoir rencontrées toutes les deux, fit Juliet, en s'écartant, toute rougissante.

— Ah, vous avez lié connaissance ? dit Matilda, en lui adressant un sourire radieux.

— Non, dit Juliet, c'était juste en attendant.

— J'adore votre corsage, dit Matilda, en effleurant le col. Personnellement, je ne peux pas porter du pêche. Ça me donne l'air exsangue. »

Juliet la considéra avec perplexité.

« Vous êtes beaucoup… beaucoup plus belle en vrai, déclara-t-elle

— Comme c'est gentil à vous ! » Ce compliment, Matilda l'avait entendu des millions de fois et cela ne lui faisait plus aucun effet, mais elle avait appris à se comporter comme si c'était nouveau pour elle. Juliet rougit en inclinant légèrement la tête, comme si elle avait affaire à un membre de la famille royale.

Au moment où nous sortions du bar pour passer à table, je vis arriver un homme qui semblait chercher quelqu'un. Il avait l'air anxieux et il transpirait ; Il avait le *Times* sous un bras et un parapluie sous l'autre. En voyant Juliet, il eut un sourire de soulagement. Ainsi, le plus ordinaire des hommes, pensai-je, est capable de déclencher un incendie impossible à éteindre. Je regrettais d'avoir parlé avec Juliet ; je voyais que Lucy avait pris note de toutes ses paroles. Je la sentais, presque au sens propre, s'approcher de plus en plus près de ce maudit joueur d'harmonica.

Matilda écarta les dîneurs ainsi que Moïse les eaux de la mer Rouge, et nous prîmes place à une table. C'est alors seulement que je me rendis compte qu'elle avait déjà beaucoup bu. Lucy croisa mon regard et hocha la tête. La soirée venait à peine de commencer et j'avais l'impression d'être là depuis une semaine.

« Bon, on y va », murmurai-je.

29

La star et nous

À peine nous étions-nous assises qu'il apparut à l'évidence que Matilda n'était pas dans son état normal. À l'instant où elle prenait place, la table, immaculée et toute scintillante du cristal et des couverts en argent, vacilla.

« Il y a là des verres à vin qui courent de gros risques », plaisanta Lucy.

Trente secondes plus tard, le premier de ces malheureux verres bascula. Il était vide mais il se fracassa en mille morceaux sur assiettes et couverts. Plusieurs serveurs se précipitèrent, épouvantés de voir une cliente aussi célèbre endurer pareille épreuve ; c'était forcément leur faute, pas la sienne.

« Miss Bright, voulez-vous que nous vous installions toutes les trois à une autre table ? »

Lucy et moi étions déjà debout, mais Matilda, qui n'avait pas bougé, alluma une cigarette.

« Nous sommes très bien ici, merci, dit-elle. Maintenant que je suis assise, je ne crois vraiment pas que je pourrais me lever.

— Bien sûr, miss Bright. »

Il entreprit de ramasser les éclats de verre éparpillés sur la table, pendant que Matilda parlait, très fort.

« Je suis tellement heureuse que nous soyons réunies toutes les trois. C'est si important pour moi. Vous ne pouvez pas savoir à quel point.

— Qu'as-tu fait aujourd'hui ? » lui demandai-je. Je n'avais pas envie de l'entendre verser si vite dans le sentimentalisme. Il était préférable pour ça d'attendre la fin du repas.

« Je suis restée plantée, tout en Dior, au milieu des biches.

— Vraiment ?

— Je suis allée à Richmond Park. Pour *Women's Own*. On ne peut plus m'employer que pour les pages Beauté, à cause de la protubérance. Il faisait une chaleur atroce. À un moment donné, je me suis allongée dans l'herbe et me suis endormie. Ils ont dû m'asperger avec de l'eau pour me réveiller.

— Je trouve que tu devrais arrêter de travailler, dis-je. Ce n'est sûrement pas bon pour le bébé que tu restes debout toute la journée. »

Elle ne répondit pas et plongea la main dans le seau à glace pour prendre la bouteille. Elle se servit, mais versa davantage de vin sur la nappe que dans son verre. « Le bébé va très bien », déclara-t-elle brusquement.

Elle parlait trop fort et même elle s'en rendait compte. Elle se pencha et nous regarda, Lucy et moi, avec son menton qui touchait presque la table.

« Tout ce dont j'avais envie, ce soir, c'était de vous voir toutes les deux. Bavarder avec vous. Et maintenant ça y est. C'est sympa, non ? »

Lucy se taisait.

« C'est merveilleux, assurai-je. Qu'est-ce que tu vas prendre, Matilda ? Qu'est-ce que tu nous conseilles ?

— Par pitié, Tara, je ne suis pas le chef ! Comment pourrais-je savoir ? »

Elle examina la carte, en battant des paupières, les sourcils froncés. Je la lui remis à l'endroit.

« Si on prenait du poisson ? dit-elle. Oui, prenons du poisson. C'est vendredi, il me semble ?

— Non, dis-je.

— Maman tenait absolument à ce qu'on serve du poisson le vendredi, reprit-elle sans prêter attention à ce que j'avais dit. Il faut prendre du poisson en l'honneur de maman. Ce serait bien, non ? Tu l'aimais beaucoup, hein, Lucy ? Elle, elle t'aimait. Elle te trouvait extraordinaire. Elle te trouvait merveilleuse parce que tu avais voulu être mon amie et que, avant toi, personne d'autre n'en avait eu envie.

— Ce n'est pas vrai, dit Lucy, froidement.

— Si.

— Personne ne te connaissait. Tu n'as pu t'échapper de ta foutue cage qu'après m'avoir connue. » Depuis qu'elles s'étaient revues, c'était la première fois que Lucy faisait allusion à leur amitié. Matilda posa sur elle un regard empreint de vénération.

« Oui, tu as raison », reconnut-elle.

Le garçon s'affairait autour de nous ; il remplissait nos verres, nous demandait si tout allait bien, ramassait des éclats de verre répandus par terre. À la table voisine, les gens ne parlaient presque pas – de manière à pouvoir mieux nous écouter. J'étais au courant maintenant ; je savais comment ça fonctionnait.

« Qu'est-ce qu'il y a ? demanda soudain Matilda, l'air ahuri. Où est notre serveur ? Il faut qu'on mange. Tara, tu as l'air si fatiguée. Billy te fait trop travailler. Tu te sens bien ? Il me semble qu'un peu d'eau te ferait du bien. Garçon, un verre d'eau ! »

Ce disant, elle claqua pour de bon dans ses doigts, geste qui dut faire l'admiration de Lucy, elle qui mourait d'envie d'être de ces personnes qui savent imposer leurs volontés à la valetaille.

« Miss Bright. Que désirez-vous ?

— De l'eau. Pour cette pauvre enfant. Vous ne voyez pas qu'elle est en train de se dessécher ? Ah, et puis, nous prendrons du poisson, mon brave. Avec des pommes de terre sautées.

— Nous n'avons pas de pommes de terre sautées, ce soir. Miss Bright aimerait peut-être quelques pommes de terre à la crème. »

Non. Elle n'aimerait pas.

« Je vais voir si on peut vous préparer des pommes de terre sautées.

— Je t'en prie, Matilda, nous n'avons pas besoin de pommes de terre sautées, intervint Lucy.

— Mais si. J'aimerais bien aussi des épinards. C'est bon pour le bébé. Ah, et aussi des carottes. Ça aide à voir dans le noir, non ? Moi, je suis toujours dans le noir. »

Le garçon écrivait dans son carnet, frénétiquement.

« Vous savez quoi, lui dit Matilda. Apportez-nous de tout, ce sera plus simple.

— De tout ?

— Tous les légumes que vous avez. Nous avons besoin de légumes, toutes les trois. On dirait que Tara n'a rien vu de vert depuis des semaines, si ce n'est son reflet dans la glace. Je connais Digby. Avec lui, c'est uniquement des corn-flakes et des pêches en boîte. Il est réputé pour ça. »

J'éclatai de rire, c'était plus fort que moi. Cette soudaine incursion dans la réalité était aussi surprenante qu'exacte.

« Vous désirez que je vous apporte tous les légumes que nous avons ? Des carottes, des épinards, des haricots, des petits pois, du chou au beurre, des pointes d'asperge, des fèves et trois sortes de pommes de terre ?

— Oui.

— Non ! » Ce cri sortit en même temps de ma bouche et de celle de Lucy.

« Ce serait du gâchis, Matilda. Tu ne manges jamais beaucoup, dis-je.

— Si on ne mange pas tout, on n'aura qu'à remporter ce qui reste à la maison. Pour demain. Tu pourras même en emmener chez Digby. »

Lucy se carra sur sa chaise et sortit ses cigarettes.

Quarante minutes durant, Matilda discourut. Lucy n'avait pas envie de parler – c'était sans doute un soulagement pour elle d'en être dispensée. De temps à autre, je tentais de glisser un mot mais Matilda ne m'écoutait pas – je ne pense pas qu'elle était capable d'écouter. Elle plissait les yeux, comme si elle essayait de prêter attention à ce que je disais, mais elle n'y parvenait pas. Jamais je n'avais vu quelqu'un boire autant. Elle annonça par deux fois qu'il fallait qu'elle aille aux toilettes. Quand elle se leva, toute la salle à manger parut retenir son souffle. Comment réussit-elle à traverser tout cet espace ? Je n'en sais rien. Elle portait sa grossesse de façon curieuse ; pas de main protectrice posée sur son ventre, tandis qu'elle avançait d'un pas hésitant – à croire qu'elle n'avait aucune conscience de son existence. La première fois qu'elle se leva de table, Lucy se pencha vers moi.

« Seigneur Jésus ! Il faut qu'on s'en aille.

— Impossible ! Elle a commandé tous les légumes de la carte ! Si on part maintenant, ça fera très mauvais effet !

— Et si on reste, ce sera encore pire, soupira Lucy, contrariée. Pourquoi faut-il qu'elle se comporte comme ça ? Qu'est-ce qui ne tourne pas rond chez elle, bon Dieu ?

— Je n'en sais rien. »

Je pris un morceau de pain dans l'assiette de Lucy, bien que je n'eusse nullement envie de manger. Le comportement de Matilda était trop perturbant pour qu'on puisse penser à autre chose qu'elle. Elle revint, le devant de sa robe éclaboussé d'eau. Elle avait encore les mains mouillées. Elle se laissa tomber sur sa chaise et prit son verre de vin.

« On devrait boire un cocktail. J'aimerais bien un whisky sour.

— Tu ne crois pas que tu as déjà assez bu comme ça ?

— Moi ? Il faut fêter l'occasion ! Nous voilà à nouveau réunies, n'est-ce pas ? Et de toute façon, c'est toi, ma chère Lucy qui… qui… » Elle s'interrompit, déglutit, se ressaisit et poursuivit : « C'est toi qui m'as initiée au vin. Le vin de messe. On en buvait en cachette dans la sacristie. Tu t'en souviens ?

— Et pendant tout ce temps, papa accusait cette pauvre Sarah Cartwright, dit Lucy d'une voix traînante.

— Quelle gourde, celle-là. Elle méritait d'être accusée», gloussa Matilda.

Je vis Lucy réprimer un sourire.

Le garçon revint, croulant sous le poids des légumes. Comme il n'y avait pas assez de place sur la table, il posa les plats à côté, sur une desserte. Puis, au milieu d'un maelström de fumées et de plats d'argent, le poisson apparut. Matilda pressa dans son assiette le jus de son quartier de citron qu'elle me lança ensuite à travers la table et il atterrit sur la robe noire. Dans la foulée, elle versa une tonne de sel dans son assiette et, saisissant le moulin à poivre elle en mit assez pour éternuer une semaine entière.

«Chéri !» s'écria-t-elle, en faisant signe au garçon. À la table voisine, les gens échangèrent des regards. Ils en étaient au café. J'étais sûre qu'ils en avaient demandé uniquement pour pouvoir rester et assister au spectacle. Notre pauvre serveur s'approcha. S'il avait pu se tordre les mains sans risquer d'être renvoyé, je crois qu'il l'aurait fait.

«Mon ami, lui dit Matilda. Il nous faut quelque chose d'autre. Du poulet, peut-être. Quelque chose de moins… – elle réfléchit – de moins poissonneux.» Elle prononça cet adjectif avec le plus grand sérieux, puis son regard passant de mon visage inquiet à celui du serveur, elle s'abandonna à un fou rire irrépressible. Soulagé de l'entendre s'esclaffer et non crier, le garçon rit discrètement, écho assourdi de la cataracte sonore qui émanait de Matilda. Lucy, qui ne souriait pas, prit la parole, en haussant le ton pour couvrir ses hurlements d'hilarité.

« Nous n'avons pas besoin de poulet. C'est très bien comme ça, merci », dit-elle au serveur. Mais celui-ci était programmé pour s'occuper de Matilda et rien que Matilda. Nous aurions pu aussi bien être invisibles.

« Vous aimeriez du poulet, lui dit-il. Je m'en occupe.

— S'il vous plaît. Et à ce propos, je ne crois pas que nous ayons besoin de tous ces légumes. Je n'aime pas la forme de ces carottes. Elles ont l'air trop triste, découpées ainsi en petites boules rondes. Non, non. Ça ne va pas du tout. Désolée. Remportez-les, voulez-vous ?

— Bien sûr, miss Bright. Tout de suite. »

Il empila les plats les uns dans les autres et repartit.

Ce fut pareil pendant toute la soirée. Rien n'était assez bien pour Matilda et son agitation était contagieuse. J'étais incapable de me détendre, tant je redoutais une explosion. C'était comme de dîner en compagnie d'un jouet à ressort, dont les parties se démontent sous vos yeux.

« Seigneur, dit Matilda à Lucy. Il faut que je retourne aux toilettes. Jamais je n'ai eu autant envie de faire pipi. Ça doit être le bébé.

— Pas du tout, dis-je, alors qu'elle s'éloignait. Ça doit être la boisson. Alors. Qu'est-ce qu'on fait ? demandai-je à Lucy.

— Que pouvons-nous faire ? Elle est incompréhensible. Passe-moi un peu de ce canard dont personne n'a voulu. Il a l'air délicieux.

— Non, pas le canard, chuchotai-je.

— Pourquoi ?

— Un truc qu'a dit Inigo. Il paraît que manger de canard au dîner, ça porte la poisse. »

Lucy éclata d'un rire sonore.

« Primo, comment se fait-il que vous ayez parlé d'une superstition touchant au canard, Inigo et toi ? Et deuzio, c'est vraiment du gâchis, Tara. Elle peut bien se conduire ici comme si elle était au pub du coin, moi, je suis bien décidée à en profiter au maximum. »

Elle allongea le bras par-dessus la table et prit le canard qui restait dans l'assiette de Matilda.

« Elle a besoin de notre aide, dis-je, catégorique.

— On ne peut pas l'aider, tu ne vois donc pas ? Elle est la seule à pouvoir s'aider elle-même.

— Ce que tu dis n'est pas très chrétien. » Cette remarque était sortie de je ne sais où.

« Tu as raison, dit Lucy. Mais elle ne l'est pas, elle non plus ! La voilà qui débarque à nouveau dans notre vie comme une fleur, à croire qu'il ne s'est rien passé ! Est-ce que tu as une idée du mal qu'elle m'a fait ? La moindre idée ? »

Tout se mit à tourner autour de moi. Les Cosmopolitan, l'étrange conversation avec Juliet, l'effroi ressenti face à l'état d'ébriété de Matilda et la certitude que Lucy ne lui pardonnait pas et ne lui pardonnerait jamais vinrent s'écraser contre ma cage thoracique en vagues douloureuses. Puis, sans prévenir, mes pensées dérivèrent brutalement vers Digby. Je ne sais rien de lui, me dis-je, prise d'un accablement soudain. J'ignore tout de lui, puisque je ne saurais pas comment lui raconter cette soirée. Digby avait horreur des difficultés et des effondrements ; il détestait les drames des autres. Je fis un effort surhumain pour revenir à l'instant présent.

« Il faut qu'on tienne, dis-je. Pendant encore une petite une heure. Il faut que tu m'aides.

— Comment ça ?

— Matilda a quelque chose à nous dire. Tout ce cirque, c'est pour ça.

— Comment le sais-tu ?

— C'est Billy qui l'a dit.

— Bien, de quoi s'agit-il ?

— Je n'en sais rien. Je sais seulement qu'elle est incapable de dire quelque chose à un volume sonore inférieur à deux cents décibels. Ce qu'elle veut nous dire devra attendre que nous soyons quelque part où il sera impossible que tout le pays nous entende. Tu es sûrement d'accord là-dessus ? Bon sang, dans l'intérêt des autres, sinon du sien.

— D'accord, dit Lucy, en haussant les épaules.

— Bien. À partir de maintenant et pendant une heure, voilà de quoi nous allons parler : le temps, la circulation, le couturier qui a fait la robe de mariée de lady Louisa. N'importe quoi.

— Parfait. Tu montres le chemin et moi je te suis. »

J'avais parfaitement conscience que c'était la première fois, avec Lucy, que je montrais le chemin dans quelque domaine que ce fût, mais le temps me manquait pour méditer plus longtemps sur le tour nouveau pris par les événements. Matilda revenait – du moins elle essayait. Elle se trompait sans cesse de direction et il fallut la rediriger par deux fois vers notre table.

« Pauvre Matilda, dis-je, assez haut pour que les grandes oreilles d'à côté puissent entendre. Elle travaille trop. Elle a besoin de repos. »

Matilda s'assit.

« Vous savez que je voudrais vous dire quelque chose », déclara-t-elle.

Je lançai un regard en coin à Lucy et sourit joyeusement à Matilda.

« C'est formidable, Matilda, mais ne pourrais-tu pas me dire d'abord où tu as trouvé ces sublimes chaussures ? Clover en a une paire presque semblable, sauf que les siennes sont couleur chamois. »

Matilda parut déroutée.

« Des Chanel, dit-elle. On me les a données. Essaye-les, si tu veux.

— Quel dommage que j'aie de si grands pieds. Tu sais bien qu'elles ne m'iront pas. »

Et ainsi de suite. Chaque fois que Matilda essayait de prendre la parole, je l'arrêtais et sa phrase restait en suspens. Les effets de l'alcool qu'elle avait bu ne s'étaient pas encore dissipés, bien entendu, mais maintenant elle ne pouvait plus leur donner libre cours ; nous l'en empêchions, tout simplement. Dès qu'elle tentait d'aborder un sujet un peu moins banal, on s'interposait aussitôt. C'était épuisant. J'avais l'impression de mener paître une vache rétive, en courant sans cesse devant elle pour qu'elle n'aille pas divaguer dans les jardins des voisins. Au bout d'un moment, et malgré le brouillard dans lequel l'ivresse la plongeait, Matilda finit par se rebeller.

« Pourquoi vous ne me laissez pas parler ? Je suis venue ici pour vous dire quelque chose ! Quelque chose d'important ! » On aurait dit une petite fille sur le point de taper du pied.

« Attends ! dis-je, en feignant la consternation. Je n'arrive pas à me rappeler le nom de la jument de ta mère ! Tu sais, celle qui entrait tout le temps dans la cuisine, à Trellanack, pendant le petit déjeuner. Elle s'appelait comment déjà ? Elle était magnifique… alezane, je crois…

—Tempy, dit Matilda. Elle s'appelait Tempy.

— C'est exact », confirma Lucy.

Matilda commanda trois desserts, puis les renvoya tous les trois. Elle prétendait que la glace à la vanille avait un goût de café et que la tarte aux fraises (la chose sans doute la plus délicieuse qu'il ne m'a jamais été donnée de goûter) était trop sucrée.

« Voyez-vous, ce genre d'établissement, il ne faut rien leur passer. Ils se croient au-dessus de toute critique, mais ils se trompent.

— Ça me rappelle quelqu'un », dit Lucy en posant sur Matilda un regard sarcastique, en pure perte, d'ailleurs, car elle ne s'aperçut de rien.

Il était minuit passé quand on se leva de table. Lucy et moi encadrions Matilda de crainte qu'elle ne s'écroule. Étant Matilda, elle réussit tout de même à manquer par une fois de tomber, au moment où l'on sortait dans la rue. Le directeur de l'hôtel la prit par le bras et elle le remercia en riant. Il sourit… ravi.

« Bonne nuit, dit-il. Puis-je vous appeler un taxi ?

— Oui, merci. »

Tout à coup, il sembla qu'un déclic se produisait dans le cerveau de Matilda. Elle s'immobilisa, les yeux fixés sur le directeur qui faisait signe au portier d'arrêter un taxi.

« Oh non ! gémit-elle.

— Qu'est-ce qu'il y a ?

— Oh non ! J'ai dit des choses horribles à ce pauvre serveur ? J'ai été affreuse, non ?

— Tu n'as pas été facile, dit Lucy.

— Il faut que j'y retourne. Il faut que j'aille m'excuser.

— Mais non, voyons. Tu n'auras qu'à lui laisser un mot. N'y retourne pas… »

Mais elle était déjà repartie. Pour quelqu'un qui avait ingéré une telle quantité d'alcool, la rapidité avec laquelle elle démarra était stupéfiante.

« Non ! » Je tentai de la tirer en arrière. « Ce n'est pas la peine !

— Mais si, Tara. Ne sois pas ridicule. J'ai été épouvantable. Terriblement grossière. »

Elle m'échappa et rentra dans la salle à manger. En voyant notre serveur, elle s'immobilisa.

« Reste où tu es, m'ordonna-t-elle. Laisse-moi m'occuper de ça. »

Je ne pouvais rien faire d'autre qu'assister à la scène. J'avais envie de me mettre les mains sur les yeux, mais je me contentai de prendre une expression sereine – une mère regardant sa fille remercier la maîtresse pour la souris en sucre reçue à Noël. Matilda ne se dégonfla pas, évidemment, ce dont je ne doutais pas un seul instant. Elle s'approcha du serveur, lui prit le bras et lui chuchota à l'oreille quelque chose qui le fit rire, puis, pendant encore deux minutes, elle resta à lui parler et à l'écouter, tout en riant et en hochant la tête. Finalement, elle lui déchira une feuille de son carnet de commandes, lui emprunta son stylo et griffonna quelque chose. Cela fait, elle ressortit de la salle à manger, accompagnée des regards de toute la salle – mais cette fois on aurait dit qu'elle allait saluer. Elle me rejoignit d'une démarche élégante, digne du top model qu'elle était.

« Voilà, dit-elle, en lissant sa jupe. On y va ? Ne prends pas cet air catastrophé, Tara. Il m'a demandé un autographe. Sa femme achète le magazine *Woman* toutes les semaines. »

Comment avait-elle fait ? Je ne saurais le dire. C'était comme s'il y avait en elle un interrupteur qui, une fois enclenché, lui permettait de se comporter comme la star qu'elle était indubitablement. Avec un seul sourire et un trait de plume sur un bout de papier, elle avait tout effacé, tout cet effondrement, son ébriété et ces curieuses phrases inachevées. C'était mené de main de maître, exécuté à la perfection. Du grand art.

30

Un feu authentique

Lucy et moi étions prêtes à mettre un point final à la soirée. Une fois dans le taxi, pensant franchir bientôt la ligne d'arrivée, nous nous crûmes tirées d'affaire. Mais Matilda ne l'entendait pas de cette oreille.

« Il faut que j'entre un moment, dit-elle, à l'instant où la voiture s'arrêtait devant Napier House.

— Je crois plutôt qu'il faut que tu dormes.

— Non ! s'exçlama-t-elle, catastrophée. Non ! Il faut que je vous parle. S'il te plaît, Lucy. »

Lucy posa sur moi un regard suppliant, comme si elle attendait que je sorte un plan d'évasion de mon chapeau. Elle ne voulait pas se laisser entraîner dans cette histoire, mais elle était piégée.

« Bon, entre alors. Mais si jamais tu réveilles Clover, ça va barder. »

On s'installa dans le salon, avec des tasses de thé, mais Matilda piqua droit sur le bar.

« Tu as assez bu comme ça.

— Non, j'en ai encore besoin. »

Elle s'assit, ferma les yeux et croisa les jambes.

« Si tu as l'intention de dormir, ce n'était pas la peine d'entrer », commença Lucy.

Matilda gardait les yeux obstinément clos.

« C'était juste pour me détendre et respirer un peu. » Elle ne demandait pas grand-chose, en effet. Le silence retomba près de trois minutes, le temps de chanter « May to September », en fait, mais en réalité il dura bien plus longtemps que la petite chanson guillerette d'Inigo. Comment se pouvait-il que Matilda fût toujours aussi incapable de deviner quel était l'état d'esprit de ses interlocuteurs ? Ce n'était pas dû uniquement à l'ébriété. Elle n'avait jamais eu aucune intuition dans ce domaine.

Lentement, elle rouvrit les yeux.

« Ça va être une journée difficile », déclara-t-elle.

Je regardai Lucy, laquelle regarda ses mains, me laissant ainsi seule à la manœuvre. À partir de maintenant, c'est moi qui allais devoir gérer Matilda, Lucy en étant absolument incapable.

« Pourquoi ? » demandai-je.

Elle plissa les paupières et se mit la main gauche devant les yeux, comme pour les protéger d'une lumière invisible et pourtant aveuglante.

« C'est l'anniversaire de Paul.

— Paul ? » Je ne sais pas ce que je m'attendais à entendre, mais en tout cas, ce n'était pas ça.

« Paul Warren, précisa-t-elle, en gardant la main devant les yeux. Paul Warren.

— Qui est-ce ? » demandai-je, intriguée. Puis, au souvenir de la soirée à Trellanack, quand j'avais revu Inigo pour la première fois, un déclic se fit dans mon esprit.

« Le chanteur ? Celui pour qui Inigo a écrit des chansons ?

— Ses chansons n'ont marché qu'en Amérique. Tu ne les connais pas. Ici, il n'a pas percé. » À l'entendre, on aurait dit qu'elle n'avait pas envie qu'on puisse l'écouter, qu'elle voulait le garder pour elle.

Elle alluma une cigarette et je m'aperçus que ses mains tremblaient. J'aurais aimé pouvoir la mettre dehors et refermer la porte. Pour que Matilda et son étrange comportement ne contaminent pas Napier House, qui n'avait rien à voir avec cette affaire, mais c'était impossible. Elle avait commencé, elle irait jusqu'au bout.

« Billy était son agent. C'est lui qui l'avait découvert.

— Il devait être très bon, alors.

— Mieux que ça, même », murmura-t-elle.

Elle ne me voyait pas ; elle était comme sous hypnose. Je regardai Lucy à la dérobée et vis qu'elle l'écoutait avec attention, sans toutefois la regarder.

« C'était un garçon charmant. Et si beau. Du genre qui aurait plu même à votre père.

— J'en doute beaucoup », dis-je, et elle eut un petit rire triste.

« C'était un cœur pur, comme jamais je n'en avais rencontré. Il était une de ces rares personnes qui apportent la lumière avec elles partout où elles vont.

— Je me suis toujours méfiée de ces gens, dit soudain Lucy.

— Eh bien, tu as tort, parce que tu en fais partie, répliqua Matilda. Et puis Paul était drôle, gentil et beau, et, si tu l'avais connu, tu en serais tombée raide, aussi… toi aussi, voilà ! »

C'était la première fois qu'elle agressait Lucy depuis qu'elle avait entrepris de regagner son amitié.

Lucy semblait pour le moins surprise, mais je sentis qu'elle était un tout petit peu impressionnée. Sans doute avait-elle cru qu'il ne subsistait plus le moindre feu en elle – elle supposait, de même que moi, que la célébrité avait étouffé les dernières braises.

« Aujourd'hui, il aurait eu vingt-deux ans.

— Aurait eu ?

— Oui. »

Elle me regarda avec des yeux qui me suppliaient de comprendre, de terminer à sa place le récit de cette histoire. Mais comment l'aurais-je pu ? Elle respira et, quand elle reprit la parole, ce fut avec une netteté surprenante, tandis que, d'une main assurée, elle tressait machinalement les franges d'un coussin.

« C'est le premier jeune avec qui Billy a fait un disque. C'était en 1956, avant qu'aucune de nous n'ait bu du cidre pour la première fois. (Affirmation discutable, me dis-je, au souvenir de mon stage d'équitation de ladite année.) Ce n'était qu'un gamin du Kentucky, qui avait du charme et une jolie voix. » Elle s'interrompit, le temps de renifler et de boire une gorgée de thé. « En l'entendant chanter dans un bal de village, Billy n'en avait pas cru ses oreilles. Il avait tout pour lui, le physique, la façon de s'exprimer, tout quoi. » Elle dénatta les franges et entreprit de les tresser à nouveau. « Inigo a écrit des chansons pour lui, poursuivit-elle, en me regardant en même temps qu'elle prononçait son nom. Ses deux premiers quarante-cinq tours ont été numéro un. Billy disait que les enregistrements en studio s'étaient passés merveilleusement du début à la fin, ce qui est rare. Ça marchait tout seul. Inigo avait fait un accompagnement à la guitare et à la batterie. C'était une explosion de joie. »

Je la sentais au bord des larmes. Elle se moucha et son visage se crispa.

« Qu'est-ce qui s'est passé ? demandai-je, en lançant un coup d'œil sur Lucy qui regardait fixement par la fenêtre, le visage fermé.

— Ce qui s'est passé, c'est que je l'aimais moi aussi. Un soir, je le lui ai dit. C'était idiot, mais je n'ai jamais pu garder ces choses-là pour moi, vous le savez bien. » Elle se tut, comme si elle attendait une réponse.

« N'importe qui aurait été flatté de savoir que tu... »

Elle m'arrêta d'un geste de la main.

« Il m'a dit qu'il m'aimait lui aussi et je l'ai cru pendant quelque temps, mais quand il m'a embrassée, j'ai eu l'impression affreuse qu'il n'était pas entièrement là, comme s'il lui manquait une part de lui-même.

— Il était ton... ton petit ami ?

— Oui. Mon petit ami. »

Elle rit, une brève explosion de joie, comme si le fait de nous le dire en faisait une réalité. Mais, tout aussi soudainement, son visage s'assombrit.

« La vérité, reprit-elle à mi-voix. La vérité, c'est qu'il... il aimait Billy. Vous comprenez ? Il était réellement amoureux de Billy. Il ne pouvait pas me le dire, mais c'était un fait. Je pense que je le savais, dit-elle en s'asseyant sur ses mains. Un soir, je leur ai demandé à tous les deux de s'expliquer, alors Paul s'est effondré et il m'a dit que j'avais vu juste, que je n'étais pas devenue folle. »

Son regard se perdit à mi-distance. Je crois qu'elle ne s'entendait même plus parler ; elle donnait l'impression d'écouter une histoire qui ne la concernait pas.

« Ma pauvre Matilda…

— Je sais ce que vous pensez, coupa-t-elle, en regardant Lucy.

— Tu ne sais rien du tout, dit celle-ci.

— Que s'est-il passé ? » demandai-je.

Elle s'éclaircit la voix. « Paul était dans tous ses états, il avait une telle peur que ses parents le sachent, peur de perdre Billy et de me faire de la peine que, un soir, il est sorti de la route. Il est carrément sorti de la route.

— Comment ça ?

— À ton avis ? Il est rentré dans un arbre avec sa voiture. Il est mort.

— Mort ? » répétai-je, suffoquée. Malgré ses larmes et même si je m'étais doutée que cette histoire avait mal fini, je m'attendais pas du tout à ça ; le mot « mort » cisailla l'espace, mettant tout sens dessus dessous.

« Il avait à peine vingt et un ans, dit-elle en faisant tourner le thé dans sa tasse.

— C'est épouvantable, murmura Lucy.

— À ses obsèques, Inigo a joué de la guitare. La semaine d'après, ses parents ont écrit à Billy. Ils ignoraient que leur fils l'aimait… de cette façon, je veux dire, et ils ne le sauront jamais. » Elle posa sur nous un regard sévère, comme si l'une de nous deux s'apprêtait à aller tout leur raconter sur-le-champ. « Billy a rangé cette lettre dans la pochette du premier disque de Paul. Aujourd'hui, je l'ai surpris en train de la lire et il pleurait toutes les larmes de son corps comme un petit garçon de six ans, sans pouvoir prononcer un mot. Pendant dix bonnes minutes, il n'a fait que pleurer en me serrant dans ses bras. »

Matilda caressa son ventre et, ce faisant, ses yeux se remplirent de larmes qui diluèrent le mascara bleu foncé qui gainait ses cils, ainsi que son fard à joues, la transformant en une sorte de clown grotesque.

« Il l'aimait. Plus que n'importe qui d'autre avant lui et, sans doute, après.

— Pas plus que toi, dis-je automatiquement. C'est impossible.

— Pourquoi ? Parce que je suis une fille et que c'est ainsi que ça doit être ? Ne sois pas aussi puérile, Tara. »

Je ne lui en voulais pas d'être en colère. J'étais en colère contre moi-même à cause de mon incrédulité.

« Et tu t'es mariée avec Billy en sachant tout ça !

— Oui. » Elle leva la tête, soudain agressive. « Je ne connais personne de plus loyal que Billy. Il m'a sauvée, vous comprenez. »

Au loin, la sirène d'une voiture de police retentit.

« Vous vous êtes retrouvés parce que vous aviez perdu Paul tous les deux, dis-je d'une voix lente.

— Oui. Nous l'avions perdu, lui et moi. Un mois après sa mort, je me suis aperçue que j'étais enceinte. »

Elle se tut et nous regarda bien en face, en attendant que la réalité de ce qu'elle venait de dire s'imprime en nous.

Tout autour de moi, je sentais Napier House inspirer, expirer et écouter attentivement.

« L'enfant est de Paul, dit-elle simplement. Je suis enceinte de *son* enfant.

— Oh, Matilda ! » La voix de Lucy rendait le même son qu'autrefois, quand Matilda avait cassé une tasse à thé de sa mère ou bien quand elle s'était pris les pieds dans le tapis du vestibule.

Elle croisa les mains sur son ventre.

« Billy sait, bien entendu. Il élèvera cet enfant comme si c'était le sien. Il sera un père extraordinaire, ajouta-t-elle d'un air provocateur.

— Et les… les parents de Paul ?

— Pour ça, ils sont au courant. Donc, voyez-vous, grâce à Billy, ça m'a été épargné… d'être une mère célibataire. Et vous pouvez penser ce que vous voulez de moi… dire que je suis une victime, par exemple. Dans la vie, les choses ne se passent pas toujours comme on l'a programmé, mais ça, vous ne le comprendrez jamais. » Cette fois elle était vraiment en colère, elle pinçait les lèvres et son visage était pâle dans la faible clarté des lampes du salon. « Bon, je voulais juste que vous sachiez que je vais m'en sortir. J'y arriverai. »

Lucy repoussa ses cheveux en arrière et la regarda.

« J'en suis sûre. Tu as toujours été beaucoup plus forte que tu ne le penses. C'est une chose curieuse chez toi, Matilda. »

Elle se leva et je vis que ses longues jambes maigres flageolaient.

« Je vais me coucher, annonça-t-elle. Mais il faut que tu saches que je ne dirai pas un mot de cette histoire à personne. Et pour ce que ça vaut, sache que je comprends. D'accord ? Je comprends. »

Elle avait eu un ton brusque pour dire ça, sans doute parce qu'elle ne savait comment s'y prendre autrement. Pas après tout ce qui s'était passé, pas après tout ce temps. Une seconde plus tard, elle n'était plus là, ne nous laissant que le bruit de ses pas dans l'escalier.

Matilda me sourit et, sans rien dire, elle posa la tête sur le coussin et s'endormit.

Je restai assise dans l'obscurité, assimilant lentement tout ce que je venais d'apprendre. Au bout d'une demi-heure, j'entendis le téléphone sonner, puis Clover entra dans le salon, en robe de chambre.

« C'était Billy, dit-elle. Il voulait savoir où elle était.

— Elle est là. »

En voyant Matilda étendue sur le canapé, elle hocha la tête.

« Je lui ai dit de venir la chercher. Ce ne serait pas très prudent de la mettre dans un taxi, dans l'état où elle est. »

Il arriva vingt minutes plus tard et entra dans le salon sans remarquer que j'étais là, pelotonnée à l'autre bout de la pièce. Je ne l'avais jamais vu préoccupé, inquiet pour quoi que ce fût d'autre que la musique et les disques, mais quand il découvrit Matilda dans le canapé, une couverture écossaise sur son ventre arrondi, il me fit penser à un petit garçon vulnérable qui se demande ce qui se passe.

« Elle aurait dû rentrer directement à la maison, chuchota-t-il à Clover. Le bébé… »

Il appuya sa grosse main sur le ventre de Matilda. Celle-ci ouvrit lentement les yeux et sourit.

« Ah, c'est bien, tu es venu me chercher, dit-elle en se redressant avec difficulté. Quelle horreur si j'avais dû rentrer en taxi. On a passé une si belle soirée au Claridge. Des serveurs adorables. Quel bonheur d'avoir pu profiter un peu de la petite Tara. Je l'adore, tu sais. Elle me fait penser à ce que j'étais avant. Elle me fait penser à ma mère. »

Je sentis que si je ne m'en allais pas tout de suite, je me mettrais à pleurer. Je toussai en essayant de sourire.

Ils se retournèrent ensemble vers moi.

« Cherry Merrywell, qu'est-ce que tu fais encore debout à cette heure ? Tu as besoin de dormir, dit Billy à mi-voix.

— Je sais. J'attendais juste que tu arrives. »

Savait-il qu'elle nous avait tout raconté ? Impossible de le dire. Je n'en revenais pas de m'apercevoir que ce que j'avais appris à son sujet ne changeait rien pour moi ; il était toujours ce personnage tout-puissant dont dépendait mon avenir.

Matilda me regarda et une idée lui vint à l'esprit.

« Oh, dit-elle à Billy. Je crois que je ne le lui ai pas dit.

— Pas dit quoi ? » Je n'étais pas en état d'accueillir d'autres révélations. Je n'avais qu'une envie : monter me coucher, puis retourner chez moi demain.

« Puisque vous partez demain en Cornouailles… j'ai demandé à Digby de vous accompagner.

— Quoi ? murmurai-je.

— Je voudrais qu'il prenne des photos de la maison. Avant qu'elle ne soit plus là, tu comprends ?

— Matilda voudrait conserver un souvenir de la maison telle qu'elle était, expliqua Billy.

— Digby va aller en Cornouailles ?

— Et Inigo aussi, bien entendu. C'est lui qui conduira. Il n'est pas question que je laisse Digby prendre le volant.

— Mais ils ne peuvent pas se voir ! Il refusera de venir…

— Il y a assez de place à Trellanack pour que deux personnes qui ne s'apprécient pas puissent y passer un week-end, dit Matilda. Mes parents l'ont fait toute leur vie. »

J'étais accablée. S'il logeait dans le village, ce serait trop dangereux, trop près. Il comprendrait tout.

« C'est important qu'il prenne des photos, dit Matilda qui avait lu dans mes pensées. Il s'arrangera pour ne pas être dans les jambes d'Inigo et fera son travail sans gêner personne. Ils rentreront avec vous, après le week-end. N'est-ce pas un gentil petit cadeau pour toi, Tara ? ajouta-t-elle en souriant. Tu pourras monter Hester. La sortir. Comme dans le bon vieux temps.

— Oh non, ce n'est pas possible, répliquai-je. Pas sans l'autorisation de ta mère.

— Mais si, tu pourras la sortir, insista-t-elle. C'est moi qui le dis. »

Je hochai la tête mais je savais bien que je n'en ferais rien. J'avais déjà suffisamment désobéi à lady W.-D. dans le passé. Malgré mon envie, je ne permettrais pas à Matilda de supplanter sa mère.

Je montai dans ma chambre, ôtai la robe de Clover et m'allongeai sur le lit en culotte. C'était une nuit chaude, silencieuse. Que faisait Digby ? Dès que je n'étais plus avec lui, il me semblait très loin – aussi impossible à retenir que de l'eau dans le creux de la main. Et Matilda, et Billy – comment pouvaient-ils continuer à vivre normalement alors qu'ils partageaient un si lourd secret ? Un drame aussi épouvantable devait forcément occulter tout le reste, non ?

J'entendais Inigo jouer de la guitare dans sa chambre. Il en joua pendant encore une bonne heure, très doucement. J'avais un peu envie de descendre en bas, en chemise de nuit, une bougie papillotante à la main, et d'aller me tapir dans un coin pour l'écouter. Je restai sans dormir jusqu'à quatre heures du matin, à penser à Paul Warren, Matilda, Billy et Inigo, réunis à jamais à travers un disque de vinyle noir.

31
À la maison

L'ennui quand on retourne chez soi après avoir séjourné dans des lieux extraordinaires, c'est qu'on se coule dans son ancienne vie bien plus vite qu'on ne l'aurait cru. Au presbytère, rien n'avait changé… et pourtant rien n'était plus pareil. La Cornouailles elle-même me semblait en rajouter dans l'effet que produisaient le sel et le sable sous les ongles, et le fracas incessant de l'Atlantique. Pour la première fois, je voyais la maison et le village par les yeux de quelqu'un qui les découvrirait. J'entrai dans la cuisine avec Lucy et m'assis comme si je n'étais jamais partie. En revoyant Imogen, ma première pensée fut pour me dire combien ses vêtements étaient usés. J'avais envie de pleurer.

«Racontez-moi encore votre soirée au Claridge», nous dit-elle d'une voix implorante, tout en coupant une tranche de biscuit de Savoie.

C'est ce que nous fîmes, Lucy et moi, et si nous nous gardâmes de préciser que Matilda était saoule et que l'enfant qu'elle portait était de Paul Warren, il ne fut question que des gens qui la reconnaissaient partout où elle allait. C'est le problème quand vous racontez une histoire. Ce qu'on ne dit pas est plus important que ce qu'on dit.

Je les régalai d'anecdotes à propos de Clover et de Charlotte, de commentaires sur les cafés de Kings Road, sur les soirées de Digby et les enregistrements en studio. Papa, qui présidait à table, ne disait pas un mot. Il feignait l'indifférence mais de temps à autre je remarquai qu'il ouvrait la bouche pour la refermer aussitôt, de même qu'un choriste qui ne sait pas trop quand il doit commencer à chanter.

« Passe-moi la salade, Tara, aboya-t-il, quand j'eus fini de raconter que Digby m'avait photographiée (je n'avais pas tout dit bien sûr ; je gardais la fin pour Imogen et Florence).

— Je me fais l'effet d'être un peu comme Jack le vagabond, dis-je. Je ne me rendais pas compte que mon absence me vaudrait tant de succès à la maison.

— Dans ce cas, tu devrais t'absenter plus souvent, plaisanta Florence.

— La chorale, dit Imogen en rougissant. Matthew… Mr Bell, plutôt. Il espère que tu voudras bien venir entendre la chorale dimanche matin. Ils jouent *La Flûte enchantée*.

— Et toi, tu en joues, de sa flûte enchantée ? murmurai-je, et elle devint écarlate.

— Qu'est-ce que tu as dit, Tara ? demanda papa.

— Rien. Simplement que j'espérais que Matthew Bell se conduisait convenablement avec ma sœur.

— Hier soir, il m'a emmenée au cinéma, dit-elle d'une voix aiguë.

— C'est osé, ça. Antonia Jones va te tuer.

— Bien, dit papa en se levant. Il faut que je fasse ma valise. Imogen, puis-je compter sur toi pour m'emmener à la gare dans la matinée ?

— À la gare ? fis-je. Où vas-tu, papa ?

— À Glasgow. Je ne serais pas de retour avant dix jours.

— Dix jours ? Mais on vient à peine d'arriver !

— J'imagine que vous vous débrouillerez très bien sans moi, dit-il d'un ton caustique. En revenant de l'église, j'ai vu deux jeunes gens qui allaient à Trellanack en voiture.

— Quoi ? firent en même temps Imogen et Florence.

— C'est vrai, dit Lucy. Nous sommes venues en voiture avec eux.

— Qui sont-ils ?

— L'un d'eux est Digby O'Rourke. » Je ne voulais pas qu'elles sachent qu'Inigo était venu lui aussi. Si jamais papa se mettait à établir des corrélations, la situation risquait de se compliquer.

« Digby O'Rourke est à Trellanack ! bredouilla Imogen.

— Matilda lui a demandé de faire des photos de la maison avant qu'elle ne soit vendue. »

Je mâchai et remâchai un morceau de toast pour m'empêcher de rougir. Florence me sourit.

« J'espère sincèrement pouvoir faire confiance à ta raison et à ta bonne éducation, dit papa. Je ne savais pas que la moitié de Londres allait venir avec vous en Cornouailles.

— Ils sont loin de représenter la moitié de Londres, protestai-je.

— Je ne serai pas ici pour vous avoir à l'œil, par conséquent vous devrez vous surveiller mutuellement.

— Bien sûr, papa. »

Sur ce, il leva les yeux au ciel, nous gratifiant de l'une de ses mimiques préférées, et il sortit.

« Mince alors ! s'exclama Florence. On peut dire que vous avez une sacrée veine. Pas de paternel tapi dans un coin, prêt à vous bondir dessus, et des garçons, bien vivants, à Trellanack.

— Dis-moi, Tara, s'inquiéta Imogen. J'espère que tu vas te tenir comme il faut.

— Et moi, j'espère bien que non », dit Florence.

Une fois que Digby et Inigo eurent pris possession de Trellanack, tout fut chamboulé dans la maison du jour au lendemain. Grâce à son talent pour mettre de la pagaille et du désordre, Digby était parvenu à transformer les pièces austères et à moitié vidées du rez-de-chaussée en espaces auxquels la lumière et des couleurs agressives conféraient une extrême modernité. Des appareils photo encombraient les canapés recouverts de brocart, des bouteilles de bière à moitié vides reposaient sur les guéridons, à côté de la photo funeste de sir Lionel, bébé, dans les bras de sa nourrice, photo prise trois jours avant qu'il monte à bord du *Titanic*.

« Lady W.-D. s'arracherait les cheveux, si elle savait ce qui se passe ici, dis-je.

— Pourquoi ? demanda Digby. Je traite ce gourbi comme si c'était le mien.

— C'est justement ce qui m'inquiète. »

Il sourit. « Matilda m'a dit que tu me ferais visiter la propriété et que tu m'aiderais à m'y retrouver. J'ai ici la liste des endroits qu'elle veut que je photographie. À vrai dire, une carte d'état-major me rendrait plus de services. Où se trouve le salon violet, bon Dieu ?

— Dans l'aile est.

— Où est-ce ?

— À l'autre bout de la maison. Dans le Devon, presque, dis-je en souriant. Si on allait faire d'abord un tour dans le parc ? Il paraît qu'il va pleuvoir. Nous n'avons que trois jours. » C'était là une phrase que je ne cessais de me dire et de me répéter. Rien que trois jours.

Pour commencer, j'emmenai Digby dans le jardin clos, où Lucy, Matilda et moi avions passé tant d'après-midi, le premier été de notre amitié. L'air était lourd du parfum des roses et du bourdonnement soporifique des abeilles. Si Matilda avait été là, elle aurait éternué en formant des vœux pour l'Angleterre. Le jardin, comme Digby, dégageait maintenant une atmosphère de désordre à peine contenu – et, comme pour lui, cela ne faisait qu'accroître son charme.

« Mets-toi sous cet arbre », me dit-il, en prenant son appareil et en désignant le petit cerisier sous lequel Matilda nous avait fait part de sa passion pour Raoul.

« Oh ! Laisse-moi d'abord te montrer la bambouseraie, dis-je. Après il faudra aller voir la rocaille et le jardin chinois. J'imagine l'état dans lequel ils doivent être, sans la main de fer de lady W.-D., mais tant pis… On dirait que ça part dans tous les sens. Ce n'était pas comme ça avant. Il y avait de l'*ordre*.

— Qu'est-ce que ça peut faire, du moment que c'est beau ? » déclara-t-il, en tripotant ses objectifs.

Je l'emmenai dans la partie ouest du jardin, là où se trouvaient les deux serres. Un des panneaux de verre était cassé et une vigne s'était frayé un chemin vers l'extérieur. J'étais consternée. Je n'avais vu cet endroit que de nuit. De jour, il donnait l'impression d'avoir fait l'objet d'un raid.

« C'est affreux de voir ça, dis-je, tout en sachant que Digby ne m'écoutait pas vraiment. Cette serre avait été construite en l'honneur du couronnement du roi…

— Mais regarde cette lumière », murmura-t-il, en tirant un peu la vigne pour la faire sortir davantage et pouvoir la prendre en photo.

Je compris très vite que Digby se fichait totalement de ce qu'il voyait, du moment que ça faisait une bonne photo. On lui aurait présenté une pyramide ou un koala qu'il n'aurait pas fait la moindre objection. Il dirigeait son appareil sur le sujet à photographier, appuyait sur le petit bouton, et c'était dans la boîte, fixé à jamais – ou du moins tant que la photo n'aurait pas passé – et puisqu'il y prenait du plaisir, à quoi bon la dater et la commenter. L'important, pour lui, c'était la première impression que déclenchait dans son esprit la vision de quelque chose d'agréable, d'amusant ou de beau. Mettre un nom sur une chose ne l'intéressait pas du tout. Sur ce plan, il était tout le contraire de Raoul. À la longue, je fus prise à nouveau d'une sorte de désespoir ; je sentais qu'il m'échappait et que je devais le tirer à moi pour le ramener au sec.

« Si on s'allongeait ici un petit moment pour profiter du soleil ? »

Digby était toujours d'accord dès qu'il s'agissait de s'allonger quelque part. Il se coucha sur le dos et je m'étendis près de lui.

« Tu es bien ici ? » demandai-je prudemment.

Il éluda ma question en disant : « Chante-moi ce blues. Cette chose bizarre que tu m'avais chantée à Cheyne Walk, un après-midi.

— Ce n'est pas un après-midi pour le blues.

— C'est toujours un après-midi pour le blues », rétorqua-t-il.

Il se tourna pour me faire face. « Allez, insista-t-il. Chante-moi un truc que je connais. »

J'attaquai un vieux spiritual du Sud profond que nous chantait maman et qui n'avait rien de moderne, mais qui me rappelait l'époque où Trellanack nous servait de terrain de jeu. Ce qu'il n'était plus. Trop de choses avaient changé – nous avions franchi le point de non-retour.

Un peu plus tard dans la journée, nous prîmes le thé au jardin, avant de tirer les couvertures à l'ombre, parce qu'il faisait encore chaud, malgré un petit vent guilleret qui nous rabattait les cheveux dans la figure et éloignait les guêpes.

« Ton travail avance ? » demandai-je à Inigo. Ici, en Cornouailles, il semblait s'être fermé encore un peu plus. Je ressentais intensément son antipathie envers Digby et j'avais conscience qu'il était ici pour la seule raison que Billy voulait qu'il y soit. Il passait la plus grande partie de son temps seul dans le salon violet et, lorsqu'il venait nous rejoindre pour le déjeuner, il donnait l'impression de n'être avec nous qu'à moitié. Sa tête et son cœur étaient ailleurs.

« Je n'aime pas travailler à la campagne, déclara-t-il.

— Et pourquoi ? » J'étais stupéfaite – pas seulement parce qu'il m'avait répondu, mais à cause de son laconisme.

« Cette partie d'Angleterre – tout ce qui se trouve à l'ouest de Londres, en somme – me rappelle la maison où j'ai grandi. »

Il prit une grappe de raisin.

« Tu parles de celle qui a brûlé ? »

Il me considéra, l'air un peu contrarié.

« Oui. Celle qui a brûlé. »

Était-ce le moment de tout lui dire ? Je n'en savais rien. Apparemment, ce n'était jamais le bon moment.

« Tu ne reviendras jamais vivre en Angleterre, un jour ? » Le temps me manquait pour poursuivre mon interrogatoire – Digby arrivait et, de toute manière, Inigo n'aimait pas trop répondre aux questions.

« Je ne peux pas », dit-il seulement.

Il écarta ses cheveux noirs qui lui retombaient sur le front. Le silence se fit. J'admirais son profil délicat, sa peau blanche sans défaut, sans la moindre tache de rousseur, ses yeux qui avaient rencontré les miens quand j'avais volé l'éléphant et chanté pour lui dans la cuisine.

« L'ennui, dit-il soudain, c'est qu'on ne se remet jamais vraiment d'une maison pareille. »

Je le regardai, interdite, stupéfaite de ce qu'il venait de dire. Était-ce un « indice » qu'il me fournissait ? Quelques secondes plus tard, Digby se laissait tomber sur la couverture.

« Ta sœur vient de téléphoner. Elle veut savoir si tu as envie d'aller voir Raoul cet après-midi ? »

Je pris sur moi pour revenir dans le présent et me levai.

« Il faut que j'y aille, marmonnai-je.

— Seigneur, soupira Digby, en fermant les yeux. Il vaudrait mieux que tu ne nous laisses pas seuls tous les deux. »

Il regarda Inigo qui contemplait le verger, allongé sur une couverture rouge et blanc, une cigarette à la main, et lui dit : « Tiens, après tout, reste où tu es. » Sur ce, il saisit son appareil et, sans même lui demander la permission, il prit plusieurs photos l'une sur l'autre.

« À ta place, je ne gaspillerais pas la pellicule, dit Inigo sans bouger.

— Dans une cinquantaine d'années, je t'en enverrai un double et tu me remercieras d'avoir mis nos différends de côté, le temps de capturer ton indéniable beauté pour la postérité. »

Il retira le film de l'appareil et s'inclina devant Inigo. Il fourra la bobine dans sa poche et se recoucha sur la couverture.

C'est à cet instant que je vis les chevaux. La belle Hester – que j'avais tant aimée au temps où j'avais la permission de monter à Trellanack – se tenait à l'entrée du verger, immobile comme une statue, avec derrière elle – glapissant très fort ainsi que des choristes surexcitées – deux des shetlands les plus trapus de la collection de lady W.-D. À l'évidence, Pamela la palefrenière – livrée à elle-même la plupart du temps – les laissait s'empiffrer ; ils étaient beaucoup trop gros.

Depuis toujours, à Trellanack, les chevaux sortaient du pré par des trous de la clôture ou de la haie – il fallait sans cesse que je les ramène là où ils devaient être – mais ce jour-là, en les voyant dehors, je sentis une boule se former dans ma gorge. Hester avait dû m'apercevoir dans l'allée et elle venait me dire bonjour – j'en étais certaine.

« Qu'est-ce qui se passe ? demanda Inigo, en suivant mon regard.

— *Règlement de comptes à OK Corral*, murmurai-je. Il faut qu'on les attrape. »

Digby était déjà debout.

« Qu'est-ce qu'il y a ? Qu'est-ce qu'ils font ici ?

— Ne t'affole pas, dis-je, amusée par ce ton inquiet, nouveau pour moi. Je connais cette engeance. Ils sont sortis du parc. Il faut que je les fasse rentrer. »

Très doucement, je m'approchai d'Hester comme je le faisais autrefois, la main tendue pour lui faire croire que j'avais quelque chose pour elle.

« Viens ici, dis-je à voix basse. Viens, Hester. »

Peut-être avais-je manqué à Hester, mais elle n'était pas disposée à se rendre sans combat. La queue levée, les naseaux dilatés, elle partit au trot vers le fond du jardin.

« Va te faire voir », grommelai-je.

Les shetlands avaient le museau enfoui dans l'herbe dont ils se gavaient comme s'ils n'avaient plus qu'une heure à vivre. Ils me poseraient moins de problèmes.

« Pourquoi le grand se sauve-t-il ? cria Digby. Cherry, je n'aime pas sa manière de galoper comme ça ! Pourquoi n'a-t-il pas de selle, bon Dieu ?

— Viens attendre ici avec eux, dis-je en montrant les shetlands.

— Attendre avec eux. Attendre quoi, putain ? dit-il, l'air perplexe.

— Que j'aie attrapé Hester.

— C'est qui, Hester ?

— Viens ici, tiens-les avec tes bras et ne bouge pas. Eux non plus ne bougeront pas.

— Que je les tienne avec mes bras ? On aura tout entendu !

— Comme ça », dis-je, morte de rire, en joignant le geste à la parole. De sentir une présence à côté d'eux, les poneys s'ébrouèrent et s'appuyèrent lourdement contre moi.

« Tu vois… c'est pour ça que je n'aime pas mettre le pied en dehors de la ville », déclara Digby, en me poussant pour se mettre à ma place. À cet instant, un shetland se retourna et lui mordilla le mollet.

« Putain de merde ! » hurla-t-il.

Il ramassa son appareil, détala en courant comme un chat échaudé et fila vers l'autre bout du verger, avant de disparaître complètement en direction de la maison.

Je cherchai Inigo du regard ; il était plié en deux de rire. C'était tellement rare de le voir se laisser aller ainsi, lui qui était toujours si placide, si maître de lui-même – en lançant une remarque acide toutes les deux secondes, mais sans presque jamais se départir de sa réserve – que j'en eus un choc.

« Tu pourrais m'aider, s'il te plaît, il faut que j'attrape ce cheval ! » criai-je, en montrant Hester. Par tous les diables, pensai-je soudain, je me fais penser à lady W.-D.

Inigo, qui riait toujours, leva la main pour me faire signe qu'il avait entendu et, sortant quelque chose de sa poche, il s'avança vers Hester, non sans s'arrêter au passage pour ramasser la sangle rouge et noir, tout effrangée, que Digby avait laissée sur la couverture. Je le regardais, fascinée. Inigo et les chevaux ne constituaient pas une association face à laquelle je m'attendais à me trouver ce jour-là – pas plus qu'un autre jour, du reste. Pourtant, en un rien de temps, il se saisit d'Hester qui vint lui manger dans la main – au sens propre – puis il lui passa la sangle de l'appareil photo autour de l'encolure pour qu'elle ne se sauve pas de nouveau.

« Qu'est-ce que tu lui as donné ? » demandai-je, quand je l'eus rejoint, en tirant les shetlands par la crinière. J'examinai Hester avec inquiétude ; elle retroussait sa lèvre pour essayer de nettoyer ses dents de la substance orange visqueuse qui y adhérait.

« Un Butter Cup Reese », dit-il, très content de lui, et comme j'écarquillais les yeux, il ajouta : « Une friandise américaine. Au chocolat. Un vrai délice. À côté, le reste ne vaut pas un clou. Dommage de l'avoir sacrifié pour un cheval. C'était mon dernier.

— Au moins, tu l'as attrapée. Je crois qu'elle a fait le plus beau coup de sa vie. Ça la change de sa nourriture habituelle. »

Tandis que nous ramenions les chevaux, il se dégageait un effet apaisant du martèlement cadencé de leurs sabots non ferrés, qui se soumettaient à contrecœur, ainsi qu'une mélancolie typiquement anglaise dans l'humble beauté des roses pâles et soyeuses grimpant pêle-mêle sur le portail du verger que nous étions en train de franchir. J'en cueillis une et en piquais la tige dans la crinière d'Hester.

Brusquement, il me sembla que Trellanack – dont je m'étais efforcée de me détacher depuis le jour où lady W.-D. m'avait interdit les écuries – m'appartenait davantage encore que lorsque j'avais treize ans.

« Matilda ne devrait pas vendre cette maison, dis-je soudain.

— Elle veut la vendre. Tu le sais bien, non ? Elle veut la vendre. »

Je ne répondis pas.

Après avoir contourné tranquillement la maison par l'arrière, nous réinstallâmes Hester et ses complices dans le parc.

« C'est par ici qu'ils ont dû sortir », dit Inigo, en désignant une brèche dans la clôture.

Il passa ensuite dix bonnes minutes à assembler des branchages et des bouts de bois pour colmater la trouée. Il faisait de plus en plus chaud. Je renonçai à l'aider et, assise sous le tilleul le plus proche, je fumai une cigarette, en le regardant s'activer. Il n'était pas très doué pour le bricolage. Raoul ou même Imogen auraient effectué ce petit travail en quelques secondes – moi aussi, du reste, mais je préférais l'observer.

Je pensais à son Américaine – aux mystérieux coups de fil qu'il lui donnait – et je me demandais s'il lui parlerait de sa petite escapade à Trellanack et des chevaux qui s'étaient échappés. J'en ai plus qu'assez qu'il ne se souvienne de rien, me dis-je. Personne ne devrait avoir le droit d'oublier un après-midi pareil. Ça devrait être un délit.

« Voilà qui devrait les empêcher de sortir », dit-il au bout d'un moment.

J'en doute, pensai-je.

« Oui, dis-je. Merci. »

« Il faut que j'aille voir Raoul, déclarai-je, tandis que nous retournions vers la maison, me prenant soudain à espérer qu'il m'accompagnerait.

— Bien. Moi, il faut que je travaille. Et avant que tu me le demandes, je vais aller voir si Digby s'est remis de ses émotions.

— C'est gentil. Je suis sûre qu'il survivra. »

Inigo avait presque franchi la porte d'entrée ; il était parfaitement à l'aise ici. Loger dans une telle demeure n'était pas pour lui la bonne blague que c'était pour Digby, ni l'expérience anglissime que cela représentait pour Billy. Pour avoir été élevé dans un endroit de ce genre, il se coulait tout naturellement dans le style de vie correspondant.

« Tu t'en souviendras, d'accord ? lui criai-je tout à coup.

— De quoi ? répondit-il, en criant lui aussi.

— De cet après-midi ! Tu sais bien. Les chevaux, le soleil, les fleurs, la maison et le reste. » Je le regardai en haussant les épaules, comme pour le mettre au défi de me comprendre, car la plupart du temps je ne me comprenais pas moi-même.

« *Cueille dès aujourd'hui les roses de la vie !* » m'écriai-je et, à peine eussé-je prononcé ces mots qu'ils m'embarrassèrent ; il fallait que je les désamorce. « Ou alors, contente-toi d'aller prendre une tasse de thé », murmurai-je.

Juste avant qu'il se retourne à nouveau, je crus le voir esquisser un sourire.

Peut-être, mais je m'étais fait concernant Inigo tant d'idées qui s'étaient révélées complètement erronées. C'était peut-être encore le cas aujourd'hui.

32

Rien ne va plus

Raoul avait changé de service. Je ne l'avais pas vu depuis deux semaines et il me semblait que cela faisait dix ans. Lucy et moi étions venues en voiture, mais, en arrivant, elle m'annonça qu'elle préférerait aller d'abord le voir seule. Elle revint au bout d'un quart d'heure et, au lieu de me demander de me joindre à eux, elle déclara :

« Je t'attends dans la voiture. »

Je ne lui posai aucune question quant à la brièveté de sa visite ni sur ce qui s'était passé. Je ne voulais pas savoir, tout en sachant qu'il faudrait bien que je l'apprenne.

En me voyant entrer dans sa chambre, Raoul essaya de se redresser un peu comme s'il se préparait pour un combat. J'étais consternée. Privé de soleil depuis si longtemps, il était d'une extrême pâleur et des ombres noires cernaient ses yeux. À côté de son lit, il y avait une pile de livres bien rangés, un grand calepin et un bout de crayon. Des fleurs, cueillies dans le jardin du presbytère, achevaient de se faner dans le petit vase d'Imogen.

« Tu as raté ta sœur de peu, me dit-il.

— Je sais, dis-je, en me penchant pour l'embrasser. Elle m'attend dans la voiture. Que s'est-il passé, Raoul ? Pourquoi est-elle repartie si vite ? » demandai-je, ne pouvant supporter cette incertitude plus longtemps.

Son visage se décomposa. Il resta un moment sans rien dire, couché dans son lit d'hôpital, les yeux clos sur quelque chose que je redoutais de lui entendre dire.

« On pense qu'il vaudrait mieux ne pas se voir pendant quelque temps, dit-il enfin.

— Pourquoi ? Tu n'as pas assez souffert ?

— Ne t'inquiète pas, Tara. Ne prends pas sur toi tous nos tourments. Tu n'as pas à en subir les conséquences.

— C'est à cause de cette histoire de bébé, dis-je d'une voix tremblante. Elle trouve que ce n'est pas juste pour toi. Il faut lui dire qu'elle se trompe.

— Tu sais qu'elle sort avec un garçon qui fait partie d'un groupe ? » dit-il à mi-voix.

Je restai bouche bée. « Je… je ne… pourquoi t'a-t-elle raconté ça ? demandai-je, désespérée.

— Elle est trop honnête pour ne pas l'avoir fait. Je m'y attendais. Je ne suis pas assez naïf pour imaginer que Lucy Jupp puisse aller à Londres sans que la moitié de la population de la ville tombe amoureuse d'elle.

— Mais elle le connaît à peine. Elle a dit ça afin de te donner un prétexte pour t'en aller. Elle est trop bête ! Tu dois lui dire que tu te fiches de ne pas avoir d'enfants, Raoul.

— C'est plus compliqué que tu ne le crois, Tara. Tout est plus compliqué, répéta-t-il, en grimaçant. Je lui ai dit que si elle devait passer son temps à me fuir, mieux valait qu'elle reprenne sa liberté. Je ne peux plus lui courir après. Plus courir après rien, ajouta-t-il, d'un ton amer, en montrant sa jambe plâtrée jusqu'à la hanche.

— Tu as toujours mal ?

— Je n'y fais pas attention, dit-il, mais je savais qu'il mentait. Assieds-toi, veux-tu ? Tu ne pourrais pas me raconter quelque chose que j'aurais plaisir à entendre ? Je t'en prie, Tara, ne me parle plus de ça. Parle-moi de Londres. C'était comment ? Qui as-tu vu ? Que s'est-il passé ?

— Tout, dis-je, accablée. Tout est arrivé.

— Tu as fait ton disque ?

— Oui.

— Il est exactement comme tu le souhaitais ?

— Exactement comme le souhaitait Billy Laurier.

— Et c'est tout ce qui compte, ricana-t-il.

— Et c'est tout ce qui compte. »

Je lui devais d'essayer de le réconforter en lui parlant de ma vie – il était trop bouleversé pour continuer à parler de la sienne. Étant ce qu'il était, il voulait avoir des détails sur tout, sur Napier House, en particulier, sur le studio d'enregistrement, sur le Six O'Clock Club. Je me rendis compte que Lucy ne lui avait pratiquement rien dit au téléphone et mon cœur se serra encore une fois. M'attendait-elle dans la voiture pour me ramener à la maison ? Je n'en avais pas la moindre idée et je m'en fichais. Tenir compagnie à Raoul et l'aider à reprendre le dessus, voilà tout ce que je désirais. Une heure plus tard, les visites étaient terminées.

« Il faut que tu partes, maintenant, dit-il. Et puis, s'il te plaît, ne parle pas à ta sœur de notre conversation. C'est inutile. Quand je sortirai d'ici, je pense aller passer quelque temps en Espagne. Ces choses-là prennent du temps.

— Quelles choses ?

— Je ne sais pas encore. Je sais seulement que ça ne sert à rien d'en parler pour le moment. Sauf nous brouiller les idées. Elle est comme elle est et on ne peut pas lui en vouloir. Il s'est passé des choses qui échappent complètement à notre pouvoir.

— Si, tu as le droit de lui en vouloir. Quand elle refuse d'écouter, par exemple ! Elle sait très bien que tu seras toujours là, que vous ayez des enfants ou… »

Il m'interrompit. « Elle a besoin de toi, Tara. Même si elle pense que non, elle a besoin de toi. Je l'ai déçue. Être déçu, c'est désastreux, pire que tout. Bien pire. Parce que, vois-tu, ce premier succès, cette première floraison, ça ne dure pas, tu comprends ?

— Je… je ne sais pas.

— Eh bien, laisse-moi te le dire… ça ne dure pas. Ce n'est pas possible.

— Jamais ?

— Oui. Mais ça n'a pas d'importance. Ça peut revenir de temps à autre… de brèves images fugitives des premiers moments… et c'est suffisant. Tout à fait suffisant.

— Pourtant, c'est bien triste.

— Pas du tout, dit-il. Ou du moins ça ne devrait pas l'être. Parce que ce n'est pas du commencement en tant que tel qu'il s'agit – n'importe quel imbécile te le dira. La clé de tout, c'est ce par quoi tu le remplaces – quelque chose de plus résistant, de plus solide – pas quelque chose qu'on peut voir parfaitement en l'élevant dans la lumière. C'est ça l'important. À partir de ce qui t'a été donné, peux-tu faire quelque chose d'encore mieux ? »

De contrariété, il abattit violemment le plat de sa main sur le lit.

La jeune infirmière entra – celle qui avait pris sa tension lorsque Imogen et moi étions venues le voir deux semaines plus tôt. Elle avait dans les mains une coupelle contenant ce que je supposai être des antidouleurs, mais aucune pilule ne pourrait adoucir la souffrance que lui causait l'idée de perdre Lucy. En voyant notre air préoccupé, une lueur d'inquiétude passa dans ses yeux.

Tout en lui remettant les cachets, elle le fit profiter de son opulente poitrine. « Il souffre encore beaucoup, dit-elle.

— Quand pourra-t-il sortir ? demandai-je.

— Difficile de le dire », répondit-elle, et il était clair que, pour sa part, elle appréhendait la perspective de son départ. « Je reviendrai tout à l'heure pour prendre votre tension.

— Merci, Rachel », dit Raoul.

Lucy n'aurait pas apprécié la familiarité avec laquelle il lui sourit. Quant à moi, je fus simplement soulagée de voir que quelqu'un lui manifestait l'intérêt que sa femme aurait dû lui porter.

« Et pour commencer, pourquoi as-tu dit oui à Billy, quand il t'a téléphoné ? lui demandai-je quand elle fut sortie. La lâcher dans Londres sans toi, sans papa, sans personne d'autre que moi pour lui dire quoi faire. »

Il prit son verre d'eau. Je fus saisie d'une envie de me jeter dans ses bras et d'éclater en sanglots.

« Quand j'avais quatorze ans, j'ai emprisonné un oiseau dans une cage, commença-t-il.

— Oh non, s'il te plaît, dis-je, en levant la main pour le faire taire. Je ne veux plus entendre dire que lorsqu'on aime vraiment quelqu'un, on lui laisse sa liberté ! Quel tissu d'âneries. Je déteste ça !

— L'oiseau revenait à chaque fois, dit-il simplement. Chaque fois que je le libérais, il revenait. »

Je trouvai Lucy assise dans la voiture en train de lire un vieux numéro du journal paroissial. Cinq minutes durant, ni elle ni moi ne prononçâmes un seul mot.

« Est-ce que Florence t'a dit que Halo Jackson l'avait invitée à sortir avec lui demain soir ? dit-elle finalement.

— Non, fis-je, en continuant à regarder droit devant moi.

— Je lui ai conseillé de se méfier. Tu te souviens de Diane Jackson ?

— Non.

— La sœur de Halo. Tu sais bien, celle qui était à côté de moi en histoire. Une fille balèze, une rousse. Elle avait tellement peur de rester enfermée dans les toilettes que, lorsqu'elle faisait pipi, elle calait la porte avec son pied… »

Je ne la regardais toujours pas.

« Écoute, j'essaie seulement de meubler le silence. Je sais que tu m'en veux terriblement, Tara, mais il va falloir que tu grandisses et que tu arrêtes de voir en Raoul et moi un modèle de félicité conjugale. C'est trop difficile, d'accord ? C'est simplement trop difficile. »

Au moment de tourner à gauche, elle oublia de mettre son clignotant et on se retrouva coincé derrière un tracteur qui semait de la paille dans son sillage.

« Je ne te comprends plus. Je ne pense même pas que tu te comprennes toi-même, dis-je courageusement.

— Oh, Tara ! Épargne-moi tes analyses psychologiques. Mais en revanche, tu as dix sur dix pour avoir dit exactement ce que tu penses, pour une fois.

— Et ce n'est pas seulement Raoul à qui tu fais du mal ! » Maintenant que j'avais commencé, je savais que je ne me tairais pas tant que je n'aurais pas vidé mon sac. « Tu en fais aussi à Matilda.

— Matilda ?

— Elle est abîmée, Lucy, et tu le sais !

— Elle s'est abîmée toute seule, bonté divine ! Personne ne l'a obligée à se jeter dans les bras de Paul Warren, ni à épouser Billy Laurier ! Ni à écrire à Raoul des choses qui ont eu des conséquences désastreuses. Elle a pris ses décisions toute seule ! »

Elle déboîta pour essayer de doubler le tracteur mais elle n'accéléra pas suffisamment et dut se rabattre.

« Et Raoul ? dis-je, acide.

— Il m'est impossible de lui mentir. Peux-tu te mettre ça dans la tête ? Je voudrais bien me débarrasser de tout ça ! Berk ! s'exclama-t-elle, en se secouant vigoureusement tous ses membres pour illustrer son propos. À Londres, je pouvais y arriver. Grâce à Napier House, j'ai un but, on a *besoin* de moi. Tant pis si je n'ai jamais d'enfants. Ici, chez nous, je ne peux penser qu'à ça.

— Raoul a besoin de toi.

— Mais non ! Il pense que je devrais reprendre ma liberté pour quelque temps.

— C'est uniquement parce que tu lui as dit que tu sortais avec le joueur d'harmonica ! »

Elle respira profondément et parut se ressaisir.

« Je fais ça pour lui, Tara. Pour lui autant que pour moi. Il va souffrir un peu et puis il trouvera quelqu'un d'autre. Il le faut, s'il veut être heureux.

— C'est tout ce que tu as à dire ? Raoul va partir en Espagne, peut-être pour ne jamais revenir, et c'est tout ce que tu as à dire ?

— Ce n'est pas tout ce que j'ai à dire. Mais c'est tout ce que je dirai. S'il te plaît, fit-elle, en se tournant vers moi, livide d'épuisement. S'il te plaît. J'ai besoin que tu comprennes que ce n'est pas facile pour moi non plus.

— Pourquoi ne lui dis-tu pas de rester, alors ?

— Parce que je n'ai pas le choix. » Elle écarquilla les yeux, comme si elle essayait de trouver une explication à tout, mais sans y parvenir. « Je ne pense pas qu'il désire rester ici. Il se rend compte qu'avec moi, c'est l'impasse.

— Je suis bien contente de ne pas être née belle comme toi », dis-je, incapable de m'arrêter maintenant que j'avais commencé. « Ça ne t'a valu que des ennuis. Que va dire papa ? Tu ne peux pas *divorcer.* »

Ce fut comme si ce mot polluait tout l'espace autour de nous ; je crois bien que c'était la première fois que je le prononçais à haute voix. À peine était-il sorti de ma bouche que j'aurais donné n'importe quoi pour le faire rentrer. Les mains de Lucy étaient agrippées au volant sur lequel elle était penchée. Il commençait à pleuvoir. Je l'aimais tant, ma sœur, mais je savais que ce que j'aimais en elle, c'était son assurance, sa foi absolue en tout ce qu'elle entreprenait. Sans cela, mes fondations vacillaient.

« Je ne sais pas, dit-elle calmement.

— Alors, c'est ça ? hurlai-je. Tu vas laisser ton mariage faire naufrage parce que tu as passé deux semaines à Londres et ça suffit pour que tu le quittes ? Parce que maintenant que tu as donné un coup de canif dans ton contrat de mariage, c'est fini ? Tu ne peux pas avoir d'enfants ? Et alors, tu n'es pas la seule ! Pourquoi faut-il que ça détermine tout ? »

À l'instant même où je lui posais cette question, j'eus la réponse. Cela déterminait tout parce que c'était ce qui avait caractérisé maman et que Lucy avait été incapable de la sauver. De ne pouvoir fabriquer elle aussi des bébés lui ôtait toute chance de se racheter. Avec un enfant, elle aurait pu guérir de la blessure qu'elle transportait partout avec elle depuis l'âge de treize ans. Je venais d'en prendre conscience mais je n'en continuais pas moins de hurler. Je ne me contrôlais plus, les mots fusaient avec une grande violence – je ne savais plus ce que je faisais.

« Je crois que Raoul et le fait que tu n'auras jamais d'enfants n'ont rien à voir dans tout ça. Je crois que tu es contente qu'il retourne en Espagne parce que, te connaissant, je sais que tu t'ennuies. Voilà pourquoi tu t'intéresses à ce joueur d'harmonica. »

Je sentis la brûlure d'une gifle sur ma joue. Nous nous regardâmes, Lucy et moi, épouvantées. Mais c'était trop tard – la porte qui fermait le cabinet noir était sortie de ses gonds.

« Oh, Tara, Tara, Tara, qu'est-ce que je t'ai fait ? »

Lucy, consternée, voulut me prendre dans ses bras.

« Lâche-moi ! » Je m'arrachai à son étreinte, finis par trouver à tâtons la poignée de la portière, mais je ne parvenais pas à l'ouvrir.

« Laisse-moi descendre ! » Je disais cela davantage pour moi que pour elle. « Laisse-moi descendre.

— Non ! Non, je t'en supplie ! Pardon. Oh, mon Dieu, pardon ! »

Je sentais chacun de ses doigts sur ma joue, l'empreinte qu'ils y avaient laissée.

« Laisse-moi descendre ! LAISSE-MOI DESCENDRE !

— Tu ne peux pas rentrer à pied. Il pleut des cordes.

— On est presque au village, murmurai-je. Je ne risque pas de me perdre.

— Tu vas attraper du mal…

— Crois-moi, avec tout ce que tu m'as dit, c'est déjà fait.

— Tara, je t'en prie !

— Et puis, qu'est-ce que ça peut te foutre ? »

Elle me regarda un instant. À un moment donné de cette charmante petite scène, elle s'était mordu la lèvre inférieure et du sang s'en échappait. Elle savait qu'elle n'allait pas me reconquérir aussi vite. Elle sortit de voiture et vint me libérer. Tandis que je me ruais dehors, sous la pluie battante, une lettre adressée à l'évêque d'Oxford, qui se trouvait dans le vide-poche aménagé dans la portière, tomba sur la route inondée. En quelques secondes, l'eau délaya complètement l'adresse tracée à l'encre noire de la main menaçante de papa.

« Nom de Dieu ! s'écria Lucy, en ramassant l'enveloppe qu'elle lança à l'intérieur de la voiture. Tu t'es construit une vérité à toi à partir de *mon* mariage. C'est ta faute et celle de personne d'autre, Tara !

— Si tu n'avais pas l'intention que ça dure pour toujours, il ne fallait pas l'épouser !

— Je n'aurais pas dû l'épouser parce que je ne pouvais pas lui donner ce qu'il voulait !

— Tu lui as donné ce que toi tu voulais ! Toi-même ! » Je hurlai ce mot à la face du ciel, plus fort que je n'avais jamais crié de ma vie. Ensuite, je refermai la portière en la claquant, pour ne pas entendre sa réponse.

33

Comment passer le temps sous le déluge

Malgré la pluie battante, Lucy n'essaya pas de me convaincre de remonter en voiture, quand elle passa devant moi – de toute manière, même les Dix Plaies de l'Égypte ne m'y auraient pas contrainte. J'avais aux pieds les sandales d'Imogen, qui étaient trop petites, et, sur le dos, l'imperméable de George, qui était trop grand. La température avait chuté ; des nuages gris anthracite roulaient sur eux-mêmes, ivres et chaotiques dans le ciel noir. J'avais sur les lèvres un goût de sel marin, mais c'étaient peut-être mes larmes. Je me sentais plus loin de Londres que jamais, tout en ayant conscience que sans Londres je n'aurais jamais parlé à Lucy comme je l'avais fait. Deux semaines avant, je n'étais pas celle que j'étais aujourd'hui.

Malgré mes sanglots, je ne ralentissais pas l'allure, ce qui est plus difficile que vous l'imaginez. Un pied devant l'autre, encore et encore. La rue qui traversait le village m'était si familière que je l'aurais parcourue les yeux fermés. Encore quelques minutes et j'arrivai à l'embranchement d'où partait l'allée conduisant à Trellanack. Hester était là, qui s'abritait sous le hêtre pourpre. Aux jours de mon adolescence intrépide, j'effectuais souvent mes virées équestres clandestines par mauvais temps, sachant que je ne rencontrerais personne. Aujourd'hui, bien que Matilda m'eût donné la permission de monter Hester, quelque chose m'en empêchait. Je pensais à lady W.-D., en Inde, et à Trellanack qui allait bientôt laisser la place à un hôtel et à un club de golf. Tant mieux, tout change. Maman ne cessait pas de nous dire que rien ne reste jamais pareil, que tout et tout le monde avance. Pourtant, son rêve aurait été de ne nous voir jamais grandir. Un bébé, un autre bébé et encore un autre, jusqu'à ce que ça se gâte. C'est alors que nous nous étions retrouvés à devoir nous débrouiller seuls sans elle.

Je n'avais pas l'intention de m'engager dans l'allée. Juste de m'arrêter un instant, le temps de jeter un coup d'œil par-dessus la clôture comme je le faisais dans mon enfance, quand il n'était encore rien arrivé. J'entonnai la chanson qui passait désormais à la radio, la chanson de Cherry Merrywell, dont Billy espérait qu'elle me rendrait célèbre, mais comme le vent avalait les paroles, je me mis à les hurler, en agitant les mains et me battant de ma voix contre le vent et la pluie.

C'est moi qui le vis la première. J'avais tout de suite reconnu Inigo à ses longues jambes et à sa démarche caractéristique. Il avançait tête baissée, en direction d'un but bien défini, semblait-il, même si, par un temps pareil, il était difficile de savoir lequel. Soudain, il leva les yeux et m'aperçut, plantée en bas de l'allée, comme si nous nous étions donné rendez-vous. Il s'arrêta net et nous restâmes tous deux sans bouger – deux pions sur un échiquier, qu'une main va bientôt déplacer.

Je me remis en marche la première, en patinant dans la boue, et je rabattis sur mon front la capuche de l'imper de George. Inigo m'attendait sans bouger. En m'approchant, je vis qu'il avait un magazine sous le bras – exactement comme à Milton Magna, autrefois. Je faillis lui en faire la remarque, mais je jugeai préférable de ne rien dire.

« Salut, dit-il. Belle journée.

— En juillet, on a toujours de la pluie en Cornouailles. »

Il fronça les sourcils. « Qu'est-ce que tu fais dehors, de toute manière ? Ne devrais-tu pas être en train de t'empiffrer de gâteaux avec tes sœurs, par exemple ?

— J'avais envie de m'éclaircir les idées. » Je regrettais de m'être arrêtée à l'entrée du parc. Je n'avais pas cherché à le rencontrer.

« Marcher ne t'aidera pas à y voir plus clair. Mais ça, oui, ajouta-t-il en sortant une flasque de sa poche arrière.

— Ce n'est pas de l'alcool pour pâtisserie, j'espère ? dis-je, en pensant à Raoul.

— Tu me prends pour qui ? »

Abrités sous les tilleuls, nous nous repassions la flasque de whisky comme de vieux camarades de tranchée. Il pleuvait encore plus dru.

« Il m'a semblé entendre quelqu'un chanter, dit-il.

— Ce n'était pas moi, affirmai-je. C'était sûrement Hester.

— Hester a l'oreille absolue.

— Comment le sais-tu ?

— Parce que je l'ai, moi aussi. »

Il essaya vainement d'allumer une cigarette, fit une deuxième tentative et me demanda : « Comment va ton beau-frère ? » J'ouvris la bouche pour répondre, pour dire que son état s'améliorait et qu'il allait bientôt rentrer chez lui, mais ce fut tout autre chose qui en sortit.

« Ils vont divorcer. Elle ne me l'a pas dit aussi clairement, mais pour moi c'est évident. Je crois qu'elle ne l'aime plus. »

Je ne pense pas qu'il s'en rendit compte tout de suite – la pluie et le jour finissant me procuraient une bonne couverture – mais je sentis des larmes chaudes rouler sur mes joues malgré moi.

« C'est que, si Lucy quitte Raoul, nous ne le verrons plus ! Raoul ! » De le prononcer, ce nom prenait une résonance irréelle, il traduisait un chagrin déchirant.

« C'était le seul qui m'écoutait et qui disait que je chantais bien, et voilà qu'il va repartir en Espagne et, de toute manière, elle va me détester à cause de ce que je lui ai dit… »

Inigo ne comprit sûrement rien aux propos incohérents qui suivirent. Il remit la cigarette dans sa poche et resta un moment à me regarder pleurer ; c'était, je suppose, la première fois qu'il ne savait pas quoi faire avec moi. Il n'avait rien à me renvoyer – pas de mots d'esprit, pas de questions voilées, rien d'autre que l'embarras de se trouver devant une fille pour qui il avait écrit une chanson et qui pleurait sous la pluie comme une gamine de dix ans, une fille dans un imper trop grand et des chaussures trop petites. Je devais avoir l'air aussi éloignée que possible de la vision que Billy Laurier avait de Cherry Merrywell.

« Excuse-moi », reniflai-je, en m'essuyant les yeux sur ma manche trempée, saisie d'effroi en me rappelant avec qui j'étais. « Ça doit être la fatigue. Le voyage et tout ce…

— Ne t'excuse pas. Ça n'en vaut pas la peine.

— J'ai l'impression de m'être conduite comme une idiote.

— Et alors ?

— Toi, ça ne t'arrive jamais, lançai-je, agressive.

— Tu ne me connais pas bien », soupira-t-il.

Il me prit les deux mains pour en faire un abri à son allumette.

« Ce serait miraculeux que tu y arrives », dis-je, en reniflant pour diminuer l'étrangeté de la situation.

Il frotta l'allumette et, cette fois, elle s'enflamma. Une fois qu'il eut allumé la cigarette, il me la tendit.

« Est-ce que ça donne le droit d'avoir le blues, de voir un couple se séparer ? demandai-je.

— Je ne crois pas.

— Pourquoi ?

— Pour qu'on puisse parler de blues, il faudrait que tu sois amoureuse de Raoul.

— Ce que je ne suis certainement pas !

— Alors, dans ce cas… » Il déroula son magazine. C'était un vieux numéro de *Horse and Hound*, ces revues que collectionnait lady W.-D. Je ne pus m'empêcher de rire.

« C'est la force de l'habitude. Quand j'étais petit, j'emportais toujours un magazine de musique partout avec moi, comme un ours en peluche. C'était ma protection.

— Qu'est-ce que tu avais à craindre, dans l'univers qui était le tien ? »

Je n'avais pas voulu faire de l'ironie. Tout ce qu'il disait était percutant, brûlant, *vrai*. C'était la première fois qu'il se livrait un peu et j'avais très envie qu'il continue.

« Tout, répondit-il simplement. Refuser de faire ce que tout le monde voulait que je fasse, en ne travaillant pas assez en classe et en passant mes journées à essayer de ressembler à Elvis, pour commencer. Savoir que nous habitions une maison moribonde, sortir de la guerre et craindre de se retrouver dans un monde étrange et nouveau, sans sirènes, sans couvre-feu et sans rationnement. Et surtout, ajouta-t-il, je redoutais la tristesse de ma mère.

— Et moi celle de mon père. »

Il se taisait. Ça suffisait. Je sentais qu'il ne voulait rien dire de plus. Son regard se posa sur sa revue, puis sur moi. « Bientôt, tu seras sur la couverture des magazines.

— Pas *Horse and Hound*, malheureusement.

— Sait-on jamais.

— La vérité, c'est que je n'ai pas envie de figurer sur une couverture, quelle qu'elle soit. Je n'en ai jamais eu envie. Je voulais chanter juste pour faire plaisir à maman. Voilà la vérité. Je l'ai fait pour elle. »

Inigo ne réagit pas, mais ne parut pas surpris non plus. La pluie avait transformé ses cils noirs en étoiles de mer et sa chemise était trempée. Il n'était pas assez couvert. Imogen l'aurait grondé de ne pas avoir mis une veste.

« Billy croit qu'il peut me faire faire tout ce qu'il veut, dis-je. M'habiller comme il le faut, me montrer dans les soirées qu'il faut, fréquenter les garçons qu'il faut et répondre aux questions qu'il faut…

— Et pour lui prouver qu'il a tort, tu mets un jodhpur, tu dégringoles de ton tabouret de piano, tu chantes le blues et tu me suggères, à moi… moi, ce foutu Mister Tubes en personne ! de changer les paroles du troisième couplet parce qu'elles sont trop prévisibles. Fichtre, Cherry Merrywell, tu ne lui facilites vraiment pas l'existence.

— Je ne cherche absolument pas à la lui compliquer. C'est seulement que rien de tout ça n'a de sens pour moi. »

Le silence se fit. Le vent me rabattait les cheveux dans la bouche.

« Ta sœur dit que tu n'as jamais été douée pour aller avec tous les autres dans la direction attendue.

— Ah ! Quand a-t-elle dit ça ?

— La semaine dernière. Quand nous sommes allés nous promener ensemble. Tu sais bien… le jour où Digby t'a tiré le portrait à l'intention des masses innombrables qui vont acheter ton disque. »

Ah oui, bien sûr. Je ne me rappelais que trop bien ce jour ! Mais j'ignorais que Lucy et Inigo étaient allés quelque part ensemble. Je dus avoir l'air bien plus étonnée qu'il ne s'y attendait.

« Je croyais qu'elle te l'avait dit, fit-il, surpris.

— Elle est tellement bizarre, dis-je d'une voix qui rendit un son aigu à mes oreilles. Pourquoi ne m'a-t-elle pas dit… ? »

À cet instant, une idée me traversa qui m'épouvanta. Je plaquai les mains sur ma bouche et sentis mon cœur cogner dans ma poitrine. C'était si effrayant que je n'aurais pas été surprise d'entendre le tonnerre. Je l'avais laissé passer. Pour la première fois de ma vie, ce jour était venu et reparti sans que je m'en aperçoive.

« L'anniversaire, chuchotai-je. La mort de maman. C'était la semaine dernière…

— Elle me l'a dit, fit Inigo. Elle était assise dans la bibliothèque, en train de pleurer dans une tasse de café, après que tu étais partie avec Clover. J'aurais dû ressortir tout de suite, mais j'ai eu envie de lui demander ce qu'elle avait.

— Et elle te l'a dit ? » Je n'en revenais pas. « Elle te l'a dit ? Elle ne parle jamais de maman. »

J'étais atterrée et, en même temps, profondément impressionnée. Personne ne posait jamais ce genre de questions à Lucy ; avec elle, ce n'était pas ainsi que cela fonctionnait.

« Qu'est-ce qu'elle a répondu ?

— Elle a dit que ça faisait sept ans que sa mère était morte, alors qu'elle, Lucy, avait treize ans.

— Oui, dis-je, la gorge serrée. Oui, c'est vrai.

— Et puis elle m'a dit qu'elle avait passé des moments merveilleux dans le labyrinthe de Trellanack, au centre duquel elle faisait des pique-nique avec Matilda.

— Oui, c'est exact. »

Je n'en revenais pas de l'habileté avec laquelle il avait extorqué ces informations à Lucy. J'avais besoin de retrouver mon calme.

« Je lui ai dit que, si elle aimait les labyrinthes, elle devait aller à Hampton Court.

— Hampton Court ?

— Oui. Un vaste domaine Tudor habité jadis par un rustre du nom d'Henri VIII. Je m'étonne que tu n'en aies pas entendu parler. »

Je lui adressai une ombre de sourire.

« Alors nous y sommes allés.

— Quoi ?

— Je suis allé à Hampton Court avec ta sœur. Nous pensions tous les deux que c'était une façon comme une autre de passer la journée.

— Je ne comprends pas. Pourquoi ne travaillais-tu pas ?

— Je ne me mets au travail qu'après six heures. Ce n'était donc pas un problème. J'ai pris ma matinée, nous avons trouvé la clé du labyrinthe et nous sommes rentrés.

— Vous avez trouvé la clé du labyrinthe ? » Je le regardai avec incrédulité. « Je m'étonne que vous vous soyez arrêtés là. Pourquoi ne pas vous être attaqués à quelques autres sujets, tant que vous y étiez ? Billy prétend que ça va chauffer avec les Russes. » Je m'esclaffai bruyamment, tant j'avais besoin de donner libre cours à ma stupéfaction.

« Ça y est. L'affaire est réglée, répliqua-t-il. Inutile de s'inquiéter. Ça n'arrivera pas.

— Quoi ?

— La guerre.

— Qu'est-ce que tu en sais ?

— Il y a encore trop de musique à composer, voilà pourquoi. »

Il tendit la main vers le tilleul et en caressa l'écorce.

« Pourquoi Lucy ne m'a-t-elle rien dit ? demandai-je. Pourquoi ne m'y a-t-elle pas fait penser ?

— Elle m'a dit que ça t'était trop pénible. Elle ne voulait plus que tu souffres.

— Est-ce qu'elle… » Je m'éclaircis la voix. « Est-ce qu'elle t'a dit quelque chose au sujet de Raoul ?

— Non.

— De quoi avez-vous parlé, alors ? »

Il sourit. « Principalement de la rigueur du plan de la cour et du nombre de chambres affectées à la domesticité. Je t'avoue que j'étais content de rentrer à Napier House.

— Pour quelle raison ?

— C'est une curieuse expérience de se trouver dans un endroit pareil avec ta sœur. Elle était complètement ailleurs.

— Est-ce qu'elle est entrée en transe et a commencé à citer des dates, des discours et des extraits des lettres d'Anne Boleyn, comme si vous étiez seuls ?

— Oui. C'est exactement ça. Tout le monde avait les yeux fixés sur cette fille incroyablement jolie qui énumérait des dates et les multiples hypothèses concernant l'auteur véritable de “Greensleeves”. »

C'était la première fois que j'entendais Inigo faire allusion à la beauté de quelqu'un.

« Et alors, c'est qui ?

— On dit que c'est Henri VIII, mais pour ma part, je ne crois pas qu'il aurait eu le temps et l'énergie nécessaires pour écrire une chanson pareille. Il était trop occupé à séduire, à s'empiffrer et à faire tomber des têtes pour trouver un moment pour composer une mélodie qui allait tenir le coup pendant au moins cinq siècles.

— Ne dis-tu pas toujours qu'il faut avoir vécu des expériences pour écrire ?

— Pas ce genre d'expériences. »

Le vent forcit. Je frissonnai.

« Viens, dit-il, en faisant un rouleau serré de son *Horse and Hound*. Tu veux que je te raccompagne ? »

Je voyais bien qu'il n'en avait pas envie. C'était simplement sa bonne éducation qui parlait. On ne doit pas abandonner une fille seule sous la pluie. Il faut la ramener chez elle, avant de penser à soi.

« Oh, non, dis-je, un peu trop vite. Ne t'inquiète pas pour moi. Merci. »

Il jeta un coup d'œil sur sa montre.

« C'est bientôt l'heure de te mettre au travail, dis-je.

— Oui. Le piano remonte au déluge. Mais à quoi bon l'accorder puisqu'il va partir pour une salle des ventes dans quelques semaines ? Il va falloir que je m'en contente.

— L'avantage, c'est que si ça rend bien sur ce piano-là, ce sera bien n'importe où.

— Parfaitement, dit-il, en posant sur moi un regard intrigué. Voyez-vous, miss Jupp, vous raisonnez même en compositeur.

— Merci.

— De quoi ?

— De ce que tu as fait pour elle. Merci d'avoir sorti Lucy. Je trouve que tu as fait une bonne action. Elle ne l'oubliera pas.

— Sûrement. Vu sa mémoire phénoménale, je n'ai aucun doute là-dessus. »

Je lui rendis sa flasque ; elle était presque vide.

« Surtout, ne te fais pas de reproches. Je crois que ta mère aurait été contente que tu n'y penses pas, pour une fois. C'est épouvantable, de se rappeler tous les ans des moments aussi déchirants.

— Tu as peut-être raison », dis-je.

Il me tendit la main. Je ris et la lui serrai.

« Amis, dit-il.

— Amis. »

Nous repartîmes tous deux dans une direction opposée, nous éloignant un peu plus à chaque pas des tilleuls et du début de l'allée où tant de mes rêves avaient pris naissance. Je me mis à courir, tant j'avais hâte de retrouver la chaleur du presbytère, où m'attendaient le thé et les pâtisseries d'Imogen, avec les Petits et leurs histoires d'école. La boue qui nappait mes sandales éclaboussait mes jambes nues et je pensais à Inigo et son étonnante prévenance envers Lucy. Le temps d'arriver chez moi, j'en avais conclu qu'il avait fait ça parce qu'elle était jolie. Je me demandais si je ne devais pas réviser mon jugement sur Inigo. À peine arrivée au presbytère, je pris une feuille de papier sur laquelle j'écrivis ce seul mot à l'intention de Lucy : « Désolée. » Puis je le déchirai. Je n'étais pas désolée. Avant aujourd'hui, je l'aurais dit quand même. Plus maintenant.

De toute manière, c'était trop tard. Elle était déjà partie.

« Elle est allée à Bristol avec George, me dit Imogen. Elle est rentrée de l'hôpital, elle a changé de chaussures, elle a pris ses affaires et elle est partie. Elle a dit qu'elle passerait la nuit là-bas et qu'elle rentrerait à Londres en train.

— Pourquoi ? » demandai-je. Question stupide. Je connaissais la réponse bien mieux qu'Imogen. Elle était partie parce qu'elle ne voulait pas rentrer avec moi en voiture. Elle était en train de s'éloigner.

« Elle m'a chargée de te dire qu'elle était désolée.

— Est-ce qu'elle avait l'air désolé ?

— Elle donnait l'impression de n'être pas là du tout. »

Je tournai le dos à Imogen.

« Il arrive parfois des choses qui échappent à notre contrôle, dit-elle.

— Tu m'étonnes.

— De nous tous, elle a toujours été la plus compliquée. Je crois qu'elle ne se comprend même pas elle-même. Lucy a toujours été…

— Très égoïste ! m'exclamai-je.

— Il s'en remettra, assura-t-elle, en prenant une paire de chaussettes, ainsi que du fil et une aiguille dans son panier à ouvrage. Ils s'en remettront tous les deux.

— Comment peux-tu être tout le temps aussi optimiste sur tout ? »

Elle me regarda, surprise, et se mit à rire.

« Parce que nous avons le choix, peut-être ? Autant croire que tout finira bien. Si c'est de la naïveté, alors je me félicite d'être naïve. »

La journée avait été longue – elle avait trop traîné. Pourtant, il y avait une chose qui atténuait l'épouvantable chagrin que me causaient Lucy et Raoul. Et ce n'était pas Digby.

C'était grâce à *lui*. Je me sentais un tout petit peu mieux, grâce à Inigo Wallace.

34

Beau et facile

Il ne me restait plus qu'une journée avant de retrouver Londres et ma nouvelle vie. J'avais passé la quasi-totalité du dimanche à l'église, à regarder Imogen s'affairer autour de Mr Bell, et à rire avec Florence du mal que se donnait George pour inciter les fidèles à se rendre au vide-grenier rituel chez Peggy Payne. Malheureusement, mon frère, dont le physique avantageux suffisait généralement pour déclencher les gloussements de la chorale, donna lecture de l'annonce paroissiale sans se rendre du tout compte qu'elle pouvait avoir un double sens.

« Les dames de la paroisse se sont défaites de toutes sortes de vêtements, dit-il.

— Pas de tenue de rechange, alors ! lança un plaisantin au premier rang.

— Ils seront exposés vendredi dans le jardin de Mrs Payne. Les bénéfices de la vente seront versés à l'Association antialcoolique », poursuivit George, qui n'avait rien compris.

Le fou rire muet qui nous saisit, Florence et moi, apaisa momentanément mon chagrin d'être fâchée avec Lucy.

Le lundi matin, je retournai à pied à Trellanack, où Digby continuait à prendre des photos. Une souffrance horrible m'étreignit, de celles qu'on ressent quand on sait que quelqu'un va bientôt mourir et qu'on le voit peut-être pour la dernière fois. Digby lui-même – qui avait paru si peu affecté par le sort réservé à Trellanack – avait ralenti son rythme. Nous parlions à voix basse, comme si nous craignions que la maison nous entende. Un air de piano me parvint du salon, mais je n'osai pas aller interrompre Inigo. Tout à coup, il m'intimidait – je ne savais pas trop pourquoi. Je n'étais pas encore à même d'assembler les pièces du puzzle ; c'était trop difficile.

L'après-midi, je pris le car pour aller voir Raoul à Truro. M'attendant à le trouver au centième dessous, à cause de Lucy, et ne sachant pas pourquoi elle était retournée à Londres avant moi, je fus stupéfaite de le voir assis dans son lit, en train de noircir des feuilles de papier quadrillées. Il avait ses lunettes sur le nez et il était tellement absorbé dans sa tâche qu'il ne s'aperçut pas que j'étais là. Je toussotai et il leva la tête, surpris.

« Tara ! » Il rassembla ses feuilles et les posa sur la table de chevet. « Je croyais que tu devais venir à deux heures !

— Il est deux heures dix, dis-je, intriguée. Tu es en plein travail, on dirait. Cette fois, tu t'y es mis sérieusement.

— Oui, je crois bien.

— Ça a fini par s'arranger, pour Capability Brown, dis-je. J'en étais sûre. »

Il balaya la chambre du regard, de gauche à droite, ainsi qu'un espion qui s'apprête livrer un renseignement de la plus haute importance. Je pris sur moi pour ne pas rire.

« Je peux te confier un secret, Tara ?

— Oui, bien sûr. »

Il se pencha vers moi aussi près qu'il le pouvait. Ses yeux, bien que toujours très cernés, brillaient plus qu'ils ne l'avaient fait depuis des mois. Lorsque Raoul vous regardait de cette façon, toute résistance était pratiquement impossible.

« J'ai laissé tomber Capability Brown.

— Pardon ?

— Pas définitivement, bien entendu, s'empressa-t-il de préciser. J'ai une passion pour cet homme, Tara. Mais, pour le moment, je l'ai abandonné.

— Abandonné ?

— Les bouquins de Georgette Heyer d'Imogen, dit-il, en levant la main pour m'imposer silence. Ils m'ont donné une idée.

— Qu'est-ce que tu racontes ? dis-je en riant. Tu écris un roman à l'eau de rose qui se passe au XVIIIe siècle ? »

Il respira profondément. « Eh bien, oui, c'est vrai. Oui. J'ai fait ça. Tu es la seule à l'extérieur de ses murs à être au courant. Sauf que ça se passe au XVIIe siècle, et actuellement j'intercale des paragraphes en espagnol quand je n'arrive pas à dire ce que je veux en anglais. Je n'en ai plus pour très longtemps. Il est presque terminé. »

J'écarquillais les yeux.

« Tu me fais marcher ! Tu ne peux pas avoir écrit un roman ! Tu n'aimes même pas en lire...

— Seuls les hommes qui ont le cœur dur n'aiment pas les romans, dit Raoul, très content de lui. Vois-tu, j'ai toujours su que j'avais en moi de quoi écrire quelque chose dans ce genre. »

Je fis le tour du lit et m'approchai de la table sur laquelle il avait posé son manuscrit. Je pris la feuille du dessus et l'examinai. « C'est dactylographié, m'étonnai-je. Tiens, tu as fait une faute d'orthographe à "horrible", ajoutai-je, en fronçant les sourcils.

— Il ne faut pas lire ça, dit-il en me prenant la feuille des mains. Tu devras commencer par le début, comme tout le monde, Tara. Pas de traitement de faveur pour les membres de la famille. Mais je peux tout de même te révéler que le capitaine William Thorley n'est pas ce qu'il a l'air d'être...

— D'accord, dis-je en croisant les bras et en lui laissant le bénéfice d'un doute à peine dissimulé. Ça parle de quoi ?

— D'une fille de Grenade qui arrive en Angleterre et tombe amoureuse d'un jardinier paysagiste nommé Lancelot. Mais elle a des secrets.

— Je veux bien le croire ! Mais dis-moi, qui a tapé tout ça ?

— Rachel, répondit-il simplement. Elle m'avait demandé ce que je faisais et on a engagé la conversation. Elle voulait m'aider, alors je lui ai dit que la seule chose qui me manquait, c'était une machine à écrire. Comme je ne peux pas taper moi-même à cause de ma jambe, elle emporte les feuillets chez elle chaque soir – pour illustrer son propos, il fit le geste de taper de ses longs doigts. Elle était secrétaire chez un dentiste, ajouta-t-il, comme si ça expliquait tout.

— Rachel ?

— Une infirmière. Tu sais bien, celle avec les gros…

— Mais ça a dû lui prendre un temps fou !

— Oui, admit-il. Mais elle est tellement gentille. Ça fait près d'un mois que je suis ici et qu'elle travaille avec moi. »

En repensant à l'air préoccupé de l'infirmière Rachel lors de ma visite précédente, je supposai que la pauvre fille était complètement tombée sous le charme de Raoul. Il faut dire qu'il n'y avait aucun autre homme comme lui à Truro – il avait mis tout son univers sens dessus dessous, lui durcissant le bout des doigts par la même occasion.

— Tu as écrit tout ça en *un mois* ! m'exclamai-je.

— Presque. Quand on a le cœur brisé, on ferait n'importe quoi pour se changer les idées. Une fois que j'ai eu commencé, je n'ai plus pu m'arrêter. Je ne pouvais pas ne pas l'écrire.

— Pourquoi ne nous en as-tu pas parlé ?

— Pourquoi l'aurais-je fait ? C'était seulement pour moi. Toute ma vie, j'ai donné des informations aux autres. Pour une fois, je faisais quelque chose rien que pour moi. Je t'épate, hein ? demanda-t-il, avec un sourire.

— Et comment ! J'appréhendais de venir te voir aujourd'hui, après… après l'autre jour. Je me rends compte que je n'aurais jamais dû douter de toi.

— Oh, ne te méprends pas ! J'ai le cœur en mille morceaux, dit-il tranquillement. Mais avec Lucy, plus tu cries et plus tu hurles, plus elle fuit. Par conséquent, c'est ça – il prit son stylo et l'agita – qui m'a sauvé.

— Tu penses trouver un éditeur ?

— Peu importe. Je ne vois pas si loin. Je veux juste le terminer.

— Ça alors, Raoul. Je ne t'avais encore jamais entendu tenir des propos aussi sensés à propos de ton travail.

— C'est parce que, pour une fois, je crois en mon travail. Quand j'écrivais sur les "théories" de Capability Brown, je restais perché sur ses épaules pour admirer le paysage qu'il avait conçu. Cette fois, j'ai créé mon propre décor ! J'ai pillé toutes les maisons où je suis allé avec Lucy ! J'ai inventé des personnages à partir de rien ! Je peux créer ce que je veux. Je fabrique une jeune fille qui a les yeux d'Imogen et le caractère de Lucy. J'invente un père à l'image du mien, sauf qu'il a de plus grands pieds pour pouvoir écraser les gens. J'invente une maison qui est un délicieux cocktail de Trellanack et de Bowood, avec une pincée de Castle Howard. Figure-toi que j'ai même inséré notre petite mésaventure avec *El Chico de la Cathedral* ! dit-il d'un ton triomphant.

— Tu as fait quoi ?

— Mon héroïne a un accident de cheval. Sauf qu'à la suite de ça, il se produit bien plus de péripéties que lorsque je t'avais secourue, crois-moi. »

De stupéfaction, j'éclatai de rire.

« Qu'est-ce que tu veux dire ? Ça vire à l'érotisme ? » dis-je, en employant ce mot sans doute pour la première fois.

Raoul hocha la tête. « Oui. C'est bourré de scènes érotiques. Il y en a partout. Mais de la bonne espèce, vois-tu. Pas de ces trucs habituels.

— C'est quoi, bon sang, les trucs habituels ?

— Une fois lancé, impossible de m'arrêter. Mon héroïne est guidée par ses fantasmes dans tout ce qu'elle fait. C'est une femme habitée par le désir.

— Désir, dis-je. Une des meilleures juments de chasse de lady W.-D. s'appelait Désir.

— Je suis ici, gisant tel un moribond…, reprit Raoul, sans tenir compte de ma remarque.

— Pas vraiment, dis-je, en voyant des couleurs revenir sur ses joues.

— Comme un moribond, insista-t-il. Incapable de bouger, regardant les mêmes murs et les mêmes visages jour après jour, et pourtant je suis plus libre que je ne l'ai jamais été. La fiction m'a sauvé de la catastrophe. » Il se pencha vers moi et je vis des flammes dans ses yeux. « Elle m'a sauvé de moi-même. »

Je pensai à maman et ma gorge se serra.

L'infirmière Rachel, qui devait être postée derrière le rideau depuis un certain temps, ainsi qu'une actrice attendant son tour d'entrer en scène, fit son apparition. En constatant que Lucy n'était pas là, son visage se détendit. Son uniforme me semblait trop petit d'au moins deux tailles.

« J'ai parlé du livre à Tara, dit Raoul, tandis qu'elle lui arrangeait ses draps.

— Il est presque fini, annonça-t-elle.

— Je sais. » Elle avait de bonnes joues vermeilles et le bonheur d'être près de Raoul illuminait ses yeux. Elle ne devait pas être beaucoup plus âgée que moi.

« Vous vous êtes donné beaucoup de mal, lui dis-je. Raoul a de la chance de vous avoir. »

Qu'est-ce que je raconte ? me demandai-je, au moment même où ces mots sortaient de ma bouche.

« C'est moi qui ai de la chance, répliqua Rachel en s'empourprant. C'est un livre formidable. Il me tarde de connaître la suite ! » Je lui adressai un petit sourire et, devinant en moi une alliée, elle poursuivit : « Après mon travail, je rentre chez moi le plus vite possible et je reste devant ma machine à écrire tout le temps qu'il faut. Au début, je n'arrivais pas à déchiffrer son écriture – elle sourit à Raoul – mais maintenant j'ai pris le coup. Tous ces "y" tortillés et ces passages interminables quand il se met à écrire dans une autre langue ! Je me suis prise d'affection pour mon dictionnaire d'espagnol. Je crois que je vais bientôt pouvoir converser avec n'importe qui. À condition de parler de relations intimes dans la Grenade du XVIIIe siècle », ajouta-t-elle, en rougissant pudiquement et en se penchant pour retaper les oreillers de son patient. « Je vous ai apporté de la soupe à la tomate. J'en ai fait pour moi hier soir et, ce matin, j'en ai mis dans un thermos ; ça ne m'a pas du tout dérangée. Vous en voulez tout de suite ? Vous aussi, ajouta-t-elle, en me désignant d'un hochement de tête sans enthousiasme.

— C'est trop gentil. À vrai dire, je voudrais écrire encore un peu, dit Raoul.

— Ah ! » Elle était trop éprise pour réussir à cacher son désappointement. « On pourra peut-être se rattraper plus tard dans l'après-midi ? Quand j'aurai terminé mes observations ?

— Vous pouvez être sûre que je ne m'en irai pas », dit-il.

Elle lui sourit, ouvrit la bouche comme pour dire quelque chose, mais elle se ravisa et sortit.

« Des observations ? dis-je. La seule chose que j'ai observée, c'est qu'elle est folle de toi, la pauvre.

— Ne dis pas de bêtises. »

Je débouchai le thermos. Un fumet délicieux s'en échappa. Il était clair que l'infirmière Rachel ne s'était pas blessée avec un ouvre-boîte, contrairement à ce qui était arrivé à Lucy, les premiers temps de leur mariage, en faisant la cuisine pour Raoul. Du thym ! me dis-je, en humant ce parfum qui me rappelait les jardinières suspendues à l'extérieur des fenêtres de Napier House. Et, en prime, une petite barquette de croûtons maison saupoudrés de poivre noir !

« Au début, j'ai essayé de tomber amoureux d'elle, dit Raoul. C'était peine perdue.

— Ah non, Raoul ! Ne dis pas des choses pareilles.

— Vois-tu, Tara, quand on est cloué au lit des semaines de suite, on essaye n'importe quoi. Mais c'est très bien comme ça. Ne t'inquiète pas. Dans la vraie vie, je rendrais Rachel complètement folle. De toute manière, ajouta-t-il en haussant les épaules, elle sait qu'il n'y a rien à faire. »

Il fallait à tout prix que je change de sujet.

« Il s'appelle comment, ton livre ? »

Il me considéra avec attention, comme s'il se demandait s'il serait prudent de sa part de me fournir une information aussi capitale. Puis, n'y tenant plus, il chuchota :

« *Bernadita.*

— Et c'est qui ? » chuchotai-je à mon tour.

Une demi-heure plus tard, j'avais la tête pleine des fruits de l'imagination débridée de Raoul. Une *señorita* espagnole à la chevelure aussi noire que ses humeurs, un propriétaire terrien de l'Oxfordshire, un secret concernant un cheval gagné à la suite d'un pari, d'innombrables parties de jambes en l'air, plus Capability Brown qui déboulait dans cette histoire comme un diable à ressort – j'avais vraiment du mal à suivre. Je me demandais si on n'avait pas donné à Raoul des analgésiques trop puissants.

« Alors, tu vois, tout y est, déclara-t-il, pendant que je finissais sa soupe. Tout ce qui vaut la peine d'être écrit figure dans ce roman – les jardins paysagers, les Anglais, les chevaux, les discriminations, la barrière des langues, les oranges cueillies sur l'arbre, des filles habitées par de grands rêves, de grands désirs et des hommes bien faits.

— Oh, Raoul ! me lamentai-je. Il ne faut pas écrire des choses pareilles si tu veux être publié.

— Au contraire. Je suis persuadé que j'éveillerai l'intérêt des lecteurs si je fais appel à leur sincérité. Même Imogen le dit. Quand elle lit un livre, c'est pour s'évader et avoir l'impression d'apprendre quelque chose sans s'en rendre compte. Il faut que ce soit quelque chose de beau et de facile. »

Il prit le thermos et glissa un œil à l'intérieur.

« Merde, dit-il. Il n'y en a plus ! Il est vide.

— Oh, pardon ! m'exclamai-je, tout honteuse. Tu veux que j'aille te chercher quelque chose d'autre ?

— Je travaille mieux l'estomac creux. J'ai fait cette découverte ici même. »

Il me considéra avec gravité.

« Il est comment, ce type qui prend des photos ?

— Il est bien », dis-je, embarrassée. Il me semblait que le seul fait de parler de Digby déclenchait des projecteurs et des sirènes qui se braquaient sur moi en hurlant : « Elle l'a fait ! Elle n'est plus vierge ! »

« Tu as couché avec lui ? demanda-t-il.

— Raoul ! Non ! S'il te plaît, ne… et puis zut… tu ne peux pas me poser cette question.

— Donc, ça veut dire oui ?

— Oui. » Je lançai les mains en l'air et passai aux aveux. « Oui, d'accord. C'est ça.

— Bien, dit-il. J'ai fait de mon héroïne une femme en quête d'expériences amoureuses. Il n'y a rien de plus ennuyeux, dans un roman, qu'une femme qui se garde pure pour se donner au héros surgonflé, au dernier chapitre. *Bernadita*, c'est le contraire de toutes ces âneries.

— Parler de ces choses avec toi, ce n'est pas bien.

— Ça ne devrait pas être interdit.

— Je peux le dire à Lucy ?

— Non. Rien ne presse. Non, s'il te plaît, Tara. Tu ne peux pas. Garde ça pour toi pour le moment. Ce roman n'est pas terminé. Ne va surtout pas croire que je n'ai pas le cœur en mille morceaux. Mais si elle me rend ma liberté, il faut qu'elle sache qu'il n'y aura pas de deuxième chance.

— Il le faudrait, pourtant. Tu ne peux pas la laisser partir, Raoul. Va la chercher, suppliai-je. Elle ne se comprend pas elle-même – de nous tous, tu es le seul qui en soit capable. Pour l'instant, je crois que Napier House est la seule chose qui lui permet de tenir le coup. Si elle arrive à sauver cette maison, elle se dira qu'elle a réussi quelque chose de valable. »

Je ne savais même pas si je croyais à ce que je disais.

« Quand on est couché dans un lit pendant plusieurs semaines de suite, on voit les choses différemment. Si elle veut que je parte, je m'en irai.

— Mais moi, je ne veux pas que tu t'en ailles, me lamentai-je.

— L'amour est ce qu'on en fait, Tara. Je ne peux pas en vouloir à Lucy davantage que je ne peux la retenir. Il y en a qui naissent en marchant, qui sont toujours en recherche. Elle est cette fille qui ne cesse d'attendre un miracle. Tu peux toujours lui dire que les miracles n'existent pas, à quoi bon ? Si tu crois aux miracles, tu crois que tu découvriras un trésor un jour. »

Au moment de partir, je me pris à regretter, du fond du cœur, que l'accent espagnol de Raoul ait conféré une résonance aussi douloureuse et déchirante à des paroles qui – prononcées par n'importe qui d'autre – auraient représenté le summum en matière de sentimentalisme.

Et pour *Bernadita* ? J'avoue, cher lecteur, que je pensais que Raoul avait succombé à une douce et une totale folie.

35

Une nuit sans lune

En arrivant à la maison, je trouvai George, Imogen et Florence assis dans la cuisine en train de déguster un gâteau à la carotte.

« Je suis allée voir Raoul », annonçai-je.

George releva la tête. « Moi, j'irai demain. Il va bien ?

— Très bien. Il a terminé son livre.

— Tant mieux pour lui, dit George, en raclant le glaçage qui nappait le couteau de Florence.

— Mais c'est miraculeux ! remarqua Florence, en tapant sur la main de George. Je pensais qu'il n'y arriverait jamais, je dois le reconnaître.

— Moi, je trouve formidable qu'il ait enfin pris Capability Brown par la peau du cou et terminé ce machin », dit George, en buvant une longue gorgée de thé.

« Sauf qu'il ne s'agit pas du tout de Capability Brown, dis-je. C'est un roman. Il a écrit un roman. Qui a pour titre *Bernadita*. »

George s'étouffa et recracha son thé.

« Arrête de dire n'importe quoi, déclara Florence. Il n'a pas écrit un *roman* ? Si ? reprit-elle, soudain prise d'un doute.

— Si. Et pourquoi pas ? Il a toujours eu envie d'écrire de la "*ficción*". Qu'est-ce que vous feriez d'autre si vous aviez la jambe en extension et que vous étiez cloué au lit, entouré de vieilles dames qui se sont fracturé du col du fémur ? Il pense le terminer avant de sortir de l'hôpital.

— Tu ne parles pas sérieusement, Tara ? demanda George, en reposant son gâteau dans son assiette.

— Tu n'es pas obligé de me croire, dis-je. Pourtant c'est vrai. C'est juste qu'il ne veut pas que ça se sache, et vous devrez garder ça pour vous. Mais il fallait que je vous le dise. Je n'ai pas pu m'en empêcher.

— Ça ne peut pas être vrai ! s'exclama Florence.

— Si, c'est vrai. Et, qui plus est, il y a plein de scènes érotiques.

— Érotiques ? firent-ils tous les trois, saisis d'une même stupéfaction.

— Oui. C'est un roman historique.

— De quoi ça parle ? demanda Imogen.

— Sachez seulement que le capitaine William Thorley n'est pas ce qu'il paraît. »

Le silence se fit pendant qu'ils digéraient l'information. Cette stupéfaction partagée me fit prendre conscience d'une chose. Avec son roman, Raoul avait visé juste. Tout comme moi, ils étaient déjà captivés, alors qu'ils n'en avaient pas lu une seule ligne.

« Je me demande si c'est mon genre de littérature, dit Imogen.

— En tout cas, l'idée lui est venue après avoir absorbé une overdose de Georgette Heyer, administrée par toi. Il la trouve géniale.

— Mais elle n'écrit pas des trucs comme ça, elle, s'indigna Imogen.

— Bien sûr que non ! m'impatientai-je. Mais elle écrit pour des femmes, non ? Et c'est aussi ce que fait Raoul. Mais en un peu plus musclé.

— C'est papa qui pourrait montrer ses muscles s'il venait à l'apprendre. Comment pourrais-je m'en procurer un exemplaire ? » demanda George, tout émoustillé.

Tout à coup, la perspective de rentrer à Londres le lendemain me fit l'effet d'une catastrophe, cela me paraissait inconcevable. Comment pouvais-je les quitter ? Vivre ailleurs qu'ici ?

« Quand Raoul rentrera chez lui, il devra dactylographier tout son manuscrit, remarqua George. Mais il écrit si mal que je serais étonné qu'il arrive à se relire. À part sa mère, personne ne serait capable de la déchiffrer. »

J'ouvrais la bouche pour leur parler de Rachel, mais quelque chose m'arrêta net. C'était un coup frappé à la porte d'entrée. Nous échangeâmes des regards.

« Zut, soupira Imogen. Qui ça peut être à une heure pareille ?

— Digby, dis-je, sûre de moi.

— J'y vais ? demanda Florence, en se levant.

— Non ! » Je sortis de la cuisine en courant presque, afin de la devancer.

Et comme de juste, c'était lui, planté sur le seuil, dans une chemise noire et un pantalon en tweed très ajusté.

« C'est quoi, ce déguisement ? m'étonnai-je.

— La tenue de sport du père de Matilda, dit-il, amusé. Parions que si je mets ça au Marquee Club la semaine prochaine, la moitié de Londres sera habillée pareil à la fin du week-end. »

Il coula un œil à l'intérieur de la maison, tel un enfant qui espère qu'on va le lâcher dans un musée d'Histoire naturelle.

« Tu ne me demandes pas d'entrer ?

— Bien sûr qu'elle va le faire, déclara Florence en sortant de la cuisine.

— Florence, je suppose, dit-il avec un sourire ravi. Je vous reconnais à la description qu'a faite Tara.

— Vraiment ? » fit-elle, sceptique.

En définitive, mes tentatives pour ne pas mêler Digby à ma famille se révélèrent vaines. Il s'installa de son propre chef à la table de la cuisine et Imogen lui apporta une assiette avec du pain et du fromage, et ouvrit une bouteille de très bon vin, comme s'il était un voyageur venu de loin qui méritait ce que la Cornouailles avait de mieux à offrir, avant qu'il poursuive ses pérégrinations.

« Merci, mon petit », dit-il, en lui adressant un de ces sourires de guingois. Elle devint écarlate et j'eus un moment d'inquiétude à la pensée qu'elle oublie Mr Bell. Imogen n'était pas de taille à se mesurer à quelqu'un comme Digby ; elle allait être réduite au silence avant la fin de la soirée.

« Où est Inigo ?

— Il compose, cet emmerdeur. Je lui ai proposé une partie de cartes mais il m'a fichu à la porte de la chambre lugubre qu'il s'est appropriée, en me disant d'aller embêter quelqu'un d'autre. J'ai répondu que j'allais partir à ta recherche.

— Et il a dit quoi ?

— Pas grand-chose. En fait, il s'est montré aussi charmant que de coutume, dit-il après réflexion. Il a dit que tu avais besoin de dormir, et puis, est-ce que je me rendais compte que tu allais devoir travailler la semaine prochaine ? J'ai répliqué qu'il était grand temps que quelqu'un lui apprenne à profiter un peu de la vie avant qu'il se réveille un matin pour s'apercevoir qu'il s'est transformé en directeur d'école pendant la nuit. Dites-moi, fit-il, en s'adressant à Florence, quel est celui d'entre vous qui craint le plus votre père ?

— Nous tous, répondit George. Il y en a qui font semblant de ne pas le craindre, Lucy par exemple, mais au fond de nous, nous en avons tous une peur bleue. »

Je congédiai Inigo de mes pensées et avançai doucement la main vers Digby. Il referma la sienne dessus, sans cesser de regarder Florence. Nous partagions quelque chose – le poids caractéristique que traînent ceux qui ont du mal à s'adapter – qui s'allégeait lorsque nous étions ensemble.

À deux heures du matin, installé sur l'appui de la fenêtre de ma chambre, Digby feuilletait un vieil album de photos. Un instantané pris quinze ans auparavant – à l'occasion de l'anniversaire de quelqu'un qu'il n'avait jamais vu – pouvait retenir son attention plus que n'importe quoi d'autre. Assise sur mon lit, je le regardais en fumant une cigarette, tout en répondant à ses questions, un oreiller serré contre moi, comme si j'avais eu neuf ans.

« C'est quoi, ça ? demanda-t-il, après avoir tourné une page. "Les obsèques de tante Mary", lut-il. Seigneur, pour ma part, je n'emporte pas mon appareil à un enterrement. Il fallait vraiment que ce soit quelqu'un, cette tante Mary. »

Je me rappelai soudain qu'il y avait, parmi ces photos, une personne que je ne voulais pas qu'il voie.

« Il faut que je te dise que papa n'aime pas que je montre ces photos, fis-je en me levant pour le rejoindre à la fenêtre. Il trouve ça sinistre… »

Mais c'était trop tard.

« Je la connais, celle-là, s'exclama-t-il. On dirait Talitha Wallace. » Il examina la photo, les sourcils froncés. En dessous j'avais inscrit son nom de mon écriture enfantine. « Oui, c'est elle. La mère d'Inigo !

— Je sais. Je sais ! » La crainte de voir éclater la vérité me rendait nerveuse. Je déglutis et avouai tout.

« Ma tante Mary était gouvernante et cuisinière à Milton Magna Hall.

— Inigo est au courant ? demanda-t-il, stupéfait.

— Non ! Du moins… pas qu'elle était ma tante.

— Pourquoi ?

— Je ne voulais pas le lui dire.

— Pourquoi ? »

Je regagnai mon lit et me laissai tomber dessus. La tête me tournait un peu. J'avais vaguement l'impression de rêver.

« Arrête de me poser des questions ! S'il te plaît, arrête de me poser tout le temps des questions ! Pourquoi faut-il que tu veuilles toujours tout savoir sur tout le monde ? »

Il eut une expression stupéfaite que je ne lui connaissais pas.

« D'accord. Calme-toi », dit-il, du ton dont on s'adresse à un cheval rétif qu'on tente d'atteler à une remorque. Mais j'étais comme en suspens, marquant un temps d'arrêt, avant de courir me cacher sous le lit le plus proche ou bien de basculer dans ces mystérieuses brumes de la vérité que je m'étais toujours efforcée de repousser.

« J'ai connu Inigo quand j'avais dix ans. Il en avait quinze. J'étais allée à Milton Magna pour aider tante Mary. Un après-midi, il est arrivé. J'ai chanté. Il a joué de la guitare.

— Ça alors ! s'exclama-t-il en riant, bien qu'il n'y eût rien de drôle.

— Mais quand on s'est revus, juste avant d'enregistrer le disque, il ne m'a pas reconnue, alors je ne lui ai rien dit.

— Pourquoi ?

— J'avais trop honte. Peu avant sa mort, son père lui avait offert un petit éléphant et je l'avais chipé, ne sachant pas qu'il lui appartenait, mais ma tante s'en est aperçue et m'a obligée à le rendre. » À ce souvenir, je me cachai le visage dans les mains.

« Miss Merrywell, plus je te connais, moins j'en sais sur toi. Je doute que cet objet avait pour lui autant d'importance que tu le pensais. »

Je n'avais jamais vu la chose sous cet angle.

« Son père était mort, répétai-je. Et j'avais pris quelque chose… pour ma petite satisfaction personnelle. Je me suis détestée à cause de ça.

— Si tu le lui avais dit, je crois qu'il t'aurait pardonnée.

— C'est trop tard. Et puis il n'a pas besoin de le savoir. Dans une semaine, il va retourner en Amérique et toute cette histoire n'aura plus aucune importance.

— Sauf qu'elle en avait pour toi à l'époque et qu'elle en a encore aujourd'hui », remarqua-t-il.

Il éteignit sa cigarette et me regarda. Le silence était pesant. J'entendis la pendule de l'entrée sonner trois heures moins le quart.

Il se frotta le nez et dit : « Il m'a percé à jour.

— Qui ça ?

— Inigo, bien sûr. »

Il va tout me dire, pensai-je. Maintenant que je l'avais pris de court en lui confiant un secret, il se croyait obligé de me donner quelque chose en échange. C'est ainsi que Digby fonctionnait.

« Explique-toi, dis-je.

— Il me voit tel que je suis.

— C'est-à-dire ?

— Rien de plus que… (Il eut un rire bref.) Non, rien. »

Il me regarda, le visage impassible.

« Tu peux aussi bien me le dire. »

Quand il reprit la parole, il me fit penser à Matilda parlant de Paul Warren. Comme s'il n'était pas vraiment là.

« Il y avait une fille à qui je plaisais. Moi, je l'aimais un peu trop pour mon bien, alors j'ai fait ce qui était logique et je ne l'ai pas très bien traitée. »

Je ne bougeais pas, c'est à peine si je respirais. Je ne ressentais rien, sinon une curieuse absence de souffrance. L'entendre parler de quelqu'un qu'il avait aimé était presque un soulagement : une explication. Il se mit la main sur les yeux.

« Que s'est-il passé ? » demandai-je.

Il écarta sa main et leva les yeux au plafond.

« Il fallait que j'aille à New York pour mon travail et je lui ai demandé de m'accompagner. Elle m'a dit qu'elle n'en avait pas envie. On s'est disputés comme des chiffonniers – moi demandant pourquoi elle ne voulait pas venir, et elle essayant de m'expliquer qu'elle n'avait pas l'intention d'accourir dès que je claquais dans mes doigts. Je suis donc parti seul à New York d'où je lui ai téléphoné, mais elle a refusé de me parler.

— Alors, qu'est-ce que tu as fait ?

— À ton avis ? Je suis allé à une soirée où je me suis saoulé bêtement et j'ai dragué la plus jolie femme qui se trouvait là, évidemment.

— Évidemment.

— Et en plein milieu de tout ça arrive Mister Tubes. Il s'avère que la femme à qui je suis en train de faire des avances est sa maman. »

Je ravalai un éclat de rire. Digby et Talitha Wallace, je m'attendais à tout, sauf à ça.

« Aïe, fis-je d'une petite voix.

— On peut dire ça comme ça.

— Elle devait être bien plus âgée que toi, pourtant.

— Celui qui serait capable de mettre son charme en bouteille deviendrait milliardaire, dit-il, en haussant les épaules.

— Et alors, qu'est-ce qu'il s'est passé ?

— Inigo m'a envoyé valdinguer à travers la pièce.

— Quoi ?

— Je peux le comprendre. Sa maman venait de se marier avec Ricky Dakota et voilà qu'il la surprenait en galante compagnie avec un petit con de parvenu de l'East End de Londres. Ça tombait mal.

— Qu'est-ce que tu as fait ?

— Je me suis tiré rapido. Nous n'en avons jamais parlé, mais il n'arrive pas à me pardonner. En ce temps-là, il était paumé comme c'est pas possible. Tout le monde disait qu'il ne s'était pas remis de l'incendie de sa maison. Ce soir-là, il avait bu mais ça ne l'avait pas empêché de m'envoyer un méchant crochet du gauche. Je pensais à tort que les garçons qui avaient fréquenté des écoles chics n'étaient pas capables de se battre pour sauver leur peau. Je m'étais trompé et j'ai été en noir et bleu pendant trois semaines. Je racontais à tout le monde que j'étais tombé dans l'escalier.

— Je... Je n'arrive pas à y croire, dis-je enfin.

— Pourtant, c'est la pure vérité. Et c'est d'autant plus foutrement malheureux.

— Inigo n'est pas comme ça. Je ne l'imagine pas perdant son sang-froid. Comment se fait-il que vous ayez continué à travailler ensemble ?

— Billy ne sait pas qu'on est en froid. Il aime travailler avec les meilleurs. Inigo est le meilleur dans son domaine et moi le meilleur dans le mien. » Il se frotta le nez. « Alors, on se supporte.

— Et la fille ? demandai-je, non sans malice. Celle que tu aimais trop pour ton bien.

— Eh bien, ç'a été le plus gros problème.

— Pourquoi ?

— C'était une amie de Talitha Wallace. Une amie de tout ce pays de merde, au reste. »

Je n'y comprenais rien.

« Encore une femme d'un certain âge, m'expliqua-t-il. C'était Clover.

— Clover ? Toi et Clover ? Mais elle ne m'a jamais parlé de…

— Pourquoi l'aurait-elle fait ? »

Il alluma une cigarette et dit : « Quelle connerie !

— Mais enfin, Digby… J'aurais préféré être au courant. »

Je fus prise d'une envie de le prendre dans mes bras et, en même temps, de le flanquer à la porte de ma chambre. La vérité se situait quelque part entre les deux. Je savais que le duo que je formais avec Digby était une chose fragile, une bouffée de quelque chose de pur mais d'éphémère. Et, bien qu'il fût mal assorti, le couple Clover-Digby me paraissait beaucoup plus plausible.

« Vois-tu, je n'ai jamais cru qu'on se sentait mieux quand on disait la vérité ; tout ça, c'est des foutaises. Maintenant je sais que j'avais raison. Ça m'a foutu par terre, conclut-il en posant sur moi un regard furibond, comme si c'était ma faute. « Inigo a tout raconté à Clover à propos de Talitha et moi. » Il parlait plus fort. Il était bien présent maintenant. « C'est un venin qu'il lui a injecté pour me discréditer. »

Je n'étais pas habituée à entendre ce genre d'hyperbole dans la bouche de Digby. Une fois de plus, je faillis éclater de rire.

Cependant, je ne savais pas quoi lui dire. Je lui retirai ma main, mais il me la reprit. Pour avoir un réconfort, pour pouvoir se dire que quelqu'un l'écoutait, et pas pour me faire savoir que, au bout du compte, c'était moi et pas elle qu'il aimait. Toutefois, je lui laissai ma main. J'aurais fait n'importe quoi pour Digby parce qu'il avait cru en moi.

« Je suis parti à New York uniquement parce qu'elle n'arrêtait pas de dire que j'étais trop jeune pour elle, reprit-il. Elle me fuyait. Elle s'était mis en tête que j'étais un mauvais garçon, alors je me suis dit, très bien, qu'est-ce que ça peut me foutre... si c'est ce qu'elle pense de moi, autant ne pas la détromper.

— N'aurait-il pas mieux valu lui prouver plutôt qu'elle se trompait et ne pas la lâcher jusqu'à ce qu'elle te croie ?

— Évidemment. Mais j'étais bête. Quand ça commence trop bien, je prends la fuite. »

Le silence retomba. Habituée à la rumeur de la rue donnant sur Cheyne Walk, le silence du presbytère me semblait assourdissant. Je refermai la main sur le poing de Digby. Il était plus que jamais l'image même du petit garçon perdu. Sa montre, un truc tout cabossé qu'il mettait pour travailler, parce qu'elle avait appartenu à son père, ceignait solidement son poignet couvert de taches de son, et elle n'était même pas à l'heure. Il s'était rongé les ongles jusqu'au sang et, sur son bras, était inscrit au stylobille le numéro du directeur de sa banque qui le harcelait depuis des jours de questions concernant le nombre incroyable de contraventions qu'il n'avait pas réglées. Pour la première fois, il me frappa par sa jeunesse. Sans aucun doute, il était le meilleur dans son domaine et, en dépit de son tempérament brouillon et de son mépris des règles, il donnait, à cause de l'art qu'il avait d'être toujours au centre de tout ce qui se passait, l'impression complètement trompeuse d'avoir une grande expérience et un bon jugement. Je découvrais soudain un être différent de celui que je connaissais.

« Si tu l'aimes toujours, dis-je, trouve un moyen de le lui montrer.

— On ne peut pas passer sa vie à tout résoudre comme ça, rétorqua-t-il. Tu vois, parler comme dans ces romans qu'on achète dans les aéroports, où la fin est nouée avec de jolis rubans et où chacun se retrouve à danser dans les bras de son seul et unique amour. Bordel de merde, Cherry, la vie n'est pas si douce.

— On essaie de nouer les rubans mais on se prend les pieds dedans, dis-je d'une voix morne. Oui, je sais. »

Un long silence s'installa. Je ne sais pas à quoi il pensait ; et puis, flûte, moi non plus je ne sais pas à quoi je pensais, si ce n'est que j'étais soulagée de savoir tout ça. Parce que cela me permettait désormais de me faire de Digby une image beaucoup plus nette qu'avant. Je pensais à Clover et lui, à Lucy, Matilda et Raoul, à Inigo et moi, à nous tous, en somme, qui sous-estimions l'amour, avec pour résultat d'en faire un beau gâchis.

Digby me prit la main. « Et toi, dit-il, accusateur, ne va surtout pas croire que je te trouve rien de moins que parfaite.

— Arrête, dis-je à mi-voix. Ne dis pas ça. Ce n'est pas la peine de…

— Je le sais bien. Je sais. »

Il resta à me regarder. Je me rendais compte que ce n'était pas plus facile pour lui que pour moi. Il n'avait pas prévu de me parler de Clover, mais maintenant que c'était fait, il n'avait pas besoin de me faire croire qu'il m'aimerait un jour comme il l'avait aimée. Je n'étais qu'une petite jeune fille. Clover était une femme. Il lut dans mes pensées et me dit :

«J'ai photographié les plus belles filles du pays. Aucune n'a ce que tu as, miss Merrywell.

— Et c'est quoi ? demandai-je d'une voix tremblante. À part que je n'ai aucune idée et les mains froides.

— Tu as toi-même», dit-il, comme si c'était une évidence aveuglante.

J'émis un rire triste. Ce n'était pas drôle.

«Il fait nuit noire, remarqua-t-il en regardant à nouveau par la fenêtre. Il n'y a pas de lune. Je crois que je devrais m'en aller.»

Digby n'était pas du genre à devoir aller où que ce fût, si ce n'est au bout de quelque chose. J'avais compris – comme le comprennent même les imbéciles achevés – que c'était le début de la fin et je le remerciai intérieurement de le dire et de ne pas se décharger de la corvée sur moi. Pour ça, il avait de l'expérience. Il savait comment s'y prendre. Un pied devant l'autre jusqu'à arriver là où il fallait arriver.

«On s'entend bien, non ? dit-il, en s'arrêtant devant la porte.

— Oui. On s'est toujours bien entendus, dis-je en riant. Ne m'as-tu pas appris tout ce que je sais ?

— Il me semble que c'est plutôt l'inverse.»

Ce n'est qu'après son départ que je pris conscience que je lui avais apporté bien plus que ce qu'il m'avait apporté. Mais je ne pouvais rien y changer maintenant. Autant voir ça comme un bien. «Nous avons le choix, n'est-ce pas ? » avait dit Imogen, et elle avait peut-être raison. Désormais, je pouvais sauter du côté que je voulais, sauf que je ne savais plus qui serait là pour me rattraper.

36

C'est lui qui avait les allumettes

J'avais peur de ne pas trouver Lucy à Napier House en rentrant à Londres. J'appréhendais un peu le voyage mais je me sentis rassurée quand Digby annonça qu'il resterait un jour de plus en Cornouailles et reviendrait en train. Assise sur le siège du passager, à côté d'Inigo, j'ouvris *Alice au pays des merveilles*. Je ne voulais pas qu'il se croie obligé de me faire la conversation. Ni lui ni moi ne fîmes allusion à notre rencontre sous la pluie ; il ne fut question que de banalités. Avec lui, je ne savais pas par où commencer.

« Ça va ? me demanda-t-il, quelque part aux environs d'Exeter. Tu ne dis pas grand-chose.

— Je vais très bien.

— Désolé qu'il ne soit pas venu avec nous, dit-il, en se méprenant sur mon air sombre. Il a prétendu qu'il avait encore des photos à faire, mais à mon avis, c'était plutôt pour ne pas passer toute une journée en voiture avec moi. Ce week-end a été long. »

Il changea de vitesse. La voiture était un vaisseau spatial comparé aux vieux tacots que nous conduisions chez nous.

« Il n'y a plus rien entre nous, fis-je. Je veux dire que, quoi qu'il y ait eu… qui était, qui était… je ne sais pas trop… c'est fini maintenant. »

Il me lança un bref regard.

« Il va falloir que je résiste à l'envie de te dire que, pour toi, c'est une très bonne chose. Parce que sinon tu vas avoir envie de me taper dessus et l'idée de bousiller la voiture de Billy ne me plaît pas trop.

— Je n'ai jamais cru que c'était pour toujours. Je ne suis pas aussi sotte.

— Ce qui ne rend pas la chose plus facile pour autant. Pour ce que ça vaut, je suis désolé pour toi.

— Tu n'as pas besoin de me dire ça.

— Il a une faculté remarquable pour rester en bons termes avec toutes celles avec qui… il est sorti », dit-il avec tact.

Je ris ; c'était plus fort que moi.

« Un jour, je serai peut-être figurante dans un film sur sa vie, dis-je.

— Ou lui dans le tien. »

Le silence retomba pendant quelque temps. Inigo appuya sur l'accélérateur et les comtés – le Devon, le Somerset, le Dorset – défilèrent à toute allure derrière les vitres, tandis que les gens écarquillaient les yeux en regardant passer la voiture de Billy pilotée par Inigo.

Je pensais à Digby seul à Trellanack, absorbé dans sa tâche, l'œil vissé à l'objectif. Quand il prenait des photos, il oubliait tout – ç'avait été et c'était toujours son moyen d'évasion. Pour la centième fois ce jour-là, je me demandai si j'allais ou non raconter à Clover ce qu'il m'avait dit. Je roulai mon cardigan en boule sous ma nuque et fermai les yeux, me laissant bercer par le mouvement, toujours le mouvement, et le sentiment de sécurité que me procurait sa présence à mon côté. Peu m'importait de savoir où nous allions.

Lorsque je rouvris les yeux, je vis un panneau indiquant la direction de Bath. Inigo pianotait sur le volant.

« Bon, te voilà réveillée », dit-il.

Je me redressai en frissonnant et drapai mon cardigan sur mes épaules. La température extérieure avait chuté. Des gouttes de pluie s'écrasaient sur le pare-brise.

« Retiens bien cet air, dit-il, en allumant une cigarette.

— Quoi ?

— Je vais te chanter quelque chose et je ne veux pas que tu l'oublies.

— Pourquoi ?

— C'est une idée de chanson. Apparemment, les meilleures me viennent quand je me trouve à trois heures au moins d'un piano. Si je t'imprime bien l'air dans la tête, tu pourras me le rechanter demain, quand moi, je l'aurai oublié.

— Quelle responsabilité ! grommelai-je. Et si je l'oublie ? »

Je m'étais inquiétée pour rien. Quand on avait entendu une fois une mélodie d'Inigo, elle restait enregistrée définitivement dans la mémoire. Il la chanta plusieurs fois, en inventant des paroles idiotes pour aider à la retenir. Ensuite il la chanta à la manière d'Elvis et de Roy Orbison, et moi, comme Patsy Cline et Marilyn Monroe, tandis qu'il m'accompagnait à la batterie sur le volant, si bien que je ne pouvais pas m'arrêter de sourire tellement on riait. Les pieds posés sur le tableau de bord, je pris le chewing-gum qu'il me tendait.

« Est-ce que les gens mâchent tout le temps ces machins-là, en Amérique ? demandai-je.

— Non. Seulement au cinéma. Mais n'arrête pas de chanter. Il faut qu'on continue pendant encore au moins – il consulta sa montre – un quart d'heure sans s'arrêter, pour pouvoir mémoriser l'air. »

Je repris, un ton plus haut.

« Comme ça, c'est complètement différent, dis-je, en le regardant ouvrir un paquet de chips avec les dents.

— C'est parfait.

— Elle sera pour moi ?

— Non. J'ai un nouveau groupe pour qui je suis censé composer trois chansons. C'est eux qui l'auront.

— Dommage. Elle me plaisait bien.

— Dans ce cas, s'ils n'en veulent pas, je la jouerai à Billy et tu pourras peut-être l'avoir. »

Je fis la grimace. « Non, merci. Je ne veux plus des chansons dont personne n'a voulu.

— Car, bien sûr, la dernière fois que tu as eu une chanson dont personne ne voulait, elle a disparu sans laisser de traces.

— Tu m'as très bien comprise, marmonnai-je, un peu honteuse.

— De toute manière, Billy m'a dit que tu serais de retour au studio la semaine prochaine.

— Quoi ? Quand ça ? Avec toi ?

— Non, dit-il. Et à ton grand soulagement, j'en suis sûr. Il veut que tu enregistres avec Johnnie Wilson.

— C'est qui, bon sang ?

— Ne t'affole pas. C'est moi qui lui ai appris tout ce qu'il sait.

— Pourquoi est-ce que ce n'est pas toi ?

— Pas le temps, dit-il, ce qui n'était nullement une explication. Maintenant que tu es lancée, Johnnie peut prendre le relais. Il connaît son affaire et il ne t'embêtera pas à te parler du *Sunday Express* et de Mr O'Rourke. »

Je ne fis aucun commentaire, mais je me demandais combien d'autres personnes attendaient en coulisse que Billy les convoque quand il avait besoin d'elles. J'étais au centre de toute cette affaire – la raison pourquoi tout ça se produisait – et pourtant je n'y participais pas du tout.

Après quelques kilomètres, et sans aucun avertissement, Inigo quitta la route principale pour tourner à gauche. Il s'arrêta sur le bas-côté et coupa le contact.

« Qu'est-ce que tu fais ? » demandai-je.

L'espace d'un instant d'épouvante, je crus qu'il allait encore me révéler un terrible secret – qu'il était un espion, ou le fils illégitime du roi de Grèce, que sais-je ? rien ne m'aurait étonnée. Pour moi, il restait une énigme, un inconnu. Il se mit à farfouiller dans la voiture, à la recherche de quelque chose d'une façon insistante.

« J'étais sûr de trouver des crayons, dit-il enfin, en en sortant trois de la boîte à gants. Il en sème partout où je vais, tellement il a peur que je n'aie rien pour noter mes idées.

— Parce que, sans tes idées, il n'y a pas de chansons, et sans tes chansons, pas de succès, et sans succès, pas d'argent…

— Ce à quoi il ne pense jamais, c'est à mettre du papier », marmonna-t-il.

Il se retourna et aperçut un paquet de corn-flakes presque vide que j'avais jeté sur la banquette arrière à la dernière minute.

« Je peux ? demanda-t-il.

— Ça serait un honneur. »

Une minute durant, il n'y eut plus que le crissement de la mine de plomb sur le carton. Luttant contre mon envie de voir ce qu'il écrivait, je tournai la tête vers la fenêtre ; nous étions entrés dans le Wiltshire sans nous en apercevoir. Quand il eut fini, il glissa les bouts de carton sous son siège et me regarda. Il bâilla, je crus le revoir quand il avait quinze ans et je dus me mordre la lèvre pour ne pas le lui dire.

« À quelle heure t'es-tu couché, hier soir ? lui demandai-je.

— Trop tard.

— Tu veux que je conduise ?

— Quoi ! s'exclama-t-il. Ne me fais pas rire. Qu'est-ce que dirait Billy s'il savait que tu as pris le volant ?

— Je ne pense pas que ça l'étonnerait. Tu as besoin de dormir. Je conduis depuis l'âge de douze ans.

— Pas légalement, précisa-t-il.

— Eh bien, je…

— Prends ma place, alors.

— Tu parles sérieusement ? » dis-je, en riant de stupéfaction.

Il ouvrit sa portière et fit le tour de la voiture pour venir s'installer de l'autre côté. Je me glissai sur le siège du conducteur avec un sourire idiot.

« Trouve-nous un endroit pour déjeuner, dit-il. Et, pour l'amour de Dieu, ne va pas trop vite. »

Il fit un coussin de mon cardigan, le mit sous sa tête, ferma les yeux et nous laissa nous débrouiller, la Mercedes et moi. Je passai la première et ce fut comme de monter un Cathedral Boy au mieux de sa forme, après un shetland. George en aurait été malade de jalousie et Billy mort d'épouvante. J'avais intérêt à aller doucement. Car, inutile de te le dire, ô lecteur, je n'avais pas mon permis de conduire.

Lorsque je jetai un coup d'œil sur Inigo, dix minutes plus tard, il dormait toujours. Je pourrais aller n'importe où, pensai-je. Je pourrais faire demi-tour et retourner en Cornouailles. Je pourrais aller à Southampton et prendre un ferry pour la France. Je pourrais, je pourrais, je pourrais… Mais je crois que je savais où j'allais. Même si je me disais que je n'en savais rien – que j'avais perdu le sens de l'orientation –, je ne peux pas croire que, tout au fond de moi, je ne savais pas où je nous emmenais. Où je l'emmenais.

Je m'arrêtai juste avant la gare de Westbury et Inigo ouvrit les yeux. Je pris la carte routière sur la banquette arrière et l'étudiai avec attention.

« On est perdus, hein ? dit-il. Je le savais.

— Non, non. » Les sourcils froncés, je m'absorbai dans l'examen de la carte pour dissimuler mon inquiétude. « On n'est pas perdus. Je crois que j'aurais dû sortir ici, dis-je en posant le doigt la carte. Mais nous sommes ici. »

Il resta un moment sans rien dire – il s'adossa confortablement et se frotta les yeux comme si ce geste pouvait le retransporter à New York, très loin de moi, dans un lieu où il n'aurait pas à subir l'inconfort de la campagne anglaise. Puis il se redressa, regarda à l'extérieur et j'attendis qu'il ait reconnu l'endroit où nous nous trouvions.

« Merde ! dit-il, stupéfait.

— Quoi ? Qu'est-ce qu'il y a ?

— Seigneur, Cherry, c'est ici que j'habitais autrefois. Nous sommes tout près de Magna. »

Il s'adressait moins à moi qu'à lui-même.

« Où ça ? demandai-je, d'un ton de fausse innocence.

— C'est la gare ! On… c'est ici que j'ai passé mon enfance. Comment diable avons-nous abouti ici ? Tu savais ? »

Cette question directe me prit de court.

« Non, bien sûr que non ! » Je m'assis sur mes mains, les doigts entrelacés. « Je ne savais plus du tout où j'étais. J'ignorais totalement que nous étions si près de chez toi. Je pensais trouver un endroit où nous pourrions déjeuner. Pardonne-moi, dis-je. Je ne savais pas.

— On ne peut pas déjeuner ici. Il n'y a rien ici. »

Au moins, il m'avait cru. Il n'avait aucune raison de me soupçonner de l'avoir fait exprès, c'était ce qu'il y avait de bien avec Inigo. Il m'avait toujours prise pour une tête folle, sans aucune notion de l'endroit vers lequel elle se dirigeait.

« Bon, on y va alors, dis-je, en jouant mon as plus tôt que prévu. Il faut qu'on regagne la route principale. Tu n'as pas envie de t'attarder ici, non ? »

Je le regardai, puis détournai vite les yeux. Dieu tout-puissant, quelle piètre comédienne j'étais ! Et qu'est-ce qui m'avait prise ? L'amener ici sur un coup de tête en croyant que ça déclencherait quelque chose. Quoi ? Je ne le savais même pas.

Au secours ! pensai-je. Qu'est-ce qu'on fichait ici, bonté divine !

« Je croyais que tu avais dit que la maison avait été complètement incendiée.

— C'est exact. Elle n'existe plus. Du moins... » Il s'interrompit et regarda par la fenêtre. « Passe-moi le volant », grogna-t-il.

Je descendis de voiture et montai de l'autre côté. C'était à lui de jouer.

Je l'avais emmené trop près du village de son enfance pour qu'il en reparte sans même un regard. Tout se passa comme je l'avais prévu ; son envie était trop forte. Pour quiconque n'aurait jamais mis les pieds dans ce village, il n'aurait rien eu de particulier – mais moi je savais, même s'il n'avait pas deviné que je savais.

Il arrêta la voiture à côté du pré communal, non loin du magasin où tante Mary m'avait envoyé faire des courses et où Lucy avait flirté avec le commis. La maison se trouvait un tout petit peu plus loin, en haut de la rue, au bout de cette allée qui m'avait tant impressionnée la première fois que je l'avais grimpée sur la vieille bicyclette que Mary garait dans l'arrière-cour. Je laissai Inigo passer devant – ne serait-ce que pour lui donner le temps de réfléchir à ce qu'il allait me dire concernant ses intentions.

Une femme et son petit garçon nous dépassèrent ; l'enfant tailladait les orties à coups de bâton. Puis deux jeunes filles montées sur des poneys gris qui parlaient de l'herbier qu'elles devaient réaliser en travaux pratiques. Elles firent à peine attention à nous et l'idée ne me vint pas de m'en étonner. C'était comme si nous n'étions pas vraiment là.

Inigo – maigre comme un clou dans sa chemise noire et tenant les clés de la voiture dans la main droite – détonnait dans le paysage, ainsi qu'un acteur sur le plateau d'un film dont l'action se situe dans le futur. Il était devenu trop moderne pour ce village. Je crachai mon chewing-gum dans un mouchoir en papier et accélérai le pas pour le rattraper.

« Rien n'a changé, dit-il. Le village est exactement le même.

— Depuis quand n'es-tu pas venu ici ?

— Six ans. Mais j'ai l'impression que ça en fait soixante. »

Nous marchions sous la bruine qui s'était mise à tomber. Des hirondelles tournoyaient au-dessus de la mare et piquaient pour attraper des insectes.

« Qu'est-ce qu'il se passe avec *nous* ? dit-il. Chaque fois que nous sommes ensemble quelque part, il pleut. »

Il avait dit cela sans états d'âme – et même, il ne faisait que constater notre malchance, mais j'aimais bien la façon dont il avait dit : qu'est-ce qu'il se passe avec nous ?

Il s'arrêta devant une enfilade de cinq maisonnettes minuscules, dont quatre étaient couvertes en chaume. Je me souvins d'être passée devant avec Lucy et d'avoir pensé qu'elles devaient abriter des nains.

« La maison de Mrs Daunton, dit-il, en désignant celle qui avait une porte verte.

— Qui est-ce ? »

Il haussa les épaules. « Une vieille dame que je connaissais bien. Elle me laissait regarder *The Grove Family* avec elle, le vendredi. Elle ne me parlait presque pas, elle restait assise à coudre et à manger des réglisses qu'elle piochait dans un sac en papier, remarqua-t-il en riant. Elle était quasiment sourde et à moitié aveugle, par conséquent je me demande comment il se fait qu'elle ait été la première personne du village à avoir la télévision.

— Je n'ai jamais regardé *The Grove Family*, dis-je, non sans un peu d'amertume. Papa était contre les feuilletons.

— Moi, je les adorais. De même que cette maison – encombrée de tout un fouillis d'objets et si merveilleusement petite. Je me rappelle que Mrs Daunton n'arrêtait pas de se plaindre de ne pas avoir assez de place pour balancer un chat, alors, un après-midi, je l'ai fait.

— Comment ça ?

— J'ai attrapé Albert et je l'ai fait tournoyer quelques secondes à travers la pièce.

— Albert ?

— Son chat persan. On a renversé plusieurs tasses à thé, je me suis cogné le coude contre une table recouverte de carnets de rationnement et j'ai cassé une tasse encore sale du chocolat de la veille. Elle avait donc raison.

— Je trouve parfois que tu es quelqu'un de très bizarre, m'esclaffai-je.

— Pas bizarre du tout. Je voulais juste lui apporter la preuve qu'elle avait raison. Ça fait plaisir aux gens. »

La pluie tombait plus dru. J'offris mon visage au ciel pour la sentir sur mes joues.

« Lucy aurait rêvé d'être une enfant unique, dis-je, en pensant tout haut. Alors que Matilda regrettait de n'avoir ni frère ni sœur. Je suppose que, dans cette toute petite maison, tu avais une impression différente que dans le grand manoir, au bout de la rue. »

Cette fois encore, je craignis d'en avoir trop dit. Il ne réagit pas.

Il hésita, comme si quelque chose le poussait à aller cogner à la porte pour regarder un nouvel épisode avec Mrs Daunton et Albert, à croire que le temps s'était arrêté – mais il parut se raviser et s'éloigna.

« Je n'ai pas envie qu'elle me voie. Je me demande bien ce que je pourrais lui dire. À l'époque, elle faisait chaque fois la même remarque : "Dire que tu vis là-haut, sans père, dans cette grande maison. Quel malheur, pour sûr." Elle avait deux garçons et trois filles, mais ses deux fils étaient morts au front, pendant la Grande Guerre. » Il me regarda comme s'il venait seulement de prendre conscience de cette réalité. « Les deux, répéta-t-il. Mais je ne la plaignais pas, parce qu'elle était la seule à avoir la télévision. Je me disais que si j'avais une télévision à moi, je serais heureux quoi qu'il arrive. »

Je ne disais pas un mot, tant j'étais émue, et je continuais à marcher à côté de lui. Nous traversâmes le village, passant devant des maisons que j'avais vues enfant, des maisons qui m'avaient paru tellement loin de chez moi lorsque j'étais à l'entière disposition de tante Mary. En arrivant au début de l'allée conduisant à Milton Magna, Inigo ralentit le pas. Puis il s'arrêta et me regarda.

« Tu nous as fait prendre une mauvaise route. Et nous voilà ici.

— C'est toi qui nous y as conduits, rétorquai-je avec douceur. On aurait pu faire demi-tour.

— Pourquoi ne pas l'avoir fait, dit-il, en s'emportant soudain. Pourquoi ne pas l'avoir fait ? Je ne sais pas ce que je fais ici. Je n'en ai pas la moindre idée.

— Mon père dit que, la plupart du temps, les raisons qui nous poussent à agir sont mystérieuses, même pour nous. » Alors, sans trop me rendre compte de ce que je faisais, sachant seulement que c'était ce qu'aurait fait papa, je lui pris la main et la serrai très fort. Il regarda ma main dans la sienne.

« C'est quoi, *ça* ? dit-il avec un petit rire surpris.

— Je me suis dit que tu aimerais peut-être savoir qu'il y a quelqu'un près de toi. »

Qu'est-ce qui m'avait prise ? Je lui lâchai la main.

« C'est sympa », dit-il lentement. Il avait la même expression que Digby quand il butait sur une définition dans les mots croisés du *Times*.

« Sympa, dis-je. Un mot bien commode, sympa. »

À l'évidence, il ne se rappelait pas ce qu'il m'avait dit dans le studio d'enregistrement, car il n'eut aucune réaction. Il fallait que je cesse de me dire qu'il n'avait rien oublié, lui non plus ; ça me faisait trop mal de constater qu'il ne se souvenait pas des choses qui comptaient pour moi.

« Si ça ne t'ennuie pas, dit-il, j'aimerais bien continuer seul. Je vais aller jusqu'à l'endroit où se trouvait la maison. J'en ai pour une minute. Pas plus.

— Mais bien sûr.

— Je suis content que tu sois là, dit-il, avant d'ajouter, comme pour mettre un bémol à sa remarque : Ça rend la chose moins pénible d'être ici avec quelqu'un. »

Quelqu'un, pensai-je. *N'importe qui, du moment que c'est quelqu'un.*

« Je peux fumer ? » demandai-je, histoire de combler le silence, et il me tendit son paquet de Lucky Strike.

« Tu ferais mieux d'aller m'attendre dans la voiture, dit-il. Tu ne t'en es peut-être pas aperçue, mais il tombe des cordes.

— Ça ne me gêne pas. »

Il se remit en marche, mais je ne retournai pas à la voiture, malgré le froid et le vent qui avait forci. Je me dirigeai vers l'ancienne aire de jeux et m'assis sur l'une des balançoires où nous nous installions pour bavarder, en début de soirée, Lucy et moi, mais, une fois là, je m'aperçus que je n'avais pas d'allumettes pour mes cigarettes. C'est lui qui les a, pensai-je, en me balançant doucement. C'est toujours lui qui a les allumettes.

Je ne sais pourquoi, je me mis à rire de moi-même. Je m'en voulais de lui avoir pris la main, mais qu'aurais-je pu faire d'autre ? Depuis mes dix ans, Inigo Wallace accaparait mes pensées – une image magique sur fond de guitare pour m'occuper l'esprit, la nuit, quand je ne dormais pas –, mais il n'y avait rien de réel dans tout ça.

Comment n'aurais-je pas été bouleversée de le revoir après tant d'années ? J'espérais une sorte de magicien capable de tout arranger rien qu'en me regardant et je m'étais trouvée face à quelqu'un de bien différent. Abîmé ? Oui, il est abîmé, pensai-je, en remettant les cigarettes dans ma poche – et d'autant plus cher à cause de ça.

Il ne s'apitoyait jamais sur lui-même. Il estimait ne pas en avoir le droit. Il n'avait plus de père et sa maison avait brûlé, mais il ne se plaignait pas. Il avait tiré le meilleur parti de ce qu'il avait à sa disposition et avait fait ce qu'il s'était promis de faire.

Bientôt, il disparut à ma vue. Je me retins de lui courir après et, croyez-moi, ce n'était pas l'envie qui me manquait. Je l'imaginais enfant, avec ce village comme centre de son univers, comme seule réalité. Curieux, vraiment, de penser que les membres d'une même famille puissent vivre dans la même maison, partager le même espace, et respirer si différemment l'air environnant.

Je vais lui fredonner notre – pardon –, *sa* – nouvelle chanson, me dis-je. Je n'arrêterai pas de la chanter, afin de ne pas l'oublier. J'en étais à peine à la moitié du refrain quand je le vis qui revenait. Je sautai de la balançoire et courus à sa rencontre.

« Comment… tout s'est bien passé ? demandai-je.

— Il n'y a plus rien. » Il avait les deux mains dans les poches. *Oh, mon Dieu ! Dans les poches ! Comme s'il avait peur que je les lui reprenne !*

« On n'y voit pas grand-chose avec ce temps, dis-je.

— Je me suis approché. Il manque un des battants de la grille d'entrée. Et puis, là où se trouvait la maison… il n'y a… plus rien du tout. »

Il me regarda comme s'il s'attendait à ce que je lui fournisse une raison de refuser l'évidence.

« Rien du tout ? » demandai-je. Dans un sens, il me semble avoir été aussi surprise que lui.

Il secoua la tête et, comme s'il remettait le pied en terrain sec, il dit : « Mon Dieu, Cherry, tu es trempée. Viens. »

Sous la pluie qui tombait de plus en plus fort, nous courûmes nous abriter dans la voiture. La pendule du tableau de bord indiquait deux heures. Je débouchai la gourde de thé sucré que m'avait donnée Imogen et déballai les petits sandwichs qu'elle avait préparés pour mon déjeuner.

« Ils sont un peu écrasés. Tomate et persil. D'après ma sœur, le persil guérit tous les maux. »

Il frissonnait. Nous mangeâmes en silence tandis que la pluie tambourinait sur le toit de la voiture, si violemment que je me disais que nous allions être réduits en bouillie. Nos vêtements mouillés avaient noirci le cuir rouge sang des sièges – j'imaginai la tête de Billy. Mais ce n'était pas le moment de s'appesantir sur des considérations aussi insignifiantes.

Je versai le thé dans une tasse à laquelle nous bûmes à tour de rôle. Lorsqu'il n'y en eut plus une seule goutte, il poussa un soupir et mit le contact.

« Bon, dit-il. J'espère que tu n'as pas oublié la chanson.

— Bien sûr que non. »

Tandis que nous quittions le village, avec les essuie-glaces qui battaient la mesure, nous nous mîmes à chanter et j'eus alors la certitude que cette journée resterait à jamais gravée dans sa mémoire – et peut-être se souviendrait-il aussi qu'une fille l'accompagnait, en cet après-midi diluvien où il était revenu voir une maison qui n'existait plus.

Je sentais les ombres qui l'enserraient commencer à s'écarter et je fermai les yeux en disant une prière à son intention – et croyez-moi, je n'avais pas pour habitude de prier pour n'importe qui, contrairement à ce que nous apprend l'Église. Je priai pour Inigo Wallace. C'est dire l'importance que ça avait pour moi. Oui, une grande importance.

37

Une soirée au Marquee

De retour à Londres, Inigo reprit ses distances, mais il avait de bonnes raisons pour ça. Il travaillait toute la journée et presque toute la nuit, et il allait bientôt rentrer à New York. Il me semblait toutefois qu'il était un peu gêné à cause de la façon dont il s'était comporté pendant le voyage – comme s'il s'était trop découvert. Faisant preuve d'une égale réserve, je feignis de ne m'être aperçue de rien. De toute manière, je ne manquais pas d'occupation – Billy m'avait tout de suite jetée dans le grand bain en organisant pour moi des interviews à la chaîne et des séances de signatures de disques. Personne ne me reconnaissait dans la rue, mais j'avais le sentiment que Billy était capable de changer ça. Qu'il était juste en train de se demander sur quel bouton appuyer pour déclencher le processus. Il pouvait se permettre d'être celui qu'il avait envie d'être. Billy Laurier, la seule personne qu'il valait la peine de connaître pour quiconque désirait se faire un nom.

Et puis j'avais d'autres motifs de souci – à savoir ma sœur. Avant de m'endormir, la première nuit de mon retour à Londres, j'avais prié pour la trouver près de moi, le lendemain, à mon réveil. Une fois de plus, j'avais dû constater que ma ligne directe avec Dieu était en dérangement.

« Elle n'est pas rentrée, dis-je à Clover, au petit déjeuner.

— Merci, Sherlock », répondit-elle sèchement. Je la regardai. « Toi et moi, nous savons chez qui elle est.

— Elle ne peut pas être chez le joueur d'harmonica, dis-je. C'est impossible. Digby dit qu'il n'a même pas un logement convenable.

— À ta place, je me tiendrais à carreau et ne chercherais même pas à savoir où elle est. Ça ne ferait qu'aggraver les choses. Elle reviendra quand elle le décidera.

— Et le travail qu'elle doit faire pour toi ?

— Elle est venue chercher trois cartons à trier pendant la semaine. Elle peut le faire n'importe où, sans que je sois sur son dos.

— On dirait que sa disparition ne te tracasse pas trop.

— À quoi bon en faire toute une histoire, Cherry ? Elle est adulte. Je trouve qu'elle a déjà été l'objet de trop de jugements et de critiques. Fichons-lui la paix. Ce n'est pas pour vivre avec Brian qu'elle s'est enfuie. Elle s'est enfuie pour essayer de savoir où elle en est.

— Qu'est-ce que tu en sais ?

— Je ne sais rien du tout. Mais, si tu allais écouter son groupe, elle aurait un peu moins l'impression que tu désapprouves tout ce qu'elle fait. Tu es sa sœur, bonté divine.

— Où est-ce qu'on peut les voir ? demandai-je de mauvaise grâce.

— Au Marquee. Ça risque d'être atroce, mais il y a une petite chance que ce soit fabuleux – les Anglais qui jouent de la musique américaine sont rarement médiocres. Digby t'y emmènera, si tu veux. Il est persuadé que Brian a de l'avenir.

— Oui, et ma sœur en fait partie, probablement», dis-je, accablée.

Ça sentait le jazz et la cigarette. Nous descendîmes prudemment l'escalier conduisant dans le sous-sol où le groupe devait se produire. Il y avait déjà foule; des filles à l'air emprunté, qui avaient dû passer leur journée à peaufiner leur coiffure, des garçons qui comptaient leurs sous pour les donner à la barmaid. Il fallut deux secondes à Digby pour trouver des personnes de sa connaissance. Et, comme chaque fois qu'il avait un auditoire, il se surpassait. Il étincelait, il devenait celui qu'on attendait qu'il soit. Il était ici pour une raison précise. Je bus à toute vitesse plusieurs gorgées de gin à la flasque de Digby, qui reconnut que j'en avais grand besoin. Puis il m'apporta une bière et repéra sur la gauche de la scène une petite table d'où on voyait les musiciens faire leurs préparatifs. J'étais ivre de quelque chose – pas de bonheur, mais de quelque chose. Le gin, les cigarettes, la bière et la pénombre, tout concourait à me donner la sensation d'être là, en même temps que je me voyais moi-même de l'extérieur.

«Hé ! Brian !» cria Digby.

Je vis alors, tout près de nous, un garçon aux yeux d'un bleu tirant sur le vert, petit et efflanqué, qui tripotait une guitare, une cigarette au bec. Il leva la tête et adressa un sourire à Digby. À côté de lui, tout le monde avait l'air conventionnel. Ce n'était pas tant la manière dont il était vêtu que son attitude, l'autorité qu'il exerçait sur tous ceux qui l'entouraient. De même que le soir où Lucy avait flashé sur lui, chez Digby, il se distinguait par une extrême assurance. Qu'elle fût réelle ou non, aucune importance. Si c'était un masque, il le portait bien.

« Je ne vois pas Lucy, dis-je.

— Tu veux que j'aille lui demander s'il sait où elle est ?

— Non. Elle va arriver. Forcément. »

Il fit signe à un serveur et lui demanda du vin et des cigarettes. Il y avait de la nervosité dans l'atmosphère, un climat d'insurrection. Je suppose que le Marquee avait l'habitude d'accueillir plutôt de grands jazzmen complètement bourrés dont aucun n'était susceptible de casser la baraque par son énergie. Mais le public venu pour écouter Brian et son groupe paraissait fébrile, en attente.

Clover arriva, s'assit à notre table et commanda à boire sans retirer ses lunettes noires. Dès que Digby la vit, son langage corporel changea. Comment ne m'en étais-je pas aperçue plus tôt, je me le demande. Maintenant, je comprenais tout : sa nervosité, l'ironie dont il usait constamment à son égard, les propositions offensantes, qu'elle ignorait comme faisant partie de son numéro. C'était une expérience bizarre – de se trouver en présence de deux êtres incapables de se dire ce qu'ils ressentaient. Je voyais Digby par les yeux de Clover : instable, immature, inconstant. Je voyais Clover par ceux de Digby : insupportable, distante, susceptible. Ils étaient aussi différents que possible, ce qui les unissait n'étant rien d'autre qu'un mot infime, non dit, traité avec dédain. Pourtant, c'était une évidence. Il l'aimait et elle l'aimait.

En levant les yeux, je vis arriver Inigo. Il mit un moment pour parvenir jusqu'à nous, parce que tout le monde l'arrêtait au passage pour lui parler : Mister Tubes venu s'entretenir avec ses sujets. Qui n'en étaient pas dignes ! En le voyant approcher, sans faire le moindre effort pour avoir l'air d'en imposer, mais dominant tous les autres par sa seule présence, j'eus la seconde grande révélation de la soirée : Inigo possédait un pouvoir supérieur à celui de Billy, parce qu'il vivait son personnage. Alors que Billy distribuait ses ordres, en se tenant à distance, Inigo participait au spectacle, il créait le spectacle et, contrairement à Digby qui frétillait comme un jeune chien, il le faisait avec une telle simplicité, si peu d'ostentation, qu'il était difficile de savoir où il s'arrêtait et où tout le reste commençait. Il tira une chaise et s'assit entre Clover et Digby.

« Brian a l'air en grande forme », remarqua-t-il.

La salle était pleine comme un œuf, et toute évasion était impensable.

« Autant que tu passes un bon moment », me dit-il, en lisant dans mes pensées.

Un grincement assourdissant s'échappa d'un ampli placé près de la scène et les musiciens commencèrent à jouer. J'hésite à dire qu'ils m'avaient eue dès le premier accord, mais c'est la pure vérité. Prendre la fuite ? Comment l'aurais-je pu ? Ils étaient trop puissants, trop forts. Je fus prise d'une sorte de transe. Où était passée Lucy ? Comment allait Raoul ? Pourquoi fallait-il qu'Inigo parte en Amérique ? Ces questions, je les oubliai tout le temps qu'ils restèrent en scène. Elles s'évanouirent et la musique prit leur place.

Le chanteur était un joli garçon au visage de marbre, maigre comme un clou, avec un accent américain surprenant, étant donné qu'il était natif de Dagenham – je reconnus en lui le jeune homme à la grande bouche qui s'occupait des disques à la soirée chez Digby. Il se contorsionnait comme un beau diable, pendant que dans l'espace avoisinant des formes gesticulantes ricochaient des tables, les cheveux dégoulinant de transpiration et vidant leur verre d'un trait. *Mon Dieu !* pensai-je. Alors quelque chose prit possession de moi, quelque chose que je ne pouvais ni ne voulais contrôler.

Je regardai Digby. Il était amusé, un spectateur qui restait au sec pendant que tous les autres sautaient de la falaise dans des eaux inconnues. « Passez devant », semblait-il leur dire.

Clover ne dansait pas, elle non plus. Elle ôta ses lunettes de soleil, désigna le groupe et nous regarda en disant :

« Allez faire vos dévotions. »

Pour la première fois, je pris conscience qu'elle était non seulement plus âgée que nous, mais qu'elle appartenait à une génération différente. Elle était née un an à peine après la fin de la Première Guerre mondiale. Elle était notre aînée de vingt ans, elle aurait pu être notre mère et c'est justement ce qui nous la rendait proche. Chose qui ne m'était jamais arrivée, je lisais dans son regard ces vingt années d'expérience. Elle en avait vu bien davantage qu'aucun d'entre nous.

Soudain, je vis Inigo debout sur la table.

« Qu'est-ce que tu fais ? lui criai-je, en éclatant de rire.

— Monte là-dessus, toi aussi. »

Je grimpai sur une chaise et il me tira par la main pour me hisser à côté de lui.

«Il faut que tu voies comment ils jouent de là-haut.» Tout en me parlant, il ne quittait pas le groupe des yeux. Mais il ne m'avait pas lâché la main. *Il ne m'avait pas lâché la main.*

«Vite ! Descends !» hurla-t-il, en voyant la barmaid faire un geste dans notre direction. Deux individus – des jazzmen en costard – paraissaient prêts à bondir pour nous mettre dehors.

«Fichons le camp !» cria Inigo.

Nous nous fondîmes dans la foule, en nous tenant par la main et en riant aux éclats, à en perdre la respiration – on riait parce qu'on ne pouvait pas ne pas rire. Au moment où nous nous retournions, en nous cognant à des formes indistinctes, écrasant une multitude de pieds, je ressentis uniquement un intense sentiment de sécurité, au beau milieu de cette frénésie, de cette incessante poussée en avant – qui procurait un curieux bien-être –, la chaleur, la pression, l'énergie, un abandon généralisé devant une puissance supérieure, un besoin de débordement primitif.

«Je ne pensais pas que tu étais du genre à danser, criai-je à Inigo, entre deux morceaux.

— Mais il faut danser, bien sûr, Tara Jupp. Si tu ne danses pas, tu ne comprends pas.

— Je ne comprends pas quoi ?»

Il haussa les sourcils et sourit. «Tout ce que tu peux imaginer.»

L'atmosphère n'avait rien de charmant – rien qu'on pût associer au Swinging Sixties des romans et des films, pas de jupes bien sages, pas de choucroutes et pas question de twister gentiment avec un garçon de la classe au-dessus dont on se serait entichée. C'était le chaos absolu, le bord du précipice. Gagnée par le feu et l'énergie des musiciens, je me rendais compte que, plus que n'importe quoi d'autre, c'était de sexe qu'il s'agissait. De sexe et de magie, plus un élément nouveau et insistant qui rendait caduque, ce soir-là, toute possibilité d'être ailleurs qu'au Marquee pour écouter ce groupe. Le batteur assenait ses baguettes telle une créature primitive, le pianiste cognait si fort sur le clavier que je m'étonnais que les touches n'explosent pas. C'était dément. Il n'y avait pas d'autre mot. Dément.

J'aurais pu rester là pour toujours, prisonnière de cette musique, hurlant à la fin de chaque morceau, pour plonger dans le suivant comme si je savais de quoi il était question, alors que personne, en réalité, n'en avait la moindre idée. Nous étions des enfants de l'après-guerre, pris de folie une fois grands, nés au son du mugissement des sirènes anti-aériennes, mais imprégnés de sonorités volées aux Noirs américains dont le mal de vivre était bien différent du nôtre. Le mélange devait fonctionner puisque je désirais, moi aussi, monter dans ce train à bord duquel ils s'étaient tous embarqués. Il serait toujours temps de recommencer à me faire du souci à cause du joueur d'harmonica, car, pour le moment, il m'était impossible de résister à l'appel de la musique.

À travers le rideau des chemises et des visages en sueur, je glissai un œil sur notre table. Digby et Clover n'avaient pas bougé. Digby avait un air d'indifférence amusé. Pour lui, ce n'était que de la nourriture pour son appareil photo ; il n'était pas touché. Pour nous, c'était bien différent. Lorsque le groupe cessa de jouer, quelque chose avait changé pour ceux d'entre nous qui nous étions tant démenés. Je n'exagère pas en disant ça. Un changement définitif s'était produit.

« Je ne savais pas que tu aimais danser, me dit Clover. Je pensais que tu te contentais de chanter.

— L'un ne va pas sans l'autre. »

Digby regardait les musiciens qui remballaient leurs instruments.

« Il faut que j'aille leur dire bonjour, marmonna-t-il. Si je les ai au studio la semaine prochaine, je peux les faire passer dans le prochain *Vogue*.

— Dis-leur qu'ils sont sensationnels et que j'espère qu'ils seront encore ensemble dans cinquante ans, déclarai-je, encore sous le choc.

— Je vois pas aussi loin », déclara Clover, un peu affolée.

Digby alla trouver Brian en slalomant parmi la cohue, ébouriffant au passage les cheveux d'un rouquin et chipant une cigarette à une blonde dégoulinante de sueur.

Je le suivis des yeux et sentis le regard d'Inigo posé sur moi.

« Alors ? Qu'est-ce que tu en penses ? lui demandai-je. Est-ce qu'ils sont à la hauteur de ce qu'on attendait d'eux ?

— J'étais sûr qu'ils feraient un malheur.

— Comment ça ? Comment se fait-il que tu saches tout à l'avance ?

— Je connaissais déjà Nicky, le pianiste. Il ne voulait pas venir jouer dans cette boîte, mais je parie que, maintenant, il ne le regrette pas. Et toi, qu'en penses-tu ? me demanda-t-il, en allumant une cigarette.

— C'est incroyable mais j'ai cette impression rare que je pourrai dire plus tard à mes petits-enfants que je me suis trouvée un jour au bon endroit au bon moment.

— Être au bon endroit au bon moment, répéta Inigo, l'air songeur. Je crois que ça ne m'est plus jamais arrivé après le jour où je suis tombé par hasard sur Charlotte Ferris en petite tenue, dans le salon bleu de Milton Magna, à la Noël 1954. »

Autour de nous, le bruit et le déchaînement ne faisaient que croître. Les deux malabars qui nous avaient rappelés à l'ordre quand nous étions montés sur la table paraissaient contrariés. Ils étaient chez eux et ne maîtrisaient plus tout à fait la situation.

« Tu aurais aimé être sur la scène à leur place ? lui demandai-je.

— Plus maintenant. Et toi ? »

Je regardai Brian qui fumait en compagnie du chanteur.

« Quand j'entends un gars du Kent chanter le blues comme s'il était natif du Mississippi, je crois bien que oui. »

Inigo alluma une autre cigarette. Agacée de voir à quel point il était capable de me faire perdre mes moyens, j'envoyai des coups de pied sous la table. Il fallait que je sente mes chaussures frapper le sol, j'avais besoin de m'enraciner dans la réalité, de me dire que ce n'était pas un rêve – car il y avait un je-ne-sais-quoi chez Inigo Wallace qui me donnait l'impression d'être toujours une enfant en train d'observer la jeune fille que j'étais devenue.

Digby ne semblait pas avoir l'intention de revenir à notre table ; il continuait à gesticuler et à boire verre sur verre. De temps à autre, il jetait un coup d'œil dans notre direction pour s'assurer que j'étais toujours assise à côté d'Inigo et je croyais alors qu'il allait se décider à nous rejoindre. Mais un musicien du groupe s'approchait, ou alors c'était une fille avec de jolies chaussures et, une fois de plus, il nous oubliait.

« Digby est le plus heureux quand il est entouré de gens qui le connaissent à peine, fis-je.

— Pas comme nous », dit Inigo.

Quand il se leva, je vis un paquet de cordes de guitare qui dépassait de sa poche arrière. C'est à cet instant que je me pris à penser à tous les efforts que je faisais pour me donner une contenance, assise obstinément sur ma chaise, raide, mal à l'aise dans ma robe et fumant comme un pompier, à croire que ma vie en dépendait, alors que lui, il était si totalement lui-même.

« Cette chanson n'arrête pas de me trotter dans la tête », remarqua-t-il. Il n'avait pas besoin de me dire de quelle chanson il s'agissait. Depuis notre retour à Londres, j'étais obsédée par la mélodie qu'avait composée Inigo dans la voiture.

« Ce sera un tube, dis-je simplement, car c'était une évidence.

— "May to September" est une bien meilleure chanson, évidemment, dit-il en souriant. Elle est beaucoup plus sérieuse. »

Je ris et me mis à chanter, en prenant un ton de voix américain, comme je l'avais fait pour l'enregistrement.

C'est au temps des cerises que je l'ai rencontré
Il a pris mon cœur et la tête m'a tourné.

Inigo joignit sa voix à la mienne, en claquant dans ses doigts.

Notre amour a duré tout l'été et même après,
Et c'est à Malibu qu'on va se marier.

« Tu as raison, dis-je. À quoi sert le blues puisque tu es marié avec l'Amérique ?

— Mon avion décolle demain matin à dix heures, dit-il, en regardant sa montre. Je n'ai pas encore fait mes bagages. Il faut que j'y aille. »

Il se leva et j'eus l'impression que la salle, avec tout ce qu'elle contenait, se dégonflait sous mes yeux.

« Quand… quand reviendras-tu ?

— Je n'en sais rien. Tout dépend de ce qui se passera.

— Comment ça ? Qu'est-ce que tu veux dire ? demandai-je aussitôt.

— Ta carrière. »

Mais bien sûr, pensai-je. Que pouvait-il vouloir dire d'autre ?

« Billy veut commencer à travailler avec Johnnie Wilson, dit-il. Tu vas bientôt faire d'autres enregistrements.

— Et… et toi ? demandai-je d'une petite voix.

— Il a besoin de moi pour deux ou trois de ses groupes, en Amérique. Je reviendrai peut-être à Noël. »

Il se pencha et déposa un baiser sur ma joue.

« Ne laisse personne te dire ce que tu dois faire. Sauf s'il m'a consulté au préalable. »

Et voilà. Il s'en allait et, moi, je restais là sans même essayer de l'en empêcher.

Digby me faisait signe de venir le rejoindre. Il était au bar, en compagnie de célébrités. Il avait sorti de son portefeuille des Polaroids qu'il montrait à deux filles.

« Après ça, on ira à la Pheasantry, disait-il. Johanna n'aura qu'à partager un taxi avec nous. »

Je regardai Joanna, laquelle était au moins de trois ans plus âgée et plus avertie que moi, et infiniment plus belle.

« Moi, je rentre à Napier House, dis-je d'un ton assuré. Tu pourras prévenir Clover ?

— Comme tu veux, dit-il avec un haussement d'épaules. Tu as assez de blé ?

— Oui. »

Il me glissa un billet d'une livre dans la main.

« Ne sois pas idiote », dit-il, voyant que je voulais le lui rendre.

Je partis en courant. Dans l'escalier, deux hommes discutaient avec animation.

« Pas question de faire venir ce genre de groupe ici, disait l'un d'eux. Ils arrivent comme en terrain conquis et toute la racaille rapplique. Rappelle-toi ce que je te dis ; ils ne nous attireront que des ennuis.

— Mais les jeunes les adorent. Et les jeunes amènent leurs amis…

— Qui vont tout saccager. Tu verras, Ray. »

En sortant dans Oxford Street, j'eus l'impression de me trouver à l'intérieur d'une affiche – tout était illuminé comme dans une fête foraine. Je craignais qu'Inigo ait déjà sauté dans un taxi, mais je le vis à l'arrêt du bus, une cigarette au bec.

« Inigo », dis-je, en lui tapant sur l'épaule.

Il se retourna. « Tara ! Où est passé Digby ?

— Il est entré en combustion spontanée du seul fait de dire à Brian combien son groupe était formidable.

— Ah ! Oui, ça peut se comprendre. »

Il y eut un silence et je me sentis gênée à la pensée qu'il ait pu croire que je lui avais couru après parce que je ne voulais pas qu'il retourne en Amérique. Mais il me regarda et demanda :

« Alors, on va où, maintenant ?

— Comment ça ?

— Eh bien, puisque tu as laissé tomber le Marquee, autant faire autre chose. »

De la part de tout autre que lui, cette proposition aurait pu être une façon distinguée de me draguer. Venant d'Inigo, incapable de flirter, c'était pareil à une invitation à le regarder changer le pneu de sa bicyclette.

« Où qu'on décide d'aller, il ne faudrait pas qu'il y ait de la vodka, dis-je.

— Surtout pas. À partir de ce soir, ce sera que de la crème de menthe frappée. »

Je le regardai et me jetai à l'eau. « Et si on rentrait à Napier, est-ce que tu me montrerais ton bureau ? »

Il ne m'avait jamais proposé de me le faire visiter mais j'y allai au bluff.

« Tu m'avais promis de me le montrer avant ton départ, dis-je.

— Ah bon ? s'étonna-t-il.

— Oui.

— Quand ça ?

— Je ne sais plus très bien. Au début.

— Au début de quoi ?

— Au début de mon séjour ici.

— Oui, et c'était quand exactement ?

— J'ai l'impression que c'était il y a un million d'années. Mais en réalité, c'était le mois dernier. »

Il enfonça les mains dans ses poches.

« Montre-moi l'endroit où tu travailles. S'il te plaît. C'est la chambre de Barbe Bleue. Je veux savoir où se fabrique cette magie. »

Il sourit et héla un taxi. « Et après ça, je serai peut-être obligé de te tuer, miss Merrywell », dit-il avec un accent allemand, tandis qu'il montait dans le taxi avec moi.

Dix minutes plus tard, nous longions Hyde Park et il baissa sa vitre pour laisser entrer l'air tiède de la nuit qui embaumait l'herbe coupée et les gaz d'échappement. À l'instant où le taxi s'arrêtait devant la maison, je ressentis une joie étrange de me dire que le chauffeur avait peut-être pensé que nous étions autre chose que ce que nous étions. Quelque part sur cette planète, quelqu'un qui ne savait rien de nous croyait que nous ne faisions qu'un. Inigo régla la course et nous nous retrouvâmes tous les deux devant la porte. Je marquai un temps d'arrêt.

« Alors, tu viens ? » me dit Inigo. Il posa une main légère sur mon dos et l'allumette était prête à s'enflammer.

38

Le bureau de lord Napier

En entrant dans le vestibule, qui m'était devenu familier, je surpris mon reflet dans le miroir.

« J'ai l'air d'un épouvantail, constatai-je.

— Peu importe. Tu as dix-sept ans et tu es jolie, par conséquent tu peux tout te permettre. »

C'est cette phrase qui décida de tout. Il avait dit que j'étais jolie. J'envoyai promener mes chaussures et le suivis dans l'escalier avec l'impression de ne pas être tout à fait là ; une part de moi nous observait à distance, avec l'espoir qu'il me prendrait par la main. D'être avec lui à minuit, j'avais l'impression que le mince espace qui nous séparait était comme une poignée de paille à côté de cette allumette enflammée ; à tout moment, elle pouvait prendre feu. Mais, comme d'habitude, il ne se rendait compte de rien. Il bâilla, se passa la main dans les cheveux et tira sur un bouton de sa veste qui se décousait.

« Ma sœur trouve que je devrais arrêter de m'habiller en noir.

— Tu serais bien, même dans un sac de jute. »

Il eut l'air surpris et dit : « Merci. »

Lorsqu'il ouvrit la porte de son cabinet de travail, j'essayai, en vain, de retenir ma respiration.

À l'évidence il l'avait quitté en plein travail ; son bloc-notes était posé sur le piano et il y avait une tasse de thé à moitié pleine sur l'appui de la fenêtre. Les murs étaient entièrement couverts de photographies en noir et blanc représentant des personnes costumées ; des hommes et des femmes avec des turbans, des plumes, des robes à crinoline, des étoles de fourrure, des peignoirs en soie, ou encore – dans certains cas – rien du tout.

« La photographie était le violon d'Ingres de lord Napier, expliqua Inigo.

— Oh, m'écriai-je, en m'approchant de la photo d'un homme en smoking, posant à côté d'un cheval, un canard dans les bras. Digby a exactement la même dans sa... », j'hésitai puis repris à mi-voix : « Dans sa chambre.

— Ça doit être une copie, dit-il, indifférent à mon embarras. Digby a une passion pour les travaux de lord N. Il te l'a sûrement dit.

— Non. Non, il ne me l'a pas dit. Je pense d'ailleurs qu'il y a beaucoup d'autres choses qu'il ne m'a pas dites.

— Du moment qu'il y a aussi beaucoup de choses que tu ne lui as pas dites, toi non plus, peu importe.

— Cette fille avec qui il était ce soir. Joanna. Il me semble l'avoir déjà vue. Elle est très jolie.

— Bête comme une oie. Il y a quelque temps, dans un dîner en ville, j'étais assis à côté d'elle. Elle croyait que le *Cutty Sark* était un magasin de chaussures de Kensington.

— Et ce n'est pas vrai ?

— Très drôle. Alors, ça t'ennuie.

— Quoi ?

— Joanna et lui. Sa tendance à toujours… aller voir ailleurs.

— Il ira toujours voir ailleurs tant qu'il ne dira pas à Clover qu'il est amoureux d'elle.

— Qui t'a raconté ça ? demanda-t-il, en ouvrant de grands yeux.

— Lui-même. Je suis au courant de ce qui s'est passé à New York. Ça aussi, il me l'a dit. »

Il y eut un silence, le temps qu'Inigo ait bien saisi ce que je venais de dire.

« Il aime toujours Clover, ajoutai-je.

— Il a une drôle de façon de le montrer. »

Je m'assis au piano et le contact des touches d'ivoire fraîches sous mes petites mains chaudes me fit du bien. J'attaquai en *do* mineur et me mis à chanter.

Jamais il ne pourra oublier
Clover, la fille qui l'a quitté.

Inigo sourit, s'approcha du piano et reprit en sol majeur :

Ce type est un imbécile.

« Ça ne rime pas, dis-je, en me tournant vers lui.

— C'est quand même un imbécile. La première fois que je l'ai vu, il photographiait Marina Hamilton à Los Angeles.

— L'actrice ? »

Papa et George adoraient Marina Hamilton parce qu'elle avait tiré un trait sur sa vie dissolue et découvert Dieu.

« Tu la connais ? »

De même que le jour où j'avais comparu devant lui à cause de l'éléphant, j'aurais voulu que cette conversation ne s'arrête jamais.

« Oui, dit-il. Marina était ivre. Elle buvait depuis des années sans que personne se rende vraiment compte de la quantité d'alcool qu'elle absorbait. Quand je l'ai connue, j'avais quinze ans… tu ne peux pas savoir à quel point j'étais amoureux. »

Par conséquent, lorsqu'il avait chanté pour moi dans la cuisine, peut-être ne pensait-il qu'à Marina Hamilton et à son opulente poitrine, et aussi à Charlotte en petite tenue.

— Qui aurait pu lui résister ?

— Et puis je l'ai revue quelques années après, au bal du Gouverneur, après la remise des Oscars, et elle n'était plus la même. Elle n'avait pas bu, je suppose, c'était la raison. Je lui ai demandé comment elle se portait et elle m'a dit : “N'est-ce pas merveilleux ? J'ai rencontré Jésus.” Mon beau-frère Harry, qui m'accompagnait, a dit : “Où est-il, bon sang ? Je le cherche partout !” Elle n'a pas ri, m'a regardé et a dit : « Oh, Inigo, pourras-tu aimer encore, un jour ?” et j'ai dit : “Qu'est-ce que tu veux dire par là ?” et elle a fait : “Cette superbe maison ! Réduite en cendres !” Il s'interrompit brusquement, comme pour contenir son émotion, puis reprit : “Je lui ai répondu que ça remontait à très longtemps et que depuis je vivais à New York”, et elle a dit : “Bien sûr, chéri.”

— Et alors, qu'est-ce que tu as dit ?

— Rien.

— Qu'avait-elle voulu dire, à ton avis ? lui demandai-je, au comble de la curiosité.

— Comment le saurais-je ?

— Je suppose qu'elle voulait dire qu'on ne se remet jamais vraiment de la perte d'une maison pareille, m'avançai-je, en guettant sa réaction.

— Peut-être.

— Et elle, qu'est-ce qu'elle a dit ?

— Rien. Marlon Brando est venu lui parler et ç'a été fini.

— Oh, je déteste quand ça arrive !

— Moi aussi. Cet homme est un fléau. »

Il rit et je lui rendis un sourire radieux.

« Je peux te faire un aveu ? » dis-je.

Il acquiesça d'un signe de tête.

« J'ai l'impression de tromper les gens.

— C'est le problème quand on est une chanteuse pop.

— Mais Billy a placé tant d'espoirs sur moi. Il s'imagine que je vais vendre des millions de disques et parcourir le pays pour serrer des milliers de mains et que les petites filles pleureront de bonheur rien qu'en me touchant, mais je ne m'en crois pas capable. Je n'ai jamais eu envie d'être célèbre. Je voulais seulement que ma famille pense que j'avais accompli quelque chose de valable.

— Jésus aurait pu dire la même chose, fit-il, avec une ombre de sourire.

— Billy ne comprendra jamais, dis-je. J'arrive, moi, une gringalette venue de Cornouailles, une gamine qui monte en cachette les chevaux des autres parce qu'elle ne peut pas se payer des leçons d'équitation, qui se pavane dans Londres en faisant semblant d'être la merveille des merveilles ? Je suis aussi fausse que les faux ongles de Clover.

— Tu pourras toujours descendre à l'arrêt suivant, dit-il en riant.

— Il n'y en aura pas. Je suis coincée. Tu n'es pas au courant ?

— Il y a toujours un arrêt suivant.

— Je ne peux pas le décevoir. »

Il prit une bouteille de whisky sur le piano et s'en servit une dose généreuse.

« Seigneur, j'ai passé ma vie à décevoir des gens. Ma mère, mon beau-père… J'ai cessé de me sentir coupable quand j'ai compris que ça ne servait absolument à rien. » Plus il parlait, plus son timbre de voix perdait de son côté américain. « La seule personne que tu ne dois jamais décevoir, c'est toi-même. Désolé pour ce lieu commun mais j'ai bien peur que ce soit la réalité. Demande à ta mère. Merde. Pardon, j'avais oublié.

— Ce n'est pas grave.

— Mon père est mort lui aussi. Il est mort au milieu du Pacifique Sud, en combattant pour que je puisse aller faire le clown à New York un jour et me prendre pour Elvis. Je m'en suis remis », remarqua-t-il, comme s'il se parlait à lui-même plutôt qu'à moi. « Ça ne sert à rien de se torturer à cause de ça. Ta mère, mon père… ils n'auraient pas souhaité qu'on passe notre temps à nous lamenter.

— Je me demande bien comment tu en es arrivé à cette conclusion.

— Je ne me souviens pas de lui, j'étais trop petit. C'était donc plus facile. En ce qui le concerne, je peux croire ce que j'ai envie de croire. Je peux me raconter mon petit conte de fées personnel, tu comprends ?

— Maman aurait été heureuse que j'aille à Londres. Que j'aie la possibilité de quitter la Cornouailles. Elle nous jouait du piano tous les soirs. Elle aurait voulu être chanteuse.

— Et puis elle a eu huit cents enfants et il n'en a plus été question.

— Quelque chose comme ça. » J'exécutai une gamme pour ne pas montrer que je tremblais. « Si seulement elle était ici, avec moi ! »

Il alluma une cigarette et me la passa.

« Tu as donc l'impression de faire ça pour elle ?

— Oui, je crois. Parce que je pense qu'elle aurait été déçue si j'avais dit non à cette chance. Je ne peux pas la décevoir. »

Soudain, je me sentis vidée.

« Tu sais ce que je fais quand quelque chose me tracasse ?

— Non. Quoi ?

— J'écris une chanson, dit-il en rabattant ses cheveux derrière ses oreilles. Si on en faisait une ?

— Quoi ?

— Si on écrivait une chanson ? Là. Tout de suite.

— Tous les deux ? »

Je me redressai sur mon siège.

« Commence, dit-il. Vas-y.

— D'accord, fis-je, en me tournant vers lui. “*Ce n'est pas de l'amitié, c'est de l'amour.*” »

Il me regarda et je sentis l'adrénaline courir jusque dans le bout de mes doigts. Je me mis à rire, mais quand il commença à jouer – en répétant sans cesse cette phrase –, j'en frissonnai tellement c'était bien.

« Tu ne fais pas dans la gaieté, dit-il. Mais le bonheur, c'est plus difficile à rendre.

— Pas facile de faire une chanson sur le grand amour, si on ne l'a jamais connu.

— Je ne suis pas d'accord.

— Que veux-tu dire ? »

Mais il était déjà passé à autre chose.

« Si tu comprends bien ça, tu es faite pour la vie. Si tu comprends de travers, ça te poursuivra pour toujours. Bon, continue et tiens-t'en à ce que nous avons dit. Évite les digressions inutiles. »

Je me remis à écrire, la main plaquée sur ma feuille comme si j'étais en train de passer un examen et que j'avais peur que ma voisine copie sur moi. Au bout de dix minutes, je lui remis mon devoir.

« Pas mal du tout. On peut faire encore mieux, mais c'est déjà pas mal », répéta-t-il, après une seconde lecture.

Il se mit au piano, tout en lisant ce que j'avais écrit. Son talent m'effrayait presque ; je le voyais au travail pour la première fois et je me rendais compte qu'il était incroyablement doué. J'étais jalouse, épouvantée et heureuse tout à la fois.

Je ne sais plus combien de temps nous sommes restés à travailler ensemble sur cette chanson. Seul le carillon mélancolique de la pendule de la cheminée m'indiquait qu'une heure venait encore de s'écouler, mais je n'osais pas dire un seul mot, de peur que l'attention d'Inigo se porte sur autre chose que ce que nous étions en train de faire.

Quand la chanson fut enfin terminée, l'aube se levait.

« C'est une bonne chanson, dit-il.

— Je n'en suis pas sûre, rétorquai-je, alors que je pensais le contraire.

— Et puis il est très tard. Ou alors très tôt », rectifia-t-il, en allant entrouvrir un volet. La lumière inonda la pièce. Le ciel, bleu pâle, limpide, avait mis un terme à notre nuit ensemble. Le soleil était revenu de l'autre bout de la terre. C'était fini.

« Il est temps que je parte pour l'aéroport, dit-il. Je n'avais pas prévu de travailler avec toi jusqu'au petit matin.

— Moi non plus. »

Sans y penser, sans même m'en rendre compte, je posai la tête sur son épaule. Nous étions deux petits personnages, debout dans le bureau de lord Napier, et soudain sa main se glissa dans la mienne. Mes doigts tachés d'encre se nouèrent autour des siens et un sentiment d'irréalité s'empara de moi. Un instant plus tôt, nous parlions, et un océan nous séparait. Maintenant, j'aurais pu tout aussi bien être nue.

C'est alors que la pendule sonna six heures.

« Bonjour, Tara Jupp », dit-il.

J'ignorais qu'il y avait un téléphone dans le bureau de lord Napier, par conséquent je sursautai en entendant sa sonnerie stridente. Je me souvins alors du carnet sur lequel on notait les communications. Je l'avais momentanément oublié. *New York a appelé pour Inigo Wallace*. Ces sept mots banals inscrits dans ce fameux carnet m'avaient appris que je ne pourrais jamais être autre chose que *rien*. Je le regardai avec des yeux suppliants.

« Non… ne réponds pas, m'entendis-je chuchoter.

— Mais si, il le faut. »

Le charme était rompu ; il avait l'air perturbé – rien d'étonnant – de se trouver là, sa main dans la mienne et non dans celle de l'autre. La pauvre, pensai-je. Qui ne se doute de rien.

« Attends, dit-il, tandis que le téléphone continuait à sonner. *S'il te plaît.* »

Attends.

Il traversa la pièce, décrocha l'appareil et me tourna le dos.

« Allô ? dit-il à voix basse. Bien, merci. »

Je compris que l'opératrice le mettait en relation avec ce pays de l'autre côté des mers.

Comment aurais-je pu attendre ? C'était mal, dangereux. Je n'avais pas envie de rester là plus longtemps, à l'écouter lui parler.

« Oui. Je rentre demain soir », l'entendis-je répondre, au moment où je refermais discrètement la porte derrière moi. Le cœur battant à tout rompre, je me retrouvai dans l'escalier, mais comment ? Je n'en savais rien.

C'est fini, pensai-je. C'était fatal. Garde ces quelques heures, fais-en une boule bien compacte que tu mettras dans toutes les chansons que tu interpréteras. Garde-les et fais-en ce que tu voudras.

Pendant cette courte nuit, je l'avais eu tout à moi.

39

L'*Evening Standard* et moi

Trois heures plus tard, j'étais réveillée. Je jetai un coup d'œil machinal au lit de Lucy. Personne. Elle ne reviendra pas, pensai-je. Elle ne me pardonnera jamais. Clover, impeccable dans un pull noir et blanc et un pantalon noir moulant, apparut sur le seuil de la chambre, agitant une clochette. Je m'assis dans mon lit.

« Il est parti ? demandai-je.

— Qui ça ?

— Inigo. Il avait son avion à prendre.

— Oui, il est parti. J'ai mangé une tartine de confiture avec lui, à sept heures. Il a dit qu'il n'avait pas dormi.

— C'est vrai. On a écrit une chanson.

— Bien, maintenant dépêche-toi et fais-toi présentable. Billy est en bas. Il a des nouvelles pour toi. Il y a des œufs brouillés à la tomate, à supposer que Mr Laurier n'ait pas tout mangé. »

En effet, Billy m'attendait. Il fut beaucoup question du groupe du Marquee dont il avait entendu dire qu'il avait laissé les lieux dans un état effroyable et que la moitié de Londres ne parlait que d'eux. Je ne fis aucune allusion au fait que Lucy était très certainement au mieux avec l'un des « casseurs ». Rien que d'y penser, j'en avais des sueurs froides.

« Ce matin, j'ai reçu un coup de fil du producteur de *Sunday Night at the London Palladium*, disait Billy. Harry Delancey leur fait faux bond. Il ne peut pas assurer le spectacle ce week-end.

— Pourquoi ?

— Il s'est cassé les deux bras, dit Billy, tout joyeux.

— Comment a-t-il fait ?

— Il y en a qui disent qu'il est tombé d'une montgolfière sur la plage de Brighton. D'autres qu'il a dégringolé dans l'escalier parce qu'il avait buté sur le chien que sa femme venait d'acheter.

— Le pauvre », dis-je, mais je ne pus m'empêcher d'ajouter : « Il ne pourrait pas remettre ses os en place par la magie ? Et ceux de Raoul aussi, par la même occasion ?

— Bien sûr que non », répondit Billy, avant de marquer un temps d'arrêt pour préparer son effet – chose dont il était coutumier, mais qui me mettait toujours mal à l'aise. « Le producteur a dit qu'ils aimeraient bien boucher le trou avec une chanteuse. J'ai émis l'idée que tu pourrais faire l'affaire. Qu'en penses-tu ? »

Je ris, parce que ça avait vraiment l'air d'une blague et qu'elle était si inattendue, cette proposition qu'il me faisait, comme ça, après une nuit sans sommeil et alors que je sentais encore la main d'Inigo dans la mienne. Je le regardai et me rendis compte soudain qu'il ne plaisantait pas.

« Moi ? Chanter au Palladium. Dimanche soir ?

— C'est une chance incroyable. Tu vas pénétrer dans tous les foyers qui ont la télévision. C'est inespéré. »

J'aimerais pouvoir dire que j'étais sous le choc, incapable de rassembler mes esprits à l'idée que j'allais pouvoir monter sur cette scène célèbre entre toutes et chanter pour le monde entier, mais au contraire les paroles de Billy pénétrèrent en moi avec l'absolue netteté qui, me semble-t-il, accompagne toujours les nouvelles fracassantes. Quelques secondes à peine après cette annonce, j'étais déjà sur scène, terrorisée, les projecteurs braqués sur moi. Cela voulait dire que si je refusais, tout le reste s'effondrerait.

« Et si j'oublie les paroles ?

— Mais non.

— Et s'ils ne veulent pas de moi ?

— Ils veulent de toi.

— C'est trop énorme, dis-je. Je ne suis pas sûre d'en être capable.

— Cherry, tu pourrais faire ça en dormant.

— Tu crois ? » dis-je. Moi, j'avais des doutes.

Billy s'y prit alors autrement. « Tu n'auras rien d'autre à faire qu'à chanter devant un public. Oublie la télévision.

— Mais il y aura des caméras !

— Bien entendu.

— Dans ce cas, comment pourrai-je oublier la télévision ?

— Ce sera bien moins intimidant que lorsque tu as chanté pour notre mariage. Les gens qui t'écouteront sont tous des inconnus, par conséquent ce sera beaucoup moins impressionnant.

— Qu'est-ce que je vais porter ?

— Clover est là pour ça. »

Il pensait sûrement que ma question reflétait mon excitation à l'idée de me choisir une tenue de scène ; je me comportai donc ainsi qu'il l'attendait de la part d'une fille placée dans ma situation. On t'annonce que tu vas chanter au Palladium : tu en profites pour te faire offrir des robes ! Voilà comment réagissaient les filles qu'il lançait. Il n'avait pas perçu l'anxiété dans ma voix, une anxiété fondée sur la certitude que, quelle que fût la façon dont je serais habillée, je ne pourrais plus faire marche arrière. Je savais, d'après ce que j'avais ressenti en regardant Alma, que c'était sérieux.

« Ce sera une soirée fantastique, prédit Billy.

— Qu'est-ce que tu en sais ?

— Au Palladium, il ne se passe que des choses fantastiques. C'est un lieu pareil à aucun autre. Digby te le dira. Il y est allé souvent.

— Digby ?

— Tu te souviens de lui ? Ce type sympa qui fait des photos pour *Vogue* ?

— Très drôle. »

C'était pourtant la vérité. Je n'avais pas pensé une seule fois à lui depuis que j'avais quitté le Marquee.

« Tu devrais lui demander de t'accompagner, dit-il malicieusement.

— Pour que tout le monde nous voie ensemble et pense que nous menons une existence fabuleuse ? »

Il me prit la main. Il était si imposant, si puissant, que j'avais l'impression d'être une naine à côté de lui. Comparé à Inigo, c'était un colosse.

« Tu sais que tu en es capable, Tara. Tu en es capable. Tu es née pour ça, voilà tout. »

Anéantie par le manque de sommeil et la pensée qu'Inigo s'était envolé pour l'Amérique, je vacillai sur mes jambes et dus me mordre la lèvre pour refouler mes larmes.

« C'est bien le problème, dis-je. Je n'en suis plus sûre. Avant, je pensais que ce qui comptait avant tout c'était de s'évader. On saute sur le premier cheval venu et on fonce vers le portail ouvert en grand. Aujourd'hui, je me pose des questions concernant ce portail. Aujourd'hui, ce portail grand ouvert me… me fait peur.

— Pardonne-moi, mais notre affaire n'a rien à voir avec les chevaux et les portails ouverts ou fermés. Tu passes trop de temps avec Clover. Elle n'arrête pas de sortir ce genre d'âneries. Essaie seulement de ne pas trop ruminer de telles idées dans ta tête, d'accord ? » Il n'avait pas accolé l'adjectif « petite » au mot « tête », mais il était là en pointillé. Il me servit obligeamment deux doigts de cognac.

« Il n'est même pas neuf heures du matin ! protestai-je faiblement, avant de prendre le verre.

— Justement. C'est encore hier soir. »

Il avait dit cela sur un ton plein de sous-entendus. Savait-il que cette nuit avait tout changé pour moi ? Était-il capable de lire dans mes yeux ? Était-ce si évident ? Je n'avais pas l'intention de m'expliquer davantage. Il fallait qu'il comprenne tout seul. Quand je m'étais crue amoureuse, je ne l'étais pas. Et tandis que j'avais cru ne pas aimer, j'étais maintenant la proie d'une souffrance douce-amère. Mon nouvel univers tournait entièrement autour d'Inigo.

« Le groupe du Marquee, il était vraiment bon, déclarai-je.

— C'est ce que j'ai cru comprendre. »

Je regardai par la fenêtre. « Je me sens… Je me sens bizarre.

— Ne te sens-tu pas toujours bizarre quand tu danses avec des gens avec qui tu te contentes habituellement de marcher ? »

Je lui souris. Je trouvais cocasse l'idée que Billy pouvait avoir mal aux pieds d'avoir trop dansé, mais il avait parfaitement compris ; il se rendait compte sans aucun doute que j'avais changé. Il n'était pas au Marquee hier soir, mais il savait que j'avais dansé avec Inigo. Il avait des espions partout dans Londres.

« Tu n'auras pas beaucoup de temps pour répéter, dit-il, en me ramenant en douceur à la situation présente. Mais ce n'est pas grave. Tu n'en as pas besoin. J'ai dit au producteur : "Harold, Cherry Merrywell est une professionnelle. Tu peux la poser sur une scène, pas maquillée, sans musiciens, et le public viendra lui manger dans la main. C'est comme ça qu'elle opère."

— Mais c'est terrifiant », me récriai-je. La fatigue m'empêchait de réfléchir à ce qu'il avait dit. Rien dans ses propos ne me paraissait avoir le moindre rapport avec ma vie. C'est peut-être pourquoi je me surpris à lui dire oui.

« Et en attendant, fit-il, tu vas chanter au Palladium.

— Et en attendant, enchaînai-je, il me faut des chaussures neuves.

— Très bien, ma grande », dit-il.

Le lendemain, Billy et moi avions rendez-vous avec une journaliste de l'*Evening Standard*, pour déjeuner.

« Et si elle me pose des questions au sujet de Digby ? » dis-je à Clover, alors que nous prenions notre petit déjeuner. J'avais peur de dire ce qu'il ne fallait pas. J'avais beau feindre la plus grande indifférence vis-à-vis de la presse populaire, c'est difficile de rester de marbre en voyant son nom et sa photo noir sur blanc dans un journal, entourés d'adjectifs d'une authenticité douteuse. Les articles sur mon disque se multipliaient. Chaque fois qu'il en sortait un, je le regardais fixement, sans du tout m'y reconnaître. Son auteur donnait de moi une image qui ne me correspondait en rien.

« La petite Cherry Merrywell, une charmante enfant du Somerset, vient de sortir son premier disque (*sic*) » (*The Times*). « Miss Merrywell, 17 ans, a la saveur d'un fruit d'été » (*The Daily Herald*). « La charmante et sensible Cherry Merrywell, fille d'un évêque, entre dans l'écurie de Billy Laurier » (*The Daily Mail*).

« Avec eux, au moins, il est question de chevaux », ironisa Clover, en prenant connaissance de cette perle. Puis elle me regarda à la façon d'une mère en train d'expliquer patiemment les règles de la sécurité routière à un enfant récalcitrant.

« Écoute-moi. Si elle te parle de Digby, regarde-la droit dans les yeux et dis-lui qu'il t'a prise sous son aile.

— Oui, mais elle pourra interpréter ça à sa façon.

— Justement, dit-elle, en retournant à son magazine.

— Oui, mais je ne veux pas qu'on pense que nous sommes… que nous sommes… tu sais bien… alors que nous ne le sommes plus. Parce que ça n'a jamais été rien d'autre que… tu sais bien… et alors que… »

J'eus envie d'ajouter : « alors qu'il n'aime vraiment que vous », mais je me tus.

« Il suffit qu'une fille demande à Digby de lui faire de la monnaie à l'arrêt de l'autobus pour que tout le monde pense qu'elle est amoureuse de lui. C'est comme ça que ça fonctionne avec quelqu'un comme lui. Mais, à ta place, je la fermerais. Ce que tu dois éviter avant tout, c'est de faire tanguer la barque. »

En repensant à la nuit de la fête, je hochai la tête.

De toute manière, il apparut à l'évidence que Billy en avait déjà trop dit à l'*Evening Standard*. La journaliste me parut affreusement vieille, mais elle ne devait pas avoir beaucoup plus de trente-cinq ans. Il était clair que, pour elle, les paillettes et le romantisme que Londres représentait pour moi avaient été remplacés par de la boue et elle me faisait penser à certaines filles de mon village qui, après avoir eu un peu trop d'enfants, essayaient de se rajeunir pour ne réussir qu'à paraître encore plus marquées par la vie.

Elle portait une jupe gitane à volants et des boucles d'oreilles rouges. Elle commanda une omelette et une tasse de thé, ce qui, je m'en aperçus, inquiéta Billy. D'après lui, on devait absorber des boissons chaudes uniquement au début ou en fin de journée, jamais au milieu. À ses yeux, le fait de prendre le temps d'attendre qu'une boisson chaude refroidisse traduisait une indolence inquiétante, le sentiment d'avoir du temps devant soi.

« Je suppose que vous allez prendre un Coca-Cola, s'esclaffa *Evening Standard*, en noyant son thé dans du lait.

— Juste de l'eau, s'il vous plaît.

— Qu'est-ce que vous avez de si extraordinaire, alors ? » me demanda-t-elle. Je regardai Billy et haussai les épaules, ne sachant que répondre. Qu'est-ce que c'était que cette question !

« Non, merci, Margaret, pas de sauce tartare aujourd'hui. » Billy sourit à la serveuse, en répandant généreusement du poivre blanc sur ses frites.

« Cherry est jeune et fraîche et elle a une voix de rêve », déclara-t-il.

Ayant noté mes cheveux embroussaillés et mon aspect miteux, *Evening Standard* eut l'air de mettre en doute la justesse de ces appréciations, sauf peut-être pour ce qui concernait la jeunesse.

« Qui a composé cette chanson ? » demanda-t-elle en sortant un stylo à bille noir de son sac et en gribouillant sur le dos de sa serviette en papier pour faire arriver l'encre.

« Inigo Wallace. » Nous avions répondu en même temps, Billy et moi. Curieusement, de prononcer son nom, j'éprouvai à la fois de la souffrance et de l'euphorie ; c'était un sentiment si vif que j'eus la certitude que Billy s'en était aperçu.

« Mister Tubes, soupira-t-elle. Évidemment. Vous vous êtes bien entendue avec lui ?

— Il a beaucoup de talent.

— Oui, mais est-ce que vous vous êtes bien entendue avec lui ? » Elle détachait chacun de ses mots comme si elle s'adressait à une enfant retardée.

« Bien sûr, intervint Billy. Et dès la première fois qu'il l'a entendue, Inigo a trouvé qu'elle avait une voix exceptionnelle. »

Si seulement tu savais, pensai-je.

« Il paraît qu'il est difficile, dit-elle en acceptant la cigarette que lui offrait Billy.

— Il a le droit d'être tout ce qu'il veut ; c'est l'auteur-compositeur qui a le plus de succès chez nous », m'entendis-je déclarer. J'étais surexcitée et agressive… Dites sur moi ce que vous voudrez, pensai-je. Mais ne dites pas de mal d'Inigo Wallace. Vous ne le connaissez pas.

Billy me regarda et fronça les sourcils.

Elle me posa ensuite toutes les questions pour lesquelles Billy m'avait préparée ; ce qui me plaisait le plus à Londres ? Quel chanteur j'admirais le plus ? Je lui répondais poliment et avec précision, mais une épée invisible était suspendue entre nous deux. Pour toutes les raisons imaginables, elle ne m'aimait pas, et pour toutes les autres, je ne l'aimais pas.

Au bout de vingt minutes inconfortables, Billy, qui avait terminé son poisson, se leva pour partir, mais je compris qu'il ne souhaitait pas que je l'accompagne. Dans son esprit, j'étais ici pour essayer de séduire cette femme, et j'allais devoir m'y efforcer.

À peine Billy fut-il parti qu'*Evening Standard* ouvrit son compact et se mit en devoir de se poudrer le nez.

« Et Digby O'Rourke, dit-elle, en se regardant dans le petit miroir, les yeux plissés. Depuis combien de temps le connaissez-vous ?

— Une quinzaine de jours, dis-je d'une voix crispée.

— Quelle chance d'arriver à Londres et de sortir avec le photographe le plus célèbre de la capitale ! Comment avez-vous fait ?

— Je suis tombée d'un tabouret de piano.

— Je ne pensais pas qu'il était du genre à être attiré par les filles qui tombent d'un tabouret de piano.

— Eh bien, ça repose de changer un peu. » Je me découvrais trop. De toute manière, elle retardait, la pauvre. Je ne sortais plus avec Digby, contrairement à ce qu'elle avait dit.

« Quand je suis arrivée ici, il m'a prise sous son aile, dis-je docilement.

— À vous dire la vérité, je m'étonne qu'il y ait encore de la place là-dessous. »

Son franc-parler me sidéra.

« Je ne vois pas ce que vous voulez dire, fis-je, feignant la perplexité.

— Non, bien sûr que non. » Elle eut un rire sans gaieté. « Si je peux vous donner un conseil, ma chérie, dit-elle en me regardant dans les yeux, c'est ceci : Faites attention, pour l'amour de Dieu. Il ne restera pas avec vous éternellement. Permettez-moi de vous dire ça de la façon la plus simple possible, ajouta-t-elle, en voyant que je gardais le silence. Ce n'est pas le genre d'homme auquel votre maman aimerait vous voir vous attacher. »

Quelque chose en moi siffla et fusa.

« Ma mère est morte », dis-je.

Elle resta imperturbable. « Dans ce cas, ma fille, je peux tout de même vous dire une chose. Si elle était encore parmi nous, elle vous dirait de ne pas laisser un homme comme lui vous briser le cœur.

— Si elle était encore parmi nous, m'entendis-je dire, elle serait scandalisée par vos manières. Et davantage encore par votre mauvais goût en matière de jupes. Bon après-midi. »

Sur ce, je me levai et sortis. D'un côté, j'avais envie d'éclater de rire et d'aller me cacher et, de l'autre, de crier à Inigo : « Tu as vu ! Je ne l'ai pas laissée me dire ce que je devais faire ! » Étais-je en train de tout gâcher, de perdre toutes mes chances qu'on écrive de gentilles choses sur la petite Cherry Merrywell, puisque, de toute manière, je n'avais pas vraiment envie d'être elle ? Pourtant, il fallait que je le sois. Samedi soir m'attendait au tournant.

40

Dans le feu de l'action

Le Palladium se situait si loin dans le royaume de l'imaginaire que je ne parvenais pas à y croire. Les deux jours suivants – entre les répétitions, les rendez-vous chez le coiffeur et d'interminables essayages sous la direction de Clover –, je pris la mesure de mon affolement et, plus grave encore, de mon impréparation totale. Lorsque Billy m'avait dit, des siècles plus tôt, qu'il voulait m'emmener à Londres pour faire un disque, je n'avais pas vu au-delà. L'idée de me produire devant des millions de téléspectateurs était pour moi parfaitement impensable.

« Peu importe ce qui arrivera, dit Clover, qui mentait pour me rassurer. Bois un petit coup avant d'entrer en scène et essaye de passer un bon moment.

— Je ne crois pas que ce sera possible. Mais en ce qui concerne le petit coup, je peux m'arranger. Même si Inigo prétend qu'il ne faut jamais boire avant, ajoutai-je, incapable de m'empêcher de prononcer son nom.

— Ça ne m'étonne pas de lui, fit Digby. Tiens, j'ai un nouveau disque à vous faire écouter.

— Ah bon ?

— Bob Dylan. Vous allez en tomber à la renverse.

— Je n'ai pas besoin de ça, dis-je. Il faut que je rentre à Napier House. »

Il fallait que nous arrivions au Palladium plusieurs heures avant le début du spectacle. Pour ma part, je trouvais que cinq minutes auraient largement suffi car, en l'occurrence, mariner aussi longtemps ne servait qu'à accroître le trac – un peu comme de moisir indéfiniment dans la salle d'attente d'un dentiste.

Une voiture vint nous chercher pour nous conduire au Palladium. Devant le théâtre, je vis un groupe d'adolescents venus sans aucun doute pour quelqu'un de plus important que moi. Billy nous fit passer par l'entrée des artistes.

« Ce soir, quand tu ressortiras d'ici, tu seras assiégée par des spectateurs qui te demanderont des autographes », me dit-il.

S'il cherchait à me donner du courage, c'était raté.

« Quand Clover va-t-elle arriver ? » lui demandai-je, tandis qu'un dénommé Harold nous emmenait dans ma loge. Il avait l'air avenant et surmené, et portait un costume noir chiffonné avec des chaussettes rouges. Nous le suivîmes par des couloirs qui dégageaient la même odeur que la mallette de maquillage de Lucy. Perdue dans ce dédale, je me demandais comment un seul d'entre nous allait parvenir à en ressortir.

« C'est formidable que vous ayez pu venir chanter ici ce soir, vraiment formidable, miss Merrywell, dit Harold. C'est un show extraordinaire. Je n'ai sûrement pas besoin de vous le dire. Billy m'a assuré que vous étiez tout à fait celle qu'il fallait pour remplacer magnifiquement Harry Delancey.» Il m'adressa un sourire encourageant, que j'interprétai comme un doute sincère.

«En tout cas, je vais essayer», dis-je.

Pauvre homme! Je voyais qu'il était terriblement inquiet. C'était l'émission de télévision la plus populaire et il avait cru sur parole Billy qui l'avait assuré que tout se passerait bien. Malgré mes efforts pour me maquiller avant de partir, je me rendais compte que j'avais l'air de l'écolière sous-alimentée que j'étais en réalité. Mes cheveux, lavés, séchés, mis en plis et laqués pour prévenir toute velléité de rébellion, reprenaient déjà leur liberté. En m'apercevant dans le miroir de la loge, je m'empressai de détourner le regard, mais que je fusse debout ou assise, mon reflet me suivait partout. J'étais incontournable.

«Voulez-vous un verre d'eau? me proposa Harold.

— Est-ce que ce serait inconvenant de ma part de vous demander quelque chose d'un peu plus corsé?» Inigo n'en saura rien. De toute manière il ne sera pas là, grognai-je intérieurement.

«Je vais vous chercher un gin tonic.

— Allez-y mollo avec le gin», conseilla Billy.

Harold me consulta du regard. Je secouai la tête et articulai: «Non! Surtout pas!

— On vous appellera dans une heure pour faire un essai. Pour le moment, c'est Norman Wisdom qui y est. C'est un perfectionniste et il ne libérera pas la scène avant quarante bonnes minutes.

— Mon père l'adore, dis-je.

— Comme tous les pères, remarqua Harold, ce qui était la pure vérité. C'est un grand artiste. Miss

Merrywell, à tout à l'heure. Cassez-vous une jambe, mon petit. Cassez-vous une jambe[1].

— Une formule malheureuse», marmonnai-je, d'une voix tremblante.

Parler de jambe cassée me rappelait inévitablement Raoul et Lucy, ainsi que ma maudite boiterie.

Mon expression fit rire Billy qui devait être soulagé de se dire que je ne pouvais plus me sauver. Je me joignis à lui, car, si je n'avais pas ri, j'aurais très certainement pleuré.

«Bienvenue chez nous, mon petit, dit-il, en contrefaisant à la perfection la voix d'Harold.

— Encore toute une heure à tuer, dis-je. Je ne crois pas que je vais pouvoir rester ici à me regarder dans la glace. Je vais devenir complètement folle.

— Il n'est pas question que tu restes ici. On va aller faire un tour. Pour voir comment s'y prend Mr Wisdom et lui piquer quelques trucs.»

Une salle de spectacle vide est un lieu étrange. J'avais espéré que le Palladium serait moins gigantesque dans la réalité qu'à la télévision, mais malheureusement, il n'en était rien. Je me sentais totalement écrasée par sa toute-puissance, pas uniquement parce que la salle était tendue de velours rouge et or, mais parce que les fantômes de tous ceux qui étaient montés un jour sur la scène continuaient à hanter ce lieu prestigieux habité à la fois par le souvenir d'un passé brillant et par l'espérance de triomphes futurs. En ce moment, il attendait tranquillement son heure.

1. Dans les pays anglo-saxons, souhaiter à quelqu'un de se casser une jambe porte bonheur, dans le milieu du spectacle.

En voyant arriver Clover, avec ses chaussures qui ne faisaient aucun bruit sur l'épaisse moquette, je faillis bondir de soulagement.

« Comment tu te sens ? me demanda-t-elle.

— Terrifiée.

— Tout va bien se passer. Je t'ai apporté une part de tourte à la viande hachée. Je l'ai mise dans ta loge. Il faut que tu manges un peu.

— Je ne pourrai pas. J'ai mal au cœur.

— Bien entendu. C'est normal. Tu vas chanter devant plus de deux mille personnes, sans parler des quatre millions de téléspectateurs. Mais il faut quand même que tu manges. Une armée ne peut pas marcher le ventre vide, c'est ce qu'on dit, je crois.

— Je suis une seule personne, pas une armée.

— Tu as très bien compris, bonté divine. Et puis je t'ai apporté une adorable petite robe. Avec des sequins verts et rouges. J'ai dû supplier Mary Quant pour l'avoir. C'est un modèle unique. »

Je ne répondis pas. Mes dents claquaient et pourtant je n'avais pas froid, bien au contraire.

« Ne prends pas ça trop au sérieux, ma chérie, dit Clover, pour me tranquilliser. Il ne s'agit que de robes, de sourires et de maquillage pour les petites filles.

— Mais je ne sais pas trop si j'y crois encore. Du moins, pas pour ce qui me concerne. Ça, c'est sûr.

— Mais elles, elles y croient. Elles te croient. Celles qui seront ici, ce soir, et surtout celles qui te regarderont à la télévision et qui mourront d'envie d'être n'importe où sauf là où elles sont. Tu vis un rêve à leur place, ma chérie. Ce n'est pas facile, mais il faut que quelqu'un s'en charge. »

Clover avait une expression qui traduisait une conviction totale. Elle avait abandonné pour une fois son air d'indolence coutumière. Je repensai à tous ces après-midi à Napier House, au Six O'Clock Club et aux longues soirées passées à discuter. Elle m'avait écoutée – vraiment écoutée. Jamais encore une personne adulte ne m'avait traitée en adulte. Un flot de gratitude m'envahit ; pas seulement parce qu'elle s'occupait de moi, mais à cause de tout ce qu'elle représentait.

« Je te laisse, dit-elle. Ouvre l'œil. Je vais crier à qui voudra l'entendre que je suis ta logeuse. Charlotte sera dans la salle. Elle est venue souvent ici pour Johnnie Ray et elle est probablement déjà assise à l'orchestre, à s'imaginer qu'elle a dix-sept ans et qu'aucune responsabilité ne pèse sur ses épaules, dit-elle, l'air soudain accablé. Que ne donnerions-nous pas *tous* pour avoir à nouveau dix-sept ans.

— Amen », lança Billy, depuis l'autre bout de la scène.

Clover ramassa son sac et lui dit : « Elle est nerveuse. Sois gentil avec elle. »

Après mon essai, dont j'ai du mal à me souvenir avec quelque exactitude, nous retournâmes dans la loge, Billy et moi – juste nous deux enfermés dans cet espace exigu, avec l'impression que le monde entier attendait derrière la porte, impatient de savoir ce qui allait se passer ensuite.

« J'ai le trac, dis-je.

— Ce serait de l'inconscience de ne pas l'avoir. Mais tout va bien se passer. » Venant de Billy, c'était un ordre. Habituellement, son assurance était exactement ce dont j'avais besoin. Maintenant, elle me terrifiait.

Je tendis la main pour prendre le verre d'eau, mais elle tremblait tellement que j'eus du mal à le porter à mes lèvres. Je regardai Billy, ses traits parfaitement symétriques, et je me demandai s'il me connaissait si bien que ça.

« La chanson d'Inigo, dis-je. “May to September”.

— *Ta* chanson, rectifia-t-il. D'accord, c'est lui l'auteur, mais sans ta voix, elle ne vaudrait pas un clou. Il a besoin de toi autant que toi de lui. »

Faux, pensai-je.

Un coup frappé à la porte me dispensa de répondre. Une tête parut à l'entrebâillement.

« Chérie, dit Billy en se levant, crois-tu être assez solide pour assister au spectacle ?

— Mais bien sûr ! » Matilda entra et l'embrassa sur la joue. « Le Dr Wilson dit que tout va bien. Mais je ne suis pas venue pour parler de moi. C'est la soirée de Tara. »

Chacune de ses paroles ne faisait qu'aggraver les choses.

« Je ne sais pas si je vais y arriver », dis-je d'une voix lente.

Billy regarda Matilda.

« Harold a besoin de moi pour que je signe des papiers, dit-il. Je peux te laisser avec elle ? »

Il avait dit ça comme si je n'avais pas été là, mais que pouvait-il faire d'autre, le pauvre ? Le plus sage était de s'en aller ; il se rendait sûrement compte que ce qu'il disait n'avait aucun effet. Quand il fut sorti, je me retournai vers Matilda, me préparant à affronter la rudesse de son étreinte, à sentir chacune des vertèbres de son dos quand je la serrerais dans mes bras et le renflement inhabituel que faisait le bébé, par-devant, ainsi que son parfum au muguet, qui me rappelait Trellanack, quand je me penchais sur son épaule pour la regarder jouer au backgammon, une odeur qui se mêlait inévitablement à des relents d'alcool. Mais, contrairement à ce que j'avais prévu, elle resta à distance.

« J'ai pensé que tu devais te faire un sang d'encre, me dit-elle. Voilà pourquoi je suis venue. »

Malgré son air de lassitude, elle faisait très star. Elle avait posé pour des photographes un peu plus tôt dans la journée et ses yeux bleus étaient très maquillés. Elle avait des chaussures à talons qu'elle envoya promener au loin, comme à Trellanack.

« J'avais peur que tu te sois laissé entraîner dans cette histoire malgré toi.

— Je ne sais pas trop. Mais je me dis que la plupart des filles feraient n'importe quoi pour être entraînées de la sorte. C'est ce dont je rêve depuis toujours et mon souhait se réalise.

— Il faut être prudent quand on formule un souhait ; c'est bien connu, non ? » Elle rit et vint s'asseoir à côté de moi. En nous voyant nous regarder l'une l'autre dans le miroir, je pensai soudain : « Je vais le lui dire. » Pourquoi pas, après tout ? Lucy s'était volatilisée avec son joueur d'harmonica, la situation avait complètement changé. J'avais un peu l'impression que nous étions deux passagères d'un navire en train de couler. Je n'avais plus rien à perdre.

« Inigo est reparti à New York », dis-je.

Elle avait compris. Elle me regarda et comprit.

« On lui dira pour ce soir. Il ne sera pas là, mais il saura. »

Elle avait mal interprété ce que j'avais dit.

« Non, fis-je. Ça, je m'en fiche. J'aurais aimé qu'il soit là, voilà tout. Pas pour m'écouter chanter. Juste pour qu'il soit là. Je viens seulement de me rendre compte que… que… » Je secouai la tête.

« Qu'est-ce que tu vas chanter ? » demanda-t-elle, et elle prit mon tube de rouge pour se colorer les lèvres.

« Deux chansons. "May to September"…

— Évidemment.

— Et "Over the Rainbow".

— Pourquoi ça ?

— D'après Billy, il faut que je montre que je peux chanter autre chose. Il dit que ça met ma voix en valeur. C'est la face B, ajoutai-je, comme pour me disculper.

— Trop sentimental. » Matilda pressa ses lèvres l'une contre l'autre, fit la moue, me releva les cheveux et les attacha. « Tu n'es pas une sentimentale. Triste, quelquefois, mais pas sentimentale. Et, de toute manière, pour qui chantes-tu ? Pas pour des adultes, dit-elle avec dédain. Tu dois chanter pour les petits… tu sais bien… ceux de chez nous. Ce qu'on voulait, c'était tout envoyer promener et reluquer les beaux garçons. Des hommes de rêve, chérie ! s'exclama-t-elle, en essayant, sans trop de succès, de prendre l'accent américain. Qu'ils soient là, juste devant nous, le vendredi soir, au pub, ou venus d'Espagne avec des bouquins sur les jardins paysagers du XVIIIe siècle, on n'en demandait pas davantage. Je n'ai su comment faire pour me libérer que lorsque j'ai appris à regarder les garçons comme le faisait ta sœur. »

Elle se mit à rire. Moi, je restai assise là, à me dire qu'elle avait raison. Bien sûr qu'elle avait raison.

Malgré son charme et sa fraîcheur, « Over the Rainbow » était une bluette pour petite fille, qu'on entend au début du film, quand Dorothy ne trouve rien de mieux à faire que formuler le souhait de s'évader du monde qu'elle connaît. Cela ne me concernait plus. J'étais allée jusqu'au bout de ce fichu arc-en-ciel pour m'apercevoir que le trésor avait bien moins de valeur à Londres qu'en Cornouailles.

« Maintenant, je ne peux plus rien faire, dis-je. Je vais la chanter, et on verra bien… C'est ce que Billy m'a dit. Il a dit aussi que je ne devais pas parler au public. Juste "Bonsoir" et "Merci". Je ne suis pas encore Judy Garland.

— Et tu ne le seras jamais, déclara Matilda, qui prenait toujours tout au pied de la lettre. Tu veux que je te maquille ?

— D'accord, dis-je, en riant.

— Qu'est-ce que tu vas mettre ? »

Je lui montrai la robe de Mary Quant, que Clover avait apportée.

La porte s'ouvrit brusquement et deux danseuses en collant à sequins rouges et verts firent irruption dans la loge, tout en bras et en jambes, étincelantes comme des libellules trempées dans un liquide chatoyant. À notre arrivée, je les avais vues répéter.

« J'ai raté le troisième entrechat du premier numéro. Ma mère va me tuer. Elle ne décolle pas de la télé depuis mercredi, à attendre l'émission de ce soir ! »

En nous voyant, elles se turent instantanément.

« Oh, mon Dieu ! murmura la première.

— Merde alors, dit l'autre. Vous êtes Matilda Bright !

— Et vous, vous vous êtes trompées de loge, s'emporta celle-ci. Sortez, voulez-vous. Vous ne voyez pas qu'on est en plein travail ? »

Les deux filles se sauvèrent, affolées.

« Et je vous conseille de téléphoner à votre mère pour vous excuser ! » cria-t-elle.

Cela dit, elle me regarda en souriant jusqu'aux oreilles.

« Tu vois, reprit-elle, non sans une certaine satisfaction. On dit que les filles ressemblent de plus en plus à leur mère, à mesure qu'elles prennent de l'âge. J'en suis la preuve. Maintenant, assieds-toi et laisse-moi faire. »

Je fermai les yeux, en espérant qu'elle n'avait pas bu.

Un long silence s'établit. J'entendais le tic-tac de sa montre près de mon oreille. À une ou deux reprises, je vis même la forme du bébé qui donnait des coups de pied sous la fine étoffe bleue de sa jupe. Je tressaillis, mais elle n'eut aucune réaction. Je posai délicatement la main sur son ventre et elle me regarda d'un air surpris.

« Il m'arrive quelquefois de croire que ça va vraiment arriver, dit-elle.

— Comme pour moi ce soir », murmurai-je, et elle posa les mains sur mes épaules, souriante. Comment était-il possible qu'une personne aussi frêle, aussi peu équilibrée, dégage une telle impression de force, de calme ?

Quand elle reparla, ce fut comme si nous ne faisions que poursuivre une conversation muette jusque-là. Elle reprit exactement là où j'en étais arrivée.

« Qu'est-ce que tu chanterais en deuxième chanson, si tu avais le choix ? » demanda-t-elle, en prenant le crayon à sourcils.

Je pris une inspiration.

« Tu te souviens de “Dreamboat”, cette chanson d’Alma Cogan ? C’est ce que je chanterais si je le pouvais. »

À l’instant où je prononçai ces mots, j’eus la certitude que c’était ça que je devais chanter : la chanson qui avait tout déclenché, celle que je lui avais chantée alors que ni lui ni moi n’avions la moindre idée de ce qui allait se passer – cette rengaine sans prétention, légère, proche de moi, que j’avais chantée pour lui, avant de subtiliser ce maudit éléphant et de me couvrir de honte jusqu’à mon dernier jour. Et tant pis si Inigo n’était pas là pour m’entendre et s’il ne devait jamais savoir que nous nous étions rencontrés des années plus tôt. Je chanterais quand même pour lui.

Matilda s’interrompit. Je rouvris les yeux.

« Alors, tu vas la chanter, chuchota-t-elle.

— Je ne peux pas. L’orchestre ne l’a pas répétée. Personne n’a préparé…

— Seigneur Dieu, ça ne doit pas être si difficile. Tout le monde connaît cette chanson ! »

Je croyais voir l’ancienne Matilda, les yeux écarquillés, refusant de croire à l’évidence, qu’il s’agisse de Raoul amoureux de Lucy ou d’un gâteau aux carottes, servi pour le thé, à la place de ses chers scones.

La porte s’ouvrit et Billy entra.

« Ah, tu tombes bien ! lui dit-elle gaiement. Tara et moi étions en train de parler de son programme et on ne trouve pas que “Over the Rainbow” soit une bonne idée.

— Ah bon, répliqua-t-il sèchement. Et pourquoi ?

— Ce n’est pas le genre de Tara.

— De Cherry», rectifia-t-il automatiquement.

Elle prit un pot de fard à joues qu'elle examina puis, sans tenir compte de ce qu'il avait dit, elle reprit : «Tara aimerait chanter "Dreamboat". Je crois que tu devrais dire oui.

—"Dreamboat"? Cette vieille chanson d'Alma Cogan?

— Moins vieille que "Over the Rainbow", rétorqua Matilda, à juste titre.

— Non. Ce n'est pas possible. C'est décidé comme ça depuis longtemps. Il faut que le public découvre la face B, ma cocotte. L'orchestre s'est préparé pour...

— Où peut-on se procurer des partitions?» demanda calmement Matilda, en regardant son mari, pleine d'espoir, comme s'il allait en sortir une de sa poche.

Il posa sur elle un regard interloqué.

«Quoi?

— Où peut-on trouver des partitions? De la chanson d'Alma Cogan? Pour l'orchestre.

— Il est trop tard pour changer quoi que ce soit. On a répété ce qu'elle doit chanter...

— Elle n'a pas besoin de répéter. Tu peux faire ça au pied levé, n'est-ce pas, Tara?»

Je hochai la tête, sans oser regarder Billy.

«Je pourrais la chanter à l'envers, dis-je. S'ils arrivent à jouer la musique, je pourrai chanter.»

Billy abattit ses deux mains sur la table. Des crayons à paupières dégringolèrent par terre. Il avança sans regarder et en écrasa un, qui s'enfonça dans la moquette.

«C'est de la folie pure. Ne fais surtout pas ça. Ne te comporte pas de cette façon! J'ai juré au producteur que tu étais une vraie pro. Tout est prêt. Il y a dans la salle un public qui attend de passer un bon moment et des millions de gosses à la maison qui…

— Alors donne-leur quelque chose qu'ils ont envie d'entendre, dit simplement Matilda.

— Ne t'inquiète pas», dis-je. Je commençais à avoir peur – je ne voulais pas mettre Billy en colère. «Je vais chanter "Over the Rainbow". Je me rends compte qu'il est impossible de faire des changements maintenant.»

Il me regarda, la mâchoire contractée.

«Ne bougez pas, dit-il. Si l'une de vous deux met le nez hors de cette loge, je la fais coffrer pour trois mois.

— Je vais bientôt être une prisonnière, de toute manière, chéri. J'attends un enfant, tu t'en souviens?» dit-elle avec un peu d'ironie.

Il sortit en claquant la porte. Matilda se retourna vers moi, le visage illuminé comme un arbre de Noël.

«Tu as trouvé son talon d'Achille, dit-elle. Bravo, Tara.

— Comment ça?

— En lui disant qu'il était impossible de faire un changement maintenant. Il ne supporte pas qu'on lui dise que quelque chose échappe à ses pouvoirs cosmiques. Il va tout faire pour modifier le programme.

— Même pour lui, c'est impossible. Mais merci quand même, dis-je, en toute sincérité.

— Ne bouge pas, c'est ce qu'il nous a dit. Il faut que je finisse de te maquiller. Oh, attends! Tu ne penses pas qu'on pourrait demander quelque chose à boire? Il fait affreusement chaud ici.

— Non.»

Dix minutes plus tard, l'orchestre se préparait pour jouer «Dreamboat».

« Je me suis arrangé avec Harold, nous annonça Billy, en s'épongeant le front avec son mouchoir. Tu sais quoi, Cherry Merrywell ? Inigo avait dit que tu nous créerais des complications. Il avait tout à fait raison. »

Et comment que je le savais !

« Cinq minutes, miss Merrywell, lança une voix dans le couloir.

— Oh, mon Dieu ! dit Matilda. Il faut que je trouve un endroit d'où je pourrai te voir. »

Elle sortit de la loge d'un pas léger, avec à la main un verre de vin blanc qu'elle avait dû chiper à un sous-fifre en uniforme.

« Ça va, maintenant ? » me demanda Billy, d'un ton hésitant, comme s'il craignait que je lui demande encore quelque chose – par exemple, qu'on déplace légèrement la salle vers la droite, peut-être.

« Ça va, répondis-je, en serrant les dents pour les empêcher de claquer.

— Je sais ce que c'est d'être terrorisé.

— Vraiment ?

— Voyons, Tara. Tu sais que je le sais. »

Je le regardai. C'était la première fois qu'il m'appelait par mon vrai nom, depuis qu'il m'avait rebaptisée pour être livrée au public. Ses yeux rencontrèrent les miens et il ne les détourna pas. Qu'avait-il éprouvé à la mort de Paul Warren ? Qu'avait-il ressenti en embrassant un autre homme ?

« J'ai envie de chanter, dis-je. Tout va bien. Tout va bien se passer. »

Je chanterais pour Inigo et tant pis s'il ne devait jamais le savoir.

Prise d'un élan soudain, je m'avançai vers Billy, lui saisis les mains et déposai un rapide baiser sur sa joue.

« Au cas où ça ne marcherait pas, je voudrais te dire merci. »

Il rit. Il était terriblement embarrassé, mais pas mécontent.

« Pourquoi ? demanda-t-il.

— Pour m'avoir fait faire ça. Pour m'avoir emmenée à Londres. Pour m'avoir poussée sur la scène la plus célèbre du monde et obligée à chanter devant des millions de gens. Merci pour tout. »

J'avais les dents qui claquaient comme dans les dessins animés. Comment allais-je pouvoir chanter ? Je me le demandais.

« Arrête, dit Billy en riant. Je suis très mauvais pour ce genre de choses. Fais-le pour lui, ajouta-t-il, en me poussant doucement devant lui.

— Pour… qui ?

— Tu le sais très bien. »

Il me reprit les mains et les garda jusqu'à ce qu'on m'appelle pour entrer en scène. Durant toute cette longue montée au calvaire, je me demandais pourquoi diable je faisais ça. Je le faisais pour maman, pour papa, pour mes frères et mes sœurs et pour toutes les petites filles qui avaient besoin de croire en quelqu'un. Mais surtout, je le faisais pour lui.

La seule personne à laquelle je n'avais pas pensé une seule seconde, c'était Tara Jupp. Maintenant, j'étais Cherry Merrywell. Il fallait que j'apporte la preuve qu'elle était digne de tout ce tintouin.

41

Soho et avant

En arrivant sur la scène, je fus frappée à la fois par la chaleur et l'atmosphère d'attente qui régnaient dans la salle. Je n'étais pas le grand magicien Harry Delancey et, pour la majorité des spectateurs, c'était une déception – même s'ils étaient trop gentils pour le montrer. Ils m'applaudirent poliment, mais je sentais que le cœur n'y était pas. J'aurais préféré le silence. Je sais ce que c'est d'être terrorisé, avait dit Billy. Mais qu'avait-il fait quand il avait eu peur ? Il avait tout risqué et aimé quand même. Je m'assis au piano. Qu'est-ce qu'il fallait que je dise, déjà ? Bonsoir ? Était-ce le soir ? Ça ne rassemblait à aucun autre soir de ma vie. Était-ce le soir en Cornouailles ? Papa me regardait-il ?

« Salut, dis-je. Je m'appelle Cherry Merrywell. » Je marquai un temps. « Du moins, c'est comme ça qu'on m'appelle. » Quelqu'un rit, mais il n'y eut aucune autre réaction ; ils attendaient. Lance-toi, souris et chante ta chanson, m'avait dit Billy. Bon, ça commençait mal !

« C'est une chanson que vous connaissez peut-être. Alma Cogan l'a enregistrée il y a quelques années et quand j'étais adolescente, je faisais des imitations d'Alma. » Je distinguais vaguement les contours de la fosse d'orchestre – ces pauvres musiciens qui allaient devoir jouer au pied levé autre chose que prévu. « Je crois qu'on pourrait dire que je n'ai pas fini de grandir. Quoi qu'il en soit, si jamais Alma me regarde, j'ai un message pour elle. S'il vous plaît, invitez-moi à une de vos fêtes. Il paraît qu'il s'y passe des choses intéressantes. »

Des rires, accompagnés de mouvements divers, de murmures étonnés. Je vis le chef d'orchestre se lever.

« Il y a longtemps de ça, j'ai chanté cette chanson pour quelqu'un sur qui je désirais faire impression. Je crois d'ailleurs que j'en ai toujours envie », ajoutai-je. Je ris, stupéfaite de trôner au beau milieu de la scène du Palladium. « Mais je ferais mieux d'arrêter de parler et d'attaquer la première chanson. Après, je vous en chanterai une autre, que vous avez peut-être déjà entendue à la radio, ces dernières semaines. C'est parti. »

Il ne me restait plus qu'à chanter – je n'avais pas d'autre choix. Comme il était au commencement, maintenant et toujours. Amen, pensai-je.

L'orchestre attaqua et, d'emblée, je redevins Alma – telle que je l'étais quand j'avais vu Inigo pour la première fois, à Milton Magna. Après ça, il devrait comprendre, ou alors il ne comprendrait jamais. Je chantais exactement comme j'avais chanté ce jour-là et, les yeux à demi clos, je nous revoyais tous les deux, dans la cuisine. Je sentais la présence de tante Mary à côté de moi et, brusquement, l'espace situé sous la chaleur des projecteurs me parut tout vibrant de vie, plein à ras bord de quelque chose d'important, de réel. Comme autrefois.

Au milieu du premier refrain, je crus apercevoir Billy dans la coulisse. Au milieu du second, je vis Clover assise au premier rang, avec Matilda. Je chantais, du moins c'est ce dont on m'assura par la suite. Tout se déroula sans aucune difficulté. J'avais pris des leçons auprès des artistes les plus doués de Londres – tous ceux qui m'étaient maintenant si proches étaient des saltimbanques à leur façon : Matilda, Billy, Lucy, Clover, Digby et Inigo. Tous, ils fuyaient avec grâce – mais aussi énergiquement et aussi vite qu'ils le pouvaient – ce qui risquait de les emprisonner : la vérité.

Quand j'attaquai "May to September", j'avais trouvé mon rythme. Plusieurs filles assises devant, qui l'avaient sûrement entendue plusieurs fois à la radio, firent chorus et ça devait les démanger de se lever et de danser. Je fus submergée par un flot de gratitude parce qu'elles croyaient en moi, alors que je n'étais pas sûre de croire en moi-même. Je sentis la sueur perler à mon front et j'imaginai Imogen et Florence en train de me regarder, à la maison, stupéfaites et ravies, tandis que Roy et Luke se moquaient de moi, parce qu'ils ne savaient rien faire d'autre.

Tout le temps que dura la chanson, je me disais au fond de moi : « Seigneur, quelle magnifique chanson. » Au début, je l'avais trouvée un peu simplette, mais c'était tout à fait ce que demandait le public. « Le bonheur est plus difficile à rendre », m'avait-il dit. Lui, il savait comment faire et ça marchait à tous les coups.

Lorsque je me tus, des applaudissements éclatèrent qui me parurent démesurés, disproportionnés par rapport à ma prestation. C'est à lui qu'ils devraient aller, me dis-je. Je souriais de toutes mes dents, saluais, agitais la main dans le noir. En fait, l'ovation était vraiment pour lui et pour Alma. Mes yeux couraient sur le public, en bas, avec l'espoir de le voir, bien que je sus pertinemment que je ne l'y trouverais pas. Deux jeunes filles sur leur trente et un, accompagnées de leur mère, se levèrent en se tenant par le bras et me firent un signe de la main que je leur rendis. Fais ça pour les petits, pensai-je.

« Et maintenant, Alma Cogan, si vous êtes ici, vous avez entendu ce qu'a dit la demoiselle ! » s'écria Norman Vaughan, en faisant de grands gestes en direction de la scène, avec un clin d'œil à mon intention. « Voyez-vous, l'invitation qu'elle m'a envoyée pour sa dernière soirée a dû se perdre, c'est forcément ce qui est arrivé. (Rires). Vous savez quoi ? Dites à Alma Cogan de venir au Palladium dimanche soir. Elle pourra se joindre à notre fête, mesdames et messieurs ! Qu'en pensez-vous ? Ça swingue, hein ? »

Je hochai la tête et je ris, comme s'il était l'homme le plus drôle que j'avais jamais rencontré puis, dix secondes plus tard, je sortais de scène et ce qui venait de se passer avait déjà été déposé à la même banque de mémoire que mes rêves de Wimbledon les plus improbables.

Harold me ramena dans ma loge.

« Vous avez été formidable, miss Merrywell. Sachez que si Norman Vaughan dit qu'avec vous, ça swingue, c'est que ça swingue. » Il rit et je me rendis compte que les doutes que j'avais lus dans ses yeux avant mon entrée en scène s'étaient envolés.

« Merci, lui dis-je.

— Et cette robe. Quelle classe ! Dès lundi matin, toutes les filles voudront être habillées comme vous.

— Elle est de Mary Quant. »

Je trouvai Billy qui m'attendait. « Bon sang, Cherry. Qu'est-ce qui t'a pris de baratiner comme ça ? » demanda-t-il, mais il rayonnait. Matilda pleurait. Elle sortit son mouchoir et me regarda en disant :

« C'était parfait.

— Je n'en suis pas sûre », fis-je, en prenant le verre de champagne que me tendait Harold. J'en bus une longue gorgée et sentis mon nez me picoter.

« Viens, me dit Billy, en me prenant par le bras. Les journalistes veulent te voir.

— Pas avant que moi, je l'aie vue », dit une voix.

Je me retournai et faillis tomber à la renverse. C'était Lucy. Pomponnée comme si elle s'apprêtait à aller au pub avec les garçons du village, les paupières noircies au khôl, ses cheveux courts moins raides maintenant qu'ils avaient un peu repoussé. Harold en perdit ses lunettes. Tout à coup, il n'y avait plus qu'elle dans la loge.

« Tu étais là ? demandai-je.

— Tu ne penses quand même pas que j'allais rater ça, hein ?

— Si, je le croyais un peu.

— Est-ce que tu te rends compte que tu es coincée, maintenant ? Si tu ne voulais pas devenir célèbre, tu n'as pas choisi la bonne voie. Il n'y a pas une seule personne ici qui ne soit pas amoureuse de toi, qui n'ait pas envie d'être toi, ou qui ne meure pas d'envie de te parler.

— Oh, Lucy. »

Elle serra ma main dans la sienne. Mon regard tomba sur une pancarte accrochée au bout du couloir. Exit. Lucy jeta un coup d'œil alentour et elle devina ce que je pensais, grâce à la magie de ce langage muet, mis au point pendant les heures innombrables que nous avions passées assises côte à côte, à l'église.

On s'éclipsa toutes les deux par la porte de service pour se retrouver dans la nuit.

Nous nous rendîmes dans un petit bar, quelque part dans Soho. On était dimanche soir mais les rues grouillaient de monde – des jeunes, des filles avec de grands cheveux et trop de fond de teint, des garçons avec des vestes bon marché et des chaussures de mauvaise qualité, mais tous aspergés de la miraculeuse essence de la jeunesse, à attendre que tout arrive, ou alors rien du tout. C'est Londres, me dis-je. Tout simplement. On déambule en espérant aller là où il faut aller, sans jamais en être absolument sûr. Lucy et moi prîmes un café noir, alors que nous n'en raffolions ni l'une ni l'autre. Elle s'assit en face de moi, en feignant de ne pas remarquer que tous les garçons la regardaient.

« Je suppose que tu ne me diras pas où tu étais ?

— Je n'avais pas envie de me trouver dans la même chambre que toi. Je n'aurais pas pu dormir en t'ayant près de moi.

— Je comprends. Je pense que c'est pareil pour moi. »

Je me frottai les yeux, m'attendant presque à me réveiller au presbytère, avant que toute cette folie ait commencé. Je croyais rêver. D'abord le Palladium, puis l'arrivée de Lucy et notre fuite ensemble – c'était trop pour une seule soirée. Les sequins de ma robe me raclaient les jambes. Il me tardait de l'enlever pour enfiler ma culotte de cheval. Lucy me toucha la joue.

« Tu es vraiment jolie, dit-elle.

— C'est Matilda qui m'a maquillée.

— Ce n'est pas le maquillage. Tu as quelque chose de différent. Comme si tu avais grandi.

— Ça fait à peine une semaine », dis-je. Mais elle avait raison. On ne vit pas une semaine pareille sans vieillir un peu.

« Je voulais te demander pardon. Pour toutes ces choses horribles que je t'ai dites. Tout ce que tu penses de moi est vrai. Raoul et toi, c'est ton affaire, pas la mienne. »

Le soulagement que j'éprouvais était presque trop intense. Ce n'est qu'en lui faisant cet aveu que j'eus la certitude que c'était vrai.

« Rien n'est jamais aussi tranché. Je m'en rends compte.

— À mon retour de l'hôpital, j'ai eu envie de me jeter du haut de la planète, avouai-je.

— Heureusement que tu ne l'as pas fait. Sinon, qui aurait remplacé Harry Delancey au Palladium ?

— Ils auraient trouvé quelqu'un d'autre. Billy aurait sorti je ne sais qui de son chapeau. Il est très fort pour ça.

— Quel effet ça te fait ?

— Un effet bizarre et que ç'a été très vite fini.

— C'est drôle. Il me semble avoir dit la même chose après ma nuit à Plymouth, avec Martin Adams, dit-elle avec un vague sourire. Ma chère Tara, moi, je n'aurais jamais pu faire ça.

— Mais si. S'il y a une chose que je viens de comprendre, c'est qu'on est tous capables de faire bien plus de choses que nous ne croyons.

— On dirait papa.

— Tu ne peux pas savoir comme il m'a manqué, cette semaine.

— Ça, c'est la leçon numéro 2, soupira Lucy. Quelquefois, il faut partir pour comprendre à qui on tient le plus. De près, c'est difficile de savoir. »

Il y eut un silence pendant qu'une serveuse qui avait l'air de s'ennuyer vint nous demander si nous voulions manger quelque chose, puis Lucy se pencha vers moi.

« Je ne veux pas le perdre, dit-elle d'un ton insistant. Je parle de Raoul. »

Je baissai les yeux sur la table.

« Dans ce cas, pourquoi es-tu partie avec le joueur d'harmonica ? »

Je me refusai à prononcer son nom.

« Parce qu'il était aux petits soins pour moi et que je pensais qu'il pourrait m'aider à oublier Raoul. »

La promptitude de sa réponse et sa franchise me firent sursauter.

« Tu es restée partie toute une semaine.

— Je sais.

— Est-ce que tu… ?

— Je croyais que je pourrais. Mais quand l'occasion s'est présentée, après la soirée au Marquee, il n'est rien arrivé.

— Pourquoi ?

— Je ne voulais pas. J'avais besoin de réfléchir, et lui aussi est quelqu'un qui pense. Je lui ai parlé de Raoul et il m'a écoutée.

— Si tu m'avais parlé de Raoul, moi aussi, je t'aurais écoutée.

— Pas du tout. Tu aurais plaqué ta façon de voir sur tous tes propos, dit-elle, en levant la main. Et ce n'est pas une critique. Brian ne connaît pas Raoul et moi il me connaît à peine.

— Est-ce que tu es en train de me dire que vous vous êtes contentés de parler ? » J'avais envie d'ajouter que pour l'avoir vu au Marquee, je n'étais pas certaine qu'une fille pût être insensible à son charme. Il était juste de dire, en toute objectivité, qu'il était irrésistible, certifié conforme. C'est ce qui m'avait fait peur dès le début.

« Il est très jeune, dit Lucy. Pendant la journée, il gratouille sa guitare, voit des amis et n'arrête pas de fumer – quand il a de quoi s'acheter du tabac. Sept nuits de suite, nous n'avons fait que parler. Il n'avait pas les moyens de sortir, le pauvre. Le son de ma voix a dû le faire périr d'ennui, mais il était bien obligé de m'écouter.

— Tu n'avais quand même pas besoin de disparaître toute une semaine.

— Il m'a fallu ça pour faire le tri dans ma tête. » Elle se tapota la tempe. « Je suis restée dans sa chambre, à trier les cartons de Clover, à lire le journal de Colette Napier, et les choses les plus simples n'ont pas cessé de me ramener à Raoul.

— Et pendant tout ce temps, le joueur d'harmonica ne t'a pas touchée ?

— Il a essayé. Et puis je pense que ça le reposait d'avoir chez lui une fille qu'il n'avait pas besoin de séduire en permanence. »

Sa lèvre tremblait. Elle prit plusieurs courtes respirations, les mains crispées autour de sa tasse de café.

« Je me suis rendu compte que mon mari était le seul homme avec qui j'avais envie d'être, dit-elle en riant tristement. Ça tombe mal, non ? Maintenant qu'il s'est éloigné de moi ? »

Elle écarta sa tasse d'un geste furieux, comme si elle l'empêchait de dire ce qu'elle avait besoin de dire. « À l'époque où nous étions amies, Matilda et moi, c'était un jeu. Tu sais bien, de rendre les garçons amoureux et de les laisser tomber dès qu'ils s'étaient déclarés ; et puis, quand j'ai fait la connaissance de Raoul, tout a changé, mais je ne savais rien de lui ! Rien sauf qu'il aimait les victoriens et admirait Nikolaus Pevsner. Le reste – sa famille, d'où il venait, ce que ça voulait dire d'être espagnol, ce qu'il demandait à la vie –, je n'y avais pas pensé une seconde. Il n'était question que de moi, de mon bonheur, de mon désir d'être désirée et de ma stérilité. Tu te rends compte ! s'exclama-t-elle, stupéfaite. Peut-être que je ne lui aurais jamais rien dit ! Matilda m'a rendu service en lui envoyant ce mot. Autrement, il n'aurait découvert le pot aux roses que bien plus tard.

— Elle t'a rendu service ? » Je la regardai de sous mes faux cils en train de se faire la malle. « Qu'est-ce que tu veux dire ?

— C'est seulement maintenant que je vois les choses sous cet angle. Avant ça, je me disais uniquement qu'elle m'avait fait quelque chose que je ne pourrais jamais lui pardonner.

— Elle a fait ça parce qu'elle était en colère et se croyait amoureuse de Raoul. À mon avis, elle n'était pas capable de voir plus loin. » C'était une idée qui m'étais venue souvent à l'esprit, mais c'était la première fois que je lui en faisais part. On ne pouvait pas rejeter toute la faute sur Matilda.

Lucy prit une grande respiration et me regarda. Elle se frotta les yeux et des coulures de mascara strièrent sa joue gauche. Et il y avait moi, dans ma robe à sequins de Mary Quant, tout droit sortie du London Palladium, mais aussi loin d'Alma Cogan que possible. Toutes les deux, on devait vraiment avoir l'air d'une paire de poupées.

Lucy fouilla dans sa manche à la recherche d'un mouchoir mais, comme elle n'en trouvait pas, je lui tendis une serviette en papier.

« Elle l'a simplement mis au courant pour cette histoire de bébé et, dès l'instant où il a su, j'ai recommencé à regarder ailleurs et à en vouloir à Matilda. Mais en réalité ça n'était pas sa faute, mais la mienne. J'ai passé ces trois dernières années à prédire qu'il allait me quitter, puis à prendre la fuite de façon à ne pas trop souffrir, le moment venu. Je me suis très bien débrouillée, tu ne trouves pas ? dit-elle, en se mouchant. Je lui ai pratiquement dit que je m'étais mise en ménage avec un autre et que c'était fini…

— Tu ne devrais pas me raconter tout ça. C'est à lui qu'il faut le dire. Va le retrouver.

— Justement, c'est le problème, dit-elle, les yeux pleins de détresse. Il n'est plus à l'hôpital.

— Comment ça ?

— Il est sorti il y a quelques jours. Il est parti, dit-elle d'une voix sans timbre.

— Il a dû rentrer à la maison.

— Certainement. Mais pas dans la nôtre. Il est retourné en Espagne, Tara. Comme je le lui avais conseillé. »

Je sentis mon cœur cogner jusque dans mes chaussures.

« Mais il va revenir.

— Je n'en sais rien. Il a dit qu'il reviendrait chercher des affaires. Ça ne laisse pas beaucoup d'espoir, n'est-ce pas ?

— Oui, mais si tu lui dis ce que tu ressens… dis-lui ce que tu viens de me dire.

— Comment le pourrais-je ? C'est une chance pour lui de repartir à zéro. Il n'est pas trop tard. Il en trouvera très vite une autre. Il pourra fonder une famille. Peut-être même avec cette traînée d'infirmière qui lui a mis le grappin dessus.

— Rachel, dis-je.

— Je me fous de savoir comment elle s'appelle.

— Elle n'a fait que l'aider. Elle a dactylographié son manuscrit.

— Ah bon ? dit Lucy, d'un air de dégoût. Je me demande bien ce qui lui a donné le droit de… »

Et puis zut, pensai-je. Je vais tout lui dire. Pourquoi pas après tout ? S'il est vraiment rentré définitivement en Espagne, ça ne changera pas grand-chose.

« Il a écrit un roman, lançai-je précipitamment. Qui a pour titre *Bernadita*.

— Ber-na-di-ta ? » dit-elle, en faisant claquer ces quatre syllabes. « Il a écrit un roman ? s'esclaffa-t-elle. Qu'est-ce que tu me chantes ? Je ne te crois pas.

— Je n'y croyais pas moi non plus, jusqu'au moment où j'ai vu le manuscrit et où il m'a raconté l'intrigue en détail. »

De même que pour moi, il lui fallut un certain temps pour digérer l'information. Puis elle dit : « Pourquoi ne m'en a-t-il pas parlé ? Et Capability Brown, alors ?

— Oh, mais il a un rôle dans l'histoire. C'est le genre de romans où des personnages historiques réels se mêlent aux personnages fictifs.

— C'est casse-gueule, ça.

— Je ne pense pas qu'il avait beaucoup d'espoir que ça te plaise. »

Il m'en avait coûté de lui dire ça, mais c'était la vérité, et je savais que c'était désormais la seule monnaie d'échange valable. Lucy se taisait, elle se contentait de tourner et de retourner sa cuillère dans sa tasse vide. La serveuse jetait des coups d'œil en direction de la porte – elle avait envie de rentrer chez elle. Il se faisait tard – il était bientôt minuit, et un dimanche par-dessus le marché. Nous fîmes mine de rien. Sans doute craignions-nous de ne plus pouvoir poursuivre cette discussion si nous partions. C'était précieux, cet espace entre nous et si jamais nous nous levions pour aller ailleurs, quelque chose risquait de se détraquer, rendant impossible tout dialogue.

« Il ne m'a rien dit, parce qu'il pensait que je ne croyais pas en lui. Alors que... » Elle s'interrompit, puis recommença à parler très lentement, formulant une idée qui venait seulement de se former dans sa tête. « ... Alors que le problème, c'était que je ne croyais pas en moi. C'était en moi que je ne croyais pas, pas en lui. »

J'eus envie de claquer dans mes doigts et de lui dire qu'elle avait tout compris. J'avais envie d'éclater de rire et de lui tapoter le dos. J'avais envie de pleurer, parce que j'avais cru que jamais nous n'en arriverions là.

« Maintenant, il est trop tard, dit-elle. Trop tard, bordel. »

D'avoir entendu Digby jurer si fréquemment, le mot qu'avait prononcé Lucy ne me heurta pas, mais je savais qu'elle ne l'avait pas employé à la légère. Elle examina le fond de sa tasse comme si elle s'attendait à voir apparaître une solution magique dans le marc qui y stagnait.

« Retourne en Cornouailles, dis-je. Il faut qu'il revienne.

— Vois-tu, c'est exactement ce que Brian m'a conseillé.

— Je crois que je devrais lui dire merci, murmurai-je.

— Surtout pas. À ta place, je passerais au large. Si j'ai pu supporter de vivre une semaine entière dans ce gourbi, c'est parce que je ne pouvais pas me faire à l'idée de dormir dans la même chambre que toi, après la gifle que je t'avais donnée.

— Je ne voulais rien entendre. Je l'avais méritée. »

Lucy hocha la tête. Au moment où nous nous levions pour partir, un souvenir me revint.

« Figure-toi que juste après, je suis tombée sur Inigo Wallace qui m'a parlé de votre petite excursion à Hampton Court. »

Lucy prit son cardigan.

« Ça alors.

— Je n'étais pas au courant.

— On dirait qu'il sait se taire.

— Est-ce qu'il s'est bien… bien tenu ?

— Tout à fait. » Mon expression avait dû me trahir, car elle ajouta : « Tu es toujours sous le charme, alors ?

— Quelque chose comme ça, admis-je. Et puis merde. Il n'y a rien à dire.

— Tu feras mieux de changer de langage quand on reverra papa », répliqua-t-elle, choquée.

Le temps d'arriver à Napier House, les oiseaux avaient commencé à chanter. Pâle et épuisée, Lucy, qui en était déjà à la moitié de son deuxième paquet de cigarettes, s'affala sur son lit. Je m'allongeai et me mis à penser à tout et à rien. Je me demandais comment j'avais pu monter sur une scène aussi prestigieuse et chanter devant une foule de gens, pour un garçon qui n'était pas amoureux de moi, ni pourquoi je me sentais si seule alors que j'avais retrouvé ma sœur, qui était tellement malheureuse sans Raoul et comment, au milieu de tout ça, le seul endroit où j'avais vraiment envie d'être, c'était auprès de mon père, afin qu'il me prenne dans ses bras et me dise que tout allait s'arranger. Je me demandais ce que ressentait Matilda – avec sa bosse et sa célébrité, sa solitude sans Lucy et sans Paul Warren, une solitude partagée par Billy, et je me disais quel beau gâchis nous avons fait, mais cela allait changer, car si j'avais appris quelque chose, c'était que les choses finissaient toujours par changer.

D'ailleurs, le changement commença à se produire dès le lendemain matin, avec le téléphone qui n'arrêtait pas de sonner. Tout le monde m'avait vue chanter. Il y avait des télégrammes, des fleurs, des invitations ou des mots glissés dans la boîte aux lettres de Napier House et celle des bureaux de Billy, mais de lui, pas un mot. Et je compris que la vérité pure et simple était que rien n'avait de sens – rien ne rimait à rien quand on n'avait pas la personne qu'il fallait près de soi. Puis, dans la soirée, il téléphona.

« C'est pour toi. Inigo », dit Clover, en me passant l'appareil, avant de courir chasser des admiratrices qui se pressaient à la porte.

« Salut », dis-je. J'entendis ma voix trembler.

« Cherry ? »

Le retard avec lequel sa voix me parvenait depuis l'autre côté de l'Atlantique m'ôtait tous mes moyens. Il me semblait qu'il était encore plus loin que l'Amérique – il aurait pu aussi bien appeler de Mars.

« Je suis au courant de ce que tu as fait. Tu aurais dû écouter Billy, tu sais. Tu ne peux pas t'amuser à tout changer tout le temps. Il avait fait des projets pour toi, et dis-toi bien qu'il sait ce qu'il fait. »

J'étais sous le choc – même si je ne savais pas ce à quoi je m'attendais de sa part. J'avais pensé que désormais il me connaissait peut-être, mais je m'étais trompée.

« Tout le monde a trouvé ça très bien. Le public a adoré…

— Là n'est pas la question. » Je devinai son irritation, je l'entendis soupirer de contrariété.

« Je ne pouvais pas chanter “Over the Rainbow”, dis-je, en retrouvant ma voix. Je ne le sentais pas.

— Pourquoi faut-il que tu sois si compliquée ? Billy s'est donné un mal de chien pour que tu passes dans cette émission. Ça aurait pu être un désastre, tu as pris un risque énorme.

— Oui, mais le risque a payé ! Tout le monde a aimé… le public était déchaîné !

— Les faire rire en imitant Alma Cogan n'était pas ce que tu étais censé faire.

— Mais tu n'étais pas là ! Tu n'as rien vu. Tu ne peux pas me juger d'après ce que tù as entendu dire !

— Si, je peux. »

Il y eut un horrible silence. Je sentais un sifflement courir dans les câbles qui nous permettaient de communiquer et j'eus l'impression qu'ils nous écoutaient.

« Je veux juste te dire que tu dois tenir compte de ce que dit Billy. Il sait ce qu'il fait. Tu n'as que dix-sept ans et tu ne connais pas ce milieu comme lui. Si tu veux durer, il faut que tu l'écoutes. »

C'est pour toi que j'ai fait ça, avais-je envie de hurler.

« Écoute, je ne voudrais pas jouer les grands frères sermonneurs en te disant ce que tu peux faire ou ne pas faire, mais tu t'es engagée dans une affaire que tu ne peux pas toujours maîtriser. Prends garde, Cherry.

— C'est comment, là-bas ? demandai-je, d'une voix tremblante.

— Hein ?

— C'est comment en Amérique… le temps ?

— Je n'en sais rien. Je n'ai pas encore ouvert mes rideaux. »

Encore un silence.

« Tu vas en avoir pour cher, avec le téléphone.

— Crois-moi, Cherry. Tu as du talent. Mais je ne veux pas te voir gâcher tes chances… tu comprends ce que je veux dire ? »

La sonnerie d'un autre téléphone retentit quelque part.

« Il faut que je te laisse, dit-il.

— Tu reviendras à Noël ?

— Peut-être. Pourquoi ? Ça t'ennuie de travailler avec Johnnie Wilson ? C'est un type épatant…

— Non. Je me demandais seulement quand je te reverrais. Voilà tout.

— La seule chose que tu dois te demander, c'est comment tirer le meilleur parti de tes possibilités. Ne merde pas avec Billy et tu gagneras plein d'argent. Prends des risques et tu te retrouveras sur le carreau. »

Sur ces mots, il raccrocha. Je pris le stylo et griffonnai dans le carnet du téléphone.

Inigo Wallace pour Cherry Merrywell, de New York. Motif de l'appel : remontage de bretelles.

Comment pouvait-il être à nouveau aussi différent ? Était-ce le même homme, cet homme désemparé avec qui je me trouvais à peine quelques semaines plus tôt, dans un village du Wiltshire ? Celui avec qui j'avais accueilli l'aube, main dans la main, après avoir passé toute une nuit avec lui à écrire une chanson qui ne cessait de me trotter dans la tête ? Il a pris sa décision, me dis-je. Pour lui, j'étais une chanteuse parmi d'autres. Même le tube d'Alma Cogan n'avait pas réussi à lui rappeler que nous nous connaissions depuis plus longtemps qu'il le pensait. Furieuse, je me promis de l'oublier. Et de balayer définitivement cette souffrance. Sauf, bien sûr, que j'en étais absolument incapable.

TROISIÈME PARTIE

On s'est trompé sur Tara Jupp

42

L'orage

Deux semaines plus tard, Lucy et moi regardions nos deux petits frères jouer au tennis. Billy nous avait emmenées en Cornouailles dans sa voiture, avec Matilda. Nous n'avions que trois jours devant nous, car nous allions avoir du pain sur la planche à notre retour à Londres. Cherry Merrywell avait le vent en poupe. Je venais de passer une quinzaine de jours à faire des enregistrements, à donner une kyrielle d'interviews et à chanter «May to September» en public. Après le Palladium, plus rien ne m'effrayait. Peut-être parce que rien n'était comparable. Peut-être parce que, sans lui, plus rien n'avait d'importance, de toute manière.

Les séances d'enregistrement avec Johnnie Wilson ne servirent qu'à me rappeler Inigo encore davantage. Johnnie n'arrêtait pas de parler d'Inigo, de tout ce qu'il lui avait appris et de vanter son talent. Grand, sympathique, il avait une voix agréable, un visage rond et pâle, de doux yeux bruns ainsi qu'un faible pour les filles qui chantaient bien et le faisaient rire, et il me donnait l'impression d'être un peu amoureux de moi, mais, quand il voulut m'inviter à dîner, après une séance au studio, je refusai.

En retrouvant le presbytère, j'avais espéré que rien n'aurait changé, mais, bien entendu, ce n'était pas le cas. Raoul était toujours en Espagne et Lucy logeait à la maison. Au reste, pourquoi serait-elle retournée toute seule à Rose Cottage, entourée des vêtements et des livres de Raoul, avec la certitude que rien ne serait plus jamais pareil ? Le soir de notre arrivée, nous nous étions installées toutes les deux près du parterre de marguerites, au bord du court, avec de la tarte aux pommes et de la limonade.

« Tara, Lucy, vous me regardez ? » Roy, qui venait d'exécuter un service sensationnel, me tira brusquement de ma rêverie. Mais Luke le lui renvoya et la balle repassa au-dessus du filet.

« Out ! hurla Roy. D'accord, Tara ?

— Vous êtes tellement forts tous les deux que je ne vois plus rien. Ça va trop vite. Vous ne pouvez pas aller moins vite ? dit Lucy.

— Un peu de modestie, les garçons, dit papa, qui venait d'arriver. Elle était à l'intérieur de la ligne, Roy. Le point est pour Luke. »

Il s'assit dans l'herbe, à côté de moi.

« Toi, tu trouves peut-être qu'ils ont fait des progrès, mais figure-toi qu'hier soir, ils sont venus me dire que, à l'avenir, ils ne joueront plus que pour le plaisir. Pour le plaisir ! Tu te rends compte !

— Oh, papa…

— Non. Tu ne peux rien me dire. Je n'aurais jamais dû placer des espoirs sur deux joueurs qui s'intéressent plus à ce qu'il y a de l'autre côté du grillage qu'à l'intérieur du carré de service. J'ai eu tort. »

J'étais sidérée, premièrement par le courage des garçons et, deuxièmement, par le fait que papa reconnaissait son erreur.

Il regarda Roy et Luke qui riaient sous le ciel gris. Un orage était prévu dans la soirée. Pour le moment, l'air était humide et poisseux, comme réticent à céder si vite la place à la pluie.

« Je n'aurais jamais dû les pousser autant, dit papa.

— Tu les as poussés parce que tu croyais en eux.

— Comme tu m'as poussée à lire Pevsner et à m'intéresser à autre chose que le pub et les garçons », remarqua Lucy, sarcastique.

Papa lui prit la main, mais sans la regarder. Elle ne put s'empêcher de sourire – elle avait à nouveau treize ans et elle devait s'imaginer qu'elle était sa fille unique.

« Si jamais il ne revenait pas, sache ceci : tu peux revenir vivre ici aussi longtemps que tu voudras. Tu es ici chez toi, Lucy, Janet, Perséphone Jupp.

— Ça alors, dis-je. C'est vraiment son nom. Bravo, papa.

— Merci », dit Lucy.

Elle baissa la tête, mais je la vis essuyer une larme. À cause de Raoul ou de papa ? Comment savoir ? En tout cas, c'était à cause de l'amour.

Papa avait le regard rivé sur le court. Ses cheveux gris étaient tout ébouriffés et une manche de son chandail bleu, tricoté il y avait bien longtemps par Imogen, était trouée. Pour la première fois, je le voyais tel qu'il devait être dans sa jeunesse, quand il avait fait la connaissance de maman. Pour la première fois, je retrouvais Lucy en lui. Roy servit et sa balle sortit très nettement. Papa se mordit la lèvre pour réprimer une envie de crier, mais ce fut plus fort que lui et il se leva en hurlant : « OUT !

— Papa… Tu viens de dire qu'ils avaient décidé de jouer uniquement pour le plaisir…

— Luke, tu as l'air d'un grand bébé ! Secoue-toi et pense à ce dont nous avons parlé hier. Et puis pourquoi êtes-vous venus si tard, cet après-midi ?

— Le devoir de sciences », répondit automatiquement Roy, et Luke ajouta : « J'ai aidé à faire les lits.

— Quelle perte de temps ! » s'exclama papa.

Il nous regarda, Lucy et moi, et poussa un soupir.

« L'habitude, dit-il, avec un haussement d'épaules nullement désolé. Ainsi que Jésus en a pris conscience lors de la Cène, lorsqu'on a investi du temps et de l'énergie dans quelque chose, c'est rudement difficile d'y renoncer. »

Le soleil s'était couché. Au moment où je pénétrai dans la maison, le tonnerre gronda et le martèlement des sabots qu'on entendait au loin en direction du village s'accéléra, à mesure que les cavaliers prenaient le trot, pressés de rentrer pour échapper au déluge.

Après le dîner, tout le monde disparut, comme presque toujours lorsqu'il y avait de la vaisselle à faire. Quant à moi, qui m'étais habituée à Napier House et au génie qu'avait Clover pour créer des intérieurs élégants par sa seule présence, une lassitude me prit à la vue des assiettes empilées, des verres fêlés et des torchons sales de la cuisine – mais j'avais décidé de tenir compagnie à Imogen. Je voulais lui parler de Matthew Bell et du village, et de rien d'autre. Lucy était partie à Rose Cottage en voiture pour prendre des vêtements propres et des livres. Soulagée par l'accueil qu'elle avait reçu au presbytère, elle aurait été capable de faire l'aller-retour sans essence. Le téléphone sonna et mon cœur s'emplit d'un double espoir : que ce soit ou Raoul ou Inigo.

« C'est pour toi, annonça Imogen, en revenant dans la cuisine. C'est Mr Laurier. » Pour rien au monde elle n'aurait dit « Billy ». « Il dit que c'est urgent. »

Je n'avais rien à faire de Billy et de ses problèmes urgents. J'étais venu ici pour fuir tout ça. J'allai prendre le récepteur dans le vestibule. Billy appelait sûrement au sujet du programme qui nous attendait à notre retour. Il ne voudrait rien laisser au hasard, surtout après le Palladium et les articles parus à mon sujet.

« Bonsoir, dis-je prudemment.

— Ah, merci mon Dieu ! C'est toi, Cherry ?

— Oui.

— Je crois que le bébé de Matilda est en train d'arriver.

— Quoi ?

— Elle est entrée… tu sais bien… en travail. Et même, ça a déjà commencé ; du moins, je le crois. Je ne comprends pas ce qu'il se passe. J'avais demandé à une infirmière de venir la semaine prochaine… »

Je n'entendis pas la suite, parce que sa voix fut recouverte par des gémissements à écorcher les oreilles. Elle était effectivement en travail.

« Est-ce que tu as appelé l'hôpital ? Pour demander une ambulance ?

— Évidemment. » Je percevais la montée de la panique dans sa voix. C'était curieux. Je n'avais encore jamais connu Billy autrement que parfaitement maître de lui-même.

« J'arrive », dis-je.

Je raccrochai et courus dans la cuisine.

« Je pars, criai-je à Imogen.

— Mince alors ! Je croyais que tu devais rester jusqu'à mardi.

— Une urgence à Trellanack. Matilda est en train d'accoucher.

— Là, maintenant ?

— Apparemment. Billy a besoin que quelqu'un attende avec lui que l'ambulance arrive.

— L'ambulance ? Ils ont coupé la circulation dans le village, parce qu'on est en train d'abattre des arbres, dit Imogen, pétrifiée. L'ambulance ne pourra pas passer, à moins que quelqu'un aille se poster au croisement pour leur indiquer la petite route qui mène à Trellanack. J'y vais.

— Tu y vas ? Tu risques d'attendre longtemps. »

Imogen se rua dans le vestibule pour mettre ses bottes en caoutchouc, l'imperméable de papa et le suroît de Roy. Elle revint dans la cuisine en courant et fourra dans sa poche un paquet de biscuits et une lampe torche.

Il commença à pleuvoir au moment où je me trouvais à mi-chemin du sentier de Mrs Otley. Je ne parle pas de ce début de pluie habituel – quelques gouttes annonciatrices suivies d'une ondée qui peut faire place à une averse plus fournie qui laisse tout de même le temps d'ouvrir un parapluie. Non, il s'agissait d'un déluge qu'on pouvait qualifier de biblique. Sous l'effet de ce cataclysme, la terre poussiéreuse ne parvenait pas à absorber l'eau – la pluie rejaillissait du sol comme si elle tombait sur du ciment brûlant. Mes sandales furent trempées en l'espace de quelques secondes. Écartant mes cheveux qui me tombaient dans les yeux, je continuai à courir, tandis que le vent se renforçait de façon inquiétante, poussant des nuages noirs dans le ciel qui s'assombrissait de plus en plus, déclenchant des grondements sauvages parmi les tilleuls du bas de l'allée et obligeant les shetlands à courir se mettre à l'abri. Hester se tenait un peu à l'écart, la tête dressée. On aurait dit qu'elle savait que j'allais arriver.

Je me glissai à travers la clôture et m'emparai d'un vieux licol abandonné sur le côté du portail. Je m'avançai vers le cheval, la main tendue, avec rien d'autre à lui proposer que l'espoir qu'elle m'allait m'aider. Elle s'approcha, les oreilles dressées. Elle avait besoin qu'on lui porte secours, tout autant que Matilda. Vite, je sautai en croupe et me penchai pour embrasser sa crinière, à l'instant même où un effroyable coup de tonnerre lui fit prendre un trot désordonné, tandis qu'elle rejetait la tête en arrière en hennissant et en me donnant un coup sur le nez. À demi aveuglée par la pluie, je la mis au petit galop et la dirigeai vers le haut du parc en croisant les doigts.

Si je tombe et me casse une jambe, qui diable viendra me chercher ? pensai-je, saisie d'une soudaine panique.

« S'il vous plaît ! » hurlai-je dans le vide.

Après avoir mis pied à terre en toute hâte en abandonnant Hester avec le flegme impitoyable de John Wayne, j'escaladai la clôture et courus vers la maison. La brèche qu'Inigo avait colmatée par des branchages ne s'était pas rouverte. Où est-il, celui-là ? me dis-je. J'avais besoin de lui plus que jamais maintenant. Ce n'est qu'après avoir franchi le seuil de la maison que je m'aperçus que je saignais du nez et que mon T-shirt était tout taché.

« Billy ? appelai-je. Matilda ?

— Là-haut, cria Billy. Dans la chambre de sa mère ! Comment as-tu fait pour arriver si vite, Cherry ? Tu es vraiment un ange. »

Je n'étais jamais entrée dans la chambre de lady W.-D. et ne possédant pas la Mémoire photographique de Lucy pour les maisons (marque déposée), je dus ouvrir plusieurs portes avant de trouver la bonne. Je m'attendais à beaucoup de bruit, mais c'est le silence qui m'accueillit. Matilda était couchée dans le lit, la tête inondée de sueur. Chose curieuse, la première idée qui me vint en entrant fut pour me dire que cette chambre était bien féminine pour quelqu'un comme lady W.-D. qu'on aurait imaginée dormir sur des planches brutes. Il y avait un couvre-lit orné de roses et des rideaux de soie blancs. Malgré le fouillis qui régnait, je remarquai le haut-de-forme en velours fané qu'elle portait à Hickstead, posé sur la coiffeuse, à côté d'un vieil exemplaire de *Des souris et des hommes*.

Billy, qui étreignait la main de Matilda, leva la tête et, voyant mon tee-shirt taché de sang, il se leva, affolé.

« Ce n'est rien, dis-je aussitôt. J'ai juste saigné du nez.

— Dieu merci, tu es là. »

Il croit que, grâce à moi, tout va s'arranger, pensai-je, prise d'une soudaine panique. Il croit qu'étant une fille, je saurai quoi faire, qu'une espèce d'instinct primitif va m'investir et que, s'il le faut, je me débrouillerai pour sortir ce bébé.

« Matilda ? » Je m'approchai du lit et m'agenouillai comme pour prier.

Elle me regarda. Elle était blême ; ses oreillers portaient des traces de maquillage.

« Tara, dit-elle. Je t'en supplie, ma petite chérie. Fais cesser cette douleur. Moi, je n'y arrive pas. Je n'y arrive simplement pas.

— Mais si. Tu peux très bien y arriver. »

Mais, ô Dieu du ciel, était-ce bien vrai ? Qui étais-je pour le dire ?

Je pris le verre posé sur la table de chevet.

« De l'eau ?

— J'ai envie de vomir en permanence. Ça doit être la peur. Il ne va pas arriver maintenant, dis ? Pourquoi est-ce qu'il arrive déjà ? Je croyais que le premier enfant avait toujours du retard.

— Pas avec Billy à la barre », dis-je.

Plaisanter n'était pas une bonne idée. Matilda se mit à pleurer, de grands sanglots qui lui vrillaient tout le corps. Je me tournai vers Billy qui me regardait, épouvanté.

« Je ne supporte pas de la voir souffrir comme ça. Je ne peux pas, voilà tout.

— Alors ne reste pas ici, répliquai-je. Tu n'as rien à y faire, de toute manière. Un mari n'a pas sa place dans la chambre de sa femme pendant qu'elle accouche, bonté divine ! Descends te faire du thé et apporte-moi des draps propres. »

J'étais effaré par mon franc-parler. Au moment où il sortait, Matilda me regarda.

« C'est bien, dit-elle entre ses dents. Dans des moments pareils, il faut dire aux gens ce qu'ils doivent faire. Demain, il te dira merci. »

Y aura-t-il un demain ? me dis-je, car il me semblait que c'était la dernière nuit sur terre.

« Des draps propres, dit Matilda avec un pauvre sourire. D'habitude, est-ce que les gens ne demandent pas plutôt des serviettes et de l'eau chaude ? »

Ah, bon sang, était-ce vrai ? Je n'en savais rien.

« Reste avec moi, Tara, dit-elle. Tu ne vas pas me laisser, dis ? »

Et elle recommença à pleurer.

« Quand as-tu eu ta dernière contraction ?

— Ce truc qui fait horriblement mal ?

— Nom d'une pipe ! Tu ne t'es pas du tout informée de ce qui allait se passer, Matilda ?

— Bien sûr que non. Refuser la réalité m'a été d'un grand secours pendant toute ma grossesse. »

Je ne ris pas. Elle posa sur moi ses yeux noyés de larmes.

« J'ai ressenti une douleur effroyable il y a une vingtaine de minutes, quand Billy t'a téléphoné. C'était sans doute une contraction.

— Il faudra seulement qu'on respire profondément quand elle reviendra, dis-je, d'une voix mal assurée.

— Tu me tiendras la main ? »

Elle changea brusquement de position et se mit à quatre pattes sur lit, à la façon d'un animal.

« Comme ça, il me semble que c'est mieux, haleta-t-elle. Je ne sais pas pourquoi. J'ai l'impression d'être un cheval. »

Cela ressemblait si peu à la Matilda que je connaissais que je faillis éclater de rire. Il y avait en effet quelque chose de tragiquement comique dans le fait que quelques mois à peine avant la date prévue pour que lady W.-D. vende la maison, Matilda et moi étions entrées en travail ensemble dans la chambre de celle-ci. Car c'était ensemble que nous souffrions. À chaque contraction de Matilda, une telle épouvante m'envahissait que j'avais envie de partir en courant. Quelque chose m'en empêchait. Quelque chose m'obligeait à rester là, à lui tenir la main en l'écoutant crier et à attendre que ça passe. Ils n'allaient pas tarder à arriver. Obligatoirement, pensai-je, tout en calculant le temps qu'il faudrait à l'ambulance pour aller de Truro à Trellanack. Quarante minutes ? Une heure tout au plus ? Mais la pluie, qui continuait à tambouriner derrière les fenêtres, laissait planer l'incertitude. Une nuit de Cornouailles comme celle-ci était capable de faire obstacle à n'importe qui, sauf à ce bébé, peut-être. Pour je ne sais quelle raison, il arrivait trop tôt et nous prenait tous au dépourvu. Dans les rares moments où la douleur s'apaisait, Matilda remontait dans le lit, posait la tête sur la vieille courtepointe à fleurs et évoquait des souvenirs.

« La dernière fois que je suis entrée dans cette chambre, Lucy venait juste de m'annoncer qu'elle allait se marier avec Raoul. J'étais comme folle ; je m'étais jetée sur ma mère comme la bête de l'Apocalypse. Je n'arrêtais pas de répéter que j'avais perdu la seule personne que j'avais jamais aimée.

— Raoul t'aurait rendue folle, tu sais.

— Oh non ! Ce n'est pas de lui que je parle. Je parle de Lucy.

— À t'entendre, on croirait que tu étais mariée avec elle », dis-je, en la regardant avec attention.

Elle prit le verre d'eau en faisant une grimace.

« On l'était, dans un certain sens. Une amitié très profonde entre deux filles d'âge scolaire est une chose bâtie sur le roc. Quand on a dix-sept ans et qu'on rencontre quelqu'un avec qui on peut parler de tout, plus rien n'existe. Le plus drôle, poursuivit-elle, c'est que chaque fois que j'étais seule avec Raoul, je crois bien que c'était seulement pour impressionner Lucy ; je voulais avoir quelque chose de sensationnel à lui raconter. J'avais envie qu'elle soit… qu'elle soit fière de moi. »

J'examinais le visage de Matilda, ses yeux bleus célèbres dans le monde entier, la grande bouche en bouton de rose pourvue de dents blanches maintenant tachées de vin rouge.

« L'ennui avec un amour de ce genre, remarqua-t-elle, comme si elle avait lu dans mes pensées, c'est qu'il n'anticipe pas la blessure ou l'échec. C'est ce qui m'a perdue. Je n'arrivais pas à croire qu'elle pourrait me faire autant souffrir et j'ai contre-attaqué avec la seule arme qui pouvait la blesser.

— Ça l'a brisée, dis-je. Tu avais le pouvoir de la briser plus qu'elle ne t'avait brisée.

— Je sais, murmura-t-elle. Depuis, je me déteste à cause de ça.

— Est-ce que c'est la raison pour laquelle… pour laquelle tu t'es mise à boire ? »

Elle secoua violemment la tête.

« Même si ça l'était, ça n'excuse rien. » Elle entrelaça ses mains et me fixa, de cet air qu'avait sa mère quand elle voulait me faire bien comprendre qu'il fallait utiliser un filet à olive pour les chevaux à la bouche délicate.

« La seule chose capable de tout arranger, c'est ce que je fais désormais. Maintenant qu'elle m'a pardonné, tu comprends ? Oh, mon Dieu, ça recommence. Oh, mon Dieu, Tara, oh, Dieu tout-puissant ! gémit-elle, en s'agrippant à ma main. Ce n'est pas drôle, Tara.

— Je n'ai pas envie de rire, crois-moi.

— Dis-moi, murmura-t-elle entre ses dents. Dis-moi pourquoi il faut endurer ça, ma chérie. »

La porte s'ouvrit. Les voilà, pensai-je, en m'évanouissant presque de soulagement. Ça va aller.

« Bon, dit une voix. Vous avez chronométré l'intervalle entre les contractions ? »

Je levai la tête et faillis m'évanouir pour la deuxième fois en l'espace de quelques secondes. C'était Lucy.

43
Une entrée dans le monde

« Qu'est-ce que tu fais ici ? » Matilda et moi avions posé la question en même temps. Je me levai non sans mal et m'avançai vers ma sœur.

« Comment as-tu su que nous étions ici ? lui demandai-je dans un murmure.

— Je rentrais au presbytère quand une vision fantomatique m'a arrêtée net en plein carrefour.

— Imogen, dis-je.

— Elle m'a tout raconté. »

Matilda se laissa retomber sur son oreiller et ferma les yeux.

« Ne reste pas là, dit-elle à voix basse. C'est trop difficile. »

J'examinai Lucy. Elle portait un short et le même petit haut qu'elle avait le jour où nous avions fait la connaissance de Raoul, trois ans plus tôt, mais ce soir-là elle avait mis par-dessus une vieille veste en tweed. Je sentais en elle quelque chose d'impérieux, son corps dégageait de la chaleur ; tout comme moi, elle avait couru pour arriver le plus vite possible. Elle, qui ne craignait rien si ce n'est les reproches qu'elle s'adressait à elle-même pour la mort de notre mère, se voyait confrontée pour la seconde fois à une situation identique.

« Si le bébé naît cette nuit, dit-elle, en s'efforçant de garder un ton calme, il sera en avance de combien de semaines ?

— Six, répondit Matilda, les yeux toujours clos.

— C'est ce que je pensais. Bon. Il va arriver et tout va bien se passer. Vous avez compris, miss Welles-Devoran ? »

Matilda ouvrit les yeux et lui adressa un pâle sourire.

« On ne m'a plus jamais appelée comme ça depuis que je suis partie d'ici.

— On aurait peut-être dû, remarqua Lucy, en ajoutant à mon intention : Tu es là, c'est bien. » J'eus l'impression qu'elle était en train de prendre ses repères et se demandait par quoi il fallait commencer. Je la tirai par la manche de sa veste et l'emmenai un peu à l'écart pour que Matilda ne nous entende pas.

« Écoute, l'ambulance devrait bientôt arriver. Ce n'était pas la peine que tu viennes. C'est trop dur pour toi. On ne va pas faire semblant de savoir ce qu'il faut faire mais je reste avec elle. Va plutôt voir comment va Billy…

— Ne t'inquiète pas pour lui ; il est en bas en train de siroter un scotch et d'essayer de réparer la TSF pour s'occuper. L'ambulance ne sera pas là avant un bon moment. La route est totalement bloquée par les tilleuls qui ont été abattus. Et si tu connais quelqu'un qui soit plus au courant que moi sur la façon d'orchestrer une naissance impromptue, dis-moi qui c'est. » Elle dégagea son bras et poursuivit avec le plus grand calme : « Ne t'en fais pas, Tara. Qu'est-ce que tu crois que je lisais chaque fois que tu entrais dans ma chambre et me surprenais enfouie sous mes couvertures avec une lampe de poche ?

— J'ai toujours pensé que c'étaient des trucs sur le sexe ou alors sur les grandes demeures anglaises.

— Eh bien, non. Pas du tout, dit-elle, légèrement surprise.

— C'était quoi, alors ?

— Je lisais des bouquins sur l'accouchement dans le vain espoir que, si jamais ça m'arrivait, je saurais me débrouiller.

— Je ne te crois pas.

— Il ne faut pas s'en vouloir de ses erreurs. Mieux vaut en tirer une leçon. »

En tirer une leçon. Tel était le conseil que lui avait donné Raoul, avant leur mariage, un jour que je les avais surpris en grande conversation dans la salle à manger.

Matilda tendit la main pour prendre le verre d'eau mais, dans sa maladresse, il roula sur le lit.

« Je crois que je vais vomir, dit-elle d'une voix cassée.

— Ne t'inquiète pas, dit Lucy. C'est absolument normal. Trente-neuf pour cent des femmes qui accouchent ont des nausées. »

Je la regardai, stupéfaite.

« Les grandes demeures et le sexe ! Ah ! Pour ça, je n'avais pas besoin de livres, remarqua-t-elle aigrement. La vie m'en a appris assez. Il nous faut de l'eau, des serviettes et une bassine pour qu'elle vomisse dedans.

— Les draps, les serviettes et tout le reste sont rangés dans la salle de bains rouge», dit Matilda. Elle allait ajouter quelque chose quand une nouvelle contraction l'en empêcha et elle se mit à hurler comme si on l'assassinait.

«Oh, mon Dieu ! oh, mon Dieu ! m'écriai-je, tellement j'étais épouvantée.

— La salle de bains rouge. La salle de bains rouge… », marmonna Lucy, insensible à ma détresse, en laissant Matilda étreindre si fort sa bague de fiançailles que du sang perla. Lucy fronça les sourcils et je devinai que sa Mémoire photographique venait d'entrer en action.

«La salle de bains rouge, la salle de bains rouge, répétait-elle et, tout à coup, elle claqua dans ses doigts. J'y suis ! La salle de bains du valet de chambre de Byron, c'est bien ça ? Va dans l'aile est, Tara. Troisième étage, quatrième porte à gauche, tout droit et encore à gauche. Prends-en le plus que tu pourras et, pour l'amour de Dieu, grouille-toi. »

Je partis en courant.

Ensuite, deux heures durant, l'équipe que nous formions, Lucy et moi, prit la situation en main. Lucy donnait des ordres et moi, je cavalais partout dans la maison pour les exécuter.

«Ouvre la fenêtre ! Non, referme-la, ça fait des courants d'air. Ou plutôt, laisse-la entrouverte. Mais à peine, Tara. On n'est pas en train de rejouer Peter Pan. Va dans la petite chambre du deuxième étage, dans l'aile ouest, la chambre aux coquelicots, rapporte-moi la petite lampe de chevet – celle avec les agneaux sur la bordure – il fait trop sombre ici. »

Matilda paniquait.

« Et il faut qu'elle boive un petit coup. Va lui chercher un whisky.

— Tu crois que c'est une bonne idée ?

— OUI ! » hurlèrent-elles, d'une même voix.

De temps en temps, Billy pointait la tête à la porte.

« Quand l'ambulance va-t-elle arriver, bonté divine ? disait-il à chaque fois.

— Oublie l'ambulance, le rembarrait Lucy. Elle se débrouille très bien sans, merci beaucoup. »

Son assurance avait un pouvoir apaisant sur Matilda qui, comme par le passé, était naturellement prédisposée à croire que tout ce que disait Lucy était parole d'Évangile.

« Merci, répétait-elle. Merci d'être venue. Merci d'être là.

— Arrête de parler, disait Lucy. Allez, respire à fond. Ce sera bientôt fini. »

Elle se retourna vers moi, prête à me donner une nouvelle instruction.

« Va chercher des couvertures. Quand le bébé sera là, elle aura froid et il faudra la garder bien au chaud. Rapporte aussi des serviettes. On n'en a jamais trop. »

Je me ruai dans la cuisine, posai la bouilloire incrustée de calcaire sur la cuisinière et allumai le gaz avec une allumette d'une main tremblante. J'ouvris en grand les placards où je trouvai des sachets de thé, un pot de miel grumeleux à moitié vide, quelques vieilles serviettes à thé et une bouteille de scotch. Il y avait aussi dans le réduit ménagé sous l'escalier une bouillotte dépourvue de bouchon, que j'emmaillotai dans une serviette et dans mon pull, avant de la remplir d'eau bouillante. Je rinçai en hâte une tasse à thé poussiéreuse et ébréchée, y versai deux doigts de whisky que j'avalai d'un trait, rinçai à nouveau la tasse pour y mettre de l'eau, remontai dans la chambre et la donnai à Matilda qui en renversa la plus grande partie, tellement elle avait mal.

J'essayais de me changer les idées en farfouillant dans les armoires de lady W.-D., en quête de couvertures, mais n'y trouvai que deux vieux plaids imperméabilisés, dont l'un portait le nom «Désir» tissé dans la bordure, et l'autre «Prudence». De toute évidence, ils avaient appartenu aux juments mythiques qu'elle avait montées à Windsor. Je les pris, faute de mieux.

«Je préfère Prudence, dit Lucy d'un ton acide. Il me semble que "Désir" convient moins à la situation, tu ne crois pas ?»

Matilda recommença à hurler de douleur ; elle n'avait encore jamais crié aussi fort. Je regardai Lucy et je crus un instant qu'elle allait perdre les pédales. Elle était revenue, cette lueur de panique tremblotante et fugitive, la même que lorsque Lucy avait treize ans et qu'elle était dans la chambre de sa mère. Je sentis l'épouvante me tordre le cœur et une sueur brûlante inonda mon front. C'était comme si tout recommençait.

«J'ai trouvé des oreillers, proclamai-je, sur le ton triomphant de Christophe Colomb découvrant l'Amérique.

— Ils sont dégoûtants, dit Lucy, sans cesser une seconde de s'affairer. Il ne faut surtout pas qu'ils soient en contact avec elle. Trouve-moi des taies.

— Je n'ai aucune idée de l'endroit où elles sont. »

Lucy ouvrit en grand la valise de Matilda et enveloppa les deux oreillers grisâtres dans une robe.

— C'est une Mary Quant, dit Matilda d'une voix entrecoupée. Fais-y attention ! »

À peine quelques instants plus tard, Matilda recommença à crier. On aurait dit qu'elle était enfermée à l'intérieur de sa souffrance – cela allait-il finir un jour ? J'aurais bien aimé le savoir.

« Tu vas devoir bientôt pousser, dit Lucy, en essuyant le front de Matilda avec un vieux tricot de lady W.-D.

— C'est l'odeur de maman, gémit Matilda.

— Ça t'ennuie ?

— Non, dit Matilda, en lui arrachant le pull des mains. C'est comme si elle était là. J'aimerais tellement qu'elle soit là. Pourquoi n'est-elle pas là ?

— Si elle était là, elle te dirait de compresser jusqu'à la moindre parcelle d'émotion et de souffrance pour la réduire en une boule minuscule et de faire comme si tout allait bien.

— Et elle aurait raison, sanglota Matilda. C'est la seule solution. »

Si tout cela n'avait pas été aussi affreux, ç'aurait été presque comique.

« Tu lui aurais mieux convenu comme fille, me dit-elle. C'est toujours ce que j'ai pensé. Elle t'aimait. Toi, tu savais monter à cheval.

— Arrête de dire n'importe quoi. » Oui, vraiment, Matilda savait choisir son moment.

« Continue de respirer, dit Lucy. Ça ne sera plus très long. Respire. »

Lucy resta auprès d'elle à attendre la délivrance. On aurait dit que quelqu'un avait appuyé sur un bouton – pour la libérer de quelque chose contre quoi elle avait lutté toute sa vie. « Ça va aller, dit-elle encore et, cette fois, sa voix ne tremblait pas. Tu vas vivre l'expérience la plus incroyable de toute ta vie.

— Plus que les fish and chips à l'arrière de la camionnette, devant le Bull, un samedi de 1958 ? demanda Matilda.

— Faut quand même pas pousser. » Elles échangèrent un regard et Lucy reprit : « En parlant de pousser… Vas-y, c'est le moment. »

Je cadrai la scène je ne sais comment et pressai mentalement le bouton.

Il y avait Matilda – écarlate, les jambes écartées, éperonnée, prise en otage, le corps cambré vers la lune et réduite à l'obéissance par la venue inévitable et imminente de son enfant – et à côté d'elle, Lucy, raide de tristesse mais forte de la certitude absolue que tout espoir, toute chance de sentir naître une vie en elle étaient vains. Puisque, pour sa part, elle n'aurait jamais d'enfants, elle resterait aux côtés de la fille dont elle s'était éloignée. *Elle serait là*. Matilda commença alors à pousser, et mon courage à moi m'abandonna.

Il était impossible de se faire sourde à ses hurlements. Tremblant de tous mes membres, je dévalai l'escalier pour me réfugier dans la cuisine, où je trouvai Billy, le front dégoulinant de sueur et les joues ruisselantes de larmes.

« Seigneur Jésus ! répétait-il. Je ne savais pas que c'était comme ça.

— Personne ne le sait d'avance. Sinon personne ne le ferait. »

Un long silence s'établit. De temps en temps, il prenait ma main dans la sienne et la serrait si fort que je grimaçais de douleur. Il termina son whisky et ouvrit une autre bouteille. Puis, brusquement, les cris se turent.

« Qu'est-ce qu'il se passe ? demanda-t-il, comme si j'avais des dons d'extralucide.

— Je ne sais pas.

— Monte. Monte voir comment elle va. S'il te plaît, Cherry. Vite. »

Je grimpai l'escalier quatre à quatre.

« Ça y est ? » demandai-je, d'une voix qui me parut criarde, angoissée et métallique.

Le bébé était là. Immobile, gris et éclaboussé de sang – inerte entre les mains de Lucy. On aurait dit qu'il était mort.

Instinctivement, j'évitai de le regarder. « Que s'est-il passé ? chuchotai-je. Est-ce que ça va ?

— Parle à Matilda, murmura Lucy. Tourne-lui la tête de l'autre côté. Distrais-la. »

Elle ferma les yeux et joignit les mains. « Prie, Tara, s'il te plaît. *Seigneur Jésus, je vous en supplie, aidez-moi.* »

Je redis cette prière voix basse, les mains de Matilda serrées dans les miennes.

Seigneur Jésus, aidez-moi. S'il vous plaît, mon Dieu, aidez-moi.

Matilda murmurait en même temps que moi, les yeux hermétiquement clos. Je regardais Lucy, sans lâcher la main de Matilda.

Seigneur Jésus, je vous en supplie, aidez-moi.

Lucy dégagea le nez et la bouche du nouveau-né, puis, très délicatement, elle appuya les mains sur sa poitrine.

« Allez, marmonna-t-elle. Allez. Puis un peu plus fort : Allez ! Allez ! »

Au bout de ce qui me parut une éternité, mais sans doute pas plus de vingt secondes, il y eut un cri enroué, accompagné d'une inspiration et, sous mes yeux, le petit corps vira du gris au rouge foncé.

« C'est bon, dit Lucy à mi-voix. Il va s'en sortir. »

Elle continua à le masser et avec chaque instant qui passait les cris prenaient de la force. Elle le nettoya, l'enveloppa dans une serviette et ne le garda contre elle pas plus de dix secondes, mais des secondes qui, j'en suis sûre, furent pour Lucy les plus importantes de sa vie. Matilda ne la quittait pas des yeux, elle, son amie qui tenait son bébé dans ses bras. *Son bébé.*

« Tu l'as sauvé, murmura-t-elle. Tu l'as sauvé. »

Des larmes coulaient le long des joues de Lucy.

« C'est bon, c'est bon, dit-elle d'une voix cassée. Comment s'appelle-t-il ?

— Joseph. Il s'appelle Joseph Paul Laurier. »

La lèvre de Lucy tremblait. Elle regarda le bébé et le déposa sur la poitrine de Matilda.

« Allez, vas-y, dit-elle au bébé. Autant que tu fasses un bon usage de ses nichons. C'est la première fois qu'un homme de ce village peut les voir.

— Billy, murmura Matilda. Où est Billy ? »

Je le trouvai assis au pied de l'escalier, la tête dans les mains.

« Tout va bien », dis-je. Et soudain je me mis à crier : « Tout va bien. C'est un garçon. C'est un garçon.

— Un garçon ? » Il me regarda, les yeux écarquillés, et répéta : « Un garçon ?

— Joseph. Joseph Paul Laurier. »

Dix minutes plus tard, l'ambulance arriva avec une Imogen trempée jusqu'aux os. On se répandit en force commentaires à propos du bébé qui était vraiment petit, sur celle qui l'avait mis au monde et on se demanda s'il fallait emmener la mère et l'enfant à l'hôpital, malgré la tempête.

« S'il a survécu à un pareil accouchement, il survivra à n'importe quoi », déclara Lucy.

Imogen me lança un regard et m'étreignit la main.

Il faisait presque jour. Au bout d'une heure, on nous informa que la route était dégagée.

Billy insista pour aller à l'hôpital.

« Peu m'importe où on m'emmène du moment qu'on ne me l'enlève pas, dit Matilda.

— Veux-tu que je t'accompagne ? » dit Lucy.

Matilda hocha la tête et serra encore plus fort son bébé sur son cœur.

Je les regardai l'aider à monter dans l'ambulance. J'aurais dû être inquiète, mais bien que le bébé fût prématuré – sans parler des problèmes de Matilda –, j'étais sûr que tout se passerait bien. Un puissant sentiment de gratitude m'envahit.

« Je vais aller à l'église, dis-je à Lucy.

— Merci, dit Billy. Merci. »

Matilda eut un pâle sourire.

Au moment de sortir et, comme pour illustrer le fait que la déchirure entre elle et Matilda était refermée, Lucy – qui n'était jamais tombée de sa vie, sauf dans les bras d'un garçon – se prit les pieds dans le tapis du vestibule.

« Tu es fatiguée, lui dit Billy. Tu devrais rentrer chez toi.

— Non. Elle a besoin de moi, dit-elle, en regardant Matilda.

— Je te garderai de la soupe pour le déjeuner », dis-je.

Je regagnai le presbytère en regardant mes pieds avancer, un pas après l'autre, hébétée de fatigue, dopée par les effets de l'adrénaline. Sept semaines à peine s'étaient écoulées depuis le mariage, quand nous avions revu Matilda pour la première fois depuis qu'elle était partie à Londres. C'était encore l'été, l'automne avait du retard, les tilleuls étaient toujours en feuilles. Mais tout le reste avait changé : Inigo, Digby, moi et le Palladium, Lucy et Raoul, Matilda et Billy, et maintenant il y avait Joseph. Autour de moi, le monde n'était plus le même. Je me mis à rire tout haut tellement c'était étrange, tellement c'était beau. En poussant son premier cri, ce bébé avait effacé toutes les ardoises et, à mesure que j'avançais, je prenais conscience qu'il y avait dans mon pas une fermeté, une régularité qu'il n'avait pas auparavant. Je ne boitais plus. Je le répète, je ne boitais plus. Madame avait vu juste. Désormais, cette claudication ne m'était plus d'aucune utilité.

44
Eux trois, nous deux

Un peu plus tard dans la journée, Billy téléphona au presbytère pour remercier Lucy à nouveau et dire que Matilda et Joseph, qui se portaient bien tous les deux, en parfaite santé, passeraient encore deux jours à l'hôpital, parce que Joseph était né avant terme et devait être surveillé. Ensuite, ils séjourneraient à Trellanack jusqu'à Noël, sous l'aile protectrice de miss Johnston, une infirmière qu'on avait fait venir du Yorkshire. Au début de l'année, ils s'installeraient à Londres définitivement. En fin d'après-midi, j'allai avec Lucy à Trellanack pour remettre de l'ordre dans la chambre de lady W.-D.

« Ils auront quelques mois de tranquillité, Dieu merci, dit Lucy, tandis que nous montions au premier, après avoir traînaillé un peu dans le parc, avec Hester, les shetlands et un sac de carottes.

— Peut-être qu'elles changeront d'avis et qu'elles ne vendront pas.

— Ça m'étonnerait, dis-je. Et il paraît que lady W.-D. a téléphoné d'Inde en pleurant à chaudes larmes.

— Pardon ? Elle a pleuré à cause de sa fille ? On va de surprise en surprise.

— Billy dit qu'elle ne se remet pas de ne pas avoir été là pour la naissance. Elle projetait d'arriver une semaine avant la date prévue, mais c'est raté. Il lui a dit aussi que c'était toi qui avais sauvé Joseph.

— J'imagine que ça lui a coupé le sifflet, ironisa-t-elle. Tu vois, c'est sûrement une bonne chose que je ne puisse pas avoir d'enfants. Je n'aurais jamais été capable de fabriquer un bébé aussi adorable.

— Est-ce que c'est plus dur pour toi, de te dire que tu ne connaîtras jamais ça ?

— J'ai sept frères et sœurs. Est-ce que tu t'imagines que je vais m'effondrer chaque fois que l'un de vous fera un enfant ? Le temps que j'atteigne la cinquantaine, je serai au point. Non, je vais être la vieille tante indigne qui pousse ses neveux et nièces vers l'amour et l'aventure, ajouta-t-elle, avec un clin d'œil. Après tout, c'est grâce à tante Mary que tu as connu Inigo Wallace. Non que je veuille la comparer à Cupidon, bien sûr que non. » Il me suffit d'entendre prononcer son nom pour que ça me coupe la respiration.

« Si c'était Inigo que visait Cupidon, il a complètement raté sa cible.

— Tu penses le revoir bientôt ? insista-t-elle.

— Je n'en sais rien. Il avait dit qu'il reviendrait peut-être vers la fin de l'année. De toute manière, quelle importance ? » ajoutai-je sur un ton assez peu convaincant.

Lucy lança quatre serviettes tachées de sang sur le tas de linge sale, en même temps que la couverture marquée Prudence.

« Nous allons faire un retour triomphal à Londres. Toi pour retrouver tes admirateurs et moi pour écraser ceux qui veulent démolir Napier House.

— Tu aimes cette maison, n'est-ce pas ?

— Quand on est resté plongé sept semaines d'affilée dans le journal de Colette Napier, c'est impossible de faire autrement. »

J'avais le cœur serré de penser que c'était à Trellanack que nous tenions de pareils propos. C'était comme une trahison, d'avouer aimer une autre maison, entre les murs mêmes de celle qui avait été notre premier amour.

« Aucune maison ne pourra jamais me toucher autant que Trellanack, reconnut Lucy, qui s'était fait la même réflexion que moi. Elle est Raoul et moi. La maison des rêves, ironisa-t-elle. Mais Napier fait un substitut très honorable, non ? »

À peine furent-ils rentrés de l'hôpital qu'il apparut à l'évidence que Billy, Matilda et Joseph formaient un trio naturel, une forteresse, puissante et insondable. Grâce à miss Johnston – qui avait un sens de l'humour acéré, du sang-froid, de l'expérience et un dévouement inconditionnel pour le bébé qu'on lui avait confié –, Joseph fit très vite ses nuits et Matilda se rétablit plus rapidement que nous l'aurions cru. Elle s'installa dans une existence placée sous le signe d'un concept que je n'imaginais jamais pouvoir lui être associé : le bonheur. Depuis le soir d'orage où elle avait mis son fils au monde, elle avait complètement arrêté de boire et appris un vocabulaire tout nouveau, plein de termes tels que langes, épingles à nourrice et biberons. On aurait dit que cette naissance l'avait libérée de tous ses démons.

Mais pour Lucy, de même que Napier House ne pourrait jamais lui faire oublier Trellanack, personne ne pouvait remplacer Raoul. Nous devions bientôt repartir pour Londres et je sentais de l'anxiété chez ma sœur, qui savait que, cette fois, nous quittions la Cornouailles pour longtemps. Juste avant de nous en aller, papa me prit à part.

« Prends bien soin de Lucy, me dit-il. Sans Raoul, elle est comme un chiot sans maître.

— Oh, papa ! » m'exclamai-je, en m'apprêtant à protester contre cette réflexion absurde, laissant entendre qu'une femme ne pouvait être complète sans un homme pour la guider dans la bonne direction, mais, dans le cas de Lucy, c'était tellement vrai que, ne trouvant rien à lui objecter, je me contentai de hocher la tête.

« L'ennui, avec les Espagnols, c'est qu'ils n'attendent pas. Pense à l'Armada.

— Que veux-tu dire, papa ? »

Au lieu de répondre à ma question, il dit : « Je trouve que tu devrais arrêter de te tracasser pour cet Américain.

— Quoi ? » J'ouvris des yeux ronds. « Oh, papa. Il n'est pas américain…

— S'il en préfère une autre, il ne mérite pas qu'on gâche de l'encre et du papier pour lui. »

Je rougis jusqu'à la racine des cheveux. La veille, j'avais écrit à Inigo une lettre que je n'avais eu aucune intention d'envoyer. J'en avais fait une boule pour la jeter dans la corbeille à papiers, en oubliant que les membres de ma famille étaient incapables de ne pas se mêler des affaires qui ne les regardaient pas.

« Je n'ai rien lu d'autre que le nom du destinataire. Mais j'imagine facilement ce que tu pouvais lui dire.

— Ce n'était rien d'important. »

Il prit une liasse de papiers posés sur son bureau.

« Tâche de revenir à Noël. Ta présence serait la bienvenue pour Matthew Bell et la chorale. Cette petite Jones a la voix d'un héron qu'on étrangle.

— Bien sûr, papa. »

Il se retourna vers moi et reprit :

« Je voudrais aussi te dire une chose, ma fille…

— Quoi, papa ?

— Je suis fier de ce que Lucy et toi avez fait pour Matilda et le bébé. Lucy a montré beaucoup de courage. J'ai honte de dire que je ne pensais pas qu'elle avait ça en elle. »

Sur ce, il s'en alla avant que j'aie pu dire quoi que ce fût.

J'arrivai à Londres le vendredi dans l'après-midi. Après une nuit dans le train, j'avais sauté dans un taxi, ce qui faisait de moi une voyageuse fourbue et affamée. Je pariai avec moi-même sur le menu que Clover devait avoir concocté pour le Six O'Clock Club, même si cela m'importait peu. Lucy allait rester une semaine supplémentaire à Trellanack, avec Matilda et Joseph. La veille, elle avait téléphoné à Clover et le désespoir de cette dernière concernant sa maison l'avait complètement bouleversée.

« Mais non, ma chérie, avait dit Clover d'une voix lasse. Pour le moment, il est inutile que tu viennes. Ce matin, j'ai vu celui qui a tout organisé pour la démolition. Un type charmant, réaliste, qui m'a conseillé de prendre le fric et de me tirer vite fait, en m'estimant heureuse. Heureuse ! répéta-t-elle. Alors que la seule chose au monde qui me tienne à cœur va disparaître. »

« En plus, m'avait raconté Lucy, le visage plissé par l'inquiétude, elle a dit qu'ils voulaient commencer les travaux de démolition dans quinze jours. Ce qui signifie que Pevsner ne trouvera plus qu'un amas de décombres. Elle n'arrive pas à le joindre pour lui demander s'il ne pourrait pas venir plus tôt.

— Mais ils ne peuvent pas faire ça !

— As-tu remarqué que nous n'avons pas arrêté de dire ça à propos de ces individus et que ça ne les a pas empêchés de continuer à faire ce qu'ils avaient décidé de faire ? Ils peuvent le faire et ils le feront. »

Au moment où je sonnais à la porte, je vis l'Heureux couple d'en face descendre d'un taxi avec des sacs de chez Chi-Chi. Autour de moi, la Terre continuait à tourner de la même façon, comme si son axe ne s'était pas du tout déplacé. Il y avait des gens qui rentraient de leur travail, des messieurs en costume, des dactylos en talons hauts, qui vivaient leur vie, que nous soyons là ou pas. À peine entrée dans la maison, je m'empressai de me déchausser et d'emplir mes poumons de l'odeur de muguet désormais familière du parfum de Clover et de celle de bois ciré du guéridon du téléphone. Je pris le carnet et l'ouvris à la dernière page. *1er août : Appel de Clover Napier à la Victorian Soc. Pas de réponse.*

C'est alors que quelque chose sur la chaise du vestibule attira mon regard – une chose si familière que je n'avais pas tout de suite remarqué qu'elle n'avait pas dû être là. Je m'approchai à pas lents, comme si j'avais eu affaire à une espèce d'oiseau rare que je risquais de faire fuir par des mouvements trop brusques. Je la soulevai et de la poche tomba un guide d'Hampton Court. Je le lâchai aussitôt, comme si je m'étais brûlée.

C'était la veste de Raoul.

45

Le joueur d'harmonica et le réfugié

J'avais dû dire quelque chose – même si je ne sais pas trop quoi – car quelques instants après, à peine, arrivèrent dans le vestibule Clover et Raoul en personne. Ils étaient sortis du salon en même temps, comme dans une pièce de Noël Coward. Sur le papier peint William Morris, les pommes vert olive pelées et passées dans les coins semblaient mûrir une deuxième fois en sa présence ; il semblait que tout se haussait d'un cran pour se mettre au niveau de l'énergie intense de Raoul, de la texture veloutée de sa peau.

« Où étais-tu passée ? me demanda Clover, que je sentis soulagée. Voilà deux heures que tu devrais être là !

— Raoul ! » Je me jetai dans ses bras, ce à quoi il ne s'attendait peut-être pas.

« Tara, dit-il, affectueusement.

— Pourquoi ne m'as-tu pas dit que tu étais ici ? Comment as-tu fait… Quand est-ce que tu… ? » Je ne savais pas par où commencer. « Je te croyais toujours en Espagne. Lucy ne sait pas que tu es revenu, dis ?

— Non. Et elle n'a pas besoin de le savoir. J'ai juste voulu lui rendre un petit service, lui apporter mon aide avant que ce soit fini.

— Avant que ce soit fini ?

— Je me suis souvenu de ce que tu m'avais dit à propos de cette maison. "Napier House est la seule chose qui l'aide à tenir le coup. Si elle arrive à la sauver, elle se dira qu'elle a réussi quelque chose de valable." Alors j'ai fait ce que j'ai pu. Je suis rentré d'Espagne hier et je me suis tout de suite mis à l'œuvre. Même si un type qui joue de l'harmonica nous a pris ta sœur, je peux au moins apporter ma contribution pour que cette maison reste debout.

— Raoul… il faut que je te parle.

— Cherry, dit Clover, en m'interrompant. Ça ne peut pas attendre ? Viens par ici, s'il te plaît. Nous avons de la visite. »

Je les suivis dans le petit salon sans dire un mot. Pas de Rachel. Mais, nous tournant le dos et debout devant la cheminée qu'il examinait avec attention, il y avait un monsieur en complet gris en train de griffonner dans un carnet. Au bout d'un moment, il prit conscience de notre présence et il se retourna, nous considéra à travers ses lunettes rondes, en avance de plusieurs années sur John Lennon, et nous sourit.

« Bonjour », dit-il, en m'adressant un petit salut de la tête. Puis il ajouta, à l'intention de Clover : « Puis-je voir le reste de la maison dès aujourd'hui ? Je crains de ne pas avoir autant de temps que je le voudrais.

— Tara, dit Raoul. Je te présente le professeur Pevsner.

— Le professeur Pevsner ? » Je regardai Clover, ébahie. « Le professeur Pevsner, répétai-je, d'un air stupide.

— Exactement », confirma-t-elle, et elle se mit à lui parler à voix basse, comme si elle redoutait que Colette Napier entre à l'improviste et la contredise. Un instant, je fis ce que maman nous disait toujours de ne pas faire, et je le dévisageai.

Le professeur Pevsner faisait penser à une taupe hautement intelligente. Avec ses cheveux gris clairsemés, coiffés en arrière, on lui donnait largement ses soixante ans, mais il y avait dans son regard pénétrant une curieuse innocence qui ne cadrait pas avec ses formidables capacités intellectuelles et le faisait paraître plus jeune.

« Ce papier peint Morris, dit-il à Clover, en montrant le mur et en me regardant avec bienveillance, est-ce qu'il y en a jusque dans la salle à manger ?

— Venez donc en juger par vous-même », dit Clover, en le conduisant dans la pièce voisine.

Je regardai Raoul avec ahurissement. « Comment as-tu fait pour l'amener ici ? chuchotai-je.

— J'ai ma méthode, répondit-il.

— Quel genre de méthode ?

— Dans l'après-midi, je me suis pointé dans son bureau, en lui proposant de l'emmener ici en voiture. Il m'a dit que j'avais eu beaucoup de chance de le trouver, car il allait partir à Cambridge pour une semaine de conférences. Je lui ai parlé ensuite de Trellanack, du presbytère et de ton père. Évidemment, il s'en souvenait très bien, mais ce qui s'était imprimé dans sa mémoire, plus encore que les bâtiments, c'étaient les bâtons glacés de ta mère. Puis il m'a dit : "Vous savez que je ne sais pas conduire?", et j'ai répondu que j'avais une voiture qui nous attendait. Après ça, il ne pouvait vraiment pas refuser.»

Raoul m'avait prise à part pour me raconter cela mais il parlait si fort que la scène aurait été du plus haut comique, si je n'avais pas lu du désespoir dans ses yeux. Voici un homme brisé, pensai-je. Sa femme l'avait quitté, mais il l'aimait tellement qu'il s'était lancé à la recherche du professeur Pevsner afin qu'il use de son influence pour sauver Napier House.

«Elle voudrait que tu lui reviennes, dis-je. Mais elle pense que tu ne le devrais pas. Elle trouve que c'est trop tard...»

Il m'arrêta d'un geste de la main. «Non. Ne me dis pas ça, Tara. Tu as toujours cru en nous trop passionnément. Il faut que tu acceptes, comme je l'ai fait. C'est fini. N'en parlons plus. S'il te plaît.»

Clover revint vers nous pour nous dire : «J'ai une quiche au poisson. Nous pourrions peut-être manger pendant que le professeur continue sa visite.

— Quelle maison extraordinaire! s'enthousiasma Raoul. Si je n'étais pas aussi malheureux, je serais fou de joie de me trouver dans un endroit pareil. Si quelque chose pouvait m'empêcher de m'effondrer une deuxième fois, c'est votre admirable sens esthétique.

— Votre femme m'a été d'un grand secours», dit Clover, et je la connaissais assez bien, maintenant, pour savoir que la remarque de Raoul l'avait touchée.

Pour Raoul, manger avait toujours été d'un grand réconfort, pourtant il toucha à peine à la nourriture.

Le voir à Napier House me semblait complètement surréaliste ; il n'avait pas l'air d'être vraiment là. Je lui parlai du Palladium, du trac qui m'avait envahie, du changement de programme improvisé qui avait reçu l'approbation du public.

Il haussa les sourcils.

« C'est formidable, dit-il. De savoir que quelqu'un a fait ce qu'il avait l'intention de faire. Est-ce que tu es heureuse ? »

Cette question si directe me déstabilisa.

« Je ne sais pas trop, répondis-je, la gorge serrée.

— Bien. Dans ce cas, tu l'es sûrement. Je ne me rendais pas compte que j'étais si heureux quand je vivais avec ta sœur, à Truro. Aujourd'hui, je ferais n'importe quoi pour… » Il posa sa fourchette et, à ma profonde consternation, il baissa la tête et se prit le visage dans les mains. Bien qu'il fût originaire d'un pays caractérisé par la passion et la chaleur, je ne l'avais encore jamais vu pleurer. Je me levai et fis le tour de la table pour le prendre dans mes bras. Il dégageait une chaleur intense, il brûlait d'amour pour elle. *Que te miro y tu hermosura me quema.* Je te vois et ta beauté m'enflamme. Au sens propre.

Il mit un moment avant de se ressaisir. Il ne faisait pas beaucoup de bruit, mais tout son corps s'agitait, comme secoué par le poids de l'absence de Lucy. Finalement il se redressa, se moucha et déclara :

« Excusez-moi. Quel déballage de sentiments ! Je déteste me conduire comme on l'attend d'un Espagnol, dit-il en se tournant légèrement vers Clover.

— Si ça peut vous réconforter, dit celle-ci d'une voix mal assurée, sachez que j'ai perdu le seul homme que j'aie jamais aimé parce que j'avais renoncé à le reconquérir. »

Bien qu'elle ne m'eût pas regardée, je compris qu'elle savait que je savais.

Raoul se leva et s'approcha de la cheminée sur laquelle se trouvait une boîte contenant les cartes de vœux de l'année 1881. En retirant le couvercle, il la fit tomber et, au moment où il se penchait pour ramasser les cartes, il grimaça de douleur. À l'évidence, sa jambe n'était pas encore totalement guérie. Je me baissai pour l'aider et vis une mince feuille de papier ornée d'un rouge-gorge apportant des cadeaux à une famille de lapins gris et bleus.

Clover débarrassa les assiettes et Raoul posa sa jambe sur un tabouret.

« J'ai l'impression d'avoir cent trois ans, déclara-t-il.

— Mais au moins tu n'es plus à l'hôpital, dis-je.

— C'est drôle, mais je m'y sentais bien. Rachel a été très gentille avec moi. »

J'allais lui demander ce qu'il entendait par là, mais j'en fus empêchée par la sonnette de la porte d'entrée. Clover reparut avec un diplomate et un pot de crème. Elle les posa sur le buffet et me regarda, les sourcils froncés.

« Encore des petites filles qui veulent des autographes ? »

Je dus rougir comme une tomate car Raoul me considéra avec stupéfaction.

« Vous parlez sérieusement ?

— Hier soir, il y en a eu plusieurs qui sont restées là à attendre pendant au moins une demi-heure. Finalement, je leur ai donné un morceau de gâteau et un peu de chocolat, en leur disant de ficher le camp. Mais elles insistaient. “On veut voir Cherry ! Est-ce que vous savez où elle a trouvé sa robe ?” dit-elle, en imitant à la perfection leur ton suppliant.

— Je me demande comment elles ont su où j'habitais », dis-je, en feignant l'étonnement, alors que j'étais parfaitement consciente que ces filles me ressemblaient. Elles auraient aimé être moi, comme moi j'avais eu envie d'être Alma.

« Est-ce qu'il va falloir que tu te déguises pour pouvoir sortir sans être embêtée ? demanda Raoul.

— Je suis déjà déguisée. Qui est Cherry Merrywell, de toute manière ? Pas moi, en tout cas. »

Je lui souris en haussant les épaules et il partit d'un rire stupéfait et ravi.

« Elle sait comment tirer parti de tout de ce qui lui arrive, dit Clover. Elle sait comment mettre un masque et faire semblant. »

Et pas seulement pour ce qui concerne la musique, pensai-je, en prenant une plus grosse part de diplomate que j'aurais dû, parce que Clover y avait mis une boîte de framboises supplémentaire en l'honneur de mon retour. Je me jouais la comédie – un jeu stupide pour me tromper moi-même et me persuader qu'il ne me manquait pas autant qu'il me manquait en réalité. Que je n'avais…

À nouveau, la sonnette de la porte interrompit le cours de mes pensées.

Clover soupira. « Ne faites pas de bruit et je vais aller leur dire que tu n'es pas à Londres. »

Nous l'entendîmes qui ouvrait la porte.

« Raoul, tu… » Je me penchai vers lui pour lui dire qu'il fallait qu'il aille retrouver Lucy, qu'elle était partie davantage pour se fuir elle-même que pour le fuir, lui, mais je me tus à l'instant où Clover revenait. Dans son sillage, je vis entrer le joueur d'harmonica. Brian.

« Salut », dis-je sous le choc.

Il m'adressa un signe de tête.

« Je me lèverais… », commença Raoul qui n'avait aucune idée de l'identité du nouveau venu.

Brian le salua de la tête et sortit de sa poche une cigarette maigrichonne, roulée à la main.

« Du feu », dit-il, sans même lever les yeux. Cet ordre s'adressait-il à nous ou à Dieu, je l'ignorais, mais il se trouva qu'il vit une bougie allumée par la porte qui ouvrait sur la salle à manger déserte. Il s'y dirigea, s'arrêtant un instant devant un tableau représentant un festin aux chandelles, peint par le parrain de Colette Napier, Horatio Thomas.

« Ça, ça me plaît, déclara-t-il, les yeux fixés sur la toile. Tu me la vends combien ?

— Ne me fais pas rire », répliqua Clover.

Il portait un pantalon noir et un pull à col roulé marron. Il devait avoir atrocement chaud, mais il ne le montrait pas. Il avait une peau médiocre, ses cheveux blond filasse étaient mal coupés et ne semblaient pas avoir été lavés depuis la soirée au Marquee, sa chaussure gauche était percée au bout, mais il avait cette Chose, pas d'erreur possible. Je regardai à la dérobée Clover qui levait les yeux au ciel dans son dos, non sans noter qu'elle avait légèrement remonté sa jupe et s'était assurée qu'elle était bien coiffée, dans le miroir du vestibule. Il était de ces hommes qui produisent ce genre d'effet. Mis à part son physique et son assurance saisissante, il tirait sa séduction du fait qu'il était très anglais, de la même façon que Raoul était absolument son contraire.

« Sers-moi quelque chose à boire, sois gentille », dit-il à Clover. Quand il parlait, sa voix était douce et mélodieuse, tout le contraire de ce à quoi je m'attendais. « La même chose que miss Merrywell, ajouta-t-il ironiquement, en désignant mon verre vide.

— Bon Dieu, Brian, ce n'est pas un pub ici, sache-le, répliqua sèchement Clover.

— Le Wetherley Arms est fermé, dit-il. De toute manière, c'est pour lui parler que je suis venu. »

D'un mouvement de sa cigarette, il montra Raoul qui parut stupéfait.

« Moi ? »

Au secours, pensai-je. Il va lui dire que Lucy et lui ont l'intention de partir ensemble ! Je le dévisageai, saisie d'une vague nausée. J'avais très envie de prendre la fuite, mais pour aller où ? Si je me réfugiais au premier étage, je risquais de tomber sur le professeur Pevsner et, dehors, il s'était mis à pleuvoir sérieusement.

« Oui, vous, dit Brian à Raoul, en continuant à examiner le portrait du grand-oncle Henry.

— Je ne vous connais pas, il me semble ? » fit Raoul, qui commençait sûrement à se douter de quelque chose mais n'avait pas l'intention d'être le premier à montrer son jeu. Clover flanqua un verre de vin dans les mains de Brian, puis croisa les bras sur la poitrine.

« Je ne veux pas de scandales chez moi, dit-elle d'une voix sifflante. Peut-être que vous vous souciez comme d'une guigne que le professeur Pevsner soit là-haut en train de voir ce qu'il pourrait faire pour empêcher la démolition de cette maison, mais pour moi, c'est important. »

Brian la regarda.

« Qui, as-tu dit ? demanda-t-il poliment.

— Tu ne pourrais pas refoutre le camp dans ce gourbi que tu appelles ta maison et travailler ton orgue à bec ? dit-elle, glaciale.

— Cesse de me donner des leçons, chérie, grogna-t-il.

— Pas de "chérie" avec moi !

— Tu sais quoi ? S'ils démolissent ta baraque, tu pourras toujours venir habiter chez nous, dit-il en réprimant un bâillement. Tu nous aideras pour la vaisselle.

— Je ne pensais pas que vous preniez la peine de la faire. La dernière fois que je suis allée chez vous, je vous ai surpris en train de balancer des assiettes sales par la fenêtre.

— C'était Keith. »

Je vis tressaillir les lèvres de Clover.

« Ah, j'y pense. Il y a une piaule qui se libère à Edith Grove. Ce serait formidable.

— J'en doute sincèrement. »

Il feignit de ne pas avoir entendu et reporta son regard vert sur Raoul, en disant :

« Elle ne sait pas que je suis ici.

— Cesse de parler comme Hercule Poirot, s'il te plaît, dit Clover, agacée. Quand tu dis "elle", je suppose que tu veux parler de sa femme, non ?

— Merde alors, tu ne peux pas arrêter cinq minutes de jouer les directrices d'école ? dit Brian, en prenant un cendrier derrière le canapé. Tu m'en veux parce qu'une de tes clientes a trouvé bon de venir passer une semaine chez moi pour me raconter ses malheurs, au lieu de filer dix livres de l'heure à ton docteur miracle, pour un résultat bien inférieur.

— Elle n'est plus avec Henry, lâchai-je étourdiment. C'est fini depuis des siècles.

— Pour l'amour de Dieu, Cherry ! » Clover avait l'air exaspéré, mais, déjà, Brian s'était tourné vers Raoul.

« Lucy m'a tout raconté. J'ai tout écouté ; j'aurais dû lui réclamer des honoraires à chier, mais avec une fille comme elle, on se fait toujours avoir, non ? En tout cas, c'est à cause d'elle que je suis venu, dit-il en tirant sur sa cigarette. Je suis venu pour vous ramener à la raison. »

Allons, Raoul, pensai-je, montre-toi à la hauteur, s'il te plaît ! Brian était trop sûr de lui pour mon goût, trop décontracté pour Raoul qui n'avait pas l'art de la repartie. Mais j'avais tort de m'inquiéter.

Brusquement et sans bruit, Raoul bondit, à la manière d'un chat, saisit Brian par la peau du cou et le plaqua contre le papier peint Morris, avec l'air de se demander s'il allait le pendre à côté du Waterhouse ou près du portrait de Sybil, la tante de Colette, peint par Francis Owen Salisbury.

« Donnez-moi une seule raison pour que je ne vous mette pas en charpie, hurla-t-il.

— Oh, mon Dieu ! gémit Clover. Si l'un de vous touche à quoi que ce soit dans cette maison, je vous tue tous les deux. Et je parle sérieusement.

— Raoul, m'écriai-je. Qu'est-ce que tu fais ?

— Posez-moi, nom de Dieu ! » murmura Brian. Il avait d'abord eu un petit rire, avant de se mettre à tousser. Je notai qu'il avait encore sa cigarette à la main. « Elle vous aime toujours, putain !

— Ne vous moquez pas de moi ! cria Raoul.

— C'est vrai, Raoul ! m'égosillai-je. Laisse-le s'expliquer !

— Qu'est-ce que vous avez fait avec ma femme ? demanda Raoul, en le hissant encore un peu plus haut, contre le mur.

— Le professeur Pevsner ! Le professeur Pevsner ! » Clover continuait à se lamenter, en se balançant d'avant en arrière, comme une possédée dans un film d'épouvante.

« Pose-le, Raoul », suppliai-je.

J'avais plus peur de Clover que de Raoul ou de Brian.

« Croyez-moi, mon vieux ! Je ne l'ai pas touchée. On est amis, c'est tout, bordel de merde !

— Je ne vous crois pas ! »

Raoul le lâcha si brusquement qu'il faillit basculer en avant. Il se rétablit, rajusta son pull et tira une longue bouffée de sa cigarette. Son visage pâle s'était coloré ; il ne s'attendait visiblement pas à ce qui venait de lui arriver.

« J'aime beaucoup les Espagnols, marmonna-t-il, en lançant un regard noir à Raoul, puis il rit et se dégagea. Ils savent se servir de leurs mains. »

Raoul lui fonça dessus – au sens propre – mais Brian fut plus rapide. Il esquiva la charge et Raoul envoya valser le guéridon époque victorienne, avec la paire de lampes en porcelaine jaune et bleu achetée à

Paris par la grand-mère de Clover, au printemps 1884. Leur chute fut amortie par un tapis japonais en soie et, miraculeusement, il n'y eut pas de casse. Je me précipitai pour ramasser les deux lampes et les plaquai sur ma poitrine, comme des boucliers.

« Ça suffit, hurla Clover. Vous êtes chez moi ! CHEZ MOI ! »

Raoul pivota vers elle ; il avait les cheveux en bataille et des yeux fous, comme ceux de Cathedral Boy, le jour où il m'avait jetée à terre.

« Je vous demande pardon, dit-il d'une voix ferme. Mais je vous en prie… dites-lui de partir. Fichez-le à la porte ! »

Brian s'était réfugié derrière un fauteuil, prêt à se ruer vers la sortie. Il avait l'air énervé, mais comme s'il s'amusait énormément. Protégé par le fauteuil mais aussi par deux tabourets en velours rouge et vert et une table de Berlin XIXe, à dessus en verre – il se sentit assez en sécurité pour s'expliquer enfin.

« Je passais juste devant la maison pour voir si elle était rentrée, dit-il en respirant plus vite mais avec calme. J'ai jeté un coup d'œil par la fenêtre et je vous ai tous vus dans le salon, comme si vous étiez en réunion. Je me suis dit, tiens donc, qui est ce grand type bronzé ? Et j'ai pensé, c'est lui. C'est celui dont elle n'arrêtait pas de parler, alors j'ai sonné et me voilà. Alors tout ce que je vous dis, ce sont des informations de source sûre. » Il s'interrompit et eut un petit rire. « C'est moi, la source », reprit-il, en inclinant la tête.

Il s'adressa ensuite à Raoul personnellement, en détachant bien ses mots, comme s'il parlait à quelqu'un capable de comprendre uniquement des choses très élémentaires. « Figurez-vous qu'elle vous aime toujours, Lucy, votre femme. Elle est toujours amoureuse de vous. Vous lui manquez, elle voudrait que vous reveniez. Elle vous a dans la peau. C'est vous qu'elle veut. »

Raoul, tremblant mais comme cloué au sol, le regardait, les yeux étrécis. Il n'avait pas desserré les poings et on l'aurait cru sorti d'une scène de *West Side Story*. Je pensai à ce que papa disait quand les Petits se disputaient : « Ignorez-les autant que faire se peut – ceux qui se battent aiment avoir un public. » Brian se tut et fit tomber la cendre de sa cigarette dans l'âtre vide. Clover me regarda, comme si elle attendait que j'intervienne.

« Vous plaisantez, ou quoi ? dit Raoul, sans ciller et en regardant Brian bien en face.

— Je n'ai pas envie de plaisanter. Je pensais juste que je devais vous le dire. C'est tout. C'est une sacrée fille, vous savez.

— Bien sûr qu'il le sait, dis-je.

— Tais-toi, Tara, dit Raoul.

— Tara ? » Brian se tourna vers moi. « Ah oui. Lucy m'a tout raconté. Billy le caïd vous a donné un autre nom, n'est-ce pas ? » Il me considéra avec attention, se désintéressant momentanément de Raoul. « Comment est-ce que vous vous y êtes pris ? Moi, je voudrais qu'on m'appelle Elmo…

— Ne te casse pas la tête, coupa Clover. En prison, on t'appellera par ton numéro, car c'est là que tu iras si jamais tu casses la moindre chose dans ma maison.

— J'aimerais bien un autre verre. Vous allez encore passer à l'attaque, Raymondo, ou est-ce que je peux me servir un scotch ? »

Raoul ouvrit les poings ; Brian se dirigea vers l'armoire à liqueurs et se versa un whisky.

« Je devrais venir ici plus souvent, vraiment. Quelle soirée ! dit-il, en regardant Raoul. On vient rendre service à quelqu'un et il vous saute dessus, comme s'il était Mohamed Ali.

— Je n'ai pas confiance en vous, gronda Raoul.

— Moi non plus, dit Brian. Mais vous pourriez peut-être me croire pour une fois. C'est une loque. Une loque bougrement jolie, mais une loque quand même. Et pas parce qu'elle ne peut pas avoir d'enfants ou une connerie de ce genre, dit-il avec dédain. C'est à cause de vous et parce qu'elle pense que vous ne voulez plus d'elle.

— Qui vous a raconté tout ça ? » Maintenant, Raoul semblait davantage surpris que furieux.

« Qui, à votre avis ? Elle, bien sûr. Depuis que je l'ai rencontrée, je n'ai entendu parler que de vos histoires. Je n'avais jamais vu une fille jacasser comme ça. Elle veut vous laisser libre, mais moi je me suis dit que j'allais venir voir par moi-même si vous aviez vraiment envie de l'être. Parce que si c'est le cas, il va y avoir une putain de file d'attente. Vous comprenez ce que je veux dire ? Mick ne l'a même pas encore vue. Vous n'allez tout de même pas rester à attendre *ça* sans rien faire, hein ?

— Est-ce que tu ne pourrais pas faire un effort pour aller au bout d'une phrase sans dire une grossièreté ? demanda Clover.

— Putain, je vais essayer, répliqua-t-il, avec le plus grand sérieux.

— Il a raison, dis-je. Écoute-le, Raoul. Elle m'a dit la même chose. Sans toi, elle est perdue.

— Pas du tout. Elle m'a dit de partir. Elle a dit que c'était fini. Elle m'a pratiquement payé mon billet de retour pour l'Espagne.

— Parce qu'elle était paniquée ! » m'exclamai-je, en même temps que Brian disait : « Parce qu'elle t'aime, espèce d'idiot ! »

Raoul lança les mains en l'air et jura… en espagnol.

« J'étais revenu d'Espagne pour lui dire que je ne pouvais pas vivre sans elle. Elle n'était pas à la maison. Ses vêtements avaient disparu. J'ai sauté dans un train pour Londres, en espérant mettre la main sur le professeur et l'amener ici, parce qu'ainsi, même si elle ne voulait plus de moi, je ne serais pas revenu pour rien.

— Le professeur ? dit Brian. Ah, vous parlez du mec qui est en train d'examiner cette taule ? »

On frappa discrètement à la porte et tout le monde se retourna. Clover tira sur sa jupe, épousseta son chemisier et prit une expression de sérénité peu convaincante.

« Bonsoir », dit le professeur Pevsner, en constatant que nous étions maintenant quatre alors que nous n'étions que trois auparavant. Il avait l'air intrigué. « Tout va bien ? demanda-t-il. Il m'a semblé entendre des bruits…

— Oui, dit Clover d'un ton enjoué. Tout va très bien. Mr Jones… a glissé sur le tapis.

— Oui. C'est exact. Un tapis espagnol, un peu effrangé sur les bords, dit Brian, en s'étranglant de rire. Monsieur le professeur. Enchanté de faire votre connaissance. »

Clover fronça les sourcils.

« Brian, annonça-t-elle.

— Elmo, rectifia celui-ci. Elmo Lewis. »

Pevsner lui serra la main.

« Voulez-vous boire ou manger quelque chose ? » murmura Clover. Le grand homme refusa d'un signe de tête.

« Non, non. Il faut que je m'en aille. Ne me raccompagnez pas. Je vous téléphonerai demain matin quand j'aurai un peu réfléchi à la meilleure façon de procéder.

— Voulez-vous que je vous appelle un taxi ? demanda Clover, en reprenant ses esprits.

— S'il vous plaît. Mais seulement pour la gare de Paddington. » Il nous adressa un petit sourire. « Dieu merci, ce n'est pas Euston. Je n'y ai plus remis les pieds depuis qu'ils ont envoyé les démolisseurs.

— C'est un crime », dit Raoul, en s'efforçant de ne plus penser à Lucy.

Je suis presque sûre que le professeur n'avait fait cette remarque que pour être à même de prendre congé, mais les yeux de Brian s'allumèrent.

« Bande de branleurs », dit-il.

Clover le foudroya du regard. Je piquai du nez dans mon verre de vin, horrifiée et ravie à la fois. Sur la cheminée, la pendule du grand-père de Clover tictaquait vigilamment. Raoul, qui regardait le professeur, reporta son attention sur Brian.

« Bande de branleurs, répéta celui-ci, provocateur.

— De qui parles-tu ? » demanda Clover à mi-voix, mais Brian ne capitula pas.

« Des enfoirés qui ont démoli l'arche. Et des connards du gouvernement qui leur ont donné l'autorisation. On ne peut pas laisser faire des saloperies pareilles, voyez-vous ! » s'exclama-t-il, en tirant une bouffée de sa cigarette. « Avant qu'on ait le temps de dire "ouf", on va tous habiter les uns par-dessus les autres, on ne se parlera plus… sauf par télépathie, et alors on ira rechercher les livres sur leurs étagères, on les ouvrira et on dira : "Merde alors, où est passée cette fabuleuse arche d'Euston de mes deux ? Vous pourriez pas nous la rendre, s'il vous plaît ?" »

Il nous considéra, nous, son auditoire, non sans une certaine satisfaction, et se tut. D'un geste élégant, il lança le bras en l'air et la cendre de sa cigarette se répandit sur sa main, avant de retomber sur le tapis en voletant, puis il ferma les yeux.

« *Chaque génération peut entasser une poésie qui lui est propre par-dessus un entassement de vieilles pierres* », déclara-t-il en chuchotant presque.

Nous attendions, immobiles, de voir ce qui allait suivre – avec son visage angélique et sa voix étrange, il était le roi des chats. Il rouvrit les yeux et comprit qu'il nous tenait.

On aurait pu croire que, ce soir-là, Brian était défoncé, mais ce n'était pas le cas. À cette époque, on ne pouvait pas se procurer de la drogue si facilement. Il était ivre et croyait dur comme fer à ce qu'il racontait.

« Bravo, bravo », dit Raoul tranquillement. Brian le regarda, et sourit, et Raoul – qui avait décidé soudain de le croire – s'avança et lui serra la main.

Le professeur Pevsner assistait à la scène, incapable de cacher sa fascination.

« Malheureusement, peu de gens partagent votre façon de voir, monsieur Elmo Lewis. Nous sommes une minorité – une minorité passionnée, mais une minorité quand même. » Il s'approcha de la fenêtre et plongea le regard dans l'obscurité grandissante. « Bientôt, ce sera le tour du Coal Exchange. Ils l'ont condamné et, croyez-moi, à la fin de l'année il ne sera plus debout.

— Ils ne peuvent pas ne pas s'en occuper, leur foutre tout simplement la paix ? demanda Brian. Les victoriens savaient ce qu'ils faisaient, dit-il, en s'échauffant. Leurs vêtements étaient de qualité. La dentelle, les chapeaux, tout. Ils avaient de la *classe*, vous ne trouvez pas ? »

Le professeur avait un air amusé. Je ne me l'étais jamais imaginé ainsi et pourtant ce que Brian Jones venait de dire l'avait bel et bien déridé.

« Il faut que j'appelle un taxi, dit Clover, qui n'en revenait pas.

— Un taxi ? Moi, je vous en trouverai un, dit Brian d'un ton empressé. Si vous me promettez de me déposer à Earl's Court.

— Vraiment ? Ce serait très aimable à vous », dit le professeur qui n'avait pas remarqué l'agacement de Clover à laquelle il s'adressa en ces termes : « Je vais prendre la défense de ces magnifiques intérieurs. Mais vous devez savoir qu'un intérieur victorien comme le vôtre est l'objet d'un mépris encore plus grand que son architecture extérieure. Je crains qu'il soit plus prudent de vous préparer au pire. »

Il avait le ton calme, compatissant mais détaché du médecin qui met une famille en garde avant de pratiquer une opération très risquée sur l'un de ses membres.

Clover pinça ses lèvres écarlates.

« Tout n'est pas encore perdu, s'obstina-t-elle.

— Monsieur Jones, dit soudain Raoul.

— Oui ?

— Merci. Merci d'être venu. Pardonnez-moi d'avoir essayé de vous tuer. »

Le professeur Pevsner sursauta et ses lunettes glissèrent le long de son nez.

« Je crois qu'il faut vraiment que je parte », dit-il.

Ils repartirent ensemble – le réfugié allemand et le joueur d'harmonica – dans la nuit humide. Au moment où ils sortaient dans la rue, j'entendis Brian lui dire qu'il jouait de l'orgue à l'église, quand il était adolescent.

« Et où était cette église ? demanda poliment le professeur.

— Oh ça, mon vieux, vous ne pouvez pas la connaître.

— Allons, faites-moi plaisir, monsieur Elmo Lewis, dit le professeur.

— Brian, soupira le joueur d'harmonica. Appelez-moi simplement Brian. »

46

Une sorte de liberté

« Je suis vraiment désolé, dit Raoul à Clover, quand on se retrouva seuls tous les trois. Je ne sais pas ce qui m'a pris.

— Il n'y a pas eu de casse. Et ne croyez surtout pas que je n'ai jamais eu envie de flanquer certains clients à la porte. Sauf que lui, ce n'était pas un client », ajouta-t-elle avec véhémence.

Raoul s'affala dans le fauteuil derrière lequel s'était réfugié Brian un peu plus tôt.

« Où est-elle ? demanda-t-il. Tara, où est ta sœur ?

— Oh, Raoul, c'est ce que j'ai essayé de te dire ! Elle est à Trellanack.

— À Trellanack ?

— Avec Matilda. Son bébé est arrivé plus tôt que prévu. Lucy passe la semaine avec eux. Matilda l'a suppliée de rester.

— Elle est chez Matilda ? dit-il en se levant. Alors, je retourne là-bas tout de suite.

— Ne dites pas de bêtises, déclara Clover. Vous ne pouvez pas partir maintenant ; il est trop tard. Vous n'aurez qu'à dormir ici. »

Mais pas moyen de lui faire entendre raison. Même Napier House et ses trésors ne pouvaient retenir Raoul.

« Je vais prendre le train de nuit pour Penzance, déclara-t-il.

— Ça ne va pas être confortable, avec votre jambe. »

Raoul se versa deux doigts de whisky dans le verre de Brian, le vida et secoua la tête.

« Ma jambe, ça va. Ce n'est rien comparé à mon cœur brisé. »

Sur ce, il nous embrassa toutes les deux sur la joue et s'en alla.

« Si elle n'en veut plus, je suis preneuse, dit Clover, en refermant la porte sur lui. J'attends depuis toujours un homme capable de se battre pour moi. Mais pas dans mon salon, tout de même, ajouta-t-elle en frissonnant. Bon, quel autre visiteur allons-nous avoir ce soir ? Il paraît qu'Elvis va peut-être venir faire un tour dans le quartier plus tard dans la soirée. »

Elvis, Inigo, Milton Magna. Pourquoi fallait-il que tout me ramène à lui ?

Ce soir-là, je tombai à genoux comme je ne l'avais encore jamais fait. Je priai pour Raoul, en route vers la Cornouailles et aussi pour Lucy, Matilda et son bébé. S'il vous plaît, mon Dieu, faites que tout s'arrange. Faites que tout se passe bien.

On lui adresse tant de prières, disait papa. Débrouille-toi pour dire quelque chose qui retienne son attention. *S'il vous plaît, mon Dieu, si vous réconciliez Raoul et Lucy, je vous promets de chanter dans la chorale tous les jours, quand je rentrerai à la maison pour Noël. Je ne vous parlerai plus jamais d'Inigo Wallace et je ne lui souhaiterai que du bonheur avec la fille qu'il aime, en Amérique*. Ça, c'était un marché d'enfer. Il ne pouvait pas ne pas m'écouter.

Le lendemain je me réveillai en entendant Clover grimper l'escalier en courant.

« Téléphone, dit-elle. Ta sœur. »

À peine eus-je entendu sa voix que je sus que j'allais beaucoup voir Matthew Bell et Antonia Jones à Noël.

« Il est revenu, Tara. Il est revenu et il veut rester.

— Et tu le crois ? demandai-je, un peu inquiète. Tu le crois maintenant quand il dit qu'il se fiche de cette histoire d'enfants ?

— Oui ! Je le crois. Cette fois-ci, je le crois, Tara !

— S'il te plaît, lui dis-je. Ne me fais plus jamais subir pareille épreuve. Je veux juste que vous vous réinstalliez tous les deux à Rose Cottage et que vous ne remettiez plus jamais rien en question.

— Ça risque d'être impossible.

— Pourquoi, impossible ?

— *Bernadita*. J'en ai lu quatre chapitres et je crois que ça va faire plus de bruit qu'Anaïs Nin.

— Aïe ! Il en a vraiment mis une bonne couche, côté érotisme, alors ?

— Attends de l'avoir lu », dit-elle, toute joyeuse.

Je raccrochai et pris le stylo.

Lucy Fernandez pour Tara Jupp. Motif de l'appel...

Le stylo resta un instant en suspens.

Reconnectés, écrivis-je, d'une main tremblante.

Puis, avec un grand sourire, j'ajoutai un point d'exclamation et remontai l'escalier en dansant.

Contrairement à ce que nous pensions, le professeur parvint à obtenir une rémission pour Napier

House, en imposant qu'elle soit inspectée par le service des Monuments nationaux, mais nous savions tous que cela ne ferait que prolonger son agonie. Néanmoins, c'était l'occasion pour Lucy et Raoul de passer quelque temps ensemble à Londres – Clover les avait chargés de finir de dresser le catalogue des meubles et objets devant quitter les lieux pour toujours. Trois mois durant, je bénéficiai donc de la compagnie de ma sœur et de mon beau-frère, quand je ne sillonnais pas le pays pour promouvoir cette partie de moi-même dans laquelle je ne me reconnaissais plus désormais. L'avais-je jamais faite mienne, d'ailleurs ? Je n'en savais trop rien. En novembre, le deuxième disque de Cherry Merrywell sortit, et le troisième était en projet. Me voir sur la couverture des magazines, entendre ma voix à la radio ne me permettait toujours pas de me faire une idée certaine de ce que j'étais en train de devenir, sauf que, de même que Matilda, je savais que j'étais célèbre. Pas seulement à cause des invitations, des soirées, du fait qu'on me demandait mon avis sur tout, des lettres de gamines de treize ans qui s'accumulaient dans les bureaux de Billy, avec celles qui s'adressaient à d'autres chanteurs, mais à cause de cette impression curieuse d'être en permanence sous le regard des gens, d'être remarquée quand j'entrais dans un cinéma ou une librairie. Ou plutôt, c'était Cherry qu'on remarquait. Chaque soir, je la rangeais dans sa boîte pour l'en sortir le lendemain matin, la maquiller et franchir de nouveau la porte avec elle. Lucy et Raoul restèrent à Napier House jusqu'en décembre, quand devaient commencer les travaux de démolition des maisons voisines. Leur amour retrouvé occupait tout l'espace, il déteignait sur tout, Clover en revanche restait toujours aussi intraitable en ce qui concernait Digby.

« Cet homme que tu aimais et que tu as perdu, voulut savoir Lucy un soir. Qui était-ce ?

— Personne, soupira Clover.

— Où iras-tu quand ta maison sera démolie ? » Raoul, qui avait deviné son trouble, aborda un autre sujet.

« À Rome, probablement, répondit-elle sèchement. Tout le monde va à Rome en cas de crise, non ? »

On emballait tout. Des cartons apparaissaient, vides un instant, fermés avec des bandes adhésives l'instant d'après, étiquetés, empilés, prêts pour être transportés dans le Somerset, chez la tante de Clover, Nettie.

« Je me demande bien où elle va caser tout ça, soupira Clover, un jour que nous étions dans le salon, enfoncées jusqu'au genou dans du papier de soie. Les seuls mots que je l'ai jamais entendue dire, c'est : "Si ça ne sert à rien, jetez." »

En regardant ces murs sur lesquels on avait décroché la plupart des tableaux, laissant apparaître des plages de papier peint plus vif, ou même pas de papier du tout, je retenais mes larmes.

« Ils étaient plus économes que je l'avais cru, dit Clover. Ils cherchaient à épater la galerie avec du papier William Morris, mais sans en faire plus que nécessaire. Puisqu'ils étaient sûrs qu'un tableau resterait à la même place des années durant, à quoi bon mettre dessous un papier onéreux ?

— Où est la toile d'Horatio Thomas ? demandai-je. Le tableau du festin, celui qui avait plu à Brian ?

— Tu parles du *Banquet du mendiant* ? soupira Clover. Je l'ai donné à Lucy pour qu'elle l'offre à Brian.

— Quoi !

— Je sais, dit-elle tristement. Je crois que je perds la boule. Lucy voulait lui faire un cadeau pour le remercier de l'avoir accueillie chez lui, et elle est tombée juste au bon moment. Je lui ai donc dit qu'elle n'avait qu'à l'apporter à Brian, dans son taudis d'Edith Grove, en espérant que sa vue l'inspirerait.

— Bien joué, dis-je. Je pense que tu as fait ce qu'il fallait faire.

— Personnellement, je n'ai jamais beaucoup aimé ce tableau de toute façon », remarqua-t-elle, en riant.

Je dus me retenir pour ne pas prendre le carton marqué « Bureau de lord N. Photos ». Le piano d'Inigo était parti depuis plusieurs semaines, sans laisser la moindre trace de sa présence. Je sentais que je m'éloignais de plus en plus de cette nuit mémorable et, pourtant, c'était tous les jours pareil. Il occupait mes pensées du moment où je me réveillais jusqu'à celui où je fermais les yeux. Noël, pensai-je. Il reviendra peut-être à Noël. Même si je ne devais parler avec lui que quelques minutes, ce serait toujours mieux que rien.

Puis, trois semaines avant la date prévue pour l'arrivée des bulldozers, on sonna à la porte.

« Digby ! m'exclamai-je, toujours aussi heureuse de le voir.

— Pousse-toi de là, star de mon cœur. Il faut que je parle à la propriétaire de cette maison.

— Elle n'est pas là. Qu'est-ce que tu as à lui dire ? demandai-je, intriguée.

— Oh, rien d'important !

— Je peux lui transmettre un message, dis-je poliment.

— Non. Je veux lui dire ça moi-même. »

Il allait repartir mais se ravisa. Il remonta les marches en hâte, se planta devant moi et posa les mains sur mes épaules.

« J'ai fait ce que tu m'avais conseillé. Je me suis dit que je pourrais aussi bien montrer à cette stupide grincheuse que je ne plaisante pas.

— Tu… quoi ? »

Il ne m'écoutait pas vraiment. Je n'avais encore jamais vu Digby aussi sûr de lui, ce qui n'était pas peu dire.

« J'ai vendu Cheyne Walk, annonça-t-il. Par conséquent nous n'avons plus de toit, ni Clover ni moi. J'ai pensé qu'elle aimerait peut-être s'installer quelque temps avec moi à Paris. Je songe à acheter une maison du côté des Champs-Élysées et à oublier Londres. »

Je reculai à l'intérieur de la maison et faillis tomber.

« Tu as vendu ta maison ? Mais ça va l'avancer à quoi ? Bientôt, elle non plus n'aura plus de toit.

— Eh bien, rien de tel que deux personnes qui sont dans le même bateau pour se rendre compte qu'elles ont plus de choses en commun qu'elles le pensaient. »

J'éclatai de rire. Digby faisant des projets d'avenir, c'était presque inquiétant.

« Et ton père ?

— Je lui ai donné la moitié du produit de la vente, dit-il, très simplement.

— Il me semble que tu avais dit qu'il ne voulait pas d'argent, qu'il voulait juste rester chez lui.

— Oui, mais en fait je me trompais. Il s'est barré à Brighton, avec la maman de Susie Farriber.

— Ah bon ?

— De toute manière, j'ai l'affreux pressentiment que la terre entière va fondre sur Chelsea. Tout ça, c'est la faute de Brian Jones. Quand tout le monde commence à s'intéresser à ce qu'il fait avec son groupe, il est temps de se casser.

— Et tu crois vraiment que Clover partira avec toi ?

— Possible. Qu'est-ce que j'ai à perdre, de toute manière ?

— Je ne sais pas. Tu as peut-être raison. »

Il examina la façade de la maison.

« Elle a fait tout ce qu'elle a pu. Quelquefois, il faut accepter de se dire que ces enfoirés finiront par avoir le dessus.

« Dis-lui que je reviendrai demain pour prendre des photos, reprit-il, en commençant à descendre l'escalier. Et dis-lui aussi qu'elle arrête de se battre. Je n'ai pas l'intention de renoncer. C'est pour elle que j'ai vendu ma maison. Je suis libre », ajouta-t-il, en souriant.

Il dévala les dernières marches et atterrit sur le trottoir – un lutin en blouson de cuir, prêt à tout remettre sens dessus dessous.

Je ne m'attendais pas à ce qu'il fasse aussi froid. En ce mois de décembre, le village était nappé de sucre glace et la gelée blanche matinale recouvrait les souvenirs du mariage de Billy et Matilda. En arrivant au presbytère où je devais passer une dizaine de jours, je trouvai Imogen en train d'accrocher une branche de houx au-dessus de la photo de tante Mary.

« Noël serait-il en avance pour ceux dont le cœur appartient à Matthew Bell ? » lui demandai-je malicieusement.

Elle descendit de son escabeau et me sourit.

« Cette semaine, on est sortis deux fois ensemble.

— Et il n'a pas attrapé d'autres crabes ?

— Pas que je sache. Ah, autre chose, Tara !

— Oui ?

— Il pense que tu aimerais peut-être participer au concert de chants de Noël. Tu vois… la célèbre vedette n'est pas trop célèbre pour chanter dans l'église de son enfance, ce genre de trucs.

— Oh, non, par pitié, Imogen. Je ne crois pas que je pourrai supporter… » À cet instant, le marché passé avec le Tout-Puissant me revint à l'esprit mais, comme j'avais besoin de repos, je m'empressai de chasser cette pensée.

« Ne sois pas aussi catégorique, répliqua-t-elle, gaiement. Quoique ça n'ait pas beaucoup d'importance, après tout. Il a dit que si tu refusais, ce ne serait pas grave puisque Antonia Jones pourra toujours se joindre à nous.

— Ah. Eh bien, je crois que je vais m'arranger. »

L'après-midi, Lucy, Raoul et moi étions attendus à Trellanack. Matilda nous avait invités à rendre visite à lady W.-D., qui désirait nous remercier pour le rôle que nous avions joué dans la venue de Joseph. Ce serait aussi pour nous une occasion de revoir la maison une dernière fois. L'année prochaine, Trellanack devait passer entre les mains d'une société hôtelière et tout serait fini. Lucy appréhendait un peu de se retrouver face à la mère de Matilda qu'elle avait quittée en si mauvais termes.

« On restera juste le temps de prendre une tasse de thé, dit-elle. Je ne supporterai pas de la voir déployer des efforts pour être gentille avec moi.

— Pauvre femme, dis-je. Elle est revenue d'Inde pour faire la connaissance de son petit-fils et se réconcilier avec celle qui l'a mis au monde. De toute manière, elle doit repartir dans deux jours. Tu n'auras pas à la supporter longtemps.

— Nous avons donc quitté un navire qui sombre pour un autre qui coule », soupira Lucy, en enfilant ses bottes.

Raoul lui étreignit la main. « Du moment que tu es là…

— Toi, tu pourrais vivre dans un carton d'emballage que ça ne te dérangerait pas », enchaînai-je. Il me sourit et j'ajoutai : « Mais non, c'est faux. À moins que le carton ait été conçu par Vanbrugh.

— Et répertorié par Pevsner », précisa Lucy.

À notre arrivée, Matilda, Billy et lady W.-D. étaient dans le petit salon. Matilda avait l'air agité, comme s'il s'était passé quelque chose. En voyant une bouteille de whisky ouverte, posée sur la desserte, je sentis le cœur me manquer. Je me demandai aussitôt si c'était la présence de sa mère qui l'avait poussée à se remettre à boire. Elle n'avait donc pas changé, pensai-je. Trois mois à peine s'étaient écoulés et elle avait remis ça.

Nous avions eu tout juste le temps d'embrasser Joseph, que miss Johnson le remporta aussitôt dans ses bras expérimentés, et que lady W.-D. apparut. Plus enveloppée, plus bronzée, elle respirait la santé. En la voyant, toutes mes craintes s'effondrèrent. J'avais à nouveau douze ans et elle allait me donner une leçon sur la façon de fixer la gourmette sur le mors.

« Chers enfants, nous dit-elle. Quelle joie de vous revoir ici ! »

Elle se retourna et vit Lucy. Elle lui prit la main et la serra vigoureusement.

« J'ai entendu parler de vos exploits. Bravo ! »

Lucy éclata de rire. « J'ai fait ce que n'importe qui aurait fait à ma place, dit-elle.

— Pas du tout, objecta Raoul. Je ne vois personne qui aurait pu faire ça. Elle a fait ce qu'elle seule pouvait faire. »

Lady W.-D. opina du chef.

« Je sais, dit-elle. Je sais. »

Il faisait froid dans la maison. Dehors, le soleil commençait à percer l'épaisse couche de nuages ouatés qui répandaient une lumière mouillée sur la poussière de la table à laquelle lady W.-D. s'asseyait autrefois pour écrire à ses amis concernant des questions qui lui tenaient à cœur, par exemple sur la façon dont les jeunes d'aujourd'hui pratiquaient le trot enlevé.

« Maman repart dans deux jours, annonça Matilda.

— Oui, on est au courant, fis-je.

— Il fallait que je vous voie, toutes les deux. Pour vous parler d'une idée de Matilda. Enfin… un peu plus qu'une idée.

— N'en dis pas plus, maman. »

Matilda se leva soudain, alla vers Lucy et Raoul, et leur tendit une lettre. Puis, devant leur air intrigué, elle les considéra, comme si elle envisageait de la leur reprendre.

« Lisez-la, dit-elle. Lisez-la tout haut.

— Tout haut ? »

Lucy s'éclaircit la voix.

« Chers Raoul et Lucy...

Lucy s'interrompit, eut un petit rire, comme si elle était en train de faire quelque chose de ridicule, puis, ne rencontrant que le silence, elle reprit :

Trellanack House a été mise en vente et une société qui s'engage à transformer la propriété en une entreprise commerciale rentable a fait une offre d'achat. Ils projettent de démolir la maison pour bâtir un hôtel moderne et fonctionnel, mais sans obstruer la vue qu'on a de ces fenêtres.

Lucy lisait en faisant la grimace. Raoul regardait droit devant lui.

Au début, nous étions disposées à donner notre accord à ce projet. Comme vous le savez, ma mère ne désire pas garder cette propriété et elle jugeait qu'il valait mieux en tirer le maximum et tourner la page. Mais la naissance de notre fils a tout changé définitivement.

Lucy posa la lettre. Ses mains tremblaient.

« Vous allez la garder. Pour Joseph. » Ses yeux s'emplirent de larmes. « On fera tout pour vous aider,

Matilda. Nous travaillerons ici pendant que tu seras à Londres, nous ferons n'importe quoi. Oh, merci, de la garder pour lui, merci !

— Oh, non ! répliqua Matilda, un peu affolée. Nous ne la gardons pas. Pas du tout. Continue à lire. Continue. »

Nous savons ce que Trellanack représente pour vous. Nous savons aussi que, sans Lucy, Joseph ne serait pas là. C'est un fait que ma mère a dû accepter et maintenant qu'elle connaît la vérité, elle souhaite réparer les torts qui ont été faits il y a longtemps.

Lucy releva la tête et son regard rencontra celui de Matilda.

Nous souhaiterions vous offrir la possibilité de reprendre la maison et d'en faire un hôtel. Nous sommes persuadées que vous seuls pouvez mener cette tâche à bien. Vous nous verserez un loyer symbolique, afin d'être en conformité avec la loi. Mais la maison est à vous. Trellanack…

Lucy ne parvint pas à poursuivre sa lecture. Elle s'assit, aveuglée par les larmes, et tendit la lettre à Raoul.

Trellanack est votre maison davantage qu'elle n'est la nôtre, et cela depuis toujours. Ces demeures appartiennent à ceux qui les aiment le plus, et dans le cas présent, c'est vous sans aucun doute. Nous avons averti les acheteurs qu'elle n'était plus à vendre. Nous leur avons dit que nous la gardions pour nous, mais en réalité, elle est à vous, afin que vous la fassiez revivre. Elle a toujours été à vous.

Lucy regarda Matilda. Ses mains tremblaient.

« Tu ne peux pas nous donner ta maison comme ça, Matilda, dit-elle, moitié riant, moitié sanglotant.

— Oh, mais si. Et crois-le ou pas, c'est ce que je viens de faire. J'aurais été incapable de vous le dire de vive voix, aussi je l'ai écrit. Sinon je me serais mise à pleurer et j'aurais tout gâché.

— Mais si tu changeais d'avis ! Et si Joseph veut savoir pourquoi elle n'est pas à lui, quand il sera grand ?

— Pour commencer, on lui dira que s'il est à même de poser la question, c'est parce que tu lui as sauvé la vie, dit Billy très simplement. De toute façon, je n'imagine pas Joseph rêvant de passer sa vie en Cornouailles, et vous ? Ses racines sont dans le delta du Mississippi. »

C'était une façon pour Billy de nous dire qu'il savait que nous savions.

Matilda nous regardait fixement. Aucune ombre générée par l'alcool ou par la célébrité ne planait sur elle, pas plus que la terreur de son père ou le poids de la déception qu'elle avait représentée pour sa mère. Elle était enfin devenue une femme, sans rien désormais de la petite fille qui allait d'une pièce à l'autre en trébuchant sur le moindre obstacle, une petite fille avec un joli minois mais totalement dépourvue de confiance en elle.

« Je ne veux plus que cette maison pèse sur mes épaules. Je ne pourrai être libre qu'une fois que j'en serai délivrée. Par conséquent, voyez-vous, vous me rendrez service en m'en débarrassant. Je veux juste m'assurer qu'elle sera à ceux qui en sont dignes, c'est-à-dire vous. Comme je l'ai écrit dans cette lettre, en réalité, elle a toujours été à vous.

— Et l'argent ! me lamentai-je. Que fait-on pour l'argent ?

— Cherry, dit Billy. Il y a un moment dans la vie où l'argent n'a plus aucune importance.

— Oui, et ce moment arrive dans le cas où on a épousé un riche Américain, dit Matilda, qui regarda son mari en riant.

— C'est ce qu'elle veut. Vous feriez donc mieux d'accepter. »

Les yeux de Raoul se posèrent sur Lucy avant de revenir sur Matilda.

« Bien. J'espère que vous permettrez à Joseph de venir passer les vacances scolaires ici », déclara Lucy.

47

Veille de Noël 1962

Le concert avait lieu la veille de Noël. Le temps était aussi calme que le jour du mariage de Billy et Matilda mais il faisait un froid glacial. La Cornouailles était d'une beauté stupéfiante. Les houx, avec leurs baies de la couleur du rouge à lèvres de Clover, la rivière gelée, qui se craquelait par endroits, pareillement aux crèmes brûlées d'Imogen les plus réussies, et poudrée à frimas par le givre, avec, au loin, la mer, grise comme le ciel, dont la surface froide et métallique se parait de blancs chevaux d'écume. Puisqu'il n'était pas avec moi, pensai-je, autant me trouver dans un endroit aussi sublime.

Quand j'entrai dans l'église, Mr Bell était en train de distribuer les partitions. Imogen, qui s'occupait des tuniques des choristes, me vit la première.

« Tara ! s'exclama-t-elle. Oh, quel bonheur ! Tu es venue. » Toute rose de plaisir, elle toucha le bras de Mr Bell qui se retourna vers moi.

L'une après l'autre, les choristes arrivèrent pour voir ce qu'il se passait. Sarah sortit des stalles comme une fusée et se précipita vers moi.

« Tu es revenue ! dit-elle. Antonia me doit deux shillings. »

Mr Bell m'adressa un signe de tête presque imperceptible, et lui dit :

« Sarah, retournez à votre place, s'il vous plaît.

— Raoul a demandé à Rachel, son infirmière, de venir assister au concert, dit Imogen. Il n'arrête pas de dire qu'elle adore le chant choral et les vieilles églises. En arrivant, elle a buté sur George, qui a laissé tomber tous ses papiers. En l'aidant à les ramasser, je l'ai entendu qui l'invitait à prendre un verre au presbytère, à la sortie.

— J'imagine qu'elle correspond à tous ses desiderata, dis-je en riant.

— J'ai lu *Bernadita*, dit encore Imogen. Je l'ai fini ce matin.

— Alors ?

— C'est formidable. J'ai passé une nuit blanche à me passionner pour le capitaine William Thorley et ses secrets. Bien que j'aie été un peu choquée par certains passages très… intimes, ajouta-t-elle, en rougissant. Qui aurait cru qu'il avait ça en lui ?

— Raoul lui-même.

— Lucy a dit qu'elle avait parlé avec quelqu'un non seulement du roman mais aussi d'un film.

— Qui ça peut bien être ? demandai-je, avec l'impression de trahir Raoul à cause de ma stupéfaction.

— Tu devrais le savoir mieux que moi. C'est une femme qui habite juste en face de Napier House, mais elle et son mari divorcent.

— Ils divorcent ! »

L'Heureux couple d'en face, pensai-je. Clover allait triompher.

« *Bernadita* est une femme de caractère, dit Imogen. Il semblerait que les éditeurs sont à la recherche de romans dans lesquels les filles prennent leur liberté et obtiennent ce qu'elles veulent, dans tous les domaines. Que ce soit un homme qui ait imaginé une femme de ce genre rend le livre d'autant plus excitant.

— Il y a des leçons à en tirer, alors, dis-je. Sois forte et ne laisse pas un homme prendre le dessus sur toi. Mais si ça te tente, n'hésite pas à te précipiter dans un lit avec lui.

— Oh, Tara, dit Imogen, horrifiée. Pas avant le mariage. Raoul lui-même ne parviendrait pas à me convaincre de faire une chose pareille. » Elle lança un regard en direction de Mr Bell, agita la main, soupira et ajouta tout bas : « Dommage… »

Dieu merci, une de nous au moins se conduit en digne fille de pasteur, me dis-je, en repensant à la façon dont j'étais tombée dans les bras de Digby, sans même le connaître.

À six heures, l'église était pleine.

« Bien, Tara, me dit Mr Bell. Vous n'avez pas besoin de vous préparer, n'est-ce pas ? Plus le temps, de toute manière. Faites comme d'habitude. Les autres connaissent la marche à suivre. »

Je hochai la tête, pas trop sûre de moi.

Il y avait des cierges partout. L'odeur de la cire, des aiguilles de sapin et de la myrrhe m'enveloppait. J'étais une abeille d'eau, rasant la surface d'une rivière, évitant de me poser de peur de me mettre à penser, car du moment qu'on n'arrête pas de bouger, de chanter, d'enregistrer chanson sur chanson et de courir, toujours courir, à quoi bon s'appesantir plus d'un instant sur quoi que ce soit ? La fréquentation assidue des offices nous avait accoutumés à nous tenir tranquilles, mais nous jouions aux billes sous les bancs et tripotions des bonbons dans les profondeurs les plus obscures de nos manteaux d'hiver. Nous étions obligés d'écouter, même si nous prétendions ne pas avoir capté un seul mot. Le rituel nous permettait de nous évader, tout en nous donnant la possibilité de méditer à notre guise.

Pour le moment, je n'étais pas certaine d'avoir envie de méditer sur quoi que ce fût. La méditation avait quelque chose d'inquiétant. J'avais sauté de la falaise et j'étais en suspens dans le vide ; tant que j'étais à Londres, je pouvais continuer à courir. Maintenant que j'étais ici, il y avait toujours le risque de regarder en bas. Et alors, ce serait la chute.

Mes frères et sœurs étaient entassés sur une rangée. Roy et Luke portaient une cravate et une veste neuves. Je me rendais compte qu'ils grandissaient, ce n'étaient plus des bébés.

Juste avant que je me lève pour chanter, Mr Bell prit la parole.

« Beaucoup de ceux qui sont parmi nous ce soir, dans cette église, savent qu'ailleurs que chez nous, cette jeune fille s'appelle Cherry Merrywell. Mais ce soir, elle est simplement notre petite Tara Jupp et elle va chanter le solo du morceau suivant. »

Au milieu du deuxième couplet, je le vis et, alors, ce fut la débâcle. Ma voix se mit à trembloter et à dérailler ; je ne me souvenais plus des paroles et je dus fermer les yeux parce que je croyais que je rêvais et je ne voulais pas me réveiller pour m'apercevoir qu'il n'était que le produit de mon imagination. Mais quand je les rouvris, il était toujours là, assis au fond de l'église, aussi réel que le matin où je l'avais connu. Mon solo terminé, je restai comme paralysée, enracinée sur place, mon regard rivé sur le sien. Je me tenais parfaitement immobile, de peur qu'il disparaisse à nouveau. Puis les choristes vinrent prendre leur place à mes côtés pour interpréter tant bien que mal le canon de « Hark the Herald » et, tandis qu'avec l'assemblée des anges, nous annoncions que le Christ était né à Bethléem, lui aussi chantait et ç'aurait pu être n'importe qui, n'importe qui venu dans notre petite église, la veille de Noël 1962, sauf que ce n'était pas n'importe qui, c'était Inigo Wallace. Et je l'aimais.

À la fin, tout le monde se leva pour partir, accompagné des choristes tenant des cierges et, redoutant qu'il ne soit déjà plus là, je n'osai pas regarder au passage le banc sur lequel je l'avais vu assis. À peine sortie de l'église, j'y rentrai en courant pour arriver la première dans la sacristie. J'enlevai ma tunique, enfilai mon jean et mon pull et me dégageai le visage.

Il m'attendait, un petit peu plus loin dans la rue, à l'écart de la foule. Quand il me vit, il hocha la tête.

« C'était une catastrophe ! dit-il.

— Je sais. Toi, tu as froid.

— Je suis amoureux du froid. »

C'était une curieuse façon de s'exprimer, surtout de sa part, et je me mis à rire. Il leva la tête vers les étoiles. C'était si irréel, tellement improbable de le voir ici, dans le village, en cette veille de Noël, alors que je n'avais pas cessé de penser à lui depuis son départ pour l'Amérique. Il était pâle et ses cheveux noirs lui cachaient presque les yeux, comme la première fois que je l'avais vu. Il avait l'air concentré.

« Je n'arrive pas à croire que tu sois là, murmurai-je.

— Je n'ai pas arrêté de penser à tout ça.

— Tout ça, quoi ?

— L'Angleterre. Je n'ai pas arrêté de penser à l'Angleterre.

— Et tu es venu voir si elle était toujours là ? dis-je, ne plaisantant qu'à moitié.

— C'est un peu ça. »

Tandis que nous marchions, nos mains se touchèrent. Je ne le regardai pas et nous continuâmes à avancer du même pas. Il sortit une cigarette de sa poche.

« Ça ne l'ennuie pas que tu sois venu ?

— Qui donc ?

— Tu sais bien. Cette fille, à New York. Celle que tu devais aller retrouver. Clover m'a tout raconté dès le début. Elle t'avait entendu l'appeler… » Je m'interrompis, soudain embarrassée.

« L'appeler comment ?

— L'appeler *baby*, marmonnai-je. Elle m'a dit que tu lui avais téléphoné trois soirs de suite, après ton arrivée. Que personne ne téléphonait d'aussi loin, sauf si c'était du sérieux. Elle t'a imité. “J'espère que tout va bien pour toi, *baby*.”

— Cette Clover. On devrait lui décerner une médaille pour ses infamantes déductions. Je n'appelle personne “*baby*” au téléphone. Je ne suis pas un de ces pauvres types de… » Tout à coup, il éclata de rire et, portant la main à son front dans un geste d'irritation amusée, il reprit : « Elle m'a entendu dire que j'espérais que tout allait bien pour le bébé, je parlais avec Julia.

— Qui est-ce ?

— Cette pauvre femme qui veille sur ma mère et mon beau-père, à New York. Elle parlait de ma mère. Ma mère attend un enfant. Elle est enceinte.

— Quoi ! »

Ma stupeur le fit rire.

« Mais ce n'est pas possible ! Elle ne peut pas, non ?

— Apparemment, si. Elle a quarante-quatre ans. Mon beau-père a toujours eu envie d'avoir des enfants, aussi je suppose que c'était la dernière limite. Il fallait que je retourne là-bas pour lui conseiller d'embaucher quatre-vingts personnes, rien que pour gérer les sautes d'humeur de ma mère.

— Pourquoi ne me l'as-tu pas dit ? Je croyais que tu allais retrouver une belle et riche Américaine aux cheveux noirs et aux yeux verts.

— Rocky m'avait dit que personne ne devait être au courant pour le bébé, tant qu'elle n'aurait pas passé le cap des six mois. Il m'avait fait jurer le secret. Et, soit dit en passant, ajouta-t-il, avec un regard complice, je préférerais une fille aux cheveux verts et aux yeux noirs que le contraire. Tu sais bien que je ne suis pas attiré par la beauté conventionnelle. » J'eus l'impression de revivre le moment où je l'avais entendu prononcer ces mêmes mots, à Trellanack, et combien je l'avais détesté à cause de ça. Tant de choses avaient changé. Je n'aurais pu dire ni quand ni comment cela s'était produit. Je savais seulement que tout était différent.

« De toute manière, reprit-il, je croyais que tu portais encore le deuil de Digby. »

Sa plaisanterie tomba à plat.

« Cette histoire n'a jamais eu de réalité. Depuis le début… il n'y a eu que toi. » Je me tus et le considérai. Je n'avais pas besoin de lire dans ses pensées. Je voulais seulement qu'il sache. Je voulais le lui dire afin que quoi qu'il arrivât par la suite, il sache au moins que je l'avais aimé. Je frissonnai à nouveau. Il tendit sa main et toucha ma joue.

« Tu as froid, dit-il. Tu trembles.

— Ce n'est pas le froid. C'est le choc de te revoir, rien d'autre. »

On reprit ensemble le chemin de Trellanack, avec la neige qui crissait sous nos pas. Je lui avais dit que je l'aimais – je sentais que tout le reste s'évanouissait, n'avait plus d'intérêt. Là était la seule vérité. La suite ne dépendait pas de moi. Je ne pouvais rien faire de plus que ce que j'avais fait. J'avais mis en pratique la leçon de Digby. Pense moins. Agis plus. Inigo me regarda. Puis il s'arrêta, les sourcils légèrement froncés, et sortit quelque chose de sa poche. Un petit paquet emballé dans du papier kraft.

« Pour toi, dit-il. Vas-y. Ouvre-le.

— Qu'est-ce… qu'est-ce que c'est ? »

Il ne répondit pas et me regarda retirer mes gants de mes mains tremblantes, pour les glisser sous mon bras et défaire le paquet.

C'était l'éléphant. Intact. Exactement tel qu'il était autrefois. Je le regardai fixement, sans parvenir à le voir de façon bien nette. Puis je me mis à pleurer, mais à cause de quoi ? Je n'en avais aucune idée. Un passé qui me revenait ? Un passé oublié ? À l'époque, nous étions des enfants et nous étions devenus maintenant des adultes.

« On dirait que c'était hier, tu ne trouves pas ? » dit-il.

Il m'était impossible de le regarder.

« Pourquoi ne m'as-tu pas dit que tu savais ? »

Je ne suis même pas sûre d'avoir réussi à aller au bout de ma question, mais en tout cas il avait compris.

« Je ne savais pas, avoua-t-il. Du moins, pas au début. Et puis tu as chanté Alma Cogan au Palladium et je t'ai engueulée.

— Ah, ça, dis-je, stupéfaite, sans cesser de regarder le bibelot qui avait tant occupé mon esprit. Je le méritais. Tu avais raison.

— J'étais hors de moi, déclara-t-il. Parce que j'avais compris que c'était toi et je ne savais pas comment te le dire. Ma seule pensée, quand Billy m'a raconté ce qui s'était passé, a été pour me dire que ton interprétation n'avait pas pu être meilleure que celle d'une petite fille de dix ans qui m'avait chanté cette même chanson, en 1955, dans ma cuisine. Alors, j'ai fait le calcul et quand je me suis rendu compte… » Il enfonça les mains dans ses poches. « Pourquoi ne me l'as-tu pas dit, tout simplement ?

— À cause de ça, fis-je, en retournant l'éléphant dans ma paume. Je pensais que si je te le disais, tu aurais une moins bonne opinion de moi, et ça, je ne le voulais surtout pas.

— C'est dingue.

— Je n'arrive pas à croire que tu l'aies rapporté avec toi.

— C'est à toi qu'il doit revenir.

— Pour quelle raison ?

— Pour te remercier, dit-il en haussant les épaules.

— De quoi ?

— D'avoir chanté ma chanson. »

C'est à ce moment que j'exprimai à voix haute une idée tapie tout au fond de mon esprit depuis le jour où j'étais arrivée à Londres.

« Je fais semblant d'être quelqu'un que je ne suis pas. Je ne retournerai pas à Londres après le Nouvel An. »

En disant cela, je sentis la tête me tourner.

« J'ai envie d'écrire des chansons. C'est sans doute ce que j'ai toujours eu envie de faire. Je croyais juste que je devais à ma mère, à mon père et à tous les autres d'être aussi Cherry Merrywell.

— Tu n'as jamais été Cherry Merrywell. Tu es toujours restée Tara Jupp. On s'est trompé sur toi, c'est tout. Pas seulement Billy, mais moi, Clover et même toi. Attends, j'ai quelque chose d'autre à te montrer. »

Il sortit une photo de la poche de sa veste et me la tendit. C'était une photo de moi que Digby avait prise à Cheyne Walk. Je portais ma culotte de cheval et j'étais assise au piano.

« C'est moi, dis-je platement. Comment l'as-tu eue ?

— Digby me l'a donnée. C'est sans doute le seul d'entre nous qui a tout de suite su qui tu étais réellement.

— Digby ?

— Il me l'a envoyée à New York, avec un mot.

— Que disait ce mot ?

— "Va la chercher où qu'elle soit. Tu lui manques sûrement."

— Ça alors ! Pourquoi avoir écrit ça ? Il s'est fait des idées. Je lui avais juste dit que…

— Ne t'inquiète pas, dit-il, amusé par ma réaction. Il a simplement ajouté ça à la fin, en précisant qu'il aimait cette photo plus que toutes celles qu'il avait faites de toi.

— Il ne m'aimait pas avec ce que Clover me faisait porter. Il ne croyait en moi que lorsque j'étais habillée n'importe comment.

— Il avait raison. Et j'espérais un peu qu'il avait raison aussi de dire…

— Quoi ?

— Que je te manquais », dit-il à mi-voix.

Je restai sans mot dire et baissai la tête en souriant.

Il retira son manteau et le drapa sur mes épaules, puis nous nous remîmes en marche, sans dire un mot. Je sentais la chaleur de son corps, le poids de son manteau qui me rapetissait, puis Trellanack apparut devant nous. Je me mis à chanter – Alma Cogan, comme en ce jour si lointain. Il ne disait rien et marchait à côté de moi, si près, tellement près. Quand j'en fus à la fin du second refrain, nous étions presque arrivés devant la porte d'entrée. Je vis Lucy et Raoul venir à notre rencontre, dans le vestibule.

« Tu sais, tu devrais vraiment faire quelque chose avec une voix pareille, la môme », dit Inigo.

Épilogue

Deux mois après nos retrouvailles en Cornouailles, je partis à New York avec Inigo et on commença à écrire des chansons ensemble. Un an plus tard, nous emménageâmes dans le Brill Building, et le reste appartient à l'histoire. On nous demande tout le temps comment nous fonctionnons : qui écrit quoi et comment nous faisons pour être heureux ensemble, alors que nous travaillons côte à côte chaque jour. Il m'arrive de répondre que nous sommes pareils à un couple d'extraterrestres – deux personnages découpés collés sur une feuille qui, contrairement à tous ceux qui nous entourent, prononcent de la même façon le mot qui signifie "voyage" et celui qui veut dire "racine"[1]. Nous sommes originaires du même sol, nous venons d'un pays étranger. D'ordinaire, Inigo balaye la question et dit que nous continuons à nous disputer à propos des accords ou des transitions, à discuter pour savoir quelle chanson irait avec quel chanteur et où aller, le vendredi soir, pour déguster

1. En anglais britannique, les mots «*route*» («itinéraire») et «*root*» («racine») se prononcent de la même façon.

les meilleurs cocktails. Mais il y a une question sur laquelle nous nous accordons toujours : c'est que nous avons progressé. Et nous savons que nous nous réinstallerons un jour dans cette jolie petite île où tout a commencé. Maintenant, l'Angleterre ne fait plus peur à Inigo. Et moi ? Eh bien, pour tout vous dire, les pâtisseries d'Imogen me manquent. Quand je reviendrai, je m'installerai dans la cuisine du presbytère et je me gaverai de ses sablés. Quelquefois, j'aurais envie de ne rien faire d'autre.

Billy, Matilda et Joseph font de fréquents séjours chez nous. En grandissant, Joseph a pris la beauté de Matilda – et comme Paul Warren, il a chanté avant de parler. Il a lui aussi des problèmes de coordination dans l'exécution des tâches les plus élémentaires – par exemple pour aller d'un bout à l'autre d'une pièce ou pour attacher ses lacets. Matilda est convaincue qu'on inventera un jour un terme pour définir ce qu'elle a toujours considéré comme un handicap – une pathologie qui nécessite d'être comprise et traitée, plutôt que sanctionnée par des moqueries et des punitions.

Au cours de leur première année à Trellanack, Lucy et Raoul remirent le court de tennis en état. Ensuite ils adoptèrent un bébé d'Amérique du Sud qu'ils prénommèrent Carlos. Dès qu'il a su marcher, il a pris une raquette de tennis et commencé à distribuer des aces partout sur le court. Roy, Luke et papa se sont juré de l'envoyer à Wimbledon.

La démolition de Napier House ne fut pas un événement isolé. Entre 1950 et 1965, des centaines de demeures et d'édifices victoriens de Londres et d'ailleurs connurent le même sort. Mais Clover n'était pas décidée à laisser sa maison mourir en silence. Le matin du jour prévu pour la démolition, elle s'enchaîna à la cheminée du salon avec Digby ; ils furent arrêtés et passèrent deux nuits en prison. Quand ils en sortirent, elle avait compris que Digby était sincère quand il disait qu'il l'aimait. Qu'il en ait eu conscience ou non, les photos qu'il avait faites de Napier House et de Trellanack témoignaient d'une chose tout à fait extraordinaire. La maison qui était vivante et celle qui était morte.

Je ne peux penser à Londres sans me souvenir de Napier House en 1962. Je n'oublierai jamais les soirées du Six O'Clock Club. Nous étions ignorants de tout – nous étions trop occupés à faire l'apprentissage de la jeunesse. Et à la vérité, rien n'est plus magique que de se trouver dans cette situation.

Quant à Brian Jones et son groupe, ils devinrent bien plus célèbres qu'aucun autre d'entre nous.

Il se noya sept ans après le jour où il était venu à Napier House et avait eu une conversation avec Nikolaus Pevsner à propos des victoriens. Il avait tout juste vingt-sept ans.

REMERCIEMENTS

À…

Claire Paterson et tous ceux de Janklow et Nesbit UK ; à Susan Watt, Caroline Proud, Bethan Ferguson et l'ensemble de Quercus Books, ainsi qu'à Talya Baker et Nick de Somogyi ; à Donald « Capability » Rice, Cynthia Liebow, Kate Weinberg, Lucinda Vaughan, Petrus, Roo, Bilco, Kicko et papa. Merci à maman, tante Jan, Clarewyn Rice et Antonia Bell pour avoir lu les premiers jets. Merci à Susan Harries et Simon Bradley, qui m'ont aidée énormément pour ce qui concerne le professeur Pevsner, en espérant l'avoir dépeint dans ces pages tel qu'ils aimeraient le retrouver. La lecture de la légendaire Diana Pullein-Thompson m'a inspiré les passages où il est question de chevaux.

Merci à tous ceux qui ont eu la patience de me supporter pendant que je terminais ce livre. Ils méritent le Ruban bleu.

Table

Du même auteur :

L'AMOUR COMME PAR HASARD, Flammarion, 2007.

PAPIER À BASE DE FIBRES CERTIFIÉES

Le Livre de Poche s'engage pour l'environnement en réduisant l'empreinte carbone de ses livres. Celle de cet exemplaire est de :
650 g éq. CO_2
Rendez-vous sur www.livredepoche-durable.fr

Composition réalisée par Lumina Datamatics

Achevé d'imprimer en avril 2015 en France par
CPI BRODARD ET TAUPIN
La Flèche (Sarthe)
N° d'impression : 3010926
Dépôt légal 1re publication : mai 2015
LIBRAIRIE GÉNÉRALE FRANÇAISE
31, rue de Fleurus – 75278 Paris Cedex 06

67/2224/0